Fluch der Leidenschaft

Jo Beverley

Fluch der Leidenschaft

Deutsch von Heinz Tophinke

Weltbild

Originaltitel: *Dark Champion*
Originalverlag: SIGNET, an imprint of New American Library,
a division of Penguin Putnam Inc.

This edition published by arrangement with NAL Signet,
a division of Penguin Group (USA) Inc.

Die Autorin

Jo Beverley ist in England aufgewachsen und hat dort englische Geschichte studiert. Mittlerweile lebt sie mit ihrer Familie in Kanada. 1988 wurde ihr erster Roman publiziert, die Zahl der bis heute erschienenen Titel Beverleys beläuft sich auf weit über zwanzig. Sie gehört zu den wichtigsten amerikanischen Autorinnen historischer Liebesromane und hat sämtliche Preise des Genres gewonnen. Einige ihrer Werke standen auf der Bestsellerliste der *New York Times*. Im Weltbild Buchverlag erschienen folgende Titel von Jo Beverley: *Teuflische Leidenschaft, Nächtliche Geheimnisse, Dunkles Feuer der Leidenschaft, Unheilvolle Leidenschaft.*

Weltbild Taschenbuch

1

England, 1101

Imogen von Carrisford stand in der dunklen Kälte, zitternd ob der gedämpften Geräusche, die von Grauen kündeten. Selbst hier, in den Geheimgängen ihrer Burg, war das Kampfgetöse zu hören, wütendes Kriegsgebrüll, hektische Befehle und Schreie des Entsetzens.

Todesschreie.

Ein Lärm, der von Schrecken zeugte, die jedes Vorstellungsvermögen überstiegen.

Doch durch ihr kleines Guckloch sah sie nur den geräumigen Saal von Carrisford Castle – leer, unversehrt und von Kerzen und Fackeln erhellt. Das Einzige, was dort an Gewalt gemahnen mochte, waren die kostbaren seidenen Wandbehänge, auf denen Krieger mit goldenen Schwertern gegeneinander kämpften.

Die Tische im Saal waren nach dem Abendessen entfernt worden, doch die mächtige Hohe Tafel aus massiver Eiche stand an ihrem Ort, und dahinter die beiden großen Lehnstühle: der Platz ihres Vaters und ihr eigener.

Ihr Vater war tot.

Ein Krug Wein und einige Kelche erinnerten noch an die so brüsk unterbrochene Zusammenkunft. Sie war mit den Verwaltern ihres Vaters hier gesessen, um alle nötigen Vorkehrungen für die Zukunft zu treffen. Einer der silbernen Becher war umgekippt; roter Wein lief über die Tischplatte und tropfte langsam in die Binsenmatten auf dem Boden – das einzige Anzeichen von Unordnung.

Der friedliche, vertraute Raum verlockte sie, ihr dunkles, feuchtkaltes Versteck zu verlassen, doch sie tat es nicht. Sir Gilbert de Valens, der Marschall ihres Vaters, hatte sie in den geheimen Korridor geschoben und ihr eingeschärft, unter allen Umständen dort auszuharren. Denn die Eindringlinge, wer immer sie sein mochten, waren sicher nur aus einem Grund gekommen: um den Schatz von Carrisford zu rauben – sie, Imogen, die alleinige Erbin des großen Vermögens und aller Ländereien ihres Vaters.

Der Geheimgang war so eng, dass die meisten Menschen ihn nur seitwärts passieren konnten. Obwohl Imogen nicht so groß war wie ein Mann, streifte sie manchmal die Wand, und die von den großen Steinen ausgehende feuchte Kälte kroch unter ihr Kleid.

Vielleicht waren es aber auch die eisigen Schauer des Entsetzens.

Oder es war das unerträglich lange Warten.

Imogen wäre viel lieber draußen in dem Getöse gewesen, als hier im Dunkeln zu kauern. Als Herrin von Carrisford sollte sie bei ihren Leuten sein, dachte sie.

Jemand war in die Burg eingedrungen, aber *wie*?

Carrisford war eine mächtige, uneinnehmbare Festung. Ihr Vater hatte gesagt, Carrisford könne selbst dem Ansturm von ganz England standhalten.

Imogen unterdrückte ein Wimmern. Ihr Vater war tot.

Der schmerzliche, unerwartete Verlust nahm so vollkommen Besitz von ihrem Bewusstsein, dass sie darüber sogar die grauenhaften Geräusche vergaß.

Wie hatte Bernard von Carrisford, der mächtige Lord von Westengland, so rasch an einer kleinen Jagdverletzung sterben können?

Father Wulfgan sagte, es sei die Hand Gottes gewesen. Der Kaplan hatte Imogen eingeschärft, sich stets vor Augen zu halten, dass ein solches Schicksal die Mächtigen ebenso rasch ereilen könne wie das einfache Volk. Er hatte wohl recht. Die zunächst harmlos scheinende Fleischwunde hatte zu eitern begonnen, und ehe sie es sich versahen, hatte ihr Vater das Wundfieber bekommen, und weder heißes Eisen noch Breiumschläge, weder Wundkraut noch Weihwasser hatten die Ausbreitung verhindern können.

Bereits im Todeskampf hatte Bernard noch ein Gesuch um Beistand an den König diktiert und dann befohlen, die Burgtore zu sichern und niemanden einzulassen außer dem königlichen Gesandten. All dies sollte sein einziges Kind schützen, das mit seinen sechzehn Jahren nun dem Erstbesten ausgeliefert war, der die Nachricht vom Tod des Burgherrn erfuhr. Seine einzige Tochter, die sich nun zitternd vor Furcht und Kälte in diesem kalten, dunklen Loch versteckte.

Es schien unmöglich, und doch war es geschehen. Noch ehe die Erde auf Lord Bernards Grab geglättet war, hatte bereits ein raffgieriger Kämpe vom Ableben des Herrn von Carrisford erfahren und war in die Burg eingedrungen. Es musste Verrat im Spiel gewesen sein, doch darum durfte Imogen sich jetzt noch keine Gedanken machen. Zunächst war sie vor das Problem gestellt, dem groben Werben dieses Mannes zu entkommen.

Das Geschrei wurde lauter; Imogen wich von dem Guckloch zurück. Doch als ein gellender Schrei erscholl, blickte sie erneut hindurch. War das ihre Tante Constance gewesen? Sicher nicht. Wer würde einer so netten, freundlichen Dame etwas antun?

Imogen dankte Gott, dass in Carrisford Castle nicht mehr viele lebten, die nun unschuldig leiden mussten. Ihre beiden Freundinnen aus Kindheitstagen hatten vor kurzem geheiratet, und der Knappe und die Pagen ihres Vaters waren gestern nach der Beerdigung nach Hause zu ihren Familien aufgebrochen.

Also blieb nur noch Tante Constance.

Wenn sie nur im Saal gewesen wäre, als der Alarm ausgerufen wurde. Doch Politik interessierte die liebe Lady nicht im Geringsten; sie hatte sich im Garten aufgehalten. Nur der Himmel wusste, was sie in diesem Moment erlebte.

Beim Herzen Jesu, was ging hier vor?

Einer der Flügel der großen Tür zum Saal öffnete sich, und Sir Gilbert de Valens stolperte herein, schwankend vor Erschöpfung und von Wunden geschwächt. Er hatte keine Zeit mehr gehabt, seine Kampfmontur anzulegen; sein Kopf war voller Blut, die Tunika zerrissen und besudelt. Das Schwert hing schlaff in seiner rechten Hand, von der linken rannen in rascher Folge Tropfen hellen Blutes.

Imogen sah es von Entsetzten gebannt. *Ein Tropfen folgte auf den anderen.*

Jetzt, wo sie dem Anblick der Gewalt tatsächlich ausgesetzt war, fühlte sie sich eher betäubt als ängstlich. Vermutlich war sie in ihrem Versteck so sicher, wie sie es unter diesen Umständen nur sein konnte. Niemand außer ihrer Familie und ein paar altgedienten Hausangestellten kannte die Geheimgänge. Den Spalt, durch den sie spähte, verbarg ein an der Wand hängender Schild ...

All das hatte ihr Vater ihr beigebracht.

Ihr Vater, der nun tot war.

Ein Tropfen folgte auf den anderen. Die Wunde an Sir Gilberts Hand musste verbunden werden. Sie musste ihm helfen, sonst würde er am Ende noch verbluten; dabei war es doch ihre Pflicht als Lady von Carrisford, den Kranken und Verwundeten beizustehen.

Noch während ihr dieser Gedanke durch den Kopf ging, wurde die halb offene Tür so heftig aufgestoßen, dass der zweite Flügel an die Wand krachte, und eine monströse Gestalt erschien im Eingang, gefolgt von einer Horde brüllender Schurken.

Arnulf von Warbrick!

Er war ein Hüne – groß, mächtig und schwer. Sein Kettenhemd spannte sich über dem dicken Wanst, als sei er hochschwanger, und er wankte so breitbeinig in den Raum, als könne er mit seinen baumstammartigen Gliedmaßen gar nicht anders.

Warbrick. Der niederträchtige Warbrick, der grausame Bruder des berüchtigten Robert de Belleme …

Als er in Samt und Satin gekommen war, in der Absicht, um Imogens Hand anzuhalten, hatte sie sich große Mühe geben müssen, über dieses Fass von einem Mann nicht laut zu lachen. Doch der Dämon, den sie nun vor sich sah, hatte nichts Amüsantes mehr an sich. Gewiss entsprach sein Ruf, eine bestialische, erbarmungslose Kreatur zu sein, vollkommen der Wahrheit.

Und er war gekommen, um sie sich zur Frau zu nehmen.

»Ha! Sir Gilbert!«, dröhnte er. »Wo ist sie, die hübsche Kleine?«

»Lady Imogen ist bereits unterwegs zum König«, erklärte Sir Gilbert mit schwacher Stimme. »Lasst uns in Frieden, Lord Warbrick.«

Warbrick trat vor den Ritter. Gilbert erhob das Schwert, doch es schwankte. Warbrick packte ihn einfach am Handgelenk, und schon hatte er ihn außer Gefecht gesetzt. »Ihr lügt. Ich lasse seit Tagen alle Straßen bewachen. Der Einzige, der sich in Richtung Osten aufgemacht hat, war der Bote, den Ihr zum König senden wolltet, damit er der Kleinen Schutz schickt!«

Gilbert sank auf die Knie. Imogen spürte, dass ihre eigenen Beine vor Furcht nachgaben. Wenn Warbrick von diesem Boten wusste, dann hatte er ihn abgefangen. Es war also keine Hilfe unterwegs.

Warbrick packte den alten Mann an der Gurgel. »Wo ist sie?«

»Fort«, stieß Sir Gilbert hervor.

»*Wo!*« Warbricks fettes Gesicht wurde rot vor Zorn; er schüttelte Sir Gilbert wie ein Hund eine Ratte.

Es war lediglich ein Röcheln zu hören. Mit einem wütenden Knurren warf Warbrick den Mann beiseite. Imogen starrte in blankem Entsetzen auf den Freund und treuen Vasallen ihres Vaters. Seine Kehle war eingedrückt.

Ein Zittern befiel sie, sie konnte es nicht unter Kontrolle bringen. Bestimmt hörten die Männer im Saal das Klappern ihrer Zähne.

Sie konnte sich nicht bewegen.

Sie konnte nicht nachdenken.

Eine Frau kam auf der Flucht vor dem Terror in den Saal gerannt, doch hier erwartete sie nur noch Schlimmeres. Es war Janine, Imogens Zofe. Sie blieb stehen und versuchte dann, wieder hinauszulaufen, doch zwei Soldaten packten sie.

Auf ein Wort von Warbrick warfen sie Janine auf den Tisch und schoben ihr die Röcke über den Kopf. Ihre Schreie und vergeblichen Gebete wurden erstickt. Die Männer hielten ihre strampelnden Beine fest und spreizten ihre Schenkel. Warbrick öffnete seine Kleidung, sein monströser Phallus kam zum Vorschein, und er warf sich auf Janine. Bei seinen ersten Stößen heulte sie wild auf, dann kamen die Schmerzenslaute im Rhythmus von Warbricks Bewegungen.

Janine stieß kurze, hohe, verzweifelte Schreie aus. Warbrick brummte. Wieder und wieder prallte sein derber, unförmiger Körper auf den der Frau. Imogen bemerkte, dass sie vor Entsetzen über die Vergewaltigung im Takt mitstöhnte; sie steckte sich eine Faust in den Mund, um ihre Stimme zu ersticken. Wenn man sie fand, würde dies auch ihr Schicksal sein.

Vermutlich würde Warbrick sie heiraten, bevor er sich auf sie warf und in sie eindrang, doch das bliebe wohl der einzige Unterschied. Und wenn sie sich wehrte, würden seine brutalen Soldaten sehr zu seinem Vergnügen zweifellos auch sie festhalten.

Imogen wollte den Blick abwenden, doch sie war wie versteinert. Wegzusehen hätte in gewisser Weise bedeutet, Janine im Stich zu lassen, und auch Sir Gilberts bereits erkaltenden Leichnam.

Sie beobachtete, wie Warbrick danach seine Kleidung wieder in Ordnung brachte, einem der Männer, die Janine festhielten, zunickte und der auf dieses Zeichen seines Herrn hin dessen Schandtat grinsend wiederholte. Die Schreie der Zofe gerannen zu einem grässlichen und verzweifelten Stöhnen.

Imogen hielt es nicht mehr aus. Sir Gilbert hatte sie angewiesen, in dem Geheimgang zu bleiben, was immer sich auch ereignen möge, doch er war nun tot. Warbrick hatte es auf sie abgesehen, und wenn sie sich ihm ergab, dann würde dieses Entsetzen enden, und die Männer würden von Janine ablassen. Sie begann, sich zum Eingang des schmalen Raums vorzuarbeiten.

Der Gedanke, sich Warbrick auszuliefern, ließ die Galle in ihr hochsteigen, doch etwas zu tun war eine immense Erleichterung für sie. Vielleicht konnte sie ja fliehen, noch bevor die Heiratsformalitäten erledigt waren. Und wenn nicht, dachte sie matt, dann konnte sie sich immer noch umbringen.

Von dem Guckloch entfernt gab es kaum mehr Licht, doch Imogen wusste, dass sie nur dem Gang zu folgen brauchte, um zum Ausgang unter der Treppe auf der Westseite der Burg zu gelangen. Sie tastete sich vorwärts, dankbar für die Finsternis, die sie umgab. Sie konnte nichts sehen und kaum etwas hören, aber endlich gab es etwas, das sie tun konnte.

Ein schwacher Lichtschimmer sagte ihr, dass sie dem Ausgang nahe war. Sie bewegte sich schneller voran.

Doch plötzlich wurde das Licht verdunkelt. Imogen stockte der Atem; sie schrak zurück.

»Mylady?«, flüsterte jemand.

»Siward?« Sie seufzte erleichtert. »Oh, Siward. Wir können das nicht weiter zulassen. Ich muss mich Warbrick stellen.«

»Ich habe schon befürchtet, dass Ihr auf diesen Einfall kommen würdet«, erwiderte ihr Seneschall, und im nächsten Augenblick schloss sich seine Hand um ihren Mund. Danach wusste Imogen nichts mehr.

Als sie wieder zu sich kam, befand sie sich im Wald. Der Mond schien, deshalb war die Nacht nicht pechschwarz, doch unter dem dichten sommerlichen Blätterdach war kaum etwas zu erkennen. Das Erste, was Imogen registrierte, war ihr heftig schmerzendes Kinn. Sie rieb es und murmelte dabei wenig schmeichelhafte Worte über den, dem sie dies zu verdanken hatte.

Dann erinnerte sie sich.

Sir Gilbert.

Janine.

Warbrick.

Siward musste ihr etwas eingeflößt haben, das sie so lange hatte bewusstlos sein lassen, und vielleicht fühlte sie sich deshalb auch so benommen. Sie empfand es fast als erleichternd. Mochte ihre Erinnerung auch immer wieder dieselben Horror und Abscheu erregenden Szenen abspulen – sie glaubte, diese würden sie nun ihr Leben lang verfolgen –, es war doch nur wie das Spiel eines Pantomimen. Es berührte sie nicht.

Oder zumindest nicht allzu sehr. Dennoch begannen ihre Zähne erneut zu klappern; sie musste sie mit Gewalt zusammenbeißen.

Der damit einhergehende Schmerz ging ihr durch Mark und Bein.

Ihr war schwindlig; sie stützte den Kopf in die Hände. Was geschah nun in der Burg, in ihrem wunderschönen, ruhigen Zuhause?

Der Gedanke schreckte sie auf.

Sie blickte um sich und sah in der Nähe Siward sitzen. Dunkle Silhouetten zeigten, dass auch einige andere hatten fliehen können.

»Siward«, flüsterte Imogen, »du hast etwas Schreckliches getan. Was wird mit meinen Leuten geschehen, wenn Warbrick ganz Carrisford auf der Suche nach mir in Stücke schlägt?«

Er war vornübergebeugt, und ihr wurde klar, dass er bereits ein alter Mann war, der ebenso wie sie an ein geordnetes Leben gewöhnt war. Bei ihren Worten richtete er sich jedoch auf und legte Entschlossenheit in seine Stimme. »Was wird mit Euren Leuten geschehen, wenn Warbrick Euch zwingt, ihn zu heiraten, und dadurch Lord von Carrisford wird, Mylady? Sir Gilbert hat mich beauftragt, auf Euch aufzupassen, und das werde ich tun. Ihr dürft diesem Teufel nicht in die Hände fallen.«

Imogen presste die Hände auf das Gesicht. Vermutlich hatte er recht. Sie war die Lady von Carrisford und die Erbin der Burg. Sie war der Schlüssel zum Besitz beträchtlichen Reichtums und großer Macht, und sie musste zum Wohle all ihrer Untertanen handeln. Ein Führer, auch eine Frau, musste bereit sein, einige wenige zum Wohle der vielen zu opfern.

Doch das war schwer. Sie konnte nicht vergessen, wie ihre Zofe um Hilfe geschrien hatte …

»Janine«, stöhnte sie. »Hast du es gesehen …? Oh, Siward, hast du es gesehen?«

Wortlos schloss er sie in seine Arme, und sie erschauderte, unfähig, Tränen zu vergießen.

Nie zuvor hatte Imogen Gewalt erfahren müssen; heute wäre sie ihr beinahe zum Opfer gefallen.

Noch nie zuvor hatte sie den Akt zwischen Mann und Frau gesehen, doch nun hatte sich dieses Bild in ihre Gedanken eingebrannt, und die Begleitgeräusche hallten in ihrem Kopf wider.

Und eines Tages würde auch sie dies über sich ergehen lassen müssen …

Sie drängte diese Vorstellung mit aller Macht aus ihrem Bewusstsein, um nicht wahnsinnig zu werden. Nicht Warbrick. Zumindest nicht Warbrick. Vielleicht würde sie es ja ertragen, wenn sie wenigstens nicht ihm in die Hände fiel. Es konnten nicht alle Männer derart abscheulich sein.

Siwards Stimme unterbrach ihre panischen Gedanken. »Wir können hier nicht bleiben, Lady. Hier ist es nicht sicher. Wohin sollen wir Euch bringen?«

Imogen blickte schockiert auf. Sie hatte gedacht, ihre Leute hätten alles im Griff, doch nun erwarteten sie, von ihr geführt zu werden.

Sie hatte keine Ahnung, was sie tun sollten.

Bis vor zwei Tagen war sie die verhätschelte Tochter Bernards von Carrisford gewesen, des großen Lords von Gloucestershire, und ihre Tage eine geordnete Abfolge von Musizieren, Handarbeiten, Falkenjagd und der Lektüre der kostbaren Handschriften ihres Vaters.

Bis zum vergangenen Frühjahr schien festzustehen, dass ihre Zukunft weiter nach diesem Muster verlaufen sollte. Im Alter von zehn Jahren war sie mit Lord Gerald von Huntwich verlobt worden, einem angenehmen und fähigen Mann, der fünfzehn Jahre älter war als sie und mit dem sie sicher in Ruhe und Frieden hätte leben können.

Er hatte sie immer mit derselben freundlichen Nachsicht behandelt wie ihr Vater und war damit zufrieden gewesen, zu warten und sie erst dann zu sich zu nehmen, wenn sich ihre monatliche Blutung eingestellt hatte und sie zur Frau gereift war. Im April war es so weit gewesen, und die Hochzeit war auf den zwanzigsten Oktober angesetzt worden, Imogens siebzehnten Geburtstag.

Doch im Juni hatte Gerald verdorbenen Fisch gegessen und war daran gestorben.

Ihr Vater hatte Imogen die Nachricht voller Verlegenheit überbracht, weil er befürchtete, sie würde die Fassung verlieren, und weil er selbst sich über das Scheitern seiner Pläne ärgerte. Auch nahm ihn der Verlust des Freundes mit.

»Man sollte meinen, er wäre vernünftiger gewesen«, brummte er. »Nun gerät alles in Unordnung, und in diesen bewegten Zeiten werde ich kaum imstande sein, auf der Stelle einen neuen Ehemann für dich zu finden.«

Imogen behielt es für sich, dass sie angesichts des Todes ihres Gemahls in spe seltsamerweise nur wenig Bedauern empfand. »Gott erbarme sich seiner Seele«, sagte sie, dankbar für die Näharbeit, die ihre Hände und Augen beschäftigte. »Was wird nun geschehen?«

Lord Bernard lachte plötzlich auf und ließ sich in einen Sessel sinken. »Jeder auch nur einigermaßen geeignete Mann in England wird um dich herumscharwenzeln, Liebes.« Er wedelte mit dem Pergament in seiner Hand. »Manche können es kaum erwarten. Hier ist ein Schreiben von Lancaster mit der Nachricht, dass er nächste Woche vorbeikommen will.«

Imogen blickte abrupt auf. »Lancaster! Sein Sohn ist doch gewiss zu jung.«

»Ja, aber seine Frau starb letzte Weihnachten, falls du dich erinnerst. Er ist für sich selbst auf der Suche.« Ihr Vater musste den leisen Zweifel in ihrer Miene bemerkt haben. »Er ist nur ein oder zwei Jahre älter als Huntwich, Imogen, und ein mächtiger Mann. Er würde dir Sicherheit bieten.«

Imogen mochte den Grafen von Lancaster als Bekannten ihres Vaters – auch er war ein großer, einflussreicher Mann, der kräftig in Englands verwickelter Politik mitmischte. Als Gemahl konnte sie sich ihn jedoch nicht vorstellen. Er kleidete sich zu extravagant, seine Hände waren zu weich, und sie hielt ihn eher für schlau und durchtrieben denn wirklich klug. Ihr Vater hatte sie immer sehr behütet, doch sie wusste einen ehrlichen Ritter durchaus zu schätzen. Bernard von Carrisford war ein ehrlicher Gegner und konnte sich im Kampf nach wie vor behaupten.

Sie hatte in dieser Angelegenheit jedoch keine großen Bedenken, denn sie wusste, dass ihr Vater sie nicht zu einer Verbindung zwingen würde, die ihr widerstrebte.

»Habe ich schon viele Freier?«, fragte sie, denn der Gedanke, dass ihr der Hof gemacht würde, begann ihr zu gefallen. Mit zehn Jahren hatte sie sich für derlei Dinge noch kaum interessiert; jetzt aber war es ihr nicht unangenehm.

Lord Bernard trug ihr eine ganze Liste von Männern vor, die zweifellos alle versuchen würden, eine von Englands begehrtesten Erbinnen für sich oder einen ihrer Söhne zu gewinnen. »Aber ich treffe jetzt noch keine Entscheidung, Liebes. Ich bin mir nicht sicher, ob sich Henry Beauclerk auf dem Thron halten kann. Ich habe ihm die Treue geschworen und werde zu meinem Wort stehen, aber bei so manchem anderen kann ich das nicht so recht einschätzen. Wenn Henry zu Beginn des Herbstes noch immer König ist, werden wir sehen, welche Männer in England wirklich das Sagen haben.«

Es war inzwischen ein knappes Jahr her, seit der neue König – Henry I., genannt Beauclerk – den Thron bestiegen hatte, und sein älterer Bruder Robert, der Herzog der Normandie, focht seine Herrschaft noch immer an. Er stellte gerade eine Flotte zusammen, um wie sein Vater, Wilhelm der Eroberer, in England einzufallen.

Imogen schauderte. »Musst du dann in den Krieg ziehen, Vater?«

Er zuckte müde die Achseln. »Wir alle tun, was wir tun müssen, Tochter. Vergiss das nie. Noch kann ich dich zwar beschützen, aber zweifelsohne wird einmal die Zeit kommen, in der du Bitteres wirst durchstehen müssen, um unsere Ehre zu verteidigen, oder gar um zu überleben.« Er griff ihr zärtlich unter das Kinn. »Aber noch kannst du dich unbeschwert deines Lebens freuen. Die Mächtigen Englands werden deinetwegen alle in Samt und Seide hier antanzen, und solange ich sicher sein kann, dass du dir einen Ehrenmann aussuchst, hast du freie Wahl.«

Es war, wie ihr Vater es gesagt hatte. Eine ganze Zeit lang hatte Imogen das Vergnügen gehabt, von infrage kommenden Herren in Samt und Seide umschwärmt zu werden.

Dann, im Juli, hatte der Herzog der Normandie die Invasion Englands begonnen, und Lord Bernard war in den Krieg gezogen, um seinem König beizustehen. Das Werben und Freien war zum Stillstand gekommen. Doch schon Anfang

August hatte der Herzog vor König Henry und seinen Anhängern klein beigegeben und sich wieder über den Kanal davongemacht.

Lord Bernard und seine Männer waren unbeschadet heimgekehrt, und Imogen war erneut von eifrig bemühten Freiern umgeben gewesen. Es machte ihr großen Spaß, und ihr Vater drängte sie nicht.

Was rückblickend betrachtet wohl ein Fehler gewesen war. Denn wenn Gerald am Leben geblieben oder Imogen mit einem anderen Mann verlobt worden wäre, dann hätte Warbrick wahrscheinlich keine derart brachiale Werbung gewagt.

Nun jedoch gab es nicht viel, was einen Mann davon hätte abhalten können, sie zu einer Eheschließung zu zwingen.

Für den Moment war sie dieser Falle entkommen. Bei dem Gedanken, dass ihr Schicksal in Warbricks Hand liegen könnte, erschauderte Imogen. Seine Brutalität wurde nur von der seines Bruders Belleme übertroffen. Dessen erste Gemahlin war eines gewaltsamen Todes gestorben, und seine zweite, Agnes von Ponthieu, war ihm, an Leib und Seele gebrochen, entflohen.

Imogen wusste, es war in der Tat verrückt gewesen, sich Warbrick ausliefern zu wollen. Warum hatte sie geglaubt, er werde erst die Eheschließung abwarten, bevor er irgendwelche Ansprüche geltend machte? Jeder skrupellose, gottlose Mann, dem sie in die Hände fiel, würde sie vergewaltigen und einsperren, bis die Eheformalitäten geregelt waren. Und eine derartige Verbindung konnte womöglich nicht einmal der König wieder auflösen.

Sie klammerte sich an Siward. Am liebsten hätte sie sich unter das Laub verkrochen, das den Boden bedeckte, und sich versteckt wie die gejagte Kreatur, die sie war; doch er hatte recht: Hier war es nicht sicher. Sobald Warbrick herausgefunden hatte, dass sie nicht mehr in der Burg war, würde er Gloucestershire auseinandernehmen, um sie zu finden.

Sie brauchte jemanden, der über ebenso viel Macht verfügte wie Warbrick und bereit war, sie zu beschützen.

Siward strich über ihren Kopf. »Wir könnten versuchen, Euch nach Osten zu bringen, damit Ihr an den Königshof kommt, Lady.« Er klang zweifelnd, und das nicht ohne Grund. Im Osten lag Warbricks Herrschaftsbereich, und seine Männer kontrollierten jede Straße.

Imogen rief sich ins Gedächtnis, dass sie die Erbin ihres Vaters war, dass ihr seine Verantwortung nun ebenso zufiel wie sein Reichtum. Sie löste sich aus den Armen des Verwalters und zwang sich, nachzudenken und die Dinge in die Hand zu nehmen.

»Nein. Das ist die Route, die Warbrick am besten überwachen lässt. Und wer weiß schon, wo sich der König aufhält oder ob er überhaupt in der Lage ist, mir zu Hilfe zu kommen? Wahrscheinlich beobachtet er nach wie vor die Küste, für den Fall, dass sein Bruder es noch einmal versucht. Zu Fuß würden wir mindestens eine Woche nach London brauchen, und wenn es nicht Warbrick ist, der uns aufhält, dann wird sich uns sicher irgendein anderes Unheil in den Weg stellen, fürchte ich.« Sie blickte um sich. »Konnte jemand von den Bewaffneten meines Vaters entkommen?«

»Nicht dass ich wüsste, Mylady.«

Sie waren also vollkommen schutzlos. Noch nie in ihrem Leben hatte Imogen unbehütet ihre Burg verlassen. Sie fühlte sich nackt vor der Welt. Dennoch erklärte sie mit gezwungen fester Stimme: »Dann müssen wir uns hier in der Umgebung Hilfe suchen.«

Siward schüttelte den Kopf. »Aber wo, Lady? Im Norden und Osten sind Warbrick und Belleme. Im Süden sitzt Sir Kyle, und im Westen ist Cleeve.«

Imogen erbebte. So gesehen, waren die Auswahlmöglichkeiten niederschmetternd. »Sir Kyle wird mir nichts Böses antun«, sagte sie im Gedanken an den älteren Ritter, der für den Grafen von Lancaster die Burg Breedon hielt.

»Er wird aber auch wenig Gutes für Euch tun können, fürchte ich, Lady. Ihr wisst doch selbst, dass er ein alter Mann ist und schwache Nerven hat. Er konnte sich in Sicherheit wiegen, weil es bisher niemand darauf anlegte, Lancasters Zorn auf sich zu ziehen, aber um Euretwillen würde Warbrick dieses Risiko bestimmt in Kauf nehmen. Wenn Warbrick und seine Meute vor dem Tor von Breedon Castle stünden, würde der alte Kyle Euch ihm ohne weiteres ausliefern.«

»Bestimmt nicht«, widersprach Imogen, doch sie wusste, dass er recht hatte. Sie wehrte sich gegen die Erkenntnis, dass offenbar nur von einer einzigen Quelle Hilfe zu erwarten war. »Du meinst also, ich sollte nach Cleeve gehen?«, flüsterte sie. »Aber es ist in den Händen dessen, der Bastard FitzRoger genannt wird!«

»Cleeve ist Eure einzige Chance gegen Warbrick, es sei denn, Ihr wollt Euch so lange im Wald verstecken, bis der König kommt.«

Eine Eule schrie, und etwas huschte durch das Unterholz. Imogen kam sich vor, als sei sie ebenfalls ein solches kleines Geschöpf, das sich verzweifelt vor Raubtieren verbarg.

Dann löste sie sich von dieser kläglichen Vorstellung. Sie war Imogen von Carrisford. Sie war ein Wolf, der die anderen in Schach halten musste, kein Kaninchen. Was sie brauchte, war ein Verbündeter.

»Ist FitzRoger so ein harter Mann, wie es sein Ruf vermuten lässt?«, fragte sie.

Siward rieb sich die lange Nase. »Er ist noch nicht lange genug hier, dass man das wirklich beurteilen könnte, Lady, erst seit Januar. Und er war häufig fort, weil er dem König half, seine Herrschaft zu etablieren und den Herzog aus dem Land zu vertreiben. Alles, was wir über ihn wissen, beruht auf Gerüchten und Geschwätz. Wie Ihr wisst, ist er womöglich ein Sohn des alten Roger von Cleeve, wurde aber in Frankreich erzogen. Er kam mit dem neuen König herüber, sozusagen zu einem Familienbesuch. Damals war noch sein schwächlicher Bruder der Burgherr, aber als Lord Hugh starb, ohne einen Erben zu hinterlassen, gab der König Cleeve an FitzRoger.«

Das alles wusste Imogen, und noch mehr. Gerüchten zufolge hatte der Bastard seinen Bruder getötet. Lord Bernard hatte jedoch wenig darüber gesprochen, und Imogen war zu sehr mit ihren Freiern beschäftigt gewesen, um sich diesbezüglich Gedanken zu machen. Der alte Roger von Cleeve und sein Sohn waren zwei so unangenehme Leute gewesen, dass Carrisford nichts mit ihnen zu tun haben wollte.

»Die Einheimischen müssen doch eine Meinung über ihn haben«, meinte sie.

Siward zuckte die Achseln. »Es heißt, er ist ein junger Mann, der sich im Krieg und bei Turnieren bereits bewährt hat, und er steht dem König nahe.«

Also vielleicht ein Mann, der sich gegen Warbrick und Belleme behaupten konnte, aber was würde sie dafür zu ertragen haben? »Ich habe gehört, er soll sehr hart sein«, flüsterte sie.

»Ja«, räumte Siward ein. »Er hat Castle Cleeve fest in der Hand, das kann man wohl sagen.«

Das Bild von Warbricks Faust um Gilberts Kehle zuckte durch Imogens Gedanken, und bittere Galle stieg in ihrem Hals auf. Sie zwang sich, es zu ignorieren. »Du klingst fast so, als würdest du ihn gutheißen, Siward.«

»Es ist nicht an mir, jemanden gutzuheißen oder zu missbilligen, Lady.«

»Was ich meine«, sagte Imogen ungeduldig, »ist Folgendes: Glaubst du, dass FitzRoger ein geringeres Risiko darstellt als Warbrick? Du weißt, dass mein Vater mich immer sehr behütet hat. Mir fehlt es an Wissen.«

»Bei Warbrick gibt es kein Risiko«, erklärte Siward rundheraus. »Dass er ein Schurke ist, steht absolut fest. Bei Fitz-Roger hingegen heißt es, er sei ein harter Mann und ein guter Soldat. Und so einen braucht Ihr jetzt, Lady. Er wird Euch wahrscheinlich beistehen, denn zwischen Cleeve und Warbrick besteht seit langem Zwist. Außerdem ist er ein Mann des Königs, während Belleme und seine Familie König Henry ein Dorn im Auge sind. Ich halte FitzRoger für reich und stark und tapfer genug, um sich gegen Warbrick zu behaupten, sofern er sich dafür entscheidet, und vielleicht wird er sogar eines Tages Rache für das üben, was heute geschehen ist.«

Rache.

Sobald das Wort ausgesprochen war, wusste Imogen, dass sie sich Vergeltung wünschte, dass sie geradezu danach gierte. Ihr Zuhause war auf schlimmste Weise geplündert worden. Ihre Untertanen waren misshandelt und niedergemetzelt worden. Sie wollte ihre Burg zurück, ja, aber mehr noch wollte sie Warbrick für das, was er getan hatte, tot im Schmutz liegen sehen.

Um dies zu erreichen, würde ihr kein Preis zu hoch sein.

Sie setzte sich auf. »Dann ist es das Beste, ich gehe zu FitzRoger und bitte ihn um Hilfe«, sagte sie. »Also lass uns überlegen, wie ich sicher zu ihm gelangen kann.«

2

Am nächsten Tag gegen Sonnenuntergang humpelte ein älteres Ehepaar die schmutzige Straße entlang auf Castle Cleeve zu. Es war das Beste, sich ganz am Rand des Weges zu halten, denn auf der breiten Fahrspur war viel Verkehr, und jedes Pferd und jeder Karren wirbelte eine Wolke Staub auf. Die meisten der Reiter und Fahrzeuge, die zu der düsteren, auf einem Felsen thronenden Burg unterwegs waren oder von dort kamen, waren in kriegerischen Belangen unterwegs.

Der Mann hatte graue, schmutzige Haare, und sein Rücken beugte sich unter der Last eines enormen Bündels. Die Haarfarbe der Frau war nicht zu erkennen, denn sie trug ein schmuddeliges, weißes Kopftuch, doch so, wie sie aussah, hätte auch ihr Haar grau sein können. Dennoch konnte sie noch nicht das Alter ihres Mannes haben, denn sie war unverkennbar hochschwanger. Und auch sie beugte sich unter einem fast ebenso schweren Gewicht und bewegte sich schleppend wie ein altes Weib.

Imogen blickte auf, als die Burg in Sicht kam, und fühlte eine große Erleichterung. Selbst wenn der Teufel persönlich sie am Ende dieser Reise erwartete, wäre ihr das gleichgültig gewesen; sie konnte kaum mehr einen Schritt gehen. Hätte sie nicht den kräftigen Stock gehabt, den Siward für sie geschnitten hatte, sie hätte schon vor Stunden aufgegeben. Ihre Füße und Beine schmerzten höllisch, und ihr Rücken sehnte sich danach, sich endlich wieder aufrichten zu dürfen.

Die Verkleidung hatte sich jedoch als sinnvoll erwiesen, denn unterwegs waren sie auf Warbricks Männer gestoßen, die auf der Suche nach Imogen von Carrisford sämtliche Reisenden kontrollierten. Angesichts der genauen Inspektion war sie froh gewesen, dass Siward darauf bestanden hatte, bei ihrer Verstellung auch aufs kleinste Detail zu achten. Den Rest des Weges hatte sie sich einfach nur elend gefühlt.

Ihr Haar unter dem schmutzigen Tuch war voller Fett und Erde für den Fall, dass jemand nach dem berühmten honiggoldenen Haar des »Schatzes von Carrisford« Ausschau hielt. Die feinen Lederschuhe hatten bäuerlichen Sandalen mit rauen Leinenstreifen weichen müssen. Anfangs hatten ihre Füße wie von verbundenen Wunden übersät ausgesehen; jetzt fühlten sie sich auch so an. Und ihre Kleidung war extrem ärmlich und verschmutzt. Ihr eigener Geruch war ihr zuwider, die Trageriemen ihres Bündels scheuerten die Haut auf, und zahlreiche juckende Insektenstiche plagten sie.

Aber am schlimmsten von allem war der Wanst, den Siward konstruiert und den sie mit den breiten Tüchern von der Art an den Körper gebunden hatte, wie schwangere Frauen sie benutzten. Es sah aus, als sei sie kurz vor der Entbindung, und diese Täuschung würde nicht erkannt werden, solange man die Tücher nicht entfernte.

Die Schwangerschaft war ihre eigene Idee gewesen. Sie würde ihre Feinde in die Irre führen, hatte Imogen gedacht, und ihr einen einigermaßen sicheren Schutz vor Vergewaltigung und anderen Grausamkeiten bieten. Wenn sie diese Täuschung auch noch über die Reise hinaus aufrechterhalten konnte, würde sie womöglich sogar noch zweckdienlicher sein. Denn selbst wenn sich FitzRoger mehr als Raubtier denn als Paladin erweisen sollte, würde er zögern, eine Frau zu heiraten, die das Kind eines anderen Mannes trug. Schließlich würde dies das Risiko mit sich bringen, es als sein eigenes anerkennen zu müssen.

Sollte die Gefahr einer Zwangsheirat drohen, so würde sie behaupten, der Vater des Kindes sei Gerald von Huntwich. Da sie offiziell mit ihm verlobt gewesen war, würde dies die Erbsituation unklar genug erscheinen lassen, um bei jedem

Mann Bedenken zu schüren. Anfangs war sie sich selbst sehr klug vorgekommen, mit einem solchen Plan aufwarten zu können, doch inzwischen verfluchte sie ihn.

Ursprünglich hatte sich der mit Farnkraut und Sand gefüllte Beutel nämlich gar nicht so schwer angefühlt, doch das hatte sich inzwischen gründlich geändert. Sie war überzeugt, dass nicht einmal ein wirkliches Baby so schwer zu tragen sein würde.

Ein Gutes aber hatte all dies: Sie musste sich nicht mehr verstellen, um statt wie eine reiche junge Dame wie eine unterdrückte Bäuerin zu wirken. In der Tat schaute sie zu der Burg auf wie zu einer Zuflucht. Dort würde sie ihre Lumpen ablegen und wieder Lady Imogen sein können, der Schatz von Carrisford, die Blume des Westens.

Obwohl sie das Aufblicken schmerzte, betrachtete Imogen die Burg von Bastard FitzRoger genau. Castle Cleeve war abweisender als Carrisford, seine Konturen weniger elegant, doch es wirkte vertrauenerweckend. Es war auf einen Felsen gebaut und zusätzlich durch einen tiefen Graben unmittelbar vor den hohen Mauern geschützt. Vor dem Tor war der Graben mit einem Damm überbrückt, der gerade breit genug war, um einen einzelnen Karren passieren zu lassen. Während Imogen mit Siward darauf zuhumpelte, dachte sie darüber nach, dass sie nicht gerne ein Feind gewesen wäre, der diesen Weg unter einem Geschosshagel beschreiten musste.

Am Beginn des Damms legten sie eine kurze Rast ein. Der Tag ging langsam zur Neige, und viele Menschen waren dabei, einen Platz zum Abendessen oder zum Schlafen zu suchen. Imogen hatte nicht mit so viel Betriebsamkeit gerechnet.

»Was ist hier wohl los?«, fragte sie Siward.

»Wer weiß?«, brummte er verdrossen. »Vielleicht ist FitzRoger gerade angekommen, oder er reist gerade ab.«

»Er reist ab«, wiederholte Imogen alarmiert. »Er kann doch jetzt nicht abreisen!«

»Wenn er erst einmal Eure Nachricht gehört hat«, versuchte Siward sie zu beruhigen, »wird er schon hierbleiben. Ihr könnt den falschen Bauch jetzt abnehmen, Mylady. Jetzt sind wir in Sicherheit.«

Doch nach einem Blick auf den Damm und das gut bewachte Tor beschloss Imogen, diese Vorsichtsmaßnahme fürs Erste beizubehalten. »Sie scheinen die Leute bereitwillig ein und aus gehen zu lassen«, murmelte sie. »Vielleicht ist es besser, wir behalten unsere Verkleidung bei, bis wir wissen, was hier vor sich geht. Und bis wir mehr über FitzRoger in Erfahrung gebracht haben. Es dürfte doch nicht so schwer sein, herauszubekommen, was seine Leute über ihn denken.«

»Wenn Ihr den Bastard nicht um Hilfe bitten wollt«, fragte Siward leicht ungeduldig, »was wollt Ihr dann tun?«

Die Möglichkeit, ihre Wanderung fortzusetzen, war für Imogen ausgeschlossen; dennoch blieb sie argwöhnisch. Sie erinnerte sich an die Worte ihres Vaters: »Hör auf dein Gefühl, Kind. Du hast ein gutes Gespür.« Also gut, sie würde ihre Last noch ein wenig länger tragen.

Sie folgten einem jungen Paar über den Damm. Die beiden erweckten den Eindruck, als seien sie Gaukler oder ähnliches Volk; Imogen beneidete sie um ihren leichten Schritt. Sie blickte zu Boden und entdeckte an ihrem rechten Fuß einen Blutfleck. Erschreckt stieß sie einen leisen Schrei aus. Nun erst merkte Imogen, dass sie sich am äußersten Rand des Damms befand. In ihrer Erschöpfung war sie beim Gehen geschwankt und der mit scharfen Steinen gespickten Böschung gefährlich nahe gekommen. Siward zog sie zurück, und sie blickte noch einmal auf ihre Füße. Sie hatten sich zwar wund angefühlt, aber nie hätte sie gedacht, dass sie tatsächlich bluteten.

»Komm schon!«, fuhr Siward sie an. »Weiter, Weib!«

Imogen bemerkte, dass die Gaukler stehen geblieben waren und sie und Siward beobachteten. Sie war sich nicht sicher, ob sie würde weitergehen können, aber sie konnte auch nicht hier stehen bleiben.

»Los, weiter!«, befahl eine Stimme. Als Imogen aufschaute, sah sie am Burgtor zwei bewaffnete Reiter, die ihnen energisch zuwinkten und ihre tänzelnden Pferde im Zaum hielten. »Macht vorwärts, Leute!«, rief der eine erneut. »Aus dem Weg mit euch, verdammt!«

Die Furcht, von den beiden über den Haufen geritten zu werden und im Burggraben zu landen, verlieh Imogen Kraft, und sie wankte so schnell sie konnte vorwärts. Die Reiter warteten, doch sobald der Damm frei war, galoppierten sie in Windeseile darüber, als sei er eine bequeme, breite Straße.

Festzustellen, dass die beiden es so eilig hatten und dennoch niemanden niederritten, ließ Imogen neuen Mut schöpfen. So ein schlimmer Ort konnte die Burg Cleeve wohl nicht sein. Letztendlich wurden die Umgangsformen einer Burg durch deren Herrn geprägt.

Sie näherten sich den beiden Wachen, die die Ankömmlinge ohne großes Interesse musterten. »Geschäfte?«

Siward blickte zu Imogen. Sie hatte erwartet, einfach in die Burg hineinzugehen, ihren Namen zu nennen und so Lord FitzRogers Unterstützung zu gewinnen. Doch nun, da sie sich entschlossen hatte, ihre Anonymität noch zu wahren ... welchen Grund für ihr Kommen konnte sie angeben?

»Wir sind hier, um Gerechtigkeit zu erbitten, Sir«, murmelte sie mit einem starken Akzent. »Gerechtigkeit von Lord FitzRoger.«

Einer der Wachmänner rieb sich die gebrochene Nase. »Nun, da habt ihr euch einen schlechten Zeitpunkt ausgesucht, Weib. Der Herr ist sehr beschäftigt.«

»Ja«, meinte der andere grinsend. »Aber er verteilt doch Gerechtigkeit, Harry!«

Die beiden lachten rau über den Scherz, und dadurch veränderte sich Imogens Eindruck von diesem Ort. Sie spürte plötzlich das Verlangen zu fliehen, doch die Wachen winkten sie durch. »Geht hinein. Vielleicht hat er ja Zeit für euch. Wartet rechts vom Wachzimmer.«

»Warten« verstand Imogen in ihrer Erschöpfung als »ausruhen«. Sie zwang ihre Füße, den Weg durch die lange, dunkle Passage zu dem geschäftigen Burghof hin zu nehmen – ein von einem Bogen eingefasstes Bild, das von der Abendsonne golden beleuchtet wurde.

Sie liefen mitten ins Chaos. Eine kleine Armee von Menschen hielt sich in dem Hof auf, dazu Pferde, Hunde, Jagdfalken und diverses Vieh. Lord FitzRoger war zweifelsohne sehr beschäftigt. Doch Imogen kümmerte das im Moment nicht mehr; sie fand ein freies Mauerstück, ließ ihr Bündel fallen und setzte sich darauf. Dann betrachtete sie ihre Füße und fragte sich, was besser wäre – die Tücher und Sandalen abzunehmen oder nicht.

»Was wollt Ihr jetzt tun?«, murmelte Siward neben ihr.

Mich nie mehr bewegen, dachte sie. Doch sie war Imogen von Carrisford, und ihre Leute waren auf sie angewiesen. Sie musste etwas tun. Aber bitte, lieber Gott, erst in ein oder zwei Minuten.

»Diesen Ort kennenlernen«, antwortete sie leise. Ihr Instinkt warnte sie noch immer, auch wenn sie dafür keinen Grund nennen konnte. »Glaubst du, wir könnten es so bis nach London schaffen?«, fragte sie.

Siward warf ihr einen erschrockenen Blick zu. »Das wäre äußerst riskant, Lady. Ungeschützte Fremde sind immer in Gefahr, in Zeiten wie diesen umso mehr. Könntet Ihr denn so weit laufen?«

»Vielleicht, aber nur mit ordentlichen Schuhen«, klagte sie.

»Hungernde Bauern haben aber keine ordentlichen Schuhe«, erwiderte er.

Imogen verfiel in Schweigen und versuchte, die Szene um sie herum in sich aufzunehmen.

Packpferde wurden beladen, Waffen hierhin und dorthin gebracht. Das Ganze sah eindeutig nach Aufbruch aus – nach dem Beginn eines Kriegszuges. War am Ende Herzog Robert erneut ins Land eingefallen? Da Belleme und Warbrick ihn mit ihren Truppen unterstützten, war der Angriff auf Carrisford womöglich Teil eines größeren Plans gewesen.

Der Eindruck von Kriegsvorbereitungen wurde noch verstärkt durch den Lärm einer Schmiede. Sicher wurden dort Schwerter und Rüstungen gefertigt.

Andererseits ging das Gerücht um, der König gehe gegen jene vor, die sich als Verräter erwiesen hatten. FitzRoger stand auf der Seite des Königs; vielleicht plante er also eine Strafexpedition.

Gegen Warbrick und Belleme?

Die vielen Menschen und Tiere im Hof verursachten einen ohrenbetäubenden Lärm, doch darüber wurde nun noch etwas anderes hörbar – sich wiederholende Schreie. Imogen fühlte sich sofort an Janines Vergewaltigung erinnert; mithilfe ihres Stocks rappelte sie sich auf. Sollte sie schon wieder etwas derart Entsetzliches erleben müssen?

Nein, niemals.

Die Menge bewegte sich, und nun sah Imogen den Grund für die Unruhe.

Ein Mann war an einen Pfosten gebunden und wurde ausgepeitscht. Eine Bestrafung. Daneben stand ein Haufen Soldaten und schaute zu, doch die meisten anderen Leute zeigten kein besonderes Interesse.

Weil so etwas hier häufig vorkam?

Bei jedem Schlag gab das Opfer einen gellenden Schrei von sich. Imogen war erstaunt, dass der Mann noch bei Bewusstsein war – sein Rücken war so blutüberströmt, dass die Striemen, die die Peitsche verursachte, gar nicht mehr sichtbar waren.

Auch der Oberkörper des Mannes, der die Bestrafung durchführte, war entblößt. Imogen sah bei jedem Ausholen der Peitsche deutlich seine starken Muskeln auf dem Rücken und den Schultern hervortreten.

Plötzlich hielt er inne.

Dann stand er einfach nur da und schaute zu, wie das Opfer losgebunden und weggetragen und ein weiterer Mann an den Pfosten gefesselt wurde. Die Sonne trat hinter einem Turm hervor, und mit einem Mal war die Szene, die sich zuvor im Schatten abgespielt hatte, in goldenes Licht getaucht. Der Körper des Mannes mit der Peitsche glänzte, als sei er aus Gold, und die Sonne färbte sein dunkles Haar rot.

Nun begann er erneut, mit einer fast elegant wirkenden Bewegung sein Folterinstrument zu schwingen. Bei den ersten Schlägen zuckte der Gefangene nur zusammen, doch dann begannen die Schmerzenschreie von neuem, und noch lauter. Mit jedem Schlag brach eine weitere Strieme auf.

Imogen wandte sich entsetzt ab und kämpfte gegen einen Brechreiz an. Dies war die Hölle auf Erden, nicht ein Ort, an dem man um Hilfe bitten konnte.

»Wir gehen«, sagte sie zu Siward.

»Was? Warum?«

»Hier ist es so schlimm wie in Warbricks Burg.«

Siward packte sie am Arm. »Was? Wegen einer Auspeitschung? Euer Vater hat auch so manch einen auspeitschen lassen. Ihr habt es nur nicht mitbekommen.«

»Aber nicht so!«, protestierte Imogen.

»Manchmal auch so, durchaus. Er hat Euch nur zu sehr behütet, Lady. Ihr solltet erst herausfinden, was diese Männer getan haben, bevor Ihr urteilt.« Er sprach einen vorbeikommenden Diener an, der ein Tablett mit Bierkrügen trug. »Hallo, mein Freund. Hier wird jemand ordentlich ausgepeitscht. Was ist der Grund dafür?«

»Trunkenheit. Aber hier gibt es nur einen Grund, Opa«, erwiderte der junge Mann mit einem großspurigen Grinsen, »und der ist, die Befehle des Herrn nicht zu befolgen.« Damit hastete er weiter.

»Trunkenheit!«, zischte Imogen. »Er lässt einen Mann halb zu Tode prügeln wegen Trunkenheit?«

Siward zuckte mit den Schultern. »Wie gesagt, FitzRoger ist ein strenger Lord, und das zeigt sich hier. Alkohol kann eine Menge Probleme verursachen. Es wäre verrückt, jetzt gleich wieder wegzulaufen, nur weil die Gerechtigkeit hier ein wenig hart gehandhabt wird. Euch wird er ja wohl kaum auspeitschen lassen.« Als Imogen ihm widersprach, schüttelte er hartnäckig den Kopf. »Wartet wenigstens bis morgen, Lady, und bis Ihr den Mann selbst gesehen habt. Es wäre Wahnsinn, sich ohne zu schlafen wieder aufzumachen und sich in die Dunkelheit hinauszuwagen.«

Imogen ließ sich wieder auf ihr Bündel sinken; sie wusste, dass sie einfach zu erschöpft war, um noch irgendwohin zu gehen.

Hatte ihr Vater tatsächlich solche Strafen angeordnet? Wahrscheinlich schon, dachte sie, allerdings hatte er immer dafür gesorgt, dass sie es nicht mitbekam. Ihre Welt war ein friedlicher, zivilisierter Ort gewesen – ein Ort, an dem die Wachen nie ihre Waffen hatten benutzen müssen, wo ein Gast immer willkommen war und wo die Gerechtigkeit mit Milde und Verständnis waltete.

Eine solche Welt hatte ihr Vater für sie geschaffen, doch nun sah sie, dass sie eine Illusion gewesen war. Auch von Carrisford waren Männer in den Krieg gezogen, doch es hatte immer viel mehr wie eine Parade ausgesehen als eine militärische Expedition. Verwundete waren, das fiel ihr erst jetzt auf, immer in dem Lazarett versorgt worden, das ihr Vater im nahe gelegenen Kloster unterhielt.

Das Schlimmste, was sie zu sehen bekommen hatte, waren verheilte Kriegswunden gewesen – ein fehlendes Bein etwa oder eine Augenbinde.

Imogen war zu ihren Pflichten als Edelfrau erzogen worden und dazu, sich um Kranke und Verwundete zu kümmern, doch dies hatte sich auf die Versorgung kleiner Verletzungen und solcher Krankheiten beschränkt, von denen sie aller Wahrscheinlichkeit nach nichts zu befürchten hatte.

Ihr Leben in Carrisford Castle war eine Idylle gewesen, aber auch eine Illusion. Dies hier war die Realität – die Burg Cleeve und Warbrick.

Für derlei war ihre glückliche Kindheit keine gute Vorbereitung gewesen. Siward hatte recht. Sie musste wenigstens warten und herausfinden, was für ein Mensch FitzRoger, der Bastard, war.

Der großspurige junge Mann mit dem Ale bahnte sich seinen Weg zum Brauhaus zurück. »Hier«, sagte er und schob ihnen im Vorbeigehen ein halb vollen Krug zu.

Siward bedankte sich und reichte ihn Imogen. Sie nahm einen kräftigen Schluck, um ihre staubige Kehle zu benetzen; dass bereits jemand davon getrunken hatte, kümmerte sie nicht im Geringsten. Das Bier schmeckte gut. Ein weiterer Pluspunkt für Castle Cleeve. Sie gab den Krug an Siward zurück; er leerte ihn mit einem zufriedenen Brummen und wischte sich den Mund mit dem schmutzigen Ärmel ab.

Imogen dachte, so sollte auch sie sich verhalten, und tat es ihm vorsichtig nach. Doch sie brachte es kaum fertig, mit dem Stoff ihre Lippen zu berühren; die Gerüche, die davon ausgingen, waren zu fremd. Sie schimpfte sich eine verwöhnte Göre. Was machten schon ein bisschen Schmutz und Unbehagen aus, wenn die Zukunft ihrer Untergebenen auf dem Spiel stand?

Sie rappelte sich auf, stöhnte, als ihre schmerzenden Füße wieder ihr Gewicht tragen mussten, und griff rasch nach ihrem Stock. Durch die Ruhepause schien der Schmerz nicht geringer, sondern schlimmer geworden zu sein. Es war, als würden sich scharfkantige, heiße Kohlen in ihre Füße bohren; ihr ganzer Körper schrie auf.

»Dann humple ich eben«, murmelte sie beim Versuch, sich senkrecht aufzurichten. »Sehen wir mal, was es hier zu lernen gibt.«

Siward betrachtete ihre Füße und stieß vor Entsetzen einen halblauten Fluch aus. »Lady, Ihr dürft nicht …«

»Wir sind hier, um Carrisford zu retten«, unterbrach sie ihn grimmig. »Meine Füße sind nicht so wichtig, und je eher ich es fertigbringe, FitzRoger um Hilfe zu bitten, desto eher kann ich diese Verkleidung ablegen.«

Sie gingen dicht an der Mauer entlang um den bevölkerten Burghof herum, wo sie nicht so leicht von einem Streitross niedergetrampelt oder von einem diensteifrigen Knecht angerempelt wurden. Dennoch mussten sie immer wieder stehen bleiben, um den stetigen Strom zu den vor der Burgmauer errichteten Vorratsräumen nicht zu unterbrechen.

Imogen begann, Mut zu fassen. Sie beobachtete, dass die Menschen trotz momentaner Hektik und Eile überwiegend in guter Stimmung waren. Es wurde zwar immer wieder geflucht und geschrien, aber auch gescherzt und gelacht. Dann fiel ihr eine leichte Veränderung der Geräuschkulisse auf, und als sie zu dem Schandpfahl hinüberblickte, war er leer. Von den Bestraften und ihrem Peiniger war Gott sei Dank nichts mehr zu sehen.

Plötzlich stieg ihr ein wunderbarer Duft in die Nase. Frisch gebackenes Brot! Ihr Magen knurrte und erinnerte sie daran, dass sie seit mehr als vierundzwanzig Stunden nichts zu sich genommen hatte außer Wasser und dem Schluck Ale vorhin. Kein Wunder, dass sie sich in jeder Hinsicht schwach fühlte.

»Können wir fragen, ob wir einen Bissen bekommen?«, flüsterte sie Siward zu und konnte es kaum glauben, dass sie im Moment schon für eine bloße Kruste mehr als dankbar gewesen wäre.

»Fragen tut niemandem weh«, meinte er und trat vor die Tür des Backhauses. Imogen blickte an ihm vorbei ins Innere und sah den Bäcker und seine Gehilfen; sie waren bei ihrer Arbeit in der großen Hitze bei den Steinöfen lediglich mit Lendenschurzen bekleidet.

»Gibt es irgendwelche Reste für arme Leute?«, bettelte Siward.

Der Bäcker blickte auf und nickte kurz. Ein Junge warf ihnen einen Laib zu, der auf den Boden gefallen war. Siward bedankte sich mit einem Segenswunsch und kehrte mit Imogen wieder in die Kühle des Burghofs zurück. Während sie eine ruhige Ecke ansteuerten, merkte sie, dass etwas nicht stimmte. Die Tücher, mit denen sie den Beutel vor dem Bauch festgebunden hatte, lockerten sich.

Eine Frau mittleren Alters kam zu ihr. »Hast du Schmerzen?«, fragte sie. »Ist es schon so weit?«

Imogen schüttelte etwas verzweifelt den Kopf. »Nein. Noch einige Wochen.«

»Das hätte ich nicht so eingeschätzt. Aber wahrscheinlich hat es dich nur komisch getreten. Woher kommst du, Liebes?«

Imogen musste den schweren Beutel festhalten, damit er nicht noch weiter nach unten rutschte. Verzweifelt nach einer Antwort suchend, blickte sie zu Siward.

Der dachte gerade nur an sich und biss kräftig in das Brot, sodass Imogen unwillkürlich das Wasser im Mund zusammenlief. »Tatridge«, murmelte er dann. Tatridge war ein Dorf im Grenzgebiet der Ländereien um Carrisford, Warbrick und Cleeve.

»Dann ist es ja kein Wunder, dass ihr unterwegs seid, so wie die Dinge in der Gegend liegen ...« Die Frau unterbrach sich und lauschte; offenbar hatte einer der vielen Schreie ihr gegolten. »Ich muss gehen. Such dir einen Platz zum Ausruhen, Liebes.« Damit verschwand sie.

Siward reichte Imogen sofort den Brotlaib, und auch sie nahm nun einen herzhaften Bissen. Es war noch warm und schmeckte köstlich. Das bisschen Schmutz daran kümmerte sie überhaupt nicht.

»Die Tücher lockern sich«, murmelte sie mit vollem Mund Siward zu.

»Warum nehmt Ihr sie nicht einfach ab?«, fragte er. »Sie haben ihre Schuldigkeit doch getan.«

Imogen schüttelte den Kopf. Sie hatte Siward noch nicht ihren ganzen Plan bezüglich ihrer Verkleidung erzählt. Bei dem Gedanken, dass die Lady von Carrisford öffentlich schwanger und ohne einen Gemahl in Erscheinung treten wollte, würde er einen Anfall bekommen. »Es haben mich schon zu viele Leute so gesehen«, sagte sie. »Falls wir wieder gehen wollen, ohne mit FitzRoger zu sprechen, ziehen wir am besten keine Aufmerksamkeit auf uns.« Mit großer Willensanstrengung gab sie ihm den Rest des Brotlaibs zurück, doch er schüttelte den Kopf.

»Behaltet ihn. Ich habe schon genug.«

Das entsprach sicher nicht der Wahrheit, doch Imogen merkte, dass sie es nicht durchhielt, länger zu protestieren, und so aß sie das Brot auf.

»Ich muss schon sagen, wie Ihr Euren Leib eben gehalten habt, das sah sehr echt aus«, sagte Siward. »Man hätte fast erwartet, dass Ihr das Baby jeden Augenblick kriegt. Aber vielleicht solltet Ihr das nicht zu oft machen, sonst haben wir bald die Hebamme bei uns. Gehen wir kurz in diese Ecke, dann will ich sehen, was ich tun kann.«

Imogen drückte sich in eine schattige Ecke hinter ein paar Ballen Heu, und Siward griff unter ihre Röcke im Versuch, die losen Enden der Tücher wieder zu befestigen. Sie blickte in den Himmel und versuchte derweil, nicht so verlegen auszusehen, wie sie sich bei dem Ganzen fühlte.

»He, du alter Bock!«, rief ein hochgewachsener Soldat, der einen ganzen Packen Spieße trug, als seien es Zahnstocher. »Du bist mir ja ein ganz Scharfer, was? Jeder sieht doch, dass du bei deiner Frau ganze Arbeit geleistet hast. Kannst du nicht wenigstens bis zur Nacht warten, bis du über sie herfällst?« Er lachte schallend, und alle Umstehenden waren ebenfalls auf sie aufmerksam geworden und kicherten.

Siward fluchte, und Imogen bedeckte das hochrote Gesicht mit den Händen.

»Ich habe nicht mehr so viele Jahre vor mir«, rief er dann freundlich zurück. »Da muss man jede Chance nutzen, die sich bietet!«

Die Menge antwortete mit schallendem Gelächter. »Na, wenigstens hast du deine eigene Frau mitgebracht«, meinte der Soldat. »Hier gibt es ohnehin so wenig Frauen, und du würdest sie bestimmt in einer einzigen Nacht alle bis zur Erschöpfung treiben!« Noch immer lachend, ging er dann seines Weges, und auch jene, die die Szene mitverfolgt hatten, wandten sich wieder ihrer Beschäftigung zu.

Imogen lehnte den Kopf erschöpft an die kühle Steinmauer. Es wurde mit jeder Minute schlimmer. »Können wir uns einfach eine ruhige Ecke suchen und hoffen, dass uns dort niemand findet?«, fragte sie schwach.

»Na, nun kommt schon«, meinte Siward, und obwohl er versuchte, tröstlich zu klingen, hörte sie die Belustigung in seiner Stimme. Alle hielten sie für ein Paar ... Und niemand dachte, dass es falsch und einfach nur komisch war.

Imogen begann sich zu fragen, ob das Kloster nicht doch die beste Lösung wäre, wie Father Wulfgan meinte. In den Tagen seit dem Tod ihres Vaters war der Kaplan wiederholt mit der Schilderung der Vorteile des religiösen Lebens in sie gedrungen. Seine Argumentation, dass ein Leben in Buße und Gebet der sicherste Pfad zu ewiger Glückseligkeit sei, hatte sie zwar nicht sehr beeindruckt, doch nun erkannte sie den großen Vorteil: Wenn sie in ein Kloster eintrat, würde sie nicht heiraten müssen. Dann würde sich kein Mann an ihr zu schaffen machen.

Und sie würde nie enden wie ... wie Janine.

Sie humpelte hinter Siward her. Außerdem, dachte sie dann noch, würde sie im Kloster immer gute Schuhe und saubere Kleidung haben. Es würde regelmäßig zu essen geben und sogar einige von den angenehmen Dingen des Lebens wie

Musik und Bücher. Und sie würde versorgt werden und müsste keinerlei Risiken auf sich nehmen, weil niemand von ihr abhängig wäre.

Du wehleidiger kleiner Feigling, schimpfte sie sich und trieb sich trotz der Schmerzen an, schneller zu gehen. Solange es nichts weiter war als ein Vergnügen, Imogen von Carrisford zu sein, hat es dir sehr wohl gefallen. Nun verlangt es dir Mühen und Opfer ab, und schon willst du kneifen. Alle in Carrisford sind auf dich angewiesen, aber du denkst nur an dein eigenes Wohlergehen. Es ist an der Zeit, dich deines Vaters würdig zu erweisen. Obwohl er freundlich und zivilisiert war, stand Bernard von Carrisford seinen Mann und kümmerte sich um die Seinen. Unter seiner Herrschaft waren die Leute sicher. Als seine Tochter kannst du dich nicht mit weniger zufriedengeben.

Imogen fasste sich ein Herz.

Als Erstes musste sie ihre Burg zurückgewinnen und an Warbrick Rache üben.

Dann musste sie einen Mann finden und heiraten, der so gut und stark war wie ihr Vater, damit so etwas nie mehr geschehen konnte.

Und schließlich, dachte sie grimmig, musste sie diese ekelerregenden Dinge ertragen, die die Männer den Frauen antaten, damit diese ihnen Söhne schenkten. Sie würde ihre Söhne zu guten, starken Männern, wie ihr Vater einer war, erziehen, damit ihre Untertanen von Generation zu Generation versorgt sein würden.

Die Feststellung, dass ihr »Baby« schief hing, riss sie aus ihren hochfliegenden Vorsätzen. Sie konnte es nicht ertragen, dass Siward sich noch einmal an ihr zu schaffen machte, und so hob sie die nach unten gerutschte Seite mit einer Hand hoch und hielt sie fest, in der Hoffnung, den falschen Bauch gerade rücken zu können.

Als sie endlich eine ruhige Ecke gefunden hatten, rief jemand: »He, Alter!« Sie wandten sich um.

Es war der Wachmann vom Tor. »Was läufst du denn hier im ganzen Burghof herum? Habe ich euch nicht gesagt, ihr sollt neben dem Wachhaus warten? Lord FitzRoger empfängt euch jetzt!«

Imogen warf Siward einen panischen Blick zu. Sie hatten keine Gelegenheit gehabt zu fragen, was für ein Mensch Fitz-Roger wirklich war.

Er legte schützend einen Arm um sie. »Meiner Frau geht es nicht gut …«, sagte er zu dem Mann.

»Der Herr will euch sehen«, erklärte der Mann. »Sie kann sich später mit ihrer Krankheit beschäftigen.« Als sie zögerten, packte er sie beide an den Armen und schleifte sie mit. Er ging so schnell, dass jeder Körperteil Imogens schmerzte und sich tatsächlich ein Schrei von ihren Lippen löste.

»Hör auf, Weib!«, knurrte der Soldat. »Allmählich fange ich an zu glauben, dass mit euch beiden etwas nicht stimmt. Ihr wolltet Gerechtigkeit vom Lord von Cleeve, und beim Heiligen Kreuz, ihr sollt sie bekommen.«

3

Imogen stolperte vorwärts, so gut sie konnte, hielt ihren »Bauch« fest und biss sich auf die Lippen, um nicht weiter zu stöhnen.

»Harry, was machst du?«

Der Wachmann stoppte so abrupt, als wäre er gegen eine Wand gelaufen. Dann sagte er mit einem angeberischen Ton in der Stimme: »Ich bringe diese Bauern zu Euch, Mylord, von denen ich Euch berichtet habe.«

Imogen blickte auf, und das Herz blieb ihr stehen.

Es war der Mann mit der Peitsche.

Ein Irrtum war ausgeschlossen, auch wenn sein Oberkörper nun von einem dunklen Hemd bedeckt war. Seine Kleidung war schlicht, er trug eine einfache Hose und einen mit Metallnoppen besetzten Gürtel, an dem ein Beutel und ein Messer hingen, doch seine Autorität war nicht zu verkennen. Dies musste der Bastard FitzRoger sein.

Er peitscht die Missetäter in seiner Burg persönlich aus?, dachte Imogen voller Entsetzen und trat instinktiv einen Schritt zurück.

Dem äußeren Anschein nach war erst einmal nichts zu befürchten.

Er schien sauber, sympathisch und zivilisiert, seine Gesichtszüge waren fein, wenngleich etwas hager, die Augen von einem klaren Grün; bei einer Frau hätte man sie wohl schön genannt. Das dunkle Haar fiel ihm – der neuesten Mode, die ihrem Vater so missfallen hatte, entsprechend – in Wellen bis zu den Achseln. Er war groß, hatte breite Schultern und einen kräftigen Körper, und eine gewisse Eleganz in seinen Bewegungen schien der schlichten Brutalität eines

Kriegsmannes entgegenzustehen. Jedenfalls sah er vollkommen anders aus als Warbrick.

Weshalb also raste Imogens Herz? Warum hatte sich ihre Kehle so sehr zusammengezogen, dass sie keinen Ton mehr herausbrachte? Wieso warnte ihre innere Stimme sie, unverzüglich zu fliehen?

Vielleicht wegen der Kälte dieser fesselnden grünen Augen. Als sie Imogen kurz musterten, schienen sie in ihre Seele zu blicken und nicht gutzuheißen, was sie dort sahen. Dann musterte er den Wachmann, und Imogen war sich sicher zu spüren, wie die Hand des Mannes zitterte, ehe er sie losließ. Auf ein Nicken hin entfernte sich Harry.

FitzRoger, der Bastard, saß bequem auf einem Fass, ein Bein hochgestellt und den Arm auf das Knie gestützt. »Ihr seid gekommen, um Gerechtigkeit zu erlangen? Tragt eure Sache vor. Ich habe nicht viel Zeit.« Die Stimme war forsch und unpersönlich, und darüber konnte Imogen nur froh sein. Das Letzte, was ein menschliches Wesen sich wünschen würde, war, das Interesse dieses Mannes zu wecken.

Imogen brachte kein Wort heraus. Was konnten sie sagen, damit sie so schnell wie möglich wieder aus Castle Cleeve hinauskamen?

Siward sprang nervös für sie ein. »Wir wurden von unserem Land vertrieben, Herr. Von Lord Warbrick.«

Bei diesem Namen bemerkte Imogen in den grünen Augen einen Funken Interesse aufleuchten. Sie erinnerte sich daran, dass sie hierhergekommen waren, weil Cleeve und Warbrick alte Feinde waren; dass sie gekommen waren, um Vergeltung zu finden. Das war nach wie vor so. Wieso verzagte sie, weil FitzRoger, der Bastard, sich als harter Mann erwies? Sie brauchte einen Helden, keinen Troubadour. FitzRoger schien genau der Richtige zu sein, um ihr zu helfen, ihre Burg wiederzugewinnen, und die Tatsache, dass sie vor ihm zitterte, hatte absolut nichts zu bedeuten.

»Wo liegt dieses Land?«, fragte FitzRoger.

Siward blickte hilfesuchend zu Imogen, doch ihr Kopf war wie leer gefegt. »Tatridge«, antwortete er schließlich.

»Das gehört zu Carrisford?«

»Jawohl, Herr.«

»Kennt ihr die Burg?«

Nach einem kurzen Zögern antwortete Siward: »Ja, Herr.«

»Sagt mir etwas darüber.«

»Herr, wir sind nur einfache Leute und gekommen, um Gerechtigkeit ...«

»Sagt mir etwas darüber.« Er hatte die Stimme nicht erhoben, doch sein Befehl war zwingend.

Sogar Siward stotterte jetzt etwas. »H-Herr«, begann er, »ich weiß nicht, was Ihr wissen wollt. Fragt mich, und ich werde mein Bestes tun, um zu antworten.«

Imogen beobachtete fasziniert, wie FitzRoger, der Bastard, einen Goldring an seiner rechten Hand drehte. Er hatte schöne Hände, sie ließen Kraft und Geschick vermuten, doch diese Bewegung mit ihrer stummen Drohung machte Imogen starr und steif.

»Wie viele Eingänge?«, fragte FitzRoger.

»Nur das Haupttor und der Hintereingang«, antwortete Siward.

Das stimmt nicht, dachte Imogen, denn es gab auch noch einen Eingang, der mit den Geheimgängen verbunden war. Sie vermutete, dass Siward sie auf diesem Weg aus der Burg geschafft hatte.

»Wie ist der Haupteingang gesichert?«

»Mit einer Zugbrücke und einem Fallgitter, Herr. Der Torweg ist schmal, gut bewacht und mit Mordlöchern versehen. Wie dieser hier.«

»Weißt du, wie viele Mann in Garnison liegen?«

»Nein, Herr, aber genügend.«

»Was ist mit dem Hintereingang?«

»Zwei Wachen, glaube ich, und er führt zu einem schmalen Weg mit einem weiteren Tor vor der eigentlichen Burg.«

Imogen bemerkte die Strenge in FitzRogers Augen und spannte sich an. Er argwöhnte etwas. »Für einen Bauern bist du überraschend gut informiert«, bemerkte er.

Bilder des Schandpfahls traten für Sekundenbruchteile in Imogens Gedanken. Sie hörte ein Stöhnen und bemerkte beschämt, dass es von ihr selbst kam. Die grünen Augen durchbohrten sie.

»Setz dich, Weib«, befahl er. »Hinter dir ist eine Kiste. Und wenn du dein Kind bekommen willst, dann such die Hebammen auf.« Imogen setzte sich nieder, bevor ihre zitternden Beine nachgaben. Er hatte sich bereits erneut Siward zugewandt. »Nun?« Es klang so scharf wie ein Peitschenknall.

»Mein Bruder gehört dort zur Wache, Herr.« Am liebsten hätte Imogen Siward für seine ruhige, überzeugende Antwort einen Kuss gegeben.

FitzRogers Blick wanderte über sie beide hinweg, und dieser Blick war so kraftvoll, dass es Imogen wunderte, nicht sofort durchschaut zu sein. Dieser Mann wusste mit Sicherheit, dass sie nicht waren, was sie zu sein behaupteten.

Plötzlich ergaben seine Fragen und das geschäftige Treiben im Burghof einen Sinn für Imogen. Ihr Herz machte einen kleinen Sprung. »Ihr seid im Begriff, Carrisford anzugreifen«, sagte sie. Er stand geschmeidig auf und trat vor sie, ein unfreundliches Lächeln auf den Lippen. Das Spiel ist aus, besagte diese Miene, jetzt wollen wir Farbe bekennen. »Und du bist sehr beredt für jemanden von so niederer Geburt.«

Imogen hatte noch immer Angst vor ihm, doch all diese Andeutungen erweckten eine Hoffnung in ihr, die stärker war als die Angst. FitzRoger hatte von ihrer misslichen Lage gehört und war bereits dabei, etwas zu ihrer Hilfe zu unternehmen. Sie erhob sich und gab ihr falsches Spiel auf. »Werdet Ihr Carrisford angreifen, Lord FitzRoger?«

Er hakte einen Daumen in seinen Gürtel ein und musterte sie. »Das ist mein Plan, Weib.«

Sie lächelte geheimnisvoll. »Ich danke Euch.«

Ihre Reaktion schien ihn etwas zu verwirren. »In welcher Hinsicht wäre mein Tun dir von Nutzen?«

Imogen richtete sich so gerade auf, wie sie konnte. »Ich bin Imogen von Carrisford«, erklärte sie würdevoll. »Wie Ihr seht, bedarf ich keiner Rettung, aber ich bin gekommen, um Euch als Vasall unseres Lehnsherrn, des Königs, darum zu bitten, mir gegen Lord Warbrick bei der Wiedergewinnung dessen, was mein ist, zu helfen. Und dabei, Rache zu üben.«

Die grünen Augen weiteten sich. Imogen glaubte schon fast, sie habe ihn sprachlos gemacht. Als er wieder Luft holte, merkte sie, dass er tatsächlich einige Sekunden lang den Atem angehalten hatte.

»Lady Imogen«, sagte er, und ein Funkeln trat in seine Augen. Es erinnerte sie an eine Katze, die die Maus weit von ihrem Loch entfernt aufgespürt hat. Sie trat hastig einen Schritt zurück, vergaß jedoch dabei, den Bauch festzuhalten, sodass er nach unten rutschte. Ihr schneller Griff danach zog seinen Blick darauf, der sofort wieder messerscharf und kalt war.

»Ich denke, Ihr müsst mir Eure Identität unter Beweis stellen, Lady.«

»Beweis? Wie soll ich beweisen, wer ich bin?«

»Euer Zustand spricht nicht dafür, dass Ihr die Blume des Westens seid …« Seine Augen wanderten über sie, als könnten sie allen Schmutz und jede Verkleidung von ihr abstreifen. »Oder er lässt mich zumindest glauben, dass Eure Geschichte sehr seltsam ist. Kommt mit mir.« Er machte kehrt und ging auf den Hauptturm zu, im Vertrauen darauf, dass sie ihm folgen würden.

Das taten sie auch, allerdings langsam. Mit ihren geschwollenen Füßen konnte Imogen einfach nicht schneller laufen.

Er drehte sich mit deutlicher Missbilligung in seiner Miene um, doch dann sah er auf ihre Füße. Mit einer raschen Bewegung nahm er sie auf die Arme. Imogen stockte vor

Überraschung der Atem, doch sie konnte nicht umhin, ihm für die Linderung ihrer Schmerzen dankbar zu sein.

»Ihr stinkt«, bemerkte er.

»Das tut mir leid«, entschuldigte sie sich mit so viel Würde, wie sie in ihrer Lage aufbringen konnte. »Ich habe auch Flöhe.« Mit leichter Bosheit fügte sie dann hinzu: »Die zweifellos gerade dabei sind, mit großer Freude aus meinem Schmutz zu Eurem sauberen Fleisch zu wandern.«

Während er mit ihr die Holztreppe zum Eingang des Hauptturms hinaufstieg, betrachtete er sie stirnrunzelnd. »Nehmt Euer Kopftuch ab.«

Mit einem stummen Dank an Siward gehorchte Imogen und sah FitzRogers Grimasse angesichts dessen, was das Kopftuch freigab. Er würde nicht in der Lage sein zu erkennen, ob dies ihr berühmtes Haar war oder nicht. Ihr Instinkt schärfte ihr mit aller Macht ein, sich gegenüber FitzRoger, dem Bastard, nicht ganz zu offenbaren. Je mehr er bezüglich ihrer Person im Ungewissen war, desto besser. Eine Schwangerschaft vorzutäuschen war definitiv eine gute Idee gewesen; sie würde diese Verstellung beibehalten, bis sie von seiner Ehrlichkeit überzeugt war – oder vielleicht sogar, bis sie unter dem Schutz des Königs Sicherheit gefunden hatte.

Sie konnte jedoch nicht umhin zu bemerken, dass FitzRoger ein starker Mann war. Er stieg die steile Treppe rasch hinauf, ohne ein Zeichen von Anstrengung erkennen zu lassen, obwohl man Imogen nicht unbedingt zierlich nennen konnte. Sie war von mittlerer Größe und wohlgeformt. Ihr Vater hatte immer gesagt, sie habe Hüften, die wie geschaffen wären zum Kinderkriegen.

Da sie sich nun in die Hand dieses Mannes begeben hatte, sollte sie angesichts seiner Stärke eigentlich froh sein, doch sie war vielmehr nervös. Zum ersten Mal musste Imogen sich der Möglichkeit stellen, dass ein Beschützer seine Stärke auch gegen sie einsetzen konnte. Die simple Wahrheit war, dass FitzRoger, der Bastard, mit ihr letztlich tun konnte, was er wollte, und alles, was sie ihm entgegensetzen konnte, war ihr Verstand.

Andererseits übte gerade seine Stärke eine ganz spezielle Wirkung auf sie aus. So behütet, wie sie aufgewachsen war, hatte sie kaum je einen anderen Mann berührt als ihren Vater. Nun spürte sie unter ihrer Hand eine stahlharte Schulter – aber diese Schulter war gleichzeitig warm, lebendig und beweglich. Seine Arme, sein Oberkörper, alles an ihm war voller Kraft und Festigkeit.

Auch ihr Vater war groß und stark gewesen, aber nicht so *muskulös*. Es war, als sei die massige Stärke von Lord Bernard im schlankeren Körper dieses Mannes konzentriert – er barst schier vor Kraft.

Das machte ihr Angst, aber es erregte sie auch auf eine nie gekannte Weise …

Sie befahl sich, solchen Gedanken Einhalt zu gebieten, damit sie am Ende nicht noch ganz den Verstand verlor. Die letzten Tage waren entsetzlich gewesen, aber sie konnte es sich nicht leisten, jetzt schwach zu werden. Noch nicht.

Die simple Frage war: Wie weit konnte sie diesem Mann vertrauen?

Sie bezweifelte, dass sie irgendeinem Mann vertrauen konnte.

Hoffnungslos klammerte sie sich an den einzigen klaren Gedanken, den sie fassen konnte. Ob er nun ein freundlicher Mensch war oder nicht, Lord FitzRoger war ihre missliche Lage bekannt, und er setzte sich bereits für sie ein.

Er trug sie durch den mit einem Bogen versehenen Eingang in den Saal der Burg. Es war ein großer Raum voller Tücher und Banner, doch er strahlte etwas Hartes, Unedles aus, ganz anders als ihr eigenes elegantes Zuhause. Die Wände bestanden aus ungetünchtem Stein, die Behänge waren grob und schmutzig und die Binsenmatten auf dem Holzboden vertrocknet. Und der Raum war leer und verlassen. Vermutlich waren alle draußen mit den Vorbereitungen zum Marsch auf

Carrisford beschäftigt. Das heiterte Imogen immerhin ein wenig auf.

FitzRoger durchquerte den Saal und hielt auf eine schmale Turmtreppe zu. Diese mit Imogen auf den Armen zu bezwingen erwies sich als schwierig, doch er schaffte es, ohne mit ihrem Kopf oder ihren Füßen anzustoßen. Sie konnte sein Geschick nur bewundern. Das Obergeschoss des Hauptturms war in mehrere einfache Kammern aufgeteilt. In der ersten hielt er an und setzte Imogen auf dem Boden ab. In dem Raum stand ein Bett, das sie sinnend betrachtete.

»Die Flöhe«, sagte er kühl und rieb sich die Hände, als habe er soeben eine wirklich widerwärtige Last getragen – was wohl auch der Fall gewesen war, dachte Imogen. »Ich schicke ein paar Frauen mit einem Badezuber hierher. So lange, bis etwas anderes bewiesen ist, gehe ich davon aus, dass Ihr Imogen von Carrisford seid, und werde Euch entsprechend behandeln. Aber versucht nicht, diesen Raum ohne meine Erlaubnis zu verlassen.«

Er brauchte ihr nicht zu drohen. Sein Ton und sein Gesichtsausdruck verliehen den Worten des jungen Mannes Nachdruck. In Cleeve gab es nur ein Verbrechen: die Befehle des Herrn nicht zu befolgen. Und er würde sein Urteil rasch und ohne Skrupel vollziehen.

Er wandte sich der Treppe zu. »Halt!«, rief Imogen ihm nach, »bitte, was geschieht mit meinem Begleiter?«

Er drehte sich abrupt zu ihr um und ließ den Blick über ihren aufgeschwollenen Körper wandern. »Wie steht er zu Euch?«

»Er ist mein Seneschall«, erklärte sie rasch. »Ein alter Mann. Seid freundlich mit ihm.«

»Er wird dieselbe Behandlung bekommen wie Ihr.« Wieder wandte er sich zum Gehen.

»Lord FitzRoger«, hielt sie ihn weiter zurück, und er wandte sich erneut ungeduldig um.

»Werdet Ihr mir helfen, Carrisford wiederzugewinnen?«

Nun lächelte er. »Natürlich, Lady Imogen. Ich bereite schon alles vor, und morgen reiten wir los. Ihr werdet uns natürlich begleiten wollen.«

Es klang wie eine Herausforderung, doch Imogen brachte ein Lächeln zustande. »Ich werde darauf bestehen, Mylord.«

Er nickte ihr zu und verschwand.

Tapfere Worte machten jedoch noch kein tapferes Herz. Endlich einen Augenblick allein, ließ sich Imogen ganz auf den Boden zurücksinken. Sie war versucht, den Tränen nachzugeben. Ihr Vater war tot. Ihr Zuhause war geplündert und war einem grausamen Feind in die Hände gefallen. Ihre Zofe war entsetzlich misshandelt, vielleicht sogar getötet worden. Sie wusste nicht, was ihrer geliebten Tante widerfahren war. Und sie musste sich allein diesem kalten, unberechenbaren Fremden stellen.

Sie drängte die Tränen und das Gefühl der Schwäche, das diese hervorrief, zurück. Sie war die Tochter Bernards von Carrisford, und sie würde sich ihres Vaters würdig erweisen.

Ihre Gedanken wanderten zu FitzRoger, dem Bastard. Imogen hatte mit solchen Männern keine Erfahrung; unter der schützenden Hand ihres Vaters hatte kein Mann es je gewagt, ihr anders als höflich zu begegnen.

Wie sollte sie eine solch dunkle, unergründliche Macht einschätzen?

Wie konnte sie zum Beispiel sicher sein, dass dieser Mann Carrisford Castle, wenn er es zurückerobert hatte, auch wieder an sie übergeben würde? Natürlich würde sich der König um ihre Angelegenheiten kümmern, sobald er von ihrer Situation Kenntnis erhielt; doch bis dahin konnte FitzRoger ihr längst sämtliche Vorräte geraubt und in der Burg große Schäden angerichtet haben. Falls Warbrick, dachte sie dann düster, überhaupt noch irgendetwas von Wert übrig gelassen hatte.

Sorge bereitete ihr auch, dass FitzRoger den Ruf genoss, im Ansehen des Königs sehr hoch zu stehen. Wenn er sie bestahl, würde Henry Beauclerk dann dem Gesetz Geltung verschaffen und sie entschädigen? Mit Bernard von Carrisford hätte er sich sicher nicht überworfen, aber würde er auch dessen Tochter große Aufmerksamkeit schenken?

Zu all dem kam natürlich auch noch hinzu, dass der König jetzt einen Gemahl für sie auswählen würde. Gütige Jungfrau Maria, war eine junge, unerfahrene, unverheiratete Frau jemals von derartigen Problemen bedrängt gewesen?

Unwillkürlich fragte sich Imogen, wann FitzRoger auf den Gedanken kommen würde, um sie zu werben. Sie hatte nichts davon gehört, dass er verlobt oder verheiratet sei; demnach würde er sie kaum als etwas anderes betrachten als eine reife Frucht, die es lediglich zu pflücken galt. Einen solchen Mann zu ehelichen war jedoch nicht ihre Absicht, und insofern konnte sich ihre vorgetäuschte Schwangerschaft durchaus noch als nützlich erweisen.

Drei Frauen kamen mit einem Badezuber herein, den sie mit dicken Leinentüchern auspolsterten. Dieses Zeugnis vornehmen Lebens an solch einem rauen Ort war Imogen ein gewisser Trost. Die Frauen füllten den Zuber nach und nach mit warmem Wasser und gaben duftende Kräuter hinein. Eine legte zudem frische Kleidung zurecht, die Imogen nach dem Bad anziehen konnte.

Weil sie über und über schmutzig war, betrachteten die Frauen sie neugierig; ansonsten aber verhielten sie sich sehr respektvoll. Sie wären ihr auch beim Bad zur Hand gegangen, doch das konnte Imogen nicht zulassen. Stattdessen bat sie darum, allein gelassen zu werden, woraufhin die drei äußerst bereitwillig gingen. Imogen musste sich eingestehen, dass auch sie selbst sich nicht angefasst hätte, wenn es nicht hätte sein müssen.

Sobald sie allein war, legte sie die schmutzigen Lumpen, den falschen Bauch und die Sandalen ab und stieg mit einem Seufzer der Erleichterung in das Wasser. Ihre Füße schmerzten, doch die Reinigung würde ihnen guttun.

In dem heißen, dampfenden Bad zu liegen fühlte sich so gut an, dass sie hätte einschlafen können, doch die Frauen würden bald zurückkommen, und so begann Imogen, sich einzuseifen und gründlich zu säubern. Ihre Füße musste sie besonders sorgfältig behandeln. Sie waren in einem schlimmen Zustand – aufgedunsen und so voller Blasen und Risse, dass sie kaum wiederzuerkennen waren. Die Riemen der Sandalen hatten sie an vielen Stellen wund und blutig gerieben. Wie hatte sie so überhaupt laufen können? Und wie sollte sie nun laufen?

Sie versuchte sich mit dem Gedanken zu trösten, dass das Einweichen im Badewasser ihren Füßen guttun und schon bald alles verheilt sein würde.

Sobald sie ihren Körper von Kopf bis Fuß gereinigt hatte, begann sie, sich die Haare zu waschen. Dazu hätte sie eigentlich dringend Hilfe gebraucht, denn ihr Haar war dicht und fiel ihr in Wellen bis zu den Hüften. Ob sie jemals wieder die liebe Janine haben würde, um sie ihr zu bürsten und zu flechten? Diese Frage brachte jedoch unerträgliche Gedanken mit sich, die sie rasch beiseiteschob.

Als Imogen fertig war, stand sie auf – um schon im nächsten Moment von Schmerzen überwältigt wieder niederzusinken. Guter Gott, was sollte sie tun?

Schließlich hievte sie sich mit der Kraft ihrer Arme über den Rand des Zubers und ließ sich auf den Boden gleiten. Sie stellte fest, dass sie auf den Fersen wenigstens kurzzeitig stehen konnte, und schaffte es so, sich trocken zu reiben. Dann band sie den falschen Bauch wieder um und zog das saubere Baumwollkleid an.

Endlich fühlte sie sich wieder einigermaßen sicher.

Sicher?, spottete sie sofort über sich selbst. Wie sicher war sie, wo sie sich nicht einmal auf den Beinen halten konnte? Sie war hilflos wie ein Baby.

Ihr Blick fiel auf das niedrige Bett. Wenn sie darauf lag, wenn die Frauen wiederkamen, merkte vielleicht niemand, wie angeschlagen sie wirklich war. Sie bewegte sich unbeholfen darauf zu und legte sich nieder. Morgen würde sie bestimmt wieder gehen können.

Aber weshalb verspürte sie eine solche Angst, wo sie sich doch im Schutz eines Verbündeten befand? Abgesehen von seiner Kälte verhielt sich der Lord von Cleeve wie ein perfekter Ritter. Er war bereit gewesen, zwei mittellosen Bauern zu helfen, wie es einem guten Lord anstand. Er hatte ihr eine Kammer zur Verfügung gestellt, saubere Kleidung und ein Bad. Und er bereitete die Rückeroberung ihrer Burg vor.

Plötzlich fragte sich Imogen, weshalb der Lord von Cleeve nicht unter ihren Freiern gewesen war.

Natürlich hatte er seit seiner Ankunft hier viel zu tun gehabt – er hatte seinen Besitz übernehmen und den König bei der Zurückschlagung der Invasoren unterstützen müssen. Aber andere Männer waren nicht weniger beschäftigt gewesen und hatten zumindest Zeit gefunden, ihr Interesse zu bekunden. Da die Ländereien von Carrisford und Cleeve aneinandergrenzten, hätte es zumindest Argumente gegeben, die für eine Verbindung sprachen.

Andererseits hatte er sicher in Betracht gezogen, dass jemand von so dunkler, zweifelhafter Herkunft wie er als Bewerber von vornherein schlechte Chancen gehabt hätte. Lord Roger von Cleeve hatte sowohl die Vaterschaft als auch die Gültigkeit der Ehe mit der Mutter des Bastards abgeleugnet. Dass dieser den Namen FitzRoger angenommen hatte, war eine bewusste Verhöhnung des Mannes gewesen, dessen Sohn zu sein er in Anspruch nahm. Erst seit der Krönung seines Freundes und Schutzherrn Henry Beauclerk war anerkannt worden, dass Lord FitzRoger einer legitimen Ehe entstammte. Den Spitznamen »Bastard« abzulegen, hatte er jedoch noch nicht geschafft, und womöglich würde ihm das nie gelingen.

Imogen zweifelte, dass irgendjemand diesen Namenszusatz ihm gegenüber gebrauchte, und nickte dann zufrieden, denn nun hatte sie seine Lage verstanden. Entweder hatte er nie eine Chance gesehen, der Gemahl Imogens von Carrisford zu werden, oder er hatte bei ihrem Vater um ihre Hand angehalten und war abgewiesen worden. Nun aber mochte er durchaus denken, dass er sich ihre Gunst erwerben konnte, indem er Imogen in ihrer misslichen Lage beistand. Er war zwar kein Mann, den sie sich als Gemahl wünschte, doch wenn es an der Zeit war, ihn zurückzuweisen, würde sie versuchen, es ihm freundlich beizubringen. Seine ungeklärte Herkunft war schließlich nicht seine Schuld.

Die Frauen meldeten sich zurück. Imogen erlaubte ihnen lächelnd, den Badezuber wieder wegzuräumen. Eine von ihnen begann, ihr die nassen Haare zu kämmen. »Sie sind so lang, Lady, und da, wo sie trocknen, sehen sie wirklich aus wie Goldfäden. So schön …«

Plötzlich stieß eine der beiden anderen einen entsetzten Schrei aus und zeigte auf einen blutigen Flecken auf dem Bett. »Oh, Lady! Eure Füße!«

Noch ehe Imogen einschreiten konnte, war die Frau aus dem Raum gelaufen, um Hilfe zu holen. Bald darauf erschienen ein Mönch und der Herr der Burg.

»Dies ist Bruder Patrick, Lady Imogen«, stellte FitzRoger den Gottesmann vor. »Er ist zwar mehr daran gewöhnt, Schwert- und Sattelwunden zu kurieren, aber er ist wohl auch imstande, Eure Beschwerden zu lindern.«

Imogen dachte daran, zu protestieren, doch vermutlich würde der Hausherr dann einfach dem Mönch ihre Füße zeigen. Außerdem schmerzten sie, und sie hatte schließlich vor, morgen wieder auf den Beinen zu sein.

FitzRoger lehnte sich mit verschränkten Armen an die Wand und schaute zu, wie Bruder Patrick ihre Wunden begutachtete.

Der Mönch schüttelte zuerst besorgt den Kopf, dann säuberte er die Wunden, trug eine Salbe auf und verband zuletzt Imogens Füße. Es tat sehr weh.

FitzRogers teilnahmslos beobachtende Haltung während der schmerzhaften Behandlung stärkte Imogens Mut und ihre Entschlusskraft. Eher würde sie ihre Seele dem Teufel versprechen, bevor sie unter diesen kalten grünen Augen in Tränen ausbräche.

»Wie schlimm ist es, Bruder Patrick?«, fragte FitzRoger, als der Mönch ihre Füße zu verbinden begann.

»Nicht so schlimm, wie es aussieht, Mylord. Solange keine Infektion dazukommt, wird alles gut verheilen.«

Bei dem Gedanken, dass die Wunden nicht heilen könnten, hielt Imogen den Atem an. Ihr Vater war qualvoll an einer eiternden Wunde gestorben. Ein Schauder durchlief sie.

Sie richtete den Blick auf FitzRoger. »Eure Füße werden heilen, wenn Ihr keine Dummheiten macht«, sagte er. »Ich habe in meinem Leben genug Blessuren gesehen.« Trotz seines brüsken Tons war es, als würde er Imogens Ängste erkennen und ihr Trost anbieten.

Er trat an das Bett. »Das Bad hat ein kleines Wunder gewirkt«, meinte er leichthin, »wer immer Ihr seid. Der Beschreibung der Erbin von Carrisford werdet Ihr jedenfalls gerecht.«

»Das kann kaum überraschen.«

Ein Funkeln blitzte in seinen Augen. »Robust«, fuhr er fort, »mit rotblondem Haar.«

Imogen starrte ihn böse an. »Es ist nicht rotblond!«

Er nahm eine Strähne zwischen die Finger, ließ sie jedoch wieder fallen, bevor sie seine Hand wegschlagen konnte. »Dann seid Ihr vielleicht doch nicht die Erbin von Carrisford? Was ist wohl die Strafe dafür, sich als eine Lady von hoher Geburt auszugeben?«

Obwohl man sie niemals eines solchen Vergehens für schuldig hätte befinden können, spürte Imogen Furcht in sich aufsteigen. »Ihr habt kein Recht, mich zu bestrafen.«

»Ihr habt Euch meiner Herrschaft unterstellt.«

Sie blickte zu ihm auf. »Das habe ich nicht. Ich bin als Gleichrangige zu Euch gekommen, um Hilfe gegen meine Feinde zu erbitten. Mein Vater war ein Verbündeter von Cleeve.«

Der Mönch beendete seine Arbeit. »Bitte lauft mit diesen Füßen mindestens zwei Tage lang nicht, Lady Imogen«, sagte er. »Und schickt nach mir, wenn die Schmerzen oder die Schwellung schlimmer werden.«

Zumindest hatte ihre Auseinandersetzung mit FitzRoger sie von Bruder Patricks Verarztung abgelenkt.

Aber zwei Tage? »Ich kann nicht zwei Tage lang liegen bleiben«, protestierte sie.

»Das müsst Ihr aber, wenn Ihr wollt, dass Eure Füße heilen«, widersprach der Mönch. »Und versucht auch nicht, Schuhe zu tragen.«

Bruder Patrick verließ den Raum, und Imogen blickte entsetzt auf ihre dick bandagierten Füße. Wie konnte ihr Körper sie in einer so schwierigen Zeit im Stich lassen?

Dann bemerkte sie, dass auch die Frauen gegangen waren.

Sie war allein der ungewissen Gnade des Bastards FitzRoger ausgeliefert, denn jeder Fluchtversuch konnte letztlich die Gefahr nach sich ziehen, an den eiternden Wunden ihrer Füße zu sterben.

Imogen spürte ihr pochendes Herz, doch sie hielt selbstbewusst den Kopf hoch und bewahrte eine unnachgiebige Miene.

Wenigstens wich FitzRoger etwas zurück; er setzte sich auf die Bank unter dem schmalen Fernster. Die Sonne stand inzwischen tief und leuchtete feuerrot; sie verlieh seinem dunklen Haar und seiner Tunika einen roten Schimmer, der Imogen an den leibhaftigen Teufel erinnerte.

Er legte gedankenvoll einen Finger an die Lippen und musterte sie. »Es gibt Geschichten von Geheimgängen, die nach Carrisford Castle hineinführen«, sagte er schließlich. »Kennt Ihr diese Gänge?«

Imogens Herz setzte einen Schlag aus. Sie hatte alles erwartet, nur das nicht. Schon die bloße Kenntnis der Existenz dieser Geheimgänge war ein Familiengeheimnis. Wie hatte er von ihnen erfahren? Sie schwieg.

Seine Miene wurde härter. »Wenn Warbrick die Burg eingenommen hat, dann wollt Ihr sie doch sicher wiederhaben, oder nicht?«

»Ja.«

»Dann müsst Ihr mir alles sagen, was Ihr darüber wisst.«

Das ergab Sinn, doch Imogen war zeit ihres Lebens eingeschärft worden, dass ein geheimer Ausgang auch ein geheimer Eingang und ein gelüftetes Geheimnis kein Geheimnis mehr war. »Ihr sagtet, Ihr würdet mich nach Carrisford mitnehmen«, meinte sie schließlich.

»Das ist ja jetzt wohl nicht mehr möglich.«

Imogen wollte im Grunde nichts mehr, als in diesem Bett liegen zu bleiben und umsorgt zu werden, doch ihr Pflichtgefühl erlaubte es ihr nicht. »Ich kann reiten«, wandte sie ein.

Sie erwartete sofortigen Widerspruch. Niemand hatte der Blume des Westens je erlaubt, sich in Gefahr oder auch nur in Unannehmlichkeiten zu begeben. Darüber hatte sie sich oft geärgert.

Doch er nickte. »Das wird nicht leicht sein, aber wenn Ihr darauf besteht, ist es möglich. Wir sind nicht in allzu großer Eile.«

»Dann«, erklärte Imogen, »werde ich Euch sagen, was Ihr wissen müsst, sobald Ihr es wissen müsst.«

»Was ich wissen muss?«, wiederholte er. Er drehte wieder seinen schweren Ring, stand langsam auf und kam auf sie zu. »Sagtet Ihr nicht, wir sind Verbündete, Lady Imogen?«

Sie drückte sich auf das Kissen zurück und nickte stumm.

»Verbündete sind bei ihrer Ehre verpflichtet, einander zu helfen.« Er stellte einen Fuß auf das Bettgestell und beugte sich über sie. »In jeder Hinsicht.«

Plötzlich fragte er unvermittelt: »Könnt Ihr lesen und schreiben?« Die Frage überraschte sie so, dass es ihr fast die Sprache verschlagen hätte. »Ja.«

»Dann lasse ich Euch Pergament, Feder und Tinte bringen. Zeichnet mir einen Plan der Burg und schreibt alles dazu, was Ihr wisst. Alles.« Er überging ihre Bedenken völlig. »Morgen reiten wir nach Carrisford, Ginger. Wenn Ihr mir irgendwelche nützlichen Informationen vorenthaltet, werde ich sie aus Euch herausprügeln. Und wenn Ihr mich hereinlegt, werde ich Euch eigenhändig strangulieren.«

Sie glaubte ihm jedes Wort. Am liebsten hätte sie sich unter dem Bett verkrochen, doch sie hielt den Kopf hoch und begegnete seinem Blick. »Dann glaubt Ihr mir also jetzt, dass ich die bin, die zu sein ich behaupte?«, fragte sie etwas zaghaft, doch sie war stolz, es überhaupt herausgebracht zu haben.

»Ich sagte, ich würde Euch entsprechend behandeln, bis es widerlegt ist, nicht wahr?«

Er ergriff erneut eine Strähne ihres langen Haars und wickelte sie um seinen Finger. »Wenn Ihr mir etwas vormacht, meine Süße«, sagte er leise, »dann empfehle ich Euch, morgen die erstbeste Gelegenheit zur Flucht zu ergreifen – geschwollene Füße hin oder her.«

Imogen erstarrte.

Er ließ ihr Haar los und richtete sich auf. »Ich lasse mit dem Schreibzeug auch ein Abendessen mit heraufbringen. Gute Nacht.«

Damit war er fort, und Imogen konnte aufatmen und versuchen, ihr hämmerndes Herz zu beruhigen. Ihr Gefühl hatte sie nicht getrogen. Sie hatte sich keinen Jagdhund eingefangen, sondern einen wahrhaftigen Drachen, und sie konnte ebenso als sein Nachtmahl enden wie als seine Geliebte.

Imogen schloss die Augen, doch Tränen quollen daraus hervor. Sie wünschte sich, ihr Vater möge wieder für sie da sein, ihre Tante Constance sie bemuttern und Janine ihr die Haare auskämmen und ihre schönen Kleider und ihren Schmuck für sie bereitlegen. Sie wollte nach Hause, statt allein an einem fremden Ort zu sein und tapfer sein zu müssen.

Aber sie hatte keine Wahl. Sie dachte an die Worte ihres Vaters und spürte den Geschmack der Verbitterung auf den Lippen.

Nach dem einfachen, aber annehmbaren Essen zeichnete Imogen für Bastard FitzRoger einen detaillierten Plan von Carrisford Castle. Sie sagte sich, das tue sie, weil er der Held war, der ihr Zuhause für sie zurückerobern würde. Und sie wusste, dass sie die Zeichnung auch anfertigte, um ihn ihr gegenüber geneigt zu stimmen.

Sie zeichnete sogar die Geheimgänge ein, die hinter den Mauern des großen Saals verliefen, denn wer deren Existenz ahnte, würde sie ohnehin leicht finden, und auch die verborgene Verbindung zwischen ihnen und den tiefer gelegenen Gängen.

Diese tieferen Gänge und den Eingang, zu dem sie führten, zeichnete sie trotz ihrer Angst jedoch nicht ein.

Schließlich war es möglich, dass Warbrick Carrisford aufgegeben hatte, sobald er festgestellt hatte, dass sie sich dort nicht aufhielt. Es wäre töricht gewesen, die Familiengeheimnisse preiszugeben, wenn es nicht unbedingt notwendig war.

Dennoch kaute sie nervös an dem Federkiel und fragte sich, was FitzRoger tun würde, wenn er bemerkte, dass sie die meisten Geheimgänge nicht eingezeichnet hatte.

Natürlich würde er sie nicht auspeitschen.

Aber er war auch kein Mann, der sich mit leeren Drohungen begnügte …

Unter anderen Umständen hätten die Furcht vor ihrem Paladin und die Verwirrung, die sein Wesen in ihr hervorrief, Imogen vom Schlaf abgehalten – von dem ungewohnten Wanst und ihren wunden Füßen ganz zu schweigen –, doch die Erschöpfung war stärker. Sie schlief tief und traumlos und die Magd hatte bei Tagesanbruch Mühe, sie zu wecken.

Als Erstes bemerkte sie, dass sich ihr Zustand verschlechtert hatte. Ihr ganzer Körper schmerzte, und die Wunden an ihren Füßen vertrugen nicht die leiseste Berührung. Sie dachte kurz daran, es sich anders zu überlegen und ganz behaglich in Cleeve zu bleiben, bis ihr Zuhause wieder gesichert war, doch das konnte sie nicht. Sie war Imogen von Carrisford, und die Pflicht rief sie. Wenn sie FitzRoger nicht begleitete, wenn sie nicht ihre Interessen und die ihrer Leute vertrat, würde er in jeder Hinsicht vollkommen freie Hand haben.

Aber selbst mit der Hilfe zweier Frauen bereitete ihr schon das Anziehen große Mühe. Nach einem Frühstück aus Brot, kaltem Schweinefleisch und Ale, während dem ihr Haar zu zwei dicken Zöpfen geflochten wurde, fühlte sie sich jedoch schon besser. Dadurch, dass sie sich bewegte, war die anfängliche Steifheit ihres Körpers bald verschwunden, und der Gedanke, dass ihr Zuhause bald wieder ihr gehören würde, gab ihr Kraft.

Die Kleidung, die man ihr gebracht hatte, war einfach und bestand aus schlichtem Leinen und Wolle, aber sie war sauber und farbenfroh, sehr im Gegensatz zu den Lumpen, die sie während ihrer Flucht getragen hatte. Die Frauen brachten auch ein Paar große Schuhe, die über ihre Verbände gepasst hätten, doch sie verursachten Schmerzen, und nach einem zaghaften Versuch, sich auf die Füße zu stellen, merkte Imogen, dass Bruder Patricks Rat, das sein zu lassen, klug gewesen war. Schon das geringste Gewicht war marternd. Aber wenn sie nicht stehen und erst recht nicht laufen konnte, dann brauchte sie auch keine Schuhe.

Eine der Frauen wagte zu protestieren. »Ihr solltet heute nirgendwohin gehen, Lady. Bleibt besser hier bei uns, und lasst den Herrn alles regeln.«

Imogen knirschte mit den Zähnen. »Reiten kann ich.«

Sobald sie reisefertig war, holte eine der Frauen jemanden, um sie zu tragen. Imogen machte sich auf die nächste Begegnung mit FitzRoger gefasst.

Es war jedoch ein Fremder, der den Raum betrat, ein gut aussehender, junger Mann hohen Ranges, der bereits seine Rüstung trug, aber noch keinen Helm. »Lady Imogen«, sagte er mit einer Verbeugung, »ich bin Renald de Lisle und habe die Ehre, Euch zu Eurem Pferd zu tragen.« Seine ausdrucksvollen dunklen Augen leuchteten, als habe er gegen die Horden der Finsternis gekämpft, um dieses Privileg zu erringen.

Er war eindeutig ein Franzose, kein Normanne. Das zeigte sich in seiner Art zu sprechen ebenso wie in seinem Benehmen. Angesichts seiner unverhüllten Freude über die Aufgabe, sie zu tragen, musste Imogen lächeln. Warum konnten nicht alle Männer so entgegenkommend sein?

Renald de Lisle war nicht ganz so groß wie FitzRoger, doch kräftiger gebaut, mit starken Schultern und einer breiten Brust. Er hob sie mühelos auf seine Arme, und sie ließ sich behaglich an seine gepanzerte Brust sinken. Ihr fiel auf, dass ihr bei ihm nicht schwindlig wurde, obwohl er FitzRoger an Stärke nicht nachstand.

Aber das bewies wohl nur, dass dieses Schwindelgefühl eindeutig durch Erschöpfung und Hunger entstanden war.

Sir Renald duftete leicht nach Kräutern, oder vielleicht war es auch seine Kleidung. Sie versuchte, sich daran zu erinnern, wonach FitzRoger gerochen hatte. Aber gestern hatte ihr eigener Gestank wahrscheinlich jeden anderen Geruch überdeckt. Einem Mann zum ersten Mal in einer solchen Aufmachung zu begegnen!, dachte sie bedauernd. Wahrscheinlich würde er den Anblick nie vergessen, wie sie in ihren schmutzigen Lumpen vor ihm stand, allem Anschein nach hochschwanger und halb verkrüppelt.

Sir Renald lenkte sie von ihren Gedanken ab. »Was für eine wunderbare Aufgabe«, sagte er fröhlich. »Ich habe meinem

Waffenbruder sehr dafür gedankt, dass er mich zu seinem Stellvertreter ernannte.«

»Meint Ihr damit FitzRoger?«

»Ja. Wir sind Herzensbrüder, Demoiselle. Wir waren zusammen arm, als wir uns als Söldner verdingten. Wir gelobten einander, wenn wir reich würden, dann zusammen. Und nun sind wir hier.«

Die Wärme in seiner Stimme überraschte Imogen. Wie sonderbar, sich vorzustellen, dass der kalte FitzRoger überhaupt einen Freund haben konnte, und dann auch noch einen wie diesen. Sir Renald trug sie aus dem Wohnturm, und sie genoss den frischen, sonnigen Morgen und die leichte Brise. Ein guter Tag für einen Sieg.

»Und was tut Ihr für den Lord von Cleeve, Sir Renald?«, fragte sie auf dem Weg hinunter in den belebten, lauten Burghof.

»Zurzeit bin ich sein Waffenmeister und helfe ihm, aus diesen Faulpelzen, die ihm sein Bruder hinterlassen hat, Soldaten zu machen. Eines Tages, wenn er noch reicher ist, wird er mir eigenes Land geben. Ich bin zufrieden – ich habe zu essen, ein Dach über dem Kopf, feine Kleider und genügend Kämpfe, damit mir nie langweilig wird. Ich fühle mich wie im Paradies.«

Sie kamen an dem blutbesudelten Schandpfahl vorüber. Der Anblick brachte Imogen wieder die Bilder vom Vortag in Erinnerung; sie sah, wie FitzRoger, der Bastard, die Peitsche schwang, und hörte die Männer schreien. Und ihr einziges Verbrechen war gewesen, dass sie ein wenig zu viel getrunken hatten.

Imogen schauderte. Wie im Paradies? Nur die ungehobeltste Sorte Mann konnte Castle Cleeve als Paradies empfinden. Sollten diese Krieger einfach ihre Burg zurückerobern – zu etwas anderem taugten sie nicht –, und dann würde sie sich einen sensiblen, zivilisierten Gemahl suchen, einen wie Gerald von Huntwich.

Anstatt auf einem eigenen Pferd sollte Imogen mit einem leichten Damensattel hinter einem kräftigen Soldaten mittleren Alters reiten. Er teilte ihr mit rauer Stimme mit, sein Name sei Bert, und es war klar, dass er über die ihm zugedachte Rolle nicht sonderlich glücklich war. Auch Imogen war nicht gerade angetan von dieser Lösung, doch sie merkte sehr bald, dass es für sie schwer gewesen wäre, in ihrem Zustand ein Pferd zu lenken. An Steigbügel etwa wäre nicht zu denken gewesen.

Doch seitlich auf dem Damensattel zu sitzen verursachte ihr keine Schmerzen. Sie hielt sich an Berts Ledergürtel fest und überließ alles Weitere ihm.

Sir Renald küsste galant ihre Hand, bevor er auf sein graues Streitross aufsaß. FitzRoger ritt ohne Kopfbedeckung an ihr vorüber, gefolgt von seinem Knappen mit Schild und Helm.

Dann nahm er seine Streitmacht genau in Augenschein, und ohne Zögern oder Eile wanderte sein Blick auch über Imogen, die sich unwillkürlich vorstellte, wie er gedanklich registrierte: »... eine Erbin, zu Pferd ...«

Sie setzten sich in einem gleichmäßigen Tempo in Bewegung, bei dem sie Imogens Schätzung nach am späten Nachmittag Carrisford erreichen würden.

Es war ein wunderbarer Tag, und da sie nicht einmal das Pferd lenken musste, genoss sie die Reise wie einen Ausritt zum Vergnügen. Die zu Castle Cleeve gehörenden Ländereien schienen gute Erträge erbracht zu haben, und auf den Wiesen standen wohlgenährte Rinder. Allerdings lag ein großer Teil des Landes brach. Sie hatte gehört, FitzRogers Bruder Hugh sei kein guter Lord gewesen; womöglich war dies also ihm zuzuschreiben.

Die Menschen waren mit dem Einbringen der letzten Ernte beschäftigt. Sie schauten von der Arbeit auf und beobachteten, wie ihr Lord vorbeiritt. Es gab keine Freudenrufe, wie es bei Lord Bernard immer der Fall gewesen war, aber auch keinen Unmut oder Verdrossenheit. Es war, als würden sie sich wie ihr Herr verhalten und kühl bleiben.

Gelegentlich entfernte sich FitzRoger von dem Trupp, um mit jemandem zu sprechen oder etwas zu inspizieren. Immer muss er kontrollieren, dachte Imogen mürrisch. Nichts durfte seinen wachsamen grünen Augen entgehen.

Ihr Vater war ein guter Lord und bei seinen Untertanen sehr beliebt gewesen. Sie glaubte nicht, dass man dies auch über FitzRoger sagen konnte, aber das war auch keine große Überraschung. Wer mochte schon einen so harten Mann? Doch sie bemerkte, dass er sehr wohl respektiert wurde. Imogen dachte, es sagte viel aus, dass alle ihn als »den Herrn« bezeichneten. Die Disziplin unter seinen Männern war eisern, aber dennoch sangen sie beim Reiten, und jegliches Brummen oder Grollen hatte einen humorvollen Unterton.

Verärgert beschloss Imogen, die Fixierung auf ihren Paladin – ihren Helden – zu unterdrücken. Er war für sie schließlich nicht mehr als ein Werkzeug.

Sie würde ihm helfen, Carrisford einzunehmen, ihm wenn nötig sogar den geheimen Eingang zeigen, und dann ihr Zuhause wieder herrichten und sicher machen. Natürlich sollte ihm für seine Hilfe eine angemessene Belohnung zukommen, und damit hätte alles sein Bewenden. Und sie wollte sichergehen, dass die nächste Botschaft den König erreichte. Henry würde Warbrick vernichten, wie er es verdiente, und Imogen sich dann in Ruhe mit der Wahl eines Gemahls beschäftigen.

Sie rief sich ihre bisherigen Freier ins Gedächtnis und stellte zu ihrer Verwunderung fest, dass sie mit keinem von ihnen zufrieden war. Unter dem sicheren Schutz ihres Vaters waren sie alle passabel gewesen, doch nun wurde ihr klar, dass der eine zu dumm gewesen war, der andere zu grausam, der nächste zu unbeholfen, ein weiterer zu eitel, wieder ein anderer zu alt …

FitzRoger kam auf einer seiner wiederkehrenden Inspektionen vorüber und lenkte seinen Kastanienbraunen an ihre Seite. »Ihr runzelt die Stirn, Lady. Habt Ihr Schmerzen?«

»Nein, Mylord.«

»Seid Ihr müde? Wenn ja, tut es mir leid, aber wir können nicht anhalten.«

»Ich langweile mich nur, Lord FitzRoger.«

»Manche beten tagtäglich um ein langweiliges Leben, Lady Imogen. Ich fürchte, Ihr müsst Euch bis zum Beginn des Kampfes gedulden, wenn Euch der Sinn nach Aufregung steht.«

Zu ihrem Ärger war er verschwunden, noch ehe sie etwas Passendes erwidern konnte. Sie drehte sich um, damit sie ihn weiter beobachten konnte. Hier und da verweilte er für ein kurzes Wort, einen Scherz oder eine Rüge. Einen Mann sah Imogen nach ein paar ruhigen Worten kreidebleich im Gesicht werden.

Obwohl FitzRoger gesagt hatte, sie könnten nicht anhalten, taten sie dies dreimal – um die Pferde ausruhen zu lassen und zu tränken. Das Wohlergehen der Tiere war schließlich wesentlich wichtiger als das einer schlichten Erbin. Bei jedem Halt trug Sir Renald sie zu einem schattigen Platz und setzte sie auf einer Decke ab. Er blieb jedoch nie bei ihr, sondern begab sich mit FitzRoger auf die nächste Runde zur Inspektion der Männer und der Pferde, prüfend, ermutigend und ermahnend. Imogen hatte noch nie etwas mit dem Kriegshandwerk zu tun gehabt; nun begann sie zu ahnen, dass es dabei ebenso sehr auf gute Organisation und Planung ankam wie auf kämpferische Aktionen.

Beim dritten Halt wurde Essen ausgegeben – Brot, Käse und Ale. Sir Renald brachte Imogen ihre Ration, begab sich dann jedoch wieder mit seinem Freund auf die übliche Runde. Nach einer Weile kamen die beiden zurück, ließen sich neben ihr nieder und teilten sich einen Laib Brot und einen Schlauch Bier.

Es war kurz nach Mittag, und der Tag war heiß geworden. Sir Renald schob die Kapuze seines Kettenhemds zurück, sodass seine feuchten Haare sichtbar wurden. »Ich hasse es, im Sommer zu kämpfen«, murrte er.

»Nimm ein wenig ab«, meinte sein Freund ohne jedes Mitgefühl.

»Ich bin nicht fett«, hielt Sir Renald dagegen. »Nur ein unmenschliches Monster wie du würde die Hitze unter dickem Filz, schwerem Eisen und einem Wappenrock nicht spüren.«

»Ich spüre die Hitze ebenso wie du«, erwiderte FitzRoger. »Aber über einen Feldzug freue ich mich bei jedem Wetter.« Er wandte sich Imogen zu. »Ich hoffe, Ihr seid nicht überhitzt, Lady.« Sein Ton ließ vermuten, dass der Satz mit den Worten »... denn ich kann dagegen absolut nichts unternehmen« hätte enden können.

»Da ich nur zwei dünne Kleidungsstücke trage, Mylord, wäre es nicht angemessen, mich diesbezüglich zu beklagen.«

Er musterte ihren dicken Bauch. »Frauen in Euren Umständen neigen dazu, auf Hitze empfindlich zu reagieren.«

Imogen spürte ihre Wangen feuerrot anlaufen. Sie musste das Gespräch auf ein anderes Thema lenken. »Könnt Ihr mir sagen, was aus meinem Seneschall geworden ist, Mylord?«

»Seltsam«, meinte er nachdenklich, »dass eine Erwähnung Eurer bevorstehenden Mutterschaft Euch ihn ins Gedächtnis ruft. Ich hätte nicht gedacht, dass ein älterer Mann nach Eurem Geschmack ist, aber Frauen sind nun einmal eigenartige Kreaturen ...«

Imogen wollte gerade heftig protestieren, als sie in seinem Blick einen Anflug von Humor entdeckte. Dieser Schuft wagte es, sie zu necken! Die einzige Reaktion auf eine derartige Unverschämtheit war, sie einfach zu ignorieren. »Er ist mein getreuer Diener«, erwiderte sie kühl.

»Dann ist Euer getreuer Diener in Cleeve in sicherer und rücksichtsvoller Gefangenschaft.«

Imogen starrte ihn entgeistert an. Er hielt Siward als Geisel fest. »Es wäre unehrenhaft, einen alten und getreuen Gefolgsmann zu misshandeln.«

»Wenn Ihr Euch wohlverhaltet, wird er nicht misshandelt«, konterte FitzRoger unumwunden. Auf sein Zeichen hin begann sich das Lager aufzulösen – Abfälle wurden eingesammelt und Gurte festgezogen. Beim Aufstehen fragte er beiläufig: »Wer ist dann der Vater dieses ungelegen kommenden Kindes?«

Imogen schlug den Blick nieder. »Das kann ich Euch nicht sagen«, antwortete sie völlig wahrheitsgetreu.

Mit einem Griff unter das Kinn zwang er sie, ihm in die Augen zu sehen. »Ihr seid nicht heimlich verheiratet?«

»Wenn ich einen Gemahl hätte, wäre ich dann wohl auf Eure Hilfe angewiesen, was meint Ihr?«

»Das käme auf den Gemahl an.« Er ließ sie los und ging, um das Sammeln seiner kleinen Streitmacht zu überwachen. Am liebsten hätte Imogen ihm eine tödliche Waffe in den Rücken geschleudert.

Renald de Lisle hob sie auf seine Arme.

»Sir Renald«, sagte sie ärgerlich, »auch wenn Ihr zweifellos der Meinung seid, Euer Freund besitze sämtliche Tugenden – ich finde ihn unfreundlich und grob.«

Sie spürte sein polterndes Lachen wie eine Welle durch ihren Körper laufen. »Ich halte ihn natürlich nicht für einen Ausbund an Tugend. Er ist ein rauer Bursche, genau wie ich. Aber er steht zu seinem Wort. Was er verspricht, das hält er, und das ist mehr, als man von den meisten Männern sagen kann.« Damit setzte er sie wieder in den Sattel.

Imogen schauderte. Wenn sie sich einiges von dem vor Augen hielt, was Bastard FitzRoger ihr versprochen hatte, waren de Lisles Worte absolut kein Trost.

4

Am späten Nachmittag kamen sie in die Nähe von Carrisford. FitzRoger ließ den Großteil seiner Leute im Schutz des Waldes zurück, und dann brachen er, de Lisle und einige weitere Männer auf, um die Lage zu erkunden. Imogen wollte diesen Spähtrupp begleiten, und so überredete sie Bert, sich ihm anzuschließen. Sie befanden sich noch im Schutz der Bäume, doch auf einer Anhöhe, die ihnen einen hervorragenden Blick auf Carrisford Castle gewährte.

Beim Anblick ihres Zuhauses, das unversehrt und ohne jeden Makel auf einer Erhebung unweit des Flusses aufragte, schnürte sich Imogens Kehle zusammen. Vom nahe gelegenen Dorf jedoch stiegen Rauchfahnen auf; es wirkte verlassen, wenn auch nicht völlig zerstört.

Sie wandte den Blick wieder der Burg zu und suchte nach Anzeichen von Verwüstungen. Der hohe, quadratische Wohnturm und die beiden mächtigen Mauern, die den inneren und äußeren Burghof umgaben, erhoben sich nach wie vor unbeschädigt auf dem mit Gestrüpp bewachsenen, felsigen Hügel. Der Haupteingang, dem man sich auf einem langen, gewundenen Pfad den Hügel hinauf bis zu der heruntergelassenen Zugbrücke näherte, wurde von zwei Tortürmen flankiert, und das Fallgitter war einladend hochgezogen.

Sie war darauf gefasst gewesen, eine Ruine zu sehen, doch die Burg war so schön wie eh und je.

»Er ist weg«, murmelte sie.

FitzRoger wandte ihr den Blick zu. »Oder er hat eine Falle erdacht, für Euch oder sonst jemanden, der die Burg für sich in Anspruch nehmen will.«

Imogen biss sich auf die Lippe. Wäre sie allein gekommen, sie wäre hocherfreut einfach in die Burg hineingeritten, um sie wieder in Besitz zu nehmen. Wie naiv sie doch war.

»Was tun wir also?«, fragte sie.

»Beobachten und auskundschaften.«

Sie zogen sich alle wieder etwas zurück, stiegen dann ab und versorgten die Tiere. Sir Renald hob Imogen vom Pferd, und sie überredete ihn, sie auf die Anhöhe zu bringen, sodass sie ihr Zuhause im Auge behalten konnte. Er versteckte sie im Unterholz, doch sie hatte trotzdem einen guten Blick. Und sie war noch immer überzeugt, dass Carrisford Castle leer war.

Kurze Zeit später ritten ein paar Männer fort – sicher, um sich in der Umgebung nach Neuigkeiten umzuhören. Einige weitere machten sich zu Fuß in Richtung der Burg auf. FitzRoger kam zu Imogen, lehnte sich stumm an einen Baum und beobachtete die Burg mit Argusaugen.

Sie bemerkte, dass sie mehr ihren Paladin beobachtete als ihr Zuhause. Irgendwie bestand zwischen ihm und der Burg kein Unterschied, dachte sie verdrossen. Er war so stumm und kalt wie eine steinerne Festung. Und wie lange er absolut regungslos dasitzen konnte! Selbst im Schatten war es noch heiß, und eine Rüstung war bestimmt nicht die bequemste Kleidung, aber er saß trotz alledem still da wie eine Statue.

Sein Profil war sehr markant, ging es ihr durch den Kopf, makellose, scharf geschnittene Konturen ...

Hinter ihnen beim Lager kam Unruhe auf, die ihre Betrachtungen unterbrach. Im nächsten Augenblick war FitzRoger in Richtung der Stimmen verschwunden.

Imogen drehte sich um und sah, dass einer der Soldaten mit einem Bauern zurückgekommen war, der sich vor dem Lord von Cleeve sofort auf die Knie warf. Sie wollte dem Gespräch beiwohnen, doch schon der erste Versuch aufzustehen misslang und sie setzte sich von Schmerzen gepeinigt wieder hin. Sie hasste es, so eingeschränkt zu sein.

Als habe er ihre Bemühungen mitbekommen, kam FitzRoger zu ihr zurück und trug sie den Hang hinunter. Dann baute er sich vor dem Bauern auf, der nun aufrecht stand, dem aber vor Angst die Knie schlotterten. Imogen dachte, es war vielleicht der Hürdenmacher des Orts, doch sie war sich nicht sicher.

»Weißt du, wer das ist?«, fragte FitzRoger den Mann.

»Das ist die Lady Imogen«, antwortete er aufgeregt, »die Tochter von Lord Bernard. Der Schatz von Carrisford. Oh, Mylady, bin ich froh, Euch in Sicherheit zu sehen. In so einer Zeit ...«

»Genug«, fiel FitzRoger ihm ins Wort. »Die Lady wird wieder rechtmäßige Besitzerin von Carrisford, und die Ordnung wird wiederhergestellt werden. Du hast nichts zu befürchten, aber du musst hierbleiben, bis alles geregelt ist.«

Bevor der Mann weggeführt wurde, verbeugte er sich tief – offenbar mehr vor FitzRoger als vor ihr, dachte Imogen.

FitzRoger brachte sie zu ihrer Decke zurück und schien sie nun mit ganz neuen Augen zu sehen. »Nun, Lady Imogen, Ihr habt ja zweifellos einiges zu erzählen. Wann ist der Geburtstermin?«

Imogen schluckte. »Ende September«, erwiderte sie, da ihr diese Zeitangabe einigermaßen glaubwürdig erschien.

»Hmm«, meinte er stirnrunzelnd. »Dann müsst Ihr ja fröhliche Weihnachten gehabt haben.«

Noch ehe sie eine ebenso verletzende Erwiderung ersinnen konnte, entfernte er sich und nahm wieder seinen Beobachtungsposten ein.

Imogen behielt ihn im Blick und versuchte, sich eine Geschichte auszudenken, die ihre vermeintlich anderen Umstände erklären konnte. Dass ihr Vater einen solchen Bauch nicht bemerkt und ihre Verheiratung arrangiert hätte, war nicht vorstellbar. Tatsächlich, dachte sie besorgt, würde so ziemlich jeder hier in der Gegend FitzRoger sagen können, dass sie noch vor zwei Tagen eine schlanke Taille gehabt hatte. Sie konnte diese List also nicht mehr lange aufrechterhalten, doch wenn FitzRoger die Wahrheit erfuhr, durfte sie nicht mehr in seiner Gewalt sein.

Mit einem Blick auf ihn fragte sie sich, wie er reagieren würde, wenn er bemerkte, dass sie ihn zum Narren gehalten hatte. Der Gedanke jagte ihr einen Angstschauer über den Rücken.

Er spannte sich an, und sie wandte sich der Burg zu, um zu sehen, was er entdeckt hatte. Sie konnte nichts erkennen.

»Was ist los?«, flüsterte sie.

Er ignorierte sie. Sie wollte zu ihm hinüberkriechen, ihn auf sich aufmerksam machen, doch der Gedanke daran, welchen Anblick sie bieten würde, hielt sie davon ab. Stattdessen starrte sie so angestrengt auf die Burg wie er, und nun sah sie es: eine kleine Bewegung, als jemand, durch die Abenddämmerung ermutigt, über die Brustwehr spähte. Es konnte ein nervöser Bediensteter sein, aber ebenso gut eine getarnte Wache.

»Wenn Warbrick und seine Leute die Burg verlassen hätten«, sagte sie halb zu sich selbst, »und es wären noch Bedienstete darin, hätten sie keinen Grund, sich zu verbergen.«

»Genau.« Er kam zu ihr und stellte sich, die Daumen im Gürtel eingehängt, vor sie. »Zeit für Euch, mir alle Eure Geheimnisse mitzuteilen, Imogen von Carrisford.« Mit einer kleinen Geste winkte er Sir Renald und zwei weitere Männer zu sich. »Nun?«, forderte er sie auf.

Sie hasste es, so zu seinen Füßen am Boden festzusitzen. Er benutzte ihre momentane Invalidität vorsätzlich, um ihr Angst einzujagen und sie zu beherrschen, und dafür hasste sie ihn. »Das ist ein Familiengeheimnis«, erwiderte sie mit fester Stimme und sah ihm direkt in die Augen, auch wenn ihr davon der Nacken schmerzte.

»Dann zählt mich zu Eurer Familie«, hielt er mit einem kalten Lächeln dagegen.

»Das ist wohl kaum möglich.«

Er ließ sich auf ein Knie herab, sodass er nun wenigstens auf Augenhöhe mit ihr war. »Ihr wollt Warbrick aus Carrisford vertreiben, Demoiselle?«

»Richtig.«

»Dann beweist es.«

Imogen fand, dass es fast schlimmer war, diese kalten grünen Augen nur wenige Zentimeter entfernt vor sich zu haben, als wenn er sie von oben herab betrachtete. Dieser feste, entschlossene Blick verschlug ihr die Sprache und betäubte ihren Verstand wie ein eisiger Wind.

»Ty«, schaltete sich Sir Renald gut gelaunt ein, »schau das Mädchen nicht so böse an. Damit machst du ihr nur eine Heidenangst, und dann kann sie dir gar nichts mehr sagen.«

Imogen glaubte, FitzRoger würde den Mann für seine Unverschämtheit niederschlagen, doch stattdessen ließ er sich zu Boden sinken und legte die Arme um die Knie. Er fixierte sie noch immer mit einer düsteren Miene, doch nicht mehr mit dieser betäubenden Intensität. »Du glaubst, sie ist eine kleine Idiotin?«, fragte er trocken. »Das würde natürlich eine Menge erklären.«

»Ich bin bei vollem Verstand!«, brach es aus Imogen heraus. »Aber wenn ich meinen Kopf benutzt hätte, dann wärt Ihr der Letzte gewesen, den ich um Hilfe gebeten hätte!«

»Wen denn dann?«, fragte er süßlich und lächelte dabei sogar. Imogen fand, dass schon sein Blick entsetzlich war, doch dieses Lächeln war noch schlimmer. Bestimmt lächelte er so einen Feind an, bevor er sein Schwert in ihn hineinrammte.

»Den König«, erwiderte sie kühn.

Er zog eine Braue hoch. »Wenn Ihr geglaubt hättet, dass auch nur die geringste Chance bestünde, Henry zu erreichen, wärt Ihr schon gestern Richtung Osten losgegangen.«

Ein plötzlicher Gedanke legte ihre Stirn in Falten. »Weil Warbrick in Carrisford war, hätte ich nach Osten gehen sollen, mitten durch sein Land!«

Die Männer betrachteten sie allesamt voller Unglauben. »Ich glaube, ›kleine Idiotin‹ ist noch gelinde ausgedrückt, Renald«, meinte FitzRoger, und Imogen musste sich eingestehen, dass es ziemlich dumm gewesen war, das zu sagen.

»Aber«, fuhr er fort, »vermutlich weiß sie trotz ihres wirren Kopfes etwas über die Geheimgänge. Die Frage ist nur, wie wir an dieses Wissen herankommen.«

»Zu jedem Menschen gibt es einen Zugang«, sagte Sir Renald.

»Wir könnten ihr die Füße noch ein wenig mehr zurichten«, meinte ein großer, blonder Mann wie nebenbei. Imogen rückte unwillkürlich ein Stück weg. Sie bemerkte, dass der Blonde große Augen bekam, wandte sich nervös zu FitzRoger um und sah dessen eisigen Blick auf sich gerichtet.

Wieder war Sir Renald der Friedensstifter. »Gebrauche du mal deinen Verstand, Will. Dies ist die süße Demoiselle, die wir vor dem Ungeheuer Warbrick retten. Spar dir deine böse Ader für ihn auf. Ich bin sicher, wenn sich Lady Imogen die Sache überlegt hat, wird sie zur Vernunft kommen.«

Imogen glaubte in den letzten Worten eher eine Warnung zu hören, doch sie war in der Tat kaum in der Lage, einen klaren Gedanken zu fassen. Obwohl Bastard FitzRoger ihr von sich aus zu Hilfe gekommen war, schlug ihr Instinkt Alarm und gebot ihr, diesem Mann nicht voll und ganz zu vertrauen. Sie wollte nicht, dass er über die Geheimnisse von Carrisford Bescheid wusste, wenn sie die Burg wieder in Besitz genommen hatte.

Sie schluckte und befeuchtete sich die trockenen Lippen. »Es ist klar, dass nur mehr wenige Menschen in der Burg sind, auch wenn es Soldaten sind. Wenn es viele wären, könnten sie nicht so unsichtbar bleiben. Es sollte also keine große Angelegenheit sein, sie einzunehmen.«

»Natürlich nicht«, pflichtete FitzRoger ihr freundlich bei. »Warum führt Ihr uns nicht an – auf dem Weg zum Eingang hinauf?«

Sie starrte ihn mit offenem Mund an. »Ich bin kein Soldat«, sagte sie schließlich.

»Wer auch immer es ist, der vorangeht, wird getötet werden, Soldat oder nicht«, bemerkte er mit gespielter Heiterkeit. »Meint Ihr nicht, diese Ehre würde, da es Eure Burg ist, Euch gebühren?«

Er verdrehte alles, was sie sagte. Die Welt ergab keinen Sinn mehr. »Aber auf mich kommt es bei dem Ganzen doch an«, hörte sie sich sagen. »Wenn ich tot bin, fällt Carrisford an die Krone zurück.« Es klang schrecklich selbstsüchtig. War es wirklich ihre Pflicht, sie zur Burg hinauf anzuführen? Wenn sie ein Mann wäre, vermutete sie, dann wohl schon ...

»Wie wahr«, meinte FitzRoger seufzend. »Was für eine Schande. In diesem Fall solltet Ihr vielleicht einen Stellvertreter ernennen, Lady Imogen. Wen würdet Ihr gern anstatt Eurer Person getötet sehen? Mich? Renald? Oder den Bösewicht, der Eure Füße verstümmeln möchte?«

Sie hatte recht damit gehabt, seinem Lächeln zu misstrauen. Als er es auf sie richtete, spürte sie, wie ihr Gesicht heiß errötete. »Ich weiß nicht«, murmelte sie verdrossen.

»Die Entscheidung liegt ganz bei Euch«, erklärte er unnachgiebig. »Vielleicht ist es Euch ja lieber, wenn wir umkehren und friedlich wieder nach Cleeve zurückreiten. Dann wird niemandem auch nur ein Haar gekrümmt.«

Imogen vergrub das Gesicht in den Armen und kämpfte gegen die Tränen und den Wunsch loszubrüllen an. Hätte sie eine Waffe gehabt, sie hätte versucht, diese spöttische Stimme irgendwie zum Verstummen zu bringen.

Das Schlimmste war, dass er recht hatte. Aber musste er ihr das unbedingt mit der Holzhammermethode einbläuen? Ein direkter Angriff würde erfolgversprechend sein, aber Menschenleben kosten; ein Angriff durch den Geheimeingang hingegen konnte durchaus unblutig zum Sieg führen – zumindest auf ihrer Seite.

Sie bedachte ihn mit einem Blick, von dem sie hoffte, dass er bis in sein Innerstes reichen würde. »Gebt mir Tinte und Pergament.«

Das Schreibzeug kam so rasch, dass er bereits entsprechende Anweisungen gegeben haben musste. Mit steinerner Miene begann sie, im schwindenden Licht des Tages zu zeichnen und dabei zu erklären.

»Der Eingang im Steilhang ist sehr schwer zu finden. Selbst wenn Ihr ihm ganz nahe seid, werdet Ihr ihn nicht sehen. Aber er befindet sich über einer Felsenspitze, und wenn Ihr einfach der Richtung folgt, in die diese Spitze zeigt, findet Ihr ihn. Es ist nur ein schmaler Spalt; ein stämmiger Mann kommt nicht durch.« Sie musterte ihn und meinte dann fast amüsiert: »Mit Eurer Rüstung werdet wahrscheinlich nicht einmal Ihr es schaffen.«

FitzRoger zeigte keine Regung.

»Der Gang ist dunkel und sehr schmal«, fuhr sie fort. »Aber wer sich durch den Eingang zwängen kann, kann auch den Rest passieren. Das Beste wäre, kein Licht zu benutzen, denn es ist schon schwierig genug, sich voranzuarbeiten, ohne zusätzlich etwas tragen zu müssen, und zu sehen gibt es ohnehin nichts. Der Boden ist eben, und man kann sich nirgendwo stoßen oder sonst wie verletzen. Ihr müsst einfach nur darauf vertrauen, dass vor Euch alles in Ordnung ist.« Sie schauderte etwas bei dem Gedanken an die wenigen Male, die sie durch die tiefsten Gänge gelaufen war. Totale Finsternis. Das Gefühl, sich in einem endlosen, sich immer mehr verengenden Raum zu befinden.

Sie blickte auf und sah etwas Seltsames. Seine Augen waren nicht mehr so grün. Nein, das war es nicht – seine Pupillen waren ungewöhnlich groß. »Fahrt fort«, forderte er sie auf.

»Das Dunkel hat ein Ende«, erklärte sie weiter. »Wenn man die Gänge innerhalb der Burg erreicht hat, fällt durch schmale Schlitze in den Wänden ein wenig Licht. Zumindest tagsüber«, fügte sie zweifelnd hinzu. »Aber mit oder ohne Licht, Ihr wisst, dass Ihr angekommen seid, sobald der Gang etwas breiter wird und die Wände aus behauenem Stein sind und nicht mehr aus rohem Fels. Dann gelangt man an eine Tür, die in die eigentliche Burg führt, und zwar in die Vorratskeller.«

Imogen blickte um sich. Alle hörten ihr konzentriert zu.

»Wenn man den Gang weitergeht, erreicht man Stufen, die nach oben führen. Über der letzten Stufe ist eine weitere Tür, eine Falltür, die in den Boden der Latrine im oberen Stockwerk eingelassen ist. Sie sollte sich öffnen lassen, ist aber wenig benutzt worden ...«

Sie zeichnete und erklärte, bis alle Geheimgänge vor ihnen ausgebreitet waren, und gab das Pergament dann FitzRoger. »Wenn das alles vorüber ist, muss der Eingang verschlossen werden«, erklärte sie.

»Aber natürlich«, sagte er, doch ihre Worte schienen ihn zu amüsieren, und das beunruhigte sie.

»Ich denke, bei dieser Sache sollte ich die Leute anführen«, meinte Sir Renald und griff nach dem Pergament.

»Nein.«

Es klang kalt und hart, und Imogen wusste nicht, was sie davon halten sollte, doch sie hatte es aufgegeben, all dies begreifen zu wollen. Sie wünschte sich nur ihr Zuhause und ihre Sicherheit zurück.

Die Männer ließen sie allein und warteten die Dunkelheit ab. Kaltes Fleisch und Ale wurden ausgegeben; auch Imogen bekam etwas davon ab, ansonsten aber ignorierte man sie. Ganz offenbar war sie nun nicht mehr von Nutzen. Sie verfiel in ein tiefes Grübeln darüber, ob es gut gewesen war, die Geheimgänge preiszugeben. Aber was hätte sie anderes tun können? Sie warf bittere Blicke auf FitzRoger, Renald und die anderen Ritter, die zusammensaßen und Pläne schmiedeten. Oder vielleicht unterhielten sie sich auch nur. Gelegentlich war ein leises Lachen zu hören.

Imogen legte sich hin, denn auf dem Boden zu sitzen wurde mit der Zeit beschwerlich. Vorsichtig versuchte sie, ihre Füße zu belasten, doch das war nach wie vor keine gute Idee. Sie konnte wohl auf Händen und Knien im Lager umherkriechen, aber das würde wohl kaum vorteilhaft wirken.

Allmählich wurde ihr klar, dass sie etwas unternehmen musste. Sie hatte ihre körperlichen Bedürfnisse den ganzen Tag lang zurückgestellt und kaum getrunken, aber irgendwann musste sie zumindest ihre Blase entleeren.

Sie warf den Männern einen argwöhnischen Blick zu und kroch dann auf Händen und Knien auf ein paar Büsche zu. Ihr Rock behinderte sie, deshalb raffte sie ihn unterhalb ihres »Bauchs« zusammen. Die Füße schmerzten, sobald sie mit ihnen an etwas stieß, und auch die Knie begannen, entsetzlich wehzutun.

»Versucht Ihr zu fliehen? Oder wollt Ihr die Burg nun doch auf eigene Faust erobern?«

Er hatte sie auf allen vieren erwischt, wie ein Tier, mit hochgeschobenen Röcken, sodass er ihre Beine sehen konnte. In diesem Augenblick hasste sie ihn mehr, als sie jemals irgendeinen Menschen gehasst hatte, mehr sogar als Warbrick. Nein, nicht mehr als diesen. »Ich muss austreten«, murmelte sie zornig.

FitzRoger lachte schallend – natürlich musste er so etwas unbedingt lustig finden. »Das kann ich mir denken. Wie leicht wir doch oft die grundlegensten Dinge vergessen.« Er klang mitfühlend, ja beinahe freundlich. Spielte ihr Gehör ihr einen Streich?

Sie kroch langsam weiter.

»Halt!«, befahl er. »Wartet, ich trage Euch an eine Stelle, wo Ihr ungestört seid. Mehr kann ich nicht für Euch tun. Ganz einfach wird das ohnehin nicht sein.«

Eigentlich verbot es Imogen ihr Stolz, seine Hilfe anzunehmen, doch sie befürchtete, er werde sie ganz einfach auf die Arme hieven und dann merken, wie leicht ihr »Baby« verrutschte. Sie setzte sich hin und blickte ihn mürrisch an. »Das ist absolut nicht lustig.«

Seiner Miene nach zu urteilen war er ihr durchaus wohlgesinnt. »Ich weiß. Ich habe mir einmal die Füße verletzt und erinnere mich gut, wie schwierig dadurch selbst die einfachsten Dinge wurden. Dabei haben Männer noch gewisse Vorteile.« Er hob sie hoch, und Imogen versuchte krampfhaft, ihre Beine zu bedecken. »Hört auf, so herumzuzappeln, sonst lasse ich Euch noch fallen«, sagte er.

Sie hielt inne, errötete jedoch, als sie bemerkte, wie aufmerksam er ihre nackten Beine betrachtete.

Hinter einer buschigen Eibe setzte er sie vorsichtig auf den Boden und entfernte sich dann. Argwöhnisch schaute sie ihm nach; er lehnte sich einige Schritte weiter an einen Baum. Dieses höfliche Benehmen verwirrte sie mehr als seine sonstigen Gefühllosigkeiten.

Sie verrichtete ihr Geschäft kniend und überzeugte sich davon, dass ihre Kleidung in Ordnung war, bevor sie ihn rief. Als er sie wieder auf den Armen trug, fragte sie: »Was für eine Sorte Mann seid Ihr eigentlich?«

»Was ist das für eine Frage? Ich bin einfach nur ein Mann.«

Sie schüttelte den Kopf. »Kann ich Euch vertrauen?«

»Man sollte Euch nicht ohne Aufsicht lassen«, erwiderte er sarkastisch. »Wenn ich jetzt Ja sage, glaubt Ihr mir dann?«

Er setzte sie wieder auf der Decke ab. Das Licht verblasste allmählich zu jenem dunstigen Nichts, in dem alles wie verzaubert aussah. Alle Farben an ihm schienen gedeckt, seine Konturen feiner und fragiler.

»Ja«, antwortete sie zu ihrer beider Überraschung. Er richtete sich abrupt auf und ließ sie allein.

Wenig später kam er mit einem schweren Wollumhang zurück. »Sicher wollt Ihr ein wenig schlafen. Es wird eine lange Nacht werden.«

Als er sich zum Gehen wandte, fragte sie: »Nun, Lord FitzRoger, kann ich Euch vertrauen?«

Seine Stimme klang so geheimnisvoll, wie es diese Stunde der Dämmerung war. »Ja und nein, Lady Imogen. Ja und nein.«

Und das, dachte sie, bewies wahrscheinlich, dass er die Wahrheit sagte, doch es trug kaum dazu bei, ihr Sicherheit zu geben.

Der letzte Kundschafter kam zurück und erstattete Bericht. Sie konnte ihn nicht hören, doch die Vorbereitungen liefen ruhig weiter, und so dachte Imogen, alles sei wie erwartet.

Sie sah, dass FitzRoger seine Rüstung ablegte und de Lisle zu ihm trat. Sie hätte geschworen, dass die beiden eine Meinungsverschiedenheit hatten. Ihretwegen?

Dann legte de Lisle seine Rüstung ab, während FitzRoger sein Kettenhemd wieder anzog. Hatten sie ihren Plan geändert?

Wie um ihre Vermutung zu bestätigen, kam de Lisle nun zu ihr. Er trug ein dunkles Lederwams und eine dunkle Hose und hatte sich Erde ins Gesicht geschmiert.

»Ein letzter Ratschlag, kleine Blume?«, fragte er.

»Ich dachte, Lord FitzRoger führt die Leute in die Burg.«

»Ich konnte ihn überzeugen, dass es in einer solchen Lage die Pflicht des Anführers ist, zurückzubleiben«, erwiderte er mit einem breiten Lächeln. »Falls Ihr ihn in den Tod schicken wolltet, meine Kleine, wird es nun an seiner Stelle mich erwischen.«

»Weshalb sollte ich den Tod meines Retters wollen?«, fragte sie beklommen.

Er lachte leise und berührte mit seiner schwieligen Hand ihre Wange. »Euer Verstand rät Euch davonzulaufen, ja? Das ist klug. Aber dazu ist es zu spät, kleine Blume, und am Ende wird es Euch gar nicht viel ausmachen, gepflückt zu werden.« Bevor sie ihm eine weitere Frage stellen konnte, küsste er sie fest auf die Lippen. »Wünsch mir Glück, hübsche Blume.«

Dann war er verschwunden, und sie saß zitternd und verwirrt da. Wer oder was würde die Blume pflücken? Er musste FitzRoger gemeint haben; deshalb war sie um ihre vermeintliche Schwangerschaft nun doppelt und dreifach froh.

Als dieser sich zu ihr setzte, ging sie die Sache sehr direkt an. »Wollt Ihr ehrlich mit mir sein, Mylord?«

Er kaute an einem Grashalm. »Ich erobere Euch doch Eure Burg zurück, oder etwa nicht?«

»Und was dann?«

Er wandte sich ihr zu. »Wollt Ihr, dass ich danach geradewegs wieder nach Hause reite?«

»Wenn ich Ja sagen würde, würdet Ihr es dann tun?«

Sie hörte das metallische Geräusch seines Kettenhemds, als er mit den Schultern zuckte. »Natürlich nicht. Was wäre dann schon gewonnen? Warbrick wäre sofort wieder zurück, Ihr wieder auf der Flucht, und ich erneut hier, um dies alles noch einmal durchzuexerzieren. Für meine Männer wäre die Übung zwar gut, aber Eure Füße würden die Belastung bestimmt nicht aushalten.«

Imogen spürte ein starkes Verlangen, ihm etwas ganz besonders Hässliches an den Kopf zu werfen. »Was werdet Ihr also dann tun?«

»Es ist Eure Burg, Lady Imogen. Ich bin lediglich Euer starker Arm.«

Das klang ja alles ganz gut, nur dass in seiner Stimme deutlich ein amüsierter Unterton mitschwang. Und sie wusste nichts vorzuschlagen außer dem, was sowieso auf der Hand lag. »Dann muss ich Euch vermutlich bitten, mir Männer zur Verfügung zu stellen, bis ich die Verteidigung von Carrisford neu organisiert habe.«

»Ich stehe ganz zu Euren Diensten, Mylady.« Er stand auf, verbeugte sich und ging wieder an seinen Beobachtungsposten zurück.

Imogen blickte ihm wütend nach. Sie hatte ihn quasi eingeladen, in ihrer Burg zu herrschen, und kam sich vor wie die kleine Idiotin, als die er sie bezeichnet hatte. Aber wenn sie auch noch so angestrengt überlegte, sie konnte keine praktikable Alternative erkennen, bis sie königliche Hilfe bekommen würde.

Und wenn der König ihr Hilfe sandte, würde er das so gut wie sicher in Gestalt eines Gemahls tun. Ihr Leben entglitt ihrer Kontrolle, und sosehr sie auch versuchte, diesen Prozess zu stoppen, sie konnte es nicht.

Seufzend legte sie sich auf den Rücken und zog den schweren Umhang über sich. Er roch nach Wolle, Pferd und Schweiß, aber auch nach Lavendel und Sandelholz – eine seltsame, tröstliche Mischung von Düften, die harte Arbeit und Eleganz miteinander verband.

Der letzte Rest von Macht, der ihr blieb, war, sich selbst einen Gemahl zu suchen, bevor der König seine diesbezüglichen Wünsche darlegte. Aber wer sollte der Mann ihrer Wahl sein?

Deprimiert ließ sie sich einmal mehr die Reihe ihrer bisherigen Freier durch den Kopf gehen. Doch sie waren nicht besser geworden. Die beiden Favoriten ihres Vaters waren Lord Richard von Yelston und der Graf von Lancaster gewesen.

Der Lord von Yelston war ein rauer, nüchterner Mann, der mit seinen vierzig Jahren bereits zwei Ehefrauen beerdigen musste. Die eine war an der Schwindsucht gestorben, und die andere an einem Fieber. Man konnte ihm diese Tode also wohl kaum zur Last legen – doch die ganze Geschichte als solche war nicht gerade beruhigend. Ihr Vater hatte Lord Richard wegen dessen Mut und unzweifelhafter Ehre bevorzugt, aber selbst Lord Bernard hatte eingeräumt, dass dieser Mann Frauen generell nicht freundlich gesinnt war. Lord Richard zufolge sollten Frauen gesehen, aber nicht gehört werden, und ihr vordringlicher Lebenszweck war, Söhne zu gebären, obwohl er schon drei hatte, von denen einer bereits älter war als Imogen.

Der Graf von Lancaster war etwas jünger und wesentlich kultivierter. Er war ein reicher und mächtiger Mann, den der letzte König als Berater sehr geschätzt hatte. Bei seiner Werbung hatte er sich als ein wesentlich angenehmerer potenzieller Lebensgefährte gezeigt als Lord Richard. Imogen hatte jedoch nach wie vor Zweifel bezüglich seines Muts und seiner Tüchtigkeit. Sie war überzeugt, dass der Graf im Grunde nicht über besondere Stärke verfügte.

Aber auch unter ihren anderen Freiern war kein besserer zu finden.

Die Blätter über ihr sahen vor dem grau bewölkten Himmel schwarz aus. Es war nicht kalt, doch die Nachtluft war feucht. Imogen zog den Umhang fester um sich und wünschte sich eine andere, eine bessere Auswahl – und den Rat ihres Vaters. Vielleicht sollte sie letztendlich diese Entscheidung doch dem König überlassen …

Doch sie kannte Henry Beauclerk nicht, und die Vorstellung, mit Leib und Seele einem Fremden ausgeliefert zu sein, entsetzte sie.

Sie lenkte ihre Gedanken von diesem ferneren Problem auf das unmittelbar naheliegende. Wie lange würde de Lisle mit seinem Dutzend Männern brauchen, um in die Burg hineinzukommen? Bestimmt gingen sie äußerst vorsichtig vor, denn die Besatzer waren sehr aufmerksam, und die Nacht wurde von einem drei viertel vollen Mond erhellt. Meistens war er zwar von Wolken verdeckt, doch gelegentlich kam er heraus und übergoss die Burg und die ungeschützten Hänge darunter mit seinem weißen Licht.

Sie schätzte, dass die Männer Stunden brauchen würden.

Stunden, in denen sie warten musste und in denen nur die gedämpften Stimmen der Soldaten zu hören waren, die leisen Geräusche nächtlicher Lebewesen, der gelegentliche Schrei einer Eule. Stunden, in denen ihre so kurz zurückliegende Erfahrung von Gewalt ihre Gedanken immer mehr beherrschte, bis sie schließlich fast gewillt war, ihr Land und ihre Leute aufzugeben, damit es nicht zu noch mehr Blutvergießen in ihrem Namen kam.

Doch plötzlich mischte sich eine Erinnerung in ihre Gedanken. Sie fuhr entsetzt in die Höhe. »Ach du lieber Gott!«

FitzRoger war sofort bei ihr. »Seid Ihr krank?«

»Nein!« Sie ergriff das kalte Metall, das seinen Arm bedeckte. »Ich habe etwas vergessen. Oh, wie konnte mir das nur geschehen!«

Er packte sie unsanft an den Schultern. »Drückt Euch klarer aus! Was habt Ihr vergessen?«

»Die Falle!«, keuchte sie im Gedanken an den lächelnden de Lisle, der mit Sicherheit seinen Leuten voranschritt. »Die Falle. Mein Vater hat vor zwei Jahren eine Falle einbauen lassen, weil er dachte, es sei womöglich etwas über unsere Geheimgänge bekannt geworden.«

»Was für eine Falle?«, fragte er mit einer Stimme, die so scharf war wie eine auf ihr Herz gerichtete Klinge.

»Ein schwingender Stein. Wenn man nicht an der richtigen Stelle darauf tritt, dreht er sich, und der Betreffende stürzt in ein Verlies.« Sie spürte, wie FitzRoger sich versteifte. »Aber das ist noch nicht alles! Dadurch wird auch ein Alarm ausgelöst.« Der Blick aus seinen Augen ließ sie unwillkürlich zusammenzucken. Er ließ sie los. Nein, er stieß sie von sich.

»Wie konntet Ihr so etwas vergessen?«

»Es ist so neu«, schluchzte sie und begann zu weinen. »Seit diese Vorrichtung eingebaut wurde, war ich nicht mehr in den Geheimgängen. Ich habe mich nur an das erinnert, was ich aus eigener Erfahrung kenne ... aber wenn ihnen rasch jemand folgt, könnte man sie noch warnen!«

FitzRoger zog bereits das Kettenhemd und den gepolsterten Brustpanzer darunter aus. »Sagt mir genau, worum es sich handelt. Und vergesst dieses Mal nicht wieder etwas.«

»Aber solltet Ihr nicht hierbleiben ...«

»Ich habe die Gänge bereits studiert. Fahrt fort!« Er trug jetzt nur mehr eine dunkle Hose und eine Tunika aus Leinen. Nun schmierte er sich noch Erde ins Gesicht.

Imogen sammelte ihre Gedanken. »Wo der Fels endet und die Mauer beginnt«, erklärte sie rasch, »sind in Schulterhöhe drei Linien in die rechte Wand eingemeißelt. Wenn der, der vorangeht, sich von dort aus nach vorn streckt, findet er an seinen Fingerspitzen drei weitere Linien. Er muss so weit vortreten, dass sich sein Fuß auf gleicher Höhe mit diesen Linien befindet. Dann muss er sich noch einmal um die gleiche Distanz vorwärtsbewegen. Für einen Mann mittlerer Größe ist das ein Schritt von normaler Länge. Nichts Außergewöhnliches – nur tendiert man in diesen Gängen dazu, kleine Schritte zu machen.« Noch nie in ihrem Leben hatte sich Imogen so beschämt und verzweifelt gefühlt. »Es tut mir so leid«, flüsterte sie. »Wirklich. Ich mag Sir Renald.«

»Aber wenn ich jetzt an seiner Stelle wäre, dann würdet Ihr gut schlafen?«, fragte er unwirsch. »Ihr habt wohl ein feines Gespür für gewisse Dinge, wie? Betet, Imogen von Carrisford, dass ich ihn noch rechtzeitig erreiche.«

Er tauschte sich noch kurz mit einigen seiner Männer aus, dann preschte er auf die Burg zu.

Imogen begleitete ihn mit Blicken und Gedanken, erfüllt von der irrationalen Vorstellung, ihm damit irgendwie helfen zu können. Sie kannte seinen Weg und konnte daher erahnen, wo er sich befand, auch wenn er nicht mehr war als ein Schatten, der sich durch die Dunkelheit bewegte und sich in aller Hast, seine Männer zu erreichen, kaum um Deckung bemühte. Er rannte flink den baumbestandenen Hang hinunter und dann die mit Gestrüpp bewachsene Anhöhe zu den Burgmauern hinauf. Dort verlor sie ihn aus den Augen.

Dann kam der Mond hinter den Wolken hervor. Mit einem Mal war jedes Detail in der Landschaft deutlich zu erkennen.

FitzRoger ließ sich zu Boden fallen und lag regungslos da, doch für Imogen war er so sichtbar, als würde er auf frisch gefallenem Schnee liegen. Sie wartete mit pochendem Herzen auf einen Warnruf aus der Burg, auf das Geräusch eines Pfeils, der ihn durchbohren könnte.

Nach einer Weile verdunkelten neue Wolken den Himmel, und in diesem Augenblick bewegte er sich, und sie konnte wieder atmen. Lieber Gott, wie konnte ein Heerführer Armeen in die Schlacht schicken in dem Wissen, dass ein Teil der Männer der Tod ereilen würde? Sie fand schon den Gedanken unvorstellbar, dass bei ihrem Unternehmen auch nur ein Mann zu Tode kommen könnte.

Selbst wenn er de Lisle rechtzeitig erreichte und der Plan weiterverfolgt werden konnte, würde es dann möglich sein, Carrisford ohne Verlust auch nur eines einzigen Lebens zurückzugewinnen? Sie blickte auf die schattenhaften Gestalten von FitzRogers Streitmacht hinunter, die still dasaßen, manche dösten vielleicht, und auf ihren Einsatz warteten.

Würden heute Nacht einige dieser Männer sterben?

Wer von ihnen?

Ein anderer Mann kam und nahm den Beobachtungsposten von FitzRoger ein. Es war der blonde Ritter, den de Lisle Will genannt hatte, derjenige, der sie hatte foltern wollen. War Bastard FitzRoger in Bezug auf Folter zimperlich? Das schien eher unwahrscheinlich, aber zweifellos hatte er gewusst, dass er sie sich auch ohne solche Maßnahmen gefügig machen konnte.

FitzRoger war jetzt nicht mehr zu sehen; vermutlich kletterte er bereits an den Felsen hoch.

Die Stille und das Warten zerrten an ihren Nerven, und so murmelte sie der schattenhaften Gestalt in ihrer Nähe zu: »Geben sie ein Signal, wenn sie es geschafft haben?«

»Wenn möglich, entfachen sie ein Feuer, aber jedes Lebenszeichen ist ein Signal«, war die kurz angebundene Antwort.

»Aber was, wenn es der Alarm ist?«

»Was für ein Alarm?«

Er hatte seine Männer also nicht über dieses Problem informiert, doch sie dachte, sie sollten darüber Bescheid wissen. Sie erklärte es Sir William und brauchte ihn gar nicht erst anzusehen, um seine Entrüstung zu bemerken.

»Ihr seid eine dämliche kleine Schlampe!«, knurrte er. »Was für eine …« Er kam näher. »Er ist ihnen nach, um sie aufzuhalten?«

Sein scharfer Ton ließ sie zurückschrecken. »Oder ihnen zu sagen, wie sie an der Falle vorbeikommen.«

»Aber wahrscheinlich werden sie doch schon im Geheimgang sein, ehe er sie erreicht?«

»Ja, aber er sollte in der Lage sein, zu ihnen zu stoßen, bevor sie bis zu der Falle kommen. Sie ist ganz am Ende des Gangs, kurz vor der ersten Tür.«

Der Mann knurrte ihr ins Gesicht. »Nach all der Mühe, die wir damit hatten, ihn zu überreden, nicht zu gehen! Wisst Ihr, was Ihr getan habt, Mylady Imogen? Ihr habt ihm genau die Aufgabe aufgebürdet, die er nicht bewältigen kann.«

Imogen rutschte weiter an den Baum zurück. »Was meint Ihr damit?«

»Sein Vater hat ihn einmal in ein Verlies geworfen. Er hat ihn drei Wochen lang dort gelassen. Wenn Bastard FitzRoger etwas nicht aushält, dann sind es geschlossene, dunkle Räume.«

»Sein Vater!«, wiederholte Imogen entsetzt. »Aber warum ist er dann gegangen? Er sagte, weil er den Weg schon studiert hat …«

»Stimmt schon.« Sir Williams Haltung verlor an Bedrohlichkeit; er kämmte sich mit den Fingern durch die Haare. »Und nach dem, was Ihr gesagt habt, bin ich ja zu stämmig. Aber er hasst es zuzugeben, dass er etwas nicht kann.« Wieder drehte er sich zu ihr um und warf ihr einen unfreundlichen Blick zu. »Erbin oder nicht, Mylady, Ihr macht eine ganze Menge mehr Ärger, als Ihr wert seid.« Damit stapfte er fort.

5

Imogen lehnte sich zurück; sie kämpfte gegen die Tränen an und wünschte sich, tot zu sein. Noch vor einer Woche war ihre Welt schön, voller Freude und sicher gewesen. Nichts hatte sie auf diese Veränderungen vorbereitet.

Sie würde den Platz ihres Vaters nie einnehmen können, dazu fehlten ihr das entsprechende Wissen, die charakterliche Stärke und die Härte. Wer war sie, dass sie Männer in Leid und Tod schicken oder sie zwingen konnte, sich ihren Dämonen, ihren innersten Ängsten zu stellen?

Sie wusste, was es bedeutete, von einer irrationalen Furcht beherrscht zu sein; sie hatte Angst vor Ratten. Sie stellte sich vor, wie es wäre, sich freiwillig in einen Raum voller Ratten zu wagen. Könnte sie das tun, um einen Freund zu retten? Sie wusste es nicht, aber schon beim bloßen Gedanken daran brach ihr der Schweiß aus.

Und was war das für ein Vater, fragte sie sich, der seinen eigenen Sohn in ein Verlies warf?

Sie ließ sich alles durch den Kopf gehen, was ihr über Roger von Cleeve und FitzRoger, den Bastard, zu Ohren gekommen war. Der alte Sir Roger hatte geheiratet und einige schwächliche Kinder in die Welt gesetzt, die früh starben. Schließlich blieb ihm nur mehr ein kränklicher Erbe und keine Hoffnung auf einen weiteren, solange seine Gemahlin lebte. Bei einem Besuch in der Normandie schwängerte er dann ein Mädchen – die Tochter eines armen Ritters, wie es hieß, doch von genügend hoher Geburt, um sie heiraten zu können, wenn er denn frei gewesen wäre.

Und dann war er plötzlich frei. Dem Gerücht zufolge hatte er die Nachricht erhalten, dass seine Gemahlin gestorben sei, und so heiratete er prompt seine Konkubine, zwei Monate vor der Geburt des Kindes.

Dann kehrte er nach England zurück, wo ihm nun der König als Belohnung für seine Dienste eine reiche Erbin offerierte. Verbittert darüber, eine solche Gelegenheit verstreichen lassen zu müssen, reiste er wieder in die Normandie zurück, um zu versuchen, sich aus der übereilt geschlossenen Ehe freizukaufen. Als er jedoch feststellte, dass seine Frau bereits nach acht Monaten niedergekommen war, ließ er die Ehe annullieren mit der Begründung, er habe sie nicht vollzogen – was in gewisser Hinsicht der Wahrheit entsprach, da er sie ja erst nach dem Zeugungsakt geheiratet hatte –, und das Kind sei nicht von ihm, was allgemein angezweifelt wurde.

All das brachte dem brutalen Mann, den Imogen nie besonders gemocht hatte, jedoch nicht viel Gutes ein. Wie sich herausstellte, war seine reiche Gemahlin ebenso unfruchtbar wie die erste; sie wurde nicht ein einziges Mal schwanger.

Wenn die Geschichte stimmte, dann war FitzRoger also in Wirklichkeit kein unehelicher Bastard. Um von seinem Halbbruder erben zu können, hatte er seine Herkunft bestimmt beweisen müssen.

Was den Rest der Geschichte anging, konnte sich Imogen durchaus vorstellen, dass der alte Roger von Cleeve ein ungewolltes Kind ins Verlies warf, doch sie hatte nicht gedacht, dass er und sein vermeintlicher Sohn sich je kennengelernt hatten. Der Bastard war von der Familie seiner Mutter in der Normandie aufgezogen worden. Vielleicht lag in dieser Familie der Grund für seine Angst. Sicher war man mit einer solchen »Schande« für die Familienehre nicht zimperlich verfahren.

Wieder einmal sagte sie sich, welches Glück sie mit ihrem Elternhaus gehabt hatte, und fühlte Mitleid für dieses unerwünschte Kind, das von beiden Seiten seiner Familie verleugnet und misshandelt worden war …

Etwas geschah, und sie riss sich aus ihren Gedanken und schaute zur Burg. Die ersten schwachen Anzeichen der Morgendämmerung erhellten den Himmel, ein noch helleres Licht kam jedoch von einem Feuer im äußeren Burghof von Carrisford Castle.

»Sie sind drinnen«, sagte sie sich erleichtert. Der Alarm war nicht ausgelöst worden. FitzRoger musste seine Ängste überwunden haben.

Ihre aufgeregte Hoffnung kehrte wieder. »Wir haben gesiegt!«

»Wollen wir es hoffen«, brummte Sir William und ließ sich sein Pferd bringen. »Ihr bleibt hier!«, herrschte er Imogen an, während er seine Kettenhaube aufzog und den Helm darüberstülpte. Dann schwang er sich in den Sattel und sammelte mit dem Ruf »FitzRoger!« seine Männer.

Die berittene Schar jagte über die Anhöhe und auf die Burg zu, den Namen ihres Lords schreiend und darauf erpicht, am Kampfgetümmel teilzunehmen, bevor es vorüber war.

Imogen beobachtete das Geschehen kniend; ihr Herz pochte vor Aufregung und Angst. Die Soldaten rasten den Hang hinunter und begannen dann den längeren und gefährlicheren Ritt aufwärts, auf das offene Burgtor zu. Das war der Moment, in dem Pfeile oder Pech auf sie niederregnen konnten. Sie biss sich auf die Lippe und betete ...

Nichts.

Die Männer stürmten ohne Gegenwehr in die Burg.

»Es besteht keine Gefahr mehr!«, rief Imogen und blickte sich nach Bert um. »Ich muss hinauf. Bitte. Es ist alles in Ordnung. Können wir nicht hinaufreiten?«

Der Mann blieb unerschütterlich. »Sir William sagte, wir sollen warten, bis wir Nachricht bekommen.«

»Aber was hat Lord FitzRoger gesagt?«, fragte sie listig.

Der Mann kratzte sich am Kopf. »Weiß nicht, ob er etwas gesagt hat, Lady«, gab er zu. Sie merkte, dass er gerne bei dem Kampfgeschehen dabei gewesen wäre.

»Dann sollten wir losreiten, denke ich. Immerhin ist klar, dass sie Carrisford eingenommen haben.« Er schien allmählich nachgiebig zu werden. Imogen blickte auf die sechs Männer und ihre Pferde. »Wir sind jetzt hier mehr in Gefahr. Falls Warbrick und seine Leute umherstreifen, könnten sie uns leicht gefangen nehmen.«

Die Männer sahen einander an und unterhielten sich kurz, doch die Sache war klar. Einer von ihnen hob Imogen in den Damensattel, und sie brachen rasch zur Burg auf.

Imogen hüpfte vor Aufregung das Herz. Bald würde sie wieder in ihrem Zuhause sein, und sie hatte nicht auf Bastard FitzRoger warten müssen, um sie dorthin zu bringen.

Obwohl Imogen wusste, dass ihre Seite den Sieg davongetragen hatte, war es ein Nervenkitzel für sie, auf das Eingangstor von Carrisford zuzureiten, das wie ein klaffender Schlund aussah. Noch nie hatte sie die Verteidigungsanlagen ihrer Burg mit den Augen eines Angreifers gesehen; es war nur zu leicht, sich einen Pfeilhagel vorzustellen, der von den beiden mächtigen Tortürmen herunterprasselte, oder auch einen Hinterhalt, der Eindringlinge in dem langen, dunklen Tunnel erwartete.

Doch am Ende dieses Tunnels spielte sich eine Szene wie aus der Hölle ab: bewaffnete Männer, die vom blutroten Schein tänzelnder Flammen erleuchtet wurden. Reiterlose Pferde, die umherhetzten oder aufgeregt scharrten und stampften. Rufe, Lärm und gelegentliche Schmerzensschreie.

Es war ebenso schlimm wie Warbricks Überfall.

Ihre Euphorie verließ sie schlagartig, wieder begannen ihre Zähne zu klappern – warum hatte sie nur gedacht, dies würde ohne Blutvergießen verlaufen? Sie hielt sich an Berts Gürtel fest und befahl ihm mit krächzender Stimme umzukehren, doch das Schlachtfieber hatte ihn bereits gepackt; schon trieb er, den Ruf »FitzRoger!« auf den Lippen, sein Pferd an.

Imogen drückte die Augen zu und hielt sich fest, so gut es ging.

Im nächsten Moment waren sie mitten im Inferno. Waffen krachten aufeinander, Befehle gellten, Flammen tobten, Holz zerbarst. Sie öffnete die Augen, sah, wie ein wild gewordenes, reiterloses Pferd mit den Hufen einen Toten zermalmte, und schloss sie schnell wieder. »Nicht die Unseren«, betete sie. »Bitte, Gott, nicht die Unseren!«

»Nein, das sind nicht unsere«, versicherte ihr Bert. Ihn selbst schien die Situation nicht sonderlich anzufechten, er meinte lediglich: »Der größte Spaß ist zwar schon vorbei, aber ich bin mir nicht sicher, ob Ihr wirklich hier sein solltet, Lady.«

Der Tumult legte sich. Imogen wagte wieder einen Blick und stellte fest, dass die Lage ziemlich beruhigt wirkte. Bert hatte sein Pferd an die Mauer zurückgetrieben, weg vom Kampfgetümmel, und blickte auf der Suche nach seinem Herrn um sich.

Er schien jedoch nach wie vor unbesorgt zu sein, und seine Ruhe dämpfte Imogens Furcht. »Ich bin hier sicherer als oben im Wald«, sagte sie im Brustton der Überzeugung zu sich und betrachtete das Geschehen um sich herum.

Je länger sie das Chaos beobachtete, desto deutlicher wurde ihr, dass der Großteil der hektischen Aktionen auf das Löschen von Bränden und das Einfangen von Pferden gerichtet war. Die Tiere liefen frei herum, weil die Stallungen brannten. Die Kämpfe hingegen waren größtenteils beendet.

Wo war FitzRoger?

Die Frage brachte sie auf einen alarmierenden Gedanken. Nahm er bereits den Wohnturm in Besitz? Ihren Wohnturm. Sie blickte auf und sah ihn trutzig dastehen, offenbar unbeschädigt und leer. *Sie* sollte die erste Person sein, die ihn betrat.

»Vielleicht sollten wir in den inneren Burghof gehen«, schlug sie vor.

»Nein«, lehnte Bert rundheraus ab. »Wir bleiben hier.«

Und damit basta, vermutete Imogen. So war es eben, wenn man die eigenen Füße nicht gebrauchen konnte. Da saß sie also, wie eine Königin auf ihrem Thron, aber unfähig, irgendetwas Nützliches zu tun, während FitzRoger vielleicht ihr Heim plünderte.

Jemand rannte an ihnen vorbei. »Ist alles frei, Nathan?«, rief Bert dem Mann zu.

»So gut wie!«, war die gut gelaunte Erwiderung. »Eine hübsche Keilerei war das. Sieh zu, ob du die Pferde da in den inneren Burghof treiben kannst, Bert, weg vom Feuer. Sonst treten die noch jemandem den Schädel ein.«

»Wo ist der Herr?«

»Weiß nicht. Und wo Sir Renald ist, weiß ich auch nicht. Hier kämpft jeder für sich, aber wenn wir uns nicht geschickt anstellen, müssen wir's teuer bezahlen.«

Bert brummte vor sich hin und lenkte sein Tier auf eine Gruppe verängstigter Pferde zu.

»Haltet Euch gut fest, Lady. Ich treibe sie nur ein wenig da hinüber.«

Jeder für sich. Imogen schaute sich um und sah das Chaos, auf das dieser Satz schließen ließ. Die meisten Männer hatten die Waffen niedergelegt und versuchten, den Brand zu löschen. Die Flammen loderten bis hoch in den Himmel; sie hatten auf einige Vorratsspeicher übergegriffen, doch Imogen glaubte nicht, dass das Feuer zu viel Schaden anrichten würde, es sei denn, die Hitze würde die Mauern zum Bersten bringen.

Ein paar Männer suchten noch immer Nischen und Winkel nach verborgenen Feinden ab, andere trieben Pferde zusammen. Alle waren mit sinnvollen Dingen beschäftigt, aber dennoch gab es kein offensichtliches Kommando. Das überraschte Imogen. Nach all der Kontrolle und Planung, die sie bislang miterlebt hatte, hätte sie das von FitzRogers Leuten nicht erwartet. So sah es also aus, wenn der Kampf im Gange war.

Bert trieb vier Pferde auf das breite Tor zum inneren Burghof zu. Er fing an zu pfeifen. Scherze wurden hin und her gerufen. Alle schienen mit der Lage der Dinge ziemlich zufrieden zu sein, trotz der Tatsache, dass eine Anzahl grausiger Leichen herumlag.

Offenbar gehörten die Toten alle zum Feind, vermutete Imogen.

Ihr Entsetzen wuchs jedoch zusehends. Sie nahm das Bild der Zerstörung um sie herum in sich auf – dies war einmal ihr wunderschönes Zuhause gewesen. Die Burg stand zwar noch, doch darin herrschten Chaos und Verwüstung. Zwischen toten Männern und Pferden sah sie auch Haustiere liegen – Schafe, Schweine, Milchkühe, Geflügel. Alles mutwillig abgeschlachtet.

Sie rief sich in Erinnerung, dass Warbrick die Burg eingenommen hatte, dass zweifellos er und seine Leute für dieses schändliche Gemetzel verantwortlich waren, wie auch für die demolierten Türen und die zerschlagenen Fässer. Doch als sie einen von FitzRogers Männern sah, wie er die Reste einer Tür aus den Scharnieren riss, verfluchte sie stumm alle Männer, ihre Retter eingeschlossen.

Während Berts großes Streitross gelassen die aufgeregten Pferde auf den inneren Burghof zutrieb, beschäftigten Imogen bereits erste Überlegungen zum Wiederaufbau von Carrisford. Bald würde dies hier wieder ihr friedliches und glückliches Zuhause sein, ganz wie zu Zeiten ihres Vaters.

Aber wo waren ihre Leute?

Sie betete, dass keiner der herumliegenden Toten ein Bewohner der Burg sein möge. Sie hatten sich doch wohl alle in Sicherheit bringen können?

Falls nicht, dann konnte Warbrick sie schließlich nicht alle ermordet haben.

Oder doch?

Sie war sich nicht sicher, ob die Bösartigkeit dieses Scheusals Grenzen kannte.

Hatte er Carrisford geplündert? Wieder schaute sie zum Wohnturm hinauf. Nachdem er nun zweimal umkämpft worden war, wie viel würde von dem eleganten Heim, das ihr Vater geschaffen hatte, noch übrig sein?

Sie würde alles wieder aufbauen, sagte sie sich voller Überzeugung. In einem geheimen Raum lagerten noch reiche Schätze. Zwar mussten Vieh und Vorräte gekauft werden, und ...

Eine schwarze Gestalt sprang aus einer Nische auf ihr Pferd zu. Bert wurde aus dem Sattel geschleudert. Imogen hatte sich zuletzt nicht mehr so fest an ihn geklammert, und so wurde sie nicht mitgerissen. Sie presste das Gesicht in den Nacken des Tieres und hielt sich am Sattelknauf fest, während dieses trippelnd den beiden Männern auswich, die praktisch direkt unter seinen Hufen gegeneinander kämpften. Imogen versuchte, nach dem Zügel zu greifen.

Sie erwischte ihn nicht.

Der Angreifer rammte einen Dolch in Berts Brust; zusammen mit seinem Todesschrei erscholl Imogens verzweifelter Ruf: »*Nein! Zu Hilfe!*«

Endlich bekam sie den Zügel zu fassen. Sie bemühte sich, rittlings auf dem tänzelnden Pferd zu sitzen zu kommen, verwünschte den sperrigen Sattel und ihre Röcke und schrie um Hilfe, doch im umgebenden Lärm ging ihre Stimme unter.

Eine zweite Hand hatte den Zügel ergriffen. Jemand versuchte, mit auf das Pferd zu steigen, ihr die Herrschaft über das Tier streitig zu machen. Ein aufgebrachtes, zur Grimasse verzerrtes Gesicht tauchte vor ihr auf, und eine Hand packte sie am Fuß. »Die Erbin, was? Ihr kommt mit mir!«

Imogen versetzte dem Mann einen Fausthieb auf die Nase, sodass sie fast vom Pferd gefallen wäre. Ihr Angreifer heulte auf und lockerte seinen Griff. Sie hielt sich mit einer Hand am Sattel fest, mit der anderen umklammerte sie die Zügel, stieß mit dem Ellbogen zu und brüllte: »*Hilfe! Hilfe! Carrisford! FitzRoger!*«

»Gottverdammtes Miststück!« Der Mann holte mit seinem Dolch aus und stach wütend nach ihrer Hand am Zügel, doch sie zuckte zurück, und die Waffe drang in den Hals des Pferdes. Das Tier wieherte vor Schmerz und bäumte sich auf; Imogen landete völlig verstört auf dem Boden.

Als sie wieder zu sich kam, schlugen über ihr im dämonisch-roten Schein des Feuers Hufe durch die Luft. Sie rollte zur Seite, bedeckte den Kopf mit den Armen und schaffte es endlich, sich aufzusetzen. Das Pferd war inzwischen fortgestürmt, doch ihr Angreifer ging, das Schwert in der Hand, erneut auf sie los. »Gottverdammtes Miststück!«

Sie versuchte sich aufzurappeln und schrie und schrie mit heiserer Stimme, aber es half nichts. Sie begann zu beten. »Ihr Engel und Heiligen im Himmel, helft mir doch …«

Sie stieß an etwas Weiches und kreischte im nächsten Moment auf. Eine Leiche! Unwillkürlich blickte sie nach oben – und sah ihren Verfolger mit erhobenem Schwert über sich aufragen. »Wenn ich schon dran glauben muss, dann nehme ich dich mit!«, brüllte der Mann.

Imogen packte den neben dem Toten liegenden Schild und schaffte es gerade noch, ihn über sich zu ziehen.

Das Schwert krachte darauf nieder, dass ihr die Ohren dröhnten. Die Kraft des Schlages schien ihren gesamten Körper zu zerquetschen und drückte sie auf die Leiche. Der Tote gab ein unheimliches Pfeifen von sich, als der letzte Atem aus seiner Lunge gepresst wurde.

Auch Imogen selbst blieb die Luft weg. Sie wollte sich nur noch unter dem langen, stabilen Schutz aus Holz und Metall verkriechen wie eine Schnecke in ihrem Haus, doch das hätte ihren sicheren Tod bedeutet. Also zwang sie sich aufzusehen und zu versuchen, den nächsten Schlag abzupassen.

Es kam kein nächster Schlag. Gerade als ihr Angreifer sich grinsend daranmachen wollte, sie zu töten, stürzte FitzRoger, der Bastard, auf ihn zu.

Der Mann wirbelte herum, um sich der neuen Bedrohung zu stellen.

Imogen stieß einen nutzlosen Warnschrei aus. FitzRoger trug keine Rüstung und war nur mit einem leichten Schwert bewaffnet, während sein Gegner in einem Kettenpanzer steckte und ein Langschwert führte. Es war Selbstmord.

Mit einem zischenden Ton ging das große Schwert nieder. Der Schlag hätte FitzRoger in zwei Teile zerhackt, doch ihr Paladin parierte ihn. Das laute, metallische Geräusch klang in Imogens Ohren nach, und sie meinte den Schmerz in den eigenen Armen zu spüren. Hatte sie tatsächlich einen solchen Schlag abgeblockt?

Kein Wunder, dass sie sich fühlte, als sei sie niedergetrampelt worden.

Wie viele solcher Schläge konnte ihr Verteidiger wegstecken? Wenn sein ungeschützter Körper irgendwo von einem solchen Hieb getroffen wurde, würde das den sicheren Tod bedeuten.

Warum lag sie einfach nur da?

Sie richtete sich auf die Knie auf und kreischte: *»Zu FitzRoger! FitzRoger!«*

Tatsächlich hörten einige Männer ihre Schreie und kamen auf die Kämpfenden zugerannt, aber es war nicht mehr nötig. Mit einer raschen Körperdrehung wich FitzRoger einem Schlag aus, und im selben Moment grub sich sein Schwert in ein Bein seines Gegners. Der Mann brüllte auf und ging zu Boden, FitzRoger trat auf sein Langschwert und dann gegen seinen Kopf. Der Mann wurde auf den Rücken geschleudert, und FitzRogers Waffe durchbohrte seine Kehle. Der Schrei des Mannes erstarb zu einem Gurgeln, dann war es still.

FitzRoger zog mit einem Ruck sein Schwert heraus.

Imogen rollte sich zur Seite; sie musste sich übergeben. Selbst als ihr Magen längst leer war, würgte es sie noch immer. Als es endlich aufhörte, bemerkte sie, dass sie den Toten, der ihr geholfen hatte zu überleben, besudelt hatte. Mit einem neuerlichen Entsetzensschrei drückte sie sich von der Leiche weg.

Sie stieß an etwas, drehte sich um und hob schützend die Arme vor das Gesicht.

FitzRoger kauerte sich neben sie. »Schon gut«, sagte er freundlich und legte eine Hand auf ihre Schulter. »Seid Ihr sehr verletzt?«

Sie zuckte vor ihm zurück. »Ihr habt ihn getötet!«

»Das ist meine Aufgabe, Lady Imogen«, erklärte er gelassen. »Wo seid Ihr verletzt?«

»Ihr habt ihn getreten!« Der ritterliche Verhaltenskodex verbot, einen anderen Mann zu treten. Sie versuchte, ihm dies klarzumachen. »Das hättet Ihr nicht tun dürfen. Ich bin sicher, Ihr seid nicht ...«

Sie schüttelte den Kopf und konnte damit offenbar nicht mehr aufhören. Sie konnte nicht klar denken, und sie wollte es auch gar nicht mehr ...

Ein harter Schlag auf die Wange brachte sie wieder zu sich. Mit ausdruckslosem Blick starrte sie auf FitzRoger.

»Ich hebe Euch jetzt hoch«, erklärte er. »Wenn es zu sehr wehtut, sagt es mir.«

Er hob Imogen auf die Arme und trug sie über den Hof.

»Ihr hättet ihn nicht treten dürfen«, wiederholte sie ernst.

»Wahrscheinlich habt Ihr recht. Ich werde Buße tun.«

Nachdem dieser Punkt beigelegt war, schloss Imogen die Augen und lehnte den Kopf an sein Lederwams. Doch im nächsten Moment zuckte sie zurück. Er roch nach Blut. »Bringt mich einfach nur von hier weg«, bat sie.

»Natürlich. Ihr hattet hier nichts zu suchen.«

Sie hörte die Kälte in seiner Stimme und dachte an den armen Bert. Würde er die Rüge seines Herrn noch erleben?

»Es war meine Schuld«, gab sie zu. »Ich sagte Bert, wir würden drüben im Wald mehr in Gefahr sein als in der Burg. Und das hätte ja auch so sein können.« Der Lärm ließ nach;

offenbar hatten sie den inneren Burghof erreicht. Imogen öffnete die Augen einen Spalt.

Ja, sie hatten die Hölle hinter sich gelassen. Hier sah es eher nach dem Zuhause aus, das sie kannte. Hier war kein Feuerschein; in dem dunstigen Dämmerlicht waren sogar im Schatten Einzelheiten zu erkennen. Pferde, die nun, da sie vom Feuer weg waren, zur Ruhe kamen. Männer, die gelassen und zielgerichtet ihre Arbeit taten.

Dann sah sie weitere Tote. Einige waren Frauen.

»Wer sind diese Leute?«, fragte sie flüsternd. »Die Toten.«

»Einige von Euch, aber die meisten von Warbrick«, antwortete er. »Ich habe noch nicht alles genau prüfen können. Ich habe die Umgebung absuchen lassen, Lady Imogen. Wo immer Warbrick ist, hier ist er nicht. Ihr wart da, wo ich Euch zurückgelassen hatte, absolut sicher. Es ginge uns allen besser, wenn Ihr lernen würdet zu tun, was man Euch sagt.«

Wahrscheinlich hatte er recht. Er hätte nach ihr geschickt, sobald das Feuer gelöscht, die Ordnung wiederhergestellt und die Toten beiseitegebracht, wenn nicht schon beerdigt, gewesen wären. Ganz wie ihr Vater hätte er ihr diese Unannehmlichkeit erspart.

Imogen merkte, dass sie sich dagegen sträubte.

»Mein Vater hat mich zu sehr behütet«, erklärte sie. »Gewalt oder Grausamkeiten zu sehen blieb mir erspart. Aber dies hier ist schließlich alles meinetwegen geschehen, nicht wahr? Also sollte ich es auch miterleben. Ich will nicht mehr von allem abgeschottet sein.«

»Eine ehrenwerte Haltung, aber Ihr solltet Euch nicht zu viel zumuten. Die Wirklichkeit kann manch einen Menschen überfordern; außerdem seid Ihr im Weg. Wo ist Euer Gemach?«

Sie wollte gegen ihn ankämpfen, sich dagegenstellen, als nutzlose Last abgetan zu werden. Aber sie war so müde, so verzweifelt ...

»In der südöstlichen Ecke des Turms«, antwortete sie.

War es möglich, dass ihr Gemach noch da war, unberührt, mit seinen seidenen Wandbehängen, den kostbaren Glasfenstern, ihrer Harfe und ihren Büchern? Sie betete darum.

»Es gibt eine Treppe an der Seite des Turms«, sagte sie, »aber vielleicht ist es einfacher, die breitere Treppe vom Saal aus zu benutzen.«

Trotz ihrer Bemerkung ging er auf die schmale Tür zu, die zu der in die Wand eingebauten Treppe führte, und sie erinnerte sich an die Szene im Saal, deren Zeuge sie geworden war. War das wirklich erst zwei Tage her? Floss dort noch immer Blut? Nein, natürlich wäre es inzwischen zumindest getrocknet.

Sie schloss wieder die Augen. Sie wollte keine schrecklichen Dinge mehr sehen.

Erst als sie die vertrauten Schnitzereien ihres Betts ertastete, öffnete sie die Augen wieder. Sie waren in ihrem Gemach, aber es war verändert. Die Wände waren kahl. Überall lag Unrat. Das Licht war anders.

Die aufgehende Sonne hätte durch rotes, gelbes und blaues Glas scheinen sollen, doch das Licht fiel ungefiltert ein. Imogen stöhnte leise auf, als sie sah, dass ihr kostbares Buntglasfenster in Scherben lag.

Niedergeschlagen sah sie sich das ganze Ausmaß der Zerstörung an. Die Wandteppiche waren heruntergerissen und hingen in Fetzen, Truhen und Kästen waren ausgeleert worden, ihre Kleider lagen im Raum verstreut. Mutwillige Verwüstung. Sie konnte sich vorstellen, wie der vor Wut rasende Warbrick ihre Garderobe mit bloßen Händen zerrissen hatte.

FitzRoger stieß mit dem Fuß gegen einen der Haufen. »Ihr müsst ihn ja wirklich ziemlich verärgert haben, wie?«, meinte er lächelnd.

Und Imogen merkte, dass sie sein Lächeln erwiderte, wenn auch nur schwach. Plötzlich kam ihr die Zerstörung wie der Preis des Sieges vor, nicht wie eine Niederlage. Sie wischte die Tränen ab, die ihr über die Wangen liefen. »Offenbar habe ich das.«

Er trat ans Fenster, wohl um die Lage zu überblicken. Immer am Kontrollieren, stets auf der Hut, dachte sie bei sich. »Ich habe nur wenige Burgbewohner gesehen«, bemerkte er. »Die meisten Toten sind Leute von Warbrick. Wir haben zwei Männer verloren, soweit ich weiß.«

»Ist meine Tante hier?«

»Von einer Lady habe ich nichts gesehen.«

Imogen wollte sich nach Bert erkundigen, wagte es jedoch nicht. Wenn er tot war, dann war es allein ihre Schuld.

»Sobald Eure Fahne wieder im Wind flattert«, sagte FitzRoger, »werden Eure Leute schon zurückkommen.« Er drehte sich um. »Bis dahin essen wir alle kärglich, und Ihr werdet eine ziemlich raue Dienerschaft haben. Seid Ihr verletzt?«

»Nein«, erwiderte sie und war selbst überrascht. »Nach diesem Schlag auf den Schild tut mir zwar alles noch mehr weh, aber ich glaube, verletzt bin ich nicht.«

»Das habt Ihr sehr gut gemacht. Ihr habt nicht versucht, den Schild von Euch weg zu halten – dabei hättet Ihr Euch den Arm gebrochen –, und die Leiche hat den Schlag abgefedert.«

Imogen wollte abstreiten, absichtlich einen toten Körper für einen solchen Zweck benützt zu haben, aber es erschien ihr zu mühselig.

FitzRoger lehnte sich aus dem Fenster, rief hinunter und wandte sich dann wieder ihr zu. »Braucht Ihr irgendetwas?«, fragte er sie und fügte dann hinzu: »Ich meine, etwas Dringliches?«

Sie sagte sich, dass er dabei kaum an etwas Kaltes zu trinken und frische Kleider dachte, und schüttelte den Kopf. Wieder fragte sie sich, was er wohl vorhin gemacht hatte, als er nicht bei seinen Männern gewesen war.

Dann setzte ihr Herz vor Schreck einen Schlag lang aus. Hatte er am Ende ihre geheime Schatzkammer geplündert?

»Die Männer dort draußen hätten gut etwas Führung gebrauchen können«, bemerkte sie versuchshalber. »Hättet Ihr die Sache nicht in die Hand nehmen sollen?«

Er warf ihr einen vorsichtigen Blick zu. »Sie sind ganz gut zurechtgekommen. Was ist los? Habt Ihr Angst, dass Euer Arbeiter seinen Lohn nicht wert ist, Lady Imogen? Dabei haben wir über die Bezahlung doch noch gar nicht gesprochen.«

Ihr Instinkt sagte ihr, dass sie bei ihm soeben einen Nerv getroffen hatte, doch bevor sie weiterbohren konnte, erklärte er: »Ich lasse eine Wache vor der Tür. Dieses Mal bleibt Ihr, wo Ihr seid. Wenn wir einigermaßen Ordnung geschaffen haben, komme ich wieder.« Damit war er verschwunden, noch ehe sie Einwände erheben oder weitere Fragen stellen konnte.

Imogen hatte dazu auch gar nicht wirklich Lust. Sie war zu Hause, und Bastard FitzRoger kümmerte sich um alles, mochte er auch noch so viele Fehler haben. Nicht nur die letzte Nacht, in der sie kaum geschlafen hatte, sondern auch der Schrecken und die Anstrengung der letzten beiden Tage hatten sie vollkommen erschöpft.

Vorübergehend legte sie ihre Welt in stärkere Hände. Beim Einschlafen hörte sie immer wieder seine raue Stimme: »Das habt Ihr sehr gut gemacht.« Es war ein überraschend schöner Trost für sie.

Ja, sie hatte es sehr gut gemacht. Schließlich hatte sie ihre Burg wieder. Vielleicht wäre ihr Vater stolz auf sie gewesen.

Imogen wachte auf, halb verdurstet, schwach und mit Kopfschmerzen, und stellte fest, dass es noch immer früh am Morgen war. Die Sonne begann eben erst, den Raum voll zu erhellen. Ein Geräusch ließ sie hochfahren, und eine Frau trat an ihre Seite.

»Martha?«, fragte sie, eine der Bewohnerinnen von Carrisford erkennend. Martha war eine besonders geschickte

Weberin. War vielleicht alles nur ein böser Traum gewesen? Doch dann blickte sie um sich und sah, dass ihr Gemach zwar aufgeräumt worden war, aber anstelle des Fensters klaffte noch immer ein gähnendes Loch, und die vordem mit Seide behangenen Wände waren nach wie vor kahl.

Das bedeutete, was Janine zugestoßen war, hatte sich wirklich ereignet, und auch das mit dem Toten, und dass FitzRoger sein Schwert in die Kehle dieses Mannes gestoßen hatte …

»Na, na, Lady Imogen«, sagte die Magd, eine Frau mittleren Alters, tröstend und strich ihr die Haare zurück. »Jetzt ist doch alles gut. Ihr werdet wohl einen Bissen zu essen mögen. Ihr habt einen ganzen Tag lang geschlafen. Der Herr sagte, wir sollten Suppe für Euch bereithalten, wenn Ihr aufwacht, also haben wir sie warm gehalten.« Sie schlurfte zum Kohlenbecken hinüber und schöpfte aus einem Topf etwas in eine Holzschüssel.

»Alles ist kaputt«, fuhr sie kopfschüttelnd fort. »Sämtliche Tontöpfe zerbrochen. Das ganze Glas. Die feinen Silberpokale platt gedrückt …« Sie brach ab. »Aber über solche Dinge braucht Ihr Euch jetzt nicht den Kopf zu zerbrechen, Liebes. Wir haben ja noch das Holzgeschirr.« Sie drückte Imogen die Schüssel in die Hand und gab ihr einen Holzlöffel dazu. »Hier, Mylady. Esst das, dann geht es Euch besser. Der Herr wird sich um alles kümmern.«

Der Herr, der Herr, der Herr, hämmerte es in Imogens schmerzendem Schädel. »FitzRoger ist *nicht* der Herr von Carrisford.«

»Nein, nein«, sagte die Frau. »Genau genommen, nicht. Aber er kümmert sich trotzdem um alles, Lady, seit er seine Übelkeit überwunden hat.«

»Was für eine Übelkeit?«, fragte Imogen alarmiert und dachte sofort an eine Seuche oder etwas Ähnliches, das ihr Elend noch vergrößern würde.

»Er hat gespien, als hätte er verdorbenes Fleisch gegessen«, vertraute Martha ihr an. »Ein paar von uns hatten sich im hinteren Ende der Vorratslager versteckt, als Lord FitzRoger und seine Männer aus einer Wand herauskamen. Wir sind vielleicht erschrocken, das kann ich Euch sagen, aber dann haben wir gleich gemerkt, dass sie nicht zu Warbricks Rüpeln gehören. Aber er war käseweiß und hat gezittert, die anderen mussten ihn praktisch tragen. Und dann hat er sich ganz schrecklich erbrochen. Wir wussten ja nicht, wer er ist, und deshalb haben wir auch nicht verraten, wer wir sind. Aber jetzt geht es ihm anscheinend wieder ganz gut.«

Imogen begann, die Suppe zu löffeln, und dachte über diese Information nach. Schlechtes Fleisch? Oder war es einfach das Eingesperrtsein in geschlossenen, dunklen Räumen gewesen?

Sie wusste, sie würde sich übergeben müssen, wenn man sie zwänge, einen Raum voller Ratten zu betreten. Sie spürte ein wenig Sympathie für ihn, und noch mehr Bewunderung für den Mut, der ihn veranlasst hatte, seinen Männern zu folgen.

Doch sie sah auch, dass sich ihr hier eine Waffe bot, und eine solche würde sie in den nächsten Tagen vielleicht brauchen. Sie gab sich nicht der Illusion hin, dass es einfach sein würde, mit Bastard FitzRoger fertig zu werden.

Entschlossen, so bald wie möglich wieder zu Kräften zu kommen, zwang sich Imogen, die Suppe aufzuessen. Wie konnte sie einen so wichtigen Tag komplett verschlafen und alles ihm überlassen haben?

Sie fragte sich, wie viel Lebensmittel noch in der Burg vorrätig waren, wie stark Warbricks Männer das umliegende Land verwüstet hatten, das sie alle zu ihrem Unterhalt brauchten.

Noch wichtiger war jedoch die Frage, ob FitzRoger die geheime Schatzkammer ihres Vaters entdeckt hatte. Nach dem, was er von Bezahlung gesagt hatte, zu urteilen, wohl nicht, aber andererseits konnte bei diesem Mann nur ein

Narr alles für bare Münze nehmen. Marthas Geschichte tröstete sie allerdings. Wenn ihn die Geheimgänge so sehr mitgenommen hatten, hatte er wohl kaum Lust, diesbezüglich weitere Nachforschungen anzustellen, und sie glaubte nicht, dass er eine solche Aufgabe einem anderen anvertrauen würde.

Sobald sie an ihr Gold herankam, würde sie ihn bezahlen können, gleichgültig, welchen Preis er für seine Dienste verlangte. Sie war sehr, sehr reich. Ihr Großvater hatte eine vermögende Erbin geheiratet, und weder er noch ihr Vater hatten geschäftliche Unternehmungen gescheut. Carrisford war zwar nicht der mächtigste, aber wahrscheinlich der begütertste Besitz im ganzen Land.

Was angesichts des jetzigen Zustands der Burg nur von Vorteil war. Sobald sie mit FitzRoger abgerechnet hatte, würde Imogen sämtliche Schäden beheben und neue Vorräte anschaffen.

Damit konnte sie jedoch erst beginnen, wenn sie an die Schatzkammer herankam. Auch sie wollte eine solche Aufgabe niemand anderem überlassen.

Und da FitzRoger anscheinend stets allein die Verantwortung tragen wollte, dachte sie bitter, sollte er ruhig erst einmal seine eigenen Ressourcen verwenden, um alles zu regeln.

Die nächstwichtige Angelegenheit würde dann ihre Heirat sein …

Jetzt erst merkte Imogen, dass sie nicht mehr »schwanger« war. »Wo ist mein …?«, fragte sie, die Hände auf den flachen Bauch gelegt.

Martha wusste sofort, was sie meinte. »Dieses Ding, das Ihr um den Bauch getragen habt, Mylady? Wir haben es abgenommen, damit Ihr es bequemer habt. Was immer das sein sollte, es ist jetzt nicht mehr nötig, und es ist auch nicht recht, dass Ihr so etwas vorgebt. Was würde denn Euer armer Vater dazu sagen!«

Ihre Waffe gegen eine vorschnelle Verheiratung war verschwunden!

»Weiß Lord FitzRoger darüber Bescheid?« Vielleicht konnte sie ihre Verkleidung ja wieder anlegen und die Frauen überreden zu schweigen.

»Er war ein paarmal hier, um nach Euch zu schauen. Hat aber nichts gesagt.« Die Frau kicherte. »Wolltet Ihr, dass er glaubt, Ihr seid schwanger, Mylady? Also so was. Ungezogenes Mädchen!«

Angesichts dieser neuerlichen Wendung in ihrem verwickelten Leben konnte Imogen nur leise stöhnen. Wie sollte sie nun eine erzwungene Ehe verhindern, falls er eine solche durchsetzen wollte?

Martha kam rasch auf sie zu. »Armes Dummerchen«, säuselte sie. »Na, na, nun macht Euch mal keine Gedanken. Der Lord von Cleeve wird gut auf Euch aufpassen.«

Imogen öffnete den Mund, um zu widersprechen, schloss ihn dann aber wieder abrupt. Der nachsichtige Ton der Frau machte sie zwar wütend, aber es wäre nicht fair gewesen, sie dafür zurechtzuweisen. So war sie schließlich immer behandelt worden – mit herablassender, freundlicher Nachsicht. Imogen von Carrisford, die Blume des Westens, ihres Vaters größter Schatz.

Und wie die meisten Schätze behütet, dekorativ und im Großen und Ganzen nutzlos.

Als Siward sie bewusstlos machte und gegen ihren Willen aus der Burg brachte, hatte sie sich verhalten wie üblich. Dann hatte sie einfach getan, was alle vorgeschlagen hatten, und war zu FitzRoger gegangen, der sie zur Einnahme ihrer eigenen Burg getragen hatte wie ein lästiges Bündel. Kein Wunder, dass er nun genau das tat, was er wollte, ohne auch nur zu fragen, ob ihr das recht war.

Falsch, hielt ihr Gewissen dagegen. Sie hatte ihn darum gebeten, ihre Burg zurückzuerobern und zu besetzen, bis sie anderweitige Vorkehrungen treffen konnte. Sie hatte ihn sogar gebeten, sie von all dem Feuer und dem Blut und dem Tod wegzubringen.

Aber diese Zeiten sollten nun vorbei sein. Sie stellte die leere Holzschüssel beiseite und setzte sich gerade auf. Es war an der Zeit, sich als Lady von Carrisford zu behaupten. Und das Erste war festzustellen, ob sie schon wieder laufen konnte.

»Martha«, sagte sie, »lass uns probieren, ob wir diese Verbände abnehmen können.«

»Oh, Mylady. Meint Ihr, dass das gescheit ist? Der Herr hat gesagt ...«

»Lord FitzRoger«, unterbrach sie scharf, »wenn du ihn schon zur Sprache bringen musst.«

Die Frau bekam große Augen, doch dann sagte sie: »*Lord FitzRoger* hat gesagt, die Füße sind schlimm verletzt, und der Mönch, der die Wunden versorgte, hat gesagt, man soll nichts daran machen.«

»Das hat er nicht gesagt«, erklärte Imogen. »Ich möchte sehen, wie sie heilen.« Als sie begann, die Bandagen selbst zu lösen, ging Martha ihr murrend zur Hand.

Die letzte Schicht der Verbände war mit den Wunden verklebt. »Na, seht Ihr?«, meinte die Magd triumphierend. »Das braucht einfach noch länger.«

Imogen hingegen berührte ihre Wunden und entschied, dass sie gar nicht mehr so übel waren. Die schlimmsten, noch offenen, roten Blasen waren an den Seiten der Füße, wo die geknoteten Riemen gescheuert hatten; diejenigen an den Sohlen heilten jedoch rasch.

»Wir weichen die verklebten Verbände ein«, befahl sie Martha. Als die Magd widersprechen wollte, warf sie ihr einen derart vernichtenden Blick zu, dass sie wortlos gehorchte.

Mit warmem Wasser und viel Geduld war Imogen bald von den Verbänden befreit. Vorsichtig stellte sie sich auf die Füße und lächelte. Sie hatte kaum mehr Schmerzen. Erleichtert lief sie durch den Raum und erfreute sich ihrer zurückgewonnenen Mobilität. An anderen Körperstellen hatte sie noch Prellungen und Wehwehchen, doch ihr fehlte nichts, mit dem sie nicht fertig werden konnte.

»Ihr könnt aber noch keine Schuhe anziehen«, meinte Martha etwas selbstgefällig.

»Besitze ich denn überhaupt noch welche?«, fragte Imogen.

Einige wenige Paare waren ihr geblieben. Die seidenen Hausschuhe waren zwar verschwunden, doch die Lederschuhe zu zerstören war offenbar zu schwierig gewesen. Allerdings stellte sich heraus, dass Martha recht hatte; Imogen konnte sie nicht anziehen.

»Dann gehe ich eben barfuß«, erklärte sie.

»Mylady!«

»Kein Wort mehr!«, befahl Imogen. »Ich weigere mich, hier in meiner eigenen Burg zu sitzen und darauf zu warten, dass mich jemand herumträgt wie ein Baby. Und jetzt«, fuhr sie fort, »sehen wir nach, ob ich noch Kleider habe, die ich anziehen kann.« Sie war entschlossen, sich vor den Menschen ihrer Burg als die Herrin zu präsentieren.

Als Erstes ließ sie sich von Martha gründlich die Haare waschen, dann, als das Licht des Tages stärker wurde, ging sie mit der Magd ihre verbliebene Garderobe durch. Beim Anblick ihrer wunderschönen, nun zerfetzten Lieblingskleider hätte sie fast geweint. Aber auch diese Schwäche wollte sie sich nicht erlauben. Zumindest ein paar würde man noch reparieren können.

Martha und Imogen machten sich an die Arbeit, und schon bald waren einige der Kleider wieder adrett und sauber, wenn nicht sogar so elegant und schön wie früher.

Imogen war froh, als sie ihre ausgeliehenen groben Sachen endlich ablegen und ein feines Unterkleid und darüber ein gelbbraunes, am Ausschnitt und am Saum mit Goldfäden verziertes Leinenkleid anziehen konnte. Darüber trug sie eine leichte Tunika aus rostroter Seide mit weißen und roten Bändern an Saum, Ärmeln und Ausschnitt. Ihre mit Edelsteinen besetzten Gürtel waren alle weg; deshalb schnitt sie aus einem zerfledderten braunen Kleid aus schwerem, mit Gold durchwirktem Seidenstoff eine Schärpe und band sie sich um die Hüfte.

Die glänzende Seide bauschte sie darüber elegant auf.

»Nun«, sagte sie triumphierend. »Sehe ich jetzt nicht aus wie die Herrin von Carrisford?«

»Wirklich, das tut Ihr«, ertönte eine spöttische Stimme.

Imogen drehte sich um und sah sich Bastard FitzRoger gegenüber, der sie eingehend musterte.

6

Wenn sie aussah wie die Lady, dann sah er gewiss aus wie der Lord. Woher hatte er so feine Kleider bekommen? Versuchte er absichtlich, sie mit ihren eigenen Waffen zu schlagen?

Er lehnte am Türpfosten und hatte die Arme verschränkt. Seine Tunika war aus schwerer, dunkelgrüner Seide, fein mit Gold und Schwarz bestickt. Die Ärmel reichten bis zu den Ellbogen; an den Handgelenken trug er reich verzierte, goldene Armreifen. Sein Ledergürtel war mit Gold beschlagen, das Messer steckte in einer goldenen Scheide mit Gravuren. Und natürlich hatte er seinen schweren, goldenen Ring angesteckt. Zum ersten Mal sah er aus wie ein mächtiger Lord. Es ärgerte Imogen, dass sie keinen Goldschmuck tragen konnte, und sie schaute genau hin, ob er nicht am Ende etwas trug, das ihr bekannt war.

Nein, es schien alles ihm zu gehören.

Eine beeindruckende Schmucksammlung, unbekümmert getragen.

Doch in Carrisfords Schatzkästen fanden sich gleichwertige und sogar noch bessere Stücke; Imogen konnte es kaum erwarten, an sie heranzukommen und diesem Mann zu zeigen, wo sein Platz war. »Sobald ich den König erreiche«, sagte sie mit fester Stimme, »werde ich Klage gegen Warbrick erheben und meinen Schmuck zurückfordern.«

Ein träges Lächeln legte sein Gesicht in Falten. »Ich kann Euch etwas überlassen, wenn Ihr wollt.«

»Nein danke, mein eigener ist mir lieber.«

»Warbrick wird leugnen, Euren Schmuck entwendet zu haben.«

»Wie könnte er das tun? Das halbe Land wird meinen Schmuck erkennen, sobald er auftaucht.«

Er trat in den Raum. »Er wird ihn einschmelzen lassen. Wenn nötig, wird er ihn sogar ins Meer werfen. Nachdem Ihr ihn abgewiesen habt, wird er alles tun, damit er ihn nicht an Euch zurückgeben muss.«

Das war erschreckend, aber wieder spürte Imogen bei dem Gedanken, dass sie Warbrick einen Strich durch die Rechnung gemacht hatte, einen glühenden Stolz. Es war ein harter Weg voll schwieriger Entscheidungen gewesen, aber sie war ihn gegangen. Nun musste sie nur noch ihre Eskorte loswerden – denn das war FitzRoger für sie –, und ihr Leben neu ordnen.

Ihre »Eskorte« wandte sich Martha zu, und auf eine Geste hin verließ die Magd mit einem scheuen Knicks das Gemach. Imogens hübsche Seifenblase zerplatzte, und die Wahrheit trat klar zutage: Dieser Mann war weit mehr als eine Eskorte; er hatte für sie sein Leben und das seiner Männer aufs Spiel gesetzt, und nun zeigte sich, dass er eine unwägbare Kraft in ihrem Zuhause und in ihrem Leben darstellte.

»Ihr müsst doch noch anderen Schmuck haben«, sagte er.

Das lenkte ihren Verstand schlagartig wieder auf die Hauptsache. Er wollte etwas über ihren Reichtum herausfinden. Kein Wunder also, dass er so freundlich war. Nun, ab und zu mochte sie ja ein wenig idiotisch sein, aber wirklich dumm war sie deswegen noch lange nicht. »Nein«, log sie.

Er trat auf sie zu. Imogen musste sich zwingen, nicht zurückzuweichen. »Der Schmuck, den Imogen von Carrisford von ihrem Vater bekommen hat, ist berühmt. Ihr habt alles in Eurem Gemach aufbewahrt?«

»Ja.«

Seine kühlen Finger umfassten ihr Kinn. »Selbst wenn Ihr so dumm gewesen wärt, Euer Vater war es sicher nicht.«

»Lasst mich sofort los, Sir!«

Er gehorchte, doch im nächsten Augenblick lagen seine Hände auf ihren Schultern. Seine smaragdgrünen Augen funkelten auf sie nieder. »Seid Ihr entschlossen, mir zu misstrauen? Falls Euer Schmuck in den Geheimgängen versteckt ist – es gibt nun ein Dutzend Männer, die sie kennen. Ich würde den meisten von ihnen nicht einen Schilling anvertrauen, ganz zu schweigen von einem kleinen Vermögen.«

»Es sind Eure Männer«, gab sie zurück. »Zweifellos haben sie die Moralvorstellungen ihres *Herrn* übernommen.«

Er kniff die Augen zusammen. »Wollt Ihr mich herausfordern?«, fragte er leise.

Es war anstrengend, aber Imogen hielt den Kopf hoch und antwortete stolz: »Ja.«

Und es war ihr voller Ernst.

Das Blitzen in seinen Augen jagte einen Schauer durch sie hindurch. »Ihr seid ein törichtes Kind.«

»Das könnte man meinen. Schließlich habe ich Euch um Hilfe gebeten. Aber ich lerne schnell.«

Er zog sie etwas näher zu sich. Dünnes Leinen und Seide konnten nicht verhindern, dass ihr Körper seine feste Wärme spürte, und ihr Atem setzte aus …

»Was lernt Ihr?«, fragte er leise.

Imogen musste nicht mehr dagegen ankämpfen, seinem Blick zu begegnen. Sie konnte gar nicht wegsehen. Seine Augen, entdeckte sie, waren gar nicht wirklich unfreundlich; sie waren sogar beinahe warm …

Dummkopf, schalt sie sich selbst und wandte den Blick gewaltsam ab. »Männern nicht zu vertrauen«, erwiderte sie grob.

Er ließ sie los und trat zurück. Dann drehte er sich um und sah sie an. »Und ich soll dabei Euer Lehrmeister gewesen sein?«

Imogen verweigerte ihm eine Antwort.

»Inwiefern habe ich mich Eures Vertrauens unwürdig erwiesen, Lady Imogen?«

Ihr Körper wollte diesen Augenblick der Wärme, der Nähe wiedererleben. Imogen hasste dieses Verlangen. Zudem fiel ihr kein Vorwurf ein, mit dem sie seine Frage hätte beantworten können.

Sie verdächtigte ihn vieler Dinge, doch bislang war sein Benehmen geradezu beispielhaft gewesen.

Sie sah sich gezwungen, in die Vergangenheit auszuweichen. »Ihr seid nach Cleeve gegangen, um Eurem Bruder zu helfen, und er starb – was Euch nicht ungelegen kam.«

Seine Miene verhärtete sich. »Sprecht keine Anschuldigungen aus, Ginger, wenn Ihr nicht bereit seid, mit Eurem Leben dafür einzustehen. Das ist bloßes Geschwätz.«

»Aber es ist wahr.«

Er musterte sie, die Hände in die Hüften gestemmt. »Ihr glaubt, ich habe vor, Euch Carrisford wegzunehmen?«

Imogen wusste es nicht genau, aber wahrscheinlich kamen bei diesem Mann ohnehin nur entschiedene Aussagen an. »Ja«, sagte sie.

Er zog eine Braue nach oben. »Dann war es in der Tat töricht von Euch, mich um Hilfe zu bitten, nicht wahr?«

»Damals kannte ich Euch noch nicht.«

»Und jetzt schon?«

»Ja. Ihr seid hart und skrupellos und nehmt Euch, was immer Ihr wollt.«

Er lächelte eisig und trat wieder näher. »Ist es dann nicht ein wenig dumm, mir den Fehdehandschuh hinzuwerfen? Vielleicht will ich ja Euch.«

Imogen verlor die Nerven. Sie wich ein paar Schritte zurück und wünschte sich nichts sehnlicher, als ihren schwangeren Bauch wiederzuhaben. »Nein.«

Sein Lächeln wurde breiter, wenn auch nicht wärmer. »Vielleicht finde ich wütende Kätzchen begehrenswert.« Ein paar weitere rasche Schritte, und sie fand sich ohne eine Möglichkeit zur Flucht an die Wand gepresst.

»Ich schreie«, warnte sie ihn.

Er zog lediglich sarkastisch eine Braue hoch. Die Burg war voll von seinen Leuten.

»Ihr werdet mich nicht vergewaltigen«, sprudelte sie verzweifelt hervor. »Ich würde es dem König sagen, und Ihr müsstet teuer dafür bezahlen.«

»Ich bin kein Vergewaltiger«, entgegnete er freundlich. Wieder ließ seine Miene diesen Anflug von Wärme erkennen. »Viele Männer begehren Euch, Ginger, und zwar nicht nur Eurer Burg wegen. Ihr seid sehr schön, wie Ihr wohl wisst, und Euer Haar ...«

Martha hatte ihr noch keine Zöpfe geflochten. Sein Blick folgte ihrem dichten, seidigen Haar über ihren Körper hinab. Imogen spürte, wie ihre Knie weich wurden, und dieses Mal nicht aus Angst.

Er stützte die Hände zu beiden Seiten ihres Körpers gegen die Wand. Imogen fühlte sich seltsam eingeschlossen, aber nicht wie in einer Falle. Ihr Herz raste, und ihr Kopf schien irgendwie benebelt zu sein. Sie wusste, dass sie ein solches Tun eigentlich nicht zulassen sollte, und dennoch, trotzdem ...

»Hört auf«, flüsterte sie.

»Aufhören womit?«, flüsterte er zurück.

Sie starrte ihn an, und er senkte seine Lippen langsam auf die ihren. Sie waren weich und warm. Wieso hatte sie gedacht, sie würden kalt und hart sein?

Er neigte den Kopf und küsste sie inniger. Imogen erhob die Hände, um ihn wegzudrücken, doch ein tiefes Gefühl überwältigte sie, und ihre Hände legten sich auf seine Schultern – Schultern wie Felsen, doch unter der Seide waren sie warm.

Langsam liebkosten seine Lippen ihren Mund. Noch nie zuvor war sie so geküsst worden. Sie hatte nicht gedacht, dass es ihr gefallen würde. Es war wie ein feuriges Gewürz, als seine Zunge über ihre Lippen wanderte. Sie stöhnte. Dann glitt die Zunge in ihren Mund und bewegte sich an der Innenseite ihrer Lippen entlang.

Imogen zuckte zurück. »Das dürft Ihr nicht! Es ist eine furchtbare Sünde!«

»Wirklich?«, fragte er. Jetzt strahlte er echten, herzlichen Humor aus. Er ergriff eine Strähne ihres Haars, legte die Hand um ihren Hinterkopf, und sein Daumen streichelte ihre Wange. »Sich zu küssen ist kein Verbrechen, Imogen.«

»Father Wulfgan sagt, es ist ...« Imogen wusste, sie musste dies beenden, bevor etwas Schreckliches passierte. Der Kaplan hatte sie gewarnt, dass solche Küsse zu unanständigen Berührungen führten, und unanständige Berührungen führten zu Lust.

Und Lust führte geradewegs ins Höllenfeuer.

Bestimmt hatte sie das Höllenfeuer berührt, und deshalb war ihr so heiß geworden ...

Sie schlüpfte unter seinen Armen hindurch und brachte die ganze Breite des Gemachs zwischen sich und ihn.

FitzRoger versuchte nicht, sie aufzuhalten; er lehnte sich einfach an die Wand und verschränkte die Arme. »Ist das dieser dürre Priester mit den verkrüppelten Händen? Der, der versucht, uns dafür, dass wir im Kampf Männern das Leben nehmen, Buße aufzuerlegen?«

Sie nickte und legte sich eine Hand auf den Mund. »Oh, er wird *mir* schreckliche Bußen auferlegen. Ich werde eine Woche auf den Knien verbringen müssen. All dieses Morden, nur meinetwegen. Und dass ich mich von Euch küssen ließ. Und vorgab ...« Sie verstummte und blickte nervös zu ihm hinüber.

»Ich wusste, dass der Bauch nicht echt war, Ginger.«

Das verletzte ihren Stolz. »Das glaube ich nicht.«

»Ich lüge nicht. Oder nur dann, wenn es absolut notwendig ist.«

»Woher habt Ihr es gewusst?«

»Nach Eurem Abenteuer gestern war er verrutscht. Aber ich hatte mich schon davor gewundert. Es kam mir einfach so unwahrscheinlich vor.«

»Warum habt Ihr dann nichts gesagt?«

Er zuckte die Achseln. »Ich wollte sehen, wie lange Ihr dieses Spiel durchhalten würdet. Es war eine schlaue Verkleidung und gut gemacht. Als ich Euch das erste Mal sah, dachte ich wirklich, Ihr könntet jeden Moment niederkommen. Auch so eine Idee Eures Seneschalls, nehme ich an.«

»Nein«, widersprach Imogen stolz. »Das war meine Idee. Er hat mir bloß geholfen.«

FitzRoger nickte anerkennend.

»Wie geht es Siward?«, fragte sie herausfordernd.

»Ich habe nach ihm schicken lassen.« Er kam auf sie zu. »Ihr habt Eure Sache sehr gut gemacht, wer auch immer dabei das Sagen hatte. Ihr seid Warbrick entkommen und habt Euch diese eklige Verkleidung angelegt. Jedenfalls«, fuhr er fort, und seine Lippen zuckten dabei, »hat sie *mich* angeekelt. Und Ihr seid gelaufen, bis Eure Füße zerschunden waren, und hattet trotzdem noch den Mut, mir die Stirn zu bieten – im übertragenen, wenn nicht sogar im wörtlichen Sinn. Doch, für ein so unerfahrenes Mädchen habt Ihr Euch wirklich wacker geschlagen.«

Imogen spürte eine neue Wärme, die sich von ihren Zehen aus in ihrem ganzen Körper ausbreitete und schließlich ihre Wangen erröten ließ. Reiner, herrlicher Stolz. »Ich fand es entsetzlich«, räumte sie schüchtern ein. »Ich hasste all den Schmutz. Ich hasste es, so allein und schutzlos zu sein. Ich hasste es, Entscheidungen treffen zu müssen. Ich wollte mich Euch einfach nur auf Gedeih und Verderb ausliefern und Euch alles machen lassen.«

»Jeder von uns kennt das Gefühl des Entsetzens, und wenn wir einmal erfahren haben, wie es sich anfühlt, sauber zu sein, dann hassen wir Schmutz. Manche Entscheidungen werden niemals leicht. Ihr habt Eure Sache wirklich gut gemacht.«

Er war also doch gar kein so schlechter Mensch.

»Hattet Ihr in den Geheimgängen Angst?«, fragte sie freundlich.

All seine Wärme verschwand, und er bekam große Augen. »Was?«

»Ihr habt Angst vor geschlossenen Räumen. Sir William hat es mir gesagt.«

Seine Augen wurden eisig kalt. »Hat er das? Er hat übertrieben. Wollt Ihr zum Frühstück in den Saal kommen? Soll ich Euch tragen?«

Imogen erschauderte und unterließ es zu erwähnen, was Martha über seine Übelkeit erzählt hatte. »Ich möchte zur Messe gehen«, sagte sie rasch. Gewiss würde sie jeden nur erdenklichen göttlichen Beistand brauchen. »Ich möchte in die Kapelle gehen und für die Toten beten, während ich auf Father Wulfgan warte.«

»Da werdet Ihr lange warten müssen. Ich habe Euren Kaplan hinausgeworfen.«

»Ihr habt *was*?«

»Ich will niemanden in der Nähe meiner Männer haben, der ihnen solche Schuldgefühle macht. Ich werde Euch einen besseren Priester besorgen.«

Glühende Wut stieg in Imogen auf. »Holt ihn zurück!«, fauchte sie zornig. »Dies ist *meine* Burg, FitzRoger, und er ist *mein* Priester!«

Er blinzelte nicht einmal. »Aber ich verteidige Eure Burg, und ich muss tun, was für *meine* Männer am besten ist.«

Imogen beugte sich nach vorn. »Ihr wollt doch nur einen Priester, der Euer übles Treiben gutheißt!«, schnaubte sie, »und der vor Eurer Bösartigkeit die Augen verschließt. Aber ich werde Father Wulfgan zurückholen und dafür sorgen, dass er Hölle und Verdammnis über Euer schwarzes Herz bringt!«

FitzRoger war völlig ungerührt, ja, er schien sogar amüsiert.

Er missachtete sie.

Imogen holte aus und schlug mit aller Kraft zu, die sie aufbieten konnte.

Das Klatschen ihrer Hand auf seinem Gesicht hallte im Raum wider, und FitzRogers Wange lief rot an. Seine Miene wurde absolut starr, die smaragdgrünen Augen groß und kalt.

Er, der wendige Krieger, hatte keine Anstalten gemacht, um ihrem Schlag auszuweichen.

Imogen stockte der Atem. Er würde sie töten ...

Doch er entspannte sich wieder. Es war kaum merklich, eine Entkrampfung seines gesamten Körpers. »Vermutlich müsst Ihr über einige Gewalt und Autorität verfügen«, sagte er. »Aber ich warne Euch zu Eurem eigenen Besten – wenn Ihr so etwas in der Öffentlichkeit tut, werdet Ihr es bitter bereuen.«

Damit machte er kehrt und ging. Imogen sank mit schlotternden Beinen in sich zusammen, froh, noch am Leben zu sein. Noch nie in ihrem Leben hatte sie einen Mann geschlagen. Natürlich war sie auch nie einem Mann wie Bastard FitzRoger begegnet, und ihr Vater hätte jeden, der Imogen von Carrisford auch nur kühn angesehen hätte, getötet.

Dieser Mann hatte sie geküsst. Beim Zauber der Erinnerung wurde ihr Atem unregelmäßig. Seine Lippen auf den ihren. Es war unglaublich schön gewesen. In diesem Moment war er ihr ganz anders vorgekommen – wärmer, freundlicher.

Dann, als sie seine Angst in den Geheimgängen erwähnt hatte, war dies alles verflogen. Anscheinend mochte ein Mann es nicht, wenn bekannt wurde, dass er sich vor etwas Derartigem fürchtete. Aber das war verständlich.

Und dann hatte er gesagt, er habe ihren Priester hinausgeworfen.

Ihr Kopf begann wieder klar zu werden. Sie überwand ihre romantischen Gefühle und ihren Groll und machte sich stattdessen Gedanken darüber, was er wohl gemeint hatte, als er sagte, sie müsse »vermutlich über einige Gewalt und Autorität verfügen«. Welche Autorität meinte er, die nicht herausgefordert werden sollte? Wer verfügte über Carrisford?

Glaubte er, sie samt ihrer Burg mit einem Kuss und ein paar netten Worten kaufen zu können? Sie lachte laut heraus. Bestimmt dachte er genau das, aber wenn seine freundliche Maske bei jeder Kleinigkeit verrutschte und sich der kalte, harte Tyrann dahinter zeigte, dann würde er nicht weit kommen.

Plötzlich wurde ihr bewusst, dass er nichts davon gesagt hatte, Father Wulfgan zurückzuholen. Wenn sie sich das nächste Mal sahen, würde sie darauf bestehen.

Dann würde sich zeigen, wer in Carrisford wirklich das Sagen hatte.

FitzRoger durchschritt die miteinander verbundenen Räume zu der majestätischen, breiten Treppe, die an der Seite des großen Saals hinabführte. Carrisford Castle war ein prächtiger Bau, mit mehr Raffinessen als jedes andere Gebäude, das er in England kannte. Eines Tages, wenn er die Zeit und das Geld dafür aufbringen konnte, würde er einige der feinen Dinge, die es hier gab, auch in Cleeve einrichten lassen.

Bei »Geld« musste er wieder an die Erbin denken. Er lächelte in sich hinein.

Sie war ein temperamentvolles Geschöpf, und eines mit Verstand, wenn sie nur daran dachte, ihn zu gebrauchen. Aber unglaublich verhätschelt. Trotzdem hatte er es ehrlich gemeint, als er sagte, sie habe ihre Sache sehr gut gemacht, vor allem für jemanden, der sein Leben lang so behütet gewesen war.

Er betrat den Saal mit seiner ungewöhnlichen, gewölbten Decke, den hell getünchten Wänden und den vielen schmalen Fenstern. Bei dem schönen Wetter waren die Fensterläden geöffnet und ließen das Sonnenlicht einströmen, das den Raum warm und hell machte.

Der Soldat in ihm sagte zwar, sie seien unnötig und gefährlich, doch es gefiel ihm, wie sie den Raum erhellten. Der Saal in Cleeve war immer düster.

Die schlimmsten Anzeichen des Gemetzels, das hier stattgefunden hatte, waren entfernt, und für ihn sah der Raum so sehr schön aus, doch aus den Bemerkungen einger Bediensteter schloss er, dass der Saal von seiner früheren Pracht noch weit entfernt war. Er war mit gestickten Wandbehängen und Waffen an den Wänden geschmückt gewesen, auf den Anrichten hatten einst Gegenstände aus Gold und Silber gestanden, und die Tischtücher waren mit Webmustern oder Stickereien verziert gewesen.

Im Burghof hatte FitzRoger die Hütten gesehen, in denen die Webstühle und Rahmen müßig herumstanden, weil keine Frauen mehr hier waren, um sie zu bedienen. Es waren nicht so viele umgekommen, sie mussten also noch irgendwo sein. Die einfacheren Wandbehänge konnten diese Frauen vermutlich neu anfertigen, doch die feineren waren wohl aus Italien und aus dem Osten gekommen, vermutete FitzRoger.

Er wollte das Heim Imogens von Carrisford wieder instand setzen und begann in Gedanken bereits, erste Reparaturarbeiten zu planen. Lebensmittel, Gerätschaften, Geschirr und Besteck, Behänge, Tischwäsche ...

Die Tische für das Frühstück waren noch aufgebaut – ohne Tücher –, doch das Morgenmahl war vorüber und der Saal leer. FitzRoger fand noch einen Krug mit etwas Ale, schenkte sich einen Holzbecher ein und fügte zu seiner gedanklichen Liste zu besorgender Dinge Bier und Wein hinzu. Etwas Ale gab es noch in Carrisford, und im Brauhaus war auch schon wieder die Arbeit aufgenommen worden, aber Warbrick hatte sämtliche Weinfässer zerstört. Weiß Gott, wann der Gestank aus den Kellern entweichen würde.

Selbst mit Vorräten würde das Leben hier in nächster Zeit kärglich sein ...

Renald de Lisles Stimme unterbrach seine Gedanken. »Wenn das nicht ein mädchenhaftes Erröten ist, dann hat die Lady dich geohrfeigt, mein Freund. Und ich dachte, du hättest gesagt, sie sei leicht herumzukriegen.«

»Ich habe noch gar nicht versucht, sie zu irgendetwas zu überreden.« Er schenkte Renald Ale ein.

»Warum hat sie dich dann geschlagen?«

FitzRogers Lippen zuckten. »Sie wollte es zwar nicht zugeben, aber ich glaube, es war, weil ich aufhörte, sie zu küssen.« Sein Freund verschluckte sich an dem Bier. »Ihre Erklärung war natürlich eine andere. Nämlich dieser Priester, Renald, der uns anschrie, wir müssten für jedes ausgelöschte Leben Buße tun.«

De Lisle nickte.

»Du musst ihn zurückholen.«

»Warum denn das?«, fragte Renald überrascht. »Der ist doch sicher ein Freund von Haarhemden und Geißelungen.«

»Die Blume des Westens hat es befohlen.«

»Ah«, murmelte Renald. »Du willst dir ihre Gunst mit Nettigkeiten erschleichen? Wann wirst du der süßen kleinen Blume denn eröffnen, dass sie weniger gerettet als vielmehr gepflückt worden ist?«

»Aus deinem Mund klingt es, als hätte sie mehr Ähnlichkeit mit einer mageren Henne als mit einer Rosenknospe. Falls ich sie heirate, kann ich es ihr auch so leicht machen, wie es mir möglich ist. Vielleicht stellt sie es sich dann einfach so vor, dass sie in neue Erde verpflanzt wird.«

»Nachdem sie schwanger ist, hast du zumindest viel Zeit, sie durcheinanderzubringen und zu überreden. Und den Kerl zu töten, der sie geschwängert hat.«

»Es war ihr Seneschall«, sagte FitzRoger und nahm einen Schluck Ale.

»Dieser alte Mann!«, rief de Lisle und griff an sein Schwert. »Den knöpfe ich mir vor!«

FitzRoger legte beschwichtigend eine Hand auf die von Renald. »Mir scheint, du hast auch eine Vorliebe für Blumen«, meinte er vergnüglich. »Vergiss sie, mein Freund. Sie gehört mir.« Er füllte Renalds Krug neu. »Der Seneschall wird die Verwaltung der Burg übernehmen.«

»Wie, du willst ein solches Verhalten durchgehen lassen?«, rief Renald, und seine Augen blitzten. »Das würde ich bestimmt nicht tun!«

»Lady Imogen versichert, dass es mit ihrer Zustimmung geschehen ist«, erklärte FitzRoger unumwunden. »Es war sogar ihre eigene Idee. Sie ist sehr stolz darauf, und wenn sie nicht unglücklich ist, warum sollte ich dann etwas dagegen haben?«

De Lisle starrte ihn an, als sei ihm ein zweiter Kopf gewachsen. FitzRoger blickte auf und lenkte das Augenmerk seines Freundes auf die Treppe, die Imogen gerade vorsichtig herunterstieg.

In der farbenprächtigen Seide sah sie wunderschön aus, und für eine Frau, die angeblich kurz vor der Entbindung stand, war sie bemerkenswert wohlgeformt.

Und ganz offenbar hatte sie auch keine plötzliche Fehlgeburt gehabt.

»Wie, das war alles ein Schwindel?«, fragte Renald verblüfft. »Dann überrascht es mich, dass du sie dafür nicht verprügelt hast.«

»Ich zerdrücke keine so liebenswerte Blume, nicht einmal des Dufts wegen. Ich hatte es erraten«, erklärte er leise, »und es hat ja auch keinen Unterschied gemacht, außer dass sie sich dadurch in Sicherheit wähnte.« Er trat auf Imogen von Carrisford zu und bot ihr seinen Arm an.

Imogen musterte ihn voller Argwohn, doch er schien die Ruhe selbst zu sein. Sie war froh festzustellen, dass ihre »Handschrift« auf seiner Wange schon halb verblasst war, wenngleich sie sich ebenso sehr wünschte, die volle Kraft ihres Arms hätte einen dauerhafteren Eindruck hinterlassen.

»Wie geht es Euren Füßen?«, fragte er freundlich. »Ich werde mich bemühen, einen Schuster aufzutreiben, der tragbares Schuhwerk für Euch machen kann.«

»Kurze Strecken kann ich gehen.«

Beim Herunterkommen hatte sich Imogen auf die Treppe und FitzRoger konzentriert; nun sah sie sich im Saal um und hätte am liebsten losgeheult. Von dem vorherigen Chaos war bis auf ein paar Stellen, an denen Holz beschädigt worden war, zwar nicht mehr viel zu bemerken, doch der Raum war nackt und bloß. Die wunderschönen Wandbehänge waren verschwunden, der Boden kahl, auf den Anrichten standen keine Kelche und kein Geschirr mehr, und es waren so wenige Menschen hier – im Augenblick nur sie und die beiden Männer. Und auch von draußen war kein geschäftiges Treiben zu hören.

Wo waren sie alle?

Sie hatten Angst. Aber sie würden zurückkommen.

Der Anblick von vier Hunden, die sich unter der Hohen Tafel zusammengerollt hatten, besänftigte Imogen ein wenig, bis sie bemerkte, dass es nicht die Tiere ihres Vaters und nicht ihre beiden eigenen waren, sondern fremde.

Dieser Ort sah kaum mehr wie ihr Zuhause aus.

Sie würde Carrisford wieder instand setzen, versprach sie sich, und zwar genau so, wie es bis vor kurzem gewesen war. Dazu würde sie ein wenig Hilfe von FitzRoger benötigen, doch sie wollte von Anfang an klarstellen, dass er dabei lediglich als Werkzeug fungieren sollte, nicht mehr.

In einem energischen, gebieterischen Ton wandte sie sich an ihn. »Hier gibt es offenbar einiges zu tun, Mylord. Nach dem Frühstück werde ich die Burg besichtigen und mit den verbliebenen Leuten sprechen. Ich muss feststellen, was man reparieren kann und was neu bestellt werden muss. Bezüglich der militärischen Notwendigkeiten müsst Ihr mir Bescheid geben, Lord FitzRoger, dann werde ich zusehen, was ich veranlassen kann.«

Obwohl sie ihre Forderung überzeugt vortrug, schlug Imogens Herz dabei wie wild.

Sie stufte ihn damit praktisch zu einem Hauptmann der Wache herunter.

»Natürlich«, erwiderte er, während er sie zu einem der beiden großen Stühle geleitete. »Was Ihr vor allem braucht, sind bewaffnete Männer, Lady Imogen. Ich fürchte, aus der Truppe Eures Vaters hat niemand überlebt.«

Es traf sie wie ein Donnerschlag. »Niemand? Alle sind tot?«

Er nickte und schenkte ihr einen Becher Ale ein. »Warbrick hat ganze Arbeit geleistet.«

»Wie Ihr auch!«, fuhr sie ihn zornig an. »Ich habe gesehen, wie erbarmungslos Ihr diesen Mann getötet habt, der auf Eure Gnade angewiesen war!«

»Wie ich auch«, stimmte er zu und fuhr fort: »Ihr werdet natürlich für die Familien der Toten einige Vorkehrungen treffen.«

»Natürlich«, sagte sie, obwohl sie daran bislang noch gar nicht gedacht hatte. Es waren einfach zu viele Dinge, um die man sich kümmern musste.

»Ich habe im Moment eher mehr Männer, als ich brauche«, fuhr FitzRoger fort. »Gegen Entgelt würde ich Euch zwanzig Mann für eine gewisse Zeit zur Verfügung stellen. Zwanzig Mann ist für eine Burg wie Carrisford eine angemessene Garnison; sie sollte, von einer langen Belagerung abgesehen, jeden Angriff abwehren können.«

Imogen warf ihm einen argwöhnischen Blick zu. Er wirkte höflich-gelassen und war absolut undurchschaubar. Wenn seine Männer die Burg bewachten, war sie praktisch eine Gefangene in ihrem eigenen Heim, aber was blieb ihr anderes übrig?

Bis zum Eintreffen des Königs oder seines Gesandten war sie FitzRoger auf Gedeih und Verderb ausgeliefert. Ihre einzige Hoffnung war, dass er es vielleicht doch gut mit ihr meinte – und dass er sich anders als Warbrick nicht mit dem König überwerfen wollte.

»Danke, Lord FitzRoger. Ich nehme Euer Angebot an, bis anderweitige Vorkehrungen getroffen werden können.«

Er nickte. »Diese Burg ist eigentlich uneinnehmbar. Irgendjemand muss Warbrick Zugang verschafft haben.«

»Ich weiß«, pflichtete sie ihm bei. »Aber ich kann mir nicht vorstellen, wer so etwas getan haben sollte.«

»Möglicherweise einer der Wachleute. Wenn ja, dann hat Warbrick dieses Problem für Euch gelöst.«

»Unmöglich«, widersprach Imogen. »Sie standen alle seit Jahren im Dienst meines Vaters. Ich kann nicht glauben, dass einer plötzlich zum Verräter wurde.«

Er setzte sich, schnitt Brot und Käse auf und reichte ihr etwas davon. »Lady Imogen, die Berichte der Überlebenden lassen vermuten, dass der größte Teil der Garnison vor der Invasion betäubt war.«

»Dann *muss* es jemand aus der Burg gewesen sein. Ich kann es kaum glauben ...«

»Waren irgendwelche Fremde hier?«

»Nein«, antwortete sie, ein Stück Käse kauend. »Wir hatten in den letzten Tagen keine Reisenden bei uns aufgenommen. Nur einige Mönche aus der Abtei Glastonbury. Und sobald bekannt war, dass mein Vater im Sterben lag, wurde die Burg verschlossen.«

Sie bemerkte, wie FitzRoger und de Lisle einen Blick austauschten und Letzterer sich daraufhin entfernte. »Mönche!«, rief sie. »Das kann nicht sein!«

»Ihr habt eine bemerkenswert hohe Meinung von der Religion, Lady Imogen. Doch so eine Kutte ist schnell übergestreift.«

»Aber sie waren schon vor der Erkrankung meines Vaters hier. Und sie hatten auch Tonsuren, ich bin sicher.«

»Und waren die Tonsuren auch so braun wie ihre Gesichter?«

»Das weiß ich nicht«, räumte sie ein. Es war in Carrisford nie notwendig gewesen, Fremde eingehend zu begutachten oder die guten Absichten der Leute anzuzweifeln. Zumindest hatte sie dergleichen nie mitbekommen. Sie blickte zu ihm auf. »Heißt das etwa, ich darf von jetzt an nie mehr jemandem vertrauen?«

Er riss ein Stück Brotrinde ab, drehte es, anstatt es zu essen, jedoch zwischen den Fingern. »Zumindest solltet Ihr lernen, Euer Vertrauen nicht uneingeschränkt zu gewähren, Lady Imogen. Einen guten Anfang habt Ihr ja schon gemacht«, fügte er mit einem trockenen Lächeln hinzu, »indem Ihr mir misstraut.« Nun endlich nahm er einen Bissen Brot zu sich. »Ihr müsst heiraten, Demoiselle, dann wird Euer Gemahl sich um all diese Dinge kümmern.«

Jetzt kommt es, dachte Imogen und versteifte sich. »Ich will nicht mehr, dass sich ständig andere um mich kümmern, Lord FitzRoger.«

»Ihr wollt Eure Schlachten selbst schlagen?«, fragte er skeptisch. »Eure Soldaten selbst drillen? Eure Hinrichtungen selbst durchführen? Verrätern eigenhändig Informationen entlocken?«

Wie schaffte er es bloß immer wieder, sie als dumm dastehen zu lassen? Imogen funkelte ihn wütend an. »Dann werde ich eben den König bitten, mir einen Gemahl zu besorgen.«

Er lachte laut. »Henry wird entzückt sein. Es gibt viele, denen er zu Dank verpflichtet ist.«

Das wusste Imogen bereits, aber was war die Alternative? Keiner ihrer Freier sagte ihr zu.

»Mein Vater hat mich der Fürsorge des Königs unterstellt«, erklärte sie im Versuch, selbstsicherer zu klingen, als sie sich fühlte. »Es ist meine Pflicht, seine Willenskundgebung abzuwarten.«

»Das stimmt wahrscheinlich«, meinte FitzRoger, »aber es ist eine Sache, die Wahl dem König zu überlassen, und eine andere, zu ihm zu gehen und ihn zu bitten, einen bestimmten Mann heiraten zu dürfen. Solange Eure Wahl vernünftig ist, hat er kein Recht, dagegen Einwände zu erheben; er kann lediglich eine Gebühr für seinen Segen fordern.«

Imogen musterte ihn unsicher. Seine Worte ergaben Sinn, aber andererseits hatte er selbst eingeräumt, dass es klug sei, ihm zu misstrauen.

»Ich kenne Henry und weiß um seine derzeitige Lage«, fügte er hinzu. »Um die Zustimmung der Engländer bezüglich seines Anspruchs auf die Krone zu gewinnen, musste er große Steuererleichterungen versprechen. Wenn Ihr die Wahl ihm überlasst, Lady Imogen, wird er Euch an den Meistbietenden verkaufen. Das könnte sogar Warbrick sein.«

Imogen wurde blass. »Das kann er nicht tun. Nicht nach allem, was geschehen ist.«

»Es ist nicht sehr wahrscheinlich, das gebe ich zu, weil die gesamte Familie in Ungnade gefallen ist. Sie hat sich im letzten Konflikt dafür entschieden, die Normandie zu unterstützen. Aber es kommt alles darauf an, wie viel Warbrick zu zahlen bereit ist – oder wie viel er verspricht. Es könnte ihm sehr viel wert sein, den Schatz von Carrisford sein Eigen zu nennen, und Henry könnte es gut und gern als wünschenswert sehen, Bellemes Bruder zu bestechen.«

Imogen ließ sich dieses Szenario durch den Kopf gehen. Robert de Belleme benutzte den Streit der Söhne des Eroberers um England zu dem Versuch, hier an der Grenze selbst ein Lehen zu ergattern. König Henry würde mit Sicherheit alles in Betracht ziehen, um ihn zu schwächen, aber sie bezweifelte, dass er so dumm wäre, Warbrick mit der Herrschaft über Carrisford zu betrauen.

Sie zwang FitzRoger, Farbe zu bekennen. »Ihr versucht absichtlich, mir Angst zu machen«, erklärte sie und merkte sofort, dass sie einen Treffer gelandet hatte. »Was wollt Ihr, Lord FitzRoger? Drückt Euch klar aus.«

Wieder sah sie dieses Funkeln der Bewunderung in seinen Augen, und er nickte. »Mir geht es um Euer Wohlergehen.«

Sie wollte sich nicht wieder ins Bockshorn jagen lassen. »Das zu glauben fällt mir schwer.«

Ihre Antwort schien ihn nicht zu enttäuschen. »Wie Ihr meint. Wen wollt Ihr also heiraten, Demoiselle?«

Es erleichterte sie, dass er die Situation so ruhig akzeptierte, und es war richtig von ihm gewesen, ihr zu raten, besser mit einer bereits feststehenden Entscheidung vor den König zu treten. Denn zweifellos gab es auch noch andere Männer wie Warbrick, die eine reiche Braut suchten. Imogen ging einmal mehr ihre entmutigende Liste von Freiern durch.

Schließlich sagte sie: »Es wird entweder Sir Richard von Yelston oder der Graf von Lancaster sein.«

»Wirklich?«, fragte er.

Er hatte noch nicht aufgegeben. Er wollte, dass sie ihn wählte. Sie konnte dieses Katz-und-Maus-Spiel nicht mehr ertragen. »Euch werde ich sicher nicht heiraten«, erklärte sie mit fester Stimme.

Nicht einmal ein Wimpernzucken. »Negative Entscheidungen sind nicht sehr produktiv, Lady Imogen. Wen werdet Ihr dann heiraten?«

Sie musste diesen Irrsinn beenden. »Den Grafen von Lancaster!«, platzte sie heraus. »Er ist mächtig genug, um meine Sicherheit zu gewährleisten, und er ist seit vielen Jahren ein Freund unserer Familie. Er hat sogar seinen Leibarzt geschickt – einen Meister seines Fachs –, um meinen Vater zu kurieren ...« Leider ohne Erfolg, dachte sie traurig.

»Dann solltet Ihr ihm am besten eine Nachricht senden und ihn von seinem Glück in Kenntnis setzen, Demoiselle.«

Imogen hatte mit mehr Einwänden gerechnet, deshalb fühlte sie sich jetzt aus dem Gleichgewicht geworfen und trat den Rückzug an. Mit der Zeit würde sich ja vielleicht noch eine bessere Alternative ergeben. »Bevor ich eine Hochzeit abhalten kann«, meinte sie, »muss ich Carrisford zu seinem alten Glanz verhelfen.« Sie stand auf.

»Wie Ihr wollt, Lady Imogen«, sagte er liebenswürdig. »Lasst es mich wissen, wenn Ihr einen Boten braucht.«

»Ich kann mir selbst einen besorgen«, entgegnete sie. Er zog eine Braue hoch, und schon wurde ihr klar, dass sie es nicht konnte.

Am liebsten hätte sie ihn noch einmal geohrfeigt. Wie schaffte er es bloß, ihre schlimmsten Seiten zutage zu bringen?

Gerade noch rechtzeitig bemerkte sie, dass inzwischen Bedienstete im Saal waren.

»Sehr weise«, murmelte er.

»Lasst mich eines klarstellen«, sagte Imogen mit eisiger Schärfe. »Ihr, Mylord von Cleeve, seid der letzte Mann in England, den zu heiraten ich in Erwägung ziehen würde.« Damit stieg sie wieder die Treppe hinauf, auch wenn ihre Füße dabei schmerzten.

De Lisle kam gerade rechtzeitig zurück, um den letzten Satz noch zu hören. Er grinste amüsiert. »Die Mönche waren hier, als Warbrick hereinkam, aber sie waren unter den Toten.«

»Warbrick wäre kaltschnäuzig genug, auch seine eigenen Handlanger zu beseitigen.«

Renald beobachtete Imogen, wie sie um die Ecke am Ende der Treppe verschwand. »Für Frauen hast du ein gutes Händchen, nicht wahr?«

FitzRoger schnitt Käse auf. »Was ist mit dem Priester?«

»Ich habe ein paar Männer losgeschickt, um ihn ausfindig zu machen. Er kann nicht weit gekommen sein. Offenbar ist er nicht nur an den Händen, sondern auch an den Füßen verkrüppelt. Er unternahm eine Pilgerreise nach Jerusalem und wurde von Ungläubigen gefangen und gekreuzigt. Die Leute hier in der Gegend betrachten ihn als einen echten Heiligen. Sie mögen ihn nicht, aber sie verehren ihn. Übrigens, mit den Mönchen wollte er nichts zu tun haben. Er meinte, sie seien lasterhaft und gottlos gewesen.«

»Lasterhaft und gottlos ...«, grübelte FitzRoger. »Wenn du den Priester findest, bring ihn ohne Eile zurück.«

»Was ist los? Zuerst wirfst du ihn hinaus, dann willst du ihn wiederhaben. Und jetzt willst du ihn wiederhaben, aber nicht zu bald.«

FitzRoger drehte versonnen an seinem großen goldenen Ring. »Ich glaube, ich werde meine zukünftige Gemahlin verführen müssen. Was ich dazu absolut nicht brauchen kann, ist einer, der allen ein schlechtes Gewissen bereitet.«

Renald lachte laut. »Ich glaube, du hast noch einen langen Weg vor dir, Ty, bis du Imogen von Carrisford erobert hast. Du hast ja gehört, was sie sagte – du bist der letzte Mann in England, den sie heiraten würde, und das sagte sie so, als hätte sie es auch so gemeint.«

FitzRoger lächelte nur. »Das hat sie tatsächlich gesagt, nicht wahr?«

7

Imogens kurzer Ausflug in den Saal hatte zu ihrem großen Ärger dazu geführt, dass einige der Blasen an ihren Fußsohlen aufgeplatzt waren. Sie war zornig über ihren schwachen Körper, aber sie dachte auch nach. Selbst wenn sie das Bett hüten musste, hieß das nicht automatisch, dass sie machtlos war.

Sie trug Martha auf, ein paar Jugendliche zu finden, die nicht für andere Arbeiten gebraucht wurden, und beauftragte diese, sich für sie umzuschauen und herumzuhören.

Auf diese Weise erfuhr sie schon bald, wer tot und wer verletzt war und wer vermisst wurde. Wie FitzRoger gesagt hatte, waren alle Soldaten ihres Vaters umgekommen, dazu fünf Bedienstete, die Mönche und Janine.

»Gibt es Nachricht von meiner Tante?«, fragte Imogen den Jungen, der ihr gerade Bericht erstattete.

»Sie wurde gestern Abend in der Gruft unter der Kapelle beigesetzt«, war die Antwort.

»Sie ist tot?« Es traf sie wie ein Schlag. Sie hatte angenommen, auch Tante Constance sei vorübergehend verschwunden und würde bald wiederkommen. Warum würde jemand so eine freundliche Lady töten? »Beigesetzt?«, fragte sie. »Ohne dass ich ein Wort erfahren habe?« Die aufsteigende Wut erstickte ihren Kummer. »Wie kann er es wagen?«

Der Junge trat einen Schritt zurück. »Ihr wart krank, Lady.«

»Er hätte ja warten können!«

Der Junge zog es klugerweise vor zu schweigen. Sie entließ ihn, und die Trauer kehrte zurück. Nun war sie wirklich und wahrhaftig ganz allein.

Imogen presste das Gesicht in die Hände. Nein, sie würde nicht weinen, das hatte sie sich fest vorgenommen. Constance hatte ihren himmlischen Lohn empfangen, ebenso wie ihr Vater, Janine und all die Soldaten. Sie waren jetzt viel glücklicher als zuvor, zumindest sagte das die Kirche. Sie rief sich Father Wulfgans Lehren in Erinnerung. Dieses Leben war lediglich ein kurzer Moment voller Schmerz und Sorgen. Das ewige Leben war es, auf das man sein Augenmerk richten sollte.

Das, erkannte sie, minderte allerdings nicht das Elend derer, die allein zurückgeblieben waren.

Das Gefühl des Verlusts überwältigte sie beinahe, doch sie wusste, wenn sie ihm nachgab, dann würde sie daran zugrunde gehen. Sie erinnerte sich an eine Frau aus dem Dorf, deren Kinder alle durch ein Fieber hinweggerafft worden waren. Die arme Seele war wie von Sinnen in der Gegend herumgelaufen, und eines Tages hatte man sie dann im Mühlteich gefunden. Dieser scheinbare Ausweg stand für Imogen nicht zur Debatte; auf sie waren zu viele Menschen angewiesen. Jegliche Vorstellung von Verlust beiseiteschiebend, machte sie sich in Gedanken daran, ihr Heim wieder zu ordnen.

Sie nahm sich vor zu fragen, ob Bruder Patrick hier war, denn wahrscheinlich würde sie noch Salbe für ihre Füße brauchen. Das erinnerte sie an Lancasters Arzt. Was war eigentlich aus ihm geworden? Er hatte sich in Spanien ausbilden lassen und war wesentlich belesener als FitzRogers Mönch.

Ihre Nachforschungen ergaben, dass der Arzt während der Plünderung verschwunden war, doch man hatte keine Leiche gefunden, und deshalb nahm man an, dass er mit seinen Dienern hatte fliehen können.

Also bat Imogen noch einmal Bruder Patrick um Hilfe. Der Mönch versah die wunden Stellen mit Salbe und empfahl ihr erneut, so lange wie möglich nicht zu laufen. »Ich verstehe

Eure Ungeduld, Lady Imogen«, sagte er, »aber jede Belastung der Füße verzögert die Heilung. Und wenn Ihr gar in den Burghof gehen solltet, fürchte ich eine Infektion.«

Imogen musste akzeptieren, dass es ihr Schicksal war, noch einige Tage im Bett zu bleiben, doch sie versuchte, ihre Verwaltungsarbeit dennoch fortzuführen.

Sie fand heraus, dass eine Handvoll ihrer Bediensteten sich bei der Erstürmung der Burg versteckt hatten und so mit dem Leben davongekommen waren und dass FitzRogers Männer ihnen nun bei wichtigen Aufgaben zur Hand gingen. Imogen schickte ihre jungen Burschen in die nächsten Dörfer, um bekannt zu machen, dass Carrisford wieder ihrem Befehl unterstand und alles seinen gewohnten Gang gehe. Die Leute sollten an ihre angestammten Plätze zurückkehren und die Dorfvorsteher Vorräte abliefern.

Carrisford war mit seinen Untertanen immer gut umgegangen, und sie wusste, dass die Menschen ihr nun zu Hilfe kommen würden.

Die Boten teilten ihr mit, der Wein in den Kellern sei ausgegossen worden; Lord FitzRoger – oder der Herr, wie sie ihn beharrlich nannten – habe bereits welchen aus Cleeve kommen lassen, und von dort werde noch mehr angeliefert.

Nachdenklich notierte sie auf Wachstafeln, was sie ihm schuldig war. Sobald sie wieder laufen konnte, würde sie einen Weg finden, unbemerkt in die geheime Schatzkammer zu gelangen und genügend Münzen herauszuholen, um ihn zu bezahlen.

In der Schuld dieses Mannes zu stehen war gefährlich.

Sie wollte auch einen Teil ihres Schmucks holen. Schließlich musste er einmal erkennen, dass Imogen von Carrisford nicht eine verarmte Bittstellerin war, sondern eine bedeutende Lady.

Das Getreide war zum Glück nur aus den Speichern gekippt worden, sodass ein großer Teil davon eingesammelt werden konnte und bereits wieder Brot gebacken wurde. Die eingelagerten Bratenstücke waren jedoch alle verschwunden. Es gab aber wieder Fleisch, denn das abgeschlachtete Vieh war bereits zum Verzehr weiterverarbeitet worden.

Dann erfuhr sie, dass FitzRoger auf die Jagd gegangen sei, was bei den vielen toten Tieren, die sie hatten, kaum notwendig schien. Bei dem Gedanken, dass er sich amüsierte, obwohl es so viel zu tun gab, schürzte Imogen verächtlich die Lippen.

Nichtsdestotrotz war sie überrascht, welche Wirkung das Wissen, dass er nicht in der Burg war, auf sie ausübte. Sie befürchtete sofort einen neuerlichen Angriff. Irgendwie machte seine Abwesenheit sie zwar freier, aber sie fühlte sich auch verletzlicher. Was, wenn Warbrick zurückkäme?

Sie hielt mit ihren Aufzeichnungen inne und kaute nervös an ihrem Griffel. Freiheit oder Sicherheit. Sie musste sich entscheiden.

Ich wähle die Freiheit, sagte sie sich entschlossen, fragte sich aber gleichzeitig, ob der geheime Eingang verschlossen worden war. Das war eine Aufgabe, die FitzRoger delegieren konnte; dann würde er die Geheimgänge nicht selbst betreten müssen. Sie nahm sich vor, dies zu überprüfen. Der Gedanke, dass diese Gänge nun nicht nur bekannt waren, sondern womöglich auch noch jedermann offen standen, machte sie sehr nervös.

Ihre kostbaren Gewürze waren offenbar verloren, und auch das fein gearbeitete Kästchen, in dem sie sie aufbewahrt hatte. Ihre Kleidertruhen – samt der Stoffe aus Seide, golddurchwirktem Taft und anderen feinen Geweben – waren in den Burghof gekippt und in den Schmutz getreten worden. Verfluchter Warbrick. Eines Tages würde sie ihn tot sehen für das, was er ihr angetan hatte. Sobald sie genügend Mägde zur Verfügung hatte, würde sie die Stoffe waschen lassen, so gut es ging. Bestimmt würde sie neue Kleider brauchen, doch sie wusste nicht, ob sie für einen solchen Zweck jetzt schon Geld ausgeben sollte.

Von den Schlachttieren hätten die meisten zwar ohnehin noch vor dem Winter ihr Leben gelassen, dennoch musste ein Teil des Viehbestands nachgekauft werden. Am liebsten hätte sie sofort mit barer Münze bezahlt, doch im Augenblick verfügte sie noch über kein Geld. Sie ließ trotzdem Milchkühe und Legehennen anschaffen, denn Imogen von Carrisfords Wort war bestimmt ebenso viel wert.

Jedes Mal, wenn sie nach oben blickte, sah sie ihr zerstörtes Buntglasfenster und die nackten Wände und wurde an die in der ganzen Burg angerichtete Zerstörung erinnert. Sie schob den Gedanken beiseite. Für Eleganz würde später noch Zeit genug sein.

Im Augenblick musste sie sich mit dem befassen, was zum Leben notwendig war.

Mit einem Gefühl, als würde sie etwas Verbotenes tun, schickte sie einen Jungen los, um ihr zu berichten, wie es um die Soldaten, den Waffenbestand und die Reparaturen an den Wehranlagen bestellt war. Seine Auskünfte beruhigten sie. Die Männer wussten alle, was sie zu tun hatten, und sie waren gut bewaffnet. Wer nicht Wachdienst tat, war mit dem Ausbessern von Waffen beschäftigt.

Sie hätte wissen können, dass FitzRoger die Burg nicht ungeschützt gelassen hätte. Schließlich wusste sie noch gut, wie seine Männer unmittelbar nach der Erstürmung ohne Führung, aber dennoch effizient vorgegangen waren. Er hatte sie gut ausgebildet.

Und sie waren deshalb führerlos gewesen, weil ihr Lord wegen seiner Furcht vor dunklen, geschlossenen Räumen krank geworden war.

Imogen verdrängte dieses Bild. An FitzRogers wunden Punkt zu denken weckte ihr Mitgefühl, und das war gefährlich. Er würde in dieser Auseinandersetzung nicht im Geringsten nachgeben, und überhaupt musste man nur daran denken, wie er reagiert hatte, als sie seinen Schwachpunkt erwähnte.

Das Rätsel, das ihr angeblicher Held ihr aufgab, brachte Imogen zum Grübeln. Überall in Carrisford mischte er sich ein, und seine Männer bewachten sie sogar. Für alle war er »der Herr«, und er hatte sogar ihre Tante beisetzen lassen – ohne von ihr dazu ermächtigt worden zu sein und ohne dass sie dabei gewesen wäre.

Am besten, sie wurde diesen Mann so schnell es ging los, bevor er am Ende hier Wurzeln schlug!

Doch das war nur mit der Hilfe des Königs machbar, und das wiederum würde zu ihrer raschen Heirat mit einem Mann führen, den Henry für sie auswählte.

Imogen bemerkte, dass sie das Ende ihres hölzernen Schreibstifts fast abgekaut hatte, und warf ihn angewidert von sich.

Henry Beauclerk saß erst seit einem Jahr auf dem englischen Thron, und sie hatte keine Ahnung, was sie von ihm zu erwarten hatte. FitzRoger behauptete, der König werde sie an den Meistbietenden verkaufen, und wie es hieß, stand er ihm nahe genug, um das beurteilen zu können. König Henrys Recht auf den Thron wurde angefochten, und auch Belleme sowie einige andere Barone machten ihm zu schaffen. Zweifellos musste er die Schwankenden auf seine Seite ziehen.

Aber er würde doch sicher niemals so tief sinken zu versuchen, durch sie Belleme oder dessen Brüder für sich zu gewinnen? Doch dann fiel ihr ein, dass ihr Vater über die Gerüchte gesprochen hatte, denen zufolge Henry Beauclerk den Tod seines Bruders, König William Rufus', verschuldet haben sollte, der so gelegen während einer Jagd durch einen Pfeil zu Tode gekommen war. Lord Bernard hatte den neuen König argwöhnisch beobachtet und sich eines Urteils enthalten. Würde ein Mann, der seinen Bruder tötete, vor irgendetwas zurückschrecken?

Imogen hatte das Gefühl, dass sich ihre Gedanken im Kreis drehten. Wenn sie sich nicht der Laune des Königs unterwerfen wollte, hatte sie nur zwei Möglichkeiten: Sie konnte sich einem ihrer Freier anbieten – wahrscheinlich Lancaster –, oder den unausgesprochenen Antrag von FitzRoger annehmen.

Sie ließ sich auf ihre Kissen zurücksinken und versuchte, ihre Alternativen ganz realistisch zu durchdenken. Auf den König zu vertrauen war ein riskantes Spiel, und Imogen war alles andere als eine Spielerin.

Dann also Lancaster.

Lancaster war wesentlich älter als sie, doch das war nichts Ungewöhnliches, es musste nicht in Betracht gezogen werden. Ihre Pflicht als die Herrin von Carrisford war ihr bewusst. Sie sollte nicht nach jemandem Ausschau halten, der ihr zusagte, sondern nach einem starken und gerechten Herrn für ihre Untertanen.

Wenn die Auswahl also aus FitzRoger und Lancaster bestand, dann konnte sie eigene Vorlieben gleich von vornherein beiseiteschieben, dachte sie nüchtern. Keiner von beiden war nach ihrem Geschmack. Der eine war alt und wählte immer den leichtesten, nicht unbedingt den rechten Weg. Der andere war jünger, aber hart und furchteinflößend.

Aber, flüsterte eine leise Stimme in ihrem Hinterkopf, er würde nicht den leichtesten Weg suchen.

Sie setzte sich gerade auf.

Als Gemahlin von Lancaster würde sie auf dessen Hauptsitz im Norden des Landes leben und nur noch selten nach Gloucestershire kommen können. Ihm gehörte zwar Breedon, das in diesem Teil des Landes lag, doch er hatte es kaum je besucht, nicht einmal, als er nach Carrisford gekommen war, um ihr den Hof zu machen.

Eine Ehe mit Lancaster würde bedeuten, Carrisford zu verlassen.

Wie konnte sie sich um Carrisford kümmern, wenn sie so weit weg war? Wie konnte sie wissen, ob alles gut war, ob Gerechtigkeit geübt wurde, ob in schweren Zeiten Beistand geleistet wurde?

Diese Fragen waren nie aufgetaucht, solange ihr Vater am Leben gewesen war und sich um sein Land gesorgt hatte. Er war bei seinem Tod nicht alt gewesen, und man hatte allgemein angenommen, er werde noch erleben, wie ein Sohn Imogens seine Nachfolge in Carrisford antreten würde. Doch nun war alles anders gekommen. Imogen hatte Carrisford eben erst wieder in Besitz genommen und schwer gelitten, um es zu retten – sollte sie es nun aufgeben?

Sie sah sich mit einer abscheulichen Entscheidung konfrontiert. Letztendlich brachte jeder mächtige Lord, ob er nun vom König ausgewählt war oder nicht, denselben Nachteil mit sich: Jeder würde von ihr erwarten, auf seinem Land zu leben, weit weg von Carrisford.

Jeder – bis auf Warbrick und FitzRoger, deren Ländereien an die ihren grenzten.

Warbrick stand nicht zur Debatte.

Das zu Castle Cleeve gehörende Land schloss sich an ihres an. Zwischen beiden Ländereien hin- und herzuwechseln würde unkompliziert sein.

Sie mochte FitzRoger zwar nicht, aber seine Tüchtigkeit hatte sie beeindruckt. Wenn man ihn richtig behandelte, würde er in beiden Ländereien zuverlässig für Sicherheit sorgen, und bestimmt würde er es nicht versäumen, seinen Pflichten nachzukommen.

Imogen wischte sich die feuchten Hände an ihrem Rock ab, während sie diese Überlegungen anstellte.

In diesem Augenblick kam Martha mit einem Berg Wäsche herein.

»Was denken die Leute über Lord FitzRoger?«, fragte sie die Magd.

Martha legte ihre Last ab und dachte nach. »Er ist ein harter Mensch, das steht fest, Lady. Die Leute hier waren ein anderes Regiment gewohnt, deshalb hat so manch einer versucht, sich zu drücken, oder hat gejammert, aber sie haben schnell gelernt, dass es das Beste ist, einfach zu arbeiten.« Sie begann, die Wäsche zu sortieren. »Aber er ist auch ein gerechter Mann«, fuhr sie fort, »und er hat seine Leute gut an der Kandare. Mir ist noch nicht mehr passiert, als dass mir einer in den Hintern gezwickt hat.« Sie klang fast ein wenig bedauernd.

Imogen befeuchtete sich die Lippen. »Und ... und hat er jemanden ausgepeitscht?«

»Ausgepeitscht?«, fragte Martha überrascht. »Nicht, dass ich wüsste, Mylady. Nicht, dass dieser Sir Renald keine Peitsche hätte und hier und da mal einem wehtäte, wenn er versucht, sich krank zu stellen. Aber ein paar unserer Leute sind schon richtige Faulpelze.«

Imogen war verwirrt. »Sir Renald?« Sie hatte ihn für so freundlich gehalten. Doch das war gar nicht die größte Überraschung. »Willst du damit sagen, mein Vater hat Carrisford nachlässig geführt?«

Martha blickte alarmiert auf. »Um Gottes willen, nein, Lady! Sir Bernard war ein feiner Mensch und ein großer Lord. Aber die Zeiten haben sich geändert, unter Eurem Vater ist fast zwanzig Jahre lang alles gut gegangen. Es waren mehr als genug Leute da, und alles wurde in bester Ordnung gehalten. Aber jetzt ist alles in Unordnung, und die Hälfte der Leute fehlt.« Sie schüttelte ein Bettlaken aus, auf dem noch Stiefeltritte zu sehen waren. »Schaut Euch nur das an, dann seht Ihr gleich, was ich meine. Schlechte Arbeit, Schlamperei.« Sie warf es auf den Boden, um es in die Wäscherei zurückzubringen. »Alle müssen doppelt so schwer arbeiten, und so manchem gefällt das nicht, Lady. Ich wäre nicht überrascht, wenn ein paar von denen, die geflohen sind, einfach nicht hören wollen, dass jetzt wieder alles gut ist, und nur darauf hoffen, dass die meiste Arbeit getan ist, bis sie zurückkommen und ihren Platz wieder einfordern.«

Imogen kannte ihre Leute, und was Martha sagte, kam ihr nicht falsch vor. Das Leben in Carrisford war leicht und angenehm gewesen – für sie und für alle anderen.

Plötzlich wusste sie, worauf FitzRoger Jagd machte. Er würde niemals seine Zeit damit vergeuden, Wild zu jagen, wenn ohnehin zu viel Fleisch da war. Er war ihren vermissten Bediensteten auf den Fersen. Sie dachte an den schrecklichen Schandpfahl.

»Beim Heiligen Gral«, murmelte sie, »wenn er meine Leute malträtiert ...«

Sie befahl, ihr Bett ans Fenster zu stellen, damit sie sehen konnte, was in den Höfen vor sich ging. So würde sie genau verfolgen können, was FitzRoger nach seiner Rückkehr tat.

Die folgenschwere Entscheidung über ihre Eheschließung schob sie beiseite und beschloss abzuwarten, was als Nächstes geschehen würde.

FitzRoger kam allein zurück. Ihr fiel auf, dass er ohne Kopfbedeckung und nur mit einem mit Metallringen versehenen Lederwams als Schutz ausgeritten war. Wahrscheinlich, dachte sie entsetzt, würde es nur mit Glück einen Pfeil abwehren.

Dann fragte sie sich, weshalb sie sich um seine Sicherheit sorgte.

Weil er derzeit ihr einziges Bollwerk gegen die Welt war?

Nein, weil sie beschlossen hatte, ihn zu heiraten.

Diese Entscheidung war völlig unbewusst gefallen.

Sie betrachtete diesen Mann mit neuen Augen. Er war *ihr* Mann. Ihr starker rechter Arm. Er sollte sich besser schützen, denn verwundet würde er nutzlos für sie sein.

Sie sah es alles nüchtern und praktisch.

Aber warum war dann ihr Mund ganz trocken, und warum schlug ihr Herz so heftig? War das Furcht? Es fühlte sich nicht so an.

Er übergab die Zügel einem Knecht und ging mit flottem, elegantem Schritt, so als habe er keineswegs Stunden im Sattel gesessen, auf den Hauptturm zu. Bei der Heiligen Jungfrau, sie hätte ihn wirklich gern einmal schwach gesehen, oder wenigstens hinkend!

Als sie bemerkte, dass dieser Gedanke in direktem Widerspruch zu ihrem vorigen stand, biss sie sich irritiert auf die Lippe. Dieser Mann machte sie noch verrückt …

Sie verlor ihn aus den Augen, aber aus dem Sinn ging er ihr nicht. Er würde ein guter Lord für Carrisford sein, räumte sie ein – aber auch ein guter Ehemann?

Würde er nett sein? Wahrscheinlich schon, dachte sie, wenn sie sich ihm nicht widersetzte. Würde er sie schlagen? Die Antwort war: Ja – wenn sie etwas tat, wofür sie Schläge verdiente.

Imogen schauderte, war jedoch überrascht, dass sie keine große Angst verspürte. Sie bemerkte, dass sie ihn als gerecht einschätzte.

Hoffentlich lag sie damit nicht falsch. Er konnte sie mit einem einzigen Hieb umbringen.

Würde er ihr bei der Verwaltung von Carrisford ein Mitspracherecht einräumen?

Ja, sagte sie sich, denn das würde ihre Bedingung für die Heirat sein. Sie musste an ihren Wert denken und ihren Preis hoch ansetzen.

Und was, dachte sie zögerlich, war mit dem Ehebett?

Sie erinnerte sich an Janine, presste eine Hand auf die Augen und kämpfte gegen ein Gefühl von Übelkeit an. Nein, so schlimm konnte und würde es für sie nicht sein.

Sie würden ein Bett haben, keinen Tisch. Sie würde sich nicht wehren, und niemand müsste sie festhalten. Und bestimmt war FitzRoger nicht so … so derb und feist wie Warbrick, sagte sie sich beim Gedanken an dessen riesigen, prallen Phallus.

Schließlich war das etwas ganz Normales und notwendig, um Kinder zu bekommen. Sie würde es ebenso ertragen können wie alle anderen Frauen seit Eva. Einmal hatte sie sich den Arm gebrochen; er war geschient worden, ohne dass sie geweint hatte. Man musste einfach nur die Augen schließen und an etwas anderes denken.

Also, je früher sie es ihm eröffnete, desto eher würde sie alles hinter sich haben und sich um die Renovierung von Carrisford kümmern können. Sie lauschte auf seine Schritte.

Doch nach einer Weile begriff Imogen, dass er nicht auf direktem Weg zu ihr kam, um Bericht zu erstatten. Das ärgerte sie, doch sie hielt dieses Gefühl im Zaum. Zuzulassen, dass FitzRoger ständig einen wunden Punkt bei ihr traf, hieß, ihm zu viel Macht über sie zu geben.

Imogen überlegte, wie sie vorgehen sollte. Sie konnte ihn herbestellen und ihm ihre Entscheidung mitteilen. Das war verlockend, um es rasch hinter sich zu bringen, doch klüger war es, abzuwarten und ihn noch einige seiner netten Manöver versuchen zu lassen. Dadurch konnte sie bessere Bedingungen für sich herausschlagen.

Es war wie ein Schachern mit einem fliegenden Händler, und bei so etwas war sie immer gut gewesen. Die erste Regel war, nicht zu zeigen, wie sehr man sich für die Ware interessierte.

Von draußen war Lärm zu hören, und sie sah vom Fenster aus, dass seine Reiter ein paar Burgbewohner wie eine Herde Schafe in den äußeren Hof trieben. Die Leute sahen nicht aus, als seien sie geschlagen oder eingeschüchtert worden. Imogen machte es sich bequem und richtete sich auf ein längeres Beobachten ein.

FitzRoger erschien wieder und wartete, bis die Gruppe im inneren Hof vor ihm Aufstellung genommen hatte. Dann sprach er zu den Leuten und schaute dabei immer wieder auf eine Liste in seiner Hand.

Sie hielt den Atem an. Die Liste war die Aufstellung der Burgbediensteten. Er hatte kein Recht, sie ohne ihre Einwilligung zu benutzen!

Jeder der Versammelten bekam etwas in die Hand gedrückt und wurde dann an seine Arbeit zurückgeschickt. Als bei einem Mann ein Sonnenstrahl darauf fiel und reflektiert wurde, erkannte Imogen, dass er jedem eine kleine Münze ausgehändigt hatte. Das konnte man als eine Art Belohnung für die Wiederaufnahme der Arbeit betrachten – ein kluger Schachzug, um den Groll der Leute zu beschwichtigen. Imogen jedoch kochte vor Wut. Aus der Sicht dieser Leute bedeutete das, dass *er* sie wiedereingestellt hatte!

Die Zahl der Menschen, die in ihm ihren Herrn sahen, war also schon wieder gewachsen.

Zwischen zusammengebissenen Zähnen presste sie ein paar Flüche gegen ihn heraus. Sie stellte sich vor, sie hätte einen Bogen und würde auf seinen Rücken zielen. Nein, nicht auf seinen Rücken – der war ja noch von dem Lederwams geschützt. Sein Genick. Konnte sie aus dieser Entfernung sein Genick treffen? Mit ihrem kleinen Damenbogen war sie sehr geschickt; sie hielt es für möglich.

Imogen malte sich gerade aus, wie ihr Pfeil durch die Luft zischte und auf sein Ziel zuhielt – in diesem Moment drehte er sich um und blickte zu ihr hoch. Fast wäre sie zurückgezuckt, so als ob sie wirklich einen Pfeil abgeschossen hätte. Er winkte kurz hinauf und wandte sich dann wieder den Bediensteten zu.

Die waren jedoch seinem Blick gefolgt und jubelten ihr nun zu: »Heil Lady Imogen! Heil für Carrisford!«

Sie winkte erfreut zurück.

Das war für dich, Bastard FitzRoger. Sie kennen ihren wahren Gebieter!

Die aufrichtige Freude der Menschen über das Wohlergehen ihrer Herrin machte Imogen Mut, aber es ärgerte sie noch immer, dass er sich dort unten als ihr Stellvertreter aufspielte und vielleicht gar schon als ihr Lord gesehen wurde, während sie wegen ihrer verdammten wunden Füße hier oben ausharren musste.

Sie legte sich hin und schloss die Augen. *Oh Vater,* wandte sie sich stumm an ihren irdischen Vater, nicht den himmlischen, *tue ich das Richtige? Warum hast du mich nicht besser vorbereitet? Ich habe immer geglaubt, ich würde meinen*

Gemahl mit deiner Anleitung und Hilfe auswählen und dann viele Jahre lang mit der Gewissheit leben, unter deinem Schutz zu stehen. Was würdest du von Bastard FitzRoger halten? Er macht mir Angst, Vater; aber ich glaube, dir würde er gefallen. Er macht seine Arbeit gut, und solche Menschen hast du immer geschätzt.

Ich wünschte, ich müsste ihn nicht heiraten, Vater; aber irgendeinen muss ich nehmen. Du hast immer deutlich gesagt, dass das meine Pflicht sei, und jetzt scheint es mir, als käme kein anderer infrage, als sei er der einzig Mögliche. Es ist sehr seltsam. Es ist, als fühlte ich mich genötigt, ihn zu nehmen. Ist dies das Gefühl, von dem du immer gesprochen hast, oder bin ich einfach nur verrückt?

Behüte mich, Vater. Leite mich …

Sie hörte, wie sich die Tür öffnete, und setzte sich auf. Es war FitzRoger.

»Habt Ihr geschlafen?«, fragte er. »Es tut mir leid, falls ich Euch geweckt habe.« Er hatte sein Lederwams ausgezogen und trug nur eine Hose und ein feines Leinenhemd, das in der Taille gegürtet war. Der weite Halsausschnitt zeigte seine muskulöse, schweißglänzende Brust.

Imogen versuchte sich zu fassen. »Ich habe an meinen Vater gedacht.« Er setzte sich ans Ende des Betts. Es kam ihr schockierend intim vor, und sie wollte dagegen protestieren, doch es gab schließlich genügend wichtigere Dinge, über die sie sich mit ihm streiten konnte.

»Ihr habt noch kaum Zeit zum Trauern gehabt, nicht wahr?«, bemerkte er. »Wenn es stimmt, was man so hört, dann war Lord Bernard ja wirklich in Euch vernarrt. Ihr müsst ihn sehr vermissen.«

»Natürlich vermisse ich ihn. Aber er war nicht vernarrt. Er liebte mich.« Die Stimme versagte ihr fast; sie musste tief durchatmen und hoffte, dass ihr nicht die Tränen kamen.

»Es ist völlig in Ordnung zu weinen, wenn jemand gestorben ist, der einem so nahestand.«

Imogen gewann die Schlacht gegen ihre Tränen. »Vor Euch werde ich niemals weinen, FitzRoger, das verspreche ich Euch.«

Wieder trat diese Unbeweglichkeit in sein Gesicht, die sie inzwischen als fest im Zaum gehaltenen Ärger einordnen konnte. »Ich hoffe, Ihr müsst niemals meinetwegen weinen«, erklärte er gefasst, »aber ich halte es durchaus für möglich.« Er stand auf. »Wenn Ihr trauern möchtet, sollte ich Euch besser allein lassen.«

Er war schon fast an der Tür, als sie plötzlich rief: »Wartet!«

Überrascht, wenngleich nicht so sehr wie sie, drehte er sich um. Imogen hatte keine Ahnung, weshalb es ihr so wichtig schien, dass er noch blieb. Dies war sicher nicht der Zeitpunkt, ihm zu sagen, dass sie den Entschluss gefasst hatte, ihn zu heiraten.

»Wir haben noch einige Dinge zu besprechen«, sagte sie.

»Wirklich?«

Sie erinnerte sich an ihren Groll. »Ihr habt ohne mein Beisein meine Tante beerdigt.«

»Das war unumgänglich.«

»Ihr hättet einen Tag warten können. Ich wollte von ihr Abschied nehmen. Sie war mir sehr lieb.«

Imogen konnte seine Miene nicht deuten, doch feindselig war sie nicht. »Das tut mir leid«, sagte er. »Mir erschien es besser, das hinter uns zu bringen.«

Sie konnte kaum verlangen, dass die arme Tante Constance wieder ausgegraben wurde. »Und was ist mit den Leuten, die Ihr gerade zusammengetrieben und hierhergebracht habt wie eine Herde Schafe?«

Er wurde lockerer, in seinen Augen blitzte sogar Humor auf. »Die hatten anscheinend den Nachhauseweg vergessen. Ich habe sie lediglich angeführt.«

»Ich will nicht, dass sie bestraft werden«, erklärte sie.

»Überhaupt nicht? Gleichgültig, was sie anstellen?«

Er lachte sie schon wieder aus. »Ich meine, ich will hier in Carrisford keine Prügelstrafe. Ich habe nicht vergessen, was ich in Cleeve gesehen habe.«

»Ah«, meinte er ernüchtert, »Ihr habt Mitleid mit diesen beiden armen Sündern, nicht wahr? Das nenne ich wahre christliche Nächstenliebe.«

Er wollte ihr anscheinend das Gefühl vermitteln, unrecht zu haben, doch sie wusste, dass sie sich das nicht gefallen lassen würde. »Betrunken zu sein ist sicher nicht lobenswert, aber es derart brutal zu bestrafen ebenso wenig.«

Jetzt lachte er nicht mehr, er war schlagartig äußerst ernst geworden. »Imogen, ich bin manchmal hart, aber niemals brutal. Ich erlaube keinem meiner Leute, während der Arbeit mehr zu trinken als Dünnbier, und das wissen alle. Aber diese zwei waren nicht nur betrunken, sondern sie waren im Weinrausch zu Vergewaltigern geworden. Eines ihrer Opfer war noch ein Kind; es starb daran. Es wäre mein Recht gewesen, die beiden zu hängen, aber ich wollte, dass eventuelle Nachahmer eine Lektion erteilt bekommen, die sie nicht vergessen sollten.«

Imogen war sprachlos. Vergewaltigung. Ein Kind. Wie klein war es gewesen?

Er missverstand ihr Schweigen und zuckte die Achseln. »Wenn man die Opfer nicht gesehen hat, mag einem eine solche Strafe grausam erscheinen. Ich versichere Euch, ich habe nicht vor, die Leute, die ich eben zurückbrachte, zu bestrafen. Damit würde ich nur den Rest davon abbringen zurückzukehren.«

»Sie werden kommen, sobald sie hören, dass es möglich ist«, protestierte sie. »Sicher braucht es einige Zeit, bis sich das herumgesprochen hat.«

»So etwas verbreitet sich so schnell wie ein Lauffeuer, Lady Imogen. Ich glaube kaum, dass Ihr dem König eine Nachricht senden müsst. Er wird es bereits erfahren haben. Bestimmt werden auch die optimistischeren unter Euren Freiern schon bald anklopfen, der werte Lancaster mit eingeschlossen. Soll ich sie einlassen?«

Damit brachte er das Gespräch mit aller Gewalt auf den Punkt.

»Welche Alternative gäbe es?«, fragte sie zurück, in der Hoffnung, ihn zum ersten Schritt zu bewegen.

Sie sah Anerkennung in seinen grünen Augen aufblitzen, und beinahe hätte sie ihr Mut verlassen. »Mich«, erwiderte er leise. »Lieber der Teufel, den man kennt …«

Er hatte sich noch immer sehr unter Kontrolle, doch seine Augen und seine veränderte Atmung verrieten ihr, dass er sie wollte – oder genauer gesagt, Carrisford –, und zwar sehr.

Das verlieh ihr eine Position der Macht.

Sie atmete tief durch. »Ich will Carrisford«, sagte sie, mit all ihrem Willen darum kämpfend, ebenso kontrolliert zu sein wie er.

Er trat näher, drei Schritte, bis er am Ende ihres Betts stand. »Was meint Ihr damit?«

»Wenn wir verheiratet sind, bestimme ich in Carrisford.«

Er überlegte. »Werdet Ihr eine eigene Streitmacht aufstellen?« Die Frage war nicht spöttisch gemeint. Es war eine direkte, aufrichtige Verhandlungsfrage. Er nahm sie endlich ernst.

»Nein«, antwortete sie knapp. »Als mein Gemahl werdet Ihr das für mich tun und auch das Kommando übernehmen. Aber sie wird gesondert aus den Einkünften von Carrisford bezahlt. Landzuweisungen werden aus Land getätigt, das zu Carrisford gehört. Alles wird separat geführt, und ich werde hier die Verwaltung übernehmen.«

Er nickte nachdenklich. »Werden wir zusammenleben?«

Sie war überzeugt, er meine »zusammen schlafen«, und merkte, wie sie errötete. »Natürlich. Die Distanz zwischen unseren Burgen ist nicht groß. Ich gehe davon aus, dass wir uns abwechselnd in beiden aufhalten werden. Nötigenfalls wird es leicht sein, von hier nach da zu gelangen.«

Imogens Herz pochte, jedoch nicht vor Angst, sondern vor Aufregung. Er hörte ihr wirklich zu. Und er war nicht verärgert darüber, dass sie Bedingungen stellte. Die Macht, die sie fühlte, hatte etwas Berauschendes wie Wein.

»Und ich will Vergeltung«, erklärte sie. »Rache an Warbrick.«

»Seinen Kopf auf einem Tablett?«, fragte er mit einem Achselzucken. »Ich töte ihn für Euch, Imogen, keine Bange.«

»Töten?«, fragte sie verblüfft zurück.

»Ihr wollt nicht seinen Tod?«, fragte er. »Ihr habt wirklich eine versöhnliche Ader, wie?«

»Das ist es nicht«, erwiderte Imogen, unsicher, wie sie ihre Betroffenheit in Worte fassen sollte.

Sie hätte schwören können, dass ein kurzes Lächeln über sein Gesicht huschte, ehe er sich wieder unter Kontrolle hatte. »Ihr fürchtet um mein Wohlergehen«, meinte er. »Das ist wirklich freundlich. Ich weiß gar nicht mehr, wann sich zuletzt jemand so um mich gesorgt hat.«

»Tot seid Ihr für mich nicht viel wert«, verteidigte sie sich, obwohl der Gedanke, dass er dem mächtigen Warbrick gegenübertrat, sie wirklich entsetzt hatte. Außerdem berührte es sie, dass er, als sie ihre Sorge zum Ausdruck brachte, nahe daran war, echte Freude zu zeigen.

Niemand hatte sich um ihn Sorgen gemacht …?

»Wie wahr«, meinte er, offenbar ohne beleidigt zu sein. »Das sind also Eure Bedingungen. Dass Ihr Carrisford verwaltet, und dass ich Warbrick für Euch töte.«

Es klang so sachlich. »Ja«, pflichtete Imogen bei, »aber ich erwarte nicht, dass Ihr Warbrick sofort tötet. Euer Wort darauf genügt mir.«

»Gut, im Augenblick kann ich ihn nämlich nicht finden.«

»Sucht Ihr denn nach ihm?«

»Würde ich einen solchen Feind ignorieren? Er ist nicht in seine Burg zurückgekehrt und scheint sich auch nicht in der näheren Umgebung aufzuhalten. Möglicherweise ist er zu

Belleme nach Arundel geritten. Zwischen dem König und Belleme wird es bald zum Kampf kommen. Ich muss Euch darauf hinweisen, dass mir die Angelegenheit Eurer Rache womöglich aus der Hand genommen wird oder dass Warbrick und Belleme an einen Ort fliehen, an dem ich keinen Zugriff auf sie habe.«

»Ihr seid sehr ehrlich«, stellte Imogen fest. Seine Bereitwilligkeit machte sie fast schon wieder argwöhnisch.

»Ich habe Euch gesagt, dass ich immer ehrlich bin, wenn es mir möglich ist. Ich möchte redlich mit Euch verhandeln, wenn Ihr mir die Chance dazu gebt.«

Das klang beruhigend und überzeugend. »Wenn die Umstände es nicht zulassen, dass Ihr Euer Wort bezüglich Warbrick haltet, werde ich auch nicht darauf bestehen.« Nun, da sie ihre Entscheidung getroffen hatte, fühlte sie sich damit erstaunlich gut. »Also«, fuhr sie energisch fort, »wenn wir heiraten, dann haben wir eine ganze Reihe von Dingen zu regeln. Wie müssen herausfinden, wie der Feind in Carrisford eindringen konnte, und die Verräter bestrafen. Habt Ihr in dieser Hinsicht schon etwas erreicht? Und natürlich muss der Eingang zu den Geheimgängen verschlossen werden ...«

»Nicht so schnell, Imogen. Was genau meintet Ihr mit ›in Carrisford die Verwaltung übernehmen‹?«

Die Frage brachte Imogen aus der Fassung. Er wollte auf den unverhofften Reichtum, den sie für ihn repräsentierte, nicht verzichten, wozu also diese Spitzfindigkeit? »Die Haushaltführung«, antwortete sie, »Pachtgelder kassieren, Arbeiten zuteilen und Gelder bewilligen, wenn es nötig ist.« Das war der einfache Teil. Das Extra brachte sie an wie eine Herausforderung. »Recht und Gerechtigkeit.«

Noch immer keine Empörung. »Und wenn ein Pächter eine fällige Zahlung verweigert oder von Gesetzlosen oder einem anderen Lord angegriffen wird? Wenn ein Missetäter gefasst werden muss?«

Sie begegnete seinem Blick, ohne mit einer Wimper zu zucken. »Dann werden die Männer, die *Ihr* zur Verfügung stellt, *meinen* Anweisungen Folge leisten und tun, was *ich* will, nicht wahr, FitzRoger?«

Er lächelte. Sie spürte seine heimliche Bewunderung, und dieses Gefühl war köstlich. »Sicher werden sie das«, versprach er ihr. Und fügte dann hinzu: » Je nachdem, was ich für das Richtige halte.«

Das war wie ein kalter Guss für sie. »Was?«

»Ihr könnt Carrisford als Euer Eigentum verwalten, Imogen, aber Ihr werdet meine Ratschläge mit einbeziehen. Meine Männer werden Euch gehorchen, aber sie werden dennoch meine Männer bleiben. Wenn Ihr ›Geht‹ sagt, und ich sage ›Bleibt‹, dann werden sie bleiben.«

Ohne es zu merken, rappelte sie sich aus dem Bett hoch und stellte sich ihm trotz ihrer wunden Füße entgegen. »Das ist nicht fair!«

»Das ist die Realität.« Bevor sie sich ihm entziehen konnte, fasste er sie an den Schultern. »Was Ihr ausgehandelt habt, ist nicht schlecht für Euch. Werden wir heiraten?«

»Nein!«

Er schüttelte den Kopf und wartete ab. Imogens Mund zuckte, so sehr drängte es sie, ihm zu sagen, er solle sich doch mitsamt seinen Männern zum Teufel scheren. Carrisford würde sie dann schließlich immer noch haben, und das war mehr als Lancaster und wahrscheinlich jeder andere Mann in England ihr geben konnte.

»... ja«, sagte sie.

Die grünen Augen blitzten siegesgewiss, und seine Hände streckten sich ihr entgegen. Imogen wollte zurückweichen, doch er drückte sie an sich. Sie spürte seinen Körper, seine Wärme, und roch die Kräuter aus den Truhen, in denen seine Kleider aufbewahrt wurden. Da er fast den ganzen Tag über draußen gewesen war, roch er aber auch nach Pferd, Schweiß und frischer Luft, und diese Mischung ließ ihre Knie so weich werden, dass sie wohl eingeknickt wären, wenn FitzRoger sie nicht festgehalten hätte.

»Was tut Ihr?«, protestierte sie schwach.

Er lächelte auf sie herab. »Ich werde dich nicht auf das Bett werfen und vergewaltigen, Ginger. Aber meinst du nicht, dass ein Kuss angebracht wäre?« Seine Hände glitten an ihrem Körper entlang; eine umfasste ihren Nacken, die andere legte sich heiß wie Feuer an ihren unteren Rücken.

»Nein«, widersprach sie trotzig, wenngleich sie innerlich schwankte. »Das ist eine rein praktische Vereinbarung.«

Er hob ihr Kinn an, in seinen Augen stand ein Lächeln. »Rein praktisch?«, neckte er sie.

»Ich hätte Euch nicht gewählt«, sagte sie bestimmt, »wenn Ihr nicht ein Nachbar mit einem starken Arm wärt.«

Er war nicht gekränkt. »Dann passen wir gut zusammen. Ich hätte Euch nicht gewählt, wenn Euch nicht ein großer Teil von England gehören würde.«

Noch ehe sie ihm ihre Verärgerung über diese Bemerkung ins Gesicht schleudern konnte, hatten seine Lippen ihren Mund versiegelt. Seine Hand legte sich um ihren Kopf, und sie konnte wirklich nichts anderes tun, als klein beizugeben.

Küssen war etwas sehr Seltsames, entschied sie für sich. Ein komisches Treiben zwischen zwei Mündern, und doch ließ es sie weich und warm werden wie ein heißes, duftendes Kräuterbad oder ein starker Wein. Das Gefühl seines Körpers an ihrem, nur dünne Seide und feines Leinen dazwischen, machte es irgendwie noch schlimmer. Oder schöner.

Wenigstens war es keine Sünde mehr …

Sie merkte, dass sie die Arme um ihn gelegt hatte – um sich abzustützen, sagte sie sich, damit sie nicht vom Bett herunterfiel.

Unter ihren Händen fühlte sie die festen, geschmeidigen Muskeln seines Oberkörpers. Sie konnte die in ihnen gebändigte Kraft beinahe spüren, und sie hatte den Eindruck, dass sich etwas davon auf ihren Körper übertrug, sodass es sie überall kribbelte. Ein Schauder durchlief sie …

Er rückte ein kleines Stück von ihr ab und drückte ihr noch einen Kuss auf die Nasenspitze. Jetzt sah er ganz anders aus. Jünger. Wärmer. Seine Stimme war weicher, als er murmelte: »Wie ich sagte, Imogen, wir passen gut zusammen.«

Das brachte ihr ihren Verdruss schlagartig wieder zu Bewusstsein. In einer hochmütigen Pose hob sie das Kinn. »Sehr passend. Ihr seid stark, und ich bin reich.«

Er ließ sie lachend los und war plötzlich wieder hart wie zuvor. »Ich habe meine Stärke bewiesen, Ginger. Warum beweist Ihr mir nicht Euren Reichtum?«

Er war also schon wieder hinter ihrem Schatz her. Sie nahm sich zusammen. Nicht einen Heller würde sie ihm geben, solange kein Ehevertrag unterzeichnet war und sie die Macht über Carrisford in Händen hatte.

Er registrierte ihr Schweigen kopfschüttelnd. »Ich frage mich, ob Ihr jemals wegen etwas wirklich Wichtigem gegen mich kämpfen wollt. Ihr werdet verlieren, Ginger.«

Imogen richtete sich kerzengerade auf. »Das werde ich nicht. Ich bin Imogen von Carrisford, und Ihr seid niemand!«

Sein Blick ließ sie innerlich erzittern, doch sie erlaubte sich keinen Rückzieher.

»Falls wir kämpfen sollten«, sagte er sehr ruhig, »werde ich der Sieger sein, weil Ihr Imogen von Carrisford seid und ich bis vor kurzem niemand *war*. Ich kenne Arten zu kämpfen, die Ihr Euch nicht einmal im Traum vorstellen könnt. Ihr wisst nicht, wie die Welt ist, Ginger, und wenn Ihr ein gutes Mädchen seid, werde ich dafür sorgen, dass Ihr es auch nie erfahrt.«

Ehe sie etwas erwidern konnte, war er gegangen; seine leichten Schritte waren auf der Wendeltreppe zu hören.

»Ich hasse dich, Bastard FitzRoger!«, schrie sie.

Die Tritte stoppten.

Imogen erstarrte, ihr Herz schlug überlaut. Sie hatte ihn noch nie so genannt.

Nach einem unendlich lang erscheinenden Augenblick wurden die Tritte wieder hörbar und entfernten sich. Imogen sank auf das Bett zurück. Er rächte sich nicht.

Etwas in ihr war enttäuscht.

Kurze Zeit später kam Renald de Lisle und brachte ihr einen Bogen Pergament, Feder und Tinte.

»Wofür ist das?«, fragte sie argwöhnisch.

»Für Euren Ehevertrag. Ty meinte, da Ihr am meisten Zeit habt, solltet Ihr ihn niederschreiben.«

Imogen blinzelte. »FitzRoger überlässt es mir, ihn zu verfassen, wie ich möchte?«

»Offenbar«, antwortete de Lisle mit einem Grinsen. »Ah, ich wünschte, ich hätte goldenes Haar und tiefblaue Augen, dann hätte ich ihm im Nu eine Burg abgeknöpft.«

»Nur wenn Ihr ihn heiraten würdet«, erwiderte Imogen säuerlich.

»Stimmt. Und nur, wenn ich selbst von vornherein eine prächtige Burg hätte.« Er deutete auf das leere Pergament. »Es steht Euch frei, Eure Bedingungen zu formulieren, wie Ihr wollt, kleine Blume.«

Sobald er fort war, betrachtete Imogen das leere Blatt und überlegte, was sie schreiben sollte. Doch am Ende schrieb sie das nieder, worauf sie sich geeinigt hatten – außer der Sache mit Warbrick –, sogar einschließlich seiner Aufsicht darüber, wie sie Carrisford verwaltete. Dies war nun einmal der Lauf der Welt, und etwas anderes würde er sicher nicht unterschreiben.

8

»Lady Imogen! Habt Ihr schon gehört, dass der König kommt?« Marthas rundes Gesicht war vor Aufregung hochrot.

»Was?«

»Der König hat erfahren, was hier Schlimmes geschehen ist, und kommt Euch zu Hilfe. Eine bewaffnete Schar Ritter und ein Bote sind bereits eingetroffen.«

Imogen schloss den Mund, der ihr vor Staunen offen stand. »Und niemand hat es mir gesagt? Bring sofort FitzRoger zu mir herauf!«

Bei diesem Ton wurden Marthas Augen groß wie Untertassen, doch sie hastete davon.

Imogen kochte vor Wut – auf sich selbst und auf alle anderen. Die Sonne war schon fast untergegangen, und nachdem sie den Ehevertrag niedergeschrieben hatte, war sie stundenlang dagesessen und hatte schweren Herzens über ihre Heirat nachgedacht, obwohl sie wusste, dass sie die richtige Entscheidung getroffen hatte.

Zeitverschwendung.

Sie hatte sich all die klugen Dinge vorgestellt, die sie FitzRoger hätte sagen können, um ihn in seine Schranken zu verweisen.

Zeitverschwendung.

Sie hatte an diesen Kuss gedacht. Und sich gefragt, wann er sie wieder küssen würde.

Zeitverschwendung.

Hätte sie ihre Aufmerksamkeit lieber auf den Burghof gerichtet, dann hätte sie die Ankunft der Soldaten des Königs bemerkt.

FitzRoger trat ein, ein Bild ritterlicher Höflichkeit. »Ihr habt einen Wunsch, Mylady? Wollt Ihr vielleicht zum Abendessen in den Saal kommen?«

»Nein ... ja ... vielleicht. Was ich will«, erwiderte Imogen endlich wieder gefasst, »ist, mit dem Boten des Königs zu sprechen.«

Er reagierte weder fassungslos noch auf irgendeine Weise verschämt. »Weshalb?«

Sie atmete scharf ein. »Weil dies *meine* Burg ist, FitzRoger, und weil er *mir* eine Nachricht bringt.«

»Nein, das ist nicht richtig. Er brachte mir eine Botschaft, und zwar die Bitte, die arme, in Not geratene Maid zu retten. Der Bote kam nur deshalb hierher, weil er erfahren hatte, dass ich bereits in Carrisford bin.«

»Oh.« Imogen sah sich mit einem Schlag ihrer großen Vorstellungen beraubt. Aber schließlich und endlich war dies immer noch ihre Burg. »Ich möchte trotzdem mit ihm sprechen.«

»Er ist mit seiner Eskorte leider schon wieder fort, um Warbrick die Nachricht zu überbringen, dass er vor Gericht erscheinen muss.«

»Na, das wird ja viel ausrichten!«, schnaubte Imogen.

»Wir wissen alle, dass es nicht viel bringt«, entgegnete er geduldig. »Aber die Form muss nun einmal gewahrt bleiben.«

Imogen starrte ihn wütend an. Sie hatte das Gefühl, ignoriert und außen vor gelassen zu werden, und sie wusste nicht, was sie dagegen tun konnte. Vielleicht würde sie letzten Endes besser beraten sein, doch den schon etwas langsamen Grafen von Lancaster zu heiraten; mit ihm würde sie wenigstens leicht fertig werden.

»Der König kommt also zu Besuch«, stellte sie gedankenvoll fest.

»Ja. Er sollte morgen eintreffen. Dann kann er gleich Trauzeuge werden.«

»So überstürzt will ich nicht heiraten«, erklärte Imogen. Sie war definitiv noch nicht bereit, sich so schnell festzulegen.

»Welchen Sinn hat es, die Sache hinauszuzögern? Das könnte höchstens einen anderen Mann auf den Gedanken bringen, sich Eurer zu bemächtigen.«

Imogen lächelte. »Ihr habt offenbar nicht viel Vertrauen in Eure Fähigkeit, mich zu beschützen, Lord FitzRoger, nicht wahr?«

Er trat nahe an das Bett, wieder über sie gebeugt. »Das kann ich sehr wohl, Imogen, keine Angst. Aber sobald die Möglichkeit besteht, dass Ihr mein Kind unter dem Herzen tragt, seid Ihr für andere nicht mehr so attraktiv. Ihr selbst habt diese Tatsache zu Eurem eigenen Schutz eingesetzt, wisst Ihr es nicht mehr?«

»Ja«, antwortete Imogen und hasste sich für ihr Erröten.

»Also, sobald wir verheiratet sind, ist es nicht mehr so wichtig, dass ich ständig an Eurer Seite bin. Das ist doch eine Erleichterung, nicht wahr?«

»Ja«, wiederholte Imogen. Was konnte sie sonst sagen?

»Und wenn wir vor dem König und den großen Lords des Landes heiraten, dann hat ein Räuber keine Hoffnung darauf, die Gültigkeit unserer Verbindung anfechten zu können, nicht wahr?«

Sie wich seinem herausfordernden Blick aus. »Wahrscheinlich nicht.«

»Also wäre es das Beste, wenn wir gleich morgen heiraten, nicht wahr?«

Imogen kämpfte dagegen an, doch am Ende seufzte sie und sagte: »Ja.« Wieder kam sie sich wie ein absoluter Dummkopf vor.

Sie blickte verärgert auf.

Er lächelte, beinahe freundlich, und ergriff eine Strähne ihres Haars. Sie schlug nach seiner Hand, doch dieses Mal ließ er nicht los, und so bekam sie ein kräftiges Ziehen ab.

»Au! Lasst mich. Noch bin ich nicht Euer Besitz, mit dem Ihr machen könnt, was Ihr wollt!«

»Soll das heißen«, murmelte er und rieb ihre Haare zwischen seinen langen Fingern, »dass ich morgen Nacht mit Eurer süßen Ergebenheit rechnen kann?«

Imogen hatte sich sehr bemüht, über solche Dinge nicht nachzudenken ... morgen Nacht! »Falls ich Euch heirate«, antwortete sie mit schwacher Stimme, »werde ich versuchen, Euch eine gehorsame Gemahlin zu sein.«

»Falls?« Es hörte sich an wie ein Peitschenknall.

Sie zwang sich, seinem kühlen Blick zu begegnen, aber ihre Kehle war wie ausgedörrt, und ihr Herz raste in der Brust wie ein wildes Pferd.

»Wir haben eine Abmachung, Ginger«, sagte er ruhig.

»Dann hört auf, mich zu traktieren, FitzRoger, bis ich mich damit abgefunden habe.«

Er ließ ihre Haare los und trat zurück. Imogen wusste nicht, weshalb sie diese Dinge sagte. Sie waren sinnlos und verschafften ihr keine Erleichterung. Stattdessen lastete dadurch das Elend wie ein Stein auf ihrer Brust, der sie zu ersticken drohte.

Er musterte sie nüchtern, doch plötzlich lächelte er. »Ich glaube, Ihr werdet Euch wesentlich besser fühlen, sobald Ihr aufstehen und gegen mich antreten könnt.«

»Aber ich werde dennoch verlieren – das habt Ihr zumindest gesagt.«

»Im Krieg ist nie etwas gewiss. Ihr verfügt über einige gefährliche Waffen, meine Braut. Aber jetzt würde ich mich an Eurer Stelle erst einmal ausruhen, damit Ihr auf eigenen Beinen zu Eurer Hochzeit gehen und vor dem König einen Knicks machen könnt.«

»Bei der Krone der Heiligen Jungfrau!«, keuchte sie entsetzt, und plötzlich schienen alle anderen Probleme verschwunden. »So, wie es bei uns aussieht, können wir den König nicht empfangen!«

»Sorgt Euch nicht. Ich lasse aus Cleeve zusätzliche Vorräte und Güter bringen und habe für morgen noch mehr Eurer Leute einbestellt.«

Sorgt Euch nicht, sorgt Euch nicht. Was war sie – ein Baby, das man auf den Armen tragen musste? »Das wäre meine Aufgabe gewesen.«

Er seufzte ungeduldig. »Ich hoffe, Ihr lernt, Euch Eure Schlachten sorgfältiger auszusuchen, Imogen. Ich hege nicht das Verlangen, Carrisford zu verwalten, und wenn Ihr auch noch die häusliche Organisation von Cleeve übernehmen wollt, könnt Ihr das gerne tun. Aber Ihr seid momentan nun einmal ans Bett gefesselt. Das stellt ein gewisses Hindernis dar.«

»Ihr könntet mich wenigstens fragen!«, hielt sie dagegen und fühlte sich schon wieder im Unrecht.

»Ich habe einfach alles in die Hände Eures Seneschalls gelegt. Er scheint mir ein kompetenter Mann zu sein.«

»Siward ist zurück?«, fragte Imogen erfreut, doch dann fand sie bereits einen neuerlichen Grund zur Klage. Auch das hatte ihr niemand mitgeteilt, und Siward war nicht bei ihr vorstellig geworden.

»Er war beschäftigt«, erklärte FitzRoger. Auf ihren verblüfften Blick hin fuhr er fort: »Euch kann man jeden Gedanken aus dem Gesicht ablesen, Ginger.«

Imogen schleuderte ein Kissen nach ihm.

Er fing es auf. »Verstehe ich Euch richtig, dass Ihr nicht zum Abendessen hinuntergetragen werden wollt?«

»Ganz gewiss nicht!«, fuhr sie ihn an. »Außerdem werde ich mir überlegen, künftig eine Maske zu tragen!«

»Sehr klug. Ich trage die ganze Zeit eine.« Er warf das Kissen zu ihr zurück und verließ den Raum.

Imogen erkannte die Wahrheit hinter diesem Satz.

Was, fragte sie sich, schützte er mit seiner Maske? Vielleicht diesen weicheren, jüngeren Mann, der für sie kurz erkennbar geworden war, als sie sich küssten. Nachdenklich umarmte sie das Kissen. Wenn sie den Grafen von Lancaster heiratete, würde sie das nie herausfinden. Sie wusste, sie würde den Grafen von Lancaster definitiv nicht heiraten.

Sie würde Bastard FitzRoger heiraten, auch wenn er ihr Schauer über den Rücken jagte. Oder vielleicht sogar gerade deswegen ...

Wie alt war er? Zuerst hatte er irgendwie alterslos gewirkt, jetzt dachte sie, er konnte keine zehn Jahre älter sein als sie.

Martha kam zurück, etwas zögernd, und brachte ein Tablett mit Essen. »Der Herr sagte, Ihr wollt hier essen.«

Das hatte sie nicht gemeint, und sie war sicher, dass er das auch wusste, aber Imogen war des Kämpfens müde. »Gut«, sagte sie nur. »Ich muss mich für morgen stärken, wenn der König kommt.«

»Und für Eure Hochzeit«, fügte Martha hinzu und stellte ihr kichernd das Tablett auf den Schoß. »Und ich hatte immer gedacht, Ihr heiratet am Ende noch einen von diesen verknöcherten alten Kerlen, von denen Euer Vater so oft gesprochen hat. Aber Ihr habt Euch einen appetitlichen jungen Burschen ausgesucht, das muss man Euch lassen. Da könnte man schon Lust bekommen ...«

Imogen spürte ihre Wangen heiß und rot werden. »Martha, du bist schamlos!«

Die Magd schnitt eine Grimasse, aber sie schwieg. Sie war nur eine Weberin, die zur Kammerdienerin berufen worden war, erinnerte sich Imogen. Es war an der Zeit, einige richtige Dienerinnen einzustellen. Und sie musste eine Frau unterweisen, die Janines Platz einnehmen konnte.

Was Tante Constance' Stellung anbetraf, hatte Imogen keine anderen infrage kommenden weiblichen Verwandten in England ...

Während sie in Rosmarin geschmorten Hammel kaute, gingen ihr Marthas Worte im Kopf herum.

Diese fiebrige Erregung, halb Furcht, halb Freude – war das Lust? Ihr ganzes Leben lang hatte Father Wulfgan sie vor der Lust gewarnt. Wenn sie an Janine dachte, bekamen alle seine Warnungen jedoch eine neue, tiefere Bedeutung, und zwar nicht nur die, dass es darum ging, der Versuchung zu widerstehen. Was wäre an dieser Sache verführerisch gewesen?

Die Lust war wahrhaftig der Weg zur Hölle, ganz wie es Father Wulfgan sagte. Es musste so sein, dass die Männer verführt wurden und die Frauen litten. Aber wenn sie ehrlich war, musste sich Imogen eingestehen, dass sie in FitzRogers Armen überhaupt nicht gelitten hatte.

Noch nicht.

Der Teufel konnte äußerst listig sein, erinnerte sie sich. Er ließ die Sünde immer attraktiv erscheinen. Diese Gedanken brachten sie darauf, dass die Auseinandersetzung über Father Wulfgan noch nicht beendet war. »Martha«, fragte sie, »ist Father Wulfgan schon wieder in Carrisford zurück?«

»Diese alte Krähe!«, murrte Martha, doch Imogens Blick ließ sie sofort verstummen. »Ich glaube nicht, Lady«, fuhr sie dann fort. »Der Herr ... Lord FitzRoger hat ihn hinausgeworfen.«

»Und ich habe befohlen, dass er wiederkommt. Wer sonst hat am Grab meiner Tante und der anderen gebetet?«

»Der Mönch des Herrn, Lady, Bruder Patrick.«

Mit einem Mal erkannte Imogen eine mögliche Waffe. »Martha«, befahl sie lächelnd, »sag Lord FitzRoger, ich lasse mich von keinem anderen trauen als von Father Wulfgan.«

Wieder bekam Martha große Augen. »Lady ...«

»Geh schon!«, befahl Imogen.

Martha eilte hinaus; ihr Murren war nicht zu überhören, während sie die Treppe hinunterhastete.

Imogen erwartete mehr oder weniger, dass FitzRoger erscheinen und sie mit beißenden Argumenten überhäufen würde, und deshalb konnte sie vor Aufregung kaum mehr weiteressen. Stattdessen aber kam kurz vor Sonnenuntergang der hagere Father Wulfgan zu ihr.

»Tochter«, erklärte er, »Ihr befindet Euch in den Klauen des Teufels!«

»Ich bin vor Warbrick sicher«, konterte Imogen. Vor dem Priester fühlte sie sich sofort zum Kind degradiert.

»Ihr seid von einem Teufel zum anderen gewandert. Ihr müsst diesen Satan sofort hinauswerfen, mein Kind!«

»Lord FitzRoger?«

»Er ist die Hand des Todes auf dem Land!«, donnerte der Gottesmann. »Er bereut kein Blutvergießen. Er ist eine Teufelsbrut, und sein Same wird den Boden vergiften, auf den er fällt!«

Imogen fragte sich, weshalb sie ihren Kaplan so verzweifelt hatte wiederhaben wollen. FitzRoger hatte sie wahrhaftig eines Besseren belehrt.

Father Wulfgan war kein alter Mann, aber er war schon in Carrisford, solange sie zurückdenken konnte. Er war klein und bestand nur aus Haut und Knochen, was angesichts der Schwere der Bußen, die er sich immer wieder auferlegte, nicht verwunderlich war. Die leuchtend blauen Augen in seinem blässlichen, eingefallenen Gesicht glühten jedoch wie Feuer.

Imogen schluckte. »Ihr glaubt also, es ist falsch, wenn ich FitzRoger heirate, Father?«

»Wesentlich besser wäre es, Euch den Schwestern in Hillsborough anzuschließen.«

Wieder dieser verlockende Vorschlag. Keine schwere Entscheidung. Kein Ehebett, das es zu ertragen galt.

»Aber mein Vater wollte, dass ich heirate«, entgegnete Imogen halb hoffend, halb befürchtend, überredet zu werden.

Der Priester blickte finster drein, lenkte jedoch ein. »Euer Vater wollte Euch mit Lord Gerald verheiraten, Tochter, oder einem ähnlich gesetzten Mann. Nicht mit so einem gottlosen Kriegstreiber.«

»FitzRoger hat diesen Krieg nicht begonnen«, protestierte sie. »Ich habe ihn um Hilfe gebeten.«

»Er ist ein Mann des Krieges!«, konterte Wulfgan heftig. »Er war Söldner – eine verfluchte Seele. Er hat durch verruchte Turniere Reichtum angehäuft. Er ist nur des Krieges wegen in diesen Teil des Landes gekommen. Er und Warbrick. Zwischen diesen beiden gibt es keinen Unterschied!«

»Warbrick ist widerlich!«

»Beide sind Männer, die durch das Schwert leben!«, erklärte Wulfgan. »Auch der brudermörderische König gehört zu diesem Schlag. Sie morden um ihrer eigenen Sache willen und tun für das Blut, das sie vergießen, nicht einmal Buße!«

Imogen erkannte, dass sie, was Politik anbelangte, mit Wulfgan auf keinen grünen Zweig kommen würde. Er war von Blutvergießen und Lust wie besessen, und sie wollte über Letztere sprechen, nicht über Ersteres.

»Aber ich muss einen Mann heiraten, der über Stärke verfügt, Father«, sagte sie. »Ihr würdet mich sicher nicht in der Macht eines Warbrick oder eines Belleme sehen wollen.«

Er umklammerte das Kruzifix, das er an einer Schnur um den Hals trug. »Der Herr wird Euer Schutz sein, mein Kind.«

»Vor ein paar Tagen hat er mich aber nicht beschützt!«, brauste Imogen auf. Sie konnte sich nicht erinnern, dass Father Wulfgan früher so dumm geklungen hatte.

Der fixierte sie mit seinem flammenden Blick. »Ungehorsames Kind! Ihr seid doch sicher, oder etwa nicht? Zweifelt nicht an den Wegen des Herrn!«

Jetzt stieß Imogen zu. »Dann war FitzRoger der starke Arm des Herrn!«

Wulfgan trat von Entsetzen gepackt zurück. »Warum brüllt Ihr seinen Namen so?«, zischte er. »Was ist dieser Mann für Euch?«

Einmal mehr wurde Imogen zur nervösen, geständigen Sünderin. Sie begrub jeglichen Gedanken an zwei hitzige Küsse. »Er … er ist mein Held, Father – ein tugendhafter Paladin.«

Der Priester beugte sich nach vorn. »Ein Paladin dient für das Wohl seiner Seele, nicht wegen des Gewinns, Tochter in Christus. Beschreibt das diesen Mann?«

Darauf hatte Imogen keine Antwort parat.

»Nein«, sagte der Priester. »Er ist ein Söldner, der für Gold tötet.«

Imogen wankte etwas zurück. »Er hat keine Bezahlung verlangt, Father.«

Sein Mund verzog sich zu einem höhnischen Grinsen. »Außer Euch.«

»Nein«, widersprach Imogen. »Das war meine Idee.«

Father Wulfgan schreckte zurück. »Was?«

»Er ist stark«, erklärte sie rasch, »und sein Land grenzt an meines; so kann ich Carrisford im Auge behalten.«

Der Priester musterte sie voller Argwohn. »Und in Eurem Herzen ist keine Lust nach ihm?«

Jetzt waren sie am Punkt angekommen. »Ich weiß nicht«, flüsterte Imogen.

Unten im Saal spielten Renald und FitzRoger Schach. Ab und zu war die laute Stimme des Priesters zu hören.

»Willst du zulassen, dass er sie die ganze Nacht lang belästigt?«, fragte Renald.

»Sie wollte ihn zurückhaben«, erwiderte FitzRoger und versetzte einen Läufer. »Vielleicht überlegt sie es sich anders.«

»Sehr klug. Aber zweifellos dringt er in sie, die Heirat zu unterlassen, und du hast noch nichts unterschrieben und besiegelt.«

»Du bist am Zug.«

Renald schob einen Bauern über ein Feld, und FitzRoger schlug ihn.

»Ich würde sie mit diesem Fanatiker nicht allein lassen«, beharrte Renald.

»Der Priester wird sie nicht von der Heirat abbringen«, sagte FitzRoger, den silbernen Bauern zwischen den Fingern drehend. »Die Blume des Westens bekommt alles, was sie will. Einschließlich mich.«

Renald lachte. »Hast du sie schon herumgekriegt? Kein Wunder, dass du ihr das Blaue vom Himmel versprochen hast. Sie ist wahrscheinlich viel zu durcheinander, um darauf zu bestehen, dass du deine Versprechen auch einhältst.«

FitzRoger ließ den Bauern in die Schachtel fallen. »Nein, mein Freund. Ich habe sie nicht herumgekriegt, und wenn ich es richtig sehe, wird sie jedes ihrer Rechte akribisch einfordern. Interessiert dich das Spiel nicht?«

Renald kannte diesen Ton seines Freundes und ließ das Thema fallen. Ein Blick auf das Brett sagte ihm, dass die Chancen, seinen König zu retten, schlecht standen.

In Imogens Gemach saß Father Wulfgan so auf dem Bett, dass sein Gesicht nur wenig von ihrem entfernt war, obwohl sie sich nach hinten an die Wand drückte. Er stank, doch daran sollte sie eigentlich gewöhnt sein – er kasteite seinen Körper nicht nur durch Hunger und Selbstgeißelung, sondern auch dadurch, dass er ihn nicht rein hielt.

»Es ist gut, dass Ihr die Lust nicht erkennt, mein Kind.«

Das war nicht das Problem. Imogen wünschte, sie könnte Father Wulfgan sagen, dass sie Zeugin davon geworden war, wie die Lust in ihrer perversesten Ausformung ausgelebt worden war, und diese Erinnerung aus ihrem Gedächtnis getilgt haben wollte wie die Sünden bei der Beichte. Doch die Worte wollten nicht über ihre Lippen kommen. Davon zu sprechen würde es noch wirklicher machen.

»Aber … aber wie soll ich sie meiden, Father«, flüsterte sie, »wenn ich nicht weiß, was sie ist?«

Er legte seine verkrüppelte Hand auf die ihre. »Der einfachste Weg, Tochter in Christus, ist, ehelos zu bleiben.«

»Aber es ist doch meine Pflicht zu heiraten.«

»Auch Verheiratete haben ein reines Leben geführt. Der heilige Edward, der noch vor weniger als fünfzig Jahren dieses Land als König regierte, nahm eine Gemahlin und blieb dennoch frei von aller Sünde.«

Welch ein Glück für seine Frau, dachte Imogen und stellte sich eine behagliche Welt vor, in der es zwar Umarmungen und Küsse gab, aber nie zur Sünde kam.

Doch dann fielen ihr die wutschäumenden Bemerkungen ihres Vaters über König Edward ein. Ebendiese zölibatäre Ehe hatte dazu geführt, dass England keinen unumstrittenen Erben bekommen hatte; letztendlich war es dadurch zur normannischen Invasion durch Wilhelm den Eroberer gekommen.

Irgendwie konnte sie sich nicht vorstellen, dass FitzRoger seine Hochzeitsnacht würde mit Beten verbringen wollen. »Ich ... ich glaube, Lord FitzRoger will Nachkommen, Father.«

»Dann soll er sie so bekommen, wie er selbst empfangen wurde«, knurrte Wulfgan, »von Weibern, die sich bereits auf dem Weg in die Hölle befinden!«

Bei diesem Gedanken stieg spontan Wut in Imogen hoch, doch sie hielt den Blick gesenkt. Wenn FitzRoger etwas aus ihrem Gesicht »ablesen« konnte, dann zweifellos auch Father Wulfgan.

»Ich halte es für meine Pflicht als Gemahlin, meinem Lord Kinder zu schenken.« Und das will ich auch, dachte sie, selbst wenn es mit Schmerzen verbunden ist. Bei der Vorstellung, FitzRoger sein erstes Kind zu präsentieren, wurde ihr vor Sehnsucht ganz warm ums Herz.

Der Priester seufzte. »Nur wenige haben die Kraft für eine keusche Ehe«, lenkte er ein.

Imogen blickte auf. »Wie erfülle ich also meine Pflicht, Kinder auszutragen, Father, und meide dabei die Lust?«

Wulfgan lehnte sich zurück und sah drein, als hätte er in einen sauren Apfel gebissen. »Das ist ganz einfach. Ihr müsst Freude im Ehebett meiden, mein Kind, und Dinge, die zu solcher Freude führen könnten. Denkt immer daran, dass Euer sündiges Fleisch der Feind des Geistes ist. Verweigert Euch ihm. Kasteit es. Wenn sich Euer Fleisch erfreut, dann wisst Ihr, dass Ihr in Sünde seid.«

»Erfreuen?«, fragte Imogen unverhohlen. Das Feuer der Lust war eines, aber wie konnte im Ehebett die Gefahr bestehen, sich zu erfreuen? Er musste die Küsse meinen. Das war alles sehr kompliziert.

Wulfgan tätschelte mit seiner knochigen Hand ihre Wange. »Eure Verwirrung zeigt, dass Ihr noch rein seid, mein Kind. Ich habe Euch schon einmal gesagt, was Ihr meiden müsst, wenn Ihr der Verdammnis entgehen wollt – die Zunge im Mund, die Hand auf der Brust ...«

Imogen senkte den Blick und wünschte sich, ihre Wangen würden nicht flammend rot anlaufen.

Der Priester seufzte. »Ich beschmutze Eure Unschuld, indem ich über solche Dinge spreche, und nun, fürchte ich, muss ich Euch noch weitere Pein zufügen, liebes Kind. Ich wünschte, ich könnte Euch all dies ersparen, aber Ihr habt recht, wenn Ihr sagt, dass es Eure Pflicht ist zu heiraten. Der Pfad der Pflicht ist häufig voll böser Verlockungen. Lasst mich nun noch weitere furchterregende Dinge berichten, die Euch der Teufel in den Weg legen könnte ...«

In dieser Nacht konnte Imogen kaum schlafen, weil sie ständig an die merkwürdigen Dinge denken musste, von denen Father Wulfgan gesprochen hatte, Dinge, die weit über alles hinausgingen, was sie je gesehen oder sich ausgemalt hatte. Einige erregten ihren Abscheu, und sie konnte sich auch nicht vorstellen, dass FitzRoger sich dermaßen lächerlich benehmen würde, doch man durfte nicht vergessen, dass der Teufel gerissen war. Einige der Beschreibungen aber hatten eine wirre Erregung in ihr ausgelöst; war das vielleicht die gefürchtete Lust gewesen?

Und die Lust würde sie nicht nur in die Hölle verdammen; sie würde auch ihre Nachkommen brandmarken und jegliche Unternehmung ihres ganzen Geschlechts scheitern lassen. Die Männer, hatte Father Wulfgan erklärt, wurden durch die Lust schwach. Es oblag den Frauen zu vermeiden, die Männer in Versuchung zu führen.

Imogen war nicht klar, wie das geschehen sollte, außer, dass sie nicht ihren nackten Körper vor ihrem Gemahl zur Schau stellen und diesen nicht auf eine der beschriebenen unzüchtigen Weisen berühren sollte.

Als ob sie das gewollt hätte.

Sie begrüßte die aufgehende Sonne mit einem flauen Angstgefühl im Bauch und unterwarf sich willig dem vorgeschriebenen Tag mit Fasten und Beten. Martha protestierte dagegen; sie behauptete, Imogen brauche all ihre Kraft, doch der zotige Blick der Magd machte Imogen nur noch entschlossener. Sie musste geistig auf der Höhe sein, nicht körperlich.

Martha trollte sich murrend.

Imogen versuchte sehr, sich auf Reinheit und das Gebet zu konzentrieren, doch sie wurde dabei immer wieder von seltsamen Bildern in ihrem Kopf gestört.

FitzRogers schwielige Hände mit den langen Fingern und das Gefühl, wie sie über ihren Körper glitten.

Der Geschmack seines Mundes, auf ihren gepresst.

Das Schwindelgefühl, wenn er sie in den Armen hielt.

Diese freundliche Wärme, die nur ein- oder zweimal in zärtlichen Momenten in seinem strengen Gesicht aufgetaucht war.

Das alles konnten doch keine Anzeichen der Verdammnis sein?

Sie betete noch inbrünstiger.

Als sie am Nachmittag den Lärm hörte, der die Ankunft des Königs ankündigte, atmete sie erleichtert auf.

Es kündigte den Anfang vom Ende an.

9

Martha stürzte herein, aufgeregt und froh, etwas zu tun zu haben, und machte Imogen zurecht. Bald darauf kam der König in ihr Gemach, begleitet von seinem Leibarzt und FitzRoger. Der Doktor untersuchte ihre Füße und erklärte, ihr Zustand sei den Umständen entsprechend bestens; wenn sie vorsichtig sei, werde sie auch laufen können. Er trug ihr seine eigene Wundsalbe auf und verließ dann den Raum.

Während der Untersuchung studierte Imogen den König und fragte sich, was geschehen wäre, wenn sie ihr Schicksal ganz und gar ihm überlassen hätte.

Henry Beauclerk hatte die dreißig bereits überschritten und war kein besonders attraktiver Mann, aber er strahlte durchaus die Würde eines Königs aus. Er war kräftig und untersetzt, volles, dunkles Haar hing ihm in Locken bis auf die Schultern und über die Brauen, unter denen lebhafte, dunkle Augen saßen. Auch auf seinen muskulösen Armen wuchsen dunkle Haare, bis hin zu den derben, kurzfingrigen Händen.

Wenngleich er sich unverkennbar gerne fein kleidete, stellte er seinen Reichtum nicht protziger zur Schau als jeder andere Adelige. Wenn sie erst einmal ihren Schmuck hatte, dachte Imogen, würde sie ihn diesbezüglich leicht in den Schatten stellen können. Dann fiel ihr jedoch die Warnung ihres Vaters ein, dass es nicht klug sei, vor Herrschern mit seinem Reichtum zu protzen.

Vielleicht war das der Grund dafür, dass FitzRoger lediglich eine schlichte Leinentunika in Rot und Schwarz trug und keinen Schmuck außer einem Armreif und seinem Ring.

Der König war in guter Stimmung; seine Augen funkelten, und er neckte Imogen und FitzRoger mit der bevorstehenden Hochzeit.

Doch als die Rede auf Warbrick kam, wurde seine Miene kalt und sein Blick schneidend scharf. Henry Beauclerk war der Vierte in der Erbfolge seiner Familie und ohne Grundbesitz gewesen; er hatte um sein Überleben ebenso sehr kämpfen müssen wie um den Thron von England. Er war kein Mann, mit dem man sich ungestraft anlegte.

Dann bemerkte Imogen noch etwas.

Trotz ihres Altersunterschiedes waren sich FitzRoger und der König so nahe wie zwei Brüder. Henry lehnte sich an FitzRogers Schulter, er neckte ihn, und der erwiderte dieses Verhalten – wenngleich wohlüberlegt. Und sie sprachen sich als Hal und Ty an.

Wie ein Blitz aus heiterem Himmel fiel ihr ein, dass der König, als er ihre Rettung befahl, FitzRoger damit betraut hatte.

Das bedeutete, Henry wollte, dass FitzRoger ihr Gemahl wurde.

Verbittert fragte sie sich, weshalb FitzRoger sich dann überhaupt noch darum bemüht hatte, ihr den Hof zu machen. All die Zugeständnisse, die sie sorgfältig niedergeschrieben hatte, waren umsonst, denn der König würde sich niemals für sie und gegen seinen geliebten »Ty« einsetzen. Und wie lautete eigentlich der volle Name ihres künftigen Gemahls?

Es schien absurd, dass nur sie ihn nicht kannte oder nicht zu benutzen wagte.

Sie war genau das, was FitzRoger sie einst genannt hatte – eine Idiotin, die sich mit Illusionen abspeisen ließ wie ein Kleinkind mit einem guten Happen.

Verbittert musterte sie die beiden gut gelaunten Männer. Vielleicht konnte sie am Ende doch Gefallen an Wulfgans Askese finden und mitsamt ihrem Reichtum ins Kloster

Hillsborough eintreten. Dieser einen Möglichkeit würde der König nichts entgegensetzen können.

Vielleicht las FitzRoger wieder in ihr wie in einem offenen Buch, denn als der König ging, blieb er und musterte sie aufmerksam. Ein Anflug von Heiterkeit in seinen Augen ließ Imogen die Zähne zusammenbeißen.

Sie forderte ihn direkt heraus. »Warum habt Ihr so getan, als hätte ich eine Wahl? Der König hätte mich Euch doch ohnehin auf dem Präsentierteller serviert.«

Er lehnte sich mit verschränkten Armen an die Wand, ohne ihren Vorwurf zurückzuweisen. »Ihr hättet Euch womöglich für Lancaster entschieden. Das wäre ein Fehler gewesen, aber er hat genug Einfluss, um Probleme zu verursachen. Henry hätte einen so mächtigen Baron nur ungern gekränkt, solange er sich der Krone noch nicht ganz sicher sein kann.«

»Ich könnte mich noch immer für Lancaster entscheiden. Öffentlich habe ich noch nichts zugesagt.«

»Nein. Er hat eine Nachricht gesandt und seinen Anspruch bekräftigt. Ich erwiderte, dass Ihr nun mir versprochen seid.«

Imogen hielt den Atem an. »Ohne mir ein Wort zu sagen?«

»Das war nicht nötig. Ihr hattet mir bereits Euer Wort gegeben, mich zu heiraten. Und Ihr werdet mich heiraten, Imogen. Findet Euch damit ab. Es wird Euch nicht zu schwer fallen, wenn Ihr Euch nur benehmt.«

Wut stieg in ihr hoch. Er überging sie schon wieder, und er hatte eine so sichere Position, dass sie ihn nicht treffen konnte. Aufgebracht schlug sie mit beiden Fäusten auf das Bett ein. »Macht es Euch nichts aus, eine Frau zu heiraten, die Euch so sehr hasst?«

Er erwiderte nichts, doch einen verräterischen Moment lang schloss er die Augen.

Imogen hatte Blut geleckt. »Was schützt Euch vor einem Messer in der Nacht oder Gift in Eurem Becher, FitzRoger?«

»Der Scheiterhaufen, auf dem eine Gattenmörderin verbrannt wird?«

»Keine Sorge, ich bin sicher schlau genug, dass ich das verhindern könnte.«

»Das glaube ich auch. Die Wahrheit ist, dass ich Eurer Bösartigkeit ebenso ausgeliefert sein werde wie Ihr der meinen.«

Imogen schauderte. »Ist das eine Drohung?«

»Eine Tatsache. Ich werde an Eurer Seite schlafen, Imogen. Wenn Ihr mich ermorden wollt, werde ich dagegen nicht viel tun können.« Er nahm seinen Dolch aus der Scheide und warf ihn vor ihr auf das Bett. »Für den Fall, dass Ihr keinen habt, der scharf genug ist. Unerfahrene stechen in die Brust, aber das ist sehr riskant, sie ist gut geschützt. Wenn Ihr mich töten wollt, Ginger, dann schlitzt mir den Bauch auf oder stecht mir in die Kehle. Aber leistet gleich beim ersten Mal ganze Arbeit. Einen zweiten Versuch werdet Ihr nicht bekommen.«

Damit war er verschwunden.

Imogen ergriff das lange Messer mit zitternden Fingern und prüfte vorsichtig die Klinge. Trotz aller Achtsamkeit schnitt sie sich in den Daumen. Es war unglaublich scharf – ein Jagdmesser, nicht für den Gebrauch bei Tisch gedacht. Sie stellte sich vor, wie es Haut und Fleisch durchschnitt …

Nachdenklich leckte sie sich das Blut vom Daumen. Was sollte sie tun? Welche Möglichkeiten hatte sie, realistisch besehen? Keine außer dem Kloster; doch der Ehrlichkeit halber musste sie sich sagen, dass das nichts für sie war.

Sie wünschte, dies möge nicht ihr Hochzeitstag sein. Sie wünschte, ihr Vater wäre noch am Leben und würde sich um sie kümmern. Sie wünschte, FitzRoger würde wenigstens Freundlichkeit vortäuschen.

Aber danach sah es nicht aus. Nun, wenigstens spielte er nicht den Tugendhaften, der er nicht war. Bislang war er auf seine sehr spezielle Art ehrlich gewesen, und sie hatte aus triftigen, nachvollziehbaren Gründen entschieden, ihn zu heiraten. An diesen Gründen hatte sich nichts geändert.

Und sein erstes Geschenk an sie war ein Dolch, mit dem sie ihn töten konnte. Imogen legte die Waffe ordentlich auf das Kästchen neben ihrem Bett. Wenn er ihr zu übel mitspielte, würde sie ja vielleicht einmal den Mut finden, sie zu benutzen.

Den restlichen Tag verbrachte Imogen damit, das Kleid auszubessern, das sie für ihre Hochzeit ausgewählt hatte, und zu versuchen, nicht weiter zu grübeln. Allerdings konnte sie nicht umhin zu bedauern, dass sie so ärmlich heiraten musste – in einem geflickten Kleid und ganz ohne Schmuck.

Es war lächerlich, aber dennoch trieb ihr dieser Umstand Tränen in die Augen. Sollte sie schwach werden, fragte sie sich, und FitzRoger mitteilen, wo sie ihre Schätze verborgen hatte?

Just in diesem Augenblick hastete Martha mit einem geschnitzten Kästchen herein. Ihre Augen funkelten vor Aufregung. »Für Euch, Lady!«, rief sie und stellte es auf das Bett. »Vom Herrn!«

Imogen betrachtete die Schatulle argwöhnisch. Alles, was von FitzRoger kam, erregte erst einmal ihr Misstrauen; sie fühlte sich an jene Geschichte aus alter Zeit erinnert, in der die Stadt Troja mithilfe eines Geschenks erobert worden war.

Nun, dieses Präsent konnte zumindest keine Armee in sich bergen. Es war ein gewölbtes, etwa vier Handbreit langes Kästchen mit feinen Schnitzereien und Silberbeschlägen. Ein Schloss war daran, doch der Schlüssel steckte. Als sie es öffnete, fiel ihr Blick auf eine Anzahl Lederbeutel. Der erste enthielt einen goldenen Gürtel, der nächste einen Armreif, ein weiterer Ringe. Bald war eine glänzende Decke aus Ohrringen, Haarreifen und Halsketten, Broschen und sogar alten Fibeln aus verschiedensten edlen Materialien und in mannigfachen Formen auf dem Bett ausgebreitet.

Martha war hingerissen, doch Imogen betrachtete die Stücke gedankenvoll. Die Kollektion bestand ausschließlich aus delikatem Damenschmuck, schien aber wahllos zusammengestellt. Da FitzRoger keine Zeit gehabt haben konnte, all das zu kaufen, musste es sich um Beutestücke handeln. Offenbar hatte er alles an sich genommen, was schön und wertvoll war.

Die Beute eines Söldners.

Dennoch bewegte sie die verschwenderische Freigebigkeit, die sich in diesem Geschenk ausdrückte, und auch, dass FitzRoger an dieses Problem überhaupt gedacht hatte. Vielleicht hatte das Kästchen am Ende doch eine Armee enthalten, eine, die ihr Herz erobern sollte ...

Imogen lachte über diesen Gedanken. Wahrscheinlich würden solche Reichtümer die Herzen der meisten Frauen höherschlagen lassen, doch wenn er ihre Schätze zu Gesicht bekam, würde er erkennen, dass diese Stücke im Vergleich dazu billiger Tand waren.

Aber sie war berührt und konnte ihrer Hochzeit nun mit einem leichteren Herzen entgegensehen.

Zum ersten Mal seit mehr als einem Tag stand sie auf. Ihre Füße schmerzten nicht übermäßig, und sie entdeckte, dass FitzRoger schon wieder recht gehabt hatte: Die Welt sah in der Tat besser aus, wenn man auf eigenen Beinen stand.

Martha half ihr, in ihr cremefarbenes Seidenkleid zu schlüpfen und die ausgebesserte Tunika aus roter Seide überzuziehen. Imogen legte einen goldenen, filigran gearbeiteten Gürtel sowie eine Halskette in Gold und Granatrot aus FitzRogers Schmuckschatulle an. Dazu zwei schmale, antike Goldreifen an die Handgelenke – das war genug. Sie wollte nicht übertreiben und erinnerte sich daran, dass es nicht klug war, vor Herrschern mit seinem Reichtum zu protzen.

Den Rest des Schmucks legte sie in das Kästchen zurück, verschloss es und steckte den Schlüssel unter den Gürtel. Einen anderen sicheren Ort zur Verwahrung hatte sie nicht.

Martha bürstete ihr das lange Haar. »Oh, es ist so schön«, schwärmte die Magd dabei. »Und so lang, ein wahres Wunder. Aber ich kann nicht sagen, welche Farbe es hat, Lady – Gold? Kupfer?«

»Lord FitzRoger sagt, es ist rötlich.«

»Niemals hat er das gesagt!« Martha kicherte. »Ich garantiere Euch, heute Abend sagt er etwas anderes, Lady.«

Imogen versteifte sich. »Wie meinst du denn das?«

»Die Männer sagen diese Sachen, wenn sie freien, Lady. Sie necken einen gern. Aber wenn sie richtig erregt sind, dann sagen sie die Wahrheit.«

Imogen drehte sich zu ihr um. »Richtig erregt? Meinst du, voller Lust?«

»Wenn Ihr es so sagen wollt, Lady. Dreht Euch wieder um, damit ich weitermachen kann.«

Imogen kam ihrer Bitte nach. Martha war eine verheiratete Frau; vielleicht konnte sie ihr einen Rat geben. »Äh ... ist es schwer, im Ehebett ... äh ... gut zu sein, Martha?«

»Gut, Lady?«

Imogen befeuchtete sich die Lippen. Sie merkte, dass sie nicht über die Dinge reden konnte, von denen Father Wulfgan gesprochen hatte. »Es richtig zu machen. Du weißt schon ... nicht zu sündigen.«

Imogen spürte, wie ihr die Frau kurz über den Kopf streichelte. »Macht Euch darüber keine Gedanken, Lämmchen. Er wird von Euch nicht erwarten, klug zu sein. Es wird schon gehen.«

Klug? Imogens Herz pochte heftig. Was hatte Klugheit damit zu tun? Sie gab es auf, Fragen zu stellen, die alles nur noch schlimmer zu machen schienen. Sie wusste, dass sie verwöhnt und behütet worden war, und Father Wulfgan hatte ihr nur gesagt, was sie *nicht* tun sollte. Was aber, wenn es Dinge gab, die sie wissen sollte und von denen sie keine Ahnung hatte?

Sie wollte FitzRoger nicht noch einmal einen Grund geben, sie als törichtes Kind zu bezeichnen.

Als es Zeit war hinunterzugehen, lagen Imogens Nerven blank, und sie fühlte sich unsicher auf den Füßen. Sie probierte ihre weichsten Schuhe an, hatte darin jedoch sofort Schmerzen. Also konnte sie nur barfuß nach unten gehen, und das verdüsterte ihre Stimmung noch mehr; es war, als sei sie nur halb bekleidet.

Aber es half nichts. Sie sagte sich, dass sie Imogen von Carrisford war, die große Erbin des Westens, und machte sich auf zu ihrer Vermählung.

Allein, weil sie keine Dienerin hatte, die der Aufgabe angemessen gewesen wäre, durchschritt Imogen die Räume und stieg dann die breite Treppe in den großen Saal hinunter. Sie fühlte sich benommen. Kam das von ihren wunden Füßen oder vom Fasten?

Vielleicht war es Furcht.

Mit Erstaunen bemerkte sie, dass der Saal festlich geschmückt war. Die Wände waren wieder mit Behängen versehen – nicht so schön wie die, die Warbrick zerstört hatte, aber besser als nichts. Die für das Hochzeitsmahl aufgestellten Tische waren mit schneeweißen Tüchern bedeckt, die Binsen auf dem Boden waren frisch und sauber, und man hatte sogar Rosmarin und Lavendel mit eingestreut, um einen angenehmen Duft zu erzeugen, wie sie zufrieden bemerkte.

Die große Hohe Tafel aus Eiche war noch nicht gedeckt; dort lagen die Trauungsdokumente bereit. Die darum versammelten adeligen Herrschaften tranken Wein aus schönen silbernen und goldenen Kelchen und Bechern. Und auf den kurz zuvor noch leeren Anrichten standen Teller und sogar einige kostbare Gläser.

All das musste aus Cleeve herangeschafft worden sein.

Die Männer wurden auf Imogen aufmerksam; sie wandten sich ihr zu und verstummten.

Die vielen aufmerksamen Blicke aus harten Söldneraugen hätten Imogen beinahe ins Stolpern gebracht. Für diese Männer war sie lediglich ein Werkzeug, das zu mehr Macht und Reichtum verhalf.

In diesem Augenblick war sie dankbar um FitzRogers Schmuck, denn er ließ sie wenigstens wie eine bedeutende Erbin aussehen. Sie bedauerte allerdings, dass sie sich nicht zu der Zeremonie hatte tragen lassen, denn das Schwindelgefühl wurde stärker; sie musste sich mit einer Hand an der Wand abstützen.

Sie riss sich mit Gewalt zusammen. Jetzt musste sie Stärke zeigen. Bei Gott, als Gemahlin von Bastard FitzRoger würde sie stark sein müssen.

Dann erblickte sie ihn.

In den wenigen Tagen, die sie sich kannten, hatte sie FitzRoger bereits halbnackt, in Rüstung, in blutbesudeltem Leder und in Seide gesehen, aber nie so prachtvoll gekleidet wie jetzt. Er besaß eindeutig eine ganze Menge mehr Beutestücke, die für Männer gemacht waren.

Das Grün und Gold seiner Kleidung wirkte elegant und streng. Ein Lichtstrahl ließ das dunkle Haar erglänzen, und mit seinem schweren Goldschmuck stellte er sogar seinen Gebieter in den Schatten. Er dominierte den Raum und überstrahlte selbst den König von England. So viel dazu, dass man vor Herrschern nicht mit seinem Reichtum protzen sollte ... Nur gut, dass er und Henry enge Freunde waren, sonst hätte ihn solch unbewusste Überheblichkeit vielleicht um Kopf und Kragen gebracht.

Und sie hatte ihn einen Niemand genannt. Er war ganz eindeutig alles andere als das.

Inzwischen hatte sie ihn schon ein wenig kennengelernt. Sie wusste, dass er sich im Moment Sorgen machte, dass sie es nicht schaffen könnte, die Treppe bis ganz nach unten zu laufen.

Diese Sorge munterte sie jedoch keineswegs auf. Sie war sicher, dass sie derselben kühlen Haltung entsprang, die er gegenüber der Kampfbereitschaft seiner Männer, gegenüber der Gesundheit seiner Tiere und der Schärfe seiner Waffen an den Tag legte. Alles, was Bastard FitzRoger besaß, musste seinen Zweck perfekt erfüllen. Er kam ihr auch nicht zu Hilfe.

Sie würde ihn seiner Stärke und Härte wegen heiraten und dankbar sein, dass sie vorab wusste, dass das, worauf sie sich einließ, Krieg war und nicht Liebe.

Aber in einen Krieg zog man nicht allein. Auf dem langen Weg die Treppe hinunter wünschte sich Imogen, jemanden an ihrer Seite zu haben, der ihr vertraut war. Ihr Vater und ihre Tante waren tot.

Und Janine hatte erst vor fünf Tagen in ebendiesem Saal ihr blutiges Ende ereilt.

Es war nicht klug, jetzt daran zu denken.

Die Erinnerung traf sie so hart, dass sie ins Wanken kam. Aber obwohl ihr Herz heftig schlug und sie blutrote Schatten vor den Augen sah, fasste sie sich sofort wieder. Sie würde nicht vor all diesen Leuten ohnmächtig werden.

Statt einer feinen Hochzeitsgesellschaft meinte sie jedoch plötzlich, Bestien in Panzern zu sehen, Blut, das von Schwertspitzen tropfte, und Janine …

Sie sah, wie die Frau auf dem Tisch festgehalten wurde. Hörte ihre kehligen Hilferufe, als ihr Vergewaltiger in sie eindrang und im Rhythmus dazu schnaubte …

Lieber Gott, es war derselbe Tisch!

Starr vor Entsetzen fand sie wieder in die Gegenwart zurück und fixierte die Eichenplatte, auf der die Heiratsdokumente bereitlagen. Entsprangen die Blutflecken, die sie dort sah, nur ihrer Einbildung?

Eine Hand ergriff die ihre; im Gegensatz zu ihrer eiskalten war sie brennend heiß. Sie blickte auf und sah in die freundlichen, dunklen Augen von FitzRogers Freund Renald de Lisle.

»Ihr hättet nicht zu Fuß gehen sollen, Lady Imogen«, tadelte er sie sanft. »Und jetzt müsst Ihr Euch hinsetzen.« Er führte sie zu dem großen Stuhl am Tisch. Sie schaute zum König, doch der winkte ihr nur ungezwungen zu.

»Nein, nein, Lady Imogen. Ich bestehe darauf. Ty hat uns von Eurem starrköpfigen Stolz erzählt. Ihr verhaltet Euch lobenswert, aber es wäre töricht, es zu weit zu treiben.«

Starrköpfiger Stolz? Sie blickte FitzRoger in die Augen. Sah er sie wirklich so? Wie seltsam. Sie fühlte sich schwach, unfähig, ihr Schicksal selbst in die Hand zu nehmen. Schließlich war diese Heirat eine Art Eingeständnis, dass sie ohne einen Mann an ihrer Seite einem Kaninchen glich, das man in ein Wolfsrudel geworfen hatte. Aber sie war froh zu sitzen; es verringerte die Gefahr, ohnmächtig zu werden.

Renald schenkte ihr Wein ein, aber ehe sie trinken konnte, nahm eine lange, braune Hand ihr den Kelch weg und reichte ihr einen Becher Wasser. »Wir sollen doch fasten«, erklärte FitzRoger. »Schon vergessen? Wenn nicht, wird sich all unser Tun zum Bösen wenden, und Ihr werdet statt Kindern Kaninchen in die Welt setzen.«

Imogen starrte ihn entsetzt an. »Was?«

Er lächelte kühl. »Das sagt jedenfalls Father Wulfgan. Der Priester, den Ihr so schätzt.«

Imogen schaute zu Wulfgan hinüber, der düster über sein Psalmenbuch gebeugt war und das, was hier geschah, eindeutig missbilligte. Klang FitzRoger deshalb so ärgerlich?

Sie nippte an dem Wasser, um sich die trockenen Lippen zu befeuchten.

Der König trat zu ihnen und beendete das Schweigen. »Da Euch Euer Vater meiner Obhut anvertraut hat, Lady Imogen, ist es eine Ehre für mich, Euch in der Angelegenheit Eurer Heirat beizustehen. Vielleicht möchtet Ihr, dass ich Euch all diese Dokumente erkläre.«

»Sie kennt sich gut damit aus, Sire«, warf FitzRoger ein. »Sie hat sie selbst verfasst.«

»Tatsächlich?« Der König betrachtete sie mit vermehrtem Respekt. »Du hast eine kluge Braut bekommen, Ty, und eine sehr schöne dazu. Aber weiß sie wirklich genau, was sie da niedergeschrieben hat?«

Sie redeten, als sei sie gar nicht anwesend. »Ja, sie weiß es!«, platzte Imogen heraus und blickte dann entsetzt auf den verblüfften König. »Verzeiht, Sire.«

Wieder winkte er einfach ab. »Schon gut. Ihr musstet Schweres durchmachen, Lady Imogen, das sei Euch zugute gehalten. Es ist unser Wunsch, Euch sicher unter dem Schutz des Lords von Cleeve zu sehen. Dann sagt mir nun, was in den Dokumenten steht, damit wir alle bezeugen können, dass Ihr diese Ehe mit Eurem vollen Einverständnis eingeht.«

Damit sie später keine Nichtigkeitserklärung mit der Begründung verlangen konnte, sie sei gezwungen oder getäuscht worden.

Imogen legte die gefalteten Hände auf den Tisch und sagte: »Ich erkläre mich einverstanden, Lord FitzRoger von Cleeve zu heiraten. Ich werde die Hoheit über Carrisford behalten, und sie wird an eines oder mehrere meiner Kinder übergehen, ausgenommen nur meinen ältesten Sohn; er wird Castle Cleeve und sämtlichen anderen Besitz erben, den mein ... mein Gemahl zeit seines Lebens erwerben wird.« Sie schaute auf, und ihr Blick traf den FitzRogers. Auf eine schmerzliche Art tat ihr das gut. Sie hatte es schon zuvor bemerkt: Sein kühler Blick gab ihr Kraft, während Mitgefühl sie hätte in Tränen ausbrechen lassen. Sie würde alles tun, nur wollte sie sich vor ihm nicht wehleidig zeigen.

»Mein Gemahl«, erklärte sie, als würde sie nur zu ihm sprechen, »wird Carrisford für mich verteidigen, und er wird dafür sorgen, dass Euch gegenüber die Leistungen erfüllt werden, die mit dem Ritterlehen verbunden sind, Sire.« Bedeutungsloser Besitz, mit anderen Worten.

»Ich bin mittels meiner Amtsträger verantwortlich für die zivile Verwaltung Carrisfords und der dazugehörigen Ländereien sowie für sämtliche dadurch entstehenden Kosten«, fuhr sie fort.

»Jedoch unter der Aufsicht Eures Gemahls«, setzte der König hinzu.

»Verzeihung, Sire?«

»Hier steht« – er schob ein Dokument vor und zeigte mit seinem edelsteingeschmückten Finger auf eine Stelle –, »Ihr seid verantwortlich, et cetera, ›unter der Aufsicht von Lord FitzRoger, meinem Gemahl‹. Hier muss ›Tyron FitzRoger‹ stehen. Wo ist mein Schreiber?«

Ein Mönch trat vor und ersetzte das Wort *Lord* durch *Tyron*. Nun kannte sie also seinen vollen Namen.

»Seid Ihr damit einverstanden, Lady Imogen?«, fragte der König. »Es wäre kaum akzeptabel, dass ein Mädchen von sechzehn Jahren ihr eigenes Land regiert, also müssen wir sichergehen, dass Ihr all dies versteht. Dieses Dokument begrenzt Eure Autorität drastisch.«

Wieder blickte Imogen zu Bastard FitzRoger auf. »Ich weiß.«

»Und Ihr akzeptiert es?«, fragte der König nach.

»Und ich akzeptiere es.«

»Gibt es einen Witwenbesitz, eine Vermögensleistung des Bräutigams an die Braut?«, fragte einer der anderen Männer. »Anderenfalls wäre das nicht ordnungsgemäß.«

FitzRoger beantwortete diese Frage. »Da die Lady ohnehin begüterter in diese Ehe eintritt als ich«, erklärte er trocken, »erscheint das überflüssig. Der Witwenbesitz besteht aus der Übertragung der Eigentumsrechte auf ihre Ländereien, da ich diese soeben für sie zurückgewonnen habe.«

Das war schlicht gesagt, aber korrekt. »Ich akzeptiere das«, erklärte Imogen mit ausdrucksloser Stimme.

»Gut«, meinte der König vergnügt. »Dann sehe ich keinen Hinderungsgrund. Es bleibt uns allen also nur noch, diese Verbindung zu bezeugen.«

Imogen nahm die angebotene Schreibfeder entgegen, unterzeichnete und fügte das Kreuz hinzu, das ihre Unterschrift zu einem heiligen Eid machte. Sie beobachtete, wie Fitz-

Roger seinen Namen nebst Kreuz unter den ihren setzte, und dann folgten auch die Zeugen ihrem Beispiel mit Zeichen, Siegeln oder Lettern. Nun hatte sie sich festgelegt, denn eine solchermaßen beurkundete Übereinkunft war bindend, und sie war sie vor Zeugen freiwillig eingegangen. Irgendwie empfand sie es als Erleichterung, nun keine Wahl mehr zu haben; sie fühlte sich leicht benommen und von dem Treiben und den fröhlichen Stimmen um sie herum losgelöst.

FitzRoger ergriff Imogens Hand und riss sie damit aus ihren Gedanken. »Jetzt müsst Ihr vor Henry für Carrisford die Lehnstreue schwören.«

Henry setzte sich, Imogen kniete vor ihm nieder und legte ihre Hände in die seinen – die Vasallin bekundete dem Lehnsherrn ihre Unterwürfigkeit. Es war ein feierlicher Augenblick, den sie als erfreulich empfand, denn sie hatte sich diese Ehre durch einen Mut erstritten, der dem eines Ritters auf dem Kampfplatz in nichts nachstand.

Nachdem auch dies erledigt war, war es an der Zeit, den Treueschwur zu leisten und ihre Trauung zu vollziehen.

FitzRoger musterte sie erneut mit nüchterner Rücksichtnahme. »Es wäre nicht klug, mit Euren offenen Füßen über den Burghof zu laufen. Dort steht ein Tragstuhl für Euch.«

Verwirrt folgte Imogen mit dem Blick seinem ausgestreckten Finger. Ein einfacher Stuhl mit zwei langen Stangen daran war bereitgestellt worden, samt zweier kräftiger Männer, um sie zu tragen. Das plötzliche Gefühl der Erleichterung ließ sie erkennen, wie sehr sie sich davor gefürchtet hatte, in den Schlamm und Dung zu treten.

»Das ist sehr freundlich«, sagte sie. Trotz allem, was er bereits für sie getan hatte, fühlte sie sich jetzt zum ersten Mal wirklich dankbar.

»Es war Renalds Einfall«, erklärte er.

Sie hätte wissen müssen, dass FitzRoger keine Zeit auf ihr Problem vergeudet hätte, wenn jemand – wahrscheinlich er selbst – sie doch auf den Armen hätte tragen können. Sie hatte es satt.

Imogen lächelte Renald zu, nahm auf dem Stuhl Platz, und dann machte sich die seltsame Prozession auf in Richtung der Kapelle.

Father Wulfgan schritt mit einem Kruzifix voran und schaute drein, als würde er jeden anderen Ort der Welt diesem hier vorziehen.

Imogen konnte das gut nachfühlen.

Ihre Träger schafften es, sie die Stufen vor dem großen Saal in den Burghof hinunterzutragen, ohne sie von dem Stuhl kippen zu lassen. Hier waren die Bewohner von Carrisford versammelt, um die Hochzeit ihrer Herrin und ihres Befreiers mitzuerleben.

Jubelgeschrei ertönte, als die Prozession erschien. Imogen hörte ihren Namen, den des Königs und FitzRogers, aber sie bemerkte auch, dass nur wenige in der Menge zu Carrisford gehörten. Sicher waren viele ihrer Leute mit den Festvorbereitungen beschäftigt, aber eine große Zahl war einfach noch nicht in die Burg zurückgekommen. Der überwiegende Teil der Menschen um sie herum gehörte FitzRogers kleiner Armee oder der Eskorte des Königs an.

Dies machte ihr klar, wie illusorisch ihre Vorstellung einer Wahlmöglichkeit gewesen war.

Wulfgan verschwand in der Kapelle, und die Träger setzten Imogen vor dem Kirchenportal ab; dort war ein Tuch ausgebreitet worden, auf dem sie stehen konnte. Wieder eine Aufmerksamkeit von Sir Renald? Mit einem Seufzer bemerkte sie, dass es eine feine Stickarbeit war, die Darstellung einer Jagd, die einst im Gemach ihres Vaters an der Wand gehangen hatte. Das Bild deckte den Boden zur Genüge ab, wenngleich es ziemlich zerfetzt war. Wie lange würde es dauern, ihr böse zugerichtetes Zuhause wieder so schön zu gestalten, wie es einmal gewesen war?

Der König trat an ihre Seite, FitzRoger neben ihn.

Wulfgan kam aus der Kapelle zurück. Er hatte lediglich eine Stola über seine schwarze, mit Flicken versehene Robe gelegt; sein Aussehen war eher einer Beerdigung angemessen als einer Hochzeit, vor allem, wenn man seine Miene mit einbezog. Er begann, die Trauungsdokumente zu verlesen; dabei klang seine tiefe, sonore Stimme, als handle es sich um eine Liste von Verbrechen, die der Bestrafung harrten.

»Tyron FitzRoger von Cleeve«, intonierte er schließlich. »Seid Ihr mit diesen Verfügungen einverstanden, und bezeugt Ihr, dass dies wahrhaftig Euer Zeichen und Eure Unterschrift sind?«

»Ich bezeuge es.«

»Imogen von Carrisford. Seid Ihr mit diesen Verfügungen einverstanden, und bezeugt Ihr, dass dies wahrhaftig Euer Zeichen und Eure Unterschrift sind?« Es klang wie die grässlichste Anschuldigung.

Imogen schluckte. »Ich bezeuge es«, flüsterte sie.

»Und sind alle hier Anwesenden bereit zu bezeugen, dass diese Vereinbarung aus freien Stücken getroffen wurde?«

Ein polterndes, vielstimmiges »Ja« erklang.

»So sei es denn«, erklärte Father Wulfgan und fügte mit einer Abscheu, die sicher nicht Teil der vorgeschriebenen Zeremonie war, hinzu: »... wenn es denn sein muss.«

Imogen bemerkte, dass der König angesichts dieses Verhaltens gegen das Lachen ankämpfte, und biss sich auf die Lippe. Father Wulfgan komisch zu finden war etwas Neues für sie; es kam ihr vor wie eine Sünde. Sie schaute zu ihrem künftigen Gemahl hinüber; er bedachte den Priester mit jenem kühl abschätzenden Blick, der nichts Gutes verhieß. Jeglicher Drang zu lachen verging ihr. Der König ergriff Imogens kalte rechte Hand, drückte sie aufmunternd und legte sie in FitzRogers rechte, die warm und fest war. Dann legte sie ihr linke Hand so darauf, dass ein Kreuz entstand. Dieses wurde vervollständigt, als FitzRoger mit seiner linken einen schlichten Goldring auf ihren Finger schob.

»Mit diesem Ring nehme ich dich zur Frau, mit diesem Gold ehre ich dich, und diese Gabe vermache ich dir.«

Und vielen Dank, dass ich meine Burg wiederhabe, Lord FitzRoger. Imogen hätte den nächsten Teil liebend gern umgangen, doch sie kniete steif nieder und küsste seine Hand. »Ich unterstelle mich Eurer Autorität, Mylord Gemahl.«

Erst jetzt bemerkte sie, wie schwer es ihr fiel, sich wieder zu erheben, ohne ihre Füße dabei schmerzhaft zu belasten. Sie blickte bittend zu ihm hoch.

Er legte die Hände um ihre Taille und half ihr gewandt auf. Sie wusste um seine Stärke, und dennoch war sie ein weiteres Mal überrascht, da er eben keineswegs besonders stämmig gebaut war. Er ließ sie nicht los, sondern drückte sie an sich. Imogen spürte die Bewegung ihrer beiden Körper beim Atmen und hörte das leise Geräusch, mit dem seine Goldborte an ihrem Seidenstoff rieb. Sie blickte auf und fragte sich, was er vorhatte.

Er senkte den Kopf zum formellen Brautkuss – einem Ritual, bei dem sich ihre Münder jedoch kaum berührten.

»Glaubt Ihr, diese alte Krähe gibt uns den Segen?«, flüsterte er an ihren Lippen, und seine Augen funkelten vor zynischer Belustigung.

Es sah Bastard FitzRoger ähnlich, dass er sich über einen Mann Gottes lustig machte. »So spricht man nicht über einen gottgefälligen Priester!«

»Es ist absolut die angemessene Art und Weise, über dieses Exemplar hier zu sprechen«, erwiderte er und trat dann einen Schritt zur Seite.

Wie sich zeigte, hatte Father Wulfgan durchaus vor, das Paar zu segnen, denn er stand bereits mit erhobenen Händen da. Allerdings sah er aus, als hätte er Galle geschluckt.

»Es ist besser zu heiraten, als verdammt zu sein«, hob er an. »Die Ehe ist jenen bestimmt, welche die wahre Vereinigung mit Christus durch die selig machende Keuschheit nicht finden können. Sie hat jedoch auch Vorzüge insofern, als durch eure unreine Verbindung jene erschaffen werden, die Gott in Reinheit dienen können. Betet dafür.«

Imogen hörte unterdrücktes Lachen von den in der Nähe stehenden Männern und blickte aufgeschreckt um sich. Der König war rot im Gesicht, sie wusste jedoch nicht, ob es daher rührte, dass er das Lachen unterdrückte, oder ob er verärgert war. FitzRoger wagte sie nicht anzusehen.

»Ihr seid nicht notwendig den Flammen der Hölle ausgeliefert«, räumte der Priester ein. »Denn ihr könnt euer Leben durchaus in einer gottgefälligen Weise führen. Die vornehmste ist, euch hiermit zu heiliger Keuschheit innerhalb der Ehe zu verpflichten. Dies ist womöglich vornehmer als ein Leben im Kloster, denn ihr müsst dem Drängen des Teufels Tag für Tag aufs Neue trotzen.«

Er unterbrach sich in hoffnungsvoller Erwartung und seufzte schließlich. »Nun, nur wenige halten dieser großen Prüfung stand. Dann nehmt euch zumindest vor, die körperliche Lust lediglich zur Fortpflanzung zu nutzen. Beherrscht euch, damit nicht sie euch beherrsche. Seid an Freitagen, Sonntagen und allen Vorabenden heiliger Festtage abstinent, ebenso während der Fasten- und Adventszeit. Meidet einander, wann immer es möglich ist, aus Furcht vor dem Drängen des Teufels, und kommt nicht mehr zusammen, sobald ein Kind im Werden begriffen ist. Vor allem aber meidet Freude an eurer Fleischlichkeit, denn sie führt gewiss zur Geburt von Ungeheuern.«

Er blickte den beiden ein letztes Mal in die Augen, nunmehr eher besorgt als verärgert, machte das Kreuzzeichen und sang: »Gott Abrahams, Isaaks und Jakobs, segne diese jungen Leute und säe in ihren Herzen die Saat des ewigen Lebens!«

Damit schritt er steif in seine Kapelle zurück und schlug die Tür hinter sich zu.

»Beim Heiligen Kreuz«, sagte der König und atmete auf. »Wenn sich der Erzbischof von Canterbury bei meiner Trauung so aufgeführt hätte, würde ich um die Zukunft meines Landes fürchten. Unter solchen Umständen hätte ich es niemals fertiggebracht, Matilda zu schwängern.«

»Edward verehren sie wegen seiner frommen Buße«, meinte FitzRoger trocken. »Du hast deine Chance, ein Heiliger zu werden, verpasst, Hal.«

»Tja, diese Chance geht jede Nacht an mir vorüber, die ich mit meiner holden Maid verbringe.« Der König gab Imogen einen herzhaften Kuss, der sie schwindlig machte, und FitzRoger einen Fausthieb auf den Arm, der diesen fast aus dem Gleichgewicht brachte. »So macht man das, mein Freund. Der Brautkuss, den du ihr gegeben hast, lässt mich fast befürchten, dass dieser sauertöpfische Priester dir das Hirn weich geklopft hat, oder zumindest die Körperteile, die du heute Nacht am dringendsten brauchst! Oder willst du dich am Ende doch noch für die selig machende Keuschheit entscheiden?«

»Absolut nicht«, erwiderte FitzRoger und rieb sich den Arm. »Aber meine fleischlichen Gelüste können noch warten, mein leerer Magen hingegen nicht mehr.« Er hob Imogen auf die Arme und setzte sie auf den Tragstuhl. »Auf zum Fest!«, verkündete er.

Vor der Rückkehr in den Wohnturm umrundete die Prozession einmal den Burghof. Die Leute jubelten, schwenkten Hüte, winkten mit Tüchern und warfen Getreide, um Fruchtbarkeit für das Paar zu erbitten. Überall liefen Kinder und Hunde herum, Flöten und Trommeln spielten auf.

Eine Frau trat vor Imogen und setzte ihr einen Kranz aus Schöllkraut und Vergissmeinnicht auf. »Der Herr segne Euch und Euren Lord an diesem glücklichen Tag, Lady!«

Imogen begann vor Freude das Herz im Leibe zu hüpfen, und ihre Zweifel zerstreuten sich. Welche Schwierigkeiten auch immer kommen mochten, sie hatte ihre Pflicht und Schuldigkeit ihren Untertanen gegenüber getan, und sie waren glücklich. Der Tod ihres Vaters hatte diese Menschen ebenso schutzlos gemacht wie sie selbst. Tod und Leiden waren die Folge gewesen. Doch nun hatten sie durch ihre Heirat einen neuen und starken Lord, der in der Lage war, sie zu beschützen.

Die Menschen hatten FitzRoger in Carrisford während der vergangenen drei Tage arbeiten gesehen – zuerst hatte er gekämpft und dann Ordnung geschaffen, und sie waren zufrieden mit Imogens Wahl.

Sie lächelte den neuen Lord sogar zaghaft an, und dieser erwiderte ihre Geste mit seiner gewohnt kühlen Art.

Am Fuß der Treppe zum großen Saal hatten sich FitzRogers Männer versammelt. Nun zogen sie ihre Schwerter und salutierten dem Brautpaar. FitzRoger nahm einen Beutel von seinem Gürtel und reichte Imogen eine Handvoll silberner Münzen.

»Hier ist Freigiebigkeit angebracht«, sagte er. »Auch wenn Ihr Euer eigenes Geld nicht verwenden wollt.«

Ein Stück ihres Glücks schwand. Wieder ging es um Geld und Reichtum. Wahrscheinlich dachte er, seine Heirat würde ihm Zugang zu den Geldkassetten verschaffen, doch sie waren nur für Carrisford bestimmt, nicht für Cleeve. Ihr Blick fiel auf die Armreifen an ihren Handgelenken. Sobald sie wieder an ihren eigenen Schmuck herankam, würde sie sie zurückgeben.

Sie hätte allerdings für die Hochzeit Vorkehrungen treffen sollen.

Imogen und FitzRoger warfen die Münzen in die Menge. Die Jubelrufe und guten Wünsche wurden noch lauter.

»Viele Kinder, gesunde und kräftige!«, rief eine Frau und winkte mit einem glänzenden Geldstück.

»Gott segne Euch beide!«, wünschte eine andere.

»Einen Sohn in neun Monaten!«

»Jawohl!«, schrie ein Mann. »Besorgt es ihr gut heute Nacht, Herr! Pumpt sie bis obenhin voll!«

Weitere schlüpfrige Bemerkungen folgten.

Die derben, rauen Zurufe nahmen weiter zu, sie beschworen auf eine muntere Weise Lust und Gewalt herauf. Imogen bekam allmählich das Gefühl zu ersticken. Die heiteren Gesichter wurden ihr zu schreienden Fratzen, die Menschen zu angriffsbereiten Schurken und schließlich zu Warbricks Männern, die über die Vergewaltigung ihres Lords lachten und warteten, bis sie an der Reihe waren …

Erst, als FitzRoger ihre Hände fast gewaltsam von dem Tragstuhl löste, wurde ihr bewusst, dass sie sich verkrampft daran festgeklammert hatte. »Lasst los«, befahl er in ruhigem Ton. »Ich bestehe darauf, Euch diese Stufen hinaufzutragen, Gemahlin, halsstarriger Stolz hin oder her.«

Sie war sich nur ihrer blinden Panik bewusst, ihres brennenden Wunsches, ihm und dem Ehebett zu entkommen. »Ich kann nicht …«

Schon hob er sie auf seine Arme. »Und ob Ihr könnt«, sagte er nur. Als sie sich wehren wollte, fügte er kurz und knapp hinzu: »Du lehnst dich jetzt nicht gegen mich auf, Imogen, oder ich lasse dich einfach auf deinen süßen Hintern fallen.«

Sie ergab sich in ihr Schicksal. Schließlich war es nicht seine Schuld, dass Gott den Frauen solch schreckliche Pflichten auferlegt hatte, wenngleich sie nicht verstehen konnte, weshalb alle so fröhlich darüber herzogen. Ihr schien, dass die feierliche Stimmung eines Begräbnisses dieser Sache angemessener wäre als Jubelgeschrei.

Wie gern hätte sie in diesem Augenblick das Mitgefühl irgendeines Menschen gespürt.

Sie lehnte verdrossen den Kopf an den weichen Samt seiner Tunika, doch ein Stückchen Goldborte kratzte sie, und sie zuckte zurück. »Das ist typisch!«, fauchte sie.

»Was denn?«

»Ihr tut mir immer nur weh.«

Er blickte stirnrunzelnd auf sie nieder und leckte rasch ein Blutströpfchen von ihrer Wange. »Habe ich Euch jetzt schon bluten lassen? Und heute Nacht werde ich es wieder tun. Ganz bestimmt habt Ihr recht mit all Euren Zweifeln.«

Seine herzlose Bestätigung ihrer Befürchtungen ließ sie schaudern.

»Hör auf zu zittern, Imogen«, sagte er mit mehr als nur einer Spur Ungeduld. »Es ist das Schicksal einer Frau, in der Hochzeitsnacht zu bluten. Andere haben das überlebt, und auch du wirst es überleben. Wenn du einfach aufhörst, dich mit mir zu kabbeln, wirst du diese Hochzeit ganz annehmbar finden.«

Sie funkelte ihn wütend an. »Ich bin kein Kind, FitzRoger. Also hört auf, mich wie eines zu behandeln!«

»Ich werde dich immer so behandeln, wie du es verdienst«, gab er zurück, und das ließ sie verstummen. Sie hatte große Angst davor, sich wie ein Kind zu benehmen, aber sie war so voller Furcht. Furcht vor allem, am meisten aber vor dem Ehebett. Als sie den kühlen Saal betraten, schauderte sie erneut.

Er setzte sie auf einen Stuhl an der Hohen Tafel. »Du zitterst wie Espenlaub«, bemerkte er mit echter Besorgnis. »Ich hatte dich eigentlich für mutiger gehalten.«

Imogen blickte auf den Tisch, der jetzt mit feinen Tüchern bedeckt war. »Ich habe schreckliche Erinnerungen, Mylord. Überrascht Euch das? Aber mit der Zeit werden sie sicher vorübergehen.« Ein besonders bitteres Schicksal war es jedoch, dass sie ihr Brautmahl an ebenjenem Tisch einnehmen musste, auf dem ihre Zofe so brutal vergewaltigt worden war.

Sie glaubte, seine Hand an ihrer Schulter zu spüren, aber vielleicht hatte sie sich auch getäuscht. Als sie aufblickte, nahm er gerade auf dem Stuhl zu ihrer Linken Platz, während sich der König rechts von ihr setzte.

Imogen blickte in die Runde und musste zugeben, dass das Fest offenbar gut vorbereitet worden war. Auf den Tischen lagen große Mengen Brot, und eine reiche Auswahl an Gerichten stand bereit. Alles war fast so schön wie vor Warbricks Verwüstungen, doch es bekümmerte sie, dass diese Pracht eine fremde war, es war nicht wirklich die ihres Zuhauses.

Ihr Zuhause, ihre Vergangenheit – all das war verschwunden.

Einige Spuren des Altvertrauten waren jedoch geblieben. Der grauhaarige Siward trat vor, um sich vor dem König und vor ihr zu verneigen. Imogen reichte ihm lächelnd die Hand. »Du siehst gesund aus, Siward. Wie froh ich bin, dich wiederzusehen.«

»Gesund genug, Mylady«, erwiderte er mit einem Grinsen. »Und Euch in Eurer Burg zu sehen, mit einem starken Mann an Eurer Seite, das macht mich wirklich froh!«

»Vielen Dank, mein Getreuer«, sagte der König augenzwinkernd.

Der Seneschall wurde vor Verwirrung rot und zog sich rasch zurück.

Imogen blickte auf FitzRoger, den starken Mann an ihrer Seite. Die Menschen schienen zu glauben, dass dies ein Freudentag für sie war, dass sie glücklich sein sollte. Am liebsten wäre sie aufgestanden und hätte sie angeschrien, dass sie sich für sie *opferte,* dass sie ein Opfer brachte, das so schlimm war wie der Gang nach Cleeve, nur dass dieses hier ein Leben lang dauerte.

Ach, hör auf damit, sagte sie sich. Es hat keinen Sinn, jetzt noch zu zweifeln und zu hadern. Du hast dir dein Bett gemacht, Imogen, also musst du jetzt auch darin schlafen.

Jeglicher Gedanke an ein Bett verursachte ihr Unwohlsein. Sie ergriff das rubinrote Glas, das an ihrem Platz stand, und leerte es in einem Zug.

»Den Liebespokal sollten wir eigentlich miteinander teilen«, bemerkte FitzRoger trocken und ließ den schönen Kelch erneut füllen. Dann setzte er ihn genau an der Stelle an, an der ihre Lippen ihn berührt hatten, und leerte ihn ebenfalls in einem Zug. »Wenn wir schon nicht teilen können«, bemerkte er dazu leicht sarkastisch, »dann können wir zumindest einander ebenbürtig sein.«

»Das sind wir ja wohl kaum.«

»Nicht? Dann unterhaltet den König, Gemahlin, während ich mich mit dem griesgrämigen Sir William begnüge. Das beweist unsere Ungleichheit.«

Imogen war erstaunt. Dachte er, dass sie seinen Rang niedriger einschätzte als den ihren?

Sie hatte ihn einen Niemand genannt; hatte das eine bleibende Verletzung verursacht?

Sie hoffte es, obwohl es eine stumpfe Waffe war. Bezogen auf den Besitz, der in diese Ehe eingebracht wurde, traf es zu, aber was zählte, war Macht, nicht Reichtum, und die Macht lag ganz in seiner Hand.

»Das erinnert mich an etwas«, sagte sie und holte den Schlüssel heraus. »Den behaltet Ihr am besten selbst, Mylord. Ich habe nichts, wo ich ihn sicher verwahren kann.«

Er nahm den Schlüssel an sich und drehte ihn zwischen den Fingern. »Habe ich keinen Dank für meine armseligen Gaben zu erwarten?«

Imogen spürte, wie sie errötete. »Aber ... natürlich«, stammelte sie. »Es war gut von Euch, daran zu denken.«

»Aber sie können sich nicht wirklich mit dem messen, was auf Carrisford üblich ist? Ihr müsst Nachsicht üben. Ich hatte nicht so bald mit einer Vermählung gerechnet. Ich werde Wertvolleres in Auftrag geben.«

»Das ist nicht nötig«, erwiderte Imogen. »Ich habe eine Menge ...«

»Wenn Ihr Euch schließlich entscheidet, Eure Schatzkammern zu öffnen«, beendete er den Satz. »Aber Ihr müsst mir zumindest erlauben, Euch eine Morgengabe zu schenken ...« – sein Blick begegnete dem ihren – »... morgen früh.«

Imogen schluckte. Die Morgengabe war ein Symbol seines Witwengeschenks an sie, doch sie sollte auch bezeugen, dass er mit seiner Gemahlin in jeder Hinsicht zufrieden war. Sie wollte ja gern duldsam sein, aber sie war sich sehr unsicher, ob ihn das allein zufriedenstellen würde.

Erleichtert darüber, dass dieser Wortwechsel beendet war, wandte sie sich dem König zu.

Henry hatte Musikanten seines Hofes mitgebracht und klopfte im Takt der Musik mit den Fingern auf den Tisch. Er schien mit dem Verlauf der Dinge sehr zufrieden zu sein. Imogen schob einige bittere Kommentare beiseite, die ihr hinsichtlich seiner Sorge bezüglich ihrer Person auf der Zunge lagen, und erinnerte sich daran, dass sie die Lady von Carrisford war und zu ihren Gästen höflich zu sein hatte.

Während sie die Finger in der dafür bereitgehaltenen Schüssel wusch, sagte sie: »Ich schulde Euch Dank dafür, Sire, dass Ihr mir zu Hilfe gekommen seid.«

Auch der König reinigte sich die Hände in dem parfümierten Wasser und ließ sie sich dann von seinem Kammerdiener abtrocknen. »Ich kam, sobald ich von Eurer Not erfuhr, Lady Imogen. Aber es wäre zu spät gewesen, fürchte ich, wenn Ihr Euch nicht schon selbst gerettet und tatkräftige Unterstützung herbeigeholt hättet.«

Die ersten Speisen wurden gereicht; der König gab ein Stück Geflügel auf ihr Vorlegebrett. Imogen warf einen Blick darauf. Obwohl sie den ganzen Tag gefastet hatte, war sie nicht sicher, ob sie festes Essen zu sich nehmen konnte.

»Ihr habt eine hohe Meinung von Lord FitzRoger, Sire.«

»Er ist ein vertrauenswürdiger Freund«, erwiderte Henry genüsslich kauend, »und davon habe ich wenig genug. Er wird Euch Sicherheit gewährleisten. Das hier schmeckt wunderbar.«

Ob ich es will oder nicht. »Er handelt wohl stets sehr effizient«, räumte Imogen ein, womit sie sowohl das Fest als auch alles andere meinte.

Henry lachte. »Das tut er, genau! Effizient. Er tötet sogar äußerst effizient.«

Imogen verging der Appetit vollends. Sie hatte FitzRoger gesehen, wie er getötet hatte, und wusste, was der König meinte. Er kümmerte sich nicht um korrektes ritterliches Verhalten oder Erbarmen, sondern tötete rasch und ohne zu zaudern.

Sie schauderte. Zweifellos würde er ihr die Kehle ebenso mitleidlos durchschneiden, wie er diesen Mann im Burghof ins Jenseits befördert hatte, er musste lediglich einen guten Grund dafür haben.

Wie viele Menschen hatte er getötet? Sie verwarf diesen makaberen Gedanken. Ein Paladin musste schließlich in der Lage sein zu töten.

»Es überrascht mich, dass Lord FitzRoger nicht schon anderweitig verlobt war, Sire«, sagte sie und versuchte, einen Bissen von dem Hühnchen hinunterzubekommen.

»Wirklich? Bis vor nicht allzu langer Zeit hatte er keinen Grundbesitz, und es hieß, er sei unehelich geboren, ein Bastard. Er war mein Freund, aber ich war ebenso ohne Grundbesitz wie er. Wir hatten beide großes Glück, Lady Imogen, und wir haben beide gute Gemahlinnen gefunden.« Er prostete ihr zu, und sie fühlte sich zu einem Lächeln verpflichtet.

Die Stimmung war gezwungen. Ihre spöttische Bemerkung, FitzRoger sei ein Niemand, musste also verletzender sein, als sie gedacht hatte. Ein Seitenblick zeigte ihr, dass er ins Gespräch vertieft war. Sie wünschte, sie wüsste mehr über seine Geschichte.

»Für einen Mann ohne Grundbesitz hat er sich gut herausgemacht«, sagte sie leise zu Henry.

»Für einen landlosen Bastard hat er sich ganz bemerkenswert gut herausgemacht, und das nur mit der Hilfe seines Schwerts, Lady. Er hat sich seine Ritterwürde schwer erarbeitet, hat sich jahrelang als Söldner und Turnierkämpfer durchgeschlagen. Ihr habt einen der fähigsten Soldaten unserer Tage für Euch gewonnen.«

Wieder warf Imogen einen raschen Blick auf ihren Gemahl, doch diese Beschreibung überraschte sie nicht wirklich. Zu glauben, dass Tyron FitzRoger alles, was er anpackte, hervorragend meisterte, fiel ihr leicht.

»Deshalb will ich, dass er seine Stärke in diesem Teil des Landes einsetzt«, fuhr Henry fort. »Er kam hierher mit dem Befehl, Cleeve zu sichern und ein Bündnis mit Eurem Vater einzugehen. Aber jetzt hat sich alles sogar noch besser entwickelt.«

Imogen wollte dagegen Einspruch erheben, dass der Tod ihres Vaters und all seine schlimmen Folgen plötzlich zu einer Nebensache reduziert wurden, doch sie wusste, dass der König die Dinge lediglich im Lichte kalter Strategie betrachtete. Mit seinem Bruder, der nach wie vor nach der englischen Krone trachtete, dem revoltierenden Belleme und den ewig widerspenstigen Walisern war für Henry eine verlässliche Machtbasis im Westen von essenzieller Bedeutung.

War FitzRoger in den letzten Monaten an ihren Vater herangetreten?

Das war vorstellbar, und man hätte sie davon nicht unbedingt in Kenntnis gesetzt.

Es war eigenartig zu denken, dass FitzRoger sie womöglich öfter zurate ziehen würde, als es ihr Vater vormals getan hatte.

»Wenn mein Gemahl gegen Warbrick kämpfen würde«, fragte Imogen den König, »würde er siegen?«

»In einem Zweikampf? Solche Dinge liegen in der Hand Gottes, Lady Imogen. Allerdings wurde Ty, seit er ein erwachsener Mann ist, noch nie besiegt.«

»Und wie alt ist er?« Sie musste es wissen.

Ihre Fragen schienen den König zu amüsieren; er zeigte sich nachsichtig. »Sechsundzwanzig. Vielleicht sollte ich etwas genauer sein. Er ist nicht mehr geschlagen worden, seit er achtzehn ist.«

»Und wer besiegte ihn damals, Sire?«

»Ich«, antwortete der König schmunzelnd. »So haben wir uns kennengelernt.«

Imogen machte sich an ihrem Essen zu schaffen in dem Versuch, sich mit ihrem Gemahl abzufinden.

Sechsundzwanzig Jahre alt, und einer der besten Soldaten seiner Zeit.

Im Zweikampf ungeschlagen, in militärischen Dingen eine Koryphäe.

Und sie hatte ihn einen Niemand genannt. Sie hatte ihn herausgefordert.

Und musste es vielleicht wieder tun, falls er versuchte, ihre Vereinbarung zu verletzen.

Sie erbebte. FitzRoger bemerkte es und wandte sich aufmerksam zu ihr um.

»Ihr esst nicht, Imogen. Das solltet Ihr aber tun.«

Aus Furcht, dazu gezwungen zu werden, nahm Imogen einen weiteren Bissen Safranhühnchen und zwang sich zu kauen und zu schlucken, obwohl ihr nervöser Magen rebellierte.

Stirnrunzelnd legte FitzRoger seine warme Hand auf ihre kalte. Es sollte eine Geste des Trosts sein, doch sie empfand sie als einengend und zog ihre Hand zurück. Er füllte den rubinroten Kelch und schob ihn ihr zu.

»Dann trinkt wenigstens.«

Imogen gehorchte. Er spürte ihre angstvolle Unruhe mehr und mehr, und das missfiel ihr; also versuchte sie, sich ruhig und glücklich zu geben, lauschte der Musik und schaute den Gauklern zu. Zwei von ihnen erkannte sie als das Paar, das sie vor scheinbar so langer Zeit mit Siward auf dem Damm zur Burg Cleeve gesehen hatte – vier Tage war das her.

Damals waren sie frei gewesen, und sie waren es noch immer.

Sie war es nicht mehr, sie war vom Tag ihrer Geburt an nicht frei gewesen …

Von der Anstrengung zu lächeln schmerzte ihr bald das Gesicht. Sie wünschte, diese Farce von einem Fest möge endlich enden – ohne dass danach kam, was eben kommen musste.

Zwei von Henrys Jagdhunden lagen zu Füßen des Königs. Als Imogen auf ihrem Vorlegebrett ein großes Stück Rindfleisch vorfand, warf sie es den beiden Tieren vor. Der König bemerkte es, doch er zog nur verwundert eine Braue hoch und hörte auf, ihr Fleisch vorzulegen.

Imogen war erleichtert. Das Einzige, was diesen Tag noch schlimmer machen konnte, war, sich übergeben zu müssen.

Sie schien die einzige Person zu sein, die nicht in bester Feierlaune schwelgte.

Angesichts der köstlichen Speisen und Getränke aßen alle mit Lust und sprachen kräftig dem Alkohol zu. Vielleicht würde sich FitzRoger ja betrinken. Sie begann, den Kelch zu beobachten, den sie sich mit ihm teilte, doch er berührte ihn kaum.

Schließlich wurden die Speisen abgeräumt, und nur Gläser und Karaffen blieben auf den Tischen. Der Vorrat an gutem Wein schien endlos zu sein.

Alles aus Cleeve.

Der Lärm – Trommeln, Pfeifen, Rufe, Gelächter – brachte ihren Kopf schier zum Bersten.

Wieder berührte FitzRoger ihre Hand, um ihre Aufmerksamkeit zu erlangen.

»Ich glaube, es ist an der Zeit, das Ganze hier zu beenden«, meinte er, als könne er sich hundert interessantere Dinge vorstellen, die man tun könne. »Der König war so gnädig, darauf zu bestehen, dass wir das ehemalige Gemach Eures Vaters benutzen. Eure Zofe erwartet Euch dort. Habt keine Angst. Nur der König und einige wenige andere müssen die Bettung bezeugen.« Er lächelte leicht. »Ich nehme an, Father Wulfgan zu bitten, das Hochzeitsbett zu segnen, ist sinnlos, nicht wahr?«

»Ihr solltet Euch nicht über ihn lustig machen«, erwiderte sie verärgert, um die Panik zu verbergen, die ihr die Kehle zuschnürte. »Er hat recht. Die Lust ist ein Werk des Teufels. Er hat mir gesagt, frisch Verheiratete sollten sich drei Tage lang enthalten, um zu beweisen, dass sie ihr körperliches Verlangen im Zaum halten können.«

Zu ihrer Überraschung küsste er ihre Hand. »Es wird nicht so schlimm werden, wie Ihr glaubt, Imogen. Ich verspreche es.«

»Ihr werdet mir nicht wehtun?«, flüsterte sie, verzweifelt auf eine nochmalige Versicherung hoffend.

Er legte ihr sanft einen Finger auf die Lippen. »Still. Wir reden später darüber. Geht hinauf.«

10

Sie erhob sich. Ihre Füße schmerzten nur leicht, bemerkte sie, vielleicht, weil ihr Kopf mit so vielen anderen Dingen beschäftigt war. Während sie auf die Treppe zuging, wurden einige Pfiffe und Rufe laut, doch plötzlich verstummten sie. Imogen schaute zurück; Tyron FitzRogers Miene war ausdruckslos. Doch sie wusste, dass er seine Männer wie auch die des Königs mit einem einzigen Blick zum Schweigen gebracht hatte.

Das Gemach ihres Vaters war ein wenig verändert worden. Man hatte ihr gesagt, dass FitzRoger es für sich in Anspruch genommen hatte, aber sie war trotzdem nicht darauf vorbereitet gewesen. An die Stelle der ihr vertrauten Gegenstände waren nun seine Truhen und Behänge getreten. Obwohl Warbrick zweifellos sämtliche Habseligkeiten ihres Vaters gestohlen hatte, konnte sie diese Inbesitznahme nicht billigen.

Das große Bett ihres Vaters jedoch stand noch da, allerdings war es jetzt von Rosenblättern übersät. Und Martha war hier und grinste, als sei das, was ihrer Herrin bevorstand, ein freudiges Ereignis.

Imogen überlegte, ob sie Schande über sich brächte, wenn sie auf diesen blütenbedeckten Laken ohnmächtig würde. Sie fühlte sich wirklich sehr sonderbar. FitzRoger hatte wieder einmal recht gehabt – sie hätte essen sollen. Dieses Schwächegefühl kam mit Sicherheit von zu viel gutem Wein auf leeren Magen.

»Kommt herein, Lady, dass ich Euch fertig machen kann«, sagte Martha fröhlich. Auch sie hatte sich an dem Wein gütlich getan, das war sofort zu erkennen. Im Nu war Imogen splitternackt, ihr ausgekämmtes Haar fiel über die Schultern herab und umgab sie wie Seide. Sie zitterte, obwohl es warm war.

»Na, na.« Martha schüttelte den Kopf. »Ihr werdet Euch doch jetzt keine Erkältung holen.« Sorgsam hüllte sie Imogen in einen blauen Wollumhang. »Ihr setzt Euch jetzt einfach hierher, und ich gehe nach unten und gebe das Zeichen, dass Ihr bereit seid. Eine Schande, dass Ihr keine Familie habt, die sehen kann, wie Ihr vermählt werdet, Mylady, aber macht Euch nichts draus. Ihr habt einen guten Mann gefunden, an dem Ihr Euch festhalten könnt.«

Imogen begann wieder zu zittern.

Nur zu bald hatten sich FitzRoger, der König, Renald und ein Fremder – einer der Männer des Königs – im Raum eingefunden. »Das ist Lord Jarrold«, erklärte Henry, während sich FitzRoger bereits auszog.

Dann stand er nackt vor ihr. Imogen hatte gedacht, sie würde ihn nicht ansehen, doch ihre Augen wollten ihrem Willen nicht gehorchen; sie wanderten wie von selbst über seinen sonnengebräunten Körper.

Es überraschte sie, wie schön er ihr vorkam, obgleich er das wirklich nicht war. Denn er war mit Narben übersät, die ihn jedoch attraktiver zu machen schienen, anstatt ihn zu entstellen. Er hatte breite Schultern, schmale Hüften und überall kräftige, harte Muskeln ohne ein Gramm Fett, das seine Konturen weicher gemacht hätte. Jetzt verstand sie, wie er so stark sein konnte, ohne eine massige Gestalt zu haben.

Imogen begegnete seinem Blick und merkte, dass er ihr Zeit ließ, ihn zu betrachten, ihn kennenzulernen.

Sie schlug die Augen nieder und sagte sich, sie habe nur die Attribute bewundert, die ihn als Krieger, als der er in ihren Diensten stand, auszeichneten. Das war ja letztendlich auch der Grund gewesen, weshalb sie ihn geheiratet hatte.

Halblautes Gelächter ließ sie aufblicken. Entsetzt stellte sie fest, dass sein bisher harmlos wirkendes Glied anzuschwellen und sich aufzurichten begann.

»Alle Wetter, dein Körper weiß, was er zu tun hat«, meinte Henry vergnügt. »Ist ja auch kein Wunder, wenn so ein feiner Leckerbissen auf ihn wartet.«

Martha nahm Imogen den Umhang ab, und sie schützte sich instinktiv mit den Händen.

»Vollkommen in jeder Hinsicht«, erklärte der König. »Ab ins Bett mit euch beiden, und los geht's! Macht mir tüchtige Soldaten für England!«

Trotz der Deckung, die das Bett bot, musste Martha ihre Herrin hineinschieben. FitzRoger schlüpfte von der anderen Seite hinein und hielt sie unter den Laken mit eisernem Griff fest.

Mit einigen weiteren fröhlichen Worten verließen der König, die Lords und Martha den Raum.

Sobald sie allein waren, ließ FitzRoger Imogen los.

Sie versuchte nicht zu fliehen. Rettung gab es für sie ohnehin nicht, und sie wusste ja selbst, dass ihre Ängste irrational waren. Dagegen ankämpfend und fest entschlossen, keine Szene zu machen, lag sie still auf dem Rücken, spreizte die Beine, kniff die Augen zu und wartete.

Nichts geschah. Als sie das Warten nicht mehr aushielt, öffnete sie die Augen einen Spalt und sah, dass er auf der Seite lag, den Kopf in die Hand gestützt, und sie beobachtete.

»Mache ich es falsch?«, fragte sie ängstlich. »Was soll ich denn tun?«

»Was genau tust du denn eigentlich?«, fragte er zurück.

Sie spürte, wie ihr Gesicht flammend heiß wurde. »Du weißt schon.«

Er küsste sie zärtlich auf den Mund. »Wenn ich es weiß, meine Süße, warum lässt du dann nicht mich die Sache in die Hand nehmen?«

»Weil du immer alles in die Hand nimmst«, erwiderte sie verzweifelt.

»Nur, wenn ich weiß, was ich tue«, korrigierte er sie mit einem Anflug von Humor.

»Du glaubst immer zu wissen, was du tust«, gab sie zurück. »Also gut, wenn du weißt, was du zu tun hast, dann tu es. Und ich hoffe, ich werde gleich schwanger, denn dann brauchen wir es für ein Jahr oder so nicht wieder zu tun.«

»Oh«, entgegnete er und legte einen Arm um sie, »es wird mindestens ein paar Monate dauern, bis wir wissen, ob mein Samen Wurzeln schlägt. Bis wir sicher sein können, werden wir es immer wieder versuchen müssen.«

Imogen fand sich gegen seinen eisenharten Körper gedrückt, und dieses *Ding* stieß gegen ihren Bauch. Wieder erfasste sie Panik; sie drückte sich mit aller Macht von ihm weg. »Nein! Ich will nicht! Ich kann nicht!«

Er ließ sie so abrupt los, dass ihre eigene Kraft sie fast aus dem Bett katapultiert hätte. »Wovor hast du Angst?«, fragte er stirnrunzelnd. »Oder weshalb hast du solche Angst? Alle tun das, und die meisten finden sogar mehr oder weniger Spaß daran.«

Spaß!

»Nein, ich will nicht«, wiederholte sie und rutschte bis an den Rand des Betts.

Er seufzte. »Kannst du mir nur ein klein wenig vertrauen, Imogen?«

»Nein«, erklärte sie schroff.

Seine Lippen wurden dünn. »Wenn du eine Blume bist, Imogen von Carrisford, dann bestenfalls eine Distel. Kann ich wenigstens von dir erwarten, dass du tust, was man dir sagt?«

»Oh, du hast mich schon jetzt aufs Beste in Angst und Schrecken versetzt«, meinte sie übellaunig. »Ich würde es nicht wagen, mich dem *Herrn* zu widersetzen.«

»Gut«, sagte er, zog sie in die Mitte des Betts und legte sich halb auf sie. Als sie sich gegen ihn stemmte, befahl er: »Hör auf.«

Sie gehorchte.

»Gut so. Und jetzt bleib still liegen.«

Sein Blick ließ sie erzittern, doch sie fügte sich und öffnete die Schenkel. »Schließ die Beine«, sagte er ruhig. »Ich will nicht, dass du daliegst wie ein Opfertier. Versuch, dich zu entspannen.«

»Entspannen!«, wiederholte sie ungläubig, doch er reagierte nicht darauf.

Seine schwielige Hand glitt über ihre Hüfte und begann zu wandern, strich zärtlich über ihren Körper, packte dann und wann beherzt zu, bewegte sich sanft über ihren Bauch und hinauf bis an ihre Schulter. Sie konnte sich nicht vorstellen, was der Zweck dieser Übung war, musste jedoch einräumen, dass es nicht unangenehm war. Sogar das leichte Reiben seiner rauen Hand auf ihrer zarten Haut gefiel ihr.

»Du bist doch keine Distel«, sagte er leise. »Deine Haut ist zart wie Rosenblätter ...«

Er rückte ein wenig von ihr ab, damit er Stellen streicheln konnte, die er bisher noch nicht berührt hatte, Teile ihres Körpers, die noch nie ein Mann berührt hatte. Seine Hand glitt über ihre Schenkel, der Daumen strich durch ihr Schamhaar und umkreiste dann ihren Bauch.

Sie wand sich. »Was tust du denn?«

»Dich besänftigen.« Die Sonne war fast untergegangen, doch es war noch hell genug, dass sie seine feinen, klaren Gesichtszüge sehen konnte. Er wirkte nicht lüstern, sondern so, als würde er sich auf etwas anderes als auf körperliche Dinge konzentrieren. So etwas hatte sie überhaupt nicht erwartet.

»Mich besänftigen?«

Er betrachtete sie mit einem Anflug von Humor. »Wie man es bei einem nervösen Fohlen tut.«

»Ich bin doch kein Pferd!«, murrte sie, spürte jedoch, wie sie unter seiner Hand weich und warm wurde.

»So ist es gut.« Seine Hand strich sanft über ihre rechte Brust, dann die linke. »Father Wulfgan würde das absolut nicht gutheißen.«

Sie stoppte seine Hand. »Hör auf! Er sagte, es sei eine der schwersten Sünden, mich dort von einem Mann berühren zu lassen!«

FitzRoger befreite sich geschickt aus ihrem Griff und hielt im Gegenzug ihre beiden Hände über ihrem Kopf fest. »Hat er dich auch davor gewarnt?« Er senkte langsam den Kopf und umschloss mit den Lippen eine Brustwarze.

Imogen schrie heftig auf. Er ließ von ihrer Brust ab und legte rasch eine Hand auf ihren Mund. »Um Himmels willen!«

Sie blickte ihn über seine Hand hinweg an und sah in seinen Zügen gleichzeitig Erheiterung und Wut. Als der Druck der Hand nachließ, biss sie hinein.

Er sprang aus dem Bett. »Ich fasse es nicht!«, murmelte er, die schmerzende Hand schüttelnd. »Allmählich glaube ich, wir müssen es wirklich so machen, wie du es willst.«

Imogen fixierte ihn, sie konnte den Blick nicht von seinem von ihm abstehenden Phallus abwenden. Genau wie Warbrick. »Nein«, sagte sie und rutschte bis an die andere Seite des Betts. »Ich will ins Kloster eintreten.«

Er warf ihr einen kalten Blick zu. »Sei nicht so feige.«

»Die Ehe ist nicht vollzogen«, widersetzte sie sich verzweifelt. »Sie kann für ungültig erklärt werden. Ihr habt kein Recht, mich davon abzuhalten, eine Braut Christi zu werden. Father Wulfgan sagt ...«

Er richtete den Zeigefinger auf sie. »Noch ein Wort über diesen Priester, und er stirbt.«

Ihr Atem stockte.

Er kam wieder ins Bett, deckte sich zu und zog sie einfach an sich. Sie versuchte, sich zu wehren, aber ebenso gut hätte sie versuchen können, eiserne Fesseln zu sprengen. Das *Ding* drückte an ihren Schenkel wie ein Eichenstab. Sie hielt mit aller Kraft dagegen, doch FitzRoger ignorierte das schlicht.

Er blies ihr sachte ins Ohr und sagte mit lüsternem Ton: »Es sei denn, du willst all die Sachen aufzählen, die uns seiner Meinung nach in die Hölle bringen, sodass ich sie dir demonstrieren kann? Mittlerweile glaube ich nämlich, dass ich die am besten informierte Jungfrau von ganz England bekommen habe.«

Sie konnte sich unmöglich aus seinem Griff befreien, deshalb gab sie es auf. »Du bist ein Ketzer«, protestierte sie schwach. »Du machst dich lustig über einen lebenden Heiligen ...«

Er drehte sie auf den Bauch und drückte sie auf das Bett. Als sie sich nicht wehrte, begann die Hand wieder zu wandern, dieses Mal über ihren Rücken. Es war bezaubernd. Über eine Hand auf dem Rücken hatte Father Wulfgan nichts gesagt. Imogen gestattete es sich, zu entspannen und zu genießen.

»Dein Körper ist ein Werk Gottes«, sagte er leise, während seine Finger ihre Wirbelsäule erforschten. »Und ein äußerst gelungenes noch dazu.«

»Das Fleisch soll kasteit werden.« Sie atmete schwer.

»Wenn du darauf bestehst, kann ich dich auch auspeitschen.«

Imogen kicherte. »Als ob ich darauf bestünde.«

»Gut. Es würde mir nicht gefallen, in diese seidenweiche Haut Narben zu reißen ...« Seine Hand glitt um die Wölbung ihres Pos.

Imogen wand sich und hielt den Atem an.

»Was mich interessieren würde«, murmelte FitzRoger an ihrem Ohr, sodass sein warmer Atem sie kitzelte und sie sich noch mehr wand, »ist, woher der gute Father weiß, wie böse die Fleischeslust sein kann.«

Imogen merkte, dass sie dahinschmolz, dass ihr ganzer Körper weich und nachgiebig wurde. »Er sagt immer, er sei einmal ein schlechter Mensch gewesen«, hauchte sie.

»Sein Nachfolger wird von Geburt an rein sein«, versprach er.

Diese Bemerkung ließ Imogen wieder zur Vernunft kommen. Sie richtete sich halb auf und sah ihm in die Augen. »Er ist mein Priester, und er bleibt, FitzRoger. In Carrisford bestimme ich!«

»Nach meinem Rat«, erinnerte er sie und drückte sie wieder nach unten. »Ich will diesen Mann nicht hier haben.«

Sie richtete sich erneut auf, doch ehe sie ihm ihre Meinung sagen konnte, hatte er sie umgedreht und seinen Mund auf ihre Lippen gepresst. Sein Bein hielt sie unten, und eine Hand tauchte in ihr Haar ein – so war kein Entrinnen mehr möglich.

Imogen hielt Lippen und Zähne resolut geschlossen.

Nach einer Weile rückte er ein wenig nach hinten. »Öffne den Mund.«

Sie schüttelte den Kopf.

»Ich glaube, wir sind wieder so weit, dass ich dich daran erinnern muss zu tun, was man dir sagt«, warnte er sie.

»Du bist ...« Seine Lippen trafen auf ihre, weich und sanft, und sie merkte, dass sie keine Lust hatte zu streiten. Sie mochte es, wenn er sie küsste, und Küsse konnten so schlimm nicht sein. Als seine Zunge unter ihrer Lippe entlangglitt, erinnerte sie sich an das Höllenfeuer und erschauderte erneut.

Doch dann schob sich seine Zunge weiter in ihren Mund hinein und berührte die ihre.

Imogen zuckte heftig zurück, Father Wulfgans Warnung eingedenk: Wenn ein Mann seine Zunge in den Mund einer Frau schob, wurde ein Gift freigesetzt, und die Frau musste sterben ...

FitzRoger ließ sie jedoch nicht entwischen. Sie kämpfte dagegen an, doch seine Zunge drang unaufhaltsam in ihren Mund …

Kein Gift brach hervor, um sie zu töten.

Imogen überließ sich den betörenden Empfindungen. Vielleicht hatte sich Father Wulfgan einfach in einigen Dingen geirrt. FitzRoger hatte es ja auch gesagt – woher sollte ein lebender Heiliger all diese Dinge wissen?

Sie spürte, wie er als Reaktion auf ihre Kapitulation lockerer wurde. Er bewegte ihren Kopf hin und her, ihre Zungen trafen sich in ihrem Mund und dann in seinem. Sie kostete seine nasse Wärme und gab sich dem Genuss hin.

Erst allmählich bemerkte Imogen, dass er seine Hüfte an ihrer rieb, als wolle er ihr noch näher kommen. Es würde also doch passieren. Nun, sie wusste es, kein Weg führte daran vorbei. Dieses Küssen war ja schön und gut, aber man konnte das andere damit nicht auf alle Ewigkeit hinausschieben. Er versuchte wohl, es ihr schmackhaft zu machen, so, wie man eine bittere Medizin mit Honig zu schlucken versuchte. Sie erinnerte sich an ihre Worte: »Ihr tut mir immer nur weh.« Er hatte zugegeben, dass es heute Nacht so sein würde.

Dann dachte sie wieder daran, dass es ja nicht seine Schuld war. Sie war noch nie der Meinung gewesen, dass Gott zu Eva und ihren Töchtern besonders fair gewesen sei, aber so war Gott nun einmal.

War es jetzt an der Zeit, die Beine zu öffnen?

Der lange Kuss endete, und Imogen machte sich auf die Attacke gefasst, doch sein Kopf rutschte nach unten, bis die Zunge eine ihrer Brustwarzen erreicht hatte.

Oh nein. Was würde sie für schwere Buße tun müssen! Sie packte ihn an den Haaren.

»Lass los.«

Dieser Ton war nicht misszuverstehen. Ihre Hände sanken schlaff auf seine Schultern. »Es ist nicht meine Schuld, Gott«, murmelte sie und hörte etwas wie ein Stöhnen.

Dann umkreiste seine Zunge ihre Brustwarze – ein äußerst eigenartiges Gefühl. Als Nächstes spielte sie damit, was Imogen am ganzen Körper erschaudern ließ.

»Das ist eine Sünde«, flüsterte sie.

»Nein, ist es nicht«, erwiderte er mit einer Autorität, der sie sich nicht zu widersetzen wagte.

Ihr ganzer Körper schien zu beben und zu zittern. Sein Mund bewegte sich zur anderen Brust, legte sich darüber, warm und nass, und er begann zu saugen wie ein Baby. Die seltsamsten Empfindungen durchzuckten ihren Körper, sie spannte sich an. Wieder griff sie in seine Haare, diesmal jedoch nicht, um ihn von sich wegzuziehen.

Imogen sog tief und mit einem Schaudern die Luft ein. Ein Verlangen wuchs in ihr, und auf eine ihr bisher unbekannte Weise wurde ihr überall heiß. Ihre Hüften begannen sich von selbst zu bewegen, und sie klammerte sich wie in Verzweiflung an ihn.

Sein Mund saugte, seine Zunge spielte weiter, seine Hand wanderte über ihren Körper, und ihr wurde langsam schwindlig. Ihre Hüften hoben und senkten sich, als sei sie besessen. Ihr ganzer Körper brannte, wand und drehte sich.

»Ich werde von Teufeln gequält!«, schrie sie.

Er blickte auf, seine dunklen Augen leuchteten. »Und du weißt, wie wir sie dir austreiben, nicht wahr, meine Süße?« Seine Hand glitt zwischen ihre Schenkel, die sich auf diese Berührung hin weit öffneten. Imogen schloss sie rasch wieder, doch er war bereits dazwischen.

»Wie?«, keuchte sie. Sie starrte ihn an, als sei er ihre Hoffnung und Erlösung. »Ich halte das nicht aus.«

»Sie werden dich auf ewig quälen, wenn wir es nicht tun. Jetzt ist es Zeit, deine Beine zu öffnen.«

Sie gehorchte, und seine Finger bewegten sich in ihr. Sie wimmerte.

»Spürst du hier einen Schmerz?«, fragte er.

»Ja«, antwortete sie, zögernd jedoch, denn sie war nicht sicher, ob es wirklich Schmerz war, aber was immer es war, es wurde heftiger.

Sie starrte ihn an. Seine Augen waren dunkler, die Wangen gerötet; er sah wieder warm und weich aus, und die Veränderung, die sie an ihm bemerkte, schien die Teufel in ihr noch wilder werden zu lassen.

Seine Finger glitten ein wenig weiter nach oben und kreisten. »Und hier?«, flüsterte er.

Imogen schloss die Augen, und es war, als könne sie in sich einen Abgrund voll tanzender Dämonen sehen, die in ihr herumtobten und mit brennenden Fackeln auf sie einstachen. Über der Stelle, an der sich seine Finger bewegten, verkrampfte sich etwas. »Weiter!«, keuchte sie.

»Deshalb habe ich die Möglichkeit, noch tiefer in dich einzudringen, Imogen. Um dich von deinen Teufeln zu befreien.«

Oh, nun bekam das alles einen Sinn. Sie stemmte sich heftig gegen seine Hand, und er bewegte sie auf den pulsierenden Schmerz zu, doch die Qual wurde dadurch noch intensiver. Instinkt, nicht etwa Pflichtgefühl, trieb sie dazu an, sich ihm noch weiter zu öffnen. »Nun tu es schon«, keuchte sie. »Ich komme sonst noch um!«

»Nein«, erwiderte er heiser. »Dein Paladin wird dich retten.«

Er war zwischen ihren Beinen, und sie spürte dieses harte Ding am Ausgangspunkt ihres Schmerzes. »Ja«, hauchte sie, »... oh ja!«

»Ja«, antwortete er ebenso atemlos wie sie. »Du bist eine Frau, die nur schwer vor den Teufeln zu retten ist, Imogen von Carrisford.«

Die Dämonen breiteten sich in ihrem ganzen Körper aus. Sie klammerte sich an FitzRoger. »Beeil dich!«, schrie sie. »Mach schnell!« Sie spürte, wie er sie dehnte und ausfüllte. Diese Enge war erstaunlich und einem Schmerz sehr ähnlich, aber sie versprach auch eine Linderung der größeren Qual. »So gut«, murmelte sie, »so gut.«

»Ja«, keuchte er und küsste sie. Den Mund heiß und weich auf ihrem, hauchte er: »Meine Blume, mein Schatz, meine unbeschreibliche Freude …«

Das letzte Wort ließ sie schockiert die Augen öffnen. *Freude!* Es war, als beuge sich Father Wulfgan drohend über das Bett. »Nein!«, kreischte sie und stemmte sich mit aller Macht gegen ihn. »Denk an unsere Kinder!«

Er biss die Zähne zusammen, und seine grünen Augen funkelten. »Wulfgan ist tot«, versprach er grimmig und schob sich in sie.

Schmerz, ein unerträglicher Schmerz, ergriff sie. Gottes Urteil!

Imogen schlug wimmernd um sich. »Du bist selbst ein Teufel! Lieber Heiland, hilf mir!«

Jetzt wusste sie, warum Janine geschrien hatte.

Sie schlug auf ihn ein und heulte. »Hör auf, hör bitte auf!« Aber es war, als wollte sie einen Felsblock bewegen. Sie versuchte, ihm die Augen auszukratzen. Er packte sie an den Handgelenken und gebot ihr atemlos Einhalt.

»Imogen. Hör auf.«

Sie hörte seine Stimme wie von fern, sah nur noch Warbrick, wie er in ihre schreiende Zofe hineinstieß, fühlte sich jeder Freiheit beraubt, spürte ein Anstürmen und vor allem Schmerz, schrecklichen Schmerz. Machtlos seiner übergroßen Kraft ausgeliefert, wiederholte Imogen Janines Flehen mit derselben tränenerstickten Verzweiflung. »Heilige Maria, hilf mir!«

Sie war frei.

Imogen rollte sich aus dem Bett und kauerte sich auf dem Boden zusammen. Ihr ganzer Körper bebte so sehr, dass sie fürchtete, jeder in der Burg könnte es mitbekommen. Sie war nicht einmal in der Lage nachzusehen, ob das Ungeheuer sie verfolgte.

Dann hörte sie ein Geräusch. Es war wie ein Schlüssel, der im Schloss gedreht wurde, und es brachte sie wieder zu sich, an die Stelle ihrer Verwirrtheit trat nüchterner Verstand. Angstvoll rappelte sie sich halb auf und schaute über das Bett in den Raum.

Leere.

Er war gegangen. FitzRoger war nicht mehr hier.

Imogen brach in ein herzzerreißendes Schluchzen aus, das von Erleichterung herrührte, aber auch von Qual und einem tiefen, unerklärlichen Verlust.

Als Renald de Lisle endlich sein Kämmerchen fand – was nach den Unmengen Wein, die er getrunken hatte, gar nicht so einfach war –, lag dort der Bräutigam auf dem schmalen Bett, die Hände hinter dem Kopf verschränkt und an die Dachbalken starrend. Im letzten Licht der untergehenden Sonne, das durch den Fensterschlitz fiel, war von Ty kaum etwas anderes zu erkennen als seine Silhouette.

Renald versuchte, seinen Verstand zusammenzunehmen, wusste aber dennoch nicht, was er sagen sollte.

Es war Ty, der zu sprechen begann. »Ich sagte, ich würde keiner Blume etwas zuleide tun«, murmelte er. »Ich habe gelogen.«

Renald blickte auf den Krug Wein, den er noch bei sich hatte. Es war nicht mehr viel übrig; er goss den Rest in einen Holzbecher und stellte ihn neben das Bett. »War wohl schwierig, was?«, fragte er, ohne es wirklich glauben zu können. Ty hatte schließlich genügend Tricks auf Lager, und das Mädchen hatte ihm in den letzten Tagen doch praktisch aus der Hand gefressen …

Ty blieb absolut reglos – ein sehr schlechtes Zeichen. Renald hoffte, dass sein Freund die kleine Braut nicht gleich umbringen wollte, denn vermutlich würde er sie dann retten müssen, und das war so gut wie dem Tod selbst ins Auge sehen zu müssen.

»Du hast recht gehabt mit dem Priester«, sagte Ty schließlich sehr ruhig. »Da habe ich mich wirklich für viel zu schlau gehalten.« Nach einem langen, schweren Schweigen fügte er hinzu: »Sorge dafür, dass er mir nicht mehr unter die Augen kommt.«

Den Priester wollte er also töten. Renald hatte nicht die geringste Ahnung, was im Hochzeitsbett passiert war, aber mit Father Wulfgan fertig zu werden war einfach. »Ich schicke ihn morgen fort.«

Schweigen.

»Jetzt gleich?«, fragte Renald, wohl wissend, dass er jetzt dazu nicht in der Lage war.

»Nein. Er wird bleiben, solange Imogen ihn hier haben will.«

Renald gab auf; er ließ die vom Wein weich gewordenen Knie einknicken, sodass er auf den Boden zu sitzen kam, und lehnte sich an das Bett. »Neben deinem Kopf steht Wein. Unten gibt's noch jede Menge ... besauf dich. Ich habe das schon erledigt.«

»Das ist offensichtlich.« Zwei starke Arme fassten Renald unter und zogen ihn auf das Bett, dann entfernten sich Tys Schritte.

Renald konnte die Augen nicht offen halten, und es war ohnehin schon zu dunkel, als dass sich die Anstrengung gelohnt hätte, doch er bemühte sich, sein Hirn zu benutzen. Er wusste, dass er hier gebraucht wurde, und wünschte nur, er hätte nicht so viel getrunken.

Er hatte gedacht, es wäre in Ordnung, wenn sie so richtig feierten.

»Was ist passiert?«, fragte er.

Die Stimme seines Freundes ließ kein Gefühl erkennen, als er antwortete. »Nichts Besonderes. Geh schlafen, Renald. Ich mag ja viele Fehler haben, aber ich bin immer noch fähig, mit einem militärischen Notfall fertig zu werden, wenn es dazu kommen sollte.«

Renald hörte den Vorhang rascheln, als sein Freund hinausging.

Guter Gott, wenn er bloß nicht so viel getrunken hätte. Ehe er sichs versah, war er eingeschlafen.

Imogen hätte nicht sagen können, was geschehen war, außer dass Zeit verstrichen war. Hatte sie geschlafen? War sie ohnmächtig geworden?

Das Gemach, das von der untergehenden Sonne in ein blutrotes Licht getaucht worden war, lag nun im silbrigen Schein des Mondes. Es war das Zimmer ihres Vaters; ein Ort, an dem sie immer wohlbehütet gewesen war, wo sie als Kind gespielt hatte, wohin sie als Heranwachsende gekommen war, um Fragen zu stellen und Probleme zu besprechen.

Nun war sie hier nicht mehr behütet. Nun war dieser Raum von einem fremden Geruch und bedrückenden Erinnerungen gezeichnet.

Gewalt. Tod. Leichen ...

Die Erinnerung setzte ein.

Bastard FitzRoger. Ihr Gemahl.

Bei dem Gedanken an das Geschehene schauderte sie. Sie erinnerte sich wieder an alles, die Freude wie den Schmerz.

Freude? Ja, sie erinnerte sich an Freude. Sie erinnerte sich auch an das Gesicht ihres Gemahls, als zwischen ihnen noch alles gut gewesen war. Er hatte seine Maske für sie fallen gelassen, und sie hatte den Menschen gesehen, und die Seele in ihm.

Es war so schön gewesen, und so kurz.

Dann hatte sie gegen ihn angekämpft, hatte geschrien. Sie hatte ihn als Warbrick gesehen, als scheußliches Ungeheuer.

Und er hatte sie verlassen.

Bestimmt war die Maske jetzt wieder fest an ihrem Platz.

Imogen barg beschämt das Gesicht in den Händen.

Was hatte sie getan?

Sie konnte versuchen, die Schuld an diesem Unglück FitzRoger zuzuschieben. Sie konnte sagen, er hätte warten, ihr mehr Zeit geben sollen, sich daran zu gewöhnen. Aber er war freundlich mit ihr gewesen. Sie wusste, dass sie ihn angefleht hatte zu tun, was er getan hatte, und dass sie sogar noch mehr gewollt hatte.

Bis der Schmerz kam.

Hatte sie gegen den Schmerz angekämpft, oder gegen die Freude? Der Schmerz war wesentlich stärker gewesen, als sie es sich vorgestellt hatte, aber auch die Freude hatte ihr Furcht eingeflößt. Sie hatte Bilder wie in ihren schlimmsten Albträumen in ihr aufsteigen lassen.

Father Wulfgan hatte recht. Freude, Lust führten geradewegs in die Hölle.

FitzRoger schien zu denken, dass an Freude und Lust beim ehelichen Akt nichts falsch war, aber er war nicht im Heiligen Land gewesen und dort seines Glaubens wegen an ein Kreuz geschlagen worden. Er fastete nicht die Mehrzahl der Tage im Jahr, und er peitschte sich nicht mit Riemen aus, an denen Metallspitzen befestigt waren.

Und jetzt war es bewiesen, dass FitzRoger unrecht hatte, denn das Entsetzen und die Pein, die zwischen sie getreten waren, konnten nur eine Strafe für ihre Lust gewesen sein. Wenn er sie einfach nur genommen hätte, dann wäre alles bestimmt viel günstiger verlaufen.

Imogen wusste, dass die Tugend, die strenge Sittsamkeit, auf ihrer Seite war – und dennoch sagte ihr ihr Gefühl, dass sie sich in dieser Nacht einen groben Schnitzer geleistet hatte.

Was musste FitzRoger gefühlt haben, als sie schreiend und um sich schlagend unter ihm lag, obwohl er doch nur tat, was er für richtig hielt?

Würde sie sich das nächste Mal anders benehmen können?

Imogens Kopf sank auf das Bett. Sie wünschte, jemanden zu haben, der ihr raten konnte, oder der sie auch nur in die

Arme schloss. »Vater, Vater«, stöhnte sie. »Warum musstest du sterben? Das war so ... so *nachlässig* von dir! Ich muss mit dir reden.«

Sie lachte erstickt auf. Sie konnte ihren Vater fast hören, wie er ihr ganz sachlich klarmachte, dass sie natürlich nicht in dieser misslichen Lage wäre, wenn er nicht so pflichtvergessen gewesen wäre, einfach zu sterben. *Imogen, mein Liebling, du musst erwachsen werden, und zwar schnell.*

Imogen setzte sich auf. Es war fast, als könne sie ihren Vater tatsächlich hören, hier in diesem Raum, in dem sie ihre vertrautesten Momente miteinander verbracht hatten.

Du wurdest in den Strom ebenjener Übel geworfen, die ich dir so sehr ersparen wollte. Aber du hast deinen Weg gewählt – keinen schlechten Weg –, und nun musst du ihn zu Ende gehen.

Wurde sie verrückt? Imogen wusste es nicht, aber dieser Augenblick der Kommunikation war zu kostbar, um ihn durch Skepsis aufs Spiel zu setzen. Sie schloss fest die Augen und formulierte eine Frage. *Bist du mit ihm einverstanden, Vater?*

Ich hätte ihn nicht für dich ausgewählt, mein Kind. Ich gestehe, ich hatte die Einwände, die ein Vater nun einmal dagegen hat, seine Tochter einem jungen, lüsternen Hengst zu geben. Aber er wird dir treu dienen, wenn du ihn nur lässt. Und vergiss nicht, dass auch du ihm dienen musst.

Im Ehebett?

Nicht nur dort. Dort vielleicht sogar am allerwenigsten, Tochter. Kein Mann ist so stark, dass er allein stehen kann. Achte darauf, was dein Gemahl braucht.

Braucht? Imogen versuchte sich vorzustellen, was FitzRoger anderes von ihr brauchen könnte, als seine Bettpartnerin und die Mutter seiner Kinder zu sein. Er hatte wohl angedeutet, dass sie die häuslichen Angelegenheiten in Cleeve übernehmen solle, aber als seine Gemahlin war das ohnehin ihre Pflicht.

Das musste es sein, was ihr Vater meinte, doch das hatte nichts mit ihrem momentanen Problem zu tun. Sie musste lernen, das Ehebett zu ertragen.

Was ist mit Father Wulfgan?, fragte sie. *Hat er recht mit dem, was er über die Lust sagt?*

Sie hätte schwören können, dass sie den sehr weltlichen Humor wahrnehmen konnte, der Bernard von Carrisford ausgezeichnet hatte. *Heilige sind eher dazu da, uns an unseren empfindlichsten Stellen zu reizen, als uns das Leben zu erleichtern, Imogen, und Wulfgan ist in dieser Hinsicht besonders drastisch. Deshalb habe ich ihn nach Carrisford geholt, denn ich war immer ein der Welt zugewandter Mann, aber in ihm hatte ich jemanden, der sich um meine Seele kümmerte, und ich wusste, ich brauchte so ein strenges Gewissen. Aber selbst Heilige erkennen nicht immer die Wahrheit, Tochter.*

Hast du deine Lektionen vergessen? Höre achtsam allen zu, die genug Autorität besitzen, um dir Rat zu erteilen, aber entscheide letztlich nach deinem Herzen. Und akzeptiere dann die Konsequenzen.

Akzeptiere die Konsequenzen.

»Guter Gott«, murmelte sie. »Die Konsequenzen.«

Was würden die Konsequenzen der Geschehnisse dieser Nacht sein?

Sie musste etwas unternehmen.

Imogen sprang auf und zog sich an. Sie wusste nicht, was sie tun sollte, nur, dass sie ihren Gemahl finden musste.

Wo war er?

Sie blickte verstohlen zur Tür hinaus in der Hoffnung, ihn dort zu sehen. Er war nicht da. Aus dem Saal drang noch immer der Lärm ausgelassenen Feierns herauf, vor allem ungewöhnlich viele weibliche Stimmen, doch davon konnte sie sich jetzt nicht ablenken lassen. Vermutlich vergnügten sich die zu den Burgbewohnern gehörenden Frauen ebenfalls.

Wohin konnte FitzRoger gegangen sein? Sicherlich hatte er sich in seiner Hochzeitsnacht nicht wieder dem Gelage angeschlossen. Dadurch hätte er sie unendlich beschämt.

Aber vielleicht verdiente sie genau das. Sie wischte die Tränen von den Wangen und zwang sich nachzudenken. Es gab noch weitere Gemächer und Kammern, doch intuitiv stieg sie die schmale Wendeltreppe zu den Zinnen hinauf.

Dort fand sie ihren Gemahl, wie er auf das Land hinausblickte, als würde er es bewachen – ihr Land, das im bleichen Licht eines großen, tief am Himmel stehenden Mondes lag.

FitzRoger versah keinen Wachdienst. Ein Stück weiter stand der Hornbläser auf Posten, Horn und Glocke bereit, um gegebenenfalls Alarm zu schlagen.

FitzRoger stand still und reglos, doch er hatte etwas an sich, das Imogen einen bohrenden Schmerz in der Herzgegend verursachte, einen Schmerz, der zu einem großen Teil aus Schuldgefühl bestand.

Sie wollte sich nicht damit auseinandersetzen. Sie wollte sich davonschleichen und jemand anderen für all dies eine Lösung finden lassen, aber sie wollte andererseits auch nicht mehr eine solche Schwäche an den Tag legen. Imogen sprach ein kurzes Gebet an ihren Vater, und dann ging sie zu ihrem Gemahl hinüber.

Er bemerkte erst im letzten Augenblick, dass sich ihm jemand näherte, und wirbelte herum, ein blitzendes Messer in der Hand, mit dem er nur wenige Zentimeter vor ihrem Körper innehielt.

Mit einem zischenden Geräusch presste er die Luft aus seinen Lungen. »Schleiche dich niemals an mich heran, Imogen.«

»Es tut mir leid«, sagte sie mit zitternder Stimme. »Ich dachte nicht ...«

Sie hätte schwören können, dass auch er zitterte. »Fang endlich an zu denken!«, bemerkte er scharf.

Imogen biss sich auf die Lippen. Sie wollte über Dinge reden, die ausgesprochen werden mussten, aber nicht, wenn er zornig war, und nicht hier, wo der Hornbläser jedes Wort mithören konnte.

Offenbar hatte er ihren ängstlichen Blick auf den beflissen wegsehenden Wachposten bemerkt, denn er trat von der Brustwehr zurück und ging stumm voraus Richtung Treppe, hinunter zu ihrem Gemach.

Imogen ergriff seinen Arm – diesen Raum konnte sie noch nicht wieder betreten –, doch dann zog sie rasch die Hand zurück, als hätte sie sich an seinen harten Muskeln verletzt.

Er blieb stehen und musterte sie. Im kalten Mondlicht wirkte er wie aus Stein gemeißelt, aus kaltem, kaltem Stein. Dann bewegte er sich. Fast zögernd legte er eine Hand an ihre Taille – eine warme Hand. Als Imogen nicht zurückzuckte, zog er sie zärtlich an sich und legte die Arme um sie.

Sie schauderte, als sie den Kopf an seine Schulter legte. Sie hatte nicht gewusst, wie sehr sie es brauchte, so gehalten zu werden.

Tränen stiegen in ihr auf, und sie wusste, es würde ihr guttun, sich in seinen starken Armen auszuweinen, aber bestimmt würden ihre Tränen ihn verletzen, und sie hatte ihn schon genug verletzt. Sie entschied die schmerzhafte Schlacht gegen die Tränen für sich.

Es war Trost genug, einfach nur gehalten zu werden. Sie hoffte, es würde auch ihm ein Trost sein, sie festzuhalten …

Erst, als er leise sagte: »Unten steht ein wunderbar bequemes Bett«, bemerkte sie, dass sie am Einschlafen war, dass sie vielleicht schon geschlafen hatte.

Sie blickte auf und merkte an der Position des Mondes, dass einige Zeit verstrichen war.

»Du musst auch schlafen«, sagte sie und erkannte, dass es eine Art Einladung war. Hoffentlich nicht zu einem Desaster.

Sie wurde nicht klug aus ihm. Er war jetzt entspannter als vorher, aber sehr verhalten. Ohne ein Wort führte er sie, eine

Hand an ihrem Rücken, zur Treppe und stieg dann vor ihr hinab.

Die Burg lag jetzt vollkommen still da. Das Gelage war beendet.

Das Obergeschoss wirkte zu ihrer Überraschung ganz normal, als sie es wieder betraten, nur das fahle Mondlicht ließ es etwas schaurig wirken. Sie hatte gedacht, es müsste irgendwie von den Geschehnissen verändert sein.

Er sprach noch immer nicht, deshalb raffte sich Imogen auf und brach das Schweigen. »Es tut mir leid«, begann sie. »Ich habe mich sehr schlecht benommen.«

Er stand reglos in der Mitte des Raums. »Was soll das heißen? Mir tut es leid, dass ich es dir nicht leichter machen konnte.«

Seine ausdruckslose Stimme kränkte sie. Sie wünschte, sie könnte einige der Teufel erklären, die er nicht hatte austreiben können, doch die Worte blieben ihr im Hals stecken. »Das nächste Mal wird es bestimmt besser«, meinte sie.

Sie sah sein Seufzen eher, als dass sie es hörte. »Geh zu Bett.« Er wandte sich zur Tür.

»Wohin gehst du?«, fragte sie alarmiert.

Er drehte sich um. »Es ist alles in Ordnung. Du hast während des Fests kaum etwas gegessen, und ich hatte vergessen, dass du die Sache mit dem Fasten wahrscheinlich ernst genommen hast. Mit etwas im Magen wirst du dich besser fühlen.«

»Heißt das, du hast nicht gefastet?«, fragte sie bestürzt.

»Nein«, antwortete er, und sie konnte fast spüren, wie er sich um Geduld bemühte. »Und wenn du Kaninchen zur Welt bringst, Imogen, dann schwöre ich dir, dass ich auf Knien nach Jerusalem pilgern werde.«

»Oh, sprich nicht so!«

»Imogen, Frauen bekommen keine Kaninchen.«

»Gott kann alles möglich machen.« Sie fragte sich, ob er ketzerisch genug sein würde, um selbst das abzuleugnen.

»Zweifellos. Aber ich bin sicher, dass Gott mit seiner Allmacht Besseres anzufangen weiß.«

Sie biss sich auf die Lippe. Das schien gleichzeitig wahr und in gewisser Weise frevlerisch zu sein. »Und die Ungeheuer?«, fragte sie.

Er trat einen Schritt auf sie zu. »Imogen, Frauen bringen manchmal seltsame Kinder zur Welt – verkrüppelte Kreaturen, manchen fehlen sogar Gliedmaßen. Ich habe einmal ein Baby gesehen, das wie ein Zyklop aussah, mit nur einem Auge. Auch du musst schon solche unglücklichen Geschöpfe zu Gesicht bekommen haben, selbst in Carrisford. Aber ich glaube nicht, dass Gott sie so erschaffen hat als Strafe für Ehebruch oder unziemliche Freuden. Ich habe auch schon ähnlich deformierte Tiere gesehen. Haben die sich auch zu viel amüsiert?«

Darauf wusste Imogen nichts zu sagen. Sie hatte tatsächlich einmal ein Lamm mit sechs Beinen gesehen.

Er berührte sanft ihre Wange, und sie hätte schwören können, dabei eine Andeutung eines Lächelns zu sehen. »Ich glaube, meine größte Verfehlung ist zu vergessen, wie jung und naiv du bist. Manchmal bist du so tapfer und stark. Geh zu Bett. Ich komme bald wieder.«

11

Jung und naiv. Das tat weh, auch wenn es zweifelsohne stimmte. Aber immerhin gab sie sich Mühe. Zählte das nicht? Er hatte gesagt, manchmal sei sie tapfer und stark, und das tröstete sie.

Sobald er gegangen war, zündete Imogen eine Kerze an und richtete das Bett neu. Angewidert bürstete sie alle zerdrückten Rosenblätter auf den Boden. Duft stieg von ihnen auf, doch er gefiel ihr nicht; ihr war der andere lieber, der moschusartige, den sie als den seinen erkannte.

Die Hände fest gefaltet, betrachtete sie das Bett. Er glaubte, ihr Problem seien lediglich religiöse Zweifel, doch im Grunde ihres Herzens wusste sie, dass das nicht stimmte. Es war vielmehr diese andere, weitaus dunklere Furcht, die zwischen ihnen lag und die Wulfgans Worte noch verschlimmerte.

Sie wollte diese Furcht nicht, schien jedoch nicht in der Lage, sie zu beherrschen. Aber so eine Sache musste man in den Griff kriegen. Wenn ihr Kopf klar war, so wie jetzt, dann wusste sie natürlich, dass FitzRoger kein Warbrick war, dass er sie nicht vergewaltigen wollte, dass sie mit ihm vereint sein wollte.

Aber als es geschah, war es gewesen wie mit den Ratten. Nichts konnte sie davon abhalten, vor einer Ratte davonzulaufen. Nichts konnte sie dazu bewegen, freiwillig so ein Tier anzufassen.

Sie war sicher, dass es diese Furcht gewesen war, die ihr solche Schmerzen bereitet hatte. War es wirklich möglich, dass nichts sie dazu bringen konnte, sein Eindringen in sie zu bejahen?

Imogen barg das Gesicht in den Händen. Wenn es so war, würde das die Hölle auf Erden bedeuten.

Sie musste es in den Griff kriegen.

All ihren Mut zusammennehmend, zog sie sich aus, schlüpfte unter die Bettdecke und verscheuchte jegliche Gedanken, damit sie sich dieses Mal richtig verhalten würde.

Einige der heiligen Märtyrerinnen kamen ihr in den Sinn. Wenn die heilige Katharina das Rad besiegt und die heilige Agatha es ausgehalten hatte, dass man ihr die Brüste abschnitt ... zu spät fiel ihr ein, dass diese Geschichten nur Wulfgans Predigten stützten, denn die Märtyrerinnen waren bestraft – und von ihren Sünden gereinigt – worden, weil sie sich geweigert hatten, sich von Männern beflecken zu lassen.

Stattdessen dachte sie an den Gang nach Cleeve, der entsetzlich und beängstigend gewesen war, aber er musste getan werden, und so hatte sie ihn getan. Und auch dies war etwas, das getan werden musste.

FitzRoger trat ein mit einem vollen Tablett, einem Krug und zwei Kelchen. Schlagartig schob der schlichte Hunger Imogens edle, ja philosophische Gedanken beiseite. Ihr Magen knurrte; sie setzte sich erwartungsvoll auf, und er stellte ihr die Mahlzeit mit einem spöttischen Lächeln direkt vor die Nase. Sie nahm sich ein Stück kaltes Safranhähnchen und biss hinein mit einem Laut in der Kehle, der fast einem Schnurren gleichkam.

Nach dem Hähnchen ließ sie sich einen Honigkuchen mit Mandeln munden, der ihr so gut schmeckte, dass sie sich danach die Finger ableckte. Durch ihren Heißhunger plötzlich verlegen, blickte sie zu ihm auf. Er beobachtete sie wie eine Raubkatze, schien jedoch nicht unangenehm berührt, sondern bot ihr sogar einen Kelch Wein an.

Sie griff danach und versuchte ein Lächeln. »Danke, Mylord.«

Er hielt den Kelch fest. »Tyron«, korrigierte er sie. »Oder Ty. Oder auch Bastard, wenn du willst.«

Zögernd erlaubte sich Imogen, ihn zu necken. »Bastard«, wiederholte sie.

Seine Lippen zuckten, als er ihr den Wein reichte.

»Macht dir das denn nichts aus?«, fragte sie, ihn über den Kelch hinweg beobachtend.

»Hinter meinem Rücken werde ich schon mein ganzes Leben lang so genannt. Ich habe allerdings Männer getötet, die es mir ins Gesicht gesagt haben.«

Sie musterte ihn nachdenklich. Er gab sich freundlich, aber die Maske war fest an ihrem Platz. Sie wünschte, er hätte sie wieder fallen gelassen.

»Und was machst du mit mir, wenn ich diesen Namen benutze?«

»Ich habe dir die Erlaubnis dazu erteilt, oder etwa nicht? Und falls du jemanden brauchst, um dein Fleisch zu kasteien – ich bin sicher, Wulfgan wird sich nicht dagegen sträuben.« Sie bemerkte, wie er sich nach diesem plötzlich aufflammenden kleinen Anzeichen von Ärger wieder beherrschte. Dann fuhr er ruhig fort: »Aber wenn du mich in der Öffentlichkeit als Bastard bezeichnest, meine Gemahlin, dann musst du die komplizierte Beziehung meiner Mutter zu Roger von Cleeve erklären.«

Imogen war, als würde sie auf Zehenspitzen über Dolche laufen, doch dass er sie als seine *Gemahlin* ansprach, gab ihr Kraft. Er stieß sie also nicht zurück. »Was ist daran so kompliziert?«, fragte sie.

Er legte sich ihr gegenüber auf das Bett, den Rücken an einen der Pfosten gelehnt. Seine Füße berührten fast ihre Knie. »Meine Mutter heiratete Roger von Cleeve, und das kann ich anhand von Dokumenten auch beweisen, obwohl er sie vernichten wollte. Als ihm die Ehe unangenehm wurde, ließ er sie für ungültig erklären mit der Begründung, ich sei nicht sein Kind. Ich kam einen Monat zu früh zur Welt, und er konnte beweisen, dass er neun Monate zuvor in England gewesen war.«

»Warst du sehr klein?«

»Winzig. Aber das ließ er nicht gelten, und auch für das mit dem Fall betraute Kirchengericht zählte es nicht. Den Bischof interessierte eine großzügige Spende wesentlich mehr.«

»Aber jetzt ist deine Abstammung rechtsgültig bewiesen.«

»Ja. Jetzt halten Geld und Macht die Waage auf der anderen Seite nieder.«

Imogen wollte schon fast protestieren, dass das doch bemerkenswert respektlos klang, doch sie hielt ihre Zunge im Zaum.

Er erzählte weiter. »Natürlich wurde die Sache dadurch erleichtert, dass es keinen Erben gab, der sie anfocht.«

»Da dein Halbbruder Hugh praktischerweise ja schon tot war.« Jetzt wünschte sie, sie hätte sich besser im Griff gehabt. Es hieß, Hugh sei bei Tisch erstickt, doch es gab auch Gerüchte ...

Ein eigenartiger Blick von ihm, der ihr bewusst machte, dass sie nackt im Bett saß, lenkte Imogen vom Thema ab. Sie schrie auf und wollte die Decke über sich ziehen, doch er nahm sie ihr blitzschnell weg.

Dann fiel ihr wieder ihr guter Vorsatz ein, und sie erstarrte. Ihr Herz pochte, und sie war hochrot im Gesicht, doch sie wehrte sich nicht gegen ihn.

»Du bist wunderschön«, sagte er. »Es gibt keinen Grund, dich vor mir zu verbergen.«

»Sittsamkeit«, hielt sie dagegen, biss sich jedoch sofort auf die Lippe.

Ein kurzes Senken seines Blicks war der einzige Hinweis für FitzRogers Unwillen, doch Imogen bemerkte ihn. »Es ist nicht unanständig, sich vor seinem Gemahl nackt zu zeigen«, erklärte er in derselben ruhigen, respekteinflößenden Weise wie zuvor. Die Situation und ihre Erinnerung machten Imogen schrecklich befangen.

Er warf die Decke über sie und verließ das Bett. Imogen wusste, dass sie wieder etwas falsch gemacht hatte. Was in aller Welt sollte sie nur tun? Trotz ihrer guten Absichten fürchtete sie, wenn er erneut versuchte, die Ehe zu vollziehen, würden dieselben schrecklichen Ereignisse sich wiederholen.

Aber ohne den Vollzug der Ehe waren sie nicht verheiratet.

Er stand an dem schmalen Fenster und blickte auf den Hof hinaus, einen Arm gegen die Wand gestemmt. Es war schattig in dieser Ecke des Raums, doch das schwache Mondlicht ließ seine Körperkonturen stark hervortreten und ihn noch härter erscheinen, als er ohnehin war.

Aber heute Nacht hatte sie gesehen, dass er auch ganz anders sein konnte.

»Ich wünschte, du würdest ins Bett kommen«, flüsterte sie in das graue Halbdunkel hinein. »Bitte.« Sie wusste, dass das möglicherweise wie eine Einladung klang, sein Tun zu wiederholen, und das wollte sie nicht. Aber sie wusste auch, dass es einer Katastrophe gleichkäme, wenn er die ganze Nacht lang an diesem Fenster stehen bliebe.

Sie glaubte, er würde sich weigern, doch dann zog er sich aus und legte sich zu ihr. Er drehte sich wieder auf die Seite und spielte mit einer Strähne ihres Haars. »Was würdest du tun, wenn ich jetzt wieder von vorn anfinge, frage ich mich?«

Imogen schluckte. »Mich fügen«, antwortete sie tapfer.

»Das dachte ich mir. Schlaf jetzt, Ginger. Wir brauchen beide unseren Schlaf.«

Als Imogen aufwachte, war es draußen taghell, und sie lag allein im Bett. Sie setzte sich auf und sah sich im Zimmer um, aber er war nicht da. Furcht ergriff sie. Eine Hochzeitsnacht ohne Vollzug der Ehe. Was würde jetzt mit ihr geschehen?

Sie hörte Männer und Hufgetrappel im Burghof und schoss in die Höhe. Er ritt fort!

Im nächsten Augenblick, noch ehe sie etwas unternehmen konnte, ging jedoch die Tür auf, und FitzRoger trat ein. Imogen griff spontan nach der Bettdecke, hielt jedoch dann inne im Bestreben, sich nicht wegen ihrer Nacktheit zu genieren. Sie fühlte Erleichterung darüber, dass er noch hier war.

Oder war er nur gekommen, um seine Abreise anzukündigen?

Er hob ihr Unterkleid vom Boden auf und warf es ihr zu. Sobald sie es anhatte, öffnete er die Tür. Zwei Bedienstete traten ein, deckten den Tisch mit einem Tuch und servierten Fleisch, Brot und Ale.

Erst als die beiden gegangen waren, begrüßte er sie. »Guten Morgen. Du siehst gut ausgeschlafen aus.«

»Ja.« Sofort fragte sie sich, ob das die falsche Antwort gewesen war. Hätte sie von Kummer oder Sorgen geplagt wach liegen sollen? Hatte er die Nacht so verbracht? Der Gedanke schien lächerlich, denn er sah ernst und unerschütterlich aus wie immer.

Er wies einladend auf den Tisch, und sie verließ das Bett und setzte sich zu ihm, nahm ein Brötchen und fragte sich, was sie wohl Kluges und Unverfängliches sagen könnte. Das frische, warme Brot erinnerte sie an dasjenige, das sie in Cleeve gegessen hatte. Wäre sie nicht dorthin gegangen, was wäre wohl aus ihr geworden?

Vielleicht wäre sie Warbrick in die Hände gefallen. Dann wäre sie jetzt bereits tot, denn sie hätte sich umgebracht. An diesem schönen, sonnigen Tag mit Vogelgesang und dem Geruch der warmen Erde, der in der Luft lag, freute sie sich, am Leben zu sein.

Vielleicht aber hätte sie sich auch bis zum König durchschlagen können. Dann wäre sie FitzRoger überlassen worden ohne eine Chance, irgendwelche Bedingungen zu stellen.

Vielleicht hätte sie darauf bestehen können, dass es eine Vereinbarung gegeben hatte, dass sie Lancaster heiraten sollte. Sie stellte sich den alten Grafen im Ehebett vor. Seine fleischigen, klammen Hände. Er fuhr sich andauernd mit der Zunge über die Lippen, sodass sie immer feucht waren, und wegen seiner schlechten Zähne roch er aus dem Mund. Und ganz gewiss hätte Lancaster den Vollzug der Ehe nicht abgebrochen, selbst wenn sie noch so laut gebrüllt hätte …

»Was ist los?«, fragte FitzRoger wachsam.

»Nichts.«

Imogen merkte, dass er ihr nicht glaubte. Seine ganze Aufmerksamkeit war auf sie konzentriert; sie war ein Problem, das es zu lösen galt. Das war zermürbend.

»Sind schon einige Leute auf?«, fragte sie.

Er schenkte ihr etwas Ale ein, und sie trank den Becher in einem Zug leer.

»Ein paar verschlafene Hausangestellte und die unglücklichen Wachen, die letzte Nacht Dienst hatten. Ich schätze«, fuhr er trocken fort, »außer denen haben sich alle prächtig amüsiert.«

Bis auf uns, dachte Imogen und konzentrierte sich auf ihr Brot. »Ich denke, ich sollte hinuntergehen und mich an die Arbeit machen …«

»Das ist nicht nötig. Wir können uns etwas Müßiggang erlauben. Oder zumindest du. Hal ist schon auf und ganz wild darauf, jagen zu gehen.« Er nahm sich einen Bissen Fleisch.

Imogen blickte auf; sie hatte schon wieder das Gefühl, in die Hätschelecke geschoben zu werden. »Ich gehe auch gern jagen«, sagte sie herausfordernd.

»Aber nicht heute.«

»Heißt das, ich habe Stubenarrest?«

»Imogen, Carrisford gehört dir. Geh, wohin du willst. Tu, was du willst. Geh jagen, wenn du das willst. Ich bin sicher, mein Ruf hält dem stand; über deinen scheinst du dir ja keine Gedanken zu machen.«

Jetzt verstand sie und errötete. Wenn sie den ganzen Tag im Sattel saß, würde man wissen, dass die Ehe nicht vollzogen worden war, oder man würde denken, sie sei keine Jungfrau mehr gewesen. »Gut. Ich gehe nicht zur Jagd«, lenkte sie ein.

»Wie du willst.«

Sie schüttelte kläglich den Kopf. Diese Augenblicke der Wärme vor dem Desaster waren kurz gewesen, aber sie wirkten nach. Sie konnte sie nicht vergessen und wünschte sie sich zurück. Sie wollte über das Geschehene sprechen, jetzt, in der Sicherheit des hellen Tages. Sie wollte ihm von ihren Dämonen erzählen und sich für ihre Torheit entschuldigen. Aber sie konnte nichts sagen; sie glaubte, an ihren eigenen Worten ersticken zu müssen.

»Was dir fehlt«, erklärte er kurz angebunden, »sind ein paar Frauen um dich herum. Hast du Verwandte, die bereit wären, bei dir zu leben?«

Sie schüttelte den Kopf. Da er sie nicht ansah, machte es ihr große Mühe, ihm zu antworten. »Nein. Nur meine ... meine Tante. Mein Vater hat ... hatte Verwandte in Flandern, aber sie sind mir fremd ...«

»Ich werde etwas arrangieren. Als Erstes werde ich um ein paar Nonnen aus Hillsborough anfragen. Ich bin sicher, dass du mit solcher Gesellschaft gut zurechtkommst.«

»Wie du meinst.« Imogens Anliegen war eher, seine eisige Schale zum Schmelzen zu bringen, als Gesellschaft zu bekommen.

Sie wollte den neckischen, entspannten FitzRoger zurück. Diese Sehnsucht plagte sie wie ein physischer Schmerz in ihrer Brust. Er wurde noch vergrößert dadurch, dass sie selbst ebendies durch ihr Verhalten zweifellos unmöglich gemacht hatte. Bestimmt würde er sich nicht noch einmal auf eine solch katastrophale Szene einlassen.

Aber er musste es!

Es sei denn, er verlor die Geduld, oder er vergaß sich und vergewaltigte sie.

»Schau mich nicht so an«, sagte er in scharfem Ton. »Ich werde dich nicht wieder belästigen.« Er stand auf, holte aus einer Truhe ein Paar Handschuhe für die Beizjagd und eine Peitsche und ging auf die Tür zu. »Ruh dich aus.«

In einem Versuch zu scherzen fragte Imogen: »Ist das ein Befehl?«

Er war bereits an der Tür. Nun blickte er zurück und schüttelte den Kopf. »Tu, was du willst. Carrisford gehört dir. Du hast es dir verdient.«

Von ihrem Fenster aus beobachtete Imogen den Ausritt der Jagdgesellschaft. Der König war offenbar nüchtern geblieben, denn er und FitzRoger schienen sich als Einzige auf einen ganzen Tag im Sattel zu freuen. Die restlichen Männer stiegen schwerfällig auf ihre Pferde, als hätten sie alle einen Brummschädel und seien völlig erledigt. Imogen konnte nicht umhin zu kichern, vor allem, als einer der Reiter aufsaß und im nächsten Augenblick auf der anderen Seite des Tieres wieder herunterfiel.

Als würde er ihre Blicke spüren, sah FitzRoger mit beinahe liebevoller Miene zu ihr hoch und warf ihr eine Kusshand zu. Imogen musste ihr Lächeln nicht erzwingen, als sie scheu zurückwinkte.

Der König sagte etwas. Seinem Gestikulieren nach vermutete sie, dass er ihrem Gemahl anbot, zu Hause zu bleiben. FitzRoger lehnte jedoch ab und machte eine Bemerkung, die die Umstehenden zum Lachen brachte.

Imogen wusste, es musste etwas Unanständiges gewesen sein, denn von einem frischgebackenen Bräutigam wurde das erwartet.

Die Falkner kamen, und einige Männer, darunter auch FitzRoger, setzten sich einen Vogel auf den Arm. Es war ein schöner Wanderfalke, der nach der Stimme seines Herrn suchend den Kopf drehte und unter dessen vorsichtiger Berührung den Hals krümmte.

In welchem Zustand waren wohl ihre Mauserkäfige? Und was war mit ihrem Zwergfalken? Es gab noch so viele Teile von Carrisford, die sie nach dem Überfall noch nicht in Augenschein genommen hatte. Sie befürchtete das Schlimmste.

Die angeleinten Hunde zerrten ihre Führer auf das Tor zu, erpicht darauf, ins Freie zu gelangen. Von den Hunden ihres Vaters hatte sie seit Warbricks Plünderung nichts mehr gesehen. Sie mussten gestohlen oder getötet worden sein.

Auf ein Zeichen des Königs hin verließ die Jagdpartie die Burg.

Und die Pferde. Was war mit den Pferden? Imogen seufzte. Es bestand wohl kaum Hoffnung, dass Ysolde, ihr schneeweißer Zelter, Warbrick hatte entkommen können.

Wegen ihrer wunden Füße und der ständigen Beschäftigung mit FitzRoger hatte sie ihre Aufgaben als Burgherrin völlig vernachlässigt. Jetzt war Zeit dazu, sich um alles zu kümmern. Jetzt war auch die Gelegenheit, in ihre Schatzkammer zu gehen und für die finanziellen Grundlagen der Verwaltung von Carrisford zu sorgen. Ihr Verhalten war nicht mehr so sehr vom Misstrauen gegenüber FitzRoger bestimmt als vielmehr von dem Wunsch, sich verantwortlich und ihrer Stellung würdig zu zeigen. Sich seiner würdig zu zeigen.

Andererseits musste sie sich eingestehen, dass sie nicht bereit war, ihm ungehinderten Zugang zur Schatzkammer zuzugestehen.

Konnte man einem Menschen gleichzeitig trauen und misstrauen?

Ja. Sie vertraute ihm in persönlichen Dingen, aber nicht dann, wenn es darum ging, zwischen ihren und seinen Interessen sowie denen des Königs abzuwägen. Sowohl ihr Gemahl als auch der König waren relativ neu in ihren Ämtern, und sie strebten nach Macht. FitzRoger wollte Cleeve zu Größe verhelfen, und Henry wollte eine stabile Machtbasis in diesem Teil des Landes etablieren. Imogen hatte nicht vor, sich gegen diese Ziele zu stellen, doch ihre erste Priorität war der Wiederaufbau von Carrisford.

Sie blickte finster auf ihre Füße, denn sie wollte nicht barfuß durch die schmutzigen Gänge zur Schatzkammer gehen. Wieder probierte sie ein Paar Schuhe an, aber sie drückten nach wie vor an einigen Stellen. Sie konnte sie wohl für einige Zeit tragen, doch der Preis dafür würde sein, den Heilungsprozess zu verzögern. Imogen murmelte ein paar Flüche vor sich hin, die ihr sicher einen Tadel vonseiten ihrer Tante und eine ansehnliche Buße von Father Wulfgan eingebracht hätten.

Wo war Martha? Sie war keine besonders gute Zofe, aber eine andere hatte sie eben nicht. Sicher schlief sie nach der gestrigen Zecherei noch tief und fest.

Imogen beschloss, dass sie auch ohne Martha zurechtkam. Zum ersten Mal in ihrem Leben zog sie sich ohne fremde Hilfe an. Es war nicht schwer, in ein einfaches Kleid und eine Tunika zu schlüpfen, aber ein ansprechendes Aussehen zu erzielen, ohne sich dabei sehen zu können, verlangte einiges an Geschick.

Sie bürstete ihr Haar, schaffte es jedoch nicht, sich Zöpfe zu flechten; dazu waren sie zu lang und zu dick. Sie versuchte es, doch die Zöpfe sahen unförmig aus; sie musste das Haar einfach offen tragen.

Als verheiratete Frau hatte sie zwar das Recht, einen Schleier zu tragen, aber sie besaß keinen. Darüber hinaus fand sie in FitzRogers Schmuckschatulle auch keinen Haarreif, um einen solchen zu befestigen. Sie konnte ein schlichtes Tuch benutzen, wie es die Frauen der Leibeigenen taten, doch das erschien ihr erniedrigender, als barhäuptig zu gehen.

In der Schatzkammer hatte sie mehr als genug Haarreife.

Schließlich wurde sie ungeduldig und gab ihre Bemühungen, wie eine verheiratete Frau aussehen zu wollen, auf. Barfuß, ohne Kopfbedeckung und mit offenem Haar ging sie in den Saal hinunter. Wenn jemand sich darüber aufregen wollte, sollte ihr das auch recht sein. Aber sie wusste, niemand würde es wagen, einen Skandal wegen etwas zu machen, das Bastard FitzRogers Gemahlin tat. Und dieser Gedanke machte sie stolz.

Als sie den Saal betrat, musste sie sich das Lachen verkneifen. Es bot sich ihr ein Bild des Jammers. Dem Zustand der Anwesenden nach zu urteilen, hatte hier ein ausschweifendes Gelage stattgefunden. Renald de Lisle saß an der Hohen Tafel, den Kopf schwer in die Hände gestützt.

Imogen näherte sich ihm von hinten. »Guten Morgen, Sir Renald.«

Obwohl sie leise gesprochen hatte, fuhr er zusammen, als hätte sie gebrüllt, besann sich jedoch auf seine Manieren und stand auf, um ihr einen Platz anzubieten.

»Guten Morgen, kleine Blume.« Er betrachtete sie ziemlich genau und meinte: »Ihr seht nicht im Geringsten mitgenommen aus.«

Dann zuckte er aufgrund seiner eigenen Worte zusammen.

»Mir geht es auch gar nicht schlecht, vielen Dank«, erwiderte Imogen und errötete sogleich, weil ihr klar wurde, dass das auch als ein Eingeständnis verstanden werden konnte. Aber bestimmt würde er es nicht so verstehen. Sie wollte niemandem auch nur den kleinsten Hinweis darauf geben, dass ihre Hochzeitsnacht in irgendeiner Weise unvollständig gewesen war. »Tatsächlich«, fügte sie rasch hinzu, »würde ich sagen, dass ich heute in besserer Verfassung bin als die meisten andern in Carrisford. Ihr habt Euch entschieden, nicht jagen zu gehen?«

»Ich wurde als Kommandant zurückgelassen. Ob das aus Freundlichkeit geschah oder nicht, weiß ich nicht so recht. Beim Gedanken zu reiten rebelliert mein ganzer Körper, aber die anderen werden nach einem Tag an der frischen Luft in einem besseren Zustand sein als ich.«

Eine Frau kam in den Saal geschlendert und zog das offene, grellbunte Kleid über ihre üppigen Brüste hoch. An einem Tisch schenkte sie sich einen Becher Ale ein und streichelte nebenbei einem Wachmann über die Schulter. Der legte ganz zwanglos einen Arm um sie und zog sie zu sich.

»Wer ist das?«, fragte Imogen fordernd. »Diese Frau ist nicht aus Carrisford!«

Renald setzte sich abrupt auf, fluchte jedoch sofort und griff sich an den Kopf. »Eine Besucherin«, stöhnte er. »Ich schicke sie gleich weg.«

»Aber wer ...?« Jetzt erst bemerkte Imogen, dass sich auch noch einige andere fremde Frauen im Saal aufhielten, von denen keine einer Arbeit nachzugehen schien. »Dieses faule Pack!« Sie war schon halb auf den Beinen, als Renald sie wieder auf den Stuhl drückte.

»Pst! Keine Aufregung.« Er wirkte etwas peinlich berührt. »Das sind Huren aus Hereford.«

Imogen stockte der Atem. »*In meiner Burg?* Hat FitzRoger das veranlasst?«

»Nicht so laut!«, zischte er und zuckte vor Schmerzen zusammen. »Ja, aber Ihr kennt eben Beauclerk nicht. Er ist ein wollüstiger Mann, und sein Gefolge steht ihm darin kaum nach. Wir mussten ein paar Prostituierte heranschaffen, denn Ihr würdet es sicher auch nicht billigen, wenn heute keine Frau aus Carrisford sich mehr auf den Beinen halten könnte.«

Imogen war sprachlos. »Also gut«, meinte sie nach einer geraumen Weile, »aber ich will sie nicht in meinem Saal haben, König hin oder her!«

»Natürlich nicht. Ich kümmere mich darum, aber ohne großes Aufheben. Ty hätte ...« Er warf ihr einen prüfenden Blick zu. »Er schien heute Morgen nicht ganz er selbst zu sein.«

Imogen verzog keine Miene. Seine berühmte Effizienz war also offenbar doch leicht in Mitleidenschaft gezogen. Gut zu wissen. Sie senkte sittsam den Blick. »Ein verheirateter Mann zu sein ist sicher etwas gewöhnungsbedürftig.«

»Davon bin ich überzeugt. Und wie fühlt Ihr Euch jetzt, da Ihr eine verheiratete Frau seid?«

Sie sah ihn fragend an, verwundert über seinen Ton. Aber sogar zwischen ihrem Gemahl und Renald musste es Geheimnisse geben. »Hatte ich jemals eine Wahl?«, fragte sie zurück, stand auf und schüttelte ihre Röcke aus. »Momentan bin ich mehr damit beschäftigt, meiner Rolle als Herrin von Carrisford gerecht zu werden. Entfernt diese Frauen aus meinem Saal, Sir Renald. Und macht bekannt, dass ich dem Gesinde, wenn es nicht innerhalb einer Stunde fleißig bei der Arbeit ist, mit der Peitsche nachhelfen werde.«

Ein Funke der Bewunderung blitzte in seinen blutunterlaufenen Augen auf. »Jawohl, Mylady!«

Imogen stolzierte aus dem Saal und auf die Stufen zum Burghof zu, hielt dann jedoch ernüchtert inne. Sie konnte nicht barfuß in den Hof gehen.

Wegen dieser Einschränkung ungehalten, nahm sie den Weg durch die Speisekammer und die Treppe zu den Lagerräumen und Kellern hinunter. Diese Stufen waren sauberer, aber auch sie taten ihren bloßen Füßen nicht gut.

Auf der untersten Etage des Wohnturms sah sie sich mit dem bestürzenden Anblick leerer Regalbretter, zerbrochener Behälter, verschütteter Nahrungsmittel und dem unangenehmen Geruch ausgegossenen Biers und Weins konfrontiert. Man hatte sie zwar darüber unterrichtet, doch mit derartigen Zuständen hatte sie nicht gerechnet.

FitzRoger hatte alles für die Hochzeit Nötige herbeigeschafft. Hätte er nicht auch dieses Chaos beseitigen können?

Sie schob diesen misslaunigen Gedanken rasch beiseite. Er war beschäftigt gewesen und hatte zu wenige Leute gehabt. Außerdem war das nicht seine Aufgabe, sondern ihre. Aber alles wieder in Ordnung zu bringen, das würde eine Menge Arbeit sein. Sie brauchte Leute und Geld.

Die nötigen Mittel hatte sie, aber sie hatte keinen Zugriff darauf. Der Geheimgang zur Schatzkammer war bewusst so angelegt worden, dass niemand ihn gerne benutzte – er war dunkel und schmutzig, und an manchen Stellen musste man mehrere Zentimeter tiefes Wasser durchqueren. Er sollte aussehen wie einer der Gänge, die aufgegeben worden waren. Ihn mit bloßen Füßen entlanggehen zu wollen wäre verrückt gewesen.

Mit einem tiefen Seufzer verschob Imogen den Plan, an ihr Vermögen zu kommen, auf einen späteren Zeitpunkt, an dem sie in der Lage sein würde, wieder Schuhe zu tragen, und stieg stattdessen die enge Wendeltreppe zu ihrem Turmzimmer hinauf.

Erst als sie das Gemach betrat und sah, wie kärglich es im Moment ausgestattet war, wurde ihr klar, dass es nicht mehr ihr Zimmer war. Es sei denn, FitzRoger hatte beschlossen, sein Quartier nicht mit ihr zu teilen. Sie wusste nicht, wie er das handhaben wollte. Sie wusste nur, dass es unklug sein würde, ihre Probleme dadurch bekannt werden zu lassen, dass sie getrennt schliefen; gleichzeitig befürchtete sie aber, dass es wieder zu diesen grauenvollen Intimitäten kommen würde, wenn sie zusammen waren.

Sie presste die Hände zusammen. Es musste getan werden. Ohne Vollzug war die Ehe unvollständig und anfechtbar.

Plötzlich kam ihr der Gedanke, dass ihre Jungfräulichkeit eine Möglichkeit zur Flucht darstellte. Natürlich, solange sie vollkommen auf FitzRoger und den König angewiesen war, konnte sie nichts tun; aber sollte diese Situation längere Zeit anhalten und sich das Kräfteverhältnis verändern …

Imogen trat vor die Maueröffnung, in der sich einmal ihr Buntglasfenster befunden hatte, und blickte über ihre Burg und ihr Land.

Wollte sie dieser Ehe entfliehen?

Ihr Gemahl war ein harter Mann, und sie war sich nicht klar darüber, ob sie ihm wirklich vertrauen konnte. Seine

Stellung war unsicher, denn der Streit um die Krone zwischen Henry Beauclerk und seinem Bruder war noch nicht entschieden. Wenn Henry fiel, dann fiel FitzRoger ebenfalls, und womöglich würde mit ihm dann auch Carrisford fallen.

Eine kluge Frau würde versuchen, Bastard FitzRoger zu entkommen. Doch mit diesem Gedanken ging auch ein Schmerz einher. Auf eine seltsame Weise war dieser Mann bereits ein Teil ihres Lebens; sein Weggang würde eine klaffende Lücke hinterlassen.

Ehe Imogen sich weiter mit diesem Problem befassen konnte, kam Martha hereingeplatzt. »Da seid Ihr ja, Mylady! Was tut Ihr denn hier? Ich habe mir solche Sorgen gemacht! Da ist ein Mann für Euch gekommen. Ich hole ihn her.«

Sie war wieder fort, bevor Imogen Zeit fand, ihr Fragen zu stellen.

Imogen wusste nicht, mit wem sie rechnen sollte, aber sicher wäre sie nie darauf gekommen, dass es ein Handwerker sein könnte. Er verneigte sich tief. »Lady Imogen von Carrisford?«

»Ja«, antwortete sie.

»Cedric von Ross, Schuhmachermeister«, stellte sich der schlanke Mann voller Stolz vor. »Euer Gemahl hat Schuhwerk für Euch bestellt.« Er öffnete sein Bündel und holte ein halbes Dutzend noch recht unfertiger Paare heraus. Eigentlich waren es eher Sandalen.

Verwirrt nahm Imogen einen Schuh zur Hand, der praktisch nur aus einem Fersen- und einem Zehenteil bestand. »Wie würde so etwas am Fuß bleiben, Meister Cedric?«

»Sie sind alle noch unvollständig, Lady. Lord FitzRoger hat mir ein Paar Eurer Schuhe zum Maßnehmen geschickt und eine Beschreibung Eurer ... äh ... Schwierigkeiten. Ich habe alles so gut wie möglich vorbereitet. Jetzt können wir eine Anprobe machen, und ich bringe dann die Befestigungen so an, dass sie Euch keine Schmerzen verursachen.«

Imogen hätte vor Dankbarkeit heulen können. Inmitten allen Chaos und all der Arbeit hatte FitzRoger daran gedacht. Nein, sie wollte dieser Ehe nicht entfliehen.

Meister Cedric probierte verschiedene Varianten aus, zeichnete an, schnitt zu und nahm Maß. Schließlich hielt er ein Paar Schuhe in die Höhe, das lediglich aus dünnen Riemen und Sohlen bestand. »Diese wären am besten geeignet für drinnen, Lady, denn sie schützen Eure Fußsohlen, ohne die Wunden zu berühren. Die Riemen kann ich gleich noch befestigen.«

Imogen nickte. »Aber ich brauche auch ein festes Paar«, sagte sie. »Für den Fall, dass ich auf den Burghof gehen muss.«

Der Mann schürzte die Lippen und wählte dann die Konstruktion aus, die nur aus Zehen- und Fersenteil bestand. »Dieser hier, Lady. Seht, ich kann die Seiten noch mit weichem Leder versehen, das sollte ausreichend Schutz bieten, ohne Euch Schmerzen zu bereiten. Mit einer erhöhten Korksohle könnt Ihr dann auch durch Schmutz gehen.«

»Wie lange wird das dauern?«

»Die Sandalen sind in ein paar Minuten fertig, Lady. Aber für den anderen Schuh werde ich bis morgen brauchen.«

Imogen erklärte sich seufzend einverstanden. »Schade, dass Ihr nicht ein paar Tage früher gekommen seid, Meister Cedric.«

Der Mann blickte auf. »Aber mir wurde aufgetragen, erst heute zu kommen, Lady. Sicher waren Eure Füße noch nicht gut genug verheilt, dass Ihr Schuhe hättet tragen können.«

Sofort löste sich Imogens Zufriedenheit in Luft auf. FitzRoger hatte wie immer an alles gedacht. Er wollte, dass sie mobil war – zweifellos, damit sie ihre Pflichten in der Burg wahrnehmen konnte –, aber er hatte gleichzeitig dafür gesorgt, dass sie sich erst dann frei bewegen konnte, wenn sie bereits an ihn gebunden war.

Das passte nur zu gut zu ihm. Selbst seine Freundlichkeit war wohlkalkuliert.

Aber natürlich hatte ihr berechnender Gemahl nicht ahnen können, dass die Ehe heute noch immer nicht vollzogen sein würde.

Zum ersten Mal fragte sich Imogen, weshalb das so war.

Sie erinnerte sich an ihren Gedanken, dass Lancaster den Akt vollendet hätte, auch wenn sie noch so geschrien hätte. Männer nahmen Frauen mit Gewalt, warum also hatte ihr Gemahl das nicht getan?

Man durfte jedoch nicht vergessen, dass FitzRoger immer seinen ehrgeizigen Interessen entsprechend handelte.

Sein wichtigstes Ziel hatte er erreicht; sie waren verheiratet.

Zweifellos wusste er, dass Imogen die Angelegenheit nicht an die Öffentlichkeit dringen lassen würde. Also dachte er wahrscheinlich, es sei vorteilhafter für ihn, sie freundlich zu behandeln, als sie zu zwingen. Schließlich würde sie einem Vergewaltiger eher keinen Zugang zu ihrem Vermögen gewähren.

Sie seufzte. Die harte Realität hatte etwas sehr Strapaziöses.

Als die Sandalen fertig waren und Imogen sie angezogen hatte, lobte sie Meister Cedric für seine feine Arbeit und trug Martha auf, ein Plätzchen für ihn zu finden, an dem er seine Werkstatt aufschlagen konnte. Dann lief sie in ihrem Gemach umher und erfreute sich der schlichten Sicherheit, die eine Lage Leder zwischen ihren Fußsohlen und dem Boden ihr gab.

Schließlich begann sie, die Burg zu erkunden. Endlich war sie in der Lage, sich in ihrem Wohnturm frei zu bewegen, und wenn sie sich an den Mauern stützte, konnte sie sogar den größten Teil der Burg in Augenschein nehmen.

Imogen verbrachte den Tag mit der Besichtigung der Schäden und Organisatorischem.

Angesichts der Situation und der fehlenden Bediensteten war Carrisford in einem überraschend guten Zustand. Sogar die Viehbestände wurden schon wieder aufgefüllt. Neue Hennen legten Eier, neue Milchkühe mit schweren Eutern waren da, und in der Molkerei wurde gebuttert. Sie inspizierte und veränderte einige Dinge, musste jedoch anerkennen, dass alles gut organisiert war.

Da die Ställe gebrannt hatten, gab es für die Pferde nur ein Pultdach als Unterstand, doch für den Sommer würde das ausreichen. Obwohl die Jagdgesellschaft ausgeritten war, waren die Ställe voll, allerdings kannte Imogen keines der Tiere. Sie rief einen Stallburschen zu sich, um ihn zu befragen, und er bestätigte ihr, dass die Pferde, die ihr und ihrem Vater gehört hatten, fort waren.

»Ich weiß nicht, ob sie tot sind oder nicht, Lady«, räumte der Mann ein. »Ich bin davongelaufen, und als ich wiederkam, war alles ungefähr schon so wie jetzt.«

»Und was ist mit den Mauserkäfigen und den Hundezwingern?«, fragte Imogen.

»Dort ist es auch nicht anders, Lady.« Doch er gab ihr mit einem Verdrehen der Augen zu verstehen, dass Tiere umgekommen waren. Er schonte sie, so wie alle, doch sie ließ es durchgehen und dachte nur traurig an ihre Hündinnen Gerda und Gelda und an ihren schönen Zwergfalken.

Der Tod war nicht genug für Warbrick. Am liebsten hätte sie ihn langsam über einem Feuer schmoren lassen.

Sie ging wieder zum Saal zurück. Die Hunde und Pferde ihres Vaters zu ersetzen war nicht notwendig, FitzRoger hatte sicher seine eigenen Tiere. Es war eine Erleichterung, dass nicht alles neu beschafft werden musste. Carrisford war zwar nicht gerade arm, aber wenn diese Sache endgültig ausgestanden war, würden seine Rücklagen doch nahezu aufgezehrt sein.

Sie fragte sich, ob wirklich keine Möglichkeit bestand, von Warbrick eine Entschädigung zu bekommen, und lachte dann über diesen Gedanken. Warbrick und Belleme brauchten Geld, um ihre Rebellion zu finanzieren, das allein war bereits Erklärung genug für den Überfall auf Carrisford. Und wenn es nach dem König ging, dann würden Belleme und seine Brüder ohnehin bald alle ihre Ländereien und ihren Besitz in England verlieren.

In Gedanken versunken, hielt sie inne. Vielleicht könnte der König ihr etwas Land als Wiedergutmachung geben? Das wäre sicher mit Komplikationen verbunden, aber ein Stück von Warbricks Land hätte die Besitzungen von Cleeve und Carrisford in der Tat wunderbar abgerundet.

Die Besitzungen von Cleeve und Carrisford.

Sie genoss es, diese Namen auszusprechen, und erkannte zum ersten Mal, welche Macht sie repräsentierten und welches Vertrauen der König gegenüber FitzRoger bewies, indem er zu all dem seine Zustimmung gab. Mit einem Schlag war FitzRoger einer der Großen des Landes geworden. Vielleicht war genau das die Absicht des Königs gewesen.

Imogen wusste, dass viele der anglonormannischen Adligen Robert, den Herzog der Normandie, unterstützt hatten, als er im Juli nach England gesegelt war, um seinen jüngeren Bruder zu vertreiben. Er hatte allerdings nicht über die Stärke verfügt, sein Vorhaben zu vollenden, sondern sich mit einer Zahlung von dreitausend Mark begnügt. Seitdem verfolgte Henry die Verräter. Die meisten belegte er nur mit Geldstrafen, doch einige wollte er vollständig ihrer Macht berauben: etwa Robert Malet, Ivo von Grandmesnil, Robert von Pontfract und Robert von Belleme.

Sicherlich würde der König es begrüßen, einen starken und vertrauenswürdigen Lord im Westen zu haben. Imogen kannte FitzRoger inzwischen gut genug, um zu wissen, dass Henry auf ihn bauen konnte. Wenn FitzRoger sein Wort gab, dann hielt er es.

Sie ließ den Blick über ihre Burg schweifen und sah Carrisford bereits als die Basis für eine der bedeutendsten Besitzungen Englands. Sie nickte. Ihr Vater hätte das sicher gutgeheißen.

Dann fragte sie sich einmal mehr, wie der Feind in die Burg gelangen konnte. FitzRoger hatte zunächst wohl die Mönche verdächtigt, doch später hatte sie davon nichts mehr gehört. Als sie diese Frage das letzte Mal mit ihm diskutiert hatte, waren sie auf Themen abgeschwenkt, die im Zusammenhang mit ihrer Heirat standen. Sie musste diesen Punkt noch einmal ansprechen.

Carrisford durfte nie wieder so leicht von einem Angreifer eingenommen werden.

Imogen kehrte zum Wohnturm zurück, und als sie den großen Saal betrat, fiel ihr erneut auf, wie kahl und unwirtlich er im Vergleich zu früher wirkte. Er musste wiederhergestellt werden, und zwar so, dass er die neue Macht ihres Gemahls widerspiegelte. Einige der Wandbehänge hatten aus Italien oder noch ferneren Ländern gestammt. Wie lange würde es dauern, sie zu ersetzen? Gefäße aus Gold und Silber konnte man bei hiesigen Handwerkern in Auftrag geben, nicht aber solche aus Glas.

Sie seufzte. Es würde alles viel Zeit in Anspruch nehmen.

Um diese Tageszeit war der Saal menschenleer, alle waren bei der Arbeit. Zufrieden stellte sie fest, dass die Huren fort waren, auch wenn sie die Burg wahrscheinlich noch nicht verlassen hatten.

Dabei fiel ihr Renalds Bemerkung über Beauclerks Wollust ein und dass sein Gefolge ihm darin nicht nachstand. Imogen runzelte die Stirn. Hatte FitzRoger während seiner Jahre an Henry Beauclerks Seite mit Huren verkehrt?

Natürlich. Was erwartete sie denn?

Auch wenn es lächerlich war – es verletzte sie.

Würde er zu Huren gehen, wenn seine Ehefrau seine Bedürfnisse nicht erfüllte? War er am Ende jetzt im Wald mit welchen zusammen?

Der Gedanke verursachte ihr quälende Pein.

Sie konnte nichts dagegen tun, aber sie schwor sich, falls er sie in ihrer eigenen Burg auf diese Weise demütigen sollte, würde sie von dem Dolch Gebrauch machen, den er ihr gegeben hatte.

Sie verdrängte diese Überlegungen jedoch rasch und machte sich auf den Weg zu den Webhütten.

In den miteinander verbundenen Räumen hatte immer reges Treiben geherrscht; hier war gesponnen, gewebt, gefärbt, geschneidert, genäht und fast alles produziert worden, was die Burg und ihre Bewohner benötigten. Nun waren sie bis auf die Wäscherei verlassen, und es war falsch, dass sie brachlagen. Dass etwa eine so geschickte Frau wie Martha sich als Zofe um Imogen kümmerte, anstatt hier zu arbeiten, war einfach lächerlich.

Imogen bestellte Martha zu sich und trug ihr auf, einige Frauen um sich zu scharen und die Arbeit hier wieder aufzunehmen.

»Aber die Frauen helfen anderswo aus, Lady«, erklärte Martha.

»Dann muss man anderswo eben ohne sie auskommen.«

»Aber mit dem König in der Burg ...«

»Auch mit dem König in der Burg. Auch er muss an einem Ort, der geplündert wurde, Abstriche in Kauf nehmen. Aber Henry ist ohnehin aufgebrochen, Belleme zu bestrafen; ich denke, er wird uns bald verlassen. Das Erste, was es zu tun gilt, Martha, ist festzustellen, was wir noch an Tuch, Wolle und Flachs haben. Wenn es so ist, wie ich vermute, werde ich mehr beschaffen müssen.«

Imogens Befürchtung erwies sich als zutreffend, und so bestellte sie Wolle; doch die Leinenweberei würden sie erst wieder aufnehmen können, wenn die Flachsernte eingebracht war.

Zusätzlich bestellte sie in Gloucester fertige Stoffe. Bis zu deren Eintreffen würde sie an ihr Geld herankommen, um sie bezahlen zu können.

Dann beratschlagte sie sich mit Martha und einigen anderen Frauen und bestimmte ein Mädchen namens Elswith zu ihrer Zofe. Elswith war ein stilles Kind von zwölf Jahren, aber sie hatte eine gute Auffassungsgabe. Imogen nahm sie mit in ihr Gemach im Wohnturm, erklärte ihr einige ihrer Aufgaben und ließ sie dann mit einigen Näharbeiten allein.

Sie selbst ging in die Küche und kümmerte sich um die Verköstigung für die nächsten Tage, in der Hoffnung, der König und sein Gefolge würden Carrisford bald verlassen. Eigentlich, dachte sie, sollte sie dankbar sein, dass er den Großteil seiner Armee zur Plünderung von Warbricks Land abgestellt hatte – es war der erste Schritt zu dessen Bestrafung.

Sobald Henry Kenntnis von Warbricks Reaktion auf den Ruf nach Gerechtigkeit hatte – oder sobald er auf diese Reaktion nicht mehr länger warten wollte –, würde er ihm seine Ländereien entziehen und dann gegen Belleme vorgehen. Sie hoffte zwar inbrünstig, er werde die beiden Brüder vernichten, aber sie wollte eine noch härtere Rache. Sie wollte Warbrick zuerst gedemütigt und erst dann tot sehen.

FitzRoger hatte versprochen, alles in seiner Macht Stehende zu tun, um ihn zu töten. Sie durfte nicht vergessen, ihm zu sagen, dass sie dabei sein wollte.

Imogen war in der Vorratskammer und überprüfte gerade die Kerzenbestände, als ihr die Folgen all dessen klar wurden. Wenn der König gegen Belleme zog, würde FitzRoger ihn begleiten. Er würde kämpfen, vielleicht gegen Warbrick. Er würde in Gefahr sein.

Na und, er hatte sein Leben lang gekämpft, sagte sie sich dann. Warum sollte sie sich also jetzt Sorgen um ihn machen?

Dennoch tat sie es.

Sie sagte sich, sie wolle einfach nicht wieder so schutzlos sein, doch in ihrem Herzen wusste sie, dass es mehr war als das. Es war dieses Gefühl, das sie letzte Nacht gehabt hatte, dass er jetzt Teil ihres Lebens war – wie ein Vater, Bruder oder

Sohn. Einer, der nie mehr ausgelöscht und vergessen werden konnte, was auch geschehen mochte.

»Ah, da seid Ihr ja, Lady Imogen.« Es war Siward. »Im Burghof sind einige Leute, die zurückgekommen sind, um ihre Arbeit wieder aufzunehmen.« Seine Augen funkelten. »Sie haben wohl eben erst gemerkt, dass Warbrick weg ist?«

»Die haben wohl eher von der Feier gehört. Wir können sie noch ein paar Tage fortschicken, wenn Ihr wollt.«

»Nein. Wir brauchen jeden Einzelnen.« Imogen dachte daran, wie FitzRoger die heimgekehrten Arbeiter empfangen hatte, und lächelte. »Ich begrüße sie an der Treppe, Siward.«

Sie brauchte Geld, deshalb eilte sie in den Turm und durchstöberte die Habseligkeiten ihres Gemahls. Seine Schatztruhen waren natürlich alle verschlossen, aber schließlich fand sie einen kleinen Beutel mit Silbermünzen von geringem Wert, der noch an einem Gürtel hing.

Dann ging sie in die Stube, in der Bruder Cuthbert, der Schreiber, arbeitete, und holte sich die Liste der Bediensteten. Damit ging sie zur Treppe hinaus, überprüfte wie einige Tage zuvor FitzRoger anhand der Liste jeden der Zurückgekehrten und händigte ihm eine Münze aus.

So, das sollte klarstellen, wem sie dienstverpflichtet waren.

Frauen, die in den Webhütten arbeiten konnten, schickte sie geradewegs dorthin. Bei einigen meinte Imogen eine leichte Enttäuschung zu bemerken. Sie ging mit ihnen, um ihnen zu helfen, ihren Arbeitsplatz einzurichten, aber auch, um sicherzustellen, dass sie sinnvolle Arbeit leisteten.

Die Räume waren bereits gesäubert und die besten Näherinnen damit beschäftigt zu reparieren, was sich noch zu reparieren lohnte. Andere zerschnitten größere Teile, die nicht mehr zu retten waren, und fertigten daraus kleinere Gegenstände – Handtücher und Tücher für den persönlichen Gebrauch der Frauen.

Feines Tuch wurde sorgfältig für den Besatz von Kleidung und für Borten aufgehoben.

Beim Arbeiten plauderten die Frauen, und auch wenn es nicht direkt gesagt wurde, war leicht herauszuhören, dass einige von ihnen in der Nacht zuvor ihren Ehemännern untreu geworden waren, dies in der kommenden Nacht erneut vorhatten und sich bereits darauf freuten.

Imogen arbeitete mit ihnen und hörte zu. Solche Dinge waren ihr noch nie zu Ohren gekommen; vielleicht hielten sie sich nun nicht mehr vor ihr zurück, weil sie jetzt ebenfalls verheiratet war? Möglicherweise war es aber auch dem Umstand geschuldet, dass ihr mächtiger Vater nun tot war – er war so entschlossen gewesen, ihre Unschuld über jedes vernünftige Maß hinaus zu schützen.

»... du würdest nicht glauben, wie groß er war«, murmelte Dora, eine der Frauen, ihrer Nachbarin zu. »Wusste aber nichts damit anzufangen, der Kerl. Aber der mit der gewölbten Brust, der weiß es.«

»Mir ist ein großer Mann auch lieber.«

»Aber groß wo?«, fragte Dora süffisant grinsend.

»Überall.«

Gelächter.

»Hör mal, Edie«, meinte Dora. »Was zählt, ist doch, was sie in der Birne haben, nicht das, was ihnen zwischen den Beinen baumelt. Mir hat es am besten ein alter Mann besorgt, als ich selber noch ein junges Mädchen war. Der hat mir wirklich gezeigt, wo's langgeht, das sag ich dir. Ich musste meinem Johnnie alles beibringen, sonst wär's bei uns ein Leben lang immer nur rein-raus-rein-raus gegangen.«

Imogen wünschte, jemand würde ihr beibringen, wo es »langging«. Andererseits fürchtete sie, es bereits zu wissen. Die Frauen redeten von Lust und den damit verbundenen sündigen Dingen, und hier konnte man sehen, was dabei herauskam. Dora war eine verlorene Seele, ein lüsternes Weib, das bereit war, mit jedem Mann mitzugehen, der ihr ein Angebot machte. Und wahrscheinlich würde sie sein Glied sogar in den Mund nehmen. Imogen fragte sich, ob Father Wulfgan imstande sein würde, dieser Frau ihren Irrweg klarzumachen.

Doch dann seufzte Dora. »Na ja, im Endeffekt war Johnnie ja der Einzige, den ich je wollte. Wenn er nicht an diesem Fieber gestorben wäre, ich schwöre, ich hätte nie einen anderen Mann zwischen meine Beine gelassen. Nein, noch nicht mal den König.«

»Hast du doch auch nicht, oder, Dora?«

Dora schaffte es, verschämt dreinzublicken. »Hab ich nicht?«

»Oooh! Wie ist er denn?«

Dora blickte um sich, erfreut über ihre Zuhörerschaft, doch nun schien sie zum ersten Mal Imogen zu bemerken. Sie errötete. »Darüber zu reden, das gehört sich nicht.«

Jetzt richteten sich alle Blicke auf Imogen. Sie zwang sich zu einem Lächeln. »Macht euch meinetwegen keine Gedanken. Ich bin jetzt schließlich auch eine verheiratete Frau.«

»Ja, Lady«, stimmten sie alle zu, aber dennoch war die Unterhaltung beendet. Nach einer Weile legte Imogen ihre Arbeit beiseite und entfernte sich, und schon im Weggehen hörte sie, dass das Gespräch wieder aufgenommen wurde.

Sie dachte daran, zurückzuschleichen und zu lauschen, aber sie war Imogen von Carrisford, und solche Dinge waren ihrer nicht würdig. Diese Frauen waren eben von niederem Stand und lebten in Sünde.

Imogen war so sehr in Gedanken versunken, dass ihre Schritte sie erneut in ihr Turmzimmer führten. Dort wurde sie von einem besorgten Father Wulfgan erwartet. »Wir wollten doch heute zusammen beten, Tochter.«

»Tatsächlich?« Davon war ihr nichts bekannt, hingegen wusste sie sehr wohl, dass sie aufgrund ihrer gestrigen Verfassung nicht sicher sagen konnte, ob sie sich an alles erinnerte. Sie sah sich nach Elswith um, aber offensichtlich hatte der Priester das Mädchen weggeschickt. Imogen wünschte, sie könnte ihn genauso wegschicken.

»Ist es denn nötig, dass wir beten?«, fragte sie.

»Und ob es das ist, Tochter. Wir müssen beten, um uns zu reinigen, zu stärken oder um Vergebung zu erbitten.« Er beäugte sie, als könne er ihr direkt in die Seele schauen.

Imogen tat ihr Bestes, um völlig arglos zu wirken, doch Doras deftige Reden gingen ihr nach wie vor durch den Kopf. Es war Sünde.

Wulfgan sank auf die Knie.

Unter seinem lodernden Blick musste sie es ihm nachtun.

»Nun, Tochter«, flüsterte er. »Sprich durch mich zum Herrn Jesus, der, obwohl er Tag und Nacht versucht wurde, niemals sein Tun und Denken durch das Weib befleckte. Was trug sich letzte Nacht zu?«

Imogen wusste nicht, was sie sagen sollte, aber selbst wenn alles erwartungsgemäß abgelaufen wäre – sie glaubte nicht, dass es schicklich gewesen wäre, darüber mit jemandem zu sprechen, auch nicht mit einem Priester.

»Ist es möglich?«, fragte Wulfgan wie in Ekstase. »Ihr seid noch immer unbefleckt?«

»Nein!«, log Imogen instinktiv und erwartete, dafür auf der Stelle von Gott bestraft zu werden.

Aber nichts geschah, und auch Wulfgan schien nicht entmutigt. »Aber Ihr habt die Lust gemieden?«, fragte er forsch.

Imogen blickte auf ihre Hände. »Ja«, antwortete sie etwas geknickt.

»Gesegnetes Kind! Und habt Ihr auch Eurem Gemahl geholfen, sie zu meiden?«

»Ja, ich glaube – vielleicht schon.«

Seine schmutzigen, verkrüppelten Hände schlossen sich um die ihren. »Seid zweifach, dreifach gesegnet! Ihr habt

Euch für den Weg der Heiligkeit entschieden, und Ihr werdet auch Euren Gemahl seiner himmlischen Belohnung zuführen. Nun betet mit mir dafür, dass Ihr weiterhin stark bleibt. *Christe, audi nos …*«

Mit einem Seufzer antwortete Imogen: »*Christe, exaudi nos.*« Wenn sie jetzt eine Litanei beteten, würden sie ewig hier festsitzen. Und danach würden ihre Knie so mitgenommen sein wie ihre Füße.

»*Pater de caelis, Deus …*«

»*Miserere nobis.*«

»*Sancta Virgo Virginem …*«

»*Ora pro nobis …*«

Leichtfüßig eilte FitzRoger ins Obergeschoss des Wohnturms, von etwas wie Eifer oder Verlangen getrieben. Einem Verlangen, das angesichts der Situation zwischen ihm und seiner Braut eigentlich unangemessen war. Dort von Imogen keine Spur zu finden hatte etwas Bedrückendes. Kein Kleidungsstück, kein Kamm, nicht einmal ein glänzendes, langes Haar von ihr auf den Kissen. Das Bett war frisch gemacht und sah aus, als sei es nie benutzt worden.

Wo war sie? Das konnte er nicht zulassen.

Er verließ das leere Gemach, eilte entschlossen den Flur entlang und die Wendeltreppe zu dem hübschen Turmzimmerchen hinauf, das den Schatz von Carrisford beherbergte, zu dem Ort, an dem sie ihren Verstand miteinander gemessen hatten. Selbst ohne die Wandbehänge und das Buntglasfenster war das Zimmer wie eine exquisite Fassung für ein Juwel gewesen, das Symbol für Imogens Leben vor der Katastrophe. Zweifellos fühlte sie sich dort wohl.

Seine Miene wurde hart. Wenn sie ein hübsches Schmuckkästchen wollte, würde er ihr eines geben, allerdings nur eines, das sie sich teilten.

Das eintönige Gemurmel betender Stimmen ließ ihn vor der Tür innehalten.

»*Ut nosmetipsos in tuo sancto servitio confortare et conseverare digneris …*«

»*Te rogamus, audi nos*«, erwiderte Imogen.

Stärke und bewahre uns in deinem heiligen Dienst …

Wir bitten dich, erhöre uns.

»*Ut mentes nostras ad caelestia desideria erigas …*«

»*Te rogamus, audi nos*«.

Erhebe unseren Geist, damit wir den Himmels ersehnen …

Wir bitten dich, erhöre uns.

FitzRoger erhob drohend eine Faust gegen die steinerne Wand. Dann machte er auf dem Absatz kehrt und ging in seine Kammer zurück.

Was Imogen anbelangte, fühlte er lediglich Ungeduld und Mitleid, doch diesen Schuldbewusstsein verbreitenden Priester hätte er am liebsten erwürgt.

12

In seinem Gemach angekommen, blickte FitzRoger kopfschüttelnd an sich hinab. Vielleicht war es ganz gut, dass er Imogen nicht sofort angetroffen hatte. Es war eine erfolgreiche Jagd gewesen, und er roch nach Blut, Schweiß und Eingeweiden. Seine vornehme Braut hätte sich zweifellos vor ihm geekelt.

Im Burghof von Carrisford gab es eine Badestube mit Zubern und einer Zisterne mit warmem Wasser. Bestimmt hatte sich Lord Bernard dort immer gesäubert, bevor er den Wohnturm betrat.

Jetzt hielten sich dort Henry und die anderen Männer der Jagdgesellschaft auf, schrubbten sich und vergnügten sich mit ihren Huren.

FitzRoger hatte keine Lust gehabt, sich ihre schlüpfrigen Sprüche noch länger anzuhören, und war zu Imogen gegangen, ohne auch nur in Erwägung zu ziehen, dass er ihr so besser nicht gegenübertrat.

Diese Gedankenlosigkeit beunruhigte ihn.

Er hatte schon immer vorgehabt, in seinem Gemach einen Zuber aufstellen zu lassen; nun tat er es. Er zog seine verschmutzten Sachen aus und wartete dann tief in Gedanken versunken auf sein Bad.

Was sollte er mit seiner Braut anstellen? Sicher wäre es das Beste, diesen Priester aus Carrisford zu verbannen. Aber er hatte Imogen versprochen, dass sie hier das Regiment führen dürfte, und er wollte sein Wort, wenn irgend möglich, halten. Ein unbequemer Kaplan war keine Angelegenheit, bei der er ihre Wünsche übergehen konnte, nicht, solange der Priester sich nicht in militärische Dinge einmischte.

Noch drängender war jedoch die Frage, ob er diese Nacht trotz ihrer Bitten und Proteste die Ehe vollziehen sollte. Die Art und Weise, wie sich ihr Körper gegen ihn aufgelehnt hatte, bestürzte ihn. Mit Gewalt würde es vermutlich gehen – aber zu welchem Preis? Der Gedanke, ein zu Tode verängstigtes Mädchen gewaltsam zu nehmen, ließ die Galle in ihm hochsteigen.

Andererseits war die Situation so, wie sie war, äußerst gefährlich.

Henry konnte es sich nicht leisten, dass irgendjemand anderer als FitzRoger in diesem Teil Englands die Macht in den Händen hielt, und er erwartete, dass sein Freund und Lehnsmann dieses Ziel auf jede Weise verfolgte.

FitzRoger wandte die Gedanken einer einfacheren Angelegenheit zu: Er musste sie dazu bringen, wieder in sein Zimmer zurückzukommen. Wenn sie nicht öffentlich machen wollten, wie es momentan zwischen ihnen stand, war das unumgänglich.

Aber selbst vor dieser Vorstellung schreckte er zurück.

Irgendetwas stimmte mit ihm nicht.

Zuber und Badewasser wurden gebracht; die Knechte beäugten in nervöser Scheu den nackten, von Narben übersäten Körper ihres neuen Herrn. Als Imogen ihn zum ersten Mal sah, hatte sie keine Angst gezeigt, aber das war vorher gewesen. Nach dem, was geschehen war, hatte sie sich geweigert, ihn anzusehen.

Er bedeutete den Bediensteten zu gehen und stieg mit einem Seufzer der Erleichterung in das warme Wasser. Während er sich schrubbte, dachte er weiter über seine Situation nach.

Vermutlich konnten sie getrennt schlafen. Das würde seltsam aussehen, doch es war nichts, was ihm wirklich zu schaffen machte. Ein Vorteil seines Lebens in Henrys liederlichem Gefolge war, dass niemand seine Männlichkeit anzweifelte.

Aber würde es sie nicht belustigen zu hören, dass seine Braut noch immer eine unbefleckte Jungfrau war? Nun ja, nicht so ganz unbefleckt.

Er lehnte den Kopf zurück und schwelgte mit geschlossenen Augen in süßen, quälenden Erinnerungen an Imogen, daran, wie sie sich lustvoll unter ihm wand, und dachte dann über den Schlamassel nach, zu dem sich sein direkter Griff nach der Macht entwickelt hatte.

Die Tür ging auf.

Imogen errötete, als sie ihn in dem Zuber sitzen sah. Sie hatte mehrere Kleider auf den Armen. »Oh, tut mir leid, Mylord«, stieß sie hervor, trat einen halben Schritt zurück und rempelte dabei ein Mädchen an, das ihr mit einem Kästchen gefolgt war.

»Komm herein«, forderte er sie auf. »Wir sind verheiratet, weißt du es noch?« Er war erstaunt, welch eine Welle der Erleichterung ihn durchlief. Sie brachte ihre Habe hierher. Sie hatte nie vorgehabt, ihn zu verlassen.

Den Blick niedergeschlagen, trat sie ein, legte ihre Last ab und wies das Mädchen an, das Kästchen an die Wand zu stellen. Ihre zart rosafarbene Haut war wunderschön, und mit ihrem prächtigen Haar, das ihr offen über die Schultern fiel, sah sie so jungfräulich aus, wie sie es war. Sein Körper reagierte sofort, doch FitzRoger hatte sich noch nie von seinen Trieben beherrschen lassen, und er würde auch jetzt nicht schwach werden.

Selbst wenn er ihre warmen, weichen Rundungen praktisch unter seinen Händen spüren konnte ...

Ihr sittsames Benehmen amüsierte ihn; immerhin war sie erst in der Nacht zuvor nackt neben ihm gelegen. War ein solches Verhalten in ihrer Familie üblich – er hatte noch niemals zuvor eine so behütet erzogene junge Lady kennengelernt –, oder war es das Resultat der neuerlichen Ermahnungen des Priesters?

Sie wandte sich wieder der Tür zu. »Ich komme in ...«

»Bleib.« Es klang mehr nach einem Befehl, als er beabsichtigt hatte, doch sie hielt inne.

»Kleine«, sagte er zu dem entgeistert blickenden Mädchen, »du kannst gehen.«

Die junge Zofe verließ eilig den Raum und schloss die Tür hinter sich. Imogen stand da wie zur Salzsäule erstarrt.

Was nun? »Vielleicht könntest du mir den Rücken waschen«, schlug er vor.

Nervös trat sie an den Zuber. Wenn es eine Badestube und sogar Bedienstete dafür gab, stellte sich FitzRoger vor, dann konnte es doch keine Frage sein, dass der Schatz von Carrisford auch schon einmal einem Gast zur Hand gegangen war.

»Was ist mit dem König?«, fragte sie plötzlich furchtsam.

Sie hatte recht. Normalerweise hätte die Anwesenheit des Königs die Aufmerksamkeit der Burgherrin erfordert. »Er wird im Moment nicht erwarten, dass du dich um ihn kümmerst, keine Sorge. In der Badestube sind eine ganze Menge Frauen.«

»Huren«, bemerkte sie mit einem verächtlichen Blick.

»Ja. Besser, das übernehmen Frauen, die gerne solche Dienste leisten, als welche, die daran keinen Gefallen finden.« Er sah den Ausdruck, der über ihr Gesicht huschte, und bedauerte seine Worte beinahe. Doch dann dachte er gereizt, dass ein paar Schuldgefühle und ein wenig Eifersucht vielleicht gar nicht schadeten.

Sie stand unentschlossen da. Er beugte sich vor, damit sie an seinen Rücken kam.

Imogen trat hinter ihren Gemahl und betrachtete ihn. Sein Rücken glich einer beeindruckenden Skulptur: starke Knochen und Muskeln, aber kaum ein Kratzer bis auf eine Brandnarbe über dem rechten Schulterblatt, die aber fast wie eine Art Auszeichnung wirkte.

Die Sonne hatte seine Haut kräftig goldbraun getönt, der Nacken war sogar richtig dunkel. Sie vermutete, dass er weiter unten hellere Haut hatte, konnte sich jedoch nicht mehr daran erinnern. Sie hatte ihn nur ein einziges Mal angesehen und dabei nicht auf die Farbe seiner Haut geachtet.

Imogen nahm ein Tuch und Seife zur Hand und begann, FitzRoger damit vorsichtig den Rücken einzuseifen. Er fühlte sich so stark und fest an, wie er aussah. Warum hatte das Schicksal so einen harten Mann für sie auserkoren?

Weil sie genau so einen brauchte. Außerdem war er nicht immer hart und kalt. Er hatte ihr gegenüber Freundlichkeit und Wärme an den Tag gelegt, und ihr weiblicher Instinkt sagte ihr, dass da noch weit, weit mehr war, wenn sie nur den Zugang dazu fand.

Sie erinnerte sich daran, wie wundervoll es sich letzte Nacht angefühlt hatte, als er ihren Rücken streichelte. Es schien weniger mit Lust zu tun zu haben; es war einfach nur sehr, sehr schön. Würde er es ebenso angenehm finden, wenn sie ihn so liebkoste?

Sie gab noch einmal Seife auf das Tuch, bearbeitete dann mit kreisenden Bewegungen seinen Rücken und beobachtete seine Reaktion. Er hatte den Kopf auf die Knie gelegt, und seine Miene verriet, dass er es offenbar genoss. Sie machte größere, weiter ausholende Bewegungen, die seinen ganzen Rücken und seine breiten Schultern mit einschlossen. Es war eigenartig angenehm, das zu tun, fast so schön wie in der Nacht, als er ihren Rücken gestreichelt hatte.

Hatte es ihm letzte Nacht gefallen, sie zu berühren? Hatte er mehr empfunden als bloße Lust?

Imogen nahm ihren Mut zusammen. Sie kniete nieder und rollte ihre Ärmel hoch. Dann tauchte sie die Finger direkt in die glitschige Seife und begann, seinen Rücken ohne das Tuch zu massieren. Sie ließ die Hände an der Wirbelsäule entlang nach oben gleiten, eine Drehung machen und dann wieder nach unten wandern, die Finger den Rippenbögen und den Strängen seiner Muskeln folgen, nach oben, über die Schultern und wieder abwärts. Das seidige Gefühl seiner elastischen Muskeln unter ihren Händen entspannte sogar sie selbst.

Da es ihm nicht wehzutun schien, legte sie noch mehr Kraft in die Berührung, erkundete ihn bis auf die Knochen, und die Empfindung kroch durch ihre Hände und Arme bis in ihre Seele und überwältigte sie …

Sie merkte, dass ihre Beine anfingen zu schmerzen, und stand auf, doch sie konnte nicht widerstehen, zum Abschluss eine seiner feuchten Locken zu streifen.

Wieder in der Realität angekommen, fragte sie sich, wie er reagieren würde.

»Danke schön.« Es klang sehr weich, fast schläfrig. »Du kannst das sehr gut.«

Sie lächelte. Nein, sie strahlte breit über das ganze Gesicht. Es erfüllte sie mit einer tiefen Freude, dass sie offenbar etwas für ihn tun konnte, das ihnen beiden Freude bereitete.

»Soll ich dich jetzt abwaschen?«, fragte sie.

»Ja.«

Sie ließ ein wenig sauberes Wasser seinen Rücken hinunterrieseln und spülte den Seifenschaum weg.

Er schien wieder wach zu werden, streckte sich langsam, ließ die Muskeln spielen und stand schließlich auf, sodass das Wasser an ihm hinablief. Imogen konnte nicht umhin, einen Schritt zurückzutreten und den Krug zu umklammern.

Er blickte sie an, und falls da Entspannung in seiner Miene gewesen war, verschwand sie sofort hinter der Maske. »Das Handtuch?«, bat er.

Rasch stellte sie den Krug ab, reichte ihm das große Badetuch und versuchte dabei, den Blick von seinem Körper abgewendet zu lassen. Wie albern sie war. Sie bemerkte, dass er um die Hüften herum sehr wohl heller war, sehr hell sogar, und dass sein Glied nicht in einem beunruhigenden Zustand war. Sie atmete erleichtert auf.

»Vielleicht könntest du mir ein paar saubere Sachen zum Anziehen bringen, egal, was.«

Imogen war froh um diesen Anlass, sich von ihm abwenden und den Kopf in seinen Truhen vergraben zu können. »Einfach oder prächtig?«, fragte sie.

Er klang amüsiert. »Du hast die Wahl.«

Sie durchforstete seine drei Truhen und stellte fest, dass es keine leichte Wahl war. Sie fand alles Mögliche, von Leder bis zu feinen Stoffen. Er könnte den König ein weiteres Mal überstrahlen oder aber in schlichter, fast bäuerlicher Kleidung auftreten. Imogen wusste jedoch, dass das nicht wirklich eine Rolle spielte, denn FitzRoger war nicht auf Prunk und Pomp angewiesen.

Schließlich entschied sie sich für schwarze Beinkleider, ein weißes Oberteil und eine schwarze, in Grün und Gold eingefasste Tunika; das wirkte vornehm, ohne protzig zu sein. Dazu legte sie noch eine Leinenunterhose und grüne Strumpfbänder.

Sie drehte sich um und präsentierte ihm ihre Auswahl.

Er saß auf einer Bank, das Handtuch locker um die Hüften gebunden. Imogen wusste, sie sollte sich an den Anblick seines Körpers gewöhnen, aber das würde noch einige Zeit dauern, und so errötete sie erneut.

»Wenn du mich ein paarmal zusammengeflickt hast, findest du mich sicher nicht mehr beunruhigend.«

»Zusammengeflickt?«

Sein Blick wurde schärfer. »Versorgst du denn nicht die Kranken? Warum nicht?«

»D-doch«, stammelte sie. »Aber nicht ... ich habe noch keine Wunden versorgt. Aber ich weiß, wie es geht ... glaube ich.«

»Glaubst du«, wiederholte er trocken. »Dahinter steckt sicher wieder dein überfürsorglicher Herr Vater. Hat er dich von den Wunden ferngehalten oder von den Männern?«

»Du sollst nicht so über meinen Vater reden!«

»Ich rede, wie es mir passt, Imogen. Vielleicht konnte sich dein Vater ja eine Frau leisten, die lediglich zur Zierde seines Heims da war. Ich kann das nicht.«

Sie warf ihm die Kleider hin. »Dann hättest du mich eben nicht zwingen sollen, dich zu heiraten!«

Er stand auf, ließ das Badetuch fallen und zog die Unterhose an. »Ich habe dich nicht gezwungen, Imogen.« Dann fügte er noch spitz hinzu: »In keiner Weise.«

Imogen biss sich auf die Lippen.

Er zog die Hose an. »Und jeder Mann, selbst der noble Graf von Lancaster, würde sich die zärtliche Fürsorge seiner Gemahlin wünschen, wenn er verwundet ist. Was natürlich voraussetzt, dass sich der Graf in eine Lage begibt, in der er verwundet werden könnte.«

Imogen wünschte, sie hätte irgendetwas, um es auf ihn zu schleudern. »Musst du über jeden Menschen herziehen? Wie wunderbar es sein muss, so überlegen zu sein! Ist es vielleicht Lancasters Fehler, dass er sich nicht von einem Misthaufen hocharbeiten musste?«

Er war gerade mit dem rechten Strumpfband beschäftigt und ließ sich durch ihre Bemerkung nicht davon abbringen, doch sie bemerkte, wie sich seine Miene verhärtete. »Imogen. Nimm dich in Acht.«

Situationen, in denen sie kritisiert, schikaniert, zu etwas gezwungen und benutzt worden war, kochten in ihr hoch. »Wieso? Was wirst du jetzt mit mir tun? Mich schlagen? Dafür, dass ich die Wahrheit sage?«

Er verknotete die Bänder und blickte auf. Seine Augen waren weit offen und kalt. »Komm her.«

Furcht packte sie. Was war in sie gefahren, dass sie den Drachen dermaßen reizte?

»Komm her«, wiederholte er.

Imogen wollte davonlaufen, doch ihre Würde verbot es ihr. Sie ging zu ihm, auch wenn ihr vor Angst die Knie schlotterten. »Setz dich«, sagte er und zeigte auf die Bank.

Vor Erleichterung wäre sie beinahe auf der Bank zusammengebrochen, den Blick auf ihre gefalteten, zitternden Hände gerichtet.

»Imogen«, begann er gefasst und beschäftigte sich wieder mit seinen Strumpfbändern, »ich möchte freundlich zu dir sein, aber du machst es mir sehr schwer. Ich bin nicht ...«

Sein Zögern ließ sie aufblicken. Sie hätte nie gedacht, FitzRoger einmal anders als absolut selbstsicher zu erleben. Er sah sie nicht an, sondern schien auf seine Hände konzentriert.

»Ich kenne mich mit Freundlichkeit nicht sehr gut aus«, fuhr er fort. »Härte und mich von einem Misthaufen hochzuarbeiten hingegen, das habe ich im Blut.«

»Es tut mir leid«, sagte sie. »Ich wollte dich nicht beleidigen ...«

Sein Blick traf sie, er war noch immer eisig. »Du hast mich nicht beleidigt. Du hast einen Nerv getroffen, auf den ich instinktiv reagiere. Das ist sehr gefährlich. Wenn du klug bist, lässt du besser meine Geburt und Herkunft aus dem Spiel, wenn du auf Streit aus bist.«

»Ich will nicht streiten«, protestierte sie.

Er machte den zweiten Knoten. »Dann ist es ziemlich seltsam, dass du es so oft tust.«

»Du provozierst mich!«

»Du lässt dich sehr leicht provozieren.«

»Nur von dir!«

Er wandte sich ihr abrupt zu und packte sie an den Handgelenken, seine andere Hand vergrub sich in ihrem Haar. So war Imogen seinem harten Griff absolut hilflos ausgeliefert. Ihr Herz raste, und sie wimmerte vor Angst.

»Siehst du«, sagte er leise. »Damit du weißt, worauf du dich einlässt.«

Sie merkte, dass er nicht vorhatte, ihr Schmerz zuzufügen, und ihr Entsetzen ließ nach. »Ich habe nie daran gezweifelt, dass du mir körperlich überlegen bist, FitzRoger.«

»Ich bin es auch in jeder anderen Hinsicht, Ginger.«

Das ärgerte sie, und sie versuchte sich zu wehren, jedoch nur mit dem Erfolg, dass sie sich selbst wehtat. Der einzige Weg, seinen grünen Augen zu entkommen, war, die ihren zu schließen.

Doch das tat sie nicht. »Was bin ich dann?«, fragte sie bitter. »Eine Puppe zu deinem Vergnügen?«

»Was möchtest du denn sein?«

Sein Körper hielt sie noch immer unüberwindbar fest, doch sein Blick verlor an Härte. Das machte ihr Mut. »Ich möchte dir ebenbürtig sein«, erklärte sie und erwartete, dass er sie auslachen würde.

»Dann tu etwas, um dieses Ziel zu erreichen«, erwiderte er stattdessen, ließ sie unvermittelt los und zog ruhig das Hemd an.

Imogen erschauderte und rieb die weiß gewordenen Druckstellen an ihren Handgelenken. Sein bloße Kraft ließ sie verzweifeln.

»Soll ich mit dem Schwert trainieren?«, fragte sie verbittert. »Versuchen, Muskeln zu bekommen wie du?«

Er zog das Hemd über und drehte sich zu ihr um. »Es ist *dein* Traum. Erreiche ihn so, wie du es möchtest. Ich war nur ein kümmerliches, vier Wochen zu früh geborenes Kind, das man Bastard nannte.« Er verknüpfte die Bänder seiner Hemdbrust und streifte die Tunika über. »Aber das spielt keine Rolle. Ich bin zum Beispiel stärker als der König; ich könnte ihn im Zweikampf besiegen. Aber macht mich das ihm überlegen oder auch nur ihm gleichrangig? Nein. Ich unterstehe seinem Befehl. Ich kämpfe für seine Sache.«

Imogen betrachtete seinen beeindruckenden Körper mit neuen Augen und voller Gedanken. »Wirst du auch für mich kämpfen?«

Er sah sie erstaunt an. »Ich dachte, das hätte ich bereits getan.«

»Ja, das ist richtig ...« Sie war vollkommen verwirrt. »Warum dienst du dem König?«

»Er hat mir geholfen, vom Misthaufen wegzukommen, dafür schulde ich ihm Bündnistreue. Außerdem kann er mich belohnen.«

»Warum wirst du mir dienen?«

Er sah sie unter den Wimpern hervor an. »Vielleicht aus denselben Gründen.«

Belohnung. Bei Imogen begannen die Alarmglocken zu schrillen. »Ich sehe, dass ich dir geholfen habe aufzusteigen, aber welche Belohnung hattest du dir vorgestellt, FitzRoger?«

Er wandte sich ab und nahm einen goldenen Gürtel aus einer Truhe. »Ich bin sicher«, sagte er trocken, »dass der Schatz von Carrisford einem auf dem Misthaufen geborenen Bastard irgendetwas zu bieten hat.« Als er sich wieder umdrehte, verschlug es ihr den Atem. Mit seiner in Schwarz und Gold gehaltenen Kleidung sah er so großartig und beeindruckend aus, dass man seine letzten Worte nicht ernst nehmen konnte.

»Wie auch immer es um Eure Herkunft bestellt ist, Lord FitzRoger, Mitleid habt Ihr längst nicht mehr nötig.«

»Mitleid ist das Letzte, was ich je wollte, Ginger.« Er deutete auf ihre Kleidung. »Willst du dich nicht so kleiden, dass wir einander gleichrangig sind?«, fragte er mit leichter Ironie.

»Ich habe nicht mehr viel anzuziehen.« Imogens Gedanken waren ganz auf diesen Mann konzentriert.

Ab und zu meinte sie etwas zu erkennen, etwas, wonach sich ihr Herz sehnte, aber diese Maske war zwischen ihnen, und sie wusste nicht, ob das, was sie zu sehen glaubte, das Ergebnis törichter Illusion war oder ein gut gehüteter Schatz.

Er sah die Kleider durch, die sie mitgebracht hatte, und wählte ein malvenfarbenes Gewand und eine goldfarbene Seidentunika aus. Die Tunika hatte sie nur wegen des schönen Stoffes behalten. »Trag diese Sachen.«

»Aber die Tunika ist an der Seite zerrissen, und ich glaube nicht, dass man den Schaden beheben kann. Schau, wie ausgefranst sie ist.«

Er warf sie ihr zu. »Zieh sie trotzdem an. Wenn du genug Schmuck anlegst, wird niemand den Riss bemerken. Ich möchte, dass die Leute heute Abend den Schatz von Carrisford zu sehen bekommen.«

Imogen stand auf. »Sollen sie sehen, was du gewonnen hast?«

»Genau.« Er steckte sich zwei goldene Armreifen an die Handgelenke und holte einen Beutel aus einer Truhe, den er ihr überreichte. »Deine Morgengabe.«

Sie errötete. »Aber …«

»Ich bin nicht unzufrieden, Imogen.«

Sie sah ihm in die Augen, und sein Blick war offen und ehrlich.

Der Beutel enthielt einen mit Amethyst und Elfenbein verzierten Gürtel, eine exquisite Arbeit, die Stücken aus ihrem Besitz in nichts nachstand. Sie wusste, dass dies ein politischer Zug war – er musste ihr diese Gabe überreichen oder ihr Fehlen erklären. Dennoch traten ihr Tränen in die Augen.

»Danke.«

»Zieh dich um«, sagte er. »Der König wird bald im Saal sein.«

Er setzte sich auf die Bank und streckte die Beine von sich. Wollte er ihr etwa zuschauen? Imogen erstarrte.

»Dein nackter Körper wird keine zügellose Lust in mir auslösen, Imogen. Zieh dich um.«

Sie begann, ihre Tunika abzulegen, doch dann hielt sie inne. Sie blickte ihn herausfordernd an. »Nein.«

Sein Gesicht blieb reglos. »Warum nicht?«

»Es mag vor dem Gesetz und sogar vor Gott recht sein, aber für mich fühlt es sich nicht recht an.«

Er stand auf und ging mit drohender Miene auf sie zu.

Imogen zuckte zusammen. Jetzt war sie zu weit gegangen. Mit verzweifeltem Trotz behauptete sie sich und starrte FitzRoger in die Augen.

Plötzlich wurde er freundlich, in seinem Blick funkelte eine echte Wärme. »Gut gekontert«, sagte er nur und ging hinaus.

Ihre Knie wurden weich; sie sank zu Boden und zitterte wie im Fieber. Wie hatte sie das geschafft? Niemals hätte sie ihrem Vater derart die Stirn geboten, von FitzRoger ganz zu schweigen.

Es war wie ein Zwang, sich ihm derart entgegenzustellen, ihre Rechte zu behaupten, selbst wenn sie nicht einmal wusste, ob ihr solche überhaupt zustanden. Der einzige Mensch, der ihr geraten hatte, ihren Standpunkt fest zu behaupten, war Father Wulfgan. Jeder andere hätte ihr bestimmt empfohlen, sich ihrem Lord gegenüber in allem zu fügen.

Vor allem im Bett.

Allerdings schien ihr Lord sie regelrecht zu ermuntern aufzubegehren.

Als Imogen in den Saal hinunterging, trug sie die Kleider, die FitzRoger ausgesucht hatte, und den schönen Gürtel. Sie hatte sich von Elswith Zöpfe flechten lassen, um ihren Status als verheiratete Frau zu betonen, doch einen Schleier konnte sie ohne einen Haarreif nach wie vor nicht tragen.

Die im Saal versammelte Menge verfiel in Schweigen. An den Blicken der Männer erkannte sie, dass diese ihren Gemahl tatsächlich beneideten, und das freute sie. FitzRoger trat vor, um sie zur Hohen Tafel zu bringen und neben dem König Platz zu nehmen.

»Ihr seid strahlend schön«, sagte Henry mit einem anzüglichen Grinsen. »Vielleicht versteht Ty seine Sache ja doch ganz gut.«

Imogen schlug die Augen nieder, denn sie wusste, dass sie hochrot im Gesicht war.

»Ah, der Charme der Unschuld. Schade, dass er so rasch vergeht. Ich möchte wetten, dass Ihr heute Nacht begieriger darauf seid, ins Bett zu hüpfen, habe ich recht? Keiner wird Euch mehr hineinschubsen müssen.« Imogen hätte sich vor Scham am liebsten unter dem Tisch verkrochen. »So etwas macht uns doch gleich allen den Mund wässrig«, fuhr der König fort. »Wo sind …« Er brach mitten im Satz ab, und Imogen hätte schwören können, gesehen zu haben, dass FitzRoger ihm ein Zeichen gegeben hatte.

Die Huren waren nicht zu sehen.

Anscheinend zeigte sich der König in dieser Angelegenheit nachgiebig. All dies offenbarte interessante Machtspiele: Henry war zwar FitzRogers Lehnsherr, aber er änderte sein Verhalten, ließ Imogen gewähren und kam ihr oder ihrem Gemahl entgegen.

Weshalb?

Es kam wohl stets darauf an, wer gerade was am dringendsten brauchte.

Henry brauchte FitzRoger an seiner Seite. Ein König benötigte mächtige Männer, die für ihn im Land agierten, und natürlich zog er solche vor, denen er vertrauen konnte. Er ließ sie gewähren und belohnte diejenigen, die ihm die besten Dienste leisteten.

Und bestrafte die, die ihren Pflichten nicht nachkamen.

Galt das auch für ihre Beziehung zu FitzRoger? Was brauchte er von ihr? Letztendlich Söhne, doch für den Augenblick hatte er alles, was für ihn von Bedeutung war; es sei denn, sie machte publik, dass sie ihre Ehe noch nicht vollzogen hatten.

Er würde sie also seinerseits gewähren lassen und sie belohnen, wenn sie pflichtbewusst war, und bestrafen, wenn sie es nicht war.

Er hatte durchblicken lassen, dass dies auch umgekehrt galt. Das bedeutete, sie sollte ihn für seine Dienste belohnen – womit vermutlich der Schatz gemeint war. Dass dabei auch eine eventuelle Bestrafung FitzRogers mit inbegriffen war, glaubte sie allerdings nicht. Es war ja gut und schön, wenn er zwischen ihr und dem König Analogien zog, aber Tatsache war, dass sie nicht die Macht hatte, sich gegen ihn zu stellen, selbst wenn sie es wollte.

Sie akzeptierte es. Dies war der Lauf der Welt.

Die Dinge auf diese Weise zu betrachten erinnerte sie an das, was ihre Auseinandersetzung ausgelöst hatte – ihr Unvermögen, Kampfwunden zu versorgen. Er hatte recht, wenn er ihr deswegen Vorwürfe machte. Sie musste noch einiges lernen.

Man hatte ihr zwar vieles beigebracht, ihr aber nie erlaubt, sich an ernsthaften Kriegsverletzungen oder den wirklich schlimmen Krankheiten zu üben. Vielleicht war das falsch von ihrem Vater gewesen, auch wenn es lediglich seine Absicht gewesen war, sie zu beschützen.

Aber natürlich wollte sie auf jeden Fall in der Lage sein, FitzRoger gut zu versorgen, falls er einmal verwundet aus der Schlacht heimkehren sollte.

Wo waren die Männer, die bei der Einnahme von Carrisford verwundet worden waren?

Bestimmt hatte man sie zum nahe gelegenen Kloster Grimstead gebracht.

Unter ihnen musste auch Bert sein, der durch ihren Leichtsinn verletzt worden war. Morgen würde sie dort hingehen und anfangen zu lernen.

»Weshalb kommt es mir vor, als würdest du etwas im Schilde führen?«, murmelte FitzRoger.

»Ich? Ich führe nichts im Schilde. Ich denke nur nach.« Aber sie wollte ihm noch nichts von ihren Plänen erzählen. Sie wollte ihn überraschen.

Seine Augen schienen ihre Geheimnisse zu erkennen. »Worüber?«

Sie blickte ihm in die Augen. »Darf ich nicht einmal eigene Gedanken haben?«

»Wem könnten sie anders gehören als dir allein, jetzt, da du gelernt hast, eine Maske zu tragen?«

»Habe ich das?«

»Was?«

»Gelernt, mich vor dir mit einer Maske zu schützen?«

»Offenbar.« Er wusch sich die Hände; Imogen folgte seinem Beispiel und fragte sich, was seine Worte bedeuten mochten.

Das Essen wurde aufgetragen, und die Gespräche wandten sich dem unverfänglichen Thema der erfolgreichen Jagd zu. Sie hatten zwei Rehböcke und etwas Kleinwild zur Strecke gebracht. Während die Musikanten aufspielten, berichteten die Männer schwelgerisch und gestenreich von der Hatz, erörterten das Können der Falken und lobten die Ausdauer der Hunde.

Es war alles, wie es noch vor einigen Tagen gewesen war, und doch ganz anders.

Melancholie erfasste Imogen, sie musste gegen die Tränen ankämpfen.

Immer wieder blickte sie auf und wollte mit ihrem Vater sprechen, aber er war nicht da; an seinem Platz saß ein Fremder. Sie wartete darauf, Tante Constance' Stimme zu hören, doch die einzigen weiblichen Stimmen waren die von Bediensteten.

Plötzlich stand FitzRoger so abrupt auf, dass Imogen beinahe erschrak. Ihr erster, entsetzter Gedanke war, er werde sie jetzt nach oben bringen und die Ehe vollziehen. Doch er ging zu den Musikanten, lieh sich eine Harfe aus und stellte einen Hocker in die Mitte des Raums.

Die Gespräche verstummten, alle Blicke waren auf ihn gerichtet.

Er setzte sich und probierte das Instrument aus. Dann blickte er beinahe fröhlich in die Runde. »Ihr Schurken erwartet natürlich immer dasselbe, aber heute Abend singe ich für meine Braut.«

Seine Stimme war nicht außergewöhnlich, aber er traf die Töne, und zum allgemeinen Erstaunen schien er ein Lied eigens für sie erdacht zu haben.

Ein Schatz ohnegleichen ist meine Lady,
Auf Rosen gebettet, spielt sie mit Turteltauben,
Trinkt Honigtau, isst süßes Brot,
Meine Lady, die Blume des Westens.
Leicht schreitet sie über sanften Grund,
Singt fein von schönsten Dingen,
Weint Tränen der Freude, berührt mein Herz,
Ein herrlicher Schatz ist sie mir.

Der ganze Saal bedachte diesen gefühlvollen Vortrag mit Applaus. Imogen wunderte sich, dass er sich auch auf solche Dinge verstand, und fragte sich, ob er das Lied von einem fahrenden Sänger hatte komponieren lassen.

Die erste und letzte Zeile waren ihrer Aufmerksamkeit jedoch nicht entgangen.

Schatz. Immer der Schatz.

FitzRoger stand auf und verbeugte sich.

Sie lächelte vielsagend und ging dann zu ihm. »Du singst für uns?«, fragte er mit einer Andeutung von Argwohn in der Stimme.

»Ich werde fein singen, und nur von schönsten Dingen, Mylord.«

Er gab ihr zögernd die Harfe, küsste dabei jedoch ihre Hand, was sie ein wenig beunruhigte.

Imogen nahm auf dem Hocker Platz und sammelte sich. Mit ihrem Vater und den Musikern, von denen sie unterrichtet worden war, hatte sie oft lange improvisierte Lieder erfunden.

Für Stegreifdichtung hatte sie ein Talent.

Mit dem ersten Harfenton gab sie bekannt: »Ich spiele für meinen Gemahl.«

Der Schatz von Carrisford ward mutig gerettet,
So bleibt sie für immer in ihrem Heim.
Nahrung, Führung, ein Herz für die Menschen,
Mit denen sie Süßbrot und Honigtau teilt.
Ich besinge den Mut von Tyron FitzRoger,
Besing seine Ehre und seinen Beistand,
Weine Tränen der Freude, mein Herz ist berührt,
Ein Schatz, der bleibt, wohin er gehört.

Sie hätte schwören können, als Reaktion auf ihre letzte Zeile ein humorvolles Blitzen in seinen Augen zu sehen.

»Sehr schön!«, erklärte Henry, »und eine wunderbare Stimme. Kommt, Lady Imogen, jetzt, wo Ihr Eurer Pflicht Genüge getan habt, singt doch noch ein Lied für uns.«

»Ich habe es nicht aus Pflichtgefühl getan, Sire, es war mir ein Vergnügen.« Imogen kam seiner Bitte nach und stimmte eine Weise über die Ritter Karls des Großen an, ein Stück aus der Provençe, das durch Eleganz bestach, anstatt Kriegs- und Heldentaten zu rühmen. Erst als sie von den zwölf Paladinen des großen Königs und ihren Abenteuern mit der schönen Prinzessin Angelica sang, fragte sie sich, weshalb ihr ausgerechnet dieses Lied in den Sinn gekommen war. Sie blickte auf ihren Paladin, der offenbar gerade tief in Gedanken versunken war.

Weshalb? Die Gesellschaft schien an ihrem Vortrag Gefallen zu finden, und sie wusste, dass ihr Gemahl zumindest in dieser Hinsicht zufrieden mit ihr sein konnte.

Sie setzte sich wieder zu ihm.

»Du singst sehr schön«, sagte er. »Zweifellos das Ergebnis langer Jahre teuren Unterrichts.«

Imogen reckte das Kinn. »Und vieler Jahre ausdauernder Übung, Mylord. In denen Ihr Euch sicher anderen Dingen widmen musstet.«

»Ja. Viele Jahre ausdauernder Übung. Habe ich spöttisch geklungen? Dann bitte ich um Entschuldigung. Das ist nur der Neid. Ich hoffe, Ihr werdet ab und zu nur für mich allein singen.«

Sie sah ihn an, und obwohl er eiskalt wirkte, hatte sie den Eindruck, dass es ihm ernst war. Sie hätte wissen müssen, dass aus dem zu früh geborenen Kind von einst nicht von ungefähr ein starker und geschickter Mann geworden war. »Natürlich«, sagte sie, obwohl in seiner Bitte eine unerträgliche Intimität mitschwang.

Nun sang einer der Ritter mit einer sehr schönen Bassstimme, und sie lauschten aufmerksam.

Ein Hornstoß der Wache unterbrach plötzlich den Vortrag. FitzRoger warf einen Blick zu Renald, der sofort den Saal verließ, und der Sänger setzte sein Lied auf ein Zeichen hin fort.

Renald kam zurück und murmelte FitzRoger etwas ins Ohr, der sich nun an den König wandte: »Sire, es ist der Graf von Lancaster. Ist es in Eurem Sinne, ihn einzulassen?«

»Der faule Liebende?«, meinte der König mit einem hämischen Grinsen. »Aber natürlich!«

Die Anordnung wurde weitergegeben, doch Imogen spürte bei den Männern eine ihr unbekannte Spannung aufkommen. Es war nicht Furcht, sondern eine Art Bereitschaft, wie sie Männer vor der Schlacht an den Tag legten. Weshalb? Dies würde zweifelsohne nicht angenehm werden, denn Lancaster war sicher nicht glücklich über ihre Heirat, aber was geschehen war, war geschehen.

Nur dass es eben noch gar nicht geschehen war, dachte sie dann erschreckt.

Sie spielte mit einem Stück Obst auf ihrem Teller, während sich der König und FitzRoger leise über ihren Kopf hinweg über Lancaster unterhielten. Dabei erfuhr sie, dass Henry den Grafen nicht einfach ignorieren konnte und dass dieser möglicherweise sogar Henrys Feinde unterstützen würde, wenn er sich verletzt fühlte. Es war bekannt, dass er sich schon einmal mit Belleme getroffen hatte.

Jetzt wurde Imogen klar, dass Henrys Misstrauen gegenüber Lancaster hinter der königlichen Entscheidung und der Eile gestanden hatte, sie mit FitzRoger zu verheiraten.

Vielleicht hatte man dem Grafen mitgeteilt, sie habe sich einverstanden erklärt, FitzRoger zu heiraten, und er war trotzdem gekommen. Und sie hatten gewusst, dass er kommen würde.

Wie um ihre Mutmaßungen zu bestätigen, sagte der König jetzt: »Gut, dass schon alles geklärt ist. Was ist mit dem Bettlaken passiert? Vielleicht müssen wir es ihm zeigen.«

Imogen erstarrte, doch sie hielt den Blick gesenkt und hoffte, dass ihre Furcht nicht entdeckt würde.

»Es war kein Fleck darauf«, antwortete FitzRoger gelassen.

»Was?«

Jetzt blickte Imogen auf – voller Angst, auf irgendeine Weise beschämt zu werden.

»Das wirft keinen Schatten auf Lady Imogens Ehre«, erklärte FitzRoger. »Es ist nur eine Frage der Stellung und der Achtsamkeit.«

Der König lief rot an. »Guter Gott, Ty, das war wirklich dumm. In der Hochzeitsnacht treibt man schließlich nicht irgendwelche Spielchen!«

Verloren blickte Imogen zwischen den beiden Männern ins Leere. Von welchen Spielchen sprachen sie?

FitzRogers Finger spielten herausfordernd mit seinem Tischmesser. »Glaubst du, Lancaster stellt die Tugend meiner Lady infrage? Das soll er nur versuchen!«

»Hör auf mit deinen Drohgebärden«, sagte der König kurz angebunden, denn in diesem Augenblick betrat der Graf von Lancaster den Saal. »Ich kann mir keinen Streit zwischen euch beiden leisten.«

Lancaster war ein hochgewachsener, fleischiger Mann, der normalerweise nur feine Kleidung trug und sehr auf seine Erscheinung achtete. Heute aber schien er abgezehrt und schmutzig. Offenbar hatte er ausnahmsweise einmal große Eile gehabt.

Er überflog die Szenerie mit einem Blick und verbeugte sich dann. »Sire! Ich habe mich sehr beeilt, Lady Imogen, meiner Verlobten, beizustehen.«

FitzRoger erhob sich und arrangierte für den Grafen einen Sitzplatz an der Seite des Königs. »Ich fürchte, Ihr irrt Euch, Mylord«, erklärte er höflich. »Die Lady ist meine frisch angetraute Gemahlin.«

Lancaster erstarrte. »Aber ...«

»Wir haben gestern geheiratet.«

Der Graf blickte schockiert zu Imogen. »Lady Imogen«, fragte er mit dem Versuch eines Lächelns, »wie ist das möglich, da Ihr doch mir versprochen seid?«

Imogen schluckte. »Es war nichts festgesetzt, Mylord.«

»Aber die Wünsche Eures Vaters waren eindeutig, und diese sollten einer pflichtgetreuen Tochter heilig sein.«

Imogen fühlte sich äußerst unwohl, doch sie behauptete sich. »Es war nichts festgesetzt, Mylord«, wiederholte sie.

»Nun kommt schon, Lancaster«, warf der König mit gespielter Fröhlichkeit ein, noch ehe der rot angelaufene Graf explodieren konnte. »Das ist eine passende Verbindung, und sie hat meinen Segen. Daran ist jetzt nichts mehr zu ändern. Aber es gibt ja noch jede Menge Beute im Land zu holen, und ich verspreche Euch, Ihr könnt Euch aussuchen, was Ihr wollt. Ihr seid hart geritten. Ruht Euch aus. Esst. Trinkt. Ihr seid willkommen. Wir brechen bald auf, um Warbrick und Belleme einen Denkzettel zu verpassen. Ihr könnt Euch mit Euren Männern uns anschließen.«

Imogen bemerkte, dass diese Bemerkung Lancaster beunruhigte, denn er stellte zwar immer das Kontingent an Soldaten, zu dem er als Vasall verpflichtet war, zog aber nicht selbst in die Schlacht.

Sie wandte sich ihrem Gemahl zu und sah, dass er sie auf diese katzenartige Weise belauerte, die sie hasste. Sie wusste, dass er wartete, ob sie ihre Jungfräulichkeit bekannt geben würde, und sich bereit machte, gegebenenfalls zu intervenieren. Sie fragte sich, wie er das zuwege bringen wollte, und war schon fast versucht, es auszuprobieren …

Er ergriff ihre Hand und erhob sich. »Würdet Ihr uns entschuldigen, Sire? Graf Lancaster.« Letzteres war keine Bitte.

»Natürlich, natürlich«, erwiderte Henry vergnügt. »Fort mit euch!«

Es schien, als wolle Lancaster einen Einwand erheben, doch ein Blick auf FitzRoger belehrte ihn eines Besseren.

Auch Imogen dachte daran zu widersprechen, aber eigentlich gab es nichts, was sie hätte einwenden können – es wäre sogar anstandslos akzeptiert worden, wenn sie und FitzRoger sich eine ganze Woche lang in ihre Gemächer zurückgezogen hätten. Dennoch fühlte sie sich durch diese offenkundige Zurschaustellung von Besitzverhältnissen gedemütigt.

»Wir sind verheiratet«, erklärte sie, als sie in ihrem Gemach angelangt waren. »Du hast gewonnen. Du musst es ihm nicht auch noch so deutlich unter die Nase reiben.« Ärgerlich schaute sie zum Fenster hinaus und versuchte, Raum zwischen ihm und ihr zu schaffen.

»Wie argwöhnisch du bist. Lancaster kann meinetwegen ersticken, aber Henrys Geduld ist nicht grenzenlos.«

Imogen drehte sich zu ihm um. »Wie meinst du das?«

»Er wartet darauf, dass die Huren wieder zurückkommen.«

»Was? Aber ich habe gesagt, sie dürfen nicht in den Saal. Zu Zeiten meines Vaters …«

»Dein Vater hatte seine Arrangements, aber du kannst ja wohl kaum erwarten, dass der König ins Dorf marschiert oder sich im Dunkeln in die Badestube stiehlt.«

Imogen stotterte fast. »Mein Vater hatte keine solchen Arrangements. Er hat meine Mutter sehr geliebt!«

»Werde erwachsen, Imogen. Deine Mutter ist seit zwei Jahren tot und war viele Jahre ihres Lebens krank. Du hast zwei Halbbrüder und eine Halbschwester, die in Gloucester erzogen werden. Wenn du deine Pflichten aufnimmst und die Bücher durchsiehst, wirst du feststellen, dass dein Vater gut für sie gesorgt hat.«

»Brüder …« Imogen schloss abrupt den Mund und versuchte, ihren wirren Kopf zu ordnen. Dass FitzRoger gelogen hatte, hielt sie jedoch für ausgeschlossen. »Woher weißt du das?«

»Die Geschäfte von Carrisford wurden auf Eis gelegt, aber nicht ganz eingestellt. Jemand musste die Zahlungen bewilligen.«

Sie wollte protestieren und erklären, dass er seine Autorität überschritten habe, aber wie er gesagt hatte, jemand musste sich um solche Dinge kümmern. Sie war selbst schuld, wenn sie sich durch persönliche Angelegenheiten von ihren Pflichten abhalten ließ.

»Morgen«, sagte sie, »werde ich hier die Verwaltung übernehmen.«

»Hervorragend. Dann kannst du auch selbst ausrechnen, was du mir schuldest.« Noch ehe sie darauf etwas entgegnen konnte, meinte er: »Es überrascht mich, dass Lord Bernard nicht wieder geheiratet hat, vor allem, da er keinen Erben hatte.«

Diese Information über ihren Vater war noch zu frisch. Sie sollte Brüder und Schwestern haben? »Manche Männer nehmen die Ehe ernster als andere, Mylord Bastard«, erklärte sie.

Er kniff die Augen zusammen. »Ich versichere dir, niemand nimmt die Ehe ernster als ein unehelicher Sohn. Falls du sterben solltest, ohne mir mindestens zwei Söhne zu gebären, Imogen, werde ich bei der ersten Gelegenheit sofort wieder heiraten.«

Imogen ließ sich auf das Bett fallen. »Du bist wirklich ein schrecklicher Mann.«

»Natürlich. Dafür bin ich schließlich bekannt.« Er lehnte sich an einen Bettpfosten. »Willst du mir damit sagen, du möchtest, dass ich dich für den Rest meines Lebens in Keuschheit betrauere? Das wäre kaum realistisch. Ich würde das von dir nicht erwarten.«

Sie blickte in seine spöttischen Augen. »Nach dieser Erfahrung, Mylord, werde ich wohl kaum noch einmal heiraten, selbst wenn ich das Glück haben sollte, von Euch befreit zu sein.«

»Unglücklicherweise scheine ich einen guten Schutzengel zu haben.«

»Unglücklicherweise, in der Tat.« Eigentlich wollte Imogen solch grausame Dinge gar nicht sagen, aber es war, als würde sie von einem Strom von Gehässigkeit erfasst und mitgerissen.

»Du hast ja noch den Dolch«, meinte er lakonisch. Er nahm ihn von dem Kästchen, auf dem sie ihn deponiert hatte, und legte ihn neben sie auf das Bett.

Sie warf ihm nur einen angewiderten Blick zu und dachte daran, womit all dies begonnen hatte. »Diese Huren …«

»… dienen jetzt ihrem König.«

Imogen wollte etwas sagen, doch dann bemerkte sie seinen Blick. »Ist das eine der Angelegenheiten, bei denen ich von Euch reglementiert werden muss, Mylord Gemahl?«

»Jawohl.«

Sie lächelte bitter. »Dann überrascht es mich, dass Ihr nicht selbst dort unten seid und ihre Dienste in Anspruch nehmt.«

»Mich auch, zumal es hier nur wenig nach einem amourösen Abenteuer aussieht.« Er erwiderte ihr humorloses Lächeln. »Aber nach unseren anrührenden Liedern wäre es doch eine Schande, dieses Bild zu zerstören, nicht wahr?«

»Wenig amourös …« Imogen war schon wieder fassungslos. Sie hatte gedacht, er sei nun entschlossen, die Ehe zu vollziehen, umso mehr, als Lancaster aufgetaucht war und nach einem Vorwand suchte, um diese Ehe zu zerschlagen; ein guter Teil ihrer Bitterkeit war verzweifelte Verzögerungstaktik gewesen. »Wie meinst du das?«

Er warf ihr einen spöttischen Blick zu. »Bist du denn erpicht darauf, meine ehelichen Bedürfnisse zu befriedigen, Imogen?«

Sie spürte, wie sie errötete. »Ich kenne meine Pflicht«, murrte sie.

»Wirklich? So wie Father Wulfgan sie darstellt, nehme ich an. Aber ich fürchte, um mich damit zufriedenzugeben, bin ich zu degeneriert.« Er holte ein Schachbrett aus einer Truhe, legte es auf ein Tischchen am Fenster und begann mit flinken Fingern, die Figuren aufzustellen. »Ich nehme an, du spielst Schach.«

»Ja«, sagte Imogen, von seinem unkalkulierbaren Verhalten verwirrt.

»Nun?«

»Ja.«

»Gut. Ich mag Spiele, die einen fordern. Du kannst Weiß nehmen.«

Imogen setzte sich ihm gegenüber. Das Brett war eine Einlegearbeit aus hellem und dunklem Holz; die Figuren bestanden aus Silber und Elfenbein. Es war ein sehr schönes Spiel. Sie berührte ihre elegante weiße Königin. »Mein Vater hatte ein Spiel, das ähnlich aussah wie dieses«, sagte sie.

»Es wurde zerstört, aber das Silber ist noch irgendwo. Es kann wiederverarbeitet werden«, bemerkte er in einem sachlichen Ton.

Imogen biss die Zähne zusammen und eröffnete die Partie. Wahrscheinlich hatte sie gegen ihn keine Chance, doch sie wollte ihr Bestes versuchen. Nur zu gern hätte sie ihn bei irgendetwas übertrumpft. Schon bald war sie nur noch auf das Brett konzentriert; sie spielte, als ginge es um ihr Leben. FitzRoger war auch hier so unberechenbar wie brillant, doch sie behauptete sich.

Gerade so eben.

Während sie eine besonders komplexe Folge von Zügen durchdachte, stand er auf und schenkte ihnen Wein ein. Sie trank geistesabwesend, gegen die Erregung ankämpfend, und prüfte zum dritten Mal, ob ihr Plan nicht zur Niederlage führte.

Sie konnte es kaum glauben, aber sie hatte tatsächlich eine Chance auf den Sieg.

Bemüht, eine stoische Miene zu bewahren, schob sie ihren Läufer drei Felder vor. FitzRoger bewegte noch immer stehend einen Turm. Sie zog scheinbar unbeteiligt mit einem Bauern; er hob erstaunt eine Braue und schlug ihn. Und dann bewegte sie ihre Königin. »Schachmatt«, flüsterte sie schließlich.

Er setzte sich abrupt wieder hin und studierte das Spiel genau. »Tatsächlich«, sagte er dann gedankenvoll.

Ihre Blicke trafen sich, und auf Imogens Gesicht entstand ein Grinsen, das sie nicht unterdrücken konnten. Sie freute sich diebisch und konnte nichts dagegen tun.

Plötzlich lachte auch er, und seine Züge erhellten sich auf eine höchst erstaunliche Weise. »Ein echter Sieg«, sagte er und prostete ihr zu. »Erinnere mich daran, nie deinen klugen Kopf zu unterschätzen, vor allem, wenn der meine durch Lust abgelenkt ist.«

Es war wie ein Guss kalten Wassers. Imogen warf einen nervösen Blick auf das Bett.

Sein Lächeln verschwand. »Hör mir zu, Imogen. Ich bin überzeugt, dass du im Lauf der Zeit gut mit mir zurechtkommen wirst. Ich bin bereit zu warten, wenn ich es kann.«

»Wenn du es kannst?«, fragte sie.

Er schüttelte den Kopf. »Ich werde warten. Aber du musst versuchen, mit deiner Angst fertig zu werden. Und es wäre hilfreich, wenn du nicht dauernd zu diesem Priester laufen würdest, der deine Ängste nur noch mehr schürt.«

»Ich bin nicht ... ich gehe nicht ... Wieso sollte ich dir glauben anstatt ihm?«

»Aus gar keinem Grund. Aber es gibt auch noch andere Meinungen. Vielleicht möchtest du, wenn wir einmal die

Gelegenheit dazu haben, mit mir zum Kloster in Grimstead reiten und mit dem dortigen Abt sprechen. Ich kenne ihn; meiner Meinung nach ist er ein guter und weiser Mann.«

Imogen nickte, erleichtert über solch einen vernünftigen Vorschlag. »Ja, das würde ich gerne tun.«

»Gut. Ich versichere dir, das Letzte, was ich möchte, ist, dich gegen dein Gewissen zu etwas zu zwingen. Aber diese Situation muss irgendwann ein Ende haben.«

»Vor allem jetzt, wo Lancaster da ist.«

Er warf ihr einen raschen, scharfen Blick zu. »Genau.«

Imogen fasste ihren Kelch fester. »Was meintest du vorhin mit ›Stellung‹ und ›Achtsamkeit‹?«

Er lehnte sich zurück und nippte an seinem Wein. »Wenn ein Mann behutsam vorgeht, bluten die meisten Frauen nur wenig, und es tut auch kaum weh, und wenn du im Bett nicht auf dem Rücken liegen würdest, wäre wahrscheinlich gar kein Blut auf dem Laken.«

Imogen wollte etwas sagen, doch dann schloss sie den Mund wieder. Sie hatte Fragen, fühlte sich aber nicht imstande, sie zu formulieren. Aber es gefiel ihr, dass er ihre Frage so direkt beantwortete. Sie war daran gewöhnt, immer nur gesagt zu bekommen, dass sie sich nicht über alles Mögliche ihr hübsches Köpfchen zerbrechen solle.

Sie sollte ihm von Warbrick und Janine erzählen. Doch bei dem bloßen Gedanken daran spürte sie schon Panik in sich aufsteigen.

Also musste sie es anders versuchen. »Ich bin bereit, meine Pflicht zu tun, Lord FitzRoger. Ich bin sicher, wenn Ihr es einfach nur *tätet*, wäre alles gut.«

Sie war sich nicht sicher, aber wenn er schnell machte, dann wäre doch bestimmt alles vorbei, noch ehe sie an ihre schlimmsten Befürchtungen überhaupt denken konnte.

»Vielleicht kommt es irgendwann so weit, Imogen, aber eigentlich ist das nicht meine Art. Ich hoffe, dass wir eine bessere Lösung finden.« Er drehte seinen Kelch gedankenvoll in den Händen und musterte sie dann. »Du magst das vielleicht nicht wahrhaben, aber es wäre letzte Nacht nicht leicht gewesen, die Ehe zu vollziehen. Vielleicht lag das daran, wie sehr du dich gegen mich gewehrt hast, oder auch an deiner körperlichen Verfassung, aber ich hätte nur mit großem Kraftaufwand in dich eindringen können.«

Das hatte sie nicht gewusst. »Es tut mir leid.«

»Ich weiß nicht genau, ob es dir möglich ist, darauf Einfluss zu nehmen, aber sicherlich wird es dir helfen, wenn du deine Ängste lindern kannst. Wenn es beim ersten Mal wehtut, ist das schließlich etwas ganz Natürliches.« Er betrachtete sie nachdenklich im Versuch, ihre Stärke oder Schwäche abzuwägen. »Komm her.«

Sie zitterte, doch sie stand misstrauisch auf und gehorchte.

Er spielte mit ihren Fingern. »Sag mir, wovor du Angst hast. Der Schmerz durch den Verlust des Jungfernhäutchens, wenn du ihn überhaupt spürst, geht rasch vorüber.«

»Ich habe keine Angst vor dem Schmerz.« Imogen wollte es ihm sagen, doch sie fand keine Worte. Konnte er erklären, weshalb er sich in geschlossenen Räumen fürchtete?

»Du kannst mir nicht weismachen, dass es dir nicht gefällt, geküsst und berührt zu werden.«

Ihre Wangen glühten. »Nein, das gefällt mir schon. Wenn du es bist, zumindest.«

»Ein Kompliment!«, erklärte er. »Wir machen Fortschritte! Aber wer hat dich sonst noch geküsst und berührt?«

Die leichte Schärfe seines Tons machte sie nervös, doch sie antwortete ihm. »Mein Verlobter hat mich verschiedene Male auf den Mund geküsst, und einmal Lancaster. Er hat einen schlechten Atem.«

FitzRoger spielte noch immer auf eine beinahe hypnotisierende Art mit ihren Fingern. »Warum hast du dann Angst, Imogen? Ich beiße doch nicht. Oder nur«, er biss sie zärtlich in einen Finger, »auf ganz nette Art und Weise.«

Sie entzog ihm die Hand. »Das! Das ist es, wovor ich Angst habe. Dein Drängen, das ist niederträchtig!« Es war eine fadenscheinige Ausrede, eine Lüge, sie wusste es.

Er musterte sie kopfschüttelnd. Das Schweigen zwischen ihnen zog sich endlos hin; am liebsten hätte sie geschrien. Was hatte er vor?

»Diese Nacht«, sagte er endlich, »darauf gebe ich dir mein Wort, werde ich nur tun, was du möchtest. Wenn du Stopp sagst, höre ich auf.«

Er reichte ihr die Hand. Zögernd nahm Imogen sie an, und er zog sie auf seinen Schoß.

»Was tust du?«, fragte sie.

»Ich küsse dich«, antwortete er und tat es.

Seine Lippen waren weich und warm, und seine Hand spielte zärtlich an ihrem Hals. Es fiel Imogen nicht schwer, alle Worte Father Wulfgans beiseitezuschieben und es einfach zu genießen. Sie schlang die Arme um den Hals ihres Gemahls und fügte sich glücklich.

Selbst als seine Hände über ihre Brüste wanderten, unterdrückte sie noch jeden Protest. Wenn sie ihre Aufmerksamkeit einfach nur auf den Kuss konzentrierte, vielleicht konnte sie dann die finsteren Gedanken zurückdrängen …

Schon allein bei der Vorstellung schienen sich ebendiese Gedanken um sie herum aufzutürmen wie dunkle Gewitterwolken. Es war, als hätte sie Angst vor der Angst. Nein, sie würde diesem Wahnsinn nicht nachgeben. Nichts konnte ihre Ängste zerstreuen. Warbrick hatte Janines Brüste nie berührt. Es gab keinen Zusammenhang.

Sie küsste ihren Gemahl heftig im Versuch, die Schatten zu vertreiben. Das konnte nicht allzu schwer sein, wusste sie doch, dass ihr Körper wollte, was FitzRoger ihr anbot. Dieses Wollen war wie eine Wärme, die sie durchströmte und sich wohlig in ihrem Bauch ausbreitete.

Sie habe sich ihm verschlossen, hatte er gesagt. Imogen glaubte nicht, dass sie auch jetzt verschlossen war.

Er murmelte etwas Zustimmendes, nahm ihr den kostbaren Gürtel ab und ließ seine Hand unter ihre Tunika gleiten.

Ihr Körper bewegte sich voller Verlangen. Ihr Verstand sagte, es sei alles gut so.

Doch die Angst, die schiere Panik, schrie *Halt!*

Sie wehrte sich dagegen mit einem lauten »Ja«, obwohl ihr Herz vor Furcht wie wild pochte.

FitzRoger musterte sie, und sie suchte in seinem Blick Halt. Er ergriff ihre Hand und hielt sie an seine Brust. »Ja?«, wiederholte er fragend.

Sie nickte, mit jedem Quäntchen Kraft, das sie in sich finden konnte, wild gegen die Dämonen ankämpfend.

Wer hatte die Gewalt über ihren Körper und ihren Geist – sie oder diese Teufel?

Sie konnte es schaffen. Sie konnte es.

»Du siehst verängstigt aus«, murmelte FitzRoger. »Wir werden sehr langsam vorgehen, und wenn du willst, höre ich auf.«

»Mir wäre es lieber, wenn es schnell ginge«, hielt sie dagegen. »Ich weiß, dass es auch ganz schnell gehen kann. Ich habe gehört …«

Er legte einen Finger auf ihre Lippen. »Es ist leichter für dich, wenn wir uns Zeit lassen. Vertrau mir, Imogen …«

Langsam führte er ihre Hand an seinem Körper hinab bis zu seiner Erektion. Sie zuckte zurück, als sie ihn dort berührte, doch er ließ die Hand nicht entwischen. »Du brauchst keine Angst davor zu haben«, sagte er leise. »Er tut dir nicht weh, oder zumindest nur das erste Mal. Du bist für ihn geschaffen, Imogen. Akzeptiere es.«

Ja, sagte sie sich. Frauen sind dafür geschaffen.

Sie dachte an die Näherinnen und daran, wie sie sich gefreut hatten.

Nein!, kreischten ihre Ängste. Denk an den Schmerz. Vergewaltigung. Blut. Schreie.

Martha, erinnerte sie sich. Dora. Diese Huren unten im Saal, die in einer Nacht zehn Männer hatten. Ihre Mutter und ihr Vater.

Janine!

Frauen haben das ertragen seit Anbeginn der Zeiten. Es ist natürlich. Ich kann ruhig bleiben, ihn einfach seine Pflicht tun lassen.

Ich kann es. Ich kann es. Ich kann es.

Ihr Herz schlug so rasend schnell und laut, dass sie fürchtete, er müsse es hören.

In ihrem Bemühen, sich zu beherrschen, griff sie zu. Er zuckte unter ihrer Berührung zusammen, und sein Glied schwoll an. In seinen Augen sah sie, wie stark sein Begehren war.

Sie verlor die Kontrolle über sich, drückte sich mit aller Kraft von ihm weg. Da er sie nicht festhielt, stürzte sie zu Boden.

Seinen Blick bemerkend, wich sie hastig zurück. »Es tut mir leid, es tut mir leid«, stieß sie hervor, und Tränen strömten ihr über das Gesicht. »Ich habe versucht …«

Er vergrub das Gesicht in den Händen. »Dann lass es.« Er stand auf und wandte sich zum Gehen.

»Bitte, verlass mich nicht!«, rief Imogen, doch dann schüttelte sie den Kopf. »Oh, es tut mir so leid. Geh, wenn du willst. Geh zu einer Hure. Es macht mir nichts aus. Es ist ja einzig und allein meine Schuld.«

Er stand steif da wie eine Statue, das Gesicht kreidebleich. »In deinem Haus werde ich niemals zu einer Hure gehen, Imogen. Ich gehe nur kurz weg. Wenn du nett sein willst, dann lege dich schlafen, aber lass dein Hemd an.«

Voller Verzweiflung schaute Imogen zu, wie sich die Tür hinter ihm schloss. Wie konnte etwas, das sie sich so sehr wünschte, so unmöglich zu erreichen sein?

Aber sie gehorchte ihm. Zitternd wusch sie sich und legte sich dann mit ihrem Hemd bekleidet ins Bett.

Sie war dabei zu entdecken, dass das Leben keine Schachpartie war. Man konnte die Züge nicht vorausplanen, und man brauchte mehr als nur Verstand, um zu gewinnen. All ihren guten Vorsätzen zum Trotz konnte sie ihrem Körper nichts befehlen; sie schaffte es nicht, dass er so reagierte, wie sie es wollte.

Es war wie mit den Ratten. Keine Macht der Erde konnte sie dazu bringen, eine Ratte anzufassen, noch nicht einmal eine tote.

Was sollte sie tun?

Aber FitzRoger hatte es geschafft, in die Geheimgänge zu gehen, um seine Freunde zu retten.

Was konnte sie daraus lernen? Sie hatte heute Abend versucht, tapfer zu sein, aber herausgekommen war nichts als ein Desaster.

Er hatte sich übergeben müssen, als er aus den Geheimgängen herausgekommen war. Würde sie sich übergeben müssen, wenn sie die Ehe vollzogen? Und wie würde er darauf reagieren? Vielleicht sollte sie am Ende doch lieber ins Kloster eintreten.

Nein, das wollte sie nicht. Sie wollte bei FitzRoger bleiben.

Er kam zurück, aber er war auf eine unnatürliche Weise ruhig. Es machte ihr Angst, wenn sie auch nicht das Gefühl hatte, dass die Situation gefährlich war.

Vater, betete sie inbrünstig, *was soll ich jetzt tun?*

Es gab auf diese Frage keine Antwort von außen.

FitzRoger zog sich bis auf die Unterhose aus und stieg ins Bett. Er berührte Imogen nicht, sondern legte sich auf die Seite und betrachtete sie. Sie sah ihm in die Augen, wenigstens das war sie ihm schuldig.

»Imogen«, sagte er, »ich glaube, es würde uns helfen, wenn du Father Wulfgan fortschicken könntest. Die Mönche in Grimstead würden ihn aufnehmen, und ein paar von ihnen würden seine Art der Frömmigkeit sicher gutheißen.«

Imogen wusste, dass Father Wulfgan nicht das eigentliche Problem war, sondern lediglich ihr Schild, mit dem sie sich die Finsternis vom Leib hielt. Doch den Priester fortzuschicken, das war nicht viel verlangt. »Gut«, erwiderte sie.

Er nickte. »Und ich möchte, dass du mir etwas versprichst.«

»Was?«

»Dass du bei der körperlichen Liebe niemals meinetwegen leidest. Wenn du dich unwohl fühlst, lass es mich sofort wissen. Es ist ... äußerst schwer für mich, wenn ich in diesen Dingen getäuscht werde.«

Imogen schluckte. »Aber ich bin mir nicht sicher, ob ...«

»Wir können es zumindest versuchen.«

Sie sah ihn forschend an und sagte sich dann, er werde schon wissen, was er damit bezweckte. »Also gut. Ich verspreche es.«

»Gut. Und jetzt schlaf.« Er wandte sich von ihr ab und beendete das Gespräch abrupt.

Imogen drehte sich matt auf die andere Seite und fragte sich, wie sich dieses Problem lösen ließe.

13

Am nächsten Morgen wachte Imogen wieder allein auf, doch ohne die Angst, dass er sie verlassen hatte. Mochte alles auch noch so schwierig sein, eine solche Quelle von Reichtum und Macht, wie sie es war, würde FitzRoger niemals aufgeben. Eher noch würde er sie eines Tages fesseln und vergewaltigen.

Als sie in den Saal kam, erfuhr sie, dass der König und ihr Gemahl wieder auf die Jagd gegangen waren. Die beiden schienen unersättlich zu sein, und Henrys Energie war offenbar unendlich. Der Saal zeugte von einer weiteren durchzechten Nacht, aber wenigstens waren keine Huren zu sehen.

Imogen beabsichtigte, die Neuorganisation von Carrisford fortzuführen, doch als man ihr sagte, der Graf von Lancaster habe geltend gemacht, er sei noch zu sehr von der Reise erschöpft, um an der Jagd teilzunehmen, wurde sie argwöhnisch und zog sich in ihr Gemach zurück, um eine Begegnung mit ihm zu vermeiden. Ein solches Zusammentreffen würde zumindest unangenehm sein; es konnte aber sogar gefährlich werden.

Was würde Lancaster tun, wenn er den Verdacht hegte, dass die Ehe noch nicht vollzogen war? Irgendetwas würde er garantiert unternehmen. Gleichzeitig war klar, dass der König nicht direkt gegen ihn vorgehen wollte. Henrys Position war noch immer gefährdet; er konnte es sich nicht leisten, so einen mächtigen Mann zu beleidigen.

Angesichts dieser Lage wünschte sich Imogen nichts sehnlicher, als endlich die Ehe mit FitzRoger zu vollziehen. Dann würde sowohl für sie als auch für das Königreich alles relativ einfach werden. Jetzt, in der Ruhe des Augenblicks, konnte sie nicht begreifen, weshalb dies nicht machbar sein sollte. Wäre FitzRoger jetzt hier, sie würde ihn ins Bett schleifen und es erneut versuchen.

Der Gedanke brachte sie zum Lachen.

Doch für den Augenblick gab es genug zu tun, um sich zu beschäftigen. Wenn sie ihm schon keine vollwertige Ehefrau sein konnte, dann konnte sie zumindest ihre Besitztümer ordentlich führen. Heute würde sie sich mit den Büchern befassen und alle ihre Schulden begleichen.

Was bedeutete, dass sie die Schatzkammer aufsuchen musste.

Meister Cedrics neue Schuhe waren eingetroffen, und er hatte gute Arbeit geleistet. Die Schuhe verursachten ihr keine Schmerzen, sie passten gut, und die dicken Korksohlen schützten ihre Füße vor Schmutz.

Imogen sah diesem Vorhaben nicht eben freudig erregt entgegen, denn in den Geheimgängen war es feucht und finster, und es gab recht widerwärtige Stellen. Außerdem war sie noch nie allein in die Schatzkammer gegangen. Dies war jedoch eine Furcht, mit der sie im Gegensatz zu der anderen umzugehen wusste. Das Schlimmste, was passieren konnte, war, dass sie eine Ratte sah, doch sie war dort noch nie auf eine gestoßen. Diese Tiere mieden das Licht der Laterne.

Darauf achtend, dass sie nicht zufällig Lancaster begegnete, machte sie sich die Treppe hinunter auf den Weg zur Speisekammer. Unten angekommen, stellte sie sicher, dass sich niemand außer ihr in dem mit Holz verkleideten Korridor aufhielt. Dann schob sie eines der Bretter zur Seite, schlüpfte in die dahinter verborgene Nische und schob es wieder an seinen ursprünglichen Platz. Für das ungeschulte Auge sah die Nische nicht ungewöhnlich aus, doch mit einem Druck auf eine bestimmte Stelle drehte sich die Wand, und dahinter lag ein weiterer Raum.

Imogen trat ein, drehte die Wand wieder zurück und stand nun in der modrig-feuchten Finsternis. Im ersten Augenblick wurde sie von einer leichten Panik ergriffen, denn die einzige Lichtquelle waren nur ein paar winzige Mauerschlitze, doch darauf war sie vorbereitet gewesen. Sie kämpfte gegen die Furcht an und wartete, bis sich ihre Augen an das Dunkel gewöhnt hatten.

Sie lauschte auf das Kratzen kleiner Füßchen auf dem Felsboden, doch die Stille wurde nur vom regelmäßigen Geräusch von tropfendem Wasser unterbrochen. Langsam wurde ihr Herz wieder ruhig.

Hier bestand der Boden noch aus glattem Stein. Wenige Schritte links von ihr, wusste sie, sollte eine Laterne bereitstehen. Was würde sie tun, wenn die Lampe nicht da war? Weitergehen, sagte sie sich. Weitergehen bis zur nächsten Laterne näher bei der Schatzkammer.

Doch die Laterne war an ihrem Platz, Feuerstein und Zunder ebenfalls. Imogen zündete sie mit unsicherer Hand an; die Flamme wirkte im ersten Moment ungewöhnlich grell, doch dann wurden die feuchtkalten, grauen Wände erkennbar – und Unmengen von Spinnweben. Aber nun hatte sie zumindest Licht, und das half gegen die Angst.

Entschlossen schritt Imogen durch die gewundenen und zum Teil verzweigten Gänge. An einer Stelle, an die sie sich genau erinnerte, musste sie einen Stein verrücken; dahinter lag der Schlüssel für die Schatzkammer. Dann ging sie weiter. Der Gang führte nun abwärts, es wurde noch feuchter, und der Boden war nass und glatt.

Nun lagen zwei offene Gänge vor ihr und ein dritter, der sehr verfallen aussah. Dicke Spinnweben hingen vor dem Eingang und gaukelten vor, dass er seit langem nicht mehr benutzt worden war. Dahinter bedeckte Wasser den Boden. Imogen bückte sich unter den Spinnweben hindurch und ging um die große Pfütze herum; weiter hinten war der Boden über eine längere Distanz hinweg aufgeweicht, doch mit den hohen Korksohlen überwandt sie auch dieses Hindernis. Als weitere Schwierigkeit floss an dieser Stelle hinter der

Mauer eine Latrine aus, sodass hier ein bestialischer Gestank herrschte. Wenn man nach vorn schaute, hätte man meinen können, dass der Gang dort an einer Felswand endete. Doch Imogen ging weiter; sie wusste, dass man unmittelbar vor dem Fels seitlich in eine Nische treten konnte, die sich zu einer Art Höhlenraum erweiterte, und dort befand sich die massive, eisenbeschlagene Tür zur Schatzkammer von Carrisford.

Erleichtert steckte Imogen den Schlüssel in das gut geölte Schloss und öffnete die Tür.

Der Raum war voller Truhen, Taschen, Kisten und an den Wänden aufgereihten Gestellen, auf denen goldene Teller und Kelche standen.

Imogen fühlte sich versucht, wenigstens einen Teil dieser Pracht in den Saal mitzunehmen, um die alte Schönheit ihres Heims wiederherzustellen, doch neue Schätze zu präsentieren, solange der König hier weilte, wäre nicht klug gewesen. Sie brauchte Münzen, um ihre Schulden zu bezahlen, und etwas Schmuck, mehr nicht. Also nahm sie aus einer der Kisten erst einmal zwei Beutel mit Geld.

Dann suchte sie aus einem Kästchen ein paar ihrer Lieblingsschmuckstücke und zwei Haarreife heraus. Das erinnerte sie daran, dass sie FitzRoger noch kein Geschenk gemacht hatte. Sie wollte ihm gern etwas geben.

Sie öffnete die Schmuckschatulle ihres Vaters. Alles war hier, denn nach seinem Tod hatten sie, Siward und Sir Gilbert – die einzigen Personen, die alle Geheimnisse von Carrisford kannten – Sir Bernards gesamten Schmuck hierhergebracht.

Beim Anblick der vertrauten Stücke, die sie das letzte Mal gesehen hatte, als ihr Vater sie trug, traten Imogen Tränen in die Augen. Sie nahm einen prächtigen, eigroßen Rubin zur Hand und erinnerte sich daran, wie sehr sie es als Kind geliebt hatte zu sehen, wie er das Sonnenlicht reflektierte. Ihre Tante Constance hatte erzählt, sie habe schon als Baby damit gespielt.

Sie legte ihn zurück. Ein solches Geschenk war nicht das Richtige für FitzRoger.

Nachdem sie noch einige Lederbeutel durchgesehen hatte, fand sie schließlich etwas Passendes: eine wunderschöne schwere Goldkette mit Smaragden im Cabochonschliff. Sie war das wahrscheinlich kostbarste Stück des gesamten Familienschatzes; außerdem war sie kaum getragen worden, denn Lord Bernard hatte sie nicht sehr gemocht. FitzRoger würde sie jedoch sicher glänzend zu Gesicht stehen.

Imogen zögerte. Wenn sie ihm die Kette gab, würde er wissen, dass sie in der Schatzkammer gewesen war.

Na und. Wenn sie ihre Schulden beglich, würde er es ebenso wissen.

Sie steckte die Beutel mit den Münzen und die Kette ein und verschloss sorgfältig die Tür. Dann machte sie sich auf den Rückweg, wieder vorbei an der großen Pfütze und unter den Spinnweben hindurch, deponierte den Schlüssel hinter dem Stein und erreichte schließlich die Stelle, an der die Laterne gestanden hatte.

Von hier aus nahm sie jedoch einen anderen Weg, denn sie wollte die Gänge nicht bei der Speisekammer verlassen – dort war es schwer festzustellen, ob gerade jemand in der Nähe war.

Stattdessen kam sie in einem Abtritt unweit des Saals heraus und ging von dort rasch in das Gemach hinauf, das sie mit FitzRoger teilte.

Als sie die Treppe erreichte, hörte sie jemanden ihren Namen rufen. Lancaster! Der Teufel sollte ihn holen. Sie ignorierte ihn und hastete nach oben. In dem Gemach angekommen, ließ sie ihren Schatz schnellstens in ihrer Truhe verschwinden, verschloss sie und säuberte ihre Kleidung von Spinnweben.

Sie war eben damit fertig, als Father Wulfgan, ohne anzuklopfen, eintrat.

»Tochter, wo seid Ihr gewesen?«

Beinahe hätte sie gesagt, dass ihn das absolut nichts angehe, was sie selbst erschreckte. Im gleichen Moment fiel ihr ihr Versprechen ein, den Priester fortzuschicken, und bei diesem Gedanken begannen ihr die Knie zu zittern.

Im Gespräch mit FitzRoger war es ihr leicht vorgekommen.

Jetzt, unter Father Wulfgans stechendem Blick, erschien es ihr unmöglich.

»Ich habe einige Vorratsräume inspiziert, Father«, log sie.

»Man hat vergeblich nach Euch gesucht. Der Lord von Lancaster möchte mit Euch sprechen. Das seid Ihr ihm schuldig.«

»Bin ich das?« Warum in aller Welt würde sich Wulfgan auf Lancasters Seite stellen?

»Er ist ein gottesfürchtiger Mann«, sagte Wulfgan. »Ihn gelüstet nicht nach Krieg. Er unterstützt großzügig heilige Werke. Wenn er Euer Lord geworden wäre, hätte er auf diesem Land ein neues Kloster gegründet, eines, das wahrhaft einem Leben in Demut und Kasteiung verpflichtet gewesen wäre.«

Imogen seufzte. Nicht einmal Wulfgan war also gegen Bestechung gefeit. Wäre er Abt dieses Klosters geworden? Dennoch bot diese Bemerkung womöglich eine Lösung für ihr Problem. »Vielleicht gründet ja Lord FitzRoger eines«, meinte sie.

»Dieser Mann richtet alles zugrunde, was er berührt! Wisst Ihr, dass er sogar ruchlose Weiber in diese Burg gebracht hat?«

Oh Gott. »Die sind für den König, Father.«

»Der gottlose König! Er hat eine Gemahlin, hat also nicht einmal diese Entschuldigung für seine Lasterhaftigkeit!«

»Wenigstens ist FitzRoger nicht so lasterhaft.«

»Er hat Euch, um seine frevelhafte Lust zu befriedigen.« Der Priester sah sie durchdringend an. »Seid Ihr im Herzen rein geblieben, Tochter? Ich habe gesehen, wie er Euch noch vor Sonnenuntergang aus der Gesellschaft wegführte.«

»Wir haben Schach gespielt!«, entgegnete sie rasch.

»Schach?« Er kniff die Augen zusammen.

»Jawohl.« Imogen wollte nicht noch mehr Fragen und nicht noch eine Gebetsstunde über sich ergehen lassen. Lieber traf sie den Grafen. »Ich werde mit Lord Lancaster im Garten sprechen«, erklärte sie. »Sagt ihm das bitte.«

Wulfgan musterte sie etwas ungläubig ob dieser Aufforderung, doch er segnete sie und fügte sich.

Lieber Gott, wie sollte sie es schaffen, Wulfgan zu entlassen, wenn es ihm ein Leichtes war, sie in die Rolle eines Kindes zu drängen? Es war ein verlockender Gedanke, dies FitzRoger zu überlassen, aber sie wusste, dass das einzig und allein ihre Aufgabe war. Zuerst musste sie sich jedoch mit Lancaster auseinandersetzen.

Dass der Graf Wulfgan auf seine Seite gezogen hatte, war so interessant wie gefährlich. Er hatte seine Niederlage also nicht akzeptiert. Argwöhnte er, dass die Ehe noch nicht wirklich vollzogen war? Hatte sie etwas zu Wulfgan gesagt, woraus dieser einen solchen Schluss ziehen konnte?

Nein, das glaubte sie nicht.

Also musste sie nun Lancaster überzeugen.

Sie wischte sich die feuchten Hände an ihrem Rock ab und rief nach Elswith, um sich zu vergewissern, dass ihr Äußeres makellos war. Am Morgen hatte sie sich von ihrer neuen Zofe als Erstes zwei dicke Zöpfe machen lassen, in die Seidenbänder eingeflochten waren, doch nun legte Imogen auch noch einen Schleier an und befestigte ihn mit einem schweren Goldreif, um ihren Status als Ehefrau zu unterstreichen.

Dann schritt sie würdevoll nach unten.

Ihre Mutter hatte den Garten in einem ummauerten, rechteckigen Areal neben dem Wohnturm angelegt. Lord Bernard hatte ihn im Gedenken an seine Gemahlin sorgsam gepflegt, und auch Tante Constance hatte sich darum gekümmert.

Imogen liebte ihn, sie selbst arbeitete jedoch nicht darin, denn mit Pflanzen hatte sie keine glückliche Hand.

Sie hätte sich wegen des Gartens keine Gedanken zu machen brauchen. Bislang hatte sie ihn bei ihren Erkundungen ausgelassen, und umso größer war nun ihr Entsetzen. Wie hatte sie nur glauben können, Warbrick hätte ausgerechnet dieses Fleckchen Erde verschont?

Die kostbaren Rosen hatten keine Blüten mehr, und die Äste der meisten Bäume waren niedergebogen oder abgebrochen. Offenbar hatten nur die dornigen Büsche den Zorn der Invasoren unbeschadet überstanden. Die kleineren Pflanzen – Blumen und Kräuter – waren zertrampelt.

Zwei Männer waren damit beschäftigt, die Spuren der Zerstörung zu beseitigen.

»Der Garten wird erst im nächsten Jahr wieder hergerichtet werden«, sagte sie zu dem einen. »Und bis er seine einstige Schönheit wiedererlangt hat, wird es wohl noch Jahre dauern.«

Der Mann verbeugte sich mit einem Lächeln. »Nein, Lady. Schon in ein paar Wochen wird sich vieles zum Besseren verändert haben. Es sieht schlimmer aus, als es ist. Das überstehen wir, und der ganze Garten wird so schön, wie er war, wenn nicht sogar noch schöner.«

Als Imogen genauer hinsah, bemerkte sie, dass der Gärtner recht hatte. Pflanzen wirkten fragil, doch sie hatten ihre eigene innere Kraft. Viele verbogen sich nur, statt zu brechen. Warbricks Leute hatten es zu eilig gehabt, um hier wirklich großen Schaden anzurichten; der überwiegende Teil der Pflanzen würde überleben.

Hier und da waren doch noch vereinzelte Rosen zu sehen, selbst wenn die Hälfte der Blütenblätter fehlte und so mancher Stiel geknickt war. Nicht alle Blätter fehlten, und sie sah auch Knospen, die erst noch aufblühen würden. Die niedergetrampelten Pflanzen richteten sich aus eigener Kraft bereits wieder auf, wuchsen und trieben neue Blüten.

Imogen pflückte einen zu Boden gedrückten Rosmarinzweig ab und sog den herrlichen Duft ein.

Der Garten war ein Symbol für die Zukunft. Carrisford konnte sich von diesem brutalen Ereignis erholen, und auch sie würde es können. Wurde sie nicht »die Blume des Westens« genannt? Blumen waren keine schwachen Geschöpfe. Dass man ihr so zugesetzt hatte, das würde sie nur stärker machen …

»Ah, da seid Ihr ja!«

Imogen drehte sich um und sah Lancaster auf sich zukommen, ausgeruht und herausgeputzt wie üblich, das licht gewordene Haar in Wellen um das Gesicht drapiert. Sie ging ein paar Schritte von den Gärtnern weg, denn sie wusste, dass diese Unterredung nicht angenehm werden würde.

Der Graf überraschte sie. Der arrogante Ärger, den sie in seiner Stimme gehört hatte, verschwand, als er sie begrüßte: »Imogen, mein liebes Kind. Wie sehr Ihr gelitten habt.« Er streckte ihr seine fleischigen, beringten Hände entgegen, und sie konnte nicht umhin, ihm die ihren zu geben.

Er drückte sie. Seine Hände fühlten sich weich, warm und schweißig an, ganz im Gegensatz zu den Händen eines anderen …

»Ich war entsetzt, als ich die Nachricht von Lord Bernards Tod erfuhr, meine Liebe. Ich dachte, er sei nur krank gewesen, und war sicher, dass mein Arzt ihn bald wieder auf die Beine bringen würde …« Er fasste sich an die Augen, wenngleich keine Tränen zu sehen waren. »Sobald Magister Cornelius mir die schreckliche Nachricht überbrachte, beeilte ich mich, schnellstens herzukommen.«

»Es war ein Schock für uns alle«, erwiderte sie und ging voraus auf eine Marmorbank zu, die nach Aussage ihres Vaters noch aus römischer Zeit stammte.

Hier hatte er sich am liebsten aufgehalten.

Sie nahm Platz, und Lancaster setzte sich zu ihr. Er war so dick, dass sein Bein an ihres drückte. Sie waren schon öfter so beisammengesessen, doch derlei Dinge hatte sie früher nicht bemerkt. Jetzt wäre sie am liebsten zur Seite gerutscht.

»Ein großer Schock«, wiederholte er und tätschelte ihr den Schenkel. »Und ein noch schlimmerer Schock war es, von der Einnahme Carrisfords zu hören. Wie konntet Ihr gezwungen werden, einen solchen Mann zu ehelichen, Kind?«

»Es war der Lord von Warbrick, der Carrisford einnahm.« Imogen deutete ärgerlich auf den zerstörten Garten. »Er hat Carrisford verwüstet.«

Lancaster kniff die Augen zusammen, und sie erinnerte sich daran, dass er alles andere als dumm war. »Carrisford ist so gut wie uneinnehmbar, Imogen. Wie konnte Warbrick das schaffen?«

»Glaubt Ihr vielleicht, wir hätten ihn eingelassen? Das wäre Wahnsinn gewesen. Nein, es war eindeutig Verrat im Spiel.« Sie sah keinen Grund, ihm ihren Verdacht zu verschweigen. »Wir vermuten, dass es einige der Übernachtungsgäste waren, verkleidete Mönche, die dann Wachen am hinteren Tor überwältigt haben.«

Er runzelte die Stirn. »Aber Lord Bernard teilte mir in seinem Brief mit, er habe befohlen, Carrisford während seiner Krankheit verschlossen zu lassen.«

»Das ist richtig. Aber als mein Vater verwundet wurde, waren die Mönche bereits seit einigen Tagen hier. Sie wollten angeblich nach Westminster, einer von ihnen wurde jedoch krank. Es schien ihm große Schmerzen zu bereiten, sich zu bewegen, deshalb gab Vater ihnen die Erlaubnis hierzubleiben, anstatt nach Grimstead weiterzuziehen. Er war in solchen Dingen immer sehr ... sehr nachgiebig.«

»In der Tat«, pflichtete Lancaster irgendwie geistesabwesend bei. »Aber mein liebes Kind, das kann nur bedeuten, dass diese ganze Tragödie von Anfang an geplant war.«

Imogen blickte abrupt auf. »Geplant? Wie konnte das geplant worden sein?«

Lancaster betrachtete nachdenklich eine abgebrochene Lilie. »Das bedeutet, der plötzliche Tod Eures Vaters war kein Zufall.«

»Kein Zufall? Aber es war nur eine kleine Pfeilwunde. Selbst wenn sie mit böser Absicht zugefügt wurde, wie konnte jemand eine Infektion planen?«

Er blickte ihr in die Augen. »Magister Cornelius war sehr verwundert über den Verlauf der Krankheit. Er meinte, eine Wunde von einem Pfeil, der in Exkremente getaucht worden war, hätte zu der Infektion geführt. Von wem stammte der Pfeil?«

Ihr Vater war *ermordet* worden? Imogen war fassungslos. »Das haben wir nicht herausgefunden, wir hatten auch gar keine Zeit, dem gründlich nachzugehen. Wir vermuteten einen Wilddieb dahinter, aber wir haben den Wald vollständig durchkämmt und niemanden gefunden.«

»Der war natürlich längst über alle Berge. Und von wem wurde er bezahlt?«

Langsam konnte sie wieder klar denken. »Warbrick!«, stieß sie hervor. »Er war sofort aktionsbereit. Möge seine Seele auf ewig in der Hölle schmoren!«

»Oder FitzRoger«, konterte Lancaster sarkastisch. »Er ist schließlich derjenige, der jetzt davon profitiert.«

»Nein.« Imogens Antwort kam unüberlegt; sie versuchte, diesen Umstand zu verbergen, indem sie sofort triftige Argumente nachschob. »Das ergibt keinen Sinn, Mylord. Wenn der Lord von Cleeve meinen Vater ermordet hätte, dann hätte er wesentlich schneller reagiert, um einen Vorteil daraus zu ziehen. Ich versichere Euch, mein Gemahl ist in solchen Dingen sehr gewandt.«

»Das ist mir klar«, meinte Lancaster säuerlich. »Aber vielleicht hat er nicht erkannt, dass ein rasches Vorgehen erforderlich war. Möglicherweise beabsichtigte er, als Freier weniger brutal aufzutreten als Warbrick. Euer Vater hatte sein Werben abgelehnt, müsst Ihr wissen.«

»Wirklich?« Am liebsten hätte sich Imogen die Ohren zugehalten und wäre davongelaufen, aber sie entschied sich, jetzt Stärke zu zeigen. Sie würde nicht weglaufen.

»Ja. Glaubt Ihr, Lord Bernard hätte Euch einem Mann von so zweifelhafter Herkunft gegeben? In dieser Sache hat Beauclerk seine Hand im Spiel. Nachdem Herzog Robert eine ständige Gefahr darstellt und Belleme hier im Westen Macht anhäuft, braucht Henry in diesem Teil des Landes eine sichere Basis. Also schickte er FitzRoger los; er sollte seinen schwächlichen Bruder beseitigen und Cleeve sichern. Der nächste Schritt war dann, Carrisford an sich zu bringen. Sicherlich hätten sie ihre Ziele lieber auf eine andere Weise erreicht, aber nachdem Euer Vater FitzRogers Werben abgelehnt hatte, musste er sterben. Interessant, nicht wahr? Henrys Bruder, König William, starb auch an einer Pfeilwunde, die ihm während einer Jagd zugefügt wurde, und hier haben wir wieder dieselbe Vorgehensweise …« Er warf einen traurigen Blick auf Imogen. »Ich fürchte, Euer Vater wäre sehr enttäuscht von Euch gewesen, meine Liebe.«

Imogen fühlte sich hundeelend. Was er sagte, ergab durchaus Sinn, auch wenn sie ihm nicht glauben wollte. Hugh von Cleeves Tod war allgemein mit Misstrauen betrachtet worden, und die Gerüchte über den Tod von König William Rufus wollten im ganzen Land nicht verstummen. Aber sie konnte es einfach nicht für möglich halten, dass ihr Gemahl beim Tod ihres Vaters seine Hand im Spiel gehabt haben sollte. Sie befürchtete, sonst verrückt zu werden.

Offenbar hatte sie, ohne es zu wollen, Lancaster einen Hinweis auf ihre Gefühlslage gegeben. Er ergriff tröstend ihre Hand. »Noch ist nicht alles verloren, Imogen. Ich bin sicher, dass diese Ehe aufgelöst werden kann. Vielleicht durch den Einsatz von Gewalt. Oder durch eine Entführung.«

Imogen schüttelte den Kopf. »Viele würden unter Eid bezeugen, dass ich freiwillig zugestimmt habe, und so war es auch.«

Sie bemerkte eine rasch verborgene Regung von Zorn bei ihm und rief sich in Erinnerung, dass der Graf unabhängig davon, was FitzRoger getan hatte, für all dies seine eigenen, selbstsüchtigen Motive hatte. Sie versuchte, seine Worte genau zu durchdenken ...

Er beobachtete sie aufmerksam. »Die Frauen sagen, es sei kein Blut auf dem Bettlaken gewesen.«

Imogen erschrak zutiefst. Am besten antwortete sie darauf wohl mit dem, was FitzRoger gesagt hatte, nämlich dass dies eine Sache von »Stellung« und »Achtsamkeit« sei. Aber was, wenn Lancaster nach Details fragte?

»Nun, Imogen? Seid Ihr wahrhaft eine Ehefrau, oder hat sich FitzRoger als unfähig erwiesen ...«

Imogen begegnete seinem Blick. »Er ist absolut fähig.« Das war keine Lüge.

Der Graf musterte sie, und sie hoffte, ihre Maske würde seinem prüfenden Blick standhalten. »Ist das die Wahrheit?«

»Jawohl.«

Vielleicht war ihre Maske doch nicht so perfekt, denn er hakte nach: »Und gelobt Ihr, dass die Ehe vollzogen ist?«

»Was sonst könnte ich damit meinen?« Jungfrau Maria, hilf mir. Sie hatte noch nie in ihrem Leben einen Meineid geschworen.

»Imogen, Ihr braucht vor solch einem Mann keine Angst zu haben. Abgesehen davon, dass er in der Gunst des Königs steht, ist er ein Nichts, und vor dem König kann ich Euch beschützen. Es ist ohnehin unter keinen Umständen sicher, dass Beauclerk den Thron behält.«

»Das ist Verrat!«, erklärte sie in der Hoffnung, ihn zu verunsichern.

»Das ist lediglich die Meinung eines klugen Mannes. Father Wulfgan scheint zu glauben, Ihr seid nicht ›unrein geworden‹ – wie er sich ausdrückt.«

In diesem Punkt hatte Lancaster den Priester absolut missverstanden. Fast hätte Imogen gekichert. Wenn nur Fitz-

Roger auftauchen würde, um diese Sache in die Hand zu nehmen!

Doch nun ließ ihr Lancaster keine Ruhe mehr. Er holte ein mit Edelsteinen besetztes Kreuz aus seiner Tasche. »Gelobt mir feierlich bei diesem Kreuz, Imogen von Carrisford, dass Ihr wahrhaft und gänzlich Bastard FitzRogers Gemahlin seid!«

Sie versuchte, sich von ihm loszureißen, doch er packte sie eisern am Handgelenk. Trotz seines schwabbligen Fleisches war er sehr kräftig.

»Ihr habt kein Recht, mir so etwas abzuverlangen, Mylord. Ich habe Euch gesagt ...«

»Tut es«, zischte er, »oder ich bringe diese Sache vor ein Kirchengericht und lasse Euch in ein Kloster sperren, bis sie entschieden ist. Eine Untersuchung wird schon bald die Wahrheit ans Licht bringen!«

Imogen erstarrte. Wenn sie jetzt um Hilfe rief, war sie zwar für den Augenblick gerettet, doch die Drohung würde bestehen bleiben. Wenn sie die Wahrheit eingestand, endete sie womöglich als Lancasters Gemahlin; Henry konnte sich nicht auf alle Zeit gegen ihn stellen. Das Beste, was passieren konnte, war, dass sie und FitzRoger noch eine Chance bekamen und ihr Gemahl sie skrupellos zum Vollzug der Ehe zwang.

Lieber das als Ersteres, dachte sie. Aber es würde ihre Ehe wohl zerstören.

Sie bat Gott um Vergebung und legte dann eine Hand auf das Kreuz. »Ich bekenne beim Kreuz, dass ich wahrhaft und gänzlich die Gemahlin Tyron FitzRogers, des Lords von Cleeve, bin.« Dieses Mal ließ Lancaster zu, dass sie von ihm abrückte.

Kein Blitz zuckte vom Himmel hernieder, um sie zu verbrennen, doch sie hatte ein Gefühl, als sei ihre Seele gestorben.

Imogen stand auf und strich sich mit zitternden Händen die Röcke glatt. »Daran habt Ihr nicht gut getan, Mylord. Ihr wisst, dass ich sehr behütet aufgewachsen bin und solche Dinge mir äußerst unangenehm sind. Es tut mir leid, dass Euer Wunsch, mich zu heiraten, enttäuscht wurde, aber wenn Ihr dem König treu dient, wird er sein Versprechen sicher einlösen und sogar noch eine größere Auszeichnung für Euch finden.«

Lancaster starrte sie wütend an. »Es gibt in England keine Auszeichnung, die größer wäre als Ihr, Imogen von Carrisford. Wenn ich daran denke, wie sehr ich mich in den letzten Monaten bemüht habe ... ich habe Euch behandelt wie die Selige Jungfrau. Ich hätte Euch einfach niederwerfen und vergewaltigen sollen!«

Sie wich seinem aufgebrachten Blick aus. »Mein Vater hätte Euch getötet.«

Er lachte höhnisch. »Euer lieber Vater war ein Pragmatiker, und meine Macht war der seinen ebenbürtig. Es wäre ihm nichts anderes übrig geblieben, als Euch mit mir zu vermählen.« Er erhob sich und beugte sich drohend über sie. »So oder so, Imogen von Carrisford, Ihr werdet Mein werden!«

Damit stolzierte er davon.

Imogen war speiübel. Die letzte Drohung war ebenso gegen FitzRoger gerichtet wie gegen sie, und nun wusste sie ja, dass man selbst in der Blüte seiner Manneskraft nicht gegen einen plötzlichen, verfrühten Tod gewappnet war.

Ihr Vater war ermordet worden.

Und nun hatte sie einen falschen Eid geleistet.

Sie wollte in die Kapelle eilen und um Führung und Vergebung bitten, aber wahrscheinlich würde Lancaster sie beobachten und gerade auf einen solchen Hinweis lauern.

Sie wollte bei Father Wulfgan die Beichte ablegen, doch das würde sicher noch verhängnisvollere Folgen nach sich ziehen.

Aber was, wenn sie mit einer solchen Sünde auf ihrer Seele starb?

Nachdenklich spazierte sie im Garten auf und ab. Was sollte sie von der Art, wie ihr Vater gestorben war, halten? Sie konnte und wollte nicht glauben, dass FitzRoger dabei seine Hand im Spiel gehabt hatte, aber vielleicht der König ...

Noch wahrscheinlicher Warbrick.

Erleichtert klammerte sie sich an diesen Gedanken. Denn wenn der König dabei eine Rolle gespielt hatte, würde die Verbundenheit mit ihm auch auf FitzRoger ein schlechtes Licht werfen.

Aber bestimmt hatte Henry Schuld am Tod seines Bruders. Durch einen Pfeil, bei der Jagd.

Und nun war FitzRoger zum Feind von Lancaster geworden. Würde ihr Gemahl der Nächste sein, der durch einen »Unfall« sein Leben einbüßte? Er war gerade in diesem Moment auf der Jagd ...

Sie zwang sich, solche Gedanken zu verdrängen, um sich nicht selbst verrückt zu machen. Er war schließlich auch gestern auf der Jagd gewesen.

Aber gestern war Lancaster noch nicht hier gewesen.

Doch nun verdächtigte sie ihn eines heimtückischen Mordkomplotts! Er konnte nicht schuldig sein, denn sonst hätte er weder seinen eigenen Arzt geschickt noch sich so lange Zeit gelassen, um hierherzukommen ...

Imogen bemerkte, wie die Gärtner sie neugierig beäugten. Sie durfte ihr Entsetzen nicht so offen zeigen. Und sie konnte auch nicht tun, was sie am liebsten getan hätte, nämlich so schnell wie möglich auszureiten, um sich auf die Suche nach FitzRoger zu machen.

Sie zwang sich zur Ruhe und machte sich wieder an ihre Verwaltungsarbeit.

Mit Mühe schaffte sie es, alle Gedanken an Mord und Verrat zu vertreiben, doch das Wissen, dass sie sich in einem Zustand schlimmster Sünde befand, ließ sich nicht auslöschen. Sie hatte einen falschen Eid auf das Kreuz geleistet.

Anfangs war sie noch so erregt, dass sie die Unterlagen und die Kerbhölzer gar nicht richtig verstand, doch mit der Zeit fasste sie sich. Zusammen mit Siward und Bruder Cuthbert ging sie alles durch, froh darüber, etwas zu tun zu haben.

Doch sie leistete keine gute Arbeit, denn der Gedanke an ihren Schwur ließ sie nicht los. Von einem Meineid konnte einfach nichts Gutes kommen. Aber was hätte sie sonst tun sollen?

»Vielleicht ist das ein bisschen zu viel für Euch, Lady Imogen«, meinte Bruder Cuthbert in aller Freundlichkeit.

Imogen zwang sich zur Konzentration. Sie wollte sich um Vergebung bemühen, aber nicht bei Father Wulfgan. Zu ihrer eigenen Verblüffung traute sie ihm nun nicht mehr, da zwischen ihm und Lancaster offensichtlich ein Bündnis bestand. Dieses Bündnis und sein fanatischer Hass auf FitzRoger machten die Situation gefährlich.

Und sie erkannte darüber hinaus schaudernd, dass sie ihre Sünde gar nicht beichten konnte, solange die Ehe nicht vollzogen war. Man würde von ihr eine Richtigstellung erwarten, indem sie öffentlich die Wahrheit sagte. Das konnte sie nicht tun.

Heilige Jungfrau Maria, hilf mir, betete sie stumm.

»Lady Imogen«, unterbrach Siward ihre Gedanken, »seid Ihr mit dem Kauf neuer Wandbehänge einverstanden?«

»Wie bitte?« Imogen zwang sich zu einer Entscheidung. »Ah, ja. Und schickt jemanden nach London, vielleicht gibt es dort welche wie die, die wir aus Italien hatten.«

»Das wird aber sehr teuer, Lady.«

»Wir können es uns leisten. Ich möchte, dass Carrisford wieder schön wird.«

»Vielleicht sollten wir zuerst Lord FitzRoger fragen ...«

»Nein«, erklärte Imogen fast gekränkt. »Ich regiere in Carrisford, und ich entscheide, wie mein Reichtum verwendet wird.«

Sie bemerkte, wie die beiden Männer einen Blick austauschten, und sah Probleme auf sich zukommen. Fast hätte sie klein beigegeben, denn verglichen mit den wirklichen Problemen, die ihr Leben überschatteten, war dies unbedeutend. Aber sie tat es nicht.

Sie wandte sich wieder den Unterlagen zu.

Zum Glück hatte Siward es geschafft, die Geschäftsbücher und Kerbhölzer wie auch die Truhe mit den Urkunden und Dokumenten vor Warbrick zu verstecken. Imogen hatte gelernt, mit derlei Dingen umzugehen; sobald es ihr gelang, sich zu sammeln, erkannte sie ohne Schwierigkeiten, was in geschäftlicher Hinsicht seit dem Tod ihres Vaters alles geschehen war.

Keine ungewöhnlichen Vorkommnisse. Es fand sich kein Hinweis darauf, dass FitzRoger Geld für sich entnommen hätte, aber mehrere dafür, dass er Benötigtes bezahlt hatte. Imogen hielt diese Beträge sorgfältig fest. Sie überprüfte Siwards Liste der Dinge, die für die Haushaltsführung zu besorgen waren, und beschloss, auch von den anderen mit Verwaltungsaufgaben Betrauten solche Listen anzufordern. Bienenwachs und Besenstiele, Salz und Zimt; sie mussten fast alles neu kaufen.

Sie rechnete aus, wie viel Geld Siward für dringende Ausgaben brauchen würde, und bezog die Lieferungen mit ein, die von Einheimischen kamen – Wolle, Milchprodukte, Geflügel und so weiter. Nach einiger Überlegung addierte sie noch das Geld dazu, das sie FitzRoger schuldete. Es war besser, wenn Siward es ihm zurückzahlte.

Für die unmittelbaren Ausgaben würde sie fast alles Geld benötigen, das sie heute aus der Schatzkammer geholt hatte.

Schließlich und endlich war alles durchgesehen, und sie hatte das Gefühl, die Geschäfte nun in die Hand nehmen zu können. Sogar die Unterlagen über ihre Halbgeschwister hatte sie eingesehen, obwohl Siward versucht hatte, diese vor ihr zu verstecken. Es freute sie zu wissen, dass in der Familie eines Händlers gut für sie gesorgt wurde. Ob Imogen noch mehr für sie tun sollte, würde sie erst irgendwann später entscheiden können.

Es beunruhigte sie jedoch, dass ein so wichtiger Teil aus dem Leben ihres Vaters vollkommen vor ihr verheimlicht worden war. Sie hatte gedacht, zumindest zwischen ihr und Lord Bernard habe immer absolute Ehrlichkeit geherrscht.

Was war Illusion, was Wirklichkeit?

Nach Beendigung der Arbeit nahm sie im Saal das Mittagessen ein. Weil die meisten Männer entweder bei der Jagd oder auf Wache waren, war sie ziemlich allein. Lancaster allerdings war bei ihr, und er beobachtete sie wie ein Falke. Und auch Wulfgan war da – und schien zu versuchen, bis auf den Grund ihrer Seele zu sehen. Sie wollte ein weiteres Zusammentreffen mit ihm auf jeden Fall verhindern, aber ihn einfach nach Grimstead ins Kloster zu schicken, brachte sie nicht fertig.

Mit Erleichterung dachte sie plötzlich an ihren Plan, zur Abtei in Grimstead zu reiten, um die Verwundeten aufzusuchen, die dort versorgt wurden, und dabei womöglich etwas zu lernen. Vielleicht konnte sie auch mit dem Abt sprechen – über Lust und über falsche Eide. Vielleicht gab es ja einen Weg, von der Sünde des Meineids freigesprochen zu werden, ohne die Wahrheit zu bekennen.

Sie brauchte eine Eskorte. Heute war auch Renald bei der Jagd; Sir William führte das Kommando zur Verteidigung der Burg.

»Eine Eskorte, Lady Imogen?«, fragte er argwöhnisch. »Aber warum möchtet Ihr denn zum Kloster reiten?«

Dieser Dummkopf glaubte offenbar, sie wolle fliehen. Was in aller Welt meinte er denn, wohin sie gehen könnte? »Ich möchte nach den Verwundeten sehen«, erklärte sie ihm. »Es ist meine Pflicht, mich um sie zu kümmern.«

»Die sind gut versorgt, Mylady, und ich bin mir nicht sicher, ob es eine gute Idee ist, dorthin zu reiten.«

»Sir William, es sind kaum mehr als drei Meilen! Das Kloster liegt fast noch in Sichtweite des Hornbläsers. Was sollte mir denn da mit einer ausreichend starken Eskorte schon passieren?«

»Mir gefällt die Sache nicht.«

Imogen verlor die Geduld. »Sir William«, zischte sie zwischen zusammengebissenen Zähnen, »wenn Ihr mir keine Eskorte bereitstellt, dann werde ich allein reiten. Solange Ihr mich nicht mit Gewalt daran hindert, werdet Ihr mich nicht aufhalten können.«

Er sah drein, als würde es ihm die größte Freude bereiten, sie gewaltsam zurückzuhalten und am besten gleich noch einzusperren, doch er gab nach und wählte schließlich mit großem Unwillen sechs Männer aus, die sie begleiten sollten.

Es war nur ein kleiner Sieg, aber er wirkte ermutigend. Imogen fand es herrlich, draußen im Freien zu sein und auf einem eigenen Pferd zu reiten. Es war nicht ihre liebe Ysolde, sondern ein ziemlich großer, knochiger Brauner, aber er gehorchte brav, und das beförderte ihre gute Laune.

Auf halbem Weg zum Kloster kamen ihr plötzlich Bedenken, ob sie durch das Reiten ihre Jungfräulichkeit verlieren könnte. Sie beruhigte sich mit dem Gedanken, dass jegliche Nachwirkungen ihrer Hochzeitsnacht hinter ihr lägen, und hoffte, dass das der Realität entsprach. Lancaster durfte keinen weiteren Anhaltspunkt für seine Zweifel bekommen.

Der Pförtner der Abtei begrüßte die Tochter des Klosterpatrons, nun die neue Patronin, mit großer Freundlichkeit. Imogen war enttäuscht zu erfahren, dass Abt Francis in Wells war, um dort kirchlichen Geschäften nachzugehen, aber wenigstens konnte sie ihr anderes Vorhaben umsetzen.

Bruder Miles, der die Krankenstation leitete, ließ leichte Bedenken erkennen, ob es klug sei, dass Lady Imogen die Verwundeten besuchte. Er erinnerte sich gut an die Zeiten ihres Vaters, in denen man sie mit keinerlei Unannehmlichkeiten hatte konfrontieren dürfen. Bei aller Freundlichkeit beharrte sie jedoch darauf, und so gab er schließlich nach, wenngleich seine Skepsis blieb.

Er führte sie zu den zehn Betten, in denen die bei der Rückeroberung von Carrisford verwundeten Männer lagen. Einer hatte ein Bein verloren, es war von einem Fass zerquetscht worden.

Der Mann war bleich und hager, aber guter Dinge. »Macht Euch keine Sorgen, Lady«, sagte er. »War mein eigener Fehler, nicht der Eure. War halt einfach leichtsinnig, ja, leichtsinnig war ich.«

»Trotzdem«, meinte Imogen, »es ist in meinen Diensten geschehen, also werde ich zusehen, dass du ein Auskommen erhältst.«

»Großzügig von Euch, Lady, aber Lord FitzRoger kümmert sich um mich. Hat er schon gesagt.«

»Er war hier?«, fragte sie den Mönch und den Soldaten.

»Gewiss, Mylady«, antwortete Bruder Miles. »Fast jeden Tag.«

»Na sicher«, meinte der Mann und zeigte grinsend einen abgebrochenen Zahn, »hat auch recht geschimpft, dass ich so in der Klemme stecke, aber er kümmert sich schon um mich.«

Sie fragte sich, wann ihr Gemahl für diese Besuche Zeit gefunden hatte, und fühlte sich im Vergleich zu ihm wie ein nutzloser Taugenichts.

Den nächsten Kranken plagte ein schlimmes Fieber. Er wälzte sich im Delirium hin und her; ein Novize saß bei ihm und wischte ihm mit einem nassen Schwamm vorsichtig den Schweiß von der Stirn.

»Kommt er durch?«, fragte sie leise und dachte an ihren Vater. Sie hatten sie bis zuletzt von ihm ferngehalten …

»Es liegt in Gottes Hand, aber es besteht Hoffnung.«

»Und die beste Behandlung ist, ihn so zu waschen?«

»Ja. Wir verwenden Kräuter, um seine Körpersäfte im Gleichgewicht zu halten und Teufel zu verscheuchen.«

»Eisenkraut und Betonie?«

Der Mann betrachtete sie mit neu gewonnenem Respekt. »Ja, Mylady. Und Pimpernell.«

Sie gingen weiter, vorbei an einigen anderen Männern, deren Genesung gute Fortschritte machte; einer von ihnen hatte allerdings sein rechtes Auge eingebüßt.

»Ich hatte gehofft, einen Mann namens Bert hier zu finden.« War er an der Stichwunde gestorben – der Wunde, die ihm nur zugefügt worden war, weil sie so darauf beharrt hatte, dass sie in den Kampf um Carrisford eingreifen sollten?

Sie drehte sich zu Bruder Miles um.

»Ah, der liegt separat in einem kleinen Zimmer, Lady. Wollt Ihr ihn sehen? Ich fürchte, er bietet keinen schönen Anblick.«

Armer Bert. »Ja«, sagte Imogen, »ich möchte ihn sehen.«

Es war eine schmale, kühle Zelle mit weißen Wänden und einem Kruzifix über dem Bett. Ein alter Mönch hielt Wache, in stilles Gebet vertieft. Der einst kräftige Bert war abgemagert, seine Haut hatte die Farbe von altem Elfenbein. Bei jedem anstrengenden Atemzug gab er ein seltsames, gurgelndes Geräusch von sich.

»Eine Wunde in der Brust«, erklärte Bruder Miles mit leiser Stimme. »Eine tiefe Dolchwunde, schwer vereitert. Es besteht kaum Hoffnung auf Genesung, aber es zieht sich hin. Manchmal denke ich, es wäre besser ... Aber dann erholt sich einer doch wieder, wenn auch selten. Oder es geschieht ein Wunder. Und nicht zuletzt verkürzt diese Leidenszeit seine Zeit im Fegefeuer. Es liegt eben in Gottes Hand.«

Ein widerwärtiger Geruch lag in der Luft, der Imogen an das Sterbezimmer ihres Vaters erinnerte. Der Geruch von Eiter und verwesendem Fleisch. »Er sieht aus, als wäre er bewusstlos.«

»Die meiste Zeit ist er das auch, und wenn er zu sich kommt, weiß er, glaube ich, nicht, wo er ist. Wenn ein Mensch so etwas übersteht, kann er sich danach nur selten an etwas davon erinnern, und das lässt mich hoffen, dass Bert nicht wirklich leidet.«

Just in diesem Moment warf sich Bert auf seinem Lager umher und stöhnte etwas Unverständliches. Der alte Mönch betete lauter, als wollte er die Äußerungen des Patienten übertönen.

Imogen beugte sich unwillkürlich nach vorn und legte dem Verwundeten eine Hand auf die Schulter. Sein Körper war heiß vom Fieber.

»Bleib still liegen, Bert«, sagte sie tröstend. »Das viele Herumwälzen schadet dir nur. Möchtest du etwas trinken?«

Er sagte nichts, aber er sah sie an, und Delirium oder nicht – sie wusste, dass er sie erkannte und dass er litt. Ihretwegen.

Hätte sie nicht darauf bestanden, nach Carrisford hineinzureiten, während die Kämpfe noch andauerten, dann säße Bert jetzt wohl mit den anderen und ein paar Huren oben in der Burg und würde es sich gut gehen lassen.

Er hatte ihre Frage nicht beantwortet, doch Imogen schenkte etwas Wasser in einen Becher und flößte es ihm vorsichtig ein. Ein großer Teil rann zwar über sein Kinn auf die Brust, doch ein wenig schluckte er.

Sie blickte zu Bruder Miles auf. »Ich möchte ein bisschen hierbleiben.« Sie meinte, bis er gestorben war.

»Es könnte gut und gern bis in die Nacht hinein dauern, Lady«, erwiderte der Mönch zweifelnd.

»Das macht mir nichts aus. Schickt einen Mann meiner Eskorte mit einer Nachricht zur Burg zurück.«

Die Mönche berieten sich, und dann schlurfte der ältere fort und überließ Imogen seinen Hocker. Bruder Miles zog sie für einen Augenblick aus dem Zimmer. »Man kann nicht viel mehr tun, als ihm ab und zu mit dem Aufguss die Stirn abzuwaschen. Um die Zeit des Tagesschlussgebets werde ich einen lindernden Arzneitrank bringen.« Er musterte sie noch immer etwas skeptisch.

»Ich habe wenig Erfahrung mit Wunden, Bruder, aber ich habe schon öfter Krankenwache gehalten.«

»Ja, Lady, aber wie ich sagte, es könnte sich hinziehen. Und manchmal werden solche Patienten gewalttätig, wenn es mit ihnen zu Ende geht.«

»Dann rufe ich um Hilfe. Es ist meine Schuld, dass er in diesem Zustand ist, deshalb muss ich ihm beistehen, so gut ich kann.«

Der Mönch zuckte die Achseln und ging. Imogen setzte sich zu dem Sterbenden. Die auf dem Boden ausgestreuten Kräuter konnten den Geruch von Fäulnis und Tod nicht überdecken, aber irgendwie war ihr das gar nicht unrecht. Sie würde hier wachen, auch weil sie dies am Sterbebett ihres Vater nicht hatte tun können.

Man hatte sie während Lord Bernards kurzer Krankheit nicht zu ihm gelassen, sondern ihr immer nur versichert, alles sei in Ordnung. Erst am Ende hatte sie ihn sehen dürfen. Ihr Vater war gebadet und gewaschen worden, und sein Gemach hatte stark nach Duftessenzen gerochen, aber all das hatte seinen Todeskampf und Verfall nicht verbergen können.

Er hatte ganz ähnlich ausgesehen wie Bert – ein ehemals kräftiger Mann, geschrumpft zu einem blässlichen, leidenden Klumpen Fleisch. Nachdem er ihr keuchend einige Anweisungen gegeben hatte, war sie aus dem Raum gescheucht worden. Damals – es kam ihr vor wie in einem anderen Leben – hatte sie nicht die Durchsetzungskraft besessen, sich dagegen zu wehren.

Imogen nahm das Tuch zur Hand und betupfte Stirn und Hals des Mannes. »Wenn ich noch einmal vor der Entscheidung stünde, Bert«, sagte sie, »ich wüsste nicht, ob ich viel anders machen könnte, aber ich würde da oben im Wald bleiben, bis wir Nachricht bekämen, dass alles sicher ist.« Sie legte das Tuch in die Schüssel zurück und ergriff Berts große, schwielige Hand. Ein sechster Sinn sagte ihr, dass er sie hören könnte.

»Weißt du überhaupt, dass alles gut ausgegangen ist? Warbrick ist natürlich davongekommen, und er hat die Burg in einem schrecklichen Zustand hinterlassen, aber Lord Fitz-Roger hat viel getan, um alles wieder herzurichten, und jetzt liegt es an mir, mich weiter darum zu kümmern. Das hätte ich von Anfang an machen sollen, aber ich bin so etwas eben nicht gewöhnt, und das ist die Wahrheit ...«

Sie verlor sich in ihren eigenen, sorgenbeladenen Gedanken, doch plötzlich bewegte sich Berts schlaffe Hand, als wolle er die ihre drücken. Sie blickte in sein Gesicht; es zeigte nichts als die Schwere des Leids und des herannahenden Todes, und sie hörte seine gequälten, keuchenden Atemzüge.

Sie fuhr mit ihrer Geschichte fort. »Weißt du eigentlich, dass wir geheiratet haben und dass der König zu uns gekommen ist ...?«

14

Am späten Nachmittag dieses Tages schritt FitzRoger über den Klosterhof zum Krankenzimmer und spielte dabei mit seinen Falknerhandschuhen. Es war nicht gerade ein guter Tag für ihn gewesen.

Er hatte mit Henrys Ärger über das fehlende Blut auf dem Laken des Hochzeitsbetts fertig werden müssen – es wäre so einfach gewesen, wenn man es Lancaster einfach unter die Nase hätte halten können – und dabei die ganze Zeit im Kopf gehabt, dass seine unberechenbare Braut die Wahrheit mit einem einzigen Wort aufdecken konnte. Zudem war ihm klar gewesen, dass er sie nicht den ganzen Tag mit dem Grafen hätte allein lassen sollen, hatte sie für den eleganten älteren Herrn doch durchaus Interesse gezeigt. Zweifellos erinnerte er sie an ihren geliebten Herrn Papa.

Von Vätern hatte FitzRoger keine allzu hohe Meinung.

Ferner musste er sich fragen, wie er mit dieser Situation umgehen sollte. Warum hatte er dem Mädchen nicht einfach die Unschuld geraubt und die ganze Sache auf diese Weise geregelt? Bestimmt weinten und kämpften viele behütet und verzärtelt aufgewachsene Bräute bei dieser Gelegenheit, aber sie beruhigten sich auch bald wieder. Vielleicht verkrampften sich viele von ihnen so, dass es ohne Gewalt gar nicht ging.

Aber gleichzeitig wusste er, dass er sich in derselben Situation wieder genauso verhalten würde.

Und das verwirrte ihn.

Gott sei Dank, ahnte Henry nicht die Wahrheit; er hätte ihn sonst womöglich mit vorgehaltener Waffe gezwungen, die Ehe mit Imogen zu vollziehen, oder als Herrscher das

Recht der ersten Nacht eingefordert und es selbst getan. Wenn es um seine Ziele ging, dann war Henry nicht gerade zimperlich.

Doch der König war zu Recht darüber ungehalten gewesen, dass FitzRoger die Laken nicht wenigstens nachträglich befleckt hatte. Das war in der Tat ein ärgerliches Versäumnis. Imogen von Carrisford schien ihm komplett den Verstand geraubt zu haben.

Und was in aller Welt hatte sie jetzt wieder vor?

Er war mit dem König von einer unbefriedigenden und anstrengenden Jagd zurückgekehrt und hatte als Erstes die Nachricht erhalten, dass Imogen im Kloster sei. Henry hatte sich dazu nur kurz angebunden, aber energisch geäußert: Die Ehe müsse Bestand haben, und er wolle, dass Imogen sofort nach Carrisford zurückkomme und ihre Rolle als Gemahlin erfülle.

Ihr Tun ergab keinen Sinn. Wenn sie Zuflucht suchte, dann sicher nicht in diesem Kloster; außerdem würde man ihr nicht gestatten, dort zu bleiben, selbst wenn Carrisford der Patron war. Die Vorschriften erlaubten nicht, dass Frauen im Kloster übernachteten.

Der Pförtner hatte gesagt, sie sei im Krankenzimmer, hatte ihm aber versichert, dass sie weder krank noch verwundet sei. Dorthin war FitzRoger nun unterwegs, und wenn nötig, würde er sie an ihren schönen blonden Haaren nach Hause schleifen. Und er hatte gute Lust, sie zu verprügeln.

Auf halbem Weg über den Klosterhof hörte er plötzlich Gesang und hielt abrupt inne.

Es war die Zeit des Tagesschlussgebets; der tröstliche, fließende Chor der Mönche vereinte sich mit dem Zwitschern der Vögel und dem Summen der vielen Insekten. Diese Welt der Ordnung und der Ruhe machte ihm eindringlich den Blutgeruch an seiner Kleidung bewusst, der von der einzigen Beute dieses Tages stammte.

Vielleicht hätte er sich Zeit für ein Bad nehmen sollen.

Die Brüder sangen von ihrer Furcht vor der Finsternis und vor einem Tod in Sünde – der ewigen Nacht. Sie erflehten Gottes barmherzigen Schutz vor den dräuenden Schatten.

Als Junge hatte FitzRoger eine kurze Zeitspanne im Kloster verbracht. Die Familie seiner Mutter hatte ihn jedoch in eines in England geschickt; Roger von Cleeve erfuhr davon und zwang den Abt, ihn hinauszuwerfen.

Damals war er nach Cleeve gekommen, und damit hatte sein jetziges Leben begonnen.

Roger von Cleeve hatte kurzerhand befohlen, seinen ungeliebten Sohn ins Verlies zu werfen – mit der Absicht, ihn einfach dem Vergessen anheimfallen zu lassen. In diesem Höllenloch hatte das zu Tode verängstigte Kind versucht, sich mit dem Tagesschlussgebet die Finsternis mit ihren Ungeheuern und Dämonen fernzuhalten.

Vergebens.

Diese Zeit des Grauens hatte ihre Spur hinterlassen in der Form der einen Schwäche, die FitzRoger nie wirklich überwunden hatte: der Furcht vor engen, dunklen Räumen.

Inzwischen hatte er sich mit Zähnen und Klauen einen Platz im Licht erkämpft, doch nun war eine neue Finsternis in sein Leben getreten – in Gestalt dieses schwierigen Mädchens, das er zwar brechen, aber nicht gefügig machen konnte, und das ihn im Schachspiel besiegte.

Was ihn an sein Vorhaben erinnerte. Er schritt weiter.

Bruder Miles war nicht in der Kapelle, sondern er kam aus einem Korridor, der zur Krankenstation führte. »Guten Abend, Mylord.«

»Guten Abend, Bruder. Ich glaube, meine Gemahlin ist hier.« Wegen der schlafenden Patienten sprachen sie leise.

FitzRogers Ton ließ Wachsamkeit in die Miene des Mönchs treten. »Richtig, Lord Cleeve. Sie wacht am Bett von Bert von Twitcham.«

»Weshalb?«

»Ich glaube, sie spürt so etwas wie Verantwortung.«

»Beim Heiligen Kreuz, wenn ich am Sterbebett jedes Mannes sitzen würde, den ich in den Tod geschickt habe, bekäme ich Schwielen davon.«

»Aber Ihr habt jeden Tag einen Besuch hier gemacht, Mylord.«

Die Blicke der beiden Männer trafen sich – der eine groß an Körperkraft und im Kriegshandwerk, der andere im Geiste und im Wissen um die menschliche Gebrechlichkeit.

FitzRoger ergriff als Erster das Wort. »Ihr seht aus, als würdet Ihr mir den Korridor versperren wollen, Bruder Miles.«

»Ich bezweifle, dass ich Euch aufhalten könnte, wenn Ihr mich überwältigen wolltet, Lord Cleeve, aber wenn Ihr beabsichtigt, Eure Gemahlin zu schlagen, dann tut das bitte anderswo.«

»Weshalb sollte ich sie denn schlagen wollen?«

»Gute Frage, aber Euer Auftreten vermittelt ebendiesen Eindruck.«

FitzRoger lockerte seine Haltung. »Ich will sie lediglich nach Hause holen. Man kann die Wünsche des Königs nicht derart missachten.«

Bruder Miles trat sofort zur Seite.

FitzRoger ging weiter und hörte schon bald die Stimme seiner Gemahlin. Sie sprach leise und klang etwas heiser. Was in aller Welt machte sie?

Imogen hatte längst alle Geschehnisse der letzten Tage berichtet, aber immer wenn sie zu reden aufhörte, machte Berts Hand diese schwache Bewegung, als wolle er sie auffordern weiterzusprechen. Sein Zustand hatte sich merklich verschlechtert; an die Stelle des heißen Fiebers war ein klammer Schweiß getreten. Bruder Miles war vorbeigekommen und hatte dem Patienten eine Arznei eingeflößt. Und angedeutet, dass Imogens Anwesenheit und ihr Reden dem Mann die letzten Stunden womöglich erleichterten.

Berts Atmung ging mittlerweile noch schwerer, und manchmal dachte Imogen schon, sie habe aufgehört, aber dann setzte sie mit qualvoller Mühe und Geräuschen wie von einem alten Blasebalg doch wieder ein. Diese Töne, hatte sie bemerkt, kamen nicht aus seiner Kehle, sondern von der offenen Wunde in seiner Brust. Ihr fiel auf, dass sie stumm für seinen baldigen Tod betete – um seinet-, nicht ihretwillen. Aber sie redete immer weiter.

»Als ich klein war, hatte ich ein Hündchen. So ein kleines Fellknäuel, ganz goldbraun. Ich nannte ihn Honigkuchen, und das war wirklich albern, weil er ja größer wurde und dann auf keinen anderen Namen mehr hören wollte. Ein feiner Hund für die Vogeljagd, und ein treuer Freund. Danach hatte ich seine Töchter, das waren auch gute Hunde, aber nicht so wie ihr Vater. Warbrick muss sie getötet oder gestohlen haben. Wie auch die meines Vaters ...« Die aufkommenden Erinnerungen ließen ihre Stimme versiegen.

So viel Tod, auch wenn sie selbst gar nicht viel davon gesehen hatte. Aber hier hatte sie ihn direkt vor sich.

Imogen blickte auf und bemerkte FitzRoger. Er lehnte am Türrahmen und beobachtete sie. Hinter dem hohen, schmalen Fenster ging die Sonne unter, sodass seine reglose Gestalt kaum zu erkennen war.

Etwas wie eine ungute Ahnung jagte ihr einen Schauer über den Rücken. Dennoch legte sie einen Finger auf den Mund.

Er forderte sie mit einem Kopfnicken auf, mit ihm nach draußen zu gehen, doch sobald sie versuchte, sich zu bewegen, umschloss Berts Hand die ihre mit überraschender Kraft.

Sie blickte hilflos zu FitzRoger und bemerkte seinen verkniffenen Mund.

»Bert«, sagte sie. »Ich muss einen Moment weggehen. Aber ich verspreche dir, ich komme gleich wieder.«

Widerstrebend ließ seine Hand sie los, und Imogen ging mit klopfendem Herzen mit FitzRoger auf den Flur hinaus.

»Was tust du hier?«, begann er. Er sprach leise, doch sein Groll war unüberhörbar. Sie konnte sich nicht erinnern, ihn jemals so sehr verärgert erlebt zu haben.

Sie wusste nicht, weshalb er so zornig war. »Ich besuche die Verwundeten.«

»Das hast du noch nie getan.«

»Mein Vater hat es mir nicht erlaubt, und deshalb dachte ich bisher nicht daran ...«

»Vielleicht sollte ich es dir auch nicht erlauben.«

»Warum nicht?«

Jetzt erst bemerkte sie, dass er noch immer seine Jagdkleidung trug und voller Blut und Schmutz war. Sie konnte nicht umhin, die Nase zu rümpfen.

»Beleidige ich deinen feinen Geruchssinn?«, fragte er trocken. Sein drohender Ton hatte sich jedoch bereits deutlich abgeschwächt.

»Du tätest gut daran, ein Bad zu nehmen.«

»Das hatte ich auch vor, aber leider war meine Gemahlin nicht da, um mir den Rücken einzuseifen.«

Die Erinnerung, die diese Bemerkung heraufbeschwor, ließ Imogen erröten. »Es tut mir leid. Ich wäre bei deiner Rückkehr schon wieder zu Hause gewesen, wenn es nicht um Bert ginge.«

Er blickte ihr in die Augen. »Du hattest nicht vor, hierzubleiben?«

»Ich bezweifle, dass sie das zulassen würden, und warum auch ... ? Dachtest du, ich sei hierher geflüchtet?«

»Der Gedanke kam mir, ja. Deine Nachricht hörte sich an, als wolltest du hier bleiben; von Rückkehr war keine Rede.«

»Oh, das tut mir leid. Das hatte ich nicht beabsichtigt.« Dass er dachte, sie wolle womöglich weglaufen, überraschte sie.

Schweigen breitete sich zwischen ihnen aus, nur unterlegt vom fernen, ab- und anschwellenden Gesang der Mönche und dem schweren Atmen des Sterbenden.

»Ich muss zurück«, sagte sie.

Doch als sie gehen wollte, hielt er sie fest. »Ich kann dich nicht Lancaster überlassen, Imogen.«

Sie hatte darüber nachgedacht und sich gefragt, ob sie nicht doch zulassen sollte, dass Lancaster seine Pläne verfolgte. Diese Ehe, vollzogen oder nicht, brachte FitzRoger in große Gefahr. »Der König hat dem Grafen eine andere reiche Braut versprochen«, sagte sie. »Das könnte er ja für dich auch tun.«

»Aber keine, deren Land so günstig an meines grenzt.«

Imogen versuchte vergeblich, aus seinen Worten etwas anderes herauszuhören als rein praktische Erwägungen. Die Grundlagen ihrer Übereinkunft hatten sie einander ja schon vor Tagen offengelegt: seine Macht und Stärke und ihr Reichtum.

»Vielleicht findet er eine Braut für dich, die sich im Bett nicht gegen dich wehrt«, flüsterte sie.

Er ließ ihren Arm los, sein Finger glitt ihre heftig pulsierende Halsschlagader entlang. »Das Widerstreben macht mir nichts; was mich entmutigt, ist das Entsetzen.«

Imogen schloss beschämt die Augen. »Das tut mir leid.«

»Mir auch.« Seine Hand glitt an ihr Kinn. »Sieh mich an.«

Imogen gehorchte, verwundert über seine sorgenvolle Miene.

»Ich muss mein Wort zurücknehmen, Imogen. Ich versuche, dir Zeit zu lassen, aber ehe ich Lancaster erlaube, die Ehe anzufechten, werde ich dich festbinden und vergewaltigen, wenn es nicht anders geht.«

Obwohl sie sich innerlich verkrampfte, weil sie wusste, dass er das tun würde, erwiderte sie: »Das hoffe ich. Ich ... ich habe ...« Jetzt, wo es an der Zeit war, konnte sie ihre Sünde nicht in Worte fassen.

Jegliche Unsicherheit verschwand; er packte sie an den Schultern. »Du hast was?«

Von seinen grünen Augen durchbohrt, presste Imogen die Worte heraus. »Ich habe beim Kreuz geschworen, dass wir ... dass es vollzogen ist!«

»Still.« Er legte eine Hand auf ihre Lippen. Seine Augen glänzten im Halbdunkel, und nun lächelte er zum ersten Mal. »Wirklich?«

Sie riss sich von ihm los. »Ihr braucht Euch gar nicht so zu freuen, FitzRoger. Ich vertraue nicht auf Lancasters Loyalität, und ich habe nicht vor, Carrisford einem Verräter zu geben. Wenn Ihr wollt, könnt Ihr Beauclerk sagen, dass der Graf vorhat, Herzog Robert zu unterstützen.«

»Das wissen wir bereits.« Er schloss sie in die Arme, und wenngleich sich ihr Körper versteifte, hielt sie es für besser, sich nicht zu entziehen.

»Die Mönche werden uns wegen Unzucht hinauswerfen«, sagte sie.

Er küsste sie. »Wir gehen doch sowieso.«

Jetzt wehrte sie sich, wenn auch ohne Erfolg. »Nein! Ich gehe jedenfalls nicht. Ich habe es Bert versprochen.«

»Imogen, sei vernünftig. Er ist bewusstlos. Der König will, dass du nach Carrisford kommst, er wartet ungeduldig auf seine Mahlzeit und seine Unterhaltung.«

»Dann unterhaltet Ihr ihn. Ich habe Bert mein Wort gegeben.«

Er warf sie ohne weitere Diskussion über seine Schulter und trug sie aus dem Gebäude.

Zunächst wehrte sich Imogen nicht, denn sie wusste, dass sie den Kampf nicht gewinnen konnte. Als sie die Stallungen erreichten, setzte er sie ab und musterte sie.

»Begreifst du jetzt, dass ich recht habe?«, fragte er vorsichtig.

Sie strich verärgert ihre Röcke glatt. »Eurem Verständnis nach habt Ihr natürlich recht. Ich habe mich nicht gewehrt, mein Lordgemahl, weil ich weiß, dass ich Eurer körperlichen Stärke nicht gewachsen bin. Aber ich beabsichtige, bei der ersten Gelegenheit an Berts Seite zurückzukehren, und zwar jetzt gleich.« Sie wollte losgehen, doch er hielt sie fest.

Reglos standen sie einander gegenüber, und in diesem Augenblick endete der Gesang; die Mönche kamen aus der Kapelle.

»Und ich vermute, wenn ich dich nach Carrisford zurückbringe, kommst du hierher zurück, sobald ich mich umgedreht habe.«

»Jawohl.« Ihr Herz hämmerte, doch dies war ein Kampf, dem sie nicht ausweichen durfte.

»Ich könnte dich an die Bettpfosten fesseln«, meinte er.

»Das könntet Ihr.«

Er biss ungeduldig die Zähne zusammen. »Er wird in ein paar Stunden tot sein.«

»Umso mehr ein Grund für mich zu bleiben.«

Plötzlich ließ er sie los. »Imogen. Wenn du dich nicht beugst, muss ich dich vielleicht brechen.«

»Ich habe mich in meinem Leben schon oft gebeugt, mein Lordgemahl. Vielleicht ist es jetzt an der Zeit, dass Ihr es lernt.« In seinem Blick lag etwas Eigenartiges; sie konnte nicht einordnen, ob es Ärger war oder etwas anderes, aber sie wusste, dass sie sich bei all ihrem guten Willen zu gehorchen, um zu überleben, um ihr Zuhause und ihre Untertanen zu schützen – dass sie sich trotz alledem jetzt nicht beugen konnte. In der Krankenstation lag ein Mann im Sterben, ihretwegen, und er schien durch ihre Gegenwart und ihre Stimme einen letzten Trost zu finden.

»Ich gehe jetzt zurück«, erklärte sie. »Wenn Ihr mich aufhalten wollt, müsst Ihr Gewalt anwenden, und wenn er stirbt, während ich weg bin, weiß ich nicht, ob ich Euch das je verzeihen werde.«

FitzRogers Hand zuckte in abrupter Ungeduld, und Imogen fuhr zusammen.

»Du kennst ihn nicht. Er war kein Heiliger. Er war ein Trunkenbold und ein Faulpelz.«

Sie zwang sich, ihm in die Augen zu sehen. »Glaubt Ihr, das macht einen Unterschied?«

Er wollte sie packen, überlegte es sich aber anders. »Also gut. Bleib. Ich werde, sobald ich kann, zurückkommen. Bis dahin bleibst du hier. Ich will nicht, dass du dich in der Dunkelheit nur mit einer Handvoll Bewaffneter draußen aufhältst. Ich lasse auch meine Eskorte noch hier. Dieser Ort könnte leicht Ziel eines Überfalls werden.«

Es war ihr nie in den Sinn gekommen, dass sie so nahe bei Carrisford in Gefahr sein könnte. »Aber wer ...«

»Warbrick«, antwortet er knapp, machte auf dem Absatz kehrt und ließ sie allein.

Imogen stand da und starrte ihm verwirrt nach. Noch vor ein paar Tagen hätte sie nicht geglaubt, dass sie sich FitzRoger in einer solchen Angelegenheit widersetzen konnte, und schon gar nicht, dabei auch noch die Oberhand zu behalten.

Und nun wusste sie zwar, dass es moralisch richtig von ihr war, bei Bert zu bleiben, aber sie war sich nicht sicher, ob es auch klug war.

Sie hatte keine Sekunde daran gedacht, dass sie noch immer in Gefahr schweben könnte.

FitzRoger hatte so gut für ihre Sicherheit gesorgt, dass sie ihre Grundsituation aus den Augen verloren hatte – dass sie nach wie vor ein Schatz war, um dessen Besitz gekämpft wurde. Zudem war sie noch immer Jungfrau und, falls jemand davon Kenntnis erlangte, entsprechend schutzbedürftig.

Es gab also eine ganze Reihe von Gründen, diese lästige Bürde loszuwerden. Wenn die Ehe einmal vollzogen war, würde sie unwiderruflich an FitzRoger gebunden sein, und keine Untersuchung und kein noch so entsetzlicher Eid konnten es mehr ändern. Dann würde sie ihren Meineid beichten und Vergebung erlangen können. So gesehen, gewann der

Gedanke, gefesselt und vergewaltigt zu werden, fast schon eine gewisse Attraktivität …

Auf dem Weg zurück zu Bert schauderte sie bei der Vorstellung, einen Schwur auf eine Reliquie oder eine Hostie ablegen zu müssen. Nein, sie glaubte nicht, dass sie auf die Hostie einen Meineid leisten konnte. Wahrscheinlich konnte sie eine solche Situation überhaupt kein zweites Mal durchstehen. Viele Ängste verschwanden, wenn man sich ihnen einmal gestellt hatte, aber manche wurden, wenn man sie einmal durchlebt hatte, noch schlimmer. Dieser Zustand der Sünde war eine solche Seelenqual, dass sie ihn nie mehr vergessen würde.

Bruder Miles war in Berts Zelle und schien überrascht, sie zu sehen. Bert war sehr unruhig. »Ich glaube wirklich, dass er Euch vermisst hat, Lady Imogen, aber er ist sehr, sehr schwach.«

Imogen setzte sich wieder an das Bett, ergriff mit einer Hand die von Bert und strich ihm mit der anderen über die Stirn. »Ich bin wieder da«, sagte sie. »Das war Lord FitzRoger, aber er musste wegen dem König nach Carrisford zurück. Könige machen mir zur Zeit ziemlich zu schaffen. Habe ich dir gesagt, dass er diese sündhaften Frauen in die Burg gebracht hat? Das wollte ich nicht dulden …«

Bert beruhigte sich, aber Imogen meinte zu sehen, wie Bruder Miles' Lippen zuckten, als er sich aufmachte, um nach seinen anderen Patienten zu sehen.

Berts Zustand verschlimmerte sich jetzt zusehends. Sein Gesicht schwoll an, und als Bruder Miles wieder vorbeikam, meinte er, das sei Flüssigkeit, die sich unter der Haut sammle. Man könne nichts dagegen tun. Bert wurde immer unruhiger und schien Imogen nicht mehr zu hören, klammerte sich jedoch an ihrer Hand fest. Wäre er noch bei Kräften gewesen, er hätte ihr wahrscheinlich die Finger gebrochen.

Sein ganzer Körper war von kaltem Schweiß bedeckt, der Puls wurde sehr schnell und schwach.

Imogen hörte auf zu reden; sie ließ sich auf die Knie sinken und begann, aufrichtig um seine Erlösung zu beten. Erst als sie die Tränen über Berts geschwollene Hand rollen sah, bemerkte sie, dass sie weinte. Sie versuchte aufzuhören, aber es ging nicht.

Bruder Miles kam ins Zimmer, kniete ebenfalls nieder und begann leise, Gebete für die Sterbenden zu sprechen. »*Si ambulem in medio umbrae mortis ...*«

Wenngleich ich im Schatten des Todes wandle, fürchte ich nichts, denn Du, oh Herr, bist an meiner Seite.

Es war längst dunkel, nur eine kleine Laterne glühte.

Das Ende kam plötzlich. Bert atmete ein letztes Mal keuchend aus und ging dann hinüber in eine friedlichere Welt.

»Gelobt seist Du, Herr Jesus«, murmelte Imogen und ließ den Kopf auf Berts schlaffe, aufgedunsene Hand sinken.

Jemand half ihr auf und führte sie weg. Nur langsam gewahrte sie, dass es FitzRoger war. »Wo ...?«, fragte sie benommen.

»Still, ich bin schon seit einer Weile hier und halte auf meine Art Wache. Es war schließlich auch mein Fehler. Ich hätte wissen müssen, dass Bert in deinen Händen weich werden würde wie Wachs.«

Imogen brach in Tränen aus. Er nahm sie auf die Arme und trug sie hinaus. Sie glaubte, er würde sie zu den Pferden bringen, und obwohl sie keine Ahnung hatte, wie sie in ihrem Zustand reiten sollte, wusste sie doch, dass ein Mensch zu außerordentlichen Dingen fähig sein konnte.

Stattdessen legte er sie auf ein Bett.

Sie blickte sich in einer kleinen, von Kerzen erleuchteten Kammer um. »Wo sind wir?«

»In einem Gästezimmer. Normalerweise müssen Frauen in dem Häuschen außerhalb der Klostermauern übernachten. Ich habe die guten Brüder überredet, dass deine Sicherheit es erfordert, dich im Kloster zu behalten. Die Tatsache, dass du hier für fast alles aufkommst, könnte erklären, weshalb diese Ausnahme bewilligt wurde. Es gibt allerdings zwei Bedingungen. Erstens, dass ich bei dir bleibe, um deine Ausbrüche unbändiger Lust in Zaum zu halten. Und zweitens, dass es auf heiligem Boden zu keiner fleischlichen Vereinigung kommt. Aber ich denke, mit diesen beiden Dingen sollten wir kein Problem haben, nicht wahr?«

Sein Ton war schneidend, doch sie vermutete, es war reiner Selbstschutz, und zudem sehr leicht durchschaubar. Sie wusste nicht, weshalb sie das glaubte. Falls irgendwo ein Quäntchen Wärme in ihm war, konnte nur ein sechster Sinn sie erspüren.

Imogen setzte sich auf. Sie fühlte sich erschöpft. »Nein, ich denke nicht, dass wir damit ein Problem haben werden.«

Er holte von einem Tisch einen Holzteller und einen Holzbecher. »Es gibt nur Brot, Käse und Fleisch«, erklärte er und reichte ihr die Mahlzeit.

»Das klingt wunderbar.« Sie begann zu essen. »Was ist mit dem König? Ist er sehr verärgert?«

»Nachdem ich ihm versicherte, dass du nicht weggelaufen bist, sieht er dich nun geradezu als die Verkörperung edler weiblicher Empfindsamkeit. Im Augenblick wird er wohl kaum an irgendetwas Anstoß nehmen, solange es nicht unsere Loyalität ihm gegenüber betrifft oder einen Zweifel hinsichtlich der Rechtskräftigkeit unserer Ehe aufkommen lässt. Er denkt jetzt hauptsächlich über militärische Dinge nach. Warbricks Antwort ist gekommen; er widersetzt sich.«

»Der König wird gegen ihn ziehen?«

»Er hat bereits Befehl gegeben, gegen Warbricks Burg vorzurücken. Sobald die gefallen ist, werden wir gegen Belleme vorgehen.«

»Nimmst du an diesem Feldzug teil?«

»Natürlich. Ich dachte eigentlich, dass dich das erleichtert.«

Imogen wich aus. »Was ist mit Lancaster? Ich will nicht mit ihm allein sein.«

»Keine Sorge. Wenn ich aufbreche, werde ich sicherstellen, dass der Graf und seine Männer die Burg mit mir verlassen.«

»Ich vermute, jetzt, da ich ihn belogen habe, kann er mir nicht mehr gefährlich werden.«

»Das ist ungewiss. Er ist am Boden, aber er hat noch nicht kapituliert. Er scheint viel Zeit mit Father Wulfgan verbracht zu haben und dadurch ermutigt worden zu sein.«

Hinter dieser Bemerkung stand eine Frage, und Imogen beantwortete sie. »Ich habe Father Wulfgan nicht gesagt, dass ich noch Jungfrau bin.«

»Das hatte ich gehofft. Aber hat er es womöglich erraten?«

Imogen wusste, dass die Antwort auf diese Frage früher einmal Ja hätte lauten müssen, doch sie glaubte, dass ihre Maske ihre wahren Gefühle inzwischen besser verbarg. »Ich weiß es nicht.«

»Muss ich dich daran erinnern«, fragte er kalt, »dass du den Priester fortschicken solltest?«

Sie senkte den Blick. »Das wollte ich. Aber dann kam ich hierher.« Und zum Teil, sie wusste es, war sie auch vor ebendieser Aufgabe davongelaufen. Manchmal verzweifelte sie schier an der Frage, ob sie je den Mut aufbringen würde, den sie benötigte.

FitzRoger ließ sich auf die einzige Bank in dem Raum sinken, nahm einen Schluck Wasser und beobachtete sie. Imogens Nerven lagen blank. »Ich habe das, was ich vorhin sagte, ernst gemeint«, sagte er.

»Ich weiß. Ich auch. Wenn es so weit kommen sollte, dann nimm mich mit Gewalt. Ich will nicht mit Lancaster verheiratet werden. Es gibt wahrscheinlich jemanden in England, mit dem ich lieber verheiratet wäre als mit dir, aber die Chance, diesen Jemand zu finden, ist gering.«

Er runzelte verdutzt die Stirn, und sie dachte, das sei wohl ungehobelt und barsch gewesen, aber es hatte sicher nicht taktloser geklungen als so manches, was er ihr gegenüber geäußert hatte. Doch er erwiderte lediglich: »Solange du ihn nicht später findest und es darauf anlegst, mit ihm …«

Imogen blickte ihm in die Augen. »Ich stehe zu meinem Gelübde, Mylord. Die Lüge gegenüber Lancaster war der erste falsche Eid meines Lebens, und es wird auch der letzte sein.«

Seine Lippen zuckten. »Während ich nur versuchen kann, zu meinem Wort zu stehen. Was ich aber auch tue.«

»Ich weiß«, sagte Imogen leise. »Deshalb vertraue ich dir.«

Sein Blick war direkt und dennoch unergründbar. »Wirklich? Du solltest jetzt schlafen. Draußen vor der Tür ist ein Abort, aber darüber hinaus gibt es hier kaum Annehmlichkeiten.«

Imogen ging austreten, und als sie wiederkam, warf sie einen skeptischen Blick auf das schmale Bett. »Es wird nicht leicht sein, hier zu zweit zu schlafen.«

»Ich lege mich auf den Boden. Ich bin an so etwas gewöhnt, und wir wollen uns doch nicht zu einer körperlichen Vereinigung verleiten lassen, nicht wahr?« Er klang sehr bitter, als er dies sagte, und daran erkannte Imogen, dass ihr Gemahl aus irgendeinem Grund äußerst schlecht gelaunt war.

Aus unerfülltem Begehren?

Sie begutachtete das schmale, harte Bett und wünschte sich nichts sehnlicher, als es endlich hinter sich zu bringen. Vielleicht würde es ja hier, weit weg von Carrisford mit all seinen Erinnerungen, besser gehen. Aber sie war sich nicht sicher.

Sie legte die Tunika und ihren Schmuck ab und schlüpfte mit dem Kleid in das Bett. Dann beobachtete sie, wie FitzRoger sorgfältig sein Schwert griffbereit legte. Jetzt erst fiel ihr auf, dass sein Kettenhemd, der Helm und der Schild ordentlich in einer Ecke lagen. Dieses zweite Mal war er in voller Rüstung gekommen.

»Glaubst du wirklich, dass wir auch hier in Gefahr sind?«, fragte sie.

»Heutzutage ist man überall in Gefahr. Das ist einer von vielen Gründen, weshalb ich Henry diene. England braucht eine starke Hand, damit die Leute wieder ruhig schlafen können.«

»Und du glaubst, er könnte diese Hand sein?«

»Oh ja. Henry ist sehr stark.«

»Manchmal klingt es, als würdest du ihn nicht besonders mögen.«

Er warf ihr einen schnellen Blick zu. »Manchmal mag ich mich selbst nicht. Henry hat wie ich die Fähigkeit zu tun, was getan werden muss, und wenn er die Wahl hat, dann tut er es im Rahmen dessen, was recht ist. Eine seiner Grundtugenden ist seine Effizienz.«

»Es wäre schön, Frieden im Land zu haben.«

»Das werden wir.«

»Aber was ist mit Warbrick und seinesgleichen?«

»Sie werden vernichtet, und zwar bald.«

»Und dann hältst du in diesem Teil des Landes Ordnung und Sicherheit aufrecht.«

»Ja.«

»Und ich bin lediglich ein Mittel, um diesem Ziel näher zu kommen.«

FitzRoger zögerte. »Ja.«

Imogen wusste, dass dieses Gespräch zu nichts führte, aber sie konnte nicht anders, sie musste es fortsetzen. »Du hättest mich auch geheiratet, wenn ich ein hässliches, schielendes altes Weib wäre, nicht wahr?«

»Ja.«

»Und hättest auch mit mir geschlafen?«

»Ja.«

Sie hatte gewusst, dass er so antworten würde, und seine Antworten waren auch absolut vernünftig; deshalb wusste sie nicht, weshalb es sie so deprimierte. Sie kam auf ihren ersten Punkt zurück. »Du glaubst also nicht, dass wir jetzt besonders in Gefahr sind?«

Er seufzte. »Imogen, es wäre mir lieber, wenn du hinter deinen Burgmauern wärst, aber ich habe zwanzig Mann da draußen, also ist dieser Ort gut bewacht. Warbrick bräuchte eine Armee, um uns hier zu überfallen, aber wenn er in dieser Gegend tatsächlich eine Armee hätte, dann würde ich meinen Kundschaftern die Köpfe abreißen.«

Sie hätte wissen müssen, dass er alles fest in der Hand hatte – er war eben durch und durch *effizient*. »Warum sollte Warbrick mich jetzt gefangen nehmen wollen? Er kann nicht wissen ...«

»Zum Teil aus reiner Gehässigkeit. Keiner aus dieser Familie erträgt eine Niederlage. Aber noch mehr als deinen schönen Körper wollen er und Belleme den Reichtum von Carrisford, um damit ihre Revolte zu finanzieren oder zumindest ihre Macht wieder zu etablieren. Er würde dich gegen deinen Reichtum eintauschen.«

»Ich bin also so etwas wie eine wandelnde Schatztruhe«, meinte Imogen. »Und, würdest du zahlen?«

Er machte eine schnelle aussagekräftige Geste. »In den Händen dieser Familie würde ich nicht so schnell jemanden lassen.«

Jemanden. Nicht sie im Besonderen. Sie war für jedermann nur ein Mittel zum Zweck. Sie räusperte sich. »Jetzt würde es mir nichts ausmachen.«

»Von Warbrick gefangen genommen zu werden?«, fragte er überrascht.

Sie wusste, dass sie rot angelaufen war. »Nein. Die körperliche Vereinigung.«

»Doch, das würde es«, widersprach er unumwunden.

»Ich möchte es versuchen.«

»Ich habe versprochen, dass wir es hier nicht tun, und ich breche mein Wort nie ohne einen wirklich triftigen Grund. Schlaf jetzt.«

Imogen hätte am liebsten geweint. »Ich weiß, du musst mich mehr als satthaben, aber ich wünschte …«

Mit einem leisen Fluch trat er an das Bett. Aus Imogens Perspektive sah er groß und respekteinflößend aus, doch sie wusste, dass die Unruhe, die sie in sich spürte, Begehren war, nicht Furcht. Bestimmt würde es hier und jetzt gut gehen.

»Weshalb diese plötzliche Entschlossenheit?«, fragte er. »Ich versichere dir, ich werde dich nicht verstoßen.«

»Natürlich nicht«, entgegnete sie bissig. »Schließlich bin ich der Schatz von Carrisford!«

»Genau. Also?«

Sie stellte fest, dass sie das Laken zwischen den Fingern zerknüllt hatte. Kein Wunder, dass er von ihrer offensichtlichen Bereitwilligkeit überrascht war. »Der Eid«, murmelte sie. »Ich kann nicht beichten, denn dann müsste ich die Wahrheit sagen. Ich kann nicht … ich hoffte, der Abt hätte mir einen Rat geben können, aber er ist nicht hier …«

Er nahm ihr das Laken aus der Hand und strich es glatt. Imogen schaute in sein düsteres Gesicht und wünschte, sie könnte seine Gedanken lesen, wüsste, was er tun würde, forschte in sich selbst und versuchte zu erspüren, wie ihr launischer Körper und ihr Geist reagieren würden, wenn er ihrer Aufforderung nachkäme.

Er ergriff ihre Hände und steckte seine Finger zwischen die ihren. Dann breitete er ihre Arme aus, sodass sie offen und verwundbar vor ihm saß. Sie war zum Zerreißen angespannt, aber nicht wirklich aus Furcht, und sie hoffte, er würde das merken.

Langsam beugte er sich vor, über sie, nur das raue Laken und die Bettdecke waren noch zwischen ihnen. Er blickte sie intensiv an.

Imogen versuchte, sich nicht zu verkrampfen und ihm in die Augen zu sehen. Er begann, ihr sanft über die Haare zu streichen. Seine Wärme und sein Gewicht lasteten auf eine höchst angenehme Weise auf ihrem gesamten Körper. »Vielleicht könnte ja ein kleines Liebesspiel ohne jede Angst helfen«, sagte er leise.

»Was meinst du?« Imogens Lippen zitterten vor Begehren, sie waren den seinen so nahe.

»Ich habe versprochen, dass wir uns hier nicht fleischlich vereinigen, und daran halte ich mich. Aber es gibt noch viele andere Dinge.«

»Wirklich?« Ein Schauder der Erregung lief durch ihren Körper. Er war im Begriff, sie zu küssen, und sie spürte dabei keine Furcht vor der dunklen Seite.

Zärtlich und verspielt legten sich seine Lippen auf die ihren. Er neckte sie ohne jeden Nachdruck, bis sie seinen Kopf packte und ihn zu sich herunterzog und leidenschaftlich küsste. Es kam ihr vor, als kenne sie seinen wunderbaren Geschmack schon ihr ganzes Leben lang, und sein Körper schien nur für den ihren geschaffen zu sein. Es fühlte sich so gut an, so absolut richtig; sie konnte nicht glauben, dass es dieses Mal nicht klappen sollte. In diesem Augenblick konnte sie sich nicht vorstellen, ihn abzuweisen. Vielleicht konnte sie ihn dazu bringen, sein Wort zu brechen …

Er zog sich zurück. »Denk daran«, sagte er leise, »wir werden die Ehe keinesfalls hier vollziehen.«

»Ich … ich glaube, ich könnte es.«

»Trotzdem, wir tun es nicht hier. Vergiss das nicht.«

Er legte sich an ihre Seite in das schmale Bett, nahm sie in die Arme und küsste sie erneut. Seine Finger spielten auf ihrem Rücken, sie tat es ihm nach. Eine seiner Hände wanderte zu ihrem wunderbar sensiblen Nacken, und sie folgte seinem Beispiel. Seine Haare, bemerkte sie nun zum ersten Mal, waren trotz der wilden Locken seidenweich. Schon allein, sie zwischen den Fingern zu reiben, war köstlich.

Er hatte gebadet und roch nicht mehr unappetitlich nach Blut, sondern hatte einen feinherben Duft von Kräutern an sich. Darunter mischte sich der Geruch seines Körpers, den sie nun schon kannte und der allein sie offenbar schon in Erregung zu versetzen vermochte.

Sein Mund wanderte von ihren Lippen zum Hals, und sie reckte sich unwillkürlich, um ihm Raum zu geben, und starrte mit gedankenleerem Blick, von Sinnlichkeit überwältigt, an die Deckenbalken. Seine Lippen bewegten sich weiter zu ihrer Brust, den Ausschnitt ihres Kleids entlang. Ein winziger Funke Furcht flackerte auf, doch sie löschte ihn aus.

Es würde ohnehin nicht passieren. Er hatte sein Wort gegeben.

Als spüre er diese winzige Anspannung, streichelte er sie und sagte tröstend: »Vergiss nicht, selbst wenn du bittest und bettelst, hier werde ich dir deine Jungfräulichkeit nicht nehmen.«

Sie musste unwillkürlich lachen. Er blies ihr sanft ins Gesicht und lächelte.

Die Hand, die ihre Seite gestreichelt hatte, glitt zu einer ihrer Brüste, und ein Schauer jagte durch ihren Körper. Sie beobachtete sorgfältig, was mit ihr geschah, und merkte, dass es nicht Furcht war. Das ermutigte sie, und so forschte sie vorsichtig in sich nach diesen schrecklichen, dunklen Ängsten. Sie waren nicht da, nicht einmal als ferne Wolken.

Konnte bereits das bloße Wissen, dass er es nicht tun würde, diese Ängste fernhalten? Vielleicht, wenn er es versprach, und dann ... Aber es funktionierte, weil sie seinen Versprechungen glaubte ...

Er schob ihr Kleid zurück, und seine Zunge spielte mit ihrer Brustwarze.

»Oh, warum ist das so wunderbar?«, flüsterte sie verzückt.

»Vielleicht ist es Gottes heiliger Plan?«

»Sag nicht so etwas!« Aber sie wollte nicht, dass er aufhörte, keinesfalls.

»Zeit, über Father Wulfgans Warnungen zu sprechen, Imogen«, murmelte er an ihrer kribbelnden Haut. »Lass sie uns hervorholen. Was ist es, das seinen Worten zufolge so von Übel ist?«

»Ich will jetzt nicht ...«

»Sag es mir, Imogen.« Seine Zunge berührte sie sanft.

»Was du tust«, keuchte sie. »Das ist schlecht. Und Küsse mit der Zunge sind es auch.« Einmal begonnen, ließ sie es plötzlich aus sich herausbrechen wie eine Flut. »Und die Hände fast überall. Alles außer ... du weißt schon. Ihn in mich zu tun. Und das ist nur erlaubt, weil es notwendig ist, um mehr Seelen für Gott zu machen.«

Er seufzte. »Der Mann ist verrückt, Imogen.«

Sie dachte darüber nach. »Ich glaube es auch«, meinte sie schließlich – zögerlich, denn es kam ihr vor wie Ketzerei. »Als er gestern mit mir sprach, hatte ich den Eindruck, dass er mich dazu bringen wollte, ihm von allem zu berichten, was wir getan haben. Er schien ... es klingt dumm, aber ich glaube, er wurde ... erregt. Weißt du, was ich meine?«

Er richtete sich ein wenig auf und sah ihr in die Augen. »Ja. Ich habe mir schon gedacht, dass er einer dieser Männer ist. Also, meine Gemahlin, bist du gewillt, Zungenküsse von mir zu bekommen und dich überall berühren zu lassen, mit den Händen und mit dem Mund, und dir Lust bereiten zu lassen?«

Jahrelange Ermahnungen ließen sich nicht so leicht zur Seite schieben, aber Imogen nickte.

»Vergiss nicht«, sagte er, »wir werden uns jetzt nicht körperlich vereinigen, aber ich kann dir auch so Lust bereiten, wenn du mich lässt. Das ist keine Pflicht und keine Buße. Wenn es dir nicht gefällt oder wenn du wieder Angst bekommst, sag es mir. Ja?«

»Ja«, antwortete Imogen, obwohl sie entschlossen war, ihn nicht aufzuhalten. »Was willst du tun, wenn du nicht ...«

»Das«, erwiderte er und wandte sich wieder ihrer rechten Brust zu. Dazu spielte seine Hand mit der anderen Brustwarze.

Imogen erschauderte vor Lust. »Was soll ich tun?«, fragte sie zaghaft.

»Nichts. Sag mir nur, wenn ich dir wehtue, oder wenn es dir nicht gefällt.« Seine Zähne rieben zärtlich über die Spitze, und ihr Körper überraschte sie damit, dass er sich wie ein Bogen nach oben wölbte.

»So ist es gut«, murmelte er beruhigend. »Ich mag es, wenn du dich für mich reckst und bewegst. Aber denk daran, ich dringe nicht in dich ein, nicht einmal mit meinen Fingern.«

»Mit den Fingern?«, keuchte sie.

»Weißt du es nicht mehr? Wie wir die Teufel verjagt haben?«

Imogen hatte die Augen geschlossen, aber sie spürte, dass er sie ansah, und öffnete sie. Er holte ganz bewusst Erinnerungen an ihre Hochzeitsnacht zurück und beobachtete ihre Reaktion.

»Ich glaube, es ist gut so«, sagte sie und wollte ihm damit zu verstehen geben, dass er weitermachen solle.

Er küsste sie auf die Lippen, und sie öffnete ihm willig ihren Mund. Sein Hemd streifte ihre empfindsamen Brustwarzen, und sie bewegte sich, um diese Wahrnehmung noch zu steigern. Ein neuerlicher Schauder durchlief sie.

Er lachte leise in ihren Mund hinein und zog sich dann zurück. »Oh, mein süßes, wollüstiges Weib, du bringst mich noch ins Grab.«

Sie fühlte sich sofort schuldig. »Tut mir leid.«

Er brachte sie mit seinen Lippen kurz zum Verstummen. »Nicht doch. Ich mag das. Ich will, dass du wild wirst vor Lust, und ich will dich dabei beobachten.«

»Aber brechen wir damit nicht unser Wort?«

»Ich habe lediglich versprochen, dass wir uns nicht fleischlich vereinigen.«

Imogen hatte nicht bemerkt, dass sie die Beine geöffnet hatte, bis sein Schenkel dazwischenglitt und gegen ihren

Unterleib presste. Sie umklammerte ihn mit beiden Beinen und blickte FitzRoger dann verwirrt in die Augen.

Er verstand, was in ihr vorging. »Nichts, was wir hier tun, ist falsch, Imogen. Nichts, was du tust, könnte falsch oder dumm sein. Zeig mir einfach nur, was du fühlst.«

Sie presste seinen Schenkel noch fester an sich, zog seinen Kopf zu einem Kuss nach unten und glaubte im nächsten Moment, ihn stöhnen zu hören. Seine Hände wanderten über ihren Körper. Als die eine über die Unterseite ihres Schenkels und zu ihrem Po hinauf glitt, erschauderte sie. Dann bewegte sich die Hand über ihren Bauch und schließlich zu der Stelle, gegen die zuvor sein Bein gedrückt hatte.

Im ersten Moment verkrampfte sie sich ein wenig, und er hielt sofort inne und wartete. Imogen spürte, wie ihr Körper dort unten pulsierte vor Verlangen, berührt zu werden; andererseits fühlte sich dort alles fast zu empfindlich für jegliche Art von Berührung an.

»Ich weiß nicht ...«, sagte sie.

»Ich streichle dich nur, ganz zart. Ich höre sofort auf, wenn du es willst.«

Sie ließ es geschehen, blieb jedoch misstrauisch. »Es erscheint mir seltsam, jemanden ausgerechnet dort zu streicheln.«

Seine Hand liebkoste sie vorsichtig, kreiste und spielte mit dieser erstaunlich sensiblen Stelle. »Oder vielleicht doch nicht«, sagte sie dann und gab ihren Argwohn auf.

Sie schloss die Augen, um sich noch intensiver den flammenden Empfindungen hinzugeben, die er in ihr entfachte. Als sein Mund zu ihren Brüsten zurückfand, sog sie tief die Luft ein. »Ihr Engel im Himmel, helft mir«, flüsterte sie. »Das ist höchst eigenartig.« Und schon im nächsten Moment fügte sie hinzu: »Hör nicht auf!«

»Oh nein.«

Sie hielt ihn nicht einmal fest, sondern hatte die Arme ausgebreitet und verkrallte sich in den Rand des Betts, als hinge ihr Leben davon ab. »Soll ich dich halten?«, keuchte sie. »Nein, meine Blume, es ist gut so.«

Der Druck seiner Hand wurde langsam stärker, und sie stemmte und streckte sich ihm entgegen. Wie von fern hörte sie ihn ermunternd murmeln, und das gab ihr die innere Freiheit, sich zu bewegen, sich zu winden.

Zähne.

Er hatte einmal etwas darüber gesagt, zuzubeißen ... sie spürte seine Zähne an ihrer Brustwarze. »Du beißt mich!«

Er hielt inne.

»Es ... es hat nicht wehgetan.«

Er lachte, und sie spürte seine Zähne erneut.

»Das hätte ich nie geglaubt«, murmelte sie, und dann: »Ich weiß nicht, was ich tun soll.« Ihr Herz pochte so heftig, dass sie nichts anderes zu hören meinte als dieses Dröhnen, und dennoch hörte sie in der Ferne leise seine Stimme.

»Das ist es, Ginger. Lass es einfach geschehen. So soll es sein.«

»Was? Sag mir, was ich tun soll!« Ihr Protest wurde zu einem Schrei, den er mit seinem Mund auffing. Sie küsste ihn verzweifelt, fragte sich, wie sie das überleben sollte, bat ihn stumm um Erlösung.

Und die Erlösung kam.

Es war gut, dass er ihren Mund noch immer verschlossen hielt, denn als sich ihr Körper aufbäumte, schrie sie. Er drückte sie nach unten, aber dennoch führte seine Hand weiter diese kreisende Bewegung aus. Ihr Körper kämpfte gegen ihn an, eine Schlacht, die eine Explosion, eine Ekstase auszulösen schien.

Er berührte sie noch immer, jetzt aber sanft wie eine Feder. Auch sein Gewicht lastete nach wie vor auf ihr, es schränkte nun jedoch nicht mehr ihre Bewegung ein. Langsam löste sich sein Mund von ihrem, und durch ihre arg mitgenommenen Lippen sog Imogen heftig Luft ein.

»Du lieber Himmel«, murmelte sie und starrte ihn an.

»Ja, es ist himmlisch, nicht wahr?« Seine Miene war rätselhaft, aber sie dachte, sie hoffte, dass es Wärme war, was in der Tiefe seiner dunklen Augen glühte.

Er rieb sich an ihrer Hüfte, und sie bemerkte, dass er hart und bereit für die Vereinigung war. Schuldgefühl mischte sich in ihr Entzücken. »Aber hätte es nicht für dich ebenso schön sein sollen?«

»Manchmal. Nicht jedes Mal. Ich fühle mich nicht benachteiligt. Oder«, meinte er nüchtern, »jedenfalls nicht sehr.« Er zog sie langsam an seine Brust.

»Kann ich nicht dasselbe für dich tun?«, fragte sie.

»Nein.«

»Das geht nicht?«

»Jetzt ist nicht der richtige Augenblick.«

Er schien entspannt, und doch war sein Ton jetzt wieder ernst. Sie streichelte ihn mit einem Finger im offenen Kragen seines Hemds. »Das kommt mir nicht fair vor.«

»Schon gut. Es hat mir Spaß gemacht, das zu tun.«

»Würde es dann nicht auch mir gefallen, es an dir zu tun?«

Er zog sie hoch, sodass sie auf gleicher Augenhöhe waren. »Nein, Imogen.«

»Was ›nein‹? Es würde mir nicht gefallen?«

»Einfach nur ›nein‹.«

Sie lag auf ihm, stützte die Ellbogen auf seine Brust und das Kinn in die Hände. »Auch nicht, wenn ich schmolle?«

»Schmollen? Soll ich mich von einem Schmollen beeindrucken lassen?« In seinen Augen war ein leichtes, amüsiertes Funkeln zu sehen, das Imogen vorkam wie ein Siegeszeichen.

»Dann eben weinen«, sagte sie. »Nicht einmal, wenn ich weine?«

»Wenn du jemals versuchst, mich durch Tränen zu beeinflussen, werde ich dir den Hintern versohlen.« Trotz der deftigen Worte sah sie ihr Gesäß nicht gefährdet.

Imogen spürte ein überschwängliches Glücksgefühl, das fast so wunderbar war wie die Leidenschaft, in die er sie versetzt hatte. Sie durfte wieder seine warme, entspannte Seite erleben, jene Seite, die bisher noch nicht viele gesehen hatten.

Wie würde es sein, wenn er alle Barrieren niederriss und ihre Ekstase mit ihr teilte? Das wünschte sie sich mehr, als diese Wonne noch einmal allein zu erleben. Sie wusste, was er gemeint hatte, als er sagte, er habe es genossen, ihrer Lust zuzusehen.

Auch ihr würde es gefallen, ihn zu beobachten, wenn sie ihn so weit bringen konnte.

Verdrossen erkannte sie, dass Father Wulfgans wortreiche Warnungen sie nicht genug über die schlechten Dinge gelehrt hatten, die eine Frau mit einem Mann anstellen konnte.

Da war diese Sache mit dem Mund ... nein, sicher nicht.

Sie spürte seine Erektion an ihren Hüften und bewegte sich vorsichtig. So hartes, prall geschwollenes Fleisch musste sehr empfindlich sein; sie befürchtete, ihm wehzutun. Er hielt den Atem an und umfasste ihre Hüften.

»Nein, Imogen.«

Sie studierte sein Gesicht, meinte aber, keinen Schmerz darin zu erkennen. Obwohl er sie festhielt, brachte sie kleine Bewegungen zustande.

Er gab ihr einen ordentlichen Klaps auf den Po, schob sie von sich weg und stieg aus dem Bett.

Imogen setzte sich grinsend auf, wohl wissend, dass ihr Hemd ihre Brüste nicht bedeckte. »Willst du nicht das Nachtlager mit mir teilen?«

»Wie ich schon sagte, ich schlafe auf dem Boden. Schließlich soll ich die Mönche vor deinen Ausbrüchen zügelloser Lust schützen, und so, wie es aussieht, könnte das eine harte Schlacht werden.«

Es war keine Spur eines Lächelns auf seinem Gesicht, als er die Kerze ausblies; Imogen jedoch lachte, als sie unter die Decke kroch. Sie hatte gespürt, welche Macht ihre Weiblichkeit hatte, wenn sie sich frei von Schuld und Furcht fühlte, und das war herrlich.

Es wurde still im Raum, und sie erforschte unter der Decke vorsichtig ihren Körper. Er fühlte sich unverändert an, und sie vermutete, dass er es auch war. Sie war also noch immer Jungfrau. Aber es war nicht mehr dasselbe. Etwas war erwacht. Sie hatte wirklich das Gefühl, dass es beim nächsten Versuch, die Ehe zu vollziehen, kein Problem mehr geben würde.

Diese herrliche Ekstase hatte nichts zu tun mit der Vergewaltigung, die sie beobachtet hatte.

»Ich wünschte, du hättest das schon früher getan«, sagte sie in die Dunkelheit hinein.

»Wenn ich mich recht erinnere, habe ich es versucht.«

»Es wäre hilfreich gewesen, wenn du dich dabei nicht über Teufel ausgelassen hättest.«

»Das erschien mir zu dem Zeitpunkt eine amüsante Bemerkung zu sein. Aber ich unterschätzte wohl Father Wulfgans Wirkung.«

»Ich wurde dazu erzogen, ihn als einen Heiligen zu sehen. Nicht als einen angenehmen Menschen, sondern als ein dornenbewehrtes, aber den rechten Weg weisendes Gewissen.« Einige Zweifel hatten sich noch nicht zerstreuen lassen, und sie wusste, dass man es ihrer Stimme anhörte.

»Und trotzdem hat dein Vater drei uneheliche Kinder in die Welt gesetzt. Das hat Wulfgan sicher nicht gefallen.«

Imogen seufzte und berührte verwundert ihren zu neuem Leben erwachten Körper. »Das glaube ich auch.«

»Imogen«, sagte FitzRoger ins Dunkel hinein, »ich glaube, es war für deinen Vater wie für viele liebevolle Väter schwierig, sich seine Tochter im Bett eines Mannes vorzustellen. Father Wulfgan war ein Teil seines Bollwerks gegen diesen Gedanken, ebenso wie die Sorte Männer, die er für dich ausgesucht hatte – ältere Herren, von denen er wusste, dass sie würden warten können.«

»Du wartest auch«, sagte sie leise.

»Aber nicht mehr lange. Du begehrst mich jetzt, nicht wahr?«

Sie berührte die feuchte Stelle, die er zuvor liebkost hatte, und bewegte sich ruhelos. »Ja.«

»Dann bringen wir unseren guten Anfang morgen Abend zu einem guten Abschluss.«

Imogen wollte ihn bitten, es jetzt zu tun, jetzt, wo es für ihr Gefühl richtig war und ihr Körper noch immer vor Verlangen vibrierte, doch er würde unverbrüchlich zu seinem Wort stehen.

Morgen aber …

15

Zum ersten Mal in ihrem Leben wurde Imogen mit einem Kuss geweckt, doch FitzRoger steckte bereits in seiner Rüstung und war ganz und gar der Befehlshaber, und nicht mehr der Liebhaber.

Während sie sich anzog, beobachtete sie ihn. Die Ereignisse der Nacht kamen ihr fast wie ein Traum vor. Doch die Erinnerungen daran würden sie nie verlassen, denn sie veränderten alles. Das durch den Anblick dessen, was Warbrick Janine angetan hatte, ausgelöste Entsetzen trat in den Hintergrund – es war nicht vergessen, nun aber von den neuen Erfahrungen getrennt und in eine Reihe gestellt mit Tod, Krankheit und Krieg.

Der Körper eines Mannes an ihrer Seite, der Körper FitzRogers neben ihr, seine Berührung, ihr Verlangen – das war etwas vollkommen anderes; es blieb ihr im Sinn wie der Geschmack süßen Honigs auf den Lippen, und sie war jetzt auch nicht mehr imstande, so etwas als verwerflich zu betrachten. Wenn man in groben Worten darüber sprach, dann konnten diese Dinge widerlich sein, aber wenn man sie voller Vertrauen und Achtsamkeit teilte, dann waren sie sicher etwas, das von den Engeln kam und nicht vom Teufel.

Sie befand sich also nicht in einem Zustand der Sünde.

Selbstlos und umsichtig hatte FitzRoger ihr zu dieser Explosion ihrer Sinne verholfen. Ihr Körper und ihre Fantasie waren noch immer höchst empfänglich für Reize, sogar das kühle Wasser, mit dem sie sich wusch, und das Reiben des Stoffs ihrer Kleidung über die Haut brachten etwas in ihr zum Klingen.

Und sie war empfänglich für ihn.

Noch jetzt, nach einem erholsamen Schlaf und nach den Stunden, die inzwischen vergangen waren, brachte selbst die leiseste Berührung seiner Hand Erinnerungen zurück, die sie innerlich erbeben ließen. Allein sein ihm eigener Geruch, der dem Laken anhaftete, ließ sie dahinschmelzen. Jetzt wusste sie, weshalb frisch vermählte Paare sich so eigenartig verhielten und warum man sie sich selbst überließ. Sie schwelgten in dieser mächtigen, neuen Sinnlichkeit und waren quasi nicht in der Lage, sich mit alltäglichen Dingen zu befassen.

Ging es ihm auch so?

Während Imogen sich die Strümpfe anzog, warf sie einen kurzen Blick auf ihn.

Und seufzte. Natürlich ging es ihm nicht so.

Er war vollkommen ungerührt und sicher völlig mit praktischen Dingen beschäftigt. Als ob er es beweisen wollte, bedachte er sie jetzt auch noch mit einem ungeduldigen Blick. Doch dann blieben seine Augen einen verräterischen, erregenden Moment lang an ihren Beinen hängen.

Imogen stockte der Atem, sie senkte den Blick, um ihr Lächeln zu verbergen. Und sie ließ sich ein wenig länger Zeit, ihre Strümpfe anzuziehen, als wirklich notwendig gewesen wäre.

Letzte Nacht hatte sie begriffen, dass es nicht leicht für ihn war, ihr Lust zu bereiten und für sich nichts zu beanspruchen. Vielleicht wurde hinter seiner Maske auch er von sinnlichen Qualen gemartert. Ihre Beine fühlten sich jedenfalls etwas wacklig an, als sie aufstand und auf die Tür zuging.

Zuerst trat er zur Seite, damit sie den Raum verlassen konnte.

Doch dann drückte seine gepanzerte Hand plötzlich ihren Hals mit genau bemessener Gewalt an den Türpfosten – nicht grob, aber auch nicht gerade zart –, und er küsste sie; und auch dieser Kuss war trotz seiner Kraft und seiner Erregung sehr kontrolliert.

Heißes Verlangen schoss durch Imogen, und er hatte es ausgelöst. Er warf den Kopf in den Nacken und schloss die Augen, als sei er von seinem eigenen Tun schockiert. Sein Schweigen offenbarte ein Begehren, das wesentlich größer war, als sie ahnen konnte.

Begehrte er sie – oder nur irgendeine Frau? Soweit sie es wusste, war er eine ganze Weile nicht mehr mit einem weiblichen Wesen zusammen gewesen.

Er öffnete die Lider, sodass sie seine dunklen Augen sehen konnte, bewegte seine Hand, als sei sie ihm fremd, und blickte stirnrunzelnd, ja betroffen, auf ihren Hals. Imogen bedeckte die Stelle mit den Fingern, obgleich sie wusste, dass kein Kratzer zu sehen war.

Aber ihre Lippen schmerzten.

Sie wartete auf ein Wort von ihm, doch er berührte sie nur kurz und führte sie dann in den frischen Tag hinaus.

Mussten sie überhaupt bis heute Abend warten, um diese Anspannung aufzulösen? Sobald sie wieder in Carrisford waren, würde nichts sie davon abhalten können, sich auf der Stelle in ihr Gemach zurückzuziehen. Es war nicht *nötig*, bis zum Abend zu warten.

Imogen bebte vor nervösem Verlangen. Sie spürte ein übermächtiges Begehren, doch sein fast gewalttätiger Kuss hatte ihr einen Schrecken eingejagt. Sie hielt einen Drachen an einer Kette; er konnte sie mit seinem Atem wärmen und sie auf seinen Flügeln zu ungeahnten Höhen entführen, aber womöglich konnte er sie – auch ohne, dass das seine Absicht wäre – auch verschlingen.

Als Imogen und FitzRoger das Kloster verließen, stellte sie fest, dass ihre Wache, wie er gesagt hatte, zwanzig Mann stark war. Sie schätzte seine Besorgnis um ihre Person, hielt sie aber auch für übertrieben. Die Straße vom Kloster nach Carrisford war in gutem Zustand und lag frei und einladend vor ihr. Die Sonne vertrieb soeben die letzten Schwaden des Morgennebels und machte die Spinnweben im Gras langsam unsichtbar, und überall war fröhliches Vogelgezwitscher zu hören.

Hier schien weit und breit keine Gefahr zu drohen; sie würden in kürzester Zeit zu Hause sein.

Dann hörte sie ein Stöhnen und drehte sich um.

Zunächst war nicht zu erkennen, woher es stammte, doch bald sah sie, dass einer der Männer kreidebleich war, wenngleich er geschäftig sein Pferd sattelte. Auf einmal schwankte er und hielt sich am Sattelknauf fest, um nicht umzukippen. Jetzt wurde auch FitzRoger auf ihn aufmerksam.

Er trat vor. »Ist dir nicht gut?«

»Bauchschmerzen, Mylord, nichts weiter ...« Der Mann schickte sich an aufzusteigen, doch plötzlich beugte er sich nach vorn und übergab sich.

Wenig später stöhnten die meisten der Soldaten oder mussten sich erbrechen. Nur fünf von ihnen blieben gesund; Imogen fiel auf, dass sie alle FitzRogers Farben trugen, während die Kranken Lancasters Männer waren.

Nun war also doch Gefahr im Verzug.

FitzRoger winkte einen der gesunden Männer zu sich. »Gareth. Was haben sie gegessen, das ihr nicht gegessen habt?«

Der Mann machte ein zerknirschtes Gesicht. »Es lag nicht am Essen, Mylord, sondern am Trinken. Lancasters Leute hatten einen Schlauch Wein.«

»Aber ihr habt nicht davon getrunken?«

»Nein, Mylord.«

FitzRoger drehte sich zu Imogen um. »Jetzt kannst du sehen, weshalb ich meine Leute bestrafe, wenn sie im Dienst trinken.«

»Aber warum sind Lancasters Männer bei dir?« Ihre Furcht steigerte sich zu Entsetzen. Dies war geplant, und die Absicht dahinter konnte nur sein, sie zugrunde zu richten. Sie blickte wieder auf die Straße, die mit einem Mal so einladend wirkte wie die Höhle eines wilden Tiers.

»Ich konnte nicht alle meine Männer aus Carrisford abziehen«, erklärte er fast geistesabwesend, »aber ich wollte eine zusätzliche Eskorte für dich, also habe ich einige Männer des Grafen genommen. Im Nachhinein betrachtet, war das ein Fehler.«

Sie begann, zum Kloster zurückzugehen. »Wir müssen hierbleiben ...«

Er hielt sie auf. Sein Blick schweifte über die gesunden und die kranken Männer, die zehn Fuß hohen Klostermauern und die Straße nach Carrisford.

Imogen wurde ein wenig ruhiger. Was auch geschehen mochte, FitzRoger würde sie beschützen. Er war ihr Held, und er machte seine Sache bestens.

»Vor einem Feind, dem Gottes Zorn gleichgültig ist, bietet das Kloster nur wenig Schutz«, stellte er leidenschaftslos fest. »Aber hier ist etwas im Gange. Wenn wir schnell handeln, können wir diesem Anschlag zuvorkommen. Kannst du reiten?«

»Natürlich.«

»Ich meine, kannst du richtig schnell reiten?«

Ihr Herz schlug ungestüm, aber mehr vor Tatendrang denn aus Furcht. »Ja. Ich jage doch gern, weißt du es nicht mehr?«

Es war ein schwacher Versuch zu scherzen, doch er belohnte ihn mit einem Lächeln. »Gut.« Er ging zu einem der kleineren von Lancasters bedauernswerten Männern, zog ihm rasch das Lederwams aus und nahm ihm den Helm ab. »Trag diese Sachen.«

Imogen schluckte ihren Protest hinunter und gehorchte. Das Wams war zu groß, doch das gehärtete Leder konnte einen Pfeil abwehren. Sie hasste den Gedanken, dass das nötig werden könnte. Bis zum Tod ihres Vaters war nie eine Waffe gegen sie gerichtet worden. Doch sie war entschlossen, diese Prüfung zu bestehen. Sie warf ihren Haarreif zur Seite und stülpte den Helm über den Schleier.

FitzRoger hob den goldenen Reif auf. »Wir können es uns nicht leisten, das einfach wegzuwerfen«, sagte er mit einem Funken Belustigung im Blick, der Imogens Nerven beruhigte.

Es war unmöglich, dass er nicht die Oberhand behielt.

Sie steckte den Haarreif in ihre Tunika, wo er vom Gürtel gehalten wurde. Dann sah sie, dass einer der Kranken Pfeil und Bogen mit sich führte. Sie nahm ihm den Bogen ab, spannte und prüfte ihn. Er war stärker als der ihre, aber ein paar Schüsse würde sie damit wohl zustande bringen, dachte sie, und so hängte sie sich den Köcher über die Schulter.

FitzRoger unterbrach die Befehle an seine Männer. »Kannst du damit umgehen?«

»Ja.«

Er sagte nichts weiter, sondern half ihr in den Sattel.

Dann waren sie bereit – sieben Personen gegen weiß Gott wie viele. Aber FitzRoger hatte gesagt, es könne mit Sicherheit keine Armee in der Gegend sein; außerdem war es gut möglich, dass der Feind in Unkenntnis von FitzRogers strenger Führung davon ausging, dass sämtliche Wachen erkrankt waren.

Ihr Gemahl trieb sein Pferd neben sie und reichte ihr einen Schild. »Schling den Riemen über die Schulter, und steck den linken Arm durch die Bänder.« Sie gehorchte. Es war ein Rundschild, kleiner als sein rechteckiger, aber dennoch schwer.

Sie kam sich ziemlich albern vor. Von dem Gewicht des Schildes würde ihr schon bald der Arm schmerzen; außerdem bezweifelte sie, dieses Ding auf irgendeine sinnvolle Weise einsetzen zu können. Und es würde sie gewiss davon abhalten, den Bogen einzusetzen.

»Sie werden mir nichts antun«, protestierte sie.

»Wer weiß schon, worauf sie aus sind?« Sein Blick suchte den Horizont vor ihnen ab. »Es ist meine Pflicht, dich zu beschützen, Imogen, also tue ich es. Halte dich dicht neben mir. Und leiste jedem Befehl sofort Folge.«

»Oder was?«, fragte sie, es erneut mit einem Anflug von Humor versuchend.

»Oder ich verdresche dich, wenn wir überleben.«

Sie wusste, dass er dieses Mal nicht scherzte.

Er zog sein Schwert, überblickte seine kleine Truppe und gab einen knappen Befehl. Dann brachen sie im Galopp auf, zwei Mann voraus und drei hinter ihnen.

Imogen hatte nicht gelogen, als sie sagte, sie sei eine gute Reiterin, aber der zu große Helm rutschte ihr immer wieder ins Gesicht, und der schwere, unhandliche Schild schlug ständig an ihr Bein und irritierte auch das Pferd, sodass es aus dem Schritt kam und bockte. Dadurch fiel sie zurück. FitzRoger verlangsamte sein Tempo und übernahm ihre Zügel. Imogen wehrte sich nicht dagegen; sie hielt sich an der Mähne fest und konzentrierte sich auf den Schild und darauf, nicht vom Pferd zu fallen.

Aber sie wünschte, sie hätte ohne Hilfe Schritt halten können.

Sie donnerten zwischen den Bäumen hindurch, ohne die Spur eines Feindes zu bemerken.

Doch plötzlich zischten Pfeile durch die Luft. Einer der vorderen Reiter ging samt Pferd schreiend zu Boden und blockierte den Weg.

FitzRoger gab Befehl anzuhalten. Zusammen mit den verbliebenen Männern bildete er sofort einen schützenden Kreis um Imogen.

Erst jetzt bemerkte sie entsetzt, dass in ihrem Schild ein Pfeil steckte.

Er hätte sie treffen können!

Sie sah, dass FitzRoger einen weiteren aus seiner Brust zog. Nach einem Moment des Schreckens begriff sie, dass das Geschoss nicht tief eingedrungen sein konnte. Wenn es seinen Panzer überhaupt durchschlagen hatte, musste es von seinem gepolsterten Wams aufgehalten worden sein. Aber es hätte sein Herz treffen können ...

Noch mehr Pfeile schwirrten durch die Luft, sie flogen tief und zielten offenbar auf die Pferde. Es war reines Glück, dass die meisten zwischen den Beinen der Tiere hindurchgingen. Nur eines wieherte schmerzvoll auf, doch sein Reiter hatte es unter Kontrolle. Imogen sah einen roten Strich an seinem Bauch. Keine tiefe Wunde.

Lieber Heiland, sollten sie hier sterben müssen?

Der Mann, der samt seinem Tier gestürzt war, blieb liegen. Es war Gareth, der ihnen von dem Wein berichtet hatte.

Aber tot würde sie Warbrick nichts nützen, dachte sie verzweifelt. Tot würde sie niemandem nützen.

Außer dem König. Wenn sie starb, ging Carrisford an Henry.

Bestimmt nicht ...

Der Beschuss hörte auf. Ein unheimlicher Moment der Stille trat ein, der ewig zu dauern schien.

Dann brachen zehn Bewaffnete aus dem Wald hervor und jagten schreiend und mit Getöse auf Imogens Verteidiger zu. Am lautesten war das wie zerbrechende Glocken klingende Krachen von Metall gegen Metall – der wilde Versuch, in Fleisch und Knochen zu hacken.

Imogens Pferd warf sich nach vorn und tänzelte, von dem Durcheinander und dem Handgemenge erschreckt. Sie konnte es nur mühsam im Zaum halten und suchte gleichzeitig nach einer Möglichkeit, sich nützlich zu machen. Der Bogen fiel von ihrem Arm, doch sie kümmerte sich nicht darum. Bei einem solchen Kampf war er ohnehin nicht zu gebrauchen.

Es verwirrte sie, wie langsam alles vonstattenzugehen schien. Es war nur einen Augenblick her, seit Gareth zu Boden gegangen war, und dennoch kam es ihr vor wie eine Ewigkeit. Jeder um sie herum, Freund wie Feind, schien sich in traumähnlicher Langsamkeit zu bewegen.

Sie sah einen der Gegner völlig ungeschützt und angreifbar, doch derjenige von FitzRogers Männern, der direkt neben ihm war, nutzte die Gelegenheit nicht aus. Hätte sie ein Schwert oder etwas dergleichen gehabt, sie hätte ihn durchbohren können. Von ihrem Pferd aus sah sie FitzRoger, der sich langsam bewegte wie ein alter Tattergreis – doch mit unglaublicher Effizienz.

Sein Schwert ging mit voller Wucht auf einen ungeschützten Oberkörper nieder, und Imogen meinte geradezu, die Rippen brechen zu hören, bevor der Mann mit einem Aufschrei vom Pferd stürzte. Das war schon besser! Sie stieß ein überschwängliches Siegesgeheul aus, als habe sie selbst den Schlag geführt.

Einer ihrer Kämpfer ging brüllend zu Boden. Der schützende Kreis um sie bekam Lücken.

Imogens Siegestaumel schwand. Es waren zu viele, die gegen sie kämpften.

Sie konzentrierte sich darauf, jeden Versuch, ihrer habhaft zu werden, zu verhindern. Sie wünschte, FitzRoger hätte ihr ein Schwert gegeben, obwohl sie wusste, dass sie mit so einer Waffe gar nicht umgehen konnte. Dann fielen ihr die Pfeile wieder ein. Sie holte eine Handvoll aus dem Köcher, bereit, damit zuzustechen, sollte jemand sich ihrer bemächtigen wollen.

Doch die Angreifer waren noch zu sehr mit FitzRoger beschäftigt. Sie schienen sich auf ihn zu konzentrieren, als wüssten sie, dass ein Sieg über ihn der Schlüssel zu ihrer Person sei. Er hatte drei Mann gleichzeitig gegen sich, aber er kämpfte gelassen, gewandt, effizient, immer in der Lage, die Schläge gegen sich abzublocken.

Das Herz schlug ihr bis zum Hals, als sie eine Keule sah, die aus seinem toten Winkel auf ihn zukam, während er gerade einen anderen Angreifer niederkämpfte. Sie versuchte, ihn zu warnen, aber er wich dem Schlag bereits aus, reagierte, als könne er rundum alles auf einmal sehen.

Im Bruchteil einer Sekunde zwischen zwei Hieben grinste er ihr zu, als sei dies ein Vergnügen für ihn.

Erstaunt stellte sie fest, dass sie sein Lächeln erwiderte. Dies war kein Vergnügen, aber dennoch hatte sie sich noch nie so lebendig gefühlt. Sollte sie hier sterben, so war dies ein Tod, der besser war als viele andere.

Auf keinen Fall würde sie sich gefangen nehmen lassen.

Ein Schwert zischte durch die Luft auf FitzRogers Kopf zu. Er wehrte den Hieb mit einem lauten Klirren ab und wendete sein Pferd, um dem Angreifer frontal zu begegnen.

Ein weiterer seiner Männer ging zu Boden, doch die Verluste in den Reihen des Feindes waren größer. FitzRoger allein war für mindestens drei Tote verantwortlich. Imogen wünschte sich, einer der Angreifer würde in Reichweite ihrer Pfeile kommen, damit sie zustechen konnte. Sie schrie ihren Trotz und Hohn heraus, jauchzte über den Tod eines jeden Gegners.

Wieder ging einer der Ihren nieder.

Jetzt ritt ein Feind geradewegs auf Imogen zu. Sie ließ ihr Pferd sich aufbäumen, um ihm Kontra zu bieten, und stieß einen Warnschrei aus. FitzRoger kämpfte gerade gegen zwei Mann an, aber er wendete sein Pferd sofort, um der neuen Bedrohung zu begegnen.

Er kämpfte um sein Leben und beschützte gleichzeitig sie. Es war unglaublich.

Dann drängte sich der Rumpf des Tiers, das ihm am nächsten war, gegen Imogens Bein und quetschte es. Mit wahrer Freude stieß sie mit ihren Pfeilen zu.

Das Pferd bockte wie wild; der Reiter blieb zwar im Sattel, doch für einen Moment war er nicht fähig, sich zu verteidigen.

Noch immer verlief alles so gespenstisch langsam.

Imogen sah die ungeschützte Stelle an seinem Hals zwischen den Laschen seiner Kettenhaube ganz deutlich. FitzRogers Schwert traf mit tödlicher Präzision. Noch ehe der

Mann tot zu Boden fiel, trat FitzRoger bereits gegen den nächsten Angreifer an und brach ihm einen Arm. Der Mann stürzte mit lautem Gebrüll vom Pferd.

FitzRoger grinste ihr kurz zu. »Gut gemacht!«

Ihr Herz jubelte.

Drei weitere Männer gingen jetzt auf ihn los, doch dann hielten sie plötzlich inne. Weshalb?

Pfeile schwirrten durch die Luft.

Einer prallte gegen Imogens Helm und riss ihr mit seiner Wucht den Kopf nach hinten, sodass sie entsetzt aufschrie. Die meisten trafen FitzRoger auf der rechten, nicht durch seinen Schild geschützten Seite.

Mindestens sieben. Er sah aus wie ein Igel.

Die Pfeile konnten keinen großen Schaden angerichtet haben, erkannte Imogen, aber dennoch fluchte er ordentlich. Sie steckten fest; die Spitzen schnitten in seine Haut und setzten seinen rechten Arm außer Gefecht. Er nahm das Schwert in die linke Hand.

Der letzte Mann ihrer Eskorte fiel, und die beiden Angreifer wendeten und verständigten sich mit den drei Wartenden. Einer von ihnen grinste zuversichtlich.

Alles kam zum Stillstand.

Imogen sah die drei Männer vor ihnen, die den Weg nach Carrisford blockierten.

Sie sah die beiden hinter ihnen, die nun langsam auf sie und FitzRoger zukamen.

Und sie sah das Blut, das aus FitzRogers zahlreichen Wunden quoll.

Als er sich ihr zuwandte und leise »In den Wald« sagte, hatte sie ihren lästigen Schild und den Köcher bereits fallen gelassen und bereitete sich auf den einzig möglichen Schritt vor.

Sie galoppierten waghalsig direkt in den Wald, setzten über umgestürzte Bäume und versuchten, ihre Pferde von Fehltritten abzuhalten. Das Tempo zu mindern würde für ihn den sicheren Tod bedeuten, für sie noch Schlimmeres.

Er war bei ihr, aber sie wusste, bei diesem Rennen konnte er ihr nicht helfen, denn sonst würden sie es verlieren.

Dann merkte sie, dass der Lärm der Verfolger hinter ihnen abnahm.

Ihr Helm krachte gegen einen Ast; ohne die schützende Kopfbedeckung hätte dieser Schlag sie ohnmächtig gemacht. Sie ritt geduckt weiter.

Ihre Röcke verfingen sich in Zweigen und Gebüsch und wurden zerfetzt, doch sie dankte Gott, dass das Gewebe fein genug war, um sich nicht zu verheddern; sie wäre sonst aus dem Sattel gerissen worden.

FitzRoger schwenkte auf einen Wildwechsel ein, und sie folgte ihm; hier wurde das Vorwärtskommen etwas leichter.

Der Weg wand sich bergauf, fiel wieder ab, einen irrsinnig steilen Abhang hinunter, den sie normalerweise nie geritten wäre; das Pferd strauchelte fast.

Ein Bach.

Er riss sein Pferd herum; es hatte Schaum vor dem Maul. »Kannst du darüberspringen?«

»Ja. Wie geht es dir?« Die meisten der Pfeile waren abgebrochen oder herausgezogen, aber da schien so viel Blut zu sein!

»Los!«, sagte er nur.

Sie setzte mit einem guten Sprung über das Wasser und wartete dann auf ihn. Die Pause gab ihr Gelegenheit zum Überlegen.

»Weiter, dort hinauf!«, keuchte sie, sobald er an ihrer Seite war. »Dort sind Höhlen, in denen wir uns verstecken können.« Dann fragte sie sich, ob das feige war. »Aber ich kenne von hier aus auch einen Weg nach Carrisford.«

»Zu den Höhlen«, entschied er.

Sie ritt voran, eine Böschung hinauf und auf die Hügel zu, deren Grün an vielen Stellen von nacktem Fels durchbrochen wurde. Sie machte sich Sorgen, dass sie die Höhlen nicht mehr finden würde, denn sie war schon viele Jahre lang nicht mehr dort gewesen. Dann sah sie ein paar Felsen und erinnerte sich, trieb das erschöpfte Pferd vorwärts, den steilen Hang hinauf.

Schließlich glitt sie aus dem Sattel und führte das Tier durch die schmale Öffnung in das kühle Halbdunkel. FitzRoger folgte ihr.

»Ist das klug?«, fragte sie, zitternd in der plötzlich feuchtkalten Luft. »Zuerst kam es mir wie eine gute Idee vor, aber eigentlich ist es, wie wenn sich ein Kind unter dem Bett verkriecht, nicht wahr? Wenn sie uns finden, sitzen wir hier in der Falle.« Obwohl die Höhle nicht groß war, hallte ihre Stimme wider. Sie hatte eine gewählt, die nicht mit dem Labyrinth aus Gängen und Kavernen verbunden war, das diese Berge durchzog – mit allen Vor- und Nachteilen, die dies mit sich brachte.

»Wir haben sie abgeschüttelt«, sagte er, »und diesen Ort hier kann ich eine ganze Weile verteidigen.«

Diese eigenartige Langsamkeit war noch immer da. Sie ließ nach, aber sie war noch da. Außerdem war Imogen von einer ungewöhnlichen Ruhe erfasst. Eigentlich sollte sie doch vor Angst und Entsetzen zittern ... »Lass mich deine Wunden ansehen«, sagte sie.

»Nicht jetzt«, erwiderte er, sah sich an ihrem Zufluchtsort um und zog die Pfeile heraus, als seien es kleine Stacheln.

Nur einen berührte er nicht.

Sie sah, dass dieser ein gutes Stück tiefer steckte. Er war durch den Panzer in den Armmuskel eingedrungen. Der größte Teil des Schafts war abgebrochen, aber er musste jede von FitzRogers Bewegungen äußerst schmerzhaft machen.

Zudem blutete diese Wunde bei jeder kleinsten Erschütterung. »Den da können wir nicht stecken lassen«, sagte sie.

»Wir haben keine andere Wahl. Solange er in der Wunde steckt, kann ich das Kettenhemd nicht ablegen; ich kann ihn aber auch nicht gut genug packen, um ihn herauszuziehen.«

»Dann muss ich es eben tun.« Imogen betete, dass sie dazu imstande war.

Er warf ihr einen raschen, zweifelnden Blick zu, dann hielt er ihr den Arm hin.

Nur die Länge eines kleinen Fingers ragte aus dem Kettenhemd heraus, und das Holz war blutverschmiert und glatt. Imogen packte an, so gut es ging, und zog daran. Nichts geschah, außer dass FitzRoger vor Schmerz schnaubte und Blut aus der Wunde trat.

»Tut mir leid«, murmelte sie verzagt.

»Die Spitze hat einen Widerhaken, sie wird am Hemd hängen bleiben.« Seine Stimme war fest. »Du musst mit aller Kraft ziehen.«

Imogen atmete tief durch. Es musste getan werden, und sie konnte es tun. Trotzdem versuchte sie zuerst so vorsichtig wie möglich, ob sich das Panzerhemd über den Schaft ziehen ließ. »Vielleicht kann ich den Schaft abschneiden«, meinte sie.

»Das würde wahrscheinlich mehr schmerzen und wesentlich länger dauern.«

Wieder betrachtete Imogen den Schaft, und eine innere Stimme versuchte ihr einzureden, dass sie das sowieso nicht schaffen würde und dass, wenn sie es unterließ, alles gut werden und jemand anderer sich darum kümmern würde. Andererseits wusste sie aber auch, dass es getan werden musste, wenn er mit diesem Arm kämpfen sollte, ohne mehr Blut zu verlieren, als er würde aushalten können.

»Leg dich hin«, sagte sie schließlich, selbst von ihrem Befehlston überrascht.

Er sah sie an. »Warum?«

Es schien lächerlich, jemandem wie FitzRoger einen Befehl zu erteilen, aber sie sagte: »Ich kann das nur, wenn du am Boden liegst. Leg dich einfach auf den Bauch.«

Er gehorchte ohne ein Wort des Widerspruchs. Jetzt stand der Pfeilschaft senkrecht nach oben. Imogen setzte den linken Fußballen auf seinen Unterarm und den ganzen rechten Fuß auf seine Schulter. »Tut das weh?«

»Nicht sehr«, sagte er und fügte mit einem Anflug von Humor hinzu: »Mancherorts gilt es als luststeigernd, wenn die Frau über den Rücken des Mannes läuft …«

»Was für ein Ort soll das sein? Oder ist es besser, ich frage nicht?«

»Wahrscheinlich.«

Imogen wischte vorsichtig das Blut ab und bemühte sich, die Hände ruhig zu halten und so viel Kraft wie möglich zu sammeln.

»Wie du sicher bemerkt hast, bin ich bereit«, sagte er mit einer Stimme voller Wärme und Heiterkeit, »dich über meinen ganzen Körper laufen zu lassen …«

Sie ignorierte seinen Scherz und umwickelte den Schaft mit einem Stück Stoff von ihrem Kleid, um besser zupacken zu können.

»Es heißt, dadurch werden verspannte Muskeln gelock… ah!«

Der Pfeil war heraus. Sie hatte gespürt, wie der Widerhaken Fleisch und Haut aufriss, und gehört, wie er am Metall des Kettenhemds schrappte.

Durch den plötzlich fehlenden Widerstand fiel sie hintenüber; sie saß da und kämpfte gegen den Impuls an, sich zu übergeben.

Er setzte sich schwer atmend auf und hielt sich den Arm. »Ich fühle mich im Augenblick allerdings nicht besonders locker.«

»Ich muss noch üben …« Sie erstickte ein Schluchzen und kroch zu ihm. »Es tut mir leid.«

Sein Blick verriet Schmerz, aber er war auch liebevoll. »Ich bin schon schlechter verarztet worden. Um die anderen können wir uns später kümmern.«

Sie setzte einen mahnenden Blick auf. »Ich helfe dir, das Kettenhemd auszuziehen.«

Auch das war mit Schmerzen verbunden, aber sie schafften es; das gepolsterte Lederwams streifte sie ihm ebenso ab.

Darunter war er über und über voller Blut.

Das meiste trat aus den kleinen, von den vielen Pfeilen verursachten Wunden aus. Sie waren nicht gefährlich, einige hatten sogar schon aufgehört zu bluten, aber sie mussten schmerzhaft sein.

In der tiefen Wunde war das Fleisch zerrissen und angeschwollen, und sie blutete ziemlich stark. Imogen wusste, dass die Verletzung durch das Herausziehen des Pfeils verschlimmert worden war. »Guter Gott«, murmelte sie. »Das wird deinen Arm sehr schwächen.«

Er spannte den Muskel an, und sofort schoss noch mehr Blut aus der Wunde.

Sie ergriff seinen Arm. »Hör auf!«

»Es ist nicht so schlimm, und ich kann das Schwert auch mit der linken Hand führen.«

»Ich hoffe, du musst nicht mehr kämpfen. Die Burg wird ja schließlich einen Trupp aussenden, um uns zu suchen.« Imogen zerriss ihre Röcke, um ein Druckpolster und einen Verband herzustellen, und fluchte innerlich, weil sie nicht einmal einen Tropfen Wasser hatten, um die Wunde zu säubern, von Kräutern ganz zu schweigen. Sie dachte kurz daran, welche zu suchen, hielt das aber nicht für ratsam.

»Was mache ich bloß, wenn du stirbst?«, murmelte sie, während sie den Verband befestigte.

»Davon werde ich nicht gleich sterben, Imogen.«

»Mein Vater glaubte auch nicht, dass er von seiner Wunde sterben würde«, hielt sie ihm entgegen und fügte hinzu: »Lancaster sagte, der Pfeil muss vergiftet worden sein.«

Er sah sie durchdringend an. »Ihm ist es also auch so vorgekommen?«

Sie erwiderte seinen Blick. »Hast du das etwa auch gedacht? Warum hast du dann nichts gesagt?«

»Wozu? Du brauchtest nicht noch einen Grund, um Warbrick zu hassen.«

Sie band ärgerlich einen letzten Knoten. »Einfach weil ich ein Recht hatte, das zu wissen! Wie viele andere Dinge hast du mir verschwiegen?«

Er entzog sich vorsichtig ihrer Fürsorge und lehnte sich an eine Wand. »Wir alle haben Dinge, die wir für uns behalten.«

Imogen sog hörbar die Luft ein. »Ja, der Schatz, schon wieder. Streiten wir jetzt wieder wegen des Schatzes, Fitz-Roger?«

»Ich glaube nicht, dass es im Moment klug wäre, sich wegen irgendetwas zu streiten«, erwiderte er ruhig. »Ich habe mich bezüglich der Verwundung deines Vaters erkundigt, Imogen – es gab keinen Anlass für eine Wundfäule. Es muss also Gift im Spiel gewesen sein. Der offenkundige Täter dürfte Warbrick sein, denn er war sofort bereit zuzuschlagen.«

Imogen zügelte ihren Ärger. Er hatte recht. Jetzt war keine Zeit, sich zu zanken. »Lancaster beschuldigt dich oder den König.«

»Tatsächlich? Und was glaubst du?«

Sie blickte ihn direkt an und sagte dann: »Dass du es nicht gewesen sein kannst.«

»Warum nicht?«

Weil mir das mein Herz sagt. Das sprach sie jedoch nicht aus. »Du hättest schneller reagiert. Du bist sehr effizient.«

»Freut mich, dass du immerhin etwas an mir anerkennst.« Er lehnte den Kopf wieder an die Wand und hielt den Arm so, dass er möglichst wenig schmerzte.

Ihr Ärger verrauchte. »Tut es sehr weh?«

»Nicht mehr, als zu erwarten ist. Die Blutung dürfte bald aufhören. Dann wird das einzige Problem die Steifheit sein. Uns bleibt nur zu hoffen, dass ich nicht kämpfen muss.«

Dieser Gedanke ließ sie frösteln; vielleicht war es auch nur die niedrige Temperatur in der Höhle. Draußen war ein warmer Sommertag, und Imogen trug nur leichtes Leinen und Seide. Sie schauderte. »Warum sind wir nicht geradewegs nach Carrisford geritten? Es ist doch nicht so weit. Dort würdest du besser versorgt werden.«

»Instinkt.« Sie bemerkte, dass er sie studierte. »Wenn dieser Überfall Warbricks Werk war, woher wusste er, dass wir im Kloster waren?«

»Falls er uns hat beobachten lassen ...«

»Das ist möglich, obwohl ich hier jeden Tag Kundschafter durch den Wald geschickt habe, um jede feindliche Aktivität zu melden. Aber wie konnte er das mit dem verdorbenen Wein arrangieren?«

»Wenn jemand ihn den Soldaten gegeben ... aber Gareth sagte doch, Lancasters Leute hatten den Wein dabei!«

»Ein Detail, das mir entgangen ist. Entschuldigung.«

»Ich erwarte nicht, dass du unfehlbar bist.«

»Das ist gut, vor allem, weil du aus meinem Hirn einen nutzlosen Kloß zu machen scheinst.«

Es war so unumwunden gesagt, dass sie es zuerst gar nicht verstand. Dann musste sie über den absurden Vergleich lachen. »Tue ich das?«

»Ja, vor allem jetzt.« Er sah sie an, doch sie konnte seine Miene nicht ergründen.

»Jetzt?«

»Jetzt, wo ich das Feuer in dir gesehen habe.«

»Du meinst, letzte Nacht?«

»Letzte Nacht ein bisschen. Ich meine heute. Komm, setz dich zu mir.«

Verwundert kam sie seiner Bitte nach. Er hob sie mit dem gesunden Arm auf seinen Schoß. »Weißt du, dass du die schlimmsten Beleidigungen herausgebrüllt und bei jedem Verlust des Feindes gejubelt hast?«

Sie schloss beschämt die Augen. »Ja.«

Mit seinem starken linken Arm drückte er sie an sich. »Du bist eine Amazone, meine Gemahlin, eine Kriegerin. Und wenn ich keinen kaputten Arm hätte und es nicht zu gefährlich wäre, dann würde ich jetzt auf der Stelle über dich herfallen, wie es eine Amazone verdient, die blutbeschmiert aus der Schlacht kommt.«

Jetzt erst bemerkte Imogen, dass sie blutbesudelt war, und er noch mehr als sie. Zuvor hatte ihr das nichts ausgemacht.

»Ich fühle mich schrecklich«, flüsterte sie. »Wie konnte ich nur ...«

Er küsste sie schnell und ungestüm. »Bedaure es nicht. Es erregt mich mehr, als mich je etwas erregt hat.« Er legte ihre Hand an seinen Hals, und sie spürte die Kraft und Geschwindigkeit seines Blutes, das heiß unter seiner Haut pulsierte.

»Das ist die Wunde«, sagte sie.

»Nein.«

Das Pochen seines Blutes unter ihrer Hand schien sich auf sie zu übertragen. »Ich fühle mich auch seltsam. Ganz zittrig und aufgeregt, und nach mehr verlangend. Aber nicht mehr Gefahr ...« Dann erinnerte sie sich an die Leidenschaft der letzten Nacht und wusste, was sie wollte. Sie drehte sein Gesicht dem ihren zu.

»Wir können nicht, Imogen. Das wäre äußerst leichtsinnig.« Doch er ließ es zu, dass sie seine Lippen zu den ihren hinunterzog, und sie waren heißer noch als sein Blut; der Kuss brachte sie dem Verhängnis noch näher.

Er schob sie zärtlich, aber bestimmt von sich. »Nein. Setz dich dort hinüber, Ginger. Wir müssen reden, und zwar mit möglichst klarem Kopf.«

Sie wollte nicht reden, aber sie wusste, das er recht hatte. Also kauerte sie sich an die Wand zurück, doch ein bohrender Schmerz in ihrem Innern sagte ihr genau, was ihr Körper wollte. Wäre seine Wunde nicht gewesen, sie hätte es vielleicht eingefordert.

An die gegenüberliegende Wand gelehnt, mit vollen sechs Fuß Raum zwischen ihnen, faltete sie die Hände. »Also, rede«, forderte sie ihn auf.

»Ich vermute, dass Lancaster hinter diesem Überfall steckt, und die hauptsächliche Absicht muss gewesen sein, mich zu töten, nicht, dich gefangen zu nehmen. Denn du warst mehrmals ungeschützt, aber niemand hat es ausgenutzt. Dieser Überfall galt also ziemlich sicher mir. Der letzte Pfeilregen sollte mich töten oder wenigstens so weit schwächen, dass sie mich dann hätten erledigen können. Ich habe ihn zu spät kommen sehen.«

»Du hast ihn gesehen? Heißt das, alles war für dich auch so langsam?«

Sein Blick wurde hellwach. »Er war für dich langsam?«

»Ja. Irgendwie seltsam langsam. Ich habe das nicht verstanden. Jede Bewegung schien so voraussehbar, und die Leute sahen so dumm aus.«

»Ich auch?«

»Nein«, antwortete sie. »Du warst zwar auch langsam, aber du hast immer das Richtige getan.«

Er lehnte den Kopf zurück und lachte leise. »Nicht nur eine Amazone, sondern auch noch eine mit der Gabe. Ich habe mich gefragt, wie du diesen Ritt geschafft hast. Beten wir, dass unsere Söhne sie erben.«

»Das ist eine Gabe?«

»Die kostbarste, die ein Krieger haben kann. Je drängender der Kampf, desto stärker verlangsamt nimmt er alles wahr, und so kann er jede Bewegung vorhersehen und jede Gefahr meiden.«

»Und das hat nicht jeder Mensch?«

»Weniger als einer von tausend. Weniger als einer von hunderttausend.«

»Das erscheint mir nicht sehr fair«, meinte sie ernst.

»Nich schlimmer als ein Hinterhalt oder vergiftete Pfeile.«

Dies brachte die Diskussion ohne Umschweife wieder auf das aktuelle Geschehen zurück. »Du glaubst also, Lancaster hat versucht, dich zu töten, und wir sind in Gefahr, wenn wir nach Carrisford zurückkehren?«

»Das ist möglich, und ich dachte, wir sollten uns besser Zeit nehmen, um nachzudenken. Ich bin seit ein paar Tagen nicht mehr so leistungsfähig, wie ich es normalerweise bin. Henry wird mit seinen Leuten bei Tagesanbruch losgezogen sein, um Warbricks Burg einzunehmen. Lancaster hingegen sollte in Carrisford bleiben, die Rückkehr seiner Männer abwarten und sich erst dann dem König anschließen. Wenn er noch andere Männer in der Gegend hat, wäre es ein Leichtes für ihn gewesen, diesen Überfall auszuführen. Und dann wäre er sofort zur Stelle gewesen, um dich zu trösten – und zur Frau zu nehmen.«

»Konnte er wirklich glauben, ich würde innerhalb eines Tages aus deinen Armen in seine flüchten?«

»Ich glaube kaum, dass deine Wünsche in diese Überlegung einbezogen wurden.«

»Aber der König, der König hätte das doch nicht zugelassen!«

»Ohne einen Beweis, dass Lancaster seine Hand im Spiel hatte, hätte er kaum eine Wahl gehabt. Er kann sich bislang noch keinen offenen Bruch mit dem Grafen leisten. Henry hätte meinen Tod bedauert. Er mag mich, und mehr noch, ich bin ihm nützlich, aber wenn ich nicht mehr bin, würde er eben den nächsten für ihn zweckmäßigen Schritt tun. Wahrscheinlich würde er darauf hoffen, dass Lancaster loyal wäre, wenn er dich als Bestechung bekäme.«

Imogen schlang schaudernd die Arme um sich. »Weißt du, wie sehr ich das hasse? Ein Preis zu sein, den man herumreicht.«

»Das kann ich mir vorstellen. Falls mir etwas zustößt, Imogen, dann versuche, dich nach Rolleston in East Anglia durchzuschlagen, oder in die Normandie, zur Burg Gaillard.«

»Weshalb? Oh, aber dort regieren …«

»Die Brüder von Roger von Cleeve, ja. Meine Onkel.«

Etwas zögernd fragte sie: »Erkennen sie dich an?«

Ein leichtes Lächeln erschien auf seinen Lippen. »Ja. Der

alte Mann, Graf Guy, hat mich längst anerkannt, auch wenn er die Regelung der Kirche nicht angefochten hat. Ich nehme an, er wusste, dass das zwecklos ist, aber in meiner jugendlichen Arroganz wollte ich das nicht wahrhaben. Ich habe sie damals zurückgewiesen, aber die Familie wird dir helfen, aus Gründen der Blutsverwandtschaft und der Gerechtigkeit. Sie sind mächtig genug, sich gegen Lancaster zu stellen, wenn es sein muss.«

»Das wird nicht nötig sein«, erwiderte Imogen, nicht imstande, den Gedanken an FitzRogers Tod zu ertragen. »Reden wir lieber davon, wie es jetzt weitergehen soll. Wenn wir nach Carrisford gelangen, sind wir bestimmt in Sicherheit. Du hast doch noch andere Männer dort, unter anderem Sir William und Renald.«

»Will ist mit Henry gezogen, aber ich hoffe, Renald kümmert sich um alles und sorgt für Ruhe. Ich hielt es allerdings für besser, ihnen Zeit zu lassen. Möglicherweise hat Lancaster Kundschafter, und wenn wir geradewegs nach Carrisford geritten wären, wäre es zu leicht gewesen, mich zu töten. Ich bin nur ein Mann und nicht gegen jeden Angriff gewappnet.«

Imogen betrachtete den Verband an seinem Arm. »Was ist, wenn dieser Pfeil auch vergiftet war?«

»Dann werde ich vermutlich sterben.«

Sie sprang auf. »Nein, das wirst du nicht! Wir müssen dich nach Carrisford schaffen. Ich kenne mich mit Kräutern und Heilbehandlungen aus, die Gifte aus dem Körper ziehen können.«

Er musterte sie etwas befremdet. »All diese Aufregung meinetwegen? Ich frage mich, warum. Lancaster wird dir ein toleranter Gemahl sein, wenn du dich nicht gegen ihn sträubst.«

»Ist es komisch, wenn ich nicht will, dass du stirbst?«

»Ja.«

»Nein, das ist es nicht.«

Er zuckte die Achseln und schwieg. Dann stand er auf und bewegte vorsichtig seinen Arm. »Ich glaube nicht, dass es mir sehr schadet, wenn ich meine Rüstung wieder anlege. Vielleicht kannst du mir dabei helfen. Dann können wir uns vorsichtig auf den Weg nach Carrisford machen.«

Imogen nahm das blutverschmierte Lederwams, obwohl sie das Gefühl hatte, dass noch etwas im Raum stand. Sicher, ihr erstes Ziel musste es sein, in die Burg zurückzukehren; alles andere konnte später erledigt werden. Sie half FitzRoger, den gepolsterten Lederpanzer anzulegen, ohne seinen Arm zu sehr zu bewegen. Aber sie wusste, dass dieses Ding an seiner Wunde scheuern würde.

Dann stülpte sie ihm das schwere Kettenhemd über den Kopf und hatte Mitleid, als es sich auf die vielen kleinen Wunden legte.

Er stand auf und bewegte vorsichtig seinen Arm.

»Wie ist es?«, fragte sie.

»Es geht schon. Mach dir keine Sorgen. Ich kann dir noch immer dienen.«

»Darum geht es doch gar nicht!«, fuhr sie ihn an. »Sondern nur ums Überleben. Meines und deines.«

»Dir droht keine große Gefahr, höchstens von einem verirrten Pfeil.«

»Ich laufe Gefahr, dich zu verlieren!« Da, nun war es heraus.

Sie faltete die Hände und beobachtete ihn hoffnungsvoll.

Seine Maske war undurchdringlich. »Mach dir nicht solche Sorgen, Imogen. Ein Mann gleicht in sehr vieler Hinsicht dem anderen. Falls ich sterbe, wirst du feststellen, dass du mit einem anderen ebenso zurechtkommst, wenn du dich nur an ihn gewöhnst.«

»Ach, halt den Mund!«, fauchte sie und reichte ihm den Schwertgurt.

Er legte stumm die Waffe an. Imogen kämpfte gegen die Tränen. Nach allem, was sie durchgemacht hatten, schien es lächerlich, sich von seinem kühlen, praktischen Wesen aus der Fassung bringen zu lassen, aber genau das passierte ihr. Noch vor einer kleinen Weile hatte sie kurz geglaubt, er werde sich zu seinen liebevollen Gefühlen für sie bekennen. Aber das war wohl nur auf seine Verwundung zurückzuführen gewesen.

Unglücklich wandte sie sich dem Zustand ihrer Kleidung zu. Der Rock war in Fetzen, das Unterkleid fehlte an einer Seite, wo sie Stoff für den Verband herausgeschnitten hatte, sogar ganz.

»Es kommt mir vor, als wäre ich seit Wochen nicht mehr anständig gekleidet gewesen«, murrte sie.

»Mit Gottes Gnade wirst du bald wieder dein gewohntes Leben führen können.«

In Wahrheit kümmerte es sie nicht allzu sehr, ob sie ihr Leben als verhätschelte junge Dame zurückbekommen würde – tatsächlich wollte sie es gar nicht mehr.

Sie wollte FitzRoger. Sie wollte den Kampf und die Herausforderung, die Küsse und die Leidenschaft. Sie wollte sogar die Gefahr, die Aufregung, die ihr Blut in Wallung geraten ließ. Kleider waren ihr vollkommen gleichgültig, ebenso Wandbehänge oder Gärten.

Aber sie erwiderte: »Gut. Was unternehmen wir wegen Lancaster?«

»Wir schicken ihn hoffentlich bald zu Henry und schützen uns zukünftig gut.« Er warf ihr einen schnellen Blick zu. »Sobald du schwanger bist, sind seine Krallen nutzlos.«

Das war zweifellos der einzige Grund, weshalb er überhaupt mit ihr ins Bett wollte – um sie voll und ganz zu seinem Eigentum zu machen und sie zu schwängern. »Warum kannst du Henry nicht sagen, was der Graf beabsichtigt hat?«

»Das werde ich, aber ohne einen Beweis kann er nichts tun, und ich denke, einen solchen zu finden wird schwer sein. Der Hauptverdächtige wird Warbrick sein, trotz aller ungeklärten Fragen, und es kommt Henry nicht ungelegen, wenn er weitere Gründe geliefert bekommt, um gegen ihn und Belleme vorzugehen. Du kennst den Weg von hier nach Carrisford?«

»Ja.«

»Wie weit ist es?«

»Nicht weit. Vielleicht sechs Meilen, aber wenn wir in den Wäldern bleiben, wird es wohl etwas dauern. Auf der Straße zu reiten wäre einfacher, aber ...«

»Nein. Wir reiten durch den Wald, dort sind wir sicher.«

Es war später Vormittag, als sie die Höhle verließen. Die kräftige Wärme draußen war fast wie ein Schock. Alles schien friedlich und normal, doch sie sahen sich ihre Umgebung genau an.

»Was haben sie wohl getan, nachdem sie uns verloren haben?«, fragte Imogen.

»Das ist die Frage. Ich vermute, zumindest einige von ihnen haben sich zwischen hier und Carrisford postiert und hoffen darauf, uns abzuschießen.«

»*Dich* abzuschießen«, korrigierte sie verkniffen.

»Ja.« Er sah sie gedankenschwer an. »Imogen, ich wünsche mir nicht zu sterben, schon gar nicht ausgerechnet jetzt, aber ich habe bereits vor Jahren gelernt, dass es keinen Zweck hat, sich darüber Sorgen zu machen.«

»Es wäre schön zu sehen, dass du dir einmal über *irgendetwas* ernsthafte Sorgen machst!«, konterte sie scharf.

Er lächelte verhalten. »Es macht mir Sorgen, dass ich sterben könnte, ohne dich voll und ganz zu meiner Frau gemacht zu haben.«

»Wir könnten wieder in die Höhle zurückgehen ...«

Er lachte; ja, er lachte wirklich. »Hab Mitleid mit mir, Weib. Das würde bedeuten, dass ich meine Rüstung wieder ablegen müsste.« Er begann, sein Pferd den Hang hinabzuführen. Imogen folgte ihm. Sie wünschte, sie würde ihn verstehen. Sie hatte ihn noch nie so lachen sehen.

Dieser Mann konnte sie in der Tat wahnsinnig machen, aber er war so faszinierend, dass sie ihr Leben lang mit ihm zusammen sein wollte.

Ein langes Leben lang, fügte sie hastig hinzu und fing an zu beten.

Sie befand, dass sie alle Hilfe brauchten, die der Himmel anzubieten bereit war, und hatte ihre bevorzugten Heiligen zur Hälfte durch, als er plötzlich anhielt.

»Was ist?«, flüsterte sie und unterbrach ihr Gebet an die heilige Adelaide.

»Wir werden kurz in freies Gelände kommen. Ich will mich umsehen.«

Imogen musste daran denken, wie sie Carrisford beobachtet hatten, und erzählte es ihm. »Ich dachte, du seist wie eine Burg«, sagte sie. »Kalt und hart.«

»Solange ich eine gute Burg bin ...«

»Ist das alles, was für dich zählt?«

Sein Blick suchte weiterhin intensiv die Umgegend ab.

»Welchen Sinn hat das Leben, wenn nicht den, möglichst gut zu sein?«

»Du könntest auf einem anderen Gebiet gut sein als auf dem von Tod und Sterben.«

»Ich hoffe, ich bin gut im Überleben. Komm.«

Er ging weiter, auf die Bäume zu. Imogen folgte und wünschte sich, sie hätte ihrem Ärger nicht nachgegeben. Aber sie wollte, dass er mehr für sie war als nur ihr Beschützer und ihr Held.

Wieder im Wald, stiegen sie erneut auf die Pferde. Sie erlaubte ihm nicht, ihr dabei zu helfen, sondern benutzte einen umgestürzten Baumstamm. Er hatte sein Schwert in der rechten Hand und seinen Schild an der Schulter hängen, doch sie sorgte sich wegen seiner Verwundung und seiner Kampfkraft.

»Wenn du nicht kämpfen kannst, sag es mir«, bat sie ihn.

»Wieso?«

»Weil ich es wissen muss.«

»Imogen, führe uns einfach nach Carrisford, und lass mich meine Arbeit tun. Ich werde dich nicht im Stich lassen.«

Sie riss abrupt ihr Pferd herum und preschte zwischen den Bäumen vorwärts.

Zu Zeiten ihres Vaters war diese Gegend immer sicher gewesen; sie hatte hier schon als Kind mit Lord Bernards Schutzbefohlenen und zahlreichen anderen Kindern aus der Burg gespielt. Ihr Vater hatte nichts dagegen gehabt, wenn sie mit Menschen niedrigeren Standes zusammen war.

Mit der Zeit hatte Imogen jedoch aufgehört, hierherzukommen. Ihre Spielkameraden wuchsen heran und mussten mehr arbeiten. Die Schützlinge ihres Vaters heirateten und verließen sie. Imogen verbrachte ihre Zeit mit Büchern und Musik, und in den Wald ging sie nicht mehr zum Spielen, sondern auf die Jagd.

Aber sie kannte den Wald.

Sie erinnerte sich an die Eiche, auf die sie und der Sohn des Hufschmieds gern geklettert waren, und das Dickicht aus Büschen mit der leeren Stelle in der Mitte, das das Haus der Mädchen gewesen war. Und dort war der Elfenkreis, der auf magische Weise von Bäumen frei war; dort hatten sie getanzt und sich an Zaubersprüchen versucht.

Sie blickte hinter sich. FitzRoger wirkte gleichzeitig entspannt und aufmerksam, seine Sinne schienen nicht auf sie gerichtet zu sein, sondern auf den Wald, auf die Umgebung. Sie sprengte vorwärts.

Immer wieder musste sie entscheiden, ob sie Wildwechseln oder schmalen Pfaden folgen sollten, die schlängelnd von ihrem Ziel wegführten, oder ob es klüger wäre, geradewegs durchs Unterholz und über unebenes Land zu reiten. Einmal mussten sie wegen eines kleinen Sumpfs umkehren, an den sie sich von früher her nicht erinnern konnte.

In diesem Moment blickte sie ängstlich zu ihm, doch er sagte nichts. Sie begann sich zu sorgen, dass seine Teilnahmslosigkeit ein Zeichen starker Schmerzen, von Schwäche aufgrund seines Blutverlusts oder gar die erste Wirkung eines Gifts sein könnte. Aber wenn sie ihn darauf ansprach, würde er das zweifellos abstreiten.

»Männer«, murmelte sie vor sich hin.

Carrisford konnte jetzt nicht mehr weit sein. Sie sah bereits die Türme. Besorgt um seine Gesundheit, riskierte sie es, geradewegs darauf zuzureiten.

Der Spalt in der Erde war neu und tief. Ihr Pferd trat hinein, und während sie abgeworfen wurde, hörte sie, wie sein Bein brach. Die Welt begann, sich um sie zu drehen, dann schlug sie mit betäubender Wucht auf der Erde auf.

Ihr Pferd wieherte lautstark.

Dann war es still.

Sie blickte auf, sah, dass FitzRoger nicht mehr auf seinem Pferd saß und ihrem Reittier die Kehle durchschnitten hatte. Der Schrei des Tieres hallte im Wald wider, Vögel flatterten auf und trugen ihn weiter.

»Oh mein Gott! Es tut mir so leid«, flüsterte sie.

Er reichte ihr die Hand. »Da kann man nichts machen. Komm, wir müssen gleich da sein.«

Aber noch ehe sie auf sein Pferd steigen konnten, waren sie plötzlich umringt, von vielleicht dreißig wild aussehenden Männern. Einer von ihnen war Warbrick.

16

»Beauclerks grünäugiger Hund«, sagte Warbrick und spuckte aus. »Und der Schatz von Carrisford.«

Imogen spürte, wie blindes Entsetzen sie erfasste, und kämpfte dagegen an. »Was macht Ihr auf meinem Land, Lord Warbrick?«

»Mich verlangt nach einer kleinen Wiedergutmachung. Für mich und für andere. Ihr scheint recht begehrt zu sein, Lady Imogen. Gefällt Euch das? Nur nicht so schüchtern, Mylord. Kommt nach vorn!«

Imogen wusste nicht, was er meinte, bis der Graf von Lancaster nach vorn gestoßen wurde. Er trug eine Rüstung und einen prächtigen Wappenrock – ein mächtiger Krieger vom Kopf bis zu den Füßen. Allerdings wirkte er nervös, ja sogar verängstigt.

Was in aller Welt ging hier vor?

Verwirrt blickte sie zu FitzRoger auf, doch dessen Miene war absolut unergründbar.

Seltsam, dachte sie, denn Warbrick trug keine Rüstung, graufleckiges Leder umspannte seinen voluminösen Körper. Er sah nicht aus, als würde er sich auf einem Feldzug befinden.

Sie wandte sich zum Grafen von Lancaster. »Mylord, was tut Ihr hier?«

Lancaster sah weg und erwiderte nichts.

»Er hat auf Euch gewartet«, antwortete stattdessen Warbrick mit einem schiefen Lächeln. »Nachdem er Eure Eskorte mit vergiftetem Wein versorgte, hättet Ihr eigentlich eine leichte Beute sein sollen.«

»Ihr solltet Euch um FitzRoger kümmern!«, fauchte der

Graf jetzt. »Zehn Mann hattet Ihr dafür, und da steht er nun, gesund und munter!«

»Ihr habt uns versichert, kein Mann seiner Eskorte wäre in der Lage zu reiten.«

Imogen fixierte Lancaster voller Wut. »Ihr Schuft! Ihr habt das zu verantworten? Ihr habt versucht, FitzRoger zu töten! Und da glaubt Ihr, ich würde Euch heiraten, selbst wenn ich frei wäre?«

Warbrick steckte die Daumen in die Laschen seines breiten Gürtels und lachte. »Ihr, Lady Imogen, werdet tun, was man Euch sagt. Fügt Euch in Euer Schicksal. Ihr werdet den Grafen heiraten, und ich bekomme Euren Schatz. Mit Eurem Reichtum auf unserer Seite wird Beauclerk bald wieder ein umherziehender Landloser sein.« Sein Blick schweifte über sie, jedes Loch und jede Öffnung ihrer Kleidung inspizierend. »Aber bevor ich mich mit dem Schatz von Carrisford aus dem Staub mache, werde ich mich noch mit dem Schätzchen von Carrisford vergnügen.«

Imogen trat zurück, näher an die starre Gestalt FitzRogers heran. Aber was konnte selbst er gegen so viele ausrichten?

»Bei allem, was recht ist – das werdet Ihr nicht tun!«, polterte der Graf. »Unser Handel war klar, Warbrick. Sie gehört mir. Schlimm genug, dass sie schon von einem Mann beschmutzt wurde!«

Imogen fragte sich, ob sie Zwietracht zwischen diesen beiden widerstreitenden Verbündeten säen konnte. »Mylord Lancaster«, erklärte sie in aller Deutlichkeit, »Ihr solltet wissen, dass Warbrick beabsichtigte, mich zu heiraten, als er Carrisford einnahm.«

»Was?« Lancaster wandte sich dem ihn an Größe überragenden Warbrick zu.

Der lachte erneut, so sehr, dass sein dicker Wanst wackelte. »Euch *heiraten*? Seid Ihr nach Euren Tagen mit dem Bastard noch immer so naiv? Was sollte es mir bringen, Euch zu heiraten, wenn mir Beauclerk im Nacken sitzt? Aber natürlich hatte ich vor, mich mit Euch zu verlustieren. Es ist einfach ein besonderer Spaß, eine verängstigte Jungfrau schreien zu hören, wenn man sie ansticht. Und so ein köstlicher, wohlbehüteter Leckerbissen hätte natürlich ein besonderes Entsetzen empfunden …«

Er ließ seine gespielte Jovialität fallen und kniff verärgert die Augen zusammen. »Aber du bist mir entwischt, du kleines Miststück. Dafür wirst du bezahlen. Du bist abgehauen und hast das Geheimnis deines Schatzes geradewegs nach Cleeve getragen. So etwas wird dir nicht noch einmal gelingen.« Er trat drohend einige Schritte näher an Imogen heran. »Heute hat Beauclerk meine Burg gestürmt; ich hatte kaum Zeit zu fliehen. Und jetzt brauche ich alles Gold, das ich kriegen kann!«

Imogen presste sich noch mehr an FitzRoger. Er legte schützend die Arme um sie. »Ihr könnt es haben«, sagte sie. »Alles. Wenn Ihr uns nur gehen lasst.«

»Uns?«, fragte Warbrick spöttisch und erstaunt.

»FitzRoger und mich.«

»Ihr zieht den Bastard Lancaster vor?« Er rammte dem wütenden Grafen unsanft einen Ellbogen in die Rippen. »Das ist ein Schlag in Euer Gesicht, Mylord Graf.«

»Sie ist verliebt«, knurrte Lancaster.

»Das könnte man meinen.«

»Ich werde sie eines Besseren belehren. Sie braucht ein paar Lektionen.«

Endlich meldete sich FitzRoger zu Wort. »Vielleicht sollen wir die Frage, wem Lady Imogen gehören soll, ausfechten.«

»Nein!«, widersprachen Imogen und Lancaster wie aus einem Munde.

Warbrick lachte. »Bastard, du machst mir Spaß! Ich muss schon sagen. Aber ob du gewinnst oder verlierst, ich nehme mir meinen Anteil am Schatz von Carrisford so oder so.«

Imogen schloss entsetzt die Augen. Sie wusste, dass er damit nicht das Gold gemeint hatte.

Würde sie das überleben? Wenn sie dabei nicht physisch den Tod erlitt, dann, das wusste sie, sollte sie wohl in der Lage sein, es zu überstehen und irgendwie hinter sich zu bringen. Aber sie glaubte dennoch nicht, dass sie das schaffen würde. Und sie wusste, FitzRoger würde es niemals zulassen, und wenn es ihn das Leben kostete. Sie spürte die Beherrschung, die er sich abverlangte, um während dieses Wortwechsels ruhig zu bleiben.

Wenn er sich jetzt einmischte, konnte er nichts erreichen, aber das fiel ihm sicher nicht leicht.

Der besondere Spaß, eine verängstigte Jungfrau schreien zu hören, wenn man sie ansticht.

Eine verängstigte Jungfrau, ja, das war sie ...

Imogen merkte nicht, wie sie sich an FitzRoger klammerte, bis er sie sanft zur Seite schob. Sie öffnete die Augen und sah ihn seinen Schild an den Arm stecken.

Der Graf war in Rüstung, sicherlich darauf vorbereitet, dem König zu folgen, doch kampflustig sah er nicht gerade aus. Imogen spürte fast ein wenig Mitleid mit ihm. Sie verstand nicht alles, was hier vor sich ging, aber jedenfalls hatte er ihre Burg verraten und versucht, FitzRoger zu töten.

Durchaus möglich, dass er auch ihren Vater getötet hatte.

Hatte ihr Vater Lancaster als Freier abgelehnt?

Wenn ja, dachte sie plötzlich, dann vielleicht deshalb, weil er bereits ein Bündnis mit FitzRoger in Erwägung gezogen hatte. Sie hatte ja selbst schon gedacht, die beiden hätten sich gemocht, wenn sie sich kennengelernt hätten.

Wer konnte sagen, dass sie sich nicht kennengelernt hätten?

Zum ersten Mal wunderte sich Imogen nun auch über den Tod Geralds von Huntwich. So viele Tode, die sehr gelegen kamen. Hatte Lancaster bei allen seine Hand im Spiel gehabt? Und all das offenbar nur, um sie zu bekommen, wenn man von dem Handel ausging, den er mit Warbrick vereinbart hatte, und nicht wegen des Goldes und Geldes von Carrisford.

Aber sie wusste auch mit bitterer Gewissheit, dass Lancaster vorgehabt hatte, Warbrick zu hintergehen, ebenso wie dieser geplant hatte, den Grafen zu übervorteilen.

Lancaster protestierte noch immer. Sie sah, dass unter den Soldaten einige seiner Männer waren, aber sie waren in der Minderzahl und zu verängstigt, um einzugreifen.

Lancaster würde sterben, das wussten sie alle, aber wie konnte sein Tod ihr und FitzRoger nützen?

Warbrick zog das Schwert und stieß Lancaster damit in den Rücken. »Kämpft, Mylord Graf, oder ich spieße Euch auf der Stelle auf.«

»Das könnt Ihr nicht tun!«, tobte der Graf. »Tötet den Kerl, und damit hat sich die Sache erledigt. Was habt Ihr davon, wenn Ihr ihn kämpfen lasst?«

»Was habe ich davon, wenn ich ihn jetzt sofort töte? Ihr habt mir genützt, Lancaster, weil Euer Doktor die Garnison betäuben und Carrisford für meine Männer öffnen konnte, sobald Lord Bernard tot war. Das war alles, was Ihr mir bieten konntet. Aber Euer Mann hat es nicht geschafft, mir die Erbin zu sichern. Sie sollte betäubt in ihrem Bett liegen und mich erwarten.«

Imogen stockte der Atem, als sie hörte, welcher Intrige sie mit knapper Not entkommen war.

»Das habe ich niemals garantiert!«, widersprach der Graf heftig. »Ihr habt sie selbst entwischen lassen! Und auch heute habe ich meinen Teil geleistet. Ich kann schließlich nichts dafür, dass seine Männer keinen Wein trinken …«

»Was auch immer passiert ist, jetzt habe ich sie, und sie wird mich zu ihrem Schatz führen.« Warbrick lächelte Imogen zu. »Ich denke, sie tut es, weil sie mehr erpicht darauf ist, FitzRoger zu retten als Euch. Nicht wahr, mein kleiner Spatz?«

Alles, um FitzRoger zu retten. »Ja.«

»Und du wirst dich auch freiwillig zu mir legen, um ihn zu retten, nicht wahr?«

Imogen hörte das Schluchzen, das ihr entwischte, aber sie antwortete dennoch. »Ja.«

FitzRoger musterte sie. Seine Miene verriet nichts, aber etwas blitzte zwischen ihnen auf.

Er ließ Lancaster unbeachtet und wandte sich wieder Warbrick zu. »Nehmt den Schatz, Warbrick, und verlasst England, und ich werde Euch nicht verfolgen. Tut mehr als das, und Ihr werdet eines qualvollen Todes sterben.«

Warbrick grinste höhnisch. »Du kannst gut krähen, junger Gockel. Aber du hast keine Sporen.« Er stieß Lancaster zornig in den Rücken. »Kämpft!«

Der Graf jaulte auf und zog sein Schwert. Die Augen vor Furcht weit aufgerissen, stolperte er vorwärts.

Es dauerte länger, als es hätte dauern sollen, und Imogen befürchtete, dass FitzRoger geschwächt war, doch schließlich erkannte sie, dass er die ganze Sache hinzog, um den Grafen leiden zu lassen. Er war wesentlich wütender, als sie gedacht hatte.

FitzRoger verachtete Verrat, und er ließ nicht zu, dass seine Schutzbefohlenen tyrannisiert wurden.

Aber trotzdem blieb die Frage, was er gegen Warbrick ausrichten konnte – ein einzelner Mann gegen so viele?

Würde von irgendwoher Hilfe kommen?

Sie waren so nah an Carrisford; bestimmt suchten FitzRogers Männer bereits das Umland nach ihnen ab.

Imogen betete, nicht für den Kampf, der vor ihren Augen ablief, sondern für den, der ihr bevorstand. Sie wollte ihren Schatz gerne hingeben – diesen Schatz, um den sie gefeilscht und gerangelt hatte –, wenn sie nur FitzRoger für sich haben würde.

Aber konnte sie Warbrick ihren Körper überlassen und am Leben bleiben?

Der Graf keuchte vor Anstrengung, seine Arme und Beine wurden müde. Aber er hatte die Hoffnung noch nicht aufgegeben. Sein glasiger Blick suchte verzweifelt den Moment der

Unachtsamkeit, der es ihm erlauben würde, dem Tod zu entrinnen.

Imogen wusste, dass ein solcher Moment nicht kommen würde.

Für sie schien FitzRoger sich alle Zeit der Welt zu lassen, als er seinen Gegner schließlich zur Strecke brachte. Sein Schwert traf mit einem mächtigen Schlag Lancasters Hals, brach ihm das Genick und trennte den Kopf halb ab. Der Graf fiel zu Boden wie eine ausgestopfte Puppe.

FitzRoger schien all das kaum zu berühren, doch eine kleine, ungeschickte Bewegung seines Arms sagte Imogen, dass er Schmerzen hatte und wahrscheinlich auch geschwächt war. Zweifellos blutete die Wunde wieder.

»Wie langweilig«, kommentierte Warbrick. »Ich hatte gehört, dass Ihr gut seid, und zur Abwechslung stimmt es einmal, was die Gerüchte besagen. Ich wünschte, ich könnte Euch herausfordern.«

»Ich hätte nichts dagegen«, erklärte FitzRoger mit einem deutlichen Unterton.

Imogen sah die Versuchung in Warbricks Augen aufblitzen. Er war ein furchteinflößender Gegner, und sicher dachte er, er könne FitzRoger allein durch seine größere Kraft besiegen. Sie betete, dass er die Herausforderung annehmen würde, denn wenn er tot war, dann hatten sie eine Chance.

»Zuerst der Schatz«, sagte er jedoch. »Ich brauche Euch lebendig, damit ich sichergehen kann, dass die kleine Erbin tut, was ich will. Gebt jetzt Euer Schwert heraus, Bastard.«

FitzRoger machte keine Anstalten zu gehorchen.

»Ihr werdet mich nicht dazu verleiten, jetzt gegen Euch anzutreten«, sagte Warbrick. »Meine Männer werden Euch entwaffnen. Ihr mögt ein paar von ihnen töten, aber sie werden es schaffen und sich umso mehr freuen, wenn sie Euch später dann ordentlich eins überbraten können. Und Ihr werdet weniger Chancen haben, falls ich beschließe, Euch gegen mich kämpfen zu lassen – vielleicht um die Tugend Eurer Gemahlin.«

Es war ein so brutaler wie unehrlicher Handel, aber FitzRoger hatte keine Wahl. Er legte sein Schwert nieder.

»Gut«, sagte Warbrick. »Also, wir haben einen Eurer Männer, den Lancasters Soldaten festgenommen haben, einer, der etwas über die Geheimgänge weiß. Ich nehme an, wir brauchen ihn jetzt nicht mehr. Wie sonst wärt Ihr nach Carrisford hineingekommen, wenn Lady Imogen Euch nicht die Gänge gezeigt hätte?« Warbrick blickte um sich. »Und dann haben wir noch die Männer des Grafen.«

Imogen bemerkte, wie die sechs Männer kreidebleich wurden. Aus gutem Grund.

»Tötet sie«, befahl Warbrick.

Imogens Protestschrei war zwecklos. Als das Morden begann, bedeckte sie das Gesicht. FitzRoger zog sie in seine Arme.

Aber sie hörte alles. Sie hörte die Schreie und das Gewimmer um Gnade und das gefühllose Gelächter. Es war, als sei sie wieder in dem feuchten Gang in Carrisford und würde dem Überfall auf ihr Heim lauschen, oder vielleicht noch schlimmer, denn überall um sie herum war Tod; sein Gestank lag schwer in der Luft.

Sie wollte sich verkriechen; sie wollte sterben, wenn es nur schnell ginge.

Sie hörte, wie Warbrick ungerührt sagte: »Jetzt müssen wir warten, bis es dunkel ist. Fulk, du hast gesagt, hier in der Nähe sind Höhlen?«

»Ja, Mylord. Etwa eine Stunde von hier.«

»Dann reiten wir dorthin.«

Trotz ihres Widerstands drehte FitzRoger Imogen mit fester Hand um, und sie wusste, dass es nun an der Zeit war, Warbrick wieder ins Gesicht zu sehen. Sie war verstört und konnte sich kaum auf den Beinen halten. Ohne Hoffnung starrte sie ihn an.

Warbrick musterte sie von oben bis unten. »Noch immer nicht an den Tod gewöhnt, Lady Imogen? Das solltet Ihr aber sein, nachdem Ihr der Anlass für all dieses Sterben seid. Eine schöne Frau bringt nichts als Verdruss. Euer Gemahl hier hat das zweifellos schon kapiert. Du solltest mich anlächeln, Mädchen! Immerhin habe ich dir einen unerwünschten Freier vom Hals geschafft.« Und die ganze Zeit vergewaltigte er sie mit seinem Blick, als läge sie bereits mit gespreizten Beinen vor ihm.

Sie trat zurück in die Aura von FitzRogers Kraft, und er legte seine Hände fest auf ihre Schultern.

Warbrick grinste. »Ich liebe es, eine Frau in Angst zu sehen, und dabei haben wir noch nicht einmal angefangen.« Seine fleischige Hand kam auf sie zu, hielt jedoch dann inne. »Nein, dafür ist noch nicht die Zeit. Ihr seht«, bemerkte er und berührte in einer schaurigen Liebkosung ihre Wange, »ich kann mich sehr wohl im Zaum halten, wenn es sein muss.«

Sein Blick wanderte über sie hinweg zu FitzRoger. »Und was ist mit dir, Mylord Bastard? Ohne Beauclerk, den letzten und landlosen Sohn, bist du nichts, und Beauclerk ist bald am Ende. Robert von der Normandie wird hier König, und er hat meinem Bruder die Herrschaft im Westen versprochen. England wird unser Jagdrevier, und niemand wird uns dreinreden können. Aber der Krieg kostet Geld, und deshalb brauchen wir den Schatz.«

Er lachte. »Ich werde deine beiden Schätze plündern, Bastard, und zusehen, wie du dich dabei krümmst und windest. Oder wirst du sie zuvor töten? Das solltest du, nicht wahr? Wann wirst du es tun? Wirst du sie zu früh töten, unnötigerweise? Vielleicht wirst du ja gerettet. Wie schade, wenn einem nur eine Leiche bleibt, die man küssen kann. Oder wirst du zu lange warten und hören, wie sie dich anfleht, sie zu töten?«

Imogen spürte, wie sich FitzRogers Hände anspannten,

bis es ihr wehtat; erst dann bekam er sich wieder unter Kontrolle. *Würde* er sie töten?

Wenn nicht, würde sie sich wünschen, er hätte es getan?

Warbrick zog sie an ihrer Tunika zu sich. Sie spürte, wie FitzRoger im ersten Augenblick noch Widerstand leistete und sie dann losließ. Als Warbrick sie an sich drückte und sie seinen Gestank nach altem Blut und Schmutz wahrnahm, schrie sie auf, doch dann schob er sie zu einem anderen Mann hin. »Lig. Du reitest mit ihr vorneweg, mit deinem Dolch an ihrem Gesicht. Wenn er irgendwelche Schwierigkeiten macht, egal wie, schlitze sie auf. Aber bring sie nicht um, oder ich röste dich.«

Imogen fiel bestürzt in die Arme des dünnen Mannes, wohl wissend, dass beide Drohungen wörtlich zu verstehen waren. Sie suchte FitzRogers Blick, um sich von ihm Kraft zu holen. Es musste doch etwas geben, was sie tun konnten!

Aber es gab nichts.

Er sah ihr voller Ruhe in die Augen. Sein Blick versprach absolut nichts, und dennoch gab er ihr irgendwie Kraft. Er war nur ein Mensch, wie sie auch.

Sie würden tun, was sie konnten, und wenn er eine Gelegenheit fand, würde er ihr im letztmöglichen Moment einen raschen Tod bescheren.

Sie ritten auf einer etwas anderen Route zu den Höhlen zurück. Imogen prägte sich den Weg ein, obwohl sie wusste, dass das keinen Sinn hatte.

Ihr Bewacher, Lig, hatte einen Arm um sie gelegt, und aus dem Augenwinkel sah sie seine scharfe Klinge blitzen, aber ansonsten ignorierte er sie. Sie wusste jedoch, dass er sein Messer ohne zu zögern einsetzen würde, selbst bei einem falschen Alarm.

Die Hügel und die Höhlen erschienen ihr wie ein willkommenes Ziel, obwohl sie keinen Anlass hatte zu glauben, dass hier irgendetwas besser werden könnte. Wenigstens, dachte sie, würde Warbrick sie hier nicht vergewaltigen; er musste wissen, dass sie dann so oder so nutzlos für ihn wäre. Hoffnung, eine winzige Hoffnung, ließ FitzRoger und sie weiter nach seiner Pfeife tanzen.

Aber es gab noch andere Qualen. Er konnte FitzRoger foltern und gerade noch am Leben lassen, sodass er weiter mit ihm würde verhandeln können.

Vor dem Aufstieg zu den Höhlen tränkten sie noch die Pferde im Bach. Warbricks Leute hatten Futter dabei, und die Tiere wurden bewacht in einer derjenigen größeren Höhlen untergebracht, die mit anderen verbunden waren.

Wenn man sie in eine dieser Höhlen brachte, würde Imogen durch die Verbindungsgänge einen Weg in die Freiheit finden.

Sie kannte sich hier gut aus.

Warbrick wählte dieselbe Höhle aus, in der sie und FitzRoger zuvor gewesen waren. »Hier hinein«, befahl er. »Diese ist nicht mit den anderen verbunden. Ich hoffe, Ihr wisst meine Freundlichkeit zu schätzen.« Er grinste anzüglich. »Ich lasse euch für ein paar kurze Stunden allein. Werdet ihr einander ein letztes Mal erfreuen, oder hat dich die Angst deiner Manneskraft beraubt, Bastard? Mir ist es gleich. Wenn eine Frau ohnehin nicht mehr jungfräulich ist, bedeutet es mir nichts, wenn einer vor mir drankommt.«

Sie wurden in das Halbdunkel gestoßen. »Am Eingang stehen vier Mann Wache«, verkündete Warbrick, »und jeder von ihnen weiß, dass die Hölle ein angenehmer Ort ist, verglichen mit dem, was sie erwartet, wenn sie euch entwischen lassen. Ich hole euch bei Einbruch der Dunkelheit ab. In der Zwischenzeit«, höhnte er, »wünsche ich euch viel Vergnügen.«

Dann waren sie allein. Imogen sank an FitzRogers Brust, und er schloss sie in seine Arme. »Es tut mir leid«, sagte er. »Ich habe dich im Stich gelassen.«

Sie blickte ihm in die Augen. »Ein Mann gegen dreißig? Was kannst du da schon ausrichten?«

Er verzog den Mund zu einem leichten Lächeln. »Ein Wunder vollbringen?«

»Na gut«, sagte sie und versuchte, sich seinem Ton anzupassen, »wenn du das kannst ...«

Er berührte zart, nachdenklich ihre Wange. »Ich dachte an eine nicht ganz so wundersame Verwandlung«, sagte er leise.

»An was für eine Verwandlung?« Aber sie wusste, was er meinte.

»Von der Jungfrau zur Ehefrau.«

»Hier?« Ihre Augen gewöhnten sich an das Dunkel; sie blickte um sich auf die Felswände und den irdenen Boden. Vor dem Eingang war die Silhouette von einem der Wächter zu sehen.

»Es ist nicht ideal hier, das gebe ich zu, aber ...« Er umschloss ihren Kopf mit seinen schwieligen Händen, und sie spürte eine leichte Unsicherheit. »Ich bin nicht sicher, ob ich dich töten kann, Imogen. Ich hoffe darauf, dass du überleben wirst. Aber ich werde sterben, um dich zu beschützen ...«

»Das will ich aber nicht!«

»Kann ich überleben?«

»Kann ich es?«

Er drückte sie an sich.

»Wenn du es kannst, Imogen, dann will ich, dass du am Leben bleibst. Warbrick hat recht – in diesem Punkt bin ich ein Feigling. Wenn ich dich töten sollte, dann müsste ich es jetzt tun, aber ich kann es nicht. Und wenn keine Hoffnung mehr ist, ist es dafür zu spät.«

Sie legte einen Finger auf seine Lippen. »Nicht. Sprich nicht davon. Und du hast recht. Wenn wir sterben sollen, dann will ich als deine Ehefrau sterben.« Das andere sagte sie nicht dazu – dass, sollte Warbrick sie vergewaltigen, sie lieber keine Jungfrau mehr sein wollte. Sie hoffte noch immer, dass er FitzRoger am Leben lassen würde, wenn sie ihm zu Willen war, und sie würde den Preis dafür bezahlen, doch wie es danach weitergehen würde, konnte sie sich nicht vorstellen.

Seine Miene hellte sich auf, als seien sie plötzlich gar nicht mehr in Gefahr. »Dann werde ich meine Rüstung abnehmen, auch wenn das vielleicht unklug ist.«

»Was denkst du, wie lange wir Zeit haben?«, fragte sie nervös. Sie mochte es sich wünschen, aber es wirklich zu tun, schien Wahnsinn zu sein.

»Genügend. Es dauert noch einige Stunden, bis es dunkel wird.« Er sah sie an und grinste. »Hoffen wir, dass sie nicht vorhaben, uns etwas zu essen zu bringen.«

Diese Bemerkung brachte sie erstaunlicherweise zum Lachen, und dadurch wurde ihr etwas leichter. »Soll ich mich ausziehen?«, fragte sie, die Hände bereits am Gürtel.

»Nein. Wenn wir gestört werden, ist das Letzte, das wir dir wünschen könnten, dass du dann nackt bist.« Er fügte hinzu: »Die Tunika vielleicht?«

Imogen legte sie ab, doch mit ihrem Kleid und dem Unterkleid war sie noch immer sattsam bedeckt. »Aber …«

»Wir schaffen es schon, Ginger. Das ist nicht, was ich mir für dich gewünscht habe, aber es ist alles, was uns bleibt. Für den Moment«, fügte er hinzu. »Vielleicht kann ich dich eines Tages so lieben, wie ich es möchte.«

Sie wusste, dass er das selbst nicht glaubte.

Sie dachte über das Wort *lieben* nach, doch für ihn war es eben nur ein Wort, ein Wort, das einen Akt beschrieb, meinte sie, nicht ein Gefühl. Aber in dieser Situation war das vielleicht sogar gut.

Liebe hätte ihn nur geschwächt.

Sie half ihm, die Rüstung abzulegen, und sah, dass die tiefe Wunde ein wenig geblutet hatte. Die anderen sahen gut aus. Er war so kräftig; es schien unmöglich, dass er vielleicht noch heute sterben sollte …

Sie legte eine Hand auf seine Brust, nahm seine Energie in sich auf, spürte das Schlagen seines Herzens. Für diesen Augenblick waren sie lebendig und zusammen, und das würden sie feiern. »Was soll ich tun?«

Er zog sie in den hinteren Teil der Höhle, gut zwanzig Fuß vom Eingang weg. »Ich habe mir schon immer vorgestellt, wie es wäre, wenn du oben bist«, sagte er, legte sich auf den Boden und zog sie auf sich.

Imogen setzte sich rittlings auf ihn. »Was? Warum?«

»Warum nicht?«, murmelte er leise und küsste sie.

Alles verschwand: die Feuchtigkeit, das Halbdunkel, die Wachen, die Gefahr. Nur mehr FitzRogers harter Körper war da, unter ihr, seine Arme um sie, sein Mund weich und einladend auf ihrem. Sie nahm sich alles, was er ihr an Sinnesfreuden geben konnte, schmeckte ihn, forderte ihn. Als sein Mund ihrem entglitt, um an ihren Hals zu wandern, bäumte sie sich auf und spürte ihn unter ihren Hüften.

»Jetzt?«, hauchte sie.

»Noch nicht, meine unbeherrschte Amazone.«

Er riss das Vorderteil ihres Kleides auf.

Imogen keuchte.

Dann zog er unter ihrem erstaunten Blick ihr offenes Unterkleid herunter, sodass ihre Brüste entblößt wurden. Die rosigen Spitzen waren bereits stolz aufgerichtet.

»Kostbarer als jeder Schatz«, sagte er leise und zog sie zu sich. Sein Mund war heiß und im ersten Moment zärtlich. Dann saugte er kräftig. Imogen schrie auf, klammerte sich an ihn.

»Still«, schalt er sie mit einem halben Lachen. »Du bist eine lautstarke Bettpartnerin, aber wenn du zu viel Lärm machst, kommen sie und wollen zuschauen.«

Auch das hielt sie nicht für einen Scherz.

»Was ist da drinnen los?«, rief einer der Wachleute, und sein Schatten blockierte das wenige Sonnenlicht.

»Wir reden«, antwortete FitzRoger etwas unstet. »Ist das etwa ein Verbrechen?«

»Du, Frau«, knurrte der Mann, »ist mit dir alles in Ordnung?«

»Ja«, erwiderte Imogen, ein Lachen unterdrückend.

»Also, dann redet. Aber ich will nicht, dass er dir die Kehle durchschneidet, während *ich* Wache habe.«

»*Was?*«, rief Imogen, als sich der Mann entfernte.

»Du hast ihn gehört«, sagte FitzRoger, und sie hätte schwören können, dass er lachte. »Sprich weiter, sonst kommt er, um nachzusehen, ob du noch lebst.«

»Herr, rette mich«, murmelte sie. Sie nahm nichts mehr wahr außer seinem Körper und seinem Mund, der sie quälte. »Ich kann das nicht!«

»Ich habe großes Vertrauen in dich. Du kannst alles.« Seine Zunge spielte mit einer ihrer Brustwarzen, und ein Schauer nach dem anderen jagte ihr durch den Körper.

»Ich habe gedacht«, sagte sie verzweifelt, »wir könnten die Wände im Saal farbig streichen.«

FitzRoger lachte leise, und wieder senkte sich sein Mund über eine ihrer Brüste.

»Rosa, vielleicht, oder gelb. Etwas Helles … *oh, gütiger Himmel* … Blumen! Und auch in Cleeve.«

»Nur über meine Leiche«, murmelte er und schenkte seine Aufmerksamkeit ihrer anderen Brust.

»Wandbehänge!«, keuchte Imogen verzweifelt. »Wir hatten … *oh, oh* … Wir hatten welche aus Seide, aus Florenz, weißt du.«

Er liebkoste ihre Brüste mit solchem Geschick, dass sie zu keinem Gedanken mehr fähig war. »Sie waren … *FitzRoger!* Sie waren … sie waren …«

Eine Woge der Lust durchzuckte ihren Körper und raubte ihr endgültig die Sprache.

»Schätze aus Seide«, soufflierte er ihr und hob sie ein wenig hoch. »Sehr schön, so wie du.«

»Sehr schön«, wiederholte sie schwach und erforschte ihn im Dunkel. »Wie du.«

Wenn er so lächelte, bekam er kleine Fältchen um die Augen. »Wenn deine florentinischen Wandbehänge nur so schön waren wie ich, Imogen, dann bist du wohl betrogen worden.« Er bewegte sie vorsichtig so, dass sie auf seinen Schenkeln zu sitzen kam, und schob mit einem Streicheln seiner kräftigen, schwieligen Hände langsam ihre Röcke nach oben.

»Du *bist* wunderschön ...«

Seine Finger hatten ihre empfindlichste Stelle gefunden; Imogen versank in ein benommenes Schweigen.

»Sprich weiter, Ginger.«

Sie schluckte. »Das gefällt dir!«, zischte sie.

»Ja. Dir nicht?«

Ein Schaudern lief durch ihren Körper. »Du bist völlig verrückt ... Wein!«, sagte sie laut. »Wir brauchen Wein! Eine ganze Menge Wein!«

»Jede Menge Wein, jede Menge. Und Honig. Geh auf die Hände und Knie für mich, meine Süße.«

Sie richtete sich auf, sodass sein Mund ihre Brüste erreichte, während seine Hände sie zwischen den Schenkeln liebkosten.

»Was brauchen wir noch?«, fragte er zwischendurch. »Kräuter, Gewürze? Du bist sehr würzig. Früchte? Melonen sind gut. Und Orangen. Orangen aus Spanien. Du schmeckst süßer als die süßeste Orange ...«

»Ich liebe Orangen«, keuchte sie. »Sie sind so saftig. Fitz-Roger, ich muss dich küssen.«

»Noch nicht«, erwiderte er und biss sie leicht.

Imogen konnte einen Lustschrei nur mit Mühe unterdrücken. »Ich kann nicht *nicht schreien*, wenn du solche Dinge tust!«, protestierte sie. »Das ist nicht fair.« Ihre Hüften rieben sich an ihm. Tief in ihrem Inneren spürte sie einen Schmerz, ein Sehnen.

»Orangen«, sagte er, und seine Finger glitten auf den Schmerz zu.

»Sie sind ... *oh!*« Sie sog heftig die Luft ein. »Nicht! Hör nicht auf! Sie sind orange!«

»Sie sind orange«, stimmte er ihr atemlos zu. »Und du bist saftig. Jetzt ist es Zeit, Ginger.«

»Dem lieben Gott sei Dank.«

»Und du wirst es tun.«

»*Was?*«

»Falls du in dieser Hinsicht noch irgendwelche Probleme hast.« Er öffnete seine Leinenunterhosen und entblößte seine Erektion. »Nimm mich in dich auf.«

Imogen starrte mit großen Augen hinunter. Er schien größer zu sein, als sie ihn in Erinnerung hatte, zu groß in der Tat, um ihn bequem in sich aufnehmen zu können.

Aber der Schmerz in ihrem Innern sagte ihr etwas anderes.

Sie legte die Hände darum und erschrak fast über die starke Wärme.

Auch die Bewegung, die sie verursachte, ließ sie leicht zusammenzucken, ebenso sein scharf eingesogener Atem.

Sie zögerte. Es gab noch ein großes Problem.

Sie gab es nur höchst ungern zu, aber dann flüsterte sie: »Ich weiß nicht, wo er hineinmuss.«

Er schloss für einen Moment die Augen. »Du kennst deinen eigenen Körper nicht?« Er ergriff ihre rechte Hand und führte sie zwischen ihre Schenkel. »Gleite mit deinen Fingern nach hinten. Dann findest du die Stelle.«

Sie kam seiner Aufforderung nach und stellte fest, dass dort alles nass und glitschig war.

»Oh, und das fühlt sich fast so schön an, wie wenn du mich dort berührst!«

»Denk daran, wenn ich einmal nicht bei dir bin.«

Eine von Father Wulfgans mysteriösen Warnungen ergab nun endlich einen Sinn. »Aber das ist eine schreckliche Sünde!«

»Immerhin eine, bei der es sehr unwahrscheinlich ist, dass du ertappt wirst. Mach weiter, Ginger.«

Sie hörte das Drängen in seiner Stimme, spürte die Anspannung in seinem Körper zwischen ihren Beinen. Es war wie das Spiegelbild des Begehrens, das in ihr Erfüllung forderte. Sie bewegte die Finger weiter, bis ihr Körper ihr sagte, dass sie den Sitz des Verlangens gefunden hatte, das er stillen konnte.

»Gefunden?«, fragte er mit schwankender Stimme.

»Ja.«

»Dann nimm mich jetzt, bring mich dorthin.«

Imogen führte ihn an die Stelle. Ihre Hand war glitschig von ihren eigenen Körpersäften; sie musste sie fest um ihn legen. Sie spürte das Erschaudern, das sie damit sofort bei ihm auslöste, und blickte ihn verwundert an. Sogar im Halbdunkel der Höhle konnte sie seine heiße Begierde wahrnehmen.

Sie konnte das für ihn tun und fand auch selbst immense Freude daran. Zärtlich erforschte sie ihn mit ihrer Hand, und dann erinnerte sie sich plötzlich wieder an die Worte Wulfgans und nahm ihn in den Mund.

FitzRogers ganzer Körper bäumte sich so heftig unter ihr auf, dass er sie beinahe abgeworfen hätte.

»Imogen!«, keuchte er. »Ein andermal, ja?«

»Aber das gefällt dir?«, fragte sie lächelnd.

»Ja, das gefällt mir.« Es klang, als würde er die Zähne zusammenbeißen. »Aber nimm mich jetzt in dich auf. Mach mich zu deinem Ehemann, Ginger.«

Sie lachte etwas unsicher und führte ihn dann an die Stelle, die ihn bereits ungeduldig erwartete. Als er sie auszufüllen begann, stockte ihr wegen der Enge der Atem.

»Du solltest besser etwas sagen«, flüsterte er.

»Ich will das«, sagte sie ganz klar, als wollte sie es der Welt mitteilen. »Du kannst dir gar nicht vorstellen, wie sehr ich das will.«

»Oh doch, das kann ich«, erwiderte er halblaut und brachte sie damit erneut zum Lachen.

»Aber du bist ziemlich groß«, keuchte sie, während sie sich vorsichtig auf ihn niederließ. »Sind alle Männer ...? Oh.« Sie erstarrte.

»Du musst es tun, Imogen.«

Sie spürte einen Schmerz. Einen echten Schmerz. Sie spürte die Barriere; weiterzumachen würde ihr wehtun.

Vorsichtig schob sie sich nach unten; der Schmerz nahm zu, deshalb hielt sie wieder inne.

»Ich weiß nicht ...«, meinte sie ängstlich. »Ich hatte gehofft, dieses Mal würde es nicht so sein ...«

Er zog sie zu einem Kuss zu sich herunter. »Ist es dir lieber, wenn ich es tue?«

Es wurde zu einer Prüfung. »Nein, ich kann es schon, aber halte mir den Mund zu. Ich habe Angst, dass ich schreie.«

»Beiß mich«, sagte er und steckte ihr seitlich eine Hand in den Mund.

Imogen biss leicht hinein, richtete sich ein wenig auf und drückte dann nach unten. Der Schmerz nahm zu, aber sie ließ sich nicht beirren. Er wurde schlimmer und schlimmer, doch sie hörte nicht auf, obwohl bereits Tränen über ihre Wangen rannen. Sie schob und drückte, obwohl sie meinte, noch größeren Schmerz nicht ertragen zu können. Und plötzlich ließ er schlagartig nach, und sie spürte nur mehr ein Brennen.

Sie schmeckte Blut und bemerkte, dass sie FitzRoger gebissen hatte. Hastig gab sie seine Hand frei. Er saugte daran. »Das hat mir bestimmt ebenso wehgetan wie dir«, meinte er beinahe sachlich. »Du musst eines der zähesten Jungfernhäutchen der gesamten bekannten Welt gehabt haben. Kein Wunder, dass du darum so ein Aufhebens gemacht hast.«

Imogen saß nur da, völlig von ihm ausgefüllt, und fühlte sich ziemlich wund und elend. Aber dennoch verspürte sie so etwas wie Triumph darüber, dass sie es geschafft hatte. Sie wusste, wenn er auf ihr gelegen hätte, wäre es schlimmer für sie gewesen. Dann hätte sie geschrien und ihn für ihr Leid verantwortlich gemacht. »Ist es nicht bei jeder Frau so?«

»Ich glaube nicht. Ist es sehr schlimm?« Seine Stimme klang kontrolliert, doch Imogen merkte, dass es ihm schwerfiel, einfach nur dazuliegen. Sie konnte sich von der letzten Nacht her, von der Lust ohne den Schmerz, vorstellen, wie ihm zumute war.

»Mir geht es gut«, log sie tapfer und bewegte sich im Versuch, sich an den Druck in ihrem Inneren und das andauernde Wundgefühl zu gewöhnen. »Was nun?«

Er setzte sich auf, lehnte sich an die Felswand und legte ihre Beine um sich. Dadurch ließ der Druck etwas nach.

Dann begann er erneut, sie zu berühren und zu küssen, an ihr zu saugen und ihr Lust zu bereiten, und dabei bewegte er vorsichtig die Hüften. Sie spürte seine Kontrolle, seine Anspannung; am liebsten hätte sie ihn angefleht, es zu tun, diesen Druck abzulassen, ehe er explodierte.

Und dennoch fürchtete sie sich davor. Sie fürchtete sich vor noch mehr Schmerzen.

Wieder kamen ihr die Tränen.

»Was ist los?«, fragte er und berührte ihre Wange. »Wir sollten sowieso besser reden.«

»Ich mache es nicht richtig, nicht wahr?«

»Du machst es wunderbar, aber wir müssen es zu Ende bringen. Versuch, mit mir zu kommen, mein Liebes.«

Sie wusste nicht, was er meinte, aber er begann, ihre Hüften um sich zu bewegen. Anfangs spannte sie sich wegen des Schmerzes an, doch dann ließ es etwas nach, und sie merkte, was sie für ihn tun konnte.

Trotz des Schmerzes bewegte sie sich, beobachtete ihn, liebte ihn, wollte ihm dies schenken für den Fall, dass es kein Morgen gab.

Er schloss die Augen und beugte sich nach hinten, doch seine Hand fand sie und ließ sie erneut erschaudern.

Abwesend murmelte er und bewegte sich stärker.

Sie sollten sprechen, aber sie konnte nicht. Sie konnte allerdings schreien. Sie wollte schreien. Und konnte, durfte es nicht. Denn dann wäre ihr Bewacher gekommen. Sie steckte sich eine Faust in den Mund, bewegte sich schneller und beobachtete jede seiner Regungen.

Er keuchte, warf ruhelos den Kopf hin und her.

War es falsch von ihr, hocherfreut darüber zu sein, dass er hier, in diesem Augenblick, völlig die Kontrolle über sich verloren hatte?

Er klammerte sich an sie und stieß wie besinnungslos zu.

Seine Augen öffneten sich, und sie bekam das Gefühl, von seinem Blick verschlungen zu werden oder sich darin zu verlieren. Sie spürte, wie er tief in ihr seinen Samen ergoss, und musste beinahe würgen.

Dann entspannte er sich und wurde still. Sie schmiegte sich an ihn. Jetzt wusste sie, was er in der Nacht zuvor gemeint hatte. Sie blieb unbefriedigt, aber sie freute sich, ihm diese Lust gespendet zu haben.

Er zog sich aus ihr zurück und rollte sie so, dass sie mit dem Rücken auf der Erde lag. Sein Mund fing ihre Schreie ab, während seine Hand sie in einen Taumel der Lust entführte. Sie erbebte noch heftiger als in der letzten Nacht, bis zum Punkt der Qual und des Vergehens, über das Maß hinaus, bis zu dem ein Mensch freiwillig gehen würde. Danach lag sie matt, zitternd und benommen in seinen Armen.

»He, ihr da drinnen! Ich habe gesagt, ihr sollt sprechen!«

»Ach, halt den Mund!«, rief Imogen. »Wenn er mich umbringen will, schreie ich, ja?«

»Du bräuchtest ordentlich eins in die Fresse«, knurrte der Mann zurück, aber er ließ sie in Ruhe.

FitzRoger konnte nicht anders, er lachte still vor sich hin. Imogen schlug ihm auf die Brust. »Was ist denn so lustig?«

»Im Augenblick alles.« Er umarmte sie zärtlicher, als sie es sich je hätte vorstellen können. »Wenigstens kann ich glücklich sterben.«

Das brachte sie in die Wirklichkeit zurück. »Das möchte ich lieber nicht«, erklärte sie und befreite sich aus seinen

Armen. »Ich habe fast den Eindruck, du lässt dich gehen, FitzRoger.«

»Tue ich das?«, fragte er, setzte sich auf und umfasste seine Knie. Er war zerzaust und noch immer glückstrunken. Sie erkannte ihn fast nicht wieder.

»Ist das immer so?«, fragte sie.

»Ich hoffe nicht. Ich möchte dich langsam und zärtlich lieben, in Frieden und Sicherheit. Wenn wir dafür ein wenig von der wilden Lust opfern, bin ich zufrieden.«

Imogen blickte auf ihren zerfetzten Rock. Zum ersten Mal fragte sie sich, wie sie aussah, aber es schien nicht wichtig. »Meinst du das wirklich?«

»Glaubst du, ich möchte dich immer in einer feuchten Höhle lieben, in Lebensgefahr?«

Sie schaute auf. »Meinst du wirklich lieben?«

Er wurde ernst. »Ach, Imogen, ich weiß nicht«, seufzte er. »Wenn so etwas existiert, dann kenne ich es nicht. Du bist mir sehr kostbar. Ich werde dich mit meinem Leben beschützen.«

»Du hättest mich auch geheiratet, wenn ich eine alte, schrumpelige Hexe wäre«, klagte sie wieder.

»Ja.«

»Und würdest mich mit deinem Leben beschützen.«

»Ja.«

»Und hättest die Ehe vollzogen.«

»Ja. Aber wahrscheinlich eher früher.«

Imogen blickte ihm in die Augen und kroch dann in seine Arme. »Ich bekomme wieder Angst.«

Er hielt sie fest. »Versuch, dagegen anzukämpfen. Es ist nicht gut, Angst zu haben.«

Sie schüttelte den Kopf. »Wir müssen Pläne machen.«

»Hast du etwas auf Lager?«

»Ja.« Sie rückte etwas von ihm ab. »Wir gehen durch die Geheimgänge ...« Dann fiel ihr ein, was ihm das abverlangte. »Oh.«

»Oh«, wiederholte er. »Ich tue alles, um nicht daran zu denken.«

»Es ist nicht gut, Angst zu haben«, zitierte sie ihn schelmisch.

»Ich könnte mich wahrscheinlich ganz gut ablenken, indem ich dich verprügle«, meinte er, doch in seinem Blick lag Wärme, und er leugnete seine Schwäche nicht.

»Die Wache würde denken, du bringst mich um.«

»Aber wenn er merken würde, dass ich dir nur ein paar Schläge verpasse, würde er mich anfeuern. Du hast ihn ja gehört. Er mag keine frechen Frauen.«

Sie musste schon wieder lachen. »Oh, hör auf. Ich will jetzt wirklich nicht lachen.«

»Ich möchte dich aber zum Lachen bringen.« Doch dann seufzte er. »Also, dann fahr fort. Welchen Plan hast du, meine Amazone?«

»Warbrick weiß es noch nicht, aber er ist zu massig für die Geheimgänge.«

»Das stimmt«, gab er interessiert zu. »Wird er einem seiner Männer so weit vertrauen, dass er ihn allein hineinlässt? Ja, denn sie werden, um wieder hinauszukommen, denselben Weg nehmen müssen.«

»Das wird unsere Chancen verbessern.«

Er schüttelte den Kopf. »Er wird mich als Garantie für deine Kooperationsbereitschaft bei sich behalten. Im Großen und Ganzen wäre ich dafür sogar dankbar.«

»Das darfst du nicht!«

Er blickte ihr in die Augen. »Diese Angst ist überwältigend, Imogen. Dagegen scheint der Tod leicht.«

»Aber du bist schließlich auch hinter Renald hineingegangen ...«

»Ja, und das war wahrscheinlich das Tapferste, was ich je getan habe. Tatsächlich bin ich nur eine kurze Strecke gelaufen, dann bin ich gekrochen und habe gerufen, bis sie zu mir zurückkamen.«

Imogen starrte ihn nur an. Nie hätte sie geglaubt, dass er sich ihr so öffnen würde. Sie wusste nicht, was sie sagen sollte, deshalb legte sie nur ihre Hand auf die seine.

»Ich war verzweifelt und wollte wieder hinauskriechen«, fuhr er fort, »aber ich glaube, sie dachten, ich würde in meinem Zustand draußen am Steilhang abstürzen. Was wahrscheinlich richtig war. Renald hat mir geholfen, indem er mich ohnmächtig schlug. Sie wagten nicht, mich dort zu lassen, für den Fall, dass ich das Bewusstsein wiedererlangte, deshalb trugen sie mich – ich habe noch jetzt ein paar Blutergüsse davon. Ich kam aber noch vor dem Ende wieder zu mir, schaffte es jedoch, nicht wahnsinnig zu werden, indem ich die Augen geschlossen hielt und mir sagte, ich sei in einem sehr großen, sehr hellen Saal. Sobald ich draußen war, wurde mir dann furchtbar übel.«

»Das weiß ich«, sagte sie mitfühlend. »Ein paar Bedienstete haben dich gesehen.«

Erstaunlicherweise errötete er. »Es überrascht mich, dass sie trotzdem noch Respekt vor mir haben.«

»Sie dachten, du hättest etwas Verdorbenes gegessen.«

»Und du?«, fragte er. »Was denkst du?«

»Sollte ich deshalb schlechter von dir denken?«

Er zog sie in seine Arme und küsste sie. »Ich habe wahrhaft großes Glück mit meiner Gemahlin. Und jetzt hör dir meinen Plan an.«

»Ja?«

»Warbrick muss seine Männer aufteilen. Du wirst vermutlich die Gruppe anführen müssen, die in die Geheimgänge geht, um den Schatz zu holen, und dafür wird er wohl seine erfahreneren und vertrauenswürdigeren Günstlinge einsetzen. Wenn du sie überreden kannst, kein Licht zu verwenden, oder wenn du die Laterne löschen kannst, sollte es dir möglich sein, dich in den Gängen davonzustehlen. Ich nehme doch an, dass du deinen Weg auch in der Dunkelheit findest?«

»Aber …« In diesem Augenblick beschloss Imogen, die Ratten nicht zu erwähnen. Wenn er in die Geheimgänge hineingegangen war, obwohl es für ihn nichts Entsetzlicheres geben konnte, dann wollte sie das Risiko mit den Ratten auf sich nehmen. »Ja, das kann ich. Aber du wirst dann noch immer in Warbricks Gewalt sein.«

»Aber dann ist zumindest einer von uns frei, und du kannst Renald alarmieren.«

»Und dann?«

»Dann denkt ihr beide euch etwas aus, wie ihr mich retten könnt«, antwortete er. »Ich habe großes Vertrauen in meine Amazone. Aber ein paar Vorschläge könnte ich dazu trotzdem noch machen …«

17

Draußen nahm das Licht ab, während in der Höhle Imogen in FitzRogers Armen lag. Sie durften nicht schweigen, und so sprach er ruhig und offen über sein Leben, und sie hielt mit ihren simplen Erfahrungen dagegen. Diese ließen sich in keiner Hinsicht mit den seinen vergleichen, aber Imogen berichtete sie ihm dennoch, weil sie wusste, dass er sich von ihr verabschiedete.

Sie betete, dass es anders kommen möge, doch er legte ihr die Fakten mit unerbittlicher Genauigkeit dar. Warbrick würde ihn am Leben und im Großen und Ganzen unverletzt lassen, solange er ihm als Waffe diente, mit der er ihre Gefügigkeit erzwingen konnte. Allerdings würde Warbrick sicherstellen, dass er, FitzRoger, handlungsunfähig sei, und das wäre, so wie die Dinge lagen, ja auch leicht machbar.

Wenn irgendetwas zu tun war, würde Imogen es tun müssen, und wenn sie auch zusammen eine ganze Reihe von Möglichkeiten durchdacht hatten, konnten sie wegen der zahlreichen Unwägbarkeiten doch keinen verlässlichen Plan machen.

Sie würde allein agieren und reagieren müssen; er konnte nichts tun als warten.

Das Vertrauen, das er in sie setzte, flößte ihr Angst ein. Sie wollte protestieren und sagen, noch vor einer Woche sei ihre gewichtigste Entscheidung gewesen, ob sie blaue oder rote Seide tragen solle, und ihr einziger Kontakt mit so etwas wie Gewalt das Freilassen ihres Zwergfalken.

Doch sie sagte es nicht, denn sie wusste, sie war für sie beide die einzige Hoffnung, ihre einzige Chance, Warbrick zu besiegen und zu überleben.

»Als Junge liebte ich die Herausforderung harter Spiele mit Körpereinsatz, aber Brutalität konnte ich nicht leiden. Überrascht dich das?«

»Nein. Ich glaube, du findest an Brutalität nach wie vor keinen Gefallen.«

Imogen strich mit einem Finger an einer hervortretenden Ader seines starken Arms entlang. Sie konnte nicht anders, sie musste ihn ständig berühren.

»Das stimmt«, meinte er. »Wenn ich töte, dann schnell.«

Das mochte eine etwas schwache Definition von Güte sein, aber sie verstand, was er meinte. »Wie kam es dann, dass du ein Krieger wurdest?«

»Ich lernte meinen Vater kennen. Das brachte mich zu der Überzeugung, dass ich alles tun musste, um nie mehr wieder in die Gewalt eines solchen Mannes zu kommen, und die mir Anbefohlenen ebenso wenig. Deshalb sage ich auch, dass ich dich im Stich gelassen habe.«

»Manche Dinge sind unvermeidbar. Vielleicht ist es Gottes Wille, dass es so geschieht.«

»Das hat mit Gottes Willen absolut nichts zu tun«, widersprach er rundheraus. »Würde es dich überraschen zu hören, dass ich einmal Mönch werden sollte?«

Sie blickte im Halbdunkel zu ihm auf. »Ein Mönch? Du musst es gehasst haben.« Als Mönch konnte sie sich FitzRoger wirklich nicht vorstellen. Armut, Keuschheit und Gehorsam – bei ihm?

»Ich habe es geliebt«, sagte er leise. »Dort war ich so glücklich wie nie mehr seither. Es herrschten Ordnung und Disziplin, und es gab die Gelegenheit zu lernen.«

So glücklich wie nie mehr seither. Das tat weh, wenngleich sie sich gar nicht vorstellen konnte, dass er in den wenigen chaotischen Tagen, seit sie sich kannten, das Glück gefunden haben sollte.

»Warum bist du dann nicht im Kloster geblieben?«, fragte sie.

»Das Kloster war in England. Die Familie meiner Mutter hatte mich verständlicherweise so weit wie möglich von zu Hause weggeschickt. Aber unglücklicherweise geriet ich dadurch in den Einflussbereich meines Vaters. Er wollte mich nicht in seiner Nähe haben und befahl dem Abt, mich nach Frankreich zurückzuschicken. Der hatte keine andere Möglichkeit, als zu gehorchen.«

»Wie alt warst du damals?«

»Dreizehn. Ein schwieriges Alter. Ich war wütend über diese Ungerechtigkeit. Anstatt nach Frankreich zurückzukehren, machte ich mich auf nach Cleeve, um voll rechtschaffener Empörung meinen Vater zur Rede zu stellen.«

Imogen zuckte zusammen. »Oh Gott. Und was geschah dann?«

Er lächelte. »Genau das, was jeder mit einem Funken Verstand erwarten würde. Roger war nicht so ein Schuft wie Warbrick, aber ein durch und durch harter Bursche, ohne eine Spur von Mitgefühl. Als ich ihm entgegentrat, ließ er mich auspeitschen. Und als ich dann immer noch nicht den Mund hielt, warf er mich ins Verlies.«

Er sagte es ganz ruhig, doch Imogen spürte die Anspannung, die dabei in ihm aufkam. »Was erhoffte er sich davon?«

»Ich glaube, er wollte mich dort im wahrsten Sinn des Wortes verrotten und in Vergessenheit geraten lassen. Heute frage ich mich, ob er versuchte, das, was ich repräsentierte, zu vergessen. Er hatte nur einen anerkannten Sohn – den schwachen, heimtückischen Hugh. Auch Roger konnte heimtückisch sein, aber schwach war er nie. Seine zweite Gemahlin war unfruchtbar und kalt, aber ein früher Tod war bei ihr unwahrscheinlich. Er war kein glücklicher Mensch.«

»Tut er dir leid?«

»Nein.« Er sagte es geradeheraus, und danach folgte eine beredte Pause.

Imogen fragte sich, ob er sich nun, wo er im düsteren Zentrum seiner Geschichte angelangt war, in Schweigen hüllen würde. Sie hoffte, er würde weitererzählen, denn sie sammelte diese Ausschnitte seines Lebens in ihrem Herzen.

Er verlagerte sie ein wenig in seinen Armen und fuhr dann fort. »Meine Kindheit war nicht leicht, aber zu Hause und im Kloster wurde ich zumindest versorgt. Das Verlies ... das Verlies war ein plötzlicher Abstieg in die Hölle.

Sie warfen mich hinunter – es ging zehn Fuß in die Tiefe, deshalb trug ich eine Verletzung davon. Es war wie ein Brunnen, nicht einmal breit genug, um meine Arme auszustrecken. Der Boden bestand aus Schmutz und feuchter Erde. Meine eigenen Exkremente verunreinigten ihn bald noch mehr. Ich glaubte, in diesem Gestank zu ersticken, aber das geschah nicht. Es war absolut finster, und ich wusste zwar, dass hoch über meinem Kopf die Öffnung war, aber ich hatte Angst, der Deckel würde heruntergedrückt und mich zerquetschen ...«

Er schauderte. Imogen streichelte ihn zärtlich, wusste jedoch nichts zu sagen.

»Ich habe geweint. Geschrien. Um Gnade gewinselt. Ich war alles andere als tapfer.«

»Du warst dreizehn Jahre alt«, erinnerte sie ihn. »In dem Alter habe ich noch einen Aufstand gemacht, wenn ich mich nur in den Finger schnitt.«

»Aber als du dir mit vierzehn den Arm brachst, hast du das Schienen ausgehalten, ohne mit einer Wimper zu zucken.«

Sie blickte zu ihm hinauf. »Woher weißt du das?«

Sein Finger umrundete zärtlich ihr Kinn. »Ich habe es mir zur Aufgabe gemacht, möglichst viel über dich herauszufinden.«

Sie wusste nicht, was sie davon halten sollte. Was stand für eine Absicht dahinter? »Der Arm schmerzte zu sehr, um einen Aufstand zu machen«, sagte sie. »Ergibt das Sinn?«

»Ja, und auch, dass du wusstest, dass man versuchte, dir zu helfen und dich zu heilen. Ich hingegen wusste, dass Roger mich tot sehen wollte.«

»Wie kam es, dass du nicht gestorben bist?«

Er zuckte die Achseln. »Die Leute dort beschlossen, mir zu essen zu geben. Alle hassten Roger und Hugh; ein Mann, den ich inzwischen kennengelernt hatte, sagte mir, sie hätten die Familienähnlichkeit erkannt und daher gewusst, dass ich Rogers leiblicher Sohn war. Sie wagten es zwar nicht, mich zu befreien – aus welchen Gründen auch immer –, aber sie haben mich durchgefüttert.«

»Gütiger Jesus. Wie lange warst du in dem Verlies?«

»Eine Ewigkeit. Ich hatte kein Zeitgefühl. Vermutlich war es etwas weniger als ein Monat. Schließlich verreiste Roger nach London, und nun befreiten sich mich und warfen einen Schweinekadaver hinunter für den Fall, dass Roger doch einmal nachsehen würde. Aber offenbar hat er das nie getan.« Sie spürte, wie er sich bewegte, als er fortfuhr. »Die Knochen lagen noch dort, als ich vor ein paar Monaten nachschaute.«

Diese Gefühllosigkeit bestürzte sie. »Er hat nie an den Sohn gedacht, den er zu einem langsamen Tod verdammte? Hat nie, nicht einmal nach ihm gesehen? In seinem Herzen muss er doch gewusst haben, dass du sein Sohn bist.«

»Wer weiß, was in ihm vorging? In späteren Jahren träumte ich manchmal, dass ich ihn zwang, es mir zu sagen ...« Er seufzte schwer.

»Was hast du getan, als du befreit warst? Bist du nach Hause gegangen?«

»Nein. Wo hätte das sein sollen? Ich machte mich daran, ein Krieger zu werden.«

Imogen drehte sich zu ihm. »Das war sicher nicht leicht.«

»Nein, aber ich hatte ein Ziel. Ich wusste zwar nicht so recht, was ich wollte«, meinte er etwas wehmütig, »aber ich wusste, dass ich stark und mächtig werden musste, um mich an Roger von Cleeve rächen zu können. Und natürlich auch, um nie mehr einem solchen Schurken in die Hände zu fallen.«

Wie ein Gifthauch rief ihnen diese Bemerkung wieder ihre momentane Lage ins Bewusstsein.

Er seufzte erneut. »Die meisten dachten natürlich, ich sei verrückt, und lachten über meine Träume.«

»Du hast über meine nicht gelacht«, meinte sie leise.

Er spielte zärtlich mit ihren Zöpfen. »Ich weiß um die Macht von Träumen.«

»Wie konntest du den deinen ohne Reichtum und ohne Unterstützung von außen verwirklichen?«

»Ich hatte Glück. Durch Zufall traf ich auf eine Söldnertruppe, die Diener brauchte. Ich schaute ihnen zu und studierte sie, wenn sie trainierten, und begann dann, sie nachzuahmen. So erkannte ich, dass ich Körperkraft brauchte, aber von meiner Veranlagung her bin ich eher dünn und knochig. Also ging ich eisern daran, Muskeln aufzubauen. Arno, der Kommandant der Söldner, bemerkte das, und wenn er in der Stimmung dazu war, ermutigte er mich. Er ließ mich sogar mit der Truppe trainieren, bis ich einen seiner besten und größten Männer besiegte.«

Imogen lächelte. »Und dann erkannte er, dass er einen der besten Kämpen seiner Zeit in seinen Reihen hatte.«

FitzRoger schmunzelte. »Dann erkannte er, dass ich einen seiner besten Männer verletzt hatte, und verprügelte mich dafür.«

»Was? Das war nicht fair.«

»Erstaunlicherweise ist das Leben eher selten fair, Ginger.«

»So wie jetzt«, meinte sie.

»Dafür können wir dem Leben nicht die Schuld geben«, erklärte er trocken. »Das ist Bösartigkeit, in Kombination mit Dummheit – hauptsächlich meiner.«

Dagegen protestierte Imogen, und er zeigte sich mit einem Kuss erkenntlich, der viele weitere, zeitraubende Küsse nach sich zog. Doch schließlich beendete er ihren lüsternen Angriff und fuhr mit seiner Geschichte fort.

»Arno interessierte sich jedoch für mich, weil er erkannt hatte, dass ich über die Gabe verfüge. Er bildete mich aus, aber er stellte klar, wenn ich einen seiner Männer ernsthaft verletzte, würde er mich wieder verprügeln. Dadurch lernte ich, mich beim Kämpfen aufs Äußerste zu beherrschen.«

Darüber musste sie lachen. »Dessen bin ich mir sicher. Aber wie wurdest du dann ein Ritter?«

»Wir zogen mit Arno nach Flandern in den Krieg, und dort bewährte ich mich. Er überredete den Grafen, mich in den Ritterstand zu erheben. Arno bezahlte für mein Pferd, meine Rüstung und meine Waffen, und dann ließ er mich in Turnieren antreten. Das war von Anfang an sein Plan gewesen.«

»Turniere? Scheingefechte, sozusagen?«

»Scheingefechte sind das nicht gerade. Es kommen Menschen dabei zu Tode. Deshalb sind sie in England verboten. Aber man kann durch Turniere sehr reich werden.«

»Und du hast dich dabei gut geschlagen.«

»Ja. Arno hat sich einfach nur zurückgelehnt, sich um meine Gefangenen gekümmert und die Lösegelder mit mir geteilt.«

»Das war auch nicht fair«, murrte sie.

»Doch, das war es. Ich habe ihn für sein Training und den Start, den er mir ermöglichte, bezahlt. Irgendwann entschied ich dann, dass ich genug gezahlt hatte. Arno konnte nicht viel tun, als ich mich von ihm trennte.«

»Was ist dann passiert?«

»Dann traf ich Henry.«

»Den König?«

»Damals noch nicht. Nur der jüngste, landlose Sohn Wilhelms des Eroberers. Aber Henry wollte England. Er hat schon immer vehement den Standpunkt vertreten, dass England ihm zustehe, weil er als einziger von Wilhelms Söhnen hier geboren wurde.«

Vehement genug, um dafür zu töten?, fragte sich Imogen. Doch sie behielt diese Frage für sich.

»Henry liebt Turniere«, sagte FitzRoger, »und er wird nur selten geschlagen. Ich nahm ihn gefangen, ohne zu wissen, wer er war. Das hat ihm absolut nicht gefallen, und so forderte er einen Kampf Mann gegen Mann. Im Fall seines Sieges sollte er seine Freiheit bekommen. Mir versprach er hundert Silbermünzen extra, falls ich gewänne.

Ich ließ ihn gewinnen, aber ich machte es so geschickt, ich glaube, er hat es bis heute nicht gemerkt, oder wenn doch, dann erkennt er es nicht an. Er rühmt sich, der Einzige zu sein, der Tyron FitzRoger je zu Boden brachte.«

»Ich mag ihn nicht«, bemerkte Imogen. »Er ist unbarmherzig.«

»Ein schwacher König nützt niemandem. Ich muss jemandem dienen, und Henry hat Eigenschaften, die ich bewundere, und er ist nicht zuletzt klug und effizient. Ich wünschte allerdings, er hätte mehr Skrupel.«

»Als ich dich kennenlernte«, sagte Imogen, »dachte ich von dir auch, dass du keine Skrupel hättest.«

»Das ist gut. Ich möchte, dass man genau das von mir denkt.«

Seine Stimme klang etwas gezwungen. Imogen schaute zum Eingang; das Tageslicht begann zu verblassen, und sie vermutete, seine tiefsten Ängste kamen in ihm hoch. Wahrscheinlich zerstreute ihn ihr Gespräch. »Du hast dich dann also Henry angeschlossen?«, fragte sie.

»Ja. Und so kam ich nach England. Und nach Cleeve.« Er berührte ihre Nasenspitze. »Und zu dir.«

»Über den Tod von William Rufus.« Imogen hatte es kaum ausgesprochen, als sie sich auf die Lippe biss. Jetzt war keine Zeit, einen Disput zu beginnen.

»Über den Tod von William Rufus«, stimmte er ruhig zu. »Möchtest du alte Geschichten wieder aufwärmen?«

»Falls Henry seinen Bruder getötet hat, kann das nicht recht gewesen sein«, beharrte sie.

»Wer kann bestimmen, was recht ist? Rufus brachte das Land an den Rand des Ruins. Henry liebt England, auf seine Art, und er ist effizient. Gesetz und Ordnung werden wiederhergestellt und unbarmherzig durchgesetzt.«

Sie erinnerte sich daran, dass FitzRoger die Ordnung und Disziplin im Kloster sehr befürwortet hatte. »Und du willst daran mitwirken.«

»Und ich will daran mitwirken.«

Sie erkannte, dass er das wahrscheinlich nicht mehr erleben würde. Dass stattdessen sein Traum heute sterben würde. Und dass, falls Warbrick den Schatz von Carrisford an sich riss, dies unter Umständen der Wendepunkt im Kampf um die Herrschaft in England sein würde.

»Was für ein König wäre Herzog Robert Kurzhose?«, fragte sie. Sie hatte von Henrys Bruder nicht viel Gutes gehört.

»Er wäre eine Katastrophe.« FitzRoger stand auf und zog sie mit sich hoch. «Ich glaube, es ist Zeit, dass ich mich wieder für die Schlacht gürte.«, fügte er hinzu. »Es wird dunkel hier drinnen.«

Imogen half ihm, doch sie zitterte am ganzen Körper. Es war, als würde sie ihn dafür bereit machen, in einen hoffnungslosen Kampf zu ziehen. Und obwohl er es war, der sich rüstete, war sie es, die handeln musste, wenn sie überleben wollten.

Kurze Zeit später befahl ihnen die Wache herauszukommen. »Gott sei Dank«, murmelte FitzRoger. Doch am Eingang der Höhle blieb er abrupt stehen. »Ich habe noch eine Bitte.«

»Was?«, fragte Imogen; sie hatte *eine letzte Bitte* gehört.

»Ich möchte, dass du mich bei meinem Vornamen nennst.«

Sie errötete vor schlechtem Gewissen. »Es fällt mir schwer, in dir jemand anderen als FitzRoger zu sehen.« Sie umfasste seinen Kopf und küsste ihn. »Gott sei mit dir, Tyron.«

Er umarmte sie und küsste sie innig. »Möge Gott mit uns beiden sein.«

Sie gingen hinaus und fanden Warbrick und seine Männer bereits im Sattel vor. Imogen musste wieder bei Lig aufsitzen. FitzRoger – Imogen versuchte, an ihn als Ty zu denken, aber vergebens – wurde zu seinem eigenen Pferd gebracht. Es war ein gut dressiertes Tier, und es gab wenig, das ihn davon abgehalten hätte, damit zu fliehen – außer der Tatsache, dass sie dafür würde büßen müssen.

Sie waren also einer für den anderen Geisel.

Imogen wusste nun, dass sie ihrem Gemahl in Liebe verbunden war. Was aber verband ihn mit ihr?

Eine gewisse Zuneigung, dachte sie, und ein starkes Verlangen. Hauptsächlich aber Pflichtgefühl. Er hatte ja zweimal zugegeben, dass er annähernd dasselbe auch für jede andere Ehefrau getan hätte, und er hatte sie wegen ihres Reichtums und ihrer Macht geheiratet.

Imogen war dazu erzogen worden, in solchen Dingen praktisch zu denken, doch in ihrem Herzen spürte sie eine schmerzliche Leere – dort, wo FitzRogers Liebe Platz gefunden hätte wie ein kostbarer Diamant.

Sie fasste sich und begann eine neuerliche ernsthafte Litanei. Wenn Gott sich überhaupt um die Geschicke der Menschen sorgte, dann konnte er in diesem Konflikt nur auf ihrer Seite stehen. Warbrick war ganz eindeutig ein Werkzeug Satans.

Eine Stunde später hielten sie im Dunkel des Waldes in Sichtweite von Carrisford an. Alles sah normal aus. Imogen fragte sich, was die Menschen in der Burg über das Verschwinden des Lords und der Lady und das Gemetzel an ihrer Eskorte dachten. Waren Lancaster und seine Männer gefunden worden? Sicherlich wurde die Burg streng bewacht, und bestimmt hatte Renald, wie FitzRoger vermutet hatte, auch am Eingang zu den Geheimgängen Wachen aufgestellt.

FitzRogers Plan beruhte auf der Annahme, dass Renald nicht versuchen würde, diesen Eingang zu blockieren, sondern ihn lediglich beobachten lassen würde. Wenn die Invasoren in den Gängen waren, würde er zuschlagen, wahrscheinlich vom ersten abzweigenden Gang aus. Dann musste Imogen fluchtbereit sein.

Wenn es anders lief, sollte sie sich trotzdem bei der ersten Gelegenheit davonmachen. Falls sich eine solche bot.

FitzRoger hatte betont, dass man dem Glück meist nachhelfen müsse; dass sie sich also notfalls selbst eine Gelegenheit zur Flucht schaffen solle.

Sie trug noch ihr kleines Tischmesserchen bei sich und hatte es für alle Fälle in ihrem Strumpfband versteckt. Das barg die Gefahr, sich zu schneiden, denn sie hatte es nicht gewagt, die Scheide vom Gürtel zu nehmen, und FitzRoger hatte es noch schnell mit einem Stein geschärft. Die Klinge hatte sie mit ein paar Streifen Stoff aus ihrer zerschlissenen Kleidung umwickelt.

Wozu ein so kleines Messer gut sein sollte, wusste sie nicht, aber es war ein besseres Gefühl, irgendeine Waffe zu haben, als ganz schutzlos zu sein.

Die Pferde wurden angebunden. Jetzt eröffnete Imogen Warbrick, was sie seinerzeit auch FitzRoger gesagt hatte: »Der Eingang ist eng. Nur schlanke Männer passen hindurch, und auch sie nur ohne Rüstung.«

»Was?« Warbrick schrie beinahe. »Du meinst, ich bin nicht imstande hineinzukommen?« Er gab ihr eine schallende Ohrfeige. »Du lügst!«

Sie hörte etwas und wusste, dass FitzRoger reagiert hatte und überwältigt wurde. Doch die Kürze des Kampfes sagte ihr, dass er sich schnell wieder gefasst hatte. Imogen betete, er möge nicht noch einmal die Kontrolle über sich verlieren. Sie konnte sich nicht vorstellen, wie es für ihn sein musste, sich passiv zu verhalten, doch das musste er nun durchstehen. Eine noch schlimmere Verletzung konnten sie nicht riskieren. Er wurde noch gebraucht.

»Ich lüge nicht«, entgegnete sie Warbrick und wischte sich das Blut von ihrer Wange. »Kommt mit hinauf, wenn Ihr wollt, und überzeugt Euch selbst.«

»Das werde ich«, knurrte Warbrick, »und wenn du gelogen hast, wirst du es büßen.«

Er wählte die Männer aus, die den Steilhang hinaufklettern sollten.

Imogen riskierte einen Blick zu FitzRoger. Er stand mit dem Rücken an einem Baum und war von sechs nervösen, aber zu allem entschlossenen Wachen mit gezogenen Schwertern umstellt. Er schien eine leichte Kopfverletzung zu haben, und seine linke Hand blutete, aber es sah nicht wirklich schlimm aus.

Seine Miene war bemüht ruhig – so sah er immer aus, wenn es ums reine Funktionieren ging; Imogen fühlte die Anspannung, die sich dahinter verbarg. Sie tauschten einen kurzen Blick aus, und sie lächelte ihm zu, doch er erkannte sicher den Schmerz und die Anstrengung, die sie das kostete.

Warbrick packte sie grob am Arm. »Schön, dass Ihr so angetan von ihm seid, Lady Imogen. Ihr werdet also nicht riskieren, dass ihm etwas zustößt, habe ich recht?« Er wandte sich den Männern zu, die FitzRoger umstellt hatten. »Lasst ihn los!«

Die Schwerter bewegten sich, nicht aber FitzRoger.

»Seid Ihr festgefroren?«, höhnte Warbrick.

Es war, als sei FitzRoger zur Salzsäule erstarrt. Imogen wusste, dass er in einer unheilverheißenden Verfassung war, aber in dieser Situation konnte er nichts tun. Nichts. Jeder Widerstand von seiner Seite würde ihr schaden.

Warbrick grinste. »Bindet ihn an den Baum«, befahl er seinen Männern, »aber richtig straff!«

FitzRogers Arme wurden nach hinten gerissen; Imogen bemerkte, wie ihm wegen seiner Wunde vor Schmerzen der Atem stockte. Tränen traten ihr in die Augen. Selbst für einen Menschen, der keine Verletzung hatte, wäre diese Stellung eine Qual gewesen.

Warbrick überprüfte die Fesseln und nickte dann zufrieden. »Schneidet euch ein paar Knüppel«, wies er seine Männer an, »und wenn es auch nur den kleinsten Ärger gibt, dann zerschlagt ihr ihm die Rippen. Dagegen kann eine Rüstung nicht schützen, und mit etwas Glück dauert es dann hübsch lange, bis er tot ist.«

FitzRoger zuckte mit keiner Wimper; Imogen jedoch wurde übel vor Panik. Wie konnte sie dieses Risiko auf sich nehmen?

Aber was sollte sie tun?

Warbrick durchschaute ihre Gefühle. »Quält Euch nicht, Lady Imogen. Solange Ihr kooperiert, sehe ich keinen Sinn darin, einen von euch beiden zu töten. Wenn wir mit dem Schatz zurück sind, werde ich Euch erlauben, das Leben Eures Gemahls zurückzukaufen, indem Ihr mir vor seinen Augen zu Willen seid. Ihr seid zwar erst seit ein paar Tagen verheiratet, aber ich bin sicher, dass er Euch schon einiges beigebracht hat.«

Auch wenn es ihr davor noch so sehr graute, Imogen wusste, sie würde den Preis bezahlen. Doch sie versuchte es trotzdem noch mit einer anderen Taktik. »Ich bin sehr religiös«, sagte sie geziert. »Körperliche Lust ist eine große Sünde.«

Warbrick lachte schallend und zerstörte sofort jede Hoffnung darauf, dass dieser Trick funktionieren könnte. »Mir ist es schnurzegal, was du dabei empfindest, Mädchen, also werde ich auch deine Seele nicht in Gefahr bringen. Wenn du nicht weißt, was du zu tun hast, dann bringe ich es dir bei, und wenn du es abstoßend findest, dann wird es mir umso mehr Vergügen bereiten.« Er grinste FitzRoger höhnisch an. »Vielleicht wirst du mir noch danken für das, was sie von mir lernt, Bastard, wenn du es ertragen kannst, sie danach überhaupt noch anzufassen!«

FitzRoger zeigte keine Regung. Warbrick trat vor ihn und schlug ihm mit solcher Gewalt ins Gesicht, dass sein Kopf zur Seite gerissen wurde und seine Lippe zu bluten begann. »Lebst du überhaupt noch?«, spottete er. »Oder bist du vor Angst gelähmt?«

Die grünen Augen blitzten, doch ansonsten blieb FitzRoger ruhig. Warbrick lachte, doch nun klang sein Lachen etwas unbehaglich. »Du wirst schon noch reagieren, Bastard. Ich treibe es mit deinem Weib so lang, bis etwas von dir kommt. Ich will, dass du mich *anbettelst!*«

Dann packte er Imogen und schleifte sie bis zum Waldrand. Dort angelangt, hielt er abrupt inne und funkelte sie zornig an. »Ich hoffe, du weißt, was du zu tun hast«, fauchte er.

»Ja«, flüsterte Imogen. »Ich weiß, was ich zu tun habe.« Ihr war klar, dass sie keine andere Chance hatten, als zu versuchen, ihren Plan umzusetzen.

Warbrick nickte zufrieden und zog sie weiter.

Imogen glaubte zu wissen, wie FitzRoger sich fühlte. Der Hass und der Wunsch nach Vergeltung waren überwältigend, aber diese Gefühle waren tief und kalt. Sie würden ewig währen – es sei denn, sie wurden befriedigt.

Und sie hatte geglaubt, Warbrick zu hassen, doch sie hatte bis heute nicht gewusst, was wahrer Hass war.

18

Der Mond verblasste, und Wolken standen am Himmel; deshalb war es für die zwölf Männer, die Imogen und Warbrick begleiteten, nicht schwierig, sich unauffällig über das offene Gelände um die Burg und den schroffen Felsenhang an der Ostseite von Carrisford voranzuarbeiten.

Sie bewegten sich etappenweise vorwärts. Imogen wusste, dass selbst Warbricks massige, schwarze Gestalt von der Burg aus gesehen lediglich ein dunkler Schatten war. Zudem war diese Seite nicht so streng bewacht, weil hier nur der Zugang zu den Geheimgängen lag und es praktisch keine Möglichkeit gab, einen Angriff durchzuführen. Sie fragte sich allerdings, ob Renald heute Nacht nicht alles besonders gut überwachen lassen würde.

FitzRoger hatte zwar gemutmaßt, wie sein Freund denken würde, doch sicher konnte man nicht sein, und deshalb hing nun alles von ihr ab. Sie beobachtete die Mauern, sah jedoch nichts außer der schattenhaften Silhouette eines patrouillierenden Wachmannes, der nichts zu bemerken schien. Imogen betete, dass es so bleiben möge. Ein Alarm würde ihnen zu diesem Zeitpunkt eher schaden als nützen.

An der Felswand angekommen, legten sie eine kurze Rast ein. »Wo ist es?«, knurrte Warbrick.

Imogen blickte hinauf. »Man kann den Eingang von hier aus nicht sehen, wir müssen klettern.« Sie sah auf ihre zerschlissene Kleidung; ein paar Ranken hatten sich um ihre Füße gewickelt. »Ich brauche ein Messer, um meine Röcke zu kürzen.«

Mit geradezu beleidigendem Leichtsinn reichte er ihr ein

Jagdmesser. Sie fragte sich, was geschehen würde, wenn sie ihn erdolchte. Aber bei seiner Leibesfülle schien es unmöglich, dass die Klinge überhaupt bis zu einem lebenswichtigen Organ eindrang.

Imogen schnitt sich die Röcke säuberlich auf Höhe der Knie ab und gab die Waffe zurück. »Soll ich vorangehen?«

»Ihr wisst den Weg.« Er band ihr jedoch ein Seil um die Hüfte und gab das andere Ende dem diensteifrigen Lig. »Du hältst sie an der Leine. Wir wollen doch den Schatz von Carrisford nicht verlieren, oder?«

Imogen begann den Aufstieg, froh und dankbar um das kleine Messer an ihrem Schenkel. Wie auch immer es weitergehen würde, zumindest würde sie bei passender Gelegenheit das Seil durchschneiden können.

Obwohl es auf den ersten Blick nicht so wirkte, war es nicht weiter schwierig, die Felswand zu erklimmen. Es gab genügend Vorsprünge, sodass man sich fast wie auf einer steilen Treppe voranbewegen konnte. Imogen hatte den Aufstieg schon einmal gemacht – ihr Vater hatte darauf bestanden –, und wusste von damals noch, dass sie lediglich einen leichten Muskelkater davon bekommen würde.

Ihre Nägel würden wahrscheinlich alle abbrechen. Sie spürte das Ziehen in den Gliedmaßen und die Aufschürfungen an ihren Händen, wenn sie in den rauen Fels griff. Und sie bemerkte auch ein Wundsein zwischen den Beinen, doch das gefiel ihr. Es erinnerte sie daran, dass sie nun voll und ganz Tyron FitzRogers Gemahlin war. Dieser Gedanke zauberte sogar ein Lächeln auf ihre Lippen. Sie hatte ihn zu ihrem Ehemann gemacht.

Nach einiger Zeit begann sie sich Sorgen darüber zu machen, ob sie womöglich den falschen Weg eingeschlagen hatte und den Eingang nicht mehr finden würde, doch dann sah sie die Felsnadel, die die Form einer Pfeilspitze hatte, und atmete erleichtert auf. Wenige Augenblicke später stand sie vor dem schmalen, schwarzen, geheimen Eingang in die Burg

Carrisford. Mehr als drei Mann hatten hier nicht Platz, Warbrick hatte jedoch zwölf mitgebracht. Der größte Teil ihrer Gruppe musste sich also in den Felsen ausruhen, während Warbrick und Lig zu Imogen traten.

Er blickte finster, als er die enge Felsspalte sah. »Das ist der einzige Eingang?«

»Ja.«

Sie merkte ihm deutlich an, dass er sie am liebsten geschlagen oder gar die Felswand hinuntergestoßen hätte, aber wie er gesagt hatte, wenn es sein musste, konnte er sich durchaus im Zaum halten. »Dann warte ich hier, Lady Imogen. Und wenn Ihr beim ersten Tageslicht nicht mit dem Schatz zurück seid, dann gehe ich hinunter und amüsiere mich mit Eurem Gemahl. Habt Ihr mich verstanden?«

Sie erschauderte, antwortete jedoch ruhig: »Ich bin nicht dumm, Lord Warbrick.«

»Alle Frauen sind dumm und nur für eines gut.« Er packte sie an der Gurgel und drückte ihr einen Kuss auf den Mund. Sein ekelerregender Geschmack brachte sie fast zum Würgen, und seine Zunge drohte sie zu ersticken, aber schlimmer noch war das Gefühl, von seiner Leibesfülle erdrückt und in seinen widerlichen Körpergeruch eingehüllt zu werden. Als er sie wieder losließ, knickten ihr kurz die Beine weg.

Warbrick zog sie an den Zöpfen wieder hoch. »Los, vorwärts.« Er schob sie auf den Eingang zu, und Imogen beeilte sich, darin zu verschwinden, bereit, alles zu tun, nur um von ihm wegzukommen. Sie spürte, wie das Seil um ihre Hüfte spannte und wieder locker wurde, als Lig ihr folgte, ging noch ein Stückchen weiter und wartete dann.

Sie hörte, wie jemand zwei Feuersteine zusammenschlug. »Es ist besser, kein Licht anzumachen«, sagte sie. Ihre Stimme hallte in dem Gang wider.

Lig zog sie an dem Seil zu sich. »Das könnte dir so passen, was? Nein, ich will sehen, was du im Schilde führst.«

Der Laternenträger war drei Mann weiter hinten; viel würde Lig also ohnehin nicht sehen. Imogen hingegen war nun doch froh um das Licht; immerhin würde es die Ratten fernhalten. Sie schritt voran, ohne nachzudenken, denn vorerst bot der Gang keine andere Möglichkeit. Die erste Alternative würde sich bei der Falle bieten.

Zweifelsohne konnte sie diese Falle passieren, ohne Lig zu warnen, und ihn im Verlies verschwinden lassen, aber sogar wenn sie es schaffte, das Seil zu durchtrennen, sodass sie nicht mitgerissen wurde – die anderen Männer würden dadurch nicht gefangengesetzt werden, sondern schnurstracks zu Warbrick zurückmarschieren. Und der würde selbst dann, wenn der Alarm ausgelöst war, noch genug Zeit haben, FitzRoger langsam und grausam zu töten, bevor jemand einschreiten konnte.

Also erklärte sie den Mechanismus ausführlich, sobald sie dort angekommen waren. Das hatte zumindest einen guten Effekt: Lig entspannte sich, überzeugt davon, dass sie zu verängstigt sei, um irgendwelche Tricks zu versuchen.

Aufgeregt und jeden Augenblick aktionsbereit, führte Imogen die Männer weiter. Sie wusste nicht, ob dieser Zustand nützlich war oder nicht; ihr Herz raste, und sie hatte irgendwie das Gefühl, dass ihre Gliedmaßen schwach seien, aber gleichzeitig spürte sie auch, dass ihr Körper zu allem fähig wäre. Sie wünschte, diese Langsamkeit würde sich wieder einstellen; doch das war leider nicht der Fall.

Sie befanden sich noch immer im Bereich des Felsens, aber schon bald würden sie ins Innere der Burg gelangen, wo die Wände gemauert waren. Darauf wollte sie die Männer jedoch nicht hinweisen. Bald würden sie den ersten abzweigenden, engen Gang passieren, der dazu gedacht war, Eindringlinge aus dem Hinterhalt zu überfallen.

Er war auf der Zeichnung eingetragen, die sie so widerwillig für FitzRoger angefertigt hatte, doch sie hatte ihn seinerzeit nicht ausdrücklich erwähnt. Damals war die Chance, dass er benutzt würde, äußerst gering gewesen.

Wenn Renald die Karte gefunden hatte, würde er den Sinn dieses Gangs erkennen und ihn entsprechend nutzen?

Sie zog das Messerchen aus ihrem Strumpfband hervor und betete, dass ihr Tun im Dunkel nicht zu sehen wäre. Dann begann sie, das Seil an ihrer Hüfte zu durchtrennen, vorsichtig, sodass Lig es hoffentlich nicht bemerkte.

Sie hatte es erst zur Hälfte durchschnitten, als sie den Gang erreichten.

Er war leer.

Imogen schluckte. Eine Mischung aus Enttäuschung und Erleichterung kam in ihr auf. Sie war noch nicht wirklich bereit zu handeln, aber sie machte sich Sorgen ob der verrinnenden Zeit und aller möglichen eventuell drohenden Katastrophen. Wie viel Zeit war bereits verstrichen? Wie lange war es noch bis zum Tagesanbruch?

Sie zwang sich, ihre Lage realistisch zu betrachten. Bald würde sich der Gang teilen. Der eine Arm führte zur Schatzkammer und zu irgendwelchen entlegenen Gängen. Der andere führte nach oben, näher an den Saal, wo Renald womöglich Wachen postiert hatte.

Aber wenn sie nach oben ging, würde es viel länger dauern, die Kammer zu erreichen und den Schatz herauszubringen. Um FitzRoger zu retten, würde sie Warbrick ihren gesamten Reichtum geben, bis zur letzten Münze.

Sie hielt einen Augenblick lang inne und entschied sich dann doch für den nach oben führenden Weg. FitzRoger wollte, dass sie Hilfe holte, also würde sie es zumindest versuchen. Ein weiterer Vorteil war, dass die höher gelegenen Gänge mehr Abzweigungen hatten. Sie ging an zwei weiteren vorbei, in denen keine Unterstützung auf sie wartete, und nun wusste sie endgültig, dass sie ganz auf sich gestellt war.

»Wie weit ist es noch?«, flüsterte Lig. Sie hörte die Furcht in seiner Stimme. Seltsam, sie war mit den Gedanken so sehr in ihre Pläne vertieft, dass sie keinerlei Angst vor den dunklen Gängen hatte.

»Nicht mehr weit«, antwortete sie und arbeitete wieder ein wenig an dem Seil.

»Was machst du?«

»Das Seil tut mir weh«, jammerte sie.

»Gleich wird es dir noch mehr wehtun. Vorwärts!«

»Ich brauche den Schlüssel«, sagte sie und glaubte schon, der Mann müsse ihr Herz hören, so laut, wie es pochte. »Er ist hier irgendwo. Bringt das Licht her.«

Bestimmt hatten ihr lautes Atmen und ihre zittrige Stimme sie schon verraten. Doch dann begriff sie, dass er nichts anderes von ihr erwartete, als dass sie verängstigt wäre, und alles dementsprechend auffassen würde.

Die Laterne wurde nach vorn gereicht. Imogen nutzte das dabei entstehende Gedränge, um die letzten Fasern des Seils zu durchtrennen, hielt es aber fest, damit die Spannung nicht nachließ.

Plötzlich bemerkte sie voller Freude, dass die langsame Wahrnehmung wieder da war. Die Männer bewegten sich wie in Wasser, als müssten sie gegen einen Widerstand ankämpfen. Imogens Auffassungsgabe hingegen war klar und schnell, ihr Verstand vermochte aus vielen Optionen zu wählen. Als Lig die Laterne nach vorn brachte, hatte sie alle Zeit der Welt, sie an die Wand zu schlagen und im Schutz der Dunkelheit aufzuspringen und loszurennen.

Doch ihr Bewacher erwischte blindlings, zufällig, einen ihrer Zöpfe und zog sie zu sich. Wieder hatte sie jedoch Zeit zu überlegen.

Sie packte den Zopf nahe am Kopf und schnitt ihn ab.

Dann hastete sie los, eine Hand streifte als Führung leicht die Wand entlang, und hinter sich hörte sie aufgeregten Lärm und Panik.

Die Freude über diesen ersten Erfolg ließ sie sogar kurz auflachen. Aber das war noch nicht der ganze Sieg.

Die Karte vor ihrem geistigen Auge, wandte sie sich nach links, dann eine schmale Stiege hinauf. Sie drückte an die

Mauer, diese bewegte sich und entließ sie in den Raum unterhalb der Saaltreppe.

Stimmen. Plötzliche Vorsicht.

Anstatt auf schnellstem Wege um die Wand herum und in den Saal zu rennen, kroch sie, alle Sinne angespannt, voran, um nachzusehen, ob weiteres Unheil sie erwartete.

Renald saß mit einigen Männern im Saal, ins Gespräch vertieft. Sie wirkten besorgt.

Sie lief auf ihn zu. »Renald! In den Geheimgängen sind Männer, wir müssen ihnen den Rückweg abschneiden. Schnell. Ich weiß auch, wie. Kommt!«

Sie blickten verdutzt auf und reagierten dann sofort. Imogen führte die Gruppe eilends die Saaltreppe hinunter, über den Burghof zum Wachhaus am Tor. Dort befahl sie vier weiteren Männern, ihr zu folgen.

Von dort gab es noch einen Eingang in die Geheimgänge. »Geht hinunter«, erklärte sie kurz angebunden. »Den Gang entlang. Es gibt keine Biegungen. Dieser Gang trifft auf einen zweiten. Wartet dort. Männer werden kommen. Haltet sie auf. Tötet sie, wenn es sein muss. Aber versucht, so leise wie möglich zu sein.«

Die verwirrten Männer blickten erwartungsvoll auf Renald. »Tut, was sie sagt«, befahl er ihnen. »Stephen. Geh mit ihnen.« Einer der jüngeren Ritter gehorchte unverzüglich.

Sobald sie gegangen waren, sank Imogen zitternd an eine Wand, plötzlich wich alle Kraft aus ihr. Sie bemerkte ein Stechen in ihrem Gesicht und stellte fest, dass sie dort eine Schnittwunde hatte. Ihr Verstand spulte die Ereignisse der letzten Minuten noch einmal ab, und sie erinnerte sich, dass eine Scherbe der Laterne sie getroffen hatte, als Lig sie packte …

Renald trug sie in den Saal und setzte sie an einen Tisch, schenkte ihr etwas von dem Met ein, den er eben noch mit seinen Männern getrunken hatte, und hielt ihr den Becher an die Lippen.

»Was ist passiert?«, fragte er. »Zum Donnerwetter! Wer hat Euch die Haare abgeschnitten?«

»Ich selbst.« Imogen hätte gern deswegen getrauert, doch dazu war jetzt keine Zeit. Sie trank den Met und spürte seine kräftigende Wirkung. Dann blickte sie in die Runde. »FitzRoger ist in Warbricks Hand.«

»Warbrick!«

»Er hat ihn an einen Baum fesseln lassen, nicht weit von hier im Wald, und wartet in der Felswand, am Eingang zu den Geheimgängen. Deshalb dürfen die Männer in den Gängen nicht zu ihm zurückkommen. Er würde FitzRoger sonst sofort töten. Jetzt wartet er bis zum Morgengrauen – es sei denn, er ahnt, dass Probleme auf ihn zukommen.«

Renald schaute durch einen der Fensterschlitze hinaus. »Also bleiben uns vielleicht drei Stunden.«

Imogen versuchte, sich mit einem tiefen Atemzug zu beruhigen. »Wir müssen FitzRoger vorher befreien. Der Himmel weiß, was sie schon jetzt mit ihm anstellen …« Sie beherrschte sich, um nicht hysterisch zu werden oder komplett wahnsinnig.

»Wenn wir sie überraschen …«, meinte Renald.

»Das reicht womöglich nicht aus. Warbricks Leute haben Knüppel und den Befehl, FitzRoger beim geringsten Anzeichen eines Problems die Rippen zu zertrümmern. Sie fürchten ihren Herrn mehr als den Tod, und das aus gutem Grund. Es sind etwa fünfzehn Mann in dem Lager, vier davon tun nichts anderes, als FitzRoger zu bewachen. Warbrick will ihn ohnehin töten, dessen bin ich mir sicher, aber er behält ihn noch als Geisel, damit er Macht über mich hat.« Plötzlich bedeckte sie das Gesicht mit den Händen. »Heilige Maria, ich habe solche Angst!«

Renald schloss sie fest in die Arme. »Mit mir an Eurer Seite? Kommt, kleine Blume, Ihr habt gute Arbeit geleistet. Wir werden einen Weg finden.«

Imogen fasste sich. »FitzRoger hatte einen Plan.«

»Wie könnten wir dann scheitern?«, fragte Renald mit einem fröhlichen Grinsen und entlockte Imogen damit ein dünnes Lächeln. »Sagt uns, was wir tun sollen.«

»Wir sollen einen Teil des Schatzes durch das hintere Tor aus der Burg schaffen. Ihn zum Lager bringen und sagen, dies sei die erste Ladung, und sie sollen gleich anfangen auszuteilen. Wir hoffen, dass der Anblick solcher Reichtümer sogar Warbricks Männer für die kurze Zeit aus der Fasssung bringt, die Ihr braucht, um FitzRoger zu befreien.«

»Ist das alles?«, fragte Renald entsetzt.

»Das ist alles, womit wir im Moment aufwarten können«, erwiderte sie gereizt. »Aber Warbrick wartet mit nur vier Mann am Eingang zu den Geheimgängen. Vielleicht können wir ihn festnehmen und dann mit ihm verhandeln.«

»An einem Felsenhang? Das bezweifle ich. Wir könnten ihn töten, aber wer weiß, was seine Männer dann tun?«

»Wir könnten warten, bis Warbrick beim ersten Tageslicht hinuntergeht.«

»Und riskieren, dass die Männer, die Ty festhalten, den Angriff beobachten. Nein. Wir müssen es mit Eurem Plan versuchen, auch wenn ich schon bessere gehört habe. Seid Ihr sicher, dass er von Ty stammt?«

»Es ist nicht einfach«, erklärte Imogen, »wenn man sich in Lebensgefahr befindet, einen Plan zu fassen für eine Situation mit so vielen Unbekannten. Wir hatten erwartet«, fügte sie bissig hinzu, »dass Ihr schon in den Gängen sein und uns zu Hilfe kommen würdet.«

»Beim Heiligen Kreuz!«, sagte Renald bewundernd, »Ihr klingt ja sogar schon wie Ty. Ich bin sicher, dass er auch etwas dazu zu sagen haben wird. Aber bis Mittag wussten wir nicht einmal, dass es ein Problem gab, und wir haben schon gar nicht damit gerechnet, dass jemand versuchen würde, in die Burg einzudringen. Es …« Er rieb sich die Nase. »Es hätte uns nicht gerade überrascht, wenn Ihr und Ty auf dem Heimweg getrödelt hättet.«

Imogen errötete. »Kümmert sich jemand um die Männer in den Gängen?«

Er stand augenzwinkernd auf. »Ich sehe nach.«

Innerhalb kurzer Zeit war Stephen zurück, ein wenig zerzaust, aber unverletzt. »Diese Kerle kämpfen wie wilde Tiere. Wir haben drei Gefangene gemacht, der Rest ist tot oder schwer verwundet. Wir haben einen Mann verloren, Kevin.«

Renald nickte nur, doch Imogen spürte ihre harte Entschlusskraft wanken. So gedankenlos hatte sie einen Mann in den Tod geschickt, einen Mann, der hier gesessen, sein Ale getrunken und seine Flohstiche gekratzt hatte ... Doch dann dachte sie wieder an FitzRoger, der in Gefangenschaft darauf wartete, dass sie etwas unternahm.

Einer der Überlebenden war Lig. »Dich kriege ich!«, knurrte er sie an. »Und dein Gemahl wird unter Schmerzen sterben, wenn Warbrick das erfährt!« Doch hinter seinen Worten hörte sie das blanke Entsetzen.

»Keine Angst«, erwiderte Imogen süßlich. »Warbrick wird dich nicht mehr bestrafen können. Zieht sie aus, und fesselt sie«, befahl sie. »Wir brauchen ihre Rüstungen. Unsere Männer werden ihre Rollen übernehmen. Drei sollten reichen.«

Die Männer fluchten laut, als sie gezwungen wurden, sich zu entblößen, deshalb ließ Imogen sie knebeln. Sie hatte keine Zeit für Mitgefühl. Die weißen, nackten Körper der Männer erinnerten sie an Maden; sie ließ sie in ein Verlies bringen.

Drei Bewaffnete mit etwa der richtigen Statur legten die Lederrüstungen und die Helme der Gefangenen an. Imogen musterte sie. »Für die kurze Zeit und in der Dunkelheit wird es ausreichen. Durch den Nasenschutz der Helme sieht man eure Gesichter kaum. Aber denkt daran, sobald wir in das Lager kommen, müsst ihr den Schatz zur Schau stellen. Aller Augen werden dann auf euch gerichtet sein.«

Sie wandte sich an Renald. »Der Rest von euch steht dann bereit, um sich jegliche Möglichkeit zunutze zu machen.«

»Natürlich.« Doch sie bemerkte den verwirrten Blick in seinen Augen. In den Augen aller.

Imogen hörte sich selbst, wie sie forsche Befehle erteilte, und hätte sich beinahe dafür entschuldigt. Sie verzichtete darauf. Alles, was jetzt zählte, war zu überleben.

Sie eilte voraus zum erstbesten Einlass in die Geheimgänge, ohne länger daran zu denken, wer dann alles darüber Bescheid wusste. Begab sich in die Finsternis ohne einen Gedanken an Ratten, zündete mit ruhiger Hand die Laterne an und schritt rasch weiter bis dahin, wo der Schlüssel bereitlag.

Dann führte sie, gefolgt vom metallischen Klirren und Rasseln der schwerfälligen Männer, den Weg zum Schatz an. Sie bemerkte, dass sie noch immer über die Gabe verfügte – ohne sich zu verletzen, schlüpfte sie gewandt durch das Gewirr der Klingen.

Doch dann dachte sie daran, dass FitzRoger in einem Reigen ebensolcher Klingen gefangen war wie in einem Käfig. Imogen zauderte einen Moment und schickte ein Stoßgebet zum Himmel; dann sammelte sie sich wieder und hastete weiter. Sie schritt geradewegs durch den Vorhang von Spinnweben, watete durch die Pfütze, bog in den Korridor ein und öffnete das Schloss.

In der Kammer angekommen, trat sie beiseite. »Nehmt mit, was Eurer Meinung nach am verlockendsten aussieht.«

Die Männer, sogar Renald, starrten mit offenen Mündern auf den glitzernden Schatz.

»Bewegt euch!«, schnauzte sie sie an, erzürnt über ihre Langsamkeit. »Nehmt, was euch am besten gefällt. Wenn FitzRoger lebend und gesund aus dieser Sache herauskommt, dann könnt ihr es behalten!«

»Imogen …«, sagte Renald zögernd.

»Das spielt jetzt keine Rolle«, fiel sie ihm ins Wort und wandte sich wieder an die verdutzten Männer. »Also, was ist?« Hektisch öffnete sie eine mit Silbermünzen gefüllte

Schatulle, eine andere voller Gold. Holte lederne Beutel aus dem Schmuckkästchen ihres Vaters hervor und schüttelte Halsketten, Rubine und Perlen heraus.

Sie dachte an die Kette, die sie für FitzRoger ausgesucht hatte. Lieber Gott, sie hatte sie ihm noch immer nicht gegeben. Jäh traten die Männer in Aktion. Einer packte einen Armvoll goldener Teller, ein anderer die ganze Schmuckschatulle, der dritte die mit den Goldmünzen.

»Imogen ...«, setzte Renald noch einmal an, doch sie unterbrach ihn. »Sind wir fertig?«

Die Männer nickten.

Sie schritt voran, zurück in die Burg. Die Idee, FitzRoger die Smaragdkette zu schenken, sie an seinen lebendigen, gesunden Körper anzulegen, ließ sie nicht los.

Sie hatten all diese Aktivitäten nicht geheim gehalten, und so verbreiteten sich Gerüchte über die Ereignisse bereits in der ganzen Burg. Renald sammelte hastig seine Mannen und wies sie an, in der Dunkelheit des Waldes möglichst leise vorzugehen. Eine andere Gruppe sollte Warbrick abpassen, wenn er von der Felswand herunterkam. Es waren jedoch nicht allzu viele Männer in der Burg, nur etwa die gleiche Zahl wie die, die Warbricks Truppe anfänglich umfasst hatte.

Imogen dauerte alles viel zu lange, aber wenn sie mit ihrem Ablenkungsmanöver begann, mussten die Retter bereit sein.

Plötzlich hatte sie einen Einfall. »Renald, ich brauche ein gutes Messer. Ein richtig gutes.«

Ohne eine Frage zu stellen, brachte er ihr ein langes Messer in einer Scheide, die sie an ihrem Gürtel befestigte. In der Geschwindigkeit, mit der sie vorgehen mussten, würde niemand es bemerken, und sie brauchte eine Waffe.

Das Messer erinnerte sie an ihre Haare, und inmitten all dieses Tumults wäre sie fast in Tränen ausgebrochen. Sie befühlte das stumpf abgeschnittene Zopfende ... Als sie gewahr wurde, dass jemand ihre Rührseligkeit bemerken könnte, hörte sie sofort damit auf. Die übrig gebliebenen Haare reichten gerade bis zur Schulter. Sie steckte sie in den Halsausschnitt ihrer Tunika.

Endlich, endlich war alles bereit. Leise verließen sie die Burg durch das hintere Tor. Sie mussten sich um den Wall herum nach Osten durch das Gehölz schlagen; das würde dauern. Imogen blickte ängstlich zum Himmel, doch noch war kein Anzeichen der Morgendämmerung zu sehen.

Der Wald war nachts voller Leben; sie durchquerten ihn so leise wie möglich und versuchten, keine Störung zu verursachen, die den Feind auf sie aufmerksam machen konnte. Imogen war sicher, dass es allmählich bereits hell wurde, und wandte sich besorgt an Renald.

»Wir haben mindestens noch eine Stunde, Imogen. Es liegt einfach daran, dass sich Eure Augen an die Dunkelheit gewöhnen.«

Ihre Augen mochten sich wohl daran gewöhnen, ihr Körper jedoch nicht. Es schien eine Grenze dafür zu geben, wie lange ihre Kraft reichen würde, und sie ließ nach; was blieb, war die Furcht. Gütiger Gott, was würden sie vorfinden, wenn sie das Lager erreichten?

Fantasien über FitzRoger stiegen in ihr auf, wie er blutüberströmt, verletzt, vielleicht wegen seiner geborstenen Rippen schon sterbend, an den Baum gefesselt hing.

Dann kam der Zeitpunkt, an dem Imogen und ihre drei Begleiter sich von der größeren Truppe trennen mussten, um den Eindruck zu erwecken, sie kämen geradewegs aus der Burg. Renald zog sie an sich und küsste sie. »Viel Glück, kleine Blume. Keine Angst. Wir schaffen es.«

Sie klammerte sich einen Moment an ihn, bevor sie den Wald verließ und sich auf den Weg den offenen Hang hinunter machte. Jetzt war das Risiko, gesehen zu werden, am größten, doch der heraufziehende Morgen brachte einen Nebel mit sich, der sie verhüllte. Sie stiegen wieder bergan, auf das Lager zu. Hier erwies sich der Nebel als Hindernis. Sie konnten das Lager verfehlen.

Ein scharfer Pfiff von links. Sie gingen in die Richtung, von der er erklungen war und trafen auf einen von Warbricks Männern, der ihnen durch das Halbdunkel entgegenstarrte. »Was ist los?«, fragte er.

Jetzt kam der schwierige Teil. Es wäre wohl besser gewesen, wenn einer der Männer gesprochen hätte, doch ihre Stimmen hätten sie verraten.

»Da kommt euer Schatz«, erklärte Imogen in ärgerlichem Ton. »Das ist los. Es ist so viel, dass Lord Warbrick mehr Männer braucht, um alles den Berg herunterzuschaffen.«

»Wirklich?«, fragte der Mann ihre »Bewacher«.

Die drei brummten zustimmend.

»Erwarte nicht zu viel von denen«, feixte Imogen. »Die sind zu sehr damit beschäftigt, sich ihre Lieblingsstücke auszusuchen.«

Der Mann trat näher, seine Augen glänzten. »Na, dann lasst doch mal sehen ...«

»Erst will ich sehen, ob mein Gemahl unversehrt ist!«, fuhr Imogen ihn an. »Aus dem Weg!«

Er holte mit der Faust aus, hielt dann jedoch inne. »Du kriegst deinen Teil von Warbrick, du Hexe. Und ich werde meinen Spaß daran haben, da bin ich mir sicher!«

Bestürzt erkannte Imogen jetzt die Stimme – es war der Mann, der sie in der Höhle bewacht hatte – und hätte beinahe nervös aufgelacht. Dann beeilte sie sich, mit ihren Begleitern ins Lager zu kommen. Mit einem kurzen Blick überzeugte sie sich davon, dass der Wachmann ihnen folgte. Er versuchte, auch die Strecke hinter ihnen im Auge zu behalten, doch die Verlockung des glänzenden Goldes war sogar für einen von Warbricks Männern zu stark.

Imogen dankte stumm dem Mann, der die Teller mitgenommen hatte. Diese goldglänzenden Scheiben waren einfach eine ungeheuere Versuchung.

Sie betraten das Lager. Ein kleines, sorgsam abgeschirmtes Feuer verbreitete gerade genug Licht, dass sie Warbricks

Männer erkannte, die darum herum saßen, und auch die vier mit Knüppeln bewaffneten, die ihren Gefangenen bewachten. FitzRoger hing vornüber. Heilige Maria, Mutter Gottes, lass ihn nicht ohnmächtig sein!

Der Mann mit den goldenen Tellern ließ einen davon mit einem lauten, metallischen Klang zu Boden fallen. Er kreiste unweit des Feuers – glänzendes, flirrendes Gold. Der zweite Mann stolperte, aus seiner Schatulle fiel ebenfalls Gold. Und der dritte umklammerte seinen Teil des Schatzes wie ein wahrhafter Geizkragen.

Im ersten Moment rührte sich niemand, dann hob der erste von Warbricks Leuten ein Goldstück auf. Ein zweiter setzte sich in Bewegung. Dann noch einer. Sekunden später schienen sie alle vom Wahnsinn erfasst.

Nur FitzRogers vier Bewacher regten sich nicht. Sie zuckten. Sie schmachteten. Man konnte ihnen ihr Verlangen, sich auf das Gold zu stürzen, ansehen, doch sie blieben auf ihrem Posten.

Imogen drehte sich zum letzten ihrer Männer um. »Gib mir dieses Kästchen, du Trottel! Das ist die Schmuckschatulle meines Vaters, das sollst du nicht haben!« Sie entriss es ihm mit gespielter Heftigkeit, und sein Inhalt entleerte sich, für die vier gut sichtbar, auf den Boden.

Während des Wartens in der Burg hatte sie sich die Mühe gemacht, alle Beutel auszuleeren, denn natürlich wussten diese Männer nicht, dass man verschiedene Arten von Schmuck getrennt aufbewahrte. Und so flogen nun unterschiedlichste kostbare Stücke durch die Luft diesen Kerlen entgegen.

Imogen stürzte jammernd hinterher.

Die Männer hechteten darauf zu, um vor ihr zugreifen zu können.

Und nun stürmten Renald und seine Männer in das Lager.

Einer durchschnitt FitzRogers Fesseln, noch ehe Imogen ihn erreichte. Doch ihr Gemahl war kaum frei, als einer seiner Bewacher die Situation erfasste und wütend mit seinem

Knüppel ausholte. FitzRoger drehte sich, der Schlag traf ihn hart auf ein Schulterblatt, und er ging in die Knie. Nach Stunden reglosen Gefesseltseins verfügte er nicht mehr über seine natürliche, flüssige Beweglichkeit, und Imogen befürchtete, dass dieser Schlag ihm noch eine weitere Verletzung zugefügt hatte.

Sie rannte auf ihn zu und zog ihren Dolch, um ihn zu verteidigen. Der Mann holte erneut aus, dieses Mal zielte er auf FitzRogers Rippen. Dessen Leute waren zur Stelle, doch sie schienen unendlich langsam zu sein, während Imogen alle Zeit der Welt zu haben schien, um zu entscheiden, wo sie zustoßen wollte. Sie erinnerte sich daran, dass er einmal gesagt hatte, man müsse versuchen, den Hals zu treffen, und so stieß sie das lange Messer nun dort in eine ungeschützte Stelle. Der Mann brüllte auf und wand sich, und sein Blut schoss in hohem Bogen auf sie zu.

FitzRoger rappelte sich auf und zog sie in seine Arme, noch ehe ihr Gegner zu Boden ging.

»Eine wahrhaftige Bluttaufe, meine Amazone«, sagte er mit einem bebenden Lachen.

Imogen wischte sich mit ihrer zerschlissenen Tunika Blut und Tränen aus dem Gesicht und sagte sich, es sei nicht viel anders als beim Schweineschlachten, aber gleichzeitig zitterte sie von Kopf bis Fuß. Während um sie herum das Kampfgeschehen toste, blieb sie in den Armen ihres Gemahls; sie brauchte seinen Schutz und seinen Trost, aber gleichzeitig schützte sie auch ihn.

Wie eine Füchsin mit einem Jungen ließ sie nichts an ihn herankommen.

Renald rannte lachend vorüber und warf FitzRoger ein Schwert zu. Er fing es mit der linken Hand, jedoch ungeschickt. Wie schwer war seine Schulter verletzt? Er machte keine Anstalten, in die Schlacht einzugreifen, sondern stand schützend bei Imogen und dehnte und beugte seinen Körper, um seine Steifheit zu überwinden.

Als der Gefechtslärm nachließ, ließ er sie los, um sich noch mehr zu strecken und seinen in Mitleidenschaft gezogenen Körper so gut es ging zum Funktionieren zu bringen. Er sagte nur ein Wort: »Warbrick?«

»Er ist entweder in der Felswand oder unterwegs zum Lager.« Der Himmel wurde jetzt eindeutig hell. »Ein paar Mann bewachen den Weg hierher.«

Jene von Warbricks Männern, die noch nicht geschlagen waren, erkannten, dass sie keine Chance mehr hatten, und kapitulierten; FitzRogers Leute entwaffneten und fesselten sie. Sie hatten Fackeln mitgebracht, die sie nun entzündeten, um den Kampfplatz zu erhellen.

FitzRoger trat vor, die Arme um Imogen gelegt, als wollte er sie nie mehr gehen lassen.

Renald kam zu ihnen. »Dein verrückter Plan hat tatsächlich funktioniert, Ty.« Seinen Worten war die unverhohlene Freude darüber anzumerken, dass sein Freund gerettet war.

»Gier funktioniert immer«, entgegnete FitzRoger mit einer Nüchternheit, die sie beide in Erstaunen versetzte.

»Warbrick?«, fragte Renald fast mit einem Seufzer.

»Wo ist er?«

»Ich hoffe, unsere andere Gruppe hat ihn aufgehalten. Er muss das hier gehört haben.«

»Das hoffe ich auch.«

»Ty, wir können ihn gefangen nehmen«, sagte Renald. »Henry wird dafür sorgen, dass er seine gerechte Strafe bekommt.«

»Henry wird ihn wahrscheinlich nur enteignen und ins Exil schicken.«

»Dann sind wir ihn auch los.«

FitzRoger erwiderte nichts darauf. Er ließ Imogen stehen und ging zum Waldrand.

Imogen betrachtete ihren Gemahl zum ersten Mal mit klarem Blick, und nun sah sie es, und auch Renald bemerkte es. FitzRogers Gesicht war übel zugerichtet; er hatte eindeutig noch mehr Schläge bekommen, nachdem sie ihn verlassen hatte. Aber das wirklich Bedenkliche war die Unbeholfenheit seiner Bewegungen. Die Pfeilwunde musste ihm Schmerzen im rechten Arm bereiten, und es würde an ein Wunder grenzen, wenn der Schlag mit dem Knüppel ihm nicht irgendetwas gebrochen hatte. Zudem trat er mit dem rechten Bein nicht richtig auf.

Er war nicht in der Verfassung, einen Kampf durchzustehen, schon gar nicht gegen Warbrick.

Imogen wusste, ihm das zu sagen, würde zwecklos sein. Sie betete, dass jemand Warbrick beim Versuch, ihn gefangen zu nehmen, getötet hatte. Hätte sie diese Situation vorausgesehen, dann hätte sie befohlen, ihn zu töten.

Sie spähte in die dichten Schwaden am Fuß des Steilhangs, doch es war nicht erkennbar, was dort vor sich ging, und auch zu hören war nichts. Die Geschäftigkeit im Lager übertönte alle entfernteren Geräusche.

Sie stiegen den Hang hinab. Imogen blieb dicht an FitzRogers Seite, Renald nur einen Schritt hinter ihnen. Ein paar Männer brachten Fackeln, die ein spärliches Licht verbreiteten.

»Das war ein übler Hieb auf deine Schulter«, sagte Renald. FitzRoger ignorierte ihn.

»Ist etwas mit deinem Bein?«

»Es ist nur steif.«

»Und im Schwertarm scheinst du auch steif zu sein.«

FitzRoger ignorierte auch diese Bemerkung.

»Ty …«, versuchte Renald zu protestieren.

»Nein.«

Das war durch und durch FitzRoger. Die Art von Befehl, die absolut keinen Widerspruch duldete. Imogen betete, sein Freund möge FitzRoger bewusstlos schlagen, bevor dieser mit seinem Wahnsinn fortfuhr. Das hatte Renald schließlich schon einmal in den Geheimgängen getan. Aber nun kam ihm dieser Gedanke anscheinend nicht.

Sie fanden Warbrick am Fuß des Steilhangs, in die Enge getrieben wie ein wild gewordener Bär, der von der Meute umstellt war. Und wie ein mit einem Köder angelockter Bär hatte er Blut geleckt – nicht weit von ihm lag eine Leiche, und sein Schwert glänzte rot im Licht der Fackeln.

FitzRoger drängte vorwärts; Imogen ging mit ihm. Als Warbrick ihn erblickte, fluchte er wild. »Ich hänge meine Männer an ihren eigenen Gedärmen auf!«

»Sie haben es immerhin versucht«, konterte FitzRoger fast freundlich.

Warbrick baute sich zu seiner vollen Größe auf. »Also gut, Bastard. Was nun?«

»Nun töte ich dich. Du hast viele Sünden auf dich geladen, für die du es verdienen würdest zu sterben, aber du wirst dafür sterben, dass du meine Gemahlin berührt hast.«

Warbrick lachte. »Ich habe sie nicht nur berührt! Hat sie dir gesagt, was da oben geschehen ist? Natürlich nicht. Sie würde es abstreiten.«

Imogen wollte protestieren, doch FitzRoger brachte sie mit einer Geste zum Schweigen.

»Sie würde mich nicht belügen. Wie auch immer, leiden wirst nur du. Schild.«

Es war nur ein Wort, doch im nächsten Augenblick hatte man ihm bereits einen Schild gereicht.

»Und einen für ihn.«

Zögernd gab man auch Warbrick einen Schild. Imogen tröstete sich damit, dass er nicht groß genug war, die Leibesfülle dieses Mannes abzudecken.

Sie zog FitzRoger etwas nach hinten; er ließ es zu.

»Das ist Wahnsinn!«, zischte sie. »Häng ihn auf. Er verdient es.«

»Ich habe versprochen, ihn für dich zu töten«, erwiderte er ruhig und bewegte seine Schulter.

»Dann mach es mit einem Seil.«

»Nein.«

»Ich nehme meine Forderung zurück. Lass den König die Sache regeln.«

»Nein. Er muss durch meine Hand sterben.«

Am liebsten hätte sie ihn geschlagen. »Du bist dazu nicht in der Verfassung!«, protestierte sie. »Du hast die Pfeilwunde, und es ist ein Wunder, dass der Knüppel dir nicht die Schulter gebrochen hat!«

Er verschloss ihr grob den Mund mit der Hand. Seine Augen waren kalt von der tödlichen Wut, die ihn ergriffen hatte. »Du bist jetzt still«, erklärte er. »Du bleibst hier stehen, wo es sicher ist, und schaust still zu, wie es einer guten Gemahlin geziemt.«

Als er sie losließ, fauchte sie: »Und was soll ich tun, wenn du verlierst?«

Er schüttelte den Kopf. »Ich muss dich wohl verprügeln, wie? Wenn ich verliere, dann gib dich wenigstens nicht dem Sieger hin.«

Wütend schaute sie ihm nach, wie er weghumpelte. Nur ein steifes Bein? Sie bezweifelte es. Hätte sie geglaubt, Aussicht auf Erfolg zu haben, dann hätte sie seinen Männern befohlen, ihn wieder an den Baum zu fesseln, während sie Warbrick eigenhändig erhängte.

Aber sie würden ihr niemals gehorchen.

Plötzlich hatte sie eine Idee.

Eine Idee, die sie entsetzte.

Doch in den letzten Tagen hatte sie so viele Dinge getan, die sie entsetzten, dass es auf eines mehr oder weniger kaum mehr ankam. Bevor ihre Nerven endgültig versagten, hob sie einen faustgroßen Stein auf und ließ ihn auf den ungeschützten Kopf ihres Gemahls niedersausen.

Sie wollte ihn auf keinen Fall töten, deshalb dachte sie einen schrecklichen Augenblick lang sogar, sie hätte nicht fest genug zugeschlagen. Er taumelte und drehte sich zu ihr um, ungezügelte Wut funkelte in seinen Augen.

Dann brach er vor ihren Füßen zusammen.

19

»Bei den Wunden des Heilands!« Renald brachte das Entsetzen, das in den Gesichtern aller Männer stand, zum Ausdruck.

Aller Männer bis auf Warbrick. Der lachte schallend. »Du weißt, dass er gegen mich keine Chance hat, wie?«

Imogen blickte ihm in die Augen. »Tötet ihn«, sagte sie dann eisig zu den Männern. »Es ist mir egal, wie. Tötet ihn.«

Eine unheimliche Stille entstand, dann legte ein Bogenschütze ungerührt einen Pfeil an und schoss. Mit einem Fluch fing Warbrick das Geschoss mit dem Schild ab, doch ein zweites traf ihn in den Arm. Imogen beobachtete, wie ihr Todfeind mit Pfeilen gespickt wurde wie einst FitzRoger, nur dass dieses Mal kein schützender Panzer mit im Spiel war.

Warbrick war kein Feigling. Er versuchte, auf seine Angreifer loszugehen, doch Krieger mit eisigen Mienen hielten ihn in Schach. Er wurde zum Ziel von immer mehr Pfeilen; brüllend torkelte er umher und gebärdete sich wie ein wild gewordenes Tier. Dann senkte sich endlich ein Pfeil tief in seine Brust, und er brach mit einem letzten Schrei im Todeskampf zusammen.

Eine unheimliche Stille entstand.

Angeekelt und ernüchtert wandte sich Imogen ab, um die letzten Zuckungen des Mannes nicht sehen zu müssen, und fragte sich, was ihr Gemahl jetzt wohl mit ihr tun würde. Heftige Schauder schüttelten sie. Sie hatte tatsächlich FitzRoger bewusstlos geschlagen, um zu verhindern, dass er etwas tat, was er wahrscheinlich als eine Ehrensache betrachtet hätte …

Sie rechnete fast damit, dass er ihr gegenübertrat, die grünen Augen noch immer vor Wut blitzend, doch er lag gefesselt am Boden.

»Ich musste ihm noch einen zusätzlichen Klaps geben«, sagte Renald kopfschüttelnd. »Bei der Heiligen Dornenkrone, Imogen, ich weiß nicht ...«

»I-Ich auch n-nicht«, stammelte sie und schlang die Arme um sich. »I-Ihr habt ihn doch nicht zu fest gebunden, nein? Seine Wunden ...«

»Fest genug, dass er sich nicht befreien kann«, erwiderte Renald. »Ich hoffe es jedenfalls«, fügte er dann grimmig hinzu. »Ich würde gern glauben, dass er es zumindest hinterher bedauern wird, wenn er Euch mit bloßen Händen erwürgt hat.«

Imogen legte erschreckt eine Hand auf den Mund. »Ist er w-wirklich so zornig?«

»Ich habe keine Ahnung, wie zornig er sein wird. So etwas ist schließlich noch nie vorgekommen. Mein Plan ist allerdings, Euch nach Cleeve zu bringen, während die Männer ihm hier einen starken Schlaftrunk einflößen und ihn zu Bett bringen. Und dann hoffen wir einfach, dass ihn seine Verwundungen erst einmal davon abhalten, auf Euch loszugehen, bis er sich allmählich etwas beruhigt.«

Imogen wünschte sich verzweifelt, ihren Gemahl selbst pflegen zu können, doch sie wusste, dass es nicht klug wäre, Renalds Plan zu widersprechen. »Ich bin mit allem einverstanden«, sagte sie nur unterwürfig. »Aber bitte nehmt ihm so bald wie möglich die Fesseln ab.«

Renald gab Befehle aus und eskortierte Imogen dann an das Burgtor. Sie mussten Pferde besorgen. Ihre Knie waren schwach, und ihr Kopf war so benebelt wie der graue Morgen. Sie zitterte unaufhörlich, und das nicht nur wegen der Kälte. Was würde mit ihr geschehen? Wenn sie Glück hatte, schlug er sie vielleicht nur halb tot.

Ihre größte Angst war, dass er sie verstoßen könnte.

Renald besorgte ihr etwas Wein und einen dicken Umhang, und dann brachte er sie mit einer sechsköpfigen Eskorte in gestrecktem Galopp nach Cleeve.

Imogen schaffte es zwar, nicht vom Pferd zu fallen, aber beim Absteigen brach sie zusammen, und als sie wieder zu Bewusstsein kam, lag sie in einem Bett, hatte von Kopf bis Fuß Schmerzen und fühlte sich hundeelend.

Am liebsten hätte sie die Augen nie mehr aufgemacht, doch sie öffnete sie einen Spalt und schließlich ganz, um sich den Raum anzusehen, in dem sie lag. Sie hatte erwartet, dass FitzRoger hier sein und darauf warten würde, seine Wut an ihr auslassen zu können. Als sie bemerkte, dass er nicht da war, sank ihr der Mut, und ihr kamen sofort die schlimmsten Dinge in den Sinn.

Er war zu sehr verwundet und konnte sich nicht bewegen.

Er war tot.

Er wollte sie nie wieder sehen.

Sie drehte sich zur Seite und weinte bittere Tränen. Nach einer Weile fiel ihr ein, dass er einmal zu ihr gesagt hatte: »Ich hoffe, Ihr müsst niemals meinetwegen weinen, aber ich halte es durchaus für möglich.« Damals hatten sie wohl beide nicht geglaubt, dass sie einmal weinen würde, weil er nicht bei ihr war.

Imogen schlief wieder ein, sie schlief den Schlaf der Erschöpfung, und wachte am Abend auf, ohne sich in irgendeiner Weise besser zu fühlen.

Doch zumindest musste sie dieses Mal nicht weinen, sondern ging matt daran, sich Pläne für ihr weiteres Dasein zurechtzulegen.

Als sie sich aufsetzte, wobei ihr ganzer Körper schmerzte, fand sie neben dem Bett Ale und Brot. Das Brot war schon ein wenig hart, und in dem Bier schwammen ein paar Mücken, aber sie aß und trank dennoch.

Dann begutachtete sie ihre Blessuren. Ihre Füße waren an einigen Stellen wieder wund; ein paar der schlimmsten waren sogar wieder aufgebrochen. Aber das machte nichts. Sie musste nirgendwohin gehen.

Sie hatte erschreckend viele blaue Flecken und Kratzer, über deren Herkunft sie nichts sagen konnte, doch am schlimmsten war es um ihr Gesicht bestellt. Vorsichtig befühlte sie ihr Kinn, das von Warbricks Schlag noch sehr wehtat; sicherlich war es schwarz und blau angelaufen.

Dann fanden ihre Finger noch eine andere verletzte Stelle – den Schnitt in ihrer Wange, der von der Laternenscherbe herrührte.

Ein leises Jammern entschlüpfte ihren Lippen, als sie sich vergegenwärtigte, dass sie künftig wohl eine Narbe haben würde. Sie wollte ihre Schwäche nicht zeigen, und so schloss sie trotzig den Mund; sie konnte jedoch nicht verhindern, dass ihr die Tränen über die Wangen rollten.

Eine Frau steckte vorsichtig den Kopf zur Tür herein und trat dann ein. »Aber Mylady, was habt Ihr denn? Seid unbesorgt. Jetzt ist doch alles gut.«

Imogen fand das ausgesprochen komisch, aber sie brachte es fertig, nicht zu kichern. »Mein Gesicht!«, sagte sie keuchend.

Die schon etwas ältere Frau setzte eine bedauernde Miene auf. »Na ja. Ganz so, wie es war, wird es wohl nicht mehr. Aber wenn es verheilt ist, wird es schon viel besser aussehen, glaubt mir. Ich bringe Euch etwas Salbe von der alten Margery, das hilft.« Sie nahm den Becher und den Teller an sich. »Und nun, Lady, ist Euch nicht nach einem Bad?«

Jetzt erst wurde Imogen bewusst, dass sie nur ihr Unterkleid anhatte, und selbst dieses war schmutzig und blutbefleckt. Auch in ihren Haaren klebte Blut; es roch scheußlich. »Ja«, antwortete sie.

Sobald die Frau den Raum wieder verlassen hatte, stieg Imogen mit Schmerzen aus dem Bett und sah an sich hinunter. Angewidert zog sie das zerfetzte Unterkleid aus und wickelte ein Laken um sich. Das Unterkleid war zu nichts mehr zu gebrauchen, außer um daraus Lumpen zu machen, dachte sie, doch dann entdeckte sie darauf ein paar besondere Blutstropfen.

Niemand sonst wären sie unter all den anderen Flecken aufgefallen, doch sie wusste sofort, dass diese vom Vollzug ihrer Ehe stammten. Traurig ließ sie sich, das Kleid an sich drückend, auf das Bett sinken. Zu diesem Zeitpunkt waren sie beide für einen kurzen Moment glücklich gewesen, in ihrer dunkelsten Stunde. FitzRoger hatte sich ihr geöffnet, wie er sich vielleicht noch nie einem Menschen geöffnet hatte. Er hatte ihr vertraut.

Und sie hatte ihn verraten.

Ja, es war Verrat gewesen.

Die Ehre hätte geboten, ihn in den Tod gehen zu lassen.

Aber das hätte sie nicht übers Herz gebracht. Niedergeschlagen dachte sie die ganze Sache noch einmal durch und kam zu dem Schluss, dass sie wieder so handeln würde. Wenn sie den Mut dazu hätte. Das war es, was ihr jetzt fehlte – diese Verwegenheit jener vierundzwanzig Stunden, in denen sie den Tod vor Augen gehabt hatten.

Diener trugen den Zuber herein – es war derselbe, den sie bereits bei ihrem ersten Aufenthalt in Cleeve benutzt hatte. Auch damals war sie in einem bedauernswerten Zustand gewesen, dachte Imogen wehmütig. Die Frauen schlugen ihn mit Tüchern aus und füllten warmes, nach Kräutern duftendes Wasser ein. Zwei von ihnen halfen ihr hinein, nicht ohne Entsetzen über die zahllosen Blessuren ihrer Herrin zu äußern.

»Oh, Lady!«, rief die eine. »Euer Haar! Euer wunderschönes Haar!«

Imogen griff an die Stelle, wo ihre Haare jetzt nur mehr bis zum Schlüsselbein reichten, und umfasste dann den verbliebenen Zopf, der ihr bis auf die Oberschenkel fiel.

Unter peinlichem Schweigen begannen die beiden Frauen, den Zopf zu lösen. Ihre Betroffenheit lastete spürbar auf der

Szene. Schönes Haar war die größte Zierde jeder Lady, umso länger es war, umso mehr galt es. Manche mussten sich mit Zöpfen zufriedengeben, die bis zur Taille reichten, oder gar nur bis zu den Brüsten. Viele verlängerten sie mit künstlichem Haar.

Aber keine Lady trug das Haar so kurz, dass man kaum mehr einen Zopf flechten konnte.

»Schneidet die andere Seite auch ab«, befahl Imogen harsch.

»Oh, Lady …«

»Ich kann ja wohl kaum eine Seite lang und die andere kurz tragen. Also schneidet es ab.«

Eine der Frauen holte ein scharfes Messer und trimmte Imogens Haare mit unsteten Händen, bis sie alle die gleiche Länge hatten.

»Oh, Lady«, bemerkte die andere gedankenlos, »Ihr seht aus wie ein Jüngling!«

»Wenigstens wird es jetzt leichter zu waschen sein«, meinte Imogen ungerührt. »Gibt es hier einen Spiegel?«

»Hm, ich glaube nicht, dass …«

Imogen bedachte die zaudernde Frau mit einem eisigen Blick. »Bringt mir einen.« Die Magd verdrehte die Augen und eilte hinaus.

Imogen versuchte, sich zu entspannen, und ließ sich von den Frauen waschen. Was nicht zu ändern war, das musste ertragen werden, und schließlich würden ihre Haare wieder wachsen. Aber wie lange würde es dauern, bis die vormalige Pracht wiederhergestellt war? Sie hatte keine Ahnung. Ihr Haar war seit ihren Kindertagen nicht mehr gekürzt worden.

Jahre vermutlich.

Verglichen mit all ihren anderen Sorgen sollte diese eigentlich unwichtig sein. Und dennoch lastete sie auf ihrer Seele wie eine düstere Wolke.

Wie sie gesagt hatte, war es zumindest einfach, den Schmutz und das Blut auszuwaschen, doch die Frage, was sie danach damit tun sollten, machte die Frauen ratlos. »Ich könnte Euch kleine Zöpfchen flechten, Lady«, meinte die eine zweifelnd.

Kurze Stummelschwänzchen? »Nein, lasst es bleiben. Wo ist dieser Spiegel?«

Er war einfach, aus poliertem Silber, aber er reichte aus. Inzwischen hatte Imogen ein geborgtes Kleid angezogen. Sie hielt den Spiegel vor sich. Obwohl sie auf einiges gefasst war, konnte sie nicht verhindern, dass ihr der Atem stockte, als sie sich sah.

Die eine Seite ihres Gesichts war schwarz, blau und gelb und noch dazu geschwollen, die andere von einer klaffenden Schnittwunde entstellt. Die Augen waren gerötet und verschwollen. Ihre langen Haare waren immer gewellt gewesen; jetzt kräuselten sie sich und schienen nicht zu bändigen.

Und in den einfallenden Sonnenstrahlen sahen sie tatsächlich rot aus!

Imogen drückte den Spiegel einer der Frauen in die Hand und verkroch sich mit zitternden Lippen im Bett. »Geht!«, befahl sie, und die Mägde verließen in stummer Betroffenheit den Raum.

Etwas später klopfte es an der Tür. Imogen ignorierte es. Eines war gewiss, FitzRoger würde nicht klopfen.

Die Tür öffnete sich. Imogen blickte auf, trotz besseren Wissens hoffnungsvoll. Es war Renald.

Sie merkte, wie er bei ihrem Anblick zusammenzuckte. »Was tut Ihr denn hier?«

»Meint Ihr, ich sollte besser in Carrisford sein?«, fragte er nüchtern zurück. »In Eurem Zustand hätte ich Euch allerdings vielleicht lieber dort lassen sollen. Ty müsste ein Ungeheuer sein, wenn er sich jetzt an Euch rächen wollte.«

Imogen biss die Zähne zusammen. »Renald, falls Ihr glaubt, dass das ein Trost ist, irrt Ihr Euch. *Ich* bin ein Ungeheuer, so, wie ich aussehe.«

Er trat zu ihr. »Wunden heilen, Imogen. Ich habe genug gesehen, und die Euren hinterlassen keine ernst zu nehmenden Spuren.«

»Meine Haare!«, klagte sie.

Er schüttelte den Kopf. »Bei all dem, was geschehen ist, macht Ihr Euch Sorgen um Euer *Haar?*«

Sie blickte ihn jämmerlich an. »Wie geht es ihm?«

»Ich weiß es nicht. Wir haben keine Nachricht.«

»Oh.« Einen Moment später meinte sie: »Vielleicht sollten wir einen Boten schicken.«

»Das würde ihm verraten, wo Ihr seid.«

Sie setzte sich abrupt auf. »Er weiß es nicht? Dann schickt einen Boten!«

Renald runzelte die Stirn. »Das wäre vielleicht nicht klug, Imogen. Gebt ihm Zeit.«

Imogen konnte es nicht glauben. »Wenn er bei Bewusstsein ist, wird er sich Sorgen machen. Es ist nicht recht, ihm so zuzusetzen!«

»Ihm zuzusetzen!«, wiederholte Renald mit großen Augen; dann zuckte er die Achseln. »Ich habe euch beide von Anfang an nicht verstanden, also, wenn Ihr wollt, dass ich einen Boten schicke, dann tue ich es.«

»Ich will es.«

»Seid Ihr sicher?«

»Ja!«, schrie Imogen und zuckte sofort wegen ihres schmerzenden Kiefers zusammen. Renalds Unsicherheit strapazierte ihre ohnehin blank liegenden Nerven noch mehr. Glaubte er tatsächlich, FitzRoger würde hier hereinplatzen und sie Stück für Stück auseinandernehmen? Vielleicht.

Renald ging zur Tür, machte dann aber noch einmal kehrt. »Eines noch, Imogen«, sagte er sehr ernst. »Denkt gar nicht erst daran, Cleeve gegen Ty halten zu können. Eher fessle ich Euch und werfe Euch über die Mauer, als Euch dabei zu unterstützen.«

»Das würde ich nie versuchen!«, keuchte sie.

Er zuckte die Achseln. »Ich wollte das nur klarstellen. Wer weiß schon, was Euch noch alles in den Sinn kommen könnte.«

Imogen sank auf die Kissen zurück. Wahrscheinlich sollte sie Angst davor haben, was geschehen würde, wenn ihr Gemahl wusste, wo sie sich aufhielt; aber alles, was sie wollte, war die Nachricht, dass es ihm gut ging.

An diesem Abend kam keine Nachricht mehr, und Imogen ging schlafen, wobei ihr plötzlich bewusst wurde, dass sie in FitzRogers Bett lag. Natürlich hatte man sie ins Obergeschoss gebracht. Wohin sonst?

Nichts kennzeichnete das Gemach als seines, denn der Großteil seiner persönlichen Habe war in Carrisford und der Rest in Truhen eingeschlossen. Doch sie meinte, ihn hier zu spüren.

Sie umarmte ein Kissen, auf dem vermutlich sein Kopf geruht hatte, und schlief ein.

Als das Licht des neuen Tages sie aus quälenden Träumen weckte, sah die Lage nicht besser aus.

Sie musste akzeptieren, dass es eine sehr ernste Angelegenheit war, wenn eine Frau ihrem Mann gegenüber handgreiflich wurde oder ihn gar bewusstlos schlug. Sie war nicht einmal sicher, ob sie das nicht ihr Leben kosten könnte.

Sie glaubte zwar nicht, dass FitzRoger diese Strafe fordern würde, aber andererseits konnte er ihre Tat kaum ungesühnt lassen. Arrest bei Wasser und Brot? Öffentliche Züchtigung? Ihre größte Angst war, dass er sie ganz verstoßen könnte.

Was sollte sie tun, wenn er sie in ein Kloster steckte? Sie fragte sich auch, ob das, was sie getan hatte, ein Scheidungsgrund war.

Imogen legte eine Hand auf ihren flachen Bauch. Es bestand eine geringe Chance, dass sie schwanger war. Sie betete inbrünstig, dass es so sein möge, wohl wissend, dass

FitzRoger mit seiner Familiengeschichte niemals eine Frau fallen lassen würde, die sein Kind unter dem Herzen trug.

Aber selbst wenn er sie wieder zu sich nahm, würde er je wieder entspannt mit ihr zusammensein können? Ihr jemals wieder vertrauen?

Nach wie vor war sie überzeugt, dass sie sich in der gleichen Situation wieder genauso verhalten würde. Sie würde sich auf dem Scheiterhaufen verbrennen lassen, um sein Leben zu retten. Ihre Gedanken drehten sich in den immer gleichen, erschöpfenden Kreisen.

Auf ein Klopfen hin traten Bedienstete ein und brachten Imogens Truhen und sogar ihre Harfe. Eines der Mädchen war Elswith; sie schien nervös, lächelte jedoch.

Imogen setzte sich in ängstlicher Erwartung auf. Ihre Truhen? Ihre Zofe? Was hatte das zu bedeuten? Renald war bei ihnen.

»Ty liegt offenbar mit Fieber im Bett, aber er ist gesund genug, um Eure Kleider und Eure Zofe schicken zu lassen.«

Imogen schluckte. »Ist seine Erkrankung gefährlich?«

»Soweit wir wissen, nein.«

»Was hat er über mich gesagt?«

»Er befahl, Eure Sachen hierherzubringen.«

Imogen wusste nicht, ob das ein gutes oder ein schlechtes Zeichen war. »Ist das alles?«

»Mir hat er eine Nachricht geschickt: Ihr sollt Castle Cleeve auf keinen Fall verlassen.« Plötzlich wurde er lockerer und lächelte etwas. »Das bedeutet zumindest, dass er Euch nicht in einem ersten Wutanfall umbringen wird.«

»Danke«, sagte Imogen schwach.

»Und ich bezweifle auch, dass er Euch sehr züchtigen wird, Imogen. Ty tut so etwas nur dann kaltblütig, wenn er glaubt, dass es einen Zweck erfüllt.«

»Es könnte aber sein«, gab sie freudlos zu bedenken, »dass es ihm danach einfach nur besser geht.« Dass Renald es als selbstverständlich betrachtete, dass FitzRoger sie schlagen würde, war ihr nicht entgangen.

Er lachte. »Lasst ihm Zeit, Imogen. Er wird Euch vergeben.«

Diese Prophezeiung hörte Imogen mit Dankbarkeit, denn sicher kannte Renald FitzRoger besser als sie, und eine milde Prügelstrafe wollte sie gerne akzeptieren, wenn er ihr dann verzieh.

Das erinnerte sie daran, dass sie ihren Meineid noch immer nicht gebeichtet hatte. Wenigstens machte es nun keinen Sinn mehr, ihn zu widerrufen. Denn nun entsprach der Eid der Wahrheit, und Lancaster war tot. Sie brauchte nur noch einen Priester.

Ermutigt verließ Imogen das Bett und verlangte nach einem Geistlichen.

Innerhalb einer Stunde kam ein Priester aus dem Dorf. Er war ein einfacher Mann, und sie belastete ihn nicht mit Details, sondern beichtete lediglich, sie habe einen falschen Eid auf das Kreuz geleistet. Der Diener Gottes zeigte sich angemessen entsetzt, doch ihrer absoluten Reue und der Tatsache versichert, dass keine Möglichkeit einer Wiedergutmachung bestand, erteilte er ihr die Absolution. Als einzige Strafe erlegte er ihr auf, zwei Wochen lang jeden Abend auf Knien zu beten und die Heilige Mutter Gottes um Kraft zu bitten, damit eine solche Sünde nie mehr vorkommen möge.

Das war Imogen sehr recht; sie hatte ohnehin eine Menge Gründe zu beten.

Sie schickte den Mann weg mit dem Versprechen, beizeiten eine besondere Spende für seine Kirche zu leisten. Sie fragte sich, ob so etwas in ihrer Macht stand, wusste jedoch, dass FitzRoger, wie immer alles andere auch ausgehen mochte, sich dafür einsetzen würde, dass sie ihr Wort halten konnte.

Im hellen Licht des Morgens sang sie sogar, denn nun war sie vom Einzigen, was ihre Seele wirklich belastet hatte, reingewaschen.

Elswith legte ihr Kleidung zurecht, die ihr Gemahl hatte schicken lassen. Die junge Zofe sorgte sich wegen des Aussehens ihrer Herrin, doch ansonsten schien sie glücklich und ohne Furcht. Renalds Bericht hatte sie kaum Neues hinzuzufügen.

Lord FitzRoger liege im Bett und kuriere seine Wunden aus, erzählte sie Imogen. Er esse normale Kost und sei offenbar den Umständen entsprechend wohlauf. In der Burg würden Gerüchte bezüglich Warbricks kursieren, und dass Imogen ihren Gemahl niedergeschlagen habe, doch nur wenige hielten das für möglich. Keiner der Männer, die die Szene miterlebt hatten, schien eine genaue Erinnerung daran zu haben.

Imogen fiel auf, dass Renald alle Männer, die Zeugen dieser Szene gewesen waren, als ihre Eskorte nach Cleeve gebracht hatte. Die restlichen hatten wahrscheinlich wegen des Nebels kaum etwas davon mitbekommen. Das gab ihr Hoffnung. Es war besser, wenn diese Sache lediglich zwischen ihr und FitzRoger geklärt werden musste, als wenn ein öffentlicher Skandal daraus wurde.

Elswith zufolge wusste niemand so recht, weshalb Imogen in Cleeve war, doch die meisten glaubten, sie würde, solange ihr Gemahl erkrankt war, nach dem Rechten sehen für den Fall, dass der König einen Besuch abstatten wolle.

Ein kluges Gerücht. Von FitzRoger in die Welt gesetzt? Imogen hoffte es.

Der schwierigste Teil würde das Warten werden, das Warten darauf, über ihr weiteres Schicksal unterrichtet zu werden. Wenn die Nachricht eintraf, wollte sie so gut wie möglich aussehen. Schließlich war sie noch immer Imogen von Carrisford, und nun auch noch die Gemahlin FitzRogers von Cleeve.

Imogen grübelte über ihre Frisur nach und kam zu dem Entschluss, sie könne, um das Schlimmste zu verbergen, einen Schleier tragen. Sie drapierte sich ein Stück feines Leinen über den Kopf. »Gib mir einen Haarreif, Elswith. Den goldenen.«

Da die Zofe nicht reagierte, drehte sich Imogen zu ihr um. Das Mädchen war errötet. »Euren Schmuck durfte ich nicht mitbringen, Lady. Ein Befehl des Herrn.«

»Gar keinen?«, fragte Imogen kühl.

Das Mädchen schüttelte den Kopf.

»Nicht einmal meine Morgengabe?«

»Nein, Lady.«

Diese Neuigkeit ließ Imogens Mut sinken. Dass ihr besonderes Geschenk nicht hier war, brachte sie fast schon wieder den Tränen nahe, denn es war eine klare Aussage. War FitzRoger bereits jetzt im Begriff, sie zu verstoßen?

Es bedeutete ferner, dass er vollkommen über ihren Reichtum verfügte, sowohl über ihren persönlichen Besitz als auch über den gesamten Schatz von Carrisford. Zu ihrer eigenen Überraschung bemerkte Imogen jedoch, dass ihr das kein Kopfzerbrechen bereitete. Zum einen hatte sie schlicht nicht die Energie, sich darum Sorgen zu machen, zum anderen wusste sie nun auch, dass er ihren Reichtum nicht vergeuden würde. Er würde ihn auf die eine oder andere Art verwenden, um ihrer beider Stellung und Macht zu vergrößern.

Falls er sie nach wie vor als Paar betrachtete.

Imogen biss die Zähne zusammen, um nicht zu weinen. »Dann werde ich etwas anderes versuchen, Elswith. Bring mir ein längeres Stück Stoff.«

Imogen hatte keine Lust, sich so, wie sie aussah, öffentlich zu zeigen, und so verbrachten sie und Elswith den Morgen damit, ein Stück weißen Batist einzusäumen und so um Imogens Kopf zu drapieren, dass es den Großteil ihres Haars verbarg.

Endlich waren sie einigermaßen mit dem Ergebnis zufrieden, wenngleich Imogen ihrer Meinung nach noch immer grauenhaft aussah. Für den Rest des Tages blieb sie in ihrem

Gemach und übte lustlos auf der Harfe. FitzRoger hatte ihr Gesang gefallen; vielleicht konnte sie seine Gunst mit ihrer Stimme zurückgewinnen.

Es brauchte jedoch nur diesen ersten Tag, um sie davon zu überzeugen, dass ihr das Herumsitzen in ihrem Gemach viel zu viel Zeit zum Grübeln ließ und sie sich so selbst verrückt machte. Am zweiten Morgen stellte sie fest, dass sie ihre Sandalen wieder tragen konnte, und so machte sie sich an die Verwaltung von Cleeve Castle. Anfangs fragte sie sich, ob jemand etwas dagegen haben würde – schließlich war sie hier fast so etwas wie eine Gefangene –, doch wie sich zeigte, waren die Bediensteten sogar froh, eine Burgherrin zu haben.

Imogen stellte fest, dass die Burg mit FitzRoger über einen guten Herrn verfügte; nur einige weibliche Tätigkeitsbereiche waren vernachlässigt. So war man etwa, was die Näharbeiten und die Haltbarmachung von Nahrungsmitteln anging, nicht auf dem bestmöglichen Stand, und wenn Bruder Patrick fort war, ließ auch die medizinische Versorgung zu wünschen übrig.

Beim Gedanken an den Ordensmann blieb Imogen, an FitzRogers Gesundheitszustand erinnert, sorgenvoll im Türrahmen stehen.

Dann nahm sie Federkiel und Pergament zur Hand und schrieb:

An Bruder Patrick.
Bitte seid so gütig, Bruder, und sendet Nachricht nach Cleeve, ob mein Lordgemahl dem Tode nahe ist, damit ich ihn nötigenfalls aufsuchen kann.
Imogen von Carrisford und Cleeve

Die Nachricht wurde übermittelt, aber es kam keine Antwort. Imogen entschied sich, das als Entwarnung aufzufassen.

Renald sandte jeden Tag einen Boten nach Carrisford. Und jeden Tag kehrte der Bote mit Informationen zurück, aber nie mit einem Wort von FitzRoger, das direkt an ihn oder Imogen gerichtet gewesen wäre.

Sie hörten, er erhole sich von seinem Fieber.

Fieber, dachte Imogen voller Furcht.

Er hatte Fieber?

Am nächsten Tag erfuhren sie, FitzRoger habe das Bett verlassen, benötige jedoch einen Stock zum Gehen. Sein Knie sei aber offenbar nur stark geprellt.

Ein paar Tage später hieß es, Lord FitzRoger würde wieder in der Rüstung trainieren.

Imogens panische Angst um sein Wohlergehen ließ allmählich nach. Nun hatte sie nur mehr ihre eigene Zukunft, um die sie sich sorgen konnte. Sie musste davon ausgehen, dass ihr Gemahl eines Tages entscheiden würde, was er mit ihr zu tun gedachte, und das würde diese Ungewissheit beenden. Zumindest würde FitzRoger irgendwann seine Burg besuchen wollen.

Und würde sie dann in bester Ordnung vorfinden.

Imogen stürzte sich in die Arbeit, in dem verzweifelten Versuch, die Tage möglichst rasch vergehen zu lassen, und mit der Hoffnung, ihr Gemahl möge durch ihre Mühe und Tüchtigkeit milde gestimmt werden.

Sie setzte mehr Webstühle in Betrieb und organisierte die Vorratskammern und Speisenschränke besser. Sie stellte sicher, dass alles für die Winterlager bereit war, und ließ von einigen Männern den Saal weiß zu tünchen, damit er heller und freundlicher wirkte.

Jedes Mal, wenn sie durch den schmucklosen Raum schritt, lächelte sie traurig und dachte daran, Blumen an die Wände malen zu lassen.

Dann, etwa zwei Wochen nach ihrer Ankunft, spürte Imogen einen plötzlichen, aufsässigen Übermut in sich und ging daran, diesen Gedanken in die Tat umzusetzen.

Der Schreiber von Cleeve verstand auch etwas von Illustration; von ihm ließ sie ein simples Muster anfertigen und anschließend die verbliebene weiße Tünche mit Pigmenten mischen.

Damit bemalten die Männer die Wände entsprechend der Vorlage.

Renald kam dazu, als sie gerade ihre Arbeiter instruierte. Ihm blieb der Mund offen stehen. »Imogen …«

Er schüttelte den Kopf. »Blumen. Rosa Blumen.«

»Das wird den Saal um einiges freundlicher machen«, erklärte sie. »Ich denke, der Bote sollte unsere Arbeit hier sehen, bevor er nach Carrisford aufbricht.«

Renald starrte noch einmal auf die frisch gestrichenen Wände, doch dann blitzte Bewunderung in seinen Augen auf. »Ah, kleine Blume, Ihr seid entweder verrückt oder großartig. Oder beides.«

Imogen verbrachte den Tag in ungeduldiger Aufgeregtheit, die Reaktion ihres Gemahls erwartend.

Am Abend kam der Bote mit Father Wulfgan zurück.

War das seine Antwort, ein Vergeltungsschlag oder bloßer Zufall?

Der Priester stakste in den Saal und bedachte die Wände mit einem vernichtenden Blick.

»Tochter in Christo!«, rief er aus. »Ihr habt Schreckliches auf Euch geladen!«

»Ich denke nicht, dass die Blumen so schlecht sind«, hörte sich Imogen erwidern und unterdrückte ein gereiztes Kichern.

»Auf die Knie!«, donnerte der empörte Priester. »Ihr seid ein aufsässiges, ungehorsames Kind! Ihr seid des Teufels!«

Beinahe hätte Imogen gehorcht, doch sie fasste sich noch rechtzeitig. »Vielleicht sollten wir uns oben unterhalten, Father«, sagte sie gelassen und schritt ohne einen weiteren Blick auf Wulfgan voran.

Im Obergeschoss angekommen, stellte sie fast überrascht fest, dass er ihr tatsächlich gefolgt war, doch die Tür war kaum geschlossen, als er von neuem begann. »Ihr habt sehr schwer gesündigt, Tochter.«

Imogen faltete sittsam die Hände. »Auf welche Art, Father?« Sie wusste wirklich nicht genau, welches ihrer zahlreichen Verbrechen in Father Wulfgans Augen das grässlichste war.

»Euren Gemahl niederzuschlagen, Euren Herrn vor Gott!«

»Ihr habt ihn nie besonders geschätzt«, konterte sie.

»Dennoch ist er Euer Lord! Gottes Stellvertreter auf Erden für Euch. Es ist Eure heilige Pflicht, ihm zu gehorchen und zugetan zu sein.«

»Aber ich bin ihm zugetan«, protestierte Imogen. »Wenn ich ihn nicht niedergeschlagen hätte, wäre er getötet worden.«

Ihr kam der Gedanke, dass ihr Exil hier, falls es das Ziel verfolgen sollte, sie wieder zu einer »richtigen« und unterwürfigen Frau zu machen, zum Scheitern verurteilt war. Würde Wulfgan FitzRoger Bericht erstatten?

»Der Tod ist nichts, was man fürchten muss, mein Kind«, hielt er dagegen. »Nur die Schande.«

Imogen senkte den Blick, um diese Aussage zu bedenken. Konnte es sein, dass FitzRoger den Priester als Boten benutzte?

»Ich bin bereit, für meine Sünden Buße zu tun«, sagte sie schließlich, »wenngleich ich sie nicht bereuen kann.«

»Ihr seid von Schlechtigkeit durchdrungen«, murmelte er. »Wie könnt Ihr nur so unempfänglich für Eure Pflicht Eurem Lord und Gott gegenüber sein? Das habe ich ihm gesagt«, erklärte er. »Ich habe ihm wieder und wieder erklärt, dass er Euch in aller Öffentlichkeit streng züchtigen muss, sowohl, um seine Ehre wiederherzustellen, als auch, um Eure sündige Seele zu retten.«

Imogen schluckte, doch sie entgegnete tapfer: »Die Ehre meines Gemahls steht außer Zweifel.«

»Er macht sich zum Gespött, wenn er Euch nicht bestraft!«

»Es ist also allgemein bekannt?«

»Könnte es anders sein?«

Wahrscheinlich nicht, vermutete Imogen. Dennoch trug sie stolz den Kopf hoch. »FitzRoger könnte nie zum Gespött werden, was immer er auch tut.«

Wulfgan starrte sie entgeistert an. »Ihr seid in tiefer Sünde.«

»Bin ich das?«, fragte Imogen. »Und was ist mit Euch, nachdem Ihr Euch auf Lancasters Seite gestellt habt?«

»Lancaster?«, fragte Wulfgan. »Ich habe den Grafen von Anfang an für den Besseren gehalten. Aber was hat das damit zu tun?« Doch zum ersten Mal wirkte er verunsichert.

Imogen erkannte, dass FitzRoger es offenbar geschafft hatte, die verruchte Tat des Grafen zu verheimlichen. Es waren zwar einige unter Warbricks Männern, die sie preisgeben konnten, aber zweifellos hatte FitzRoger sich auch um sie gekümmert.

Auf welche Weise?

Waren sie tot?

Sich jetzt darüber Gedanken zu machen war nutzlos.

Sie verbarg ihren Irrtum. »Ihr habt den Grafen gegen meinen gottgegebenen Gemahl unterstützt.«

Wulfgans flammender Blick wurde unschlüssig. »Er war der Gottesfürchtigere.«

Imogen nutzte ihren Vorteil aus. »Aber ich war meinem Gemahl verpflichtet.«

Eine unkluge Bemerkung. Wulfgan war wieder auf festem Grund. »Ja, und dennoch habt Ihr ihn heimtückisch angegriffen! Wohin soll das führen, wenn eine Frau ihren Lord angreifen kann? Warum sollten dann andere nicht auch die Hand gegen den erheben, der über ihnen steht?«

»Ich habe gesagt, ich bin bereit, Buße zu tun.« Gewiss freute sie sich nicht darauf, gezüchtigt zu werden, aber sie konnte eine gewisse Gerechtigkeit darin erkennen, und wenn sie dadurch auch noch von ihren Sünden befreit wurde, dann sollte ihr das nur recht sein. »Seid Ihr gekommen, um mich nach Carrisford zu bringen, Father?«, fragte sie hoffnungsvoll.

Wulfgan war überrascht. »Ich? Nein. Ich habe Lord FitzRoger einmal mehr meine Ansichten dargelegt, und daraufhin meinte er, es wäre zweckmäßiger, wenn ich der Sünderin predigte, und schickte mich hierher.«

Imogens Lippen zuckten. Sie konnte sich die Szene fast vorstellen. Also kein Bote, dachte sie traurig, sondern praktisch eine Strafe. Aber sie sah in dieser Geste FitzRogers auch einen Funken Humor, und das gab ihr Hoffnung.

»Was macht FitzRoger zurzeit?«, fragte sie den Priester.

»Was jeder Mann seines Stands tut. Die Verwaltung der Burg macht Mühe, und er trainiert mit seinen Männern. Ich nehme an«, räumte er mürrisch ein, »es ist die Pflicht eines solchen Mannes, seinen Körper auszubilden, so wie ich meinen Geist schule.«

»Die Pflicht eines Paladins«, sagte Imogen leise und zuckte die Achseln. »Father, Ihr seid hier willkommen, aber ich vermute, im Kloster Grimstead hättet Ihr bessere Möglichkeiten, Euren Geist zu schulen.«

Zu ihrem Erstaunen nickte Wulfgan. »Da mögt Ihr recht haben. Ich fürchte, Ihr seid meiner Obhut nun entwachsen, Tochter. Ich bange um Euch, aber ich kann meiner Seele nicht erlauben, durch Eure in Gefahr zu kommen. Ich gestehe außerdem, dass ich, indem ich dem Grafen von Lancaster Gehör schenkte, womöglich von weltlichen Dingen versucht wurde. Deshalb werde ich eine Einsiedlerklause an der Klostermauer aufschlagen und dort den Rest meiner Tage in Buße verbringen.«

»Gut«, pflichtete Imogen bei, Erstaunen und Erleichterung verbergend, und fügte hoffnungsvoll hinzu: »Vielleicht wollt Ihr gleich jetzt dorthin gehen?«

Er nickte und schlug ein Kreuzzeichen. »Gott lenke Eure Schritte, Tochter, wenngleich ich fürchte, dass Ihr verloren seid.«

Imogen begleitete ihn noch bis zur Straße nach Grimstead. Sie fragte sich, ob ein derart leichter Sieg bei FitzRoger etwas galt.

Dann suchte sie Renald auf. »Wenn der nächste Bote Cleeve verlässt, Renald, dann soll er auf jeden Fall in Carrisford bekannt machen, dass Father Wulfgan nach Grimstead gegangen ist, um dort künftig als Einsiedler zu leben.« Sie konnte ein schelmisches Lächeln dabei nicht unterdrücken.

Renald schüttelte den Kopf. »Und was ist dann Euer nächstes Wunder?«

Imogens Lächeln verblasste, und sie seufzte. »Ich möchte eine gute Gemahlin werden, aber der Weg dorthin ist mir verborgen.«

Sie stieg auf die Brustwehr und blickte sehnsüchtig in Richtung Carrisfords, auch wenn es von hier aus nicht zu sehen war. Ihr Gefühl sagte ihr, dass FitzRoger nicht mehr wütend war, doch sie war sich nicht sicher, ob er nach ihr schicken lassen würde. Sie hatte ihre Monatsblutung gehabt; es würde sie also auch kein Kind verbinden.

Sie dachte daran, sich eigenmächtig nach Carrisford zu begeben, denn gewiss konnten sie von Angesicht zu Angesicht mehr erreichen, als wenn sie sich fern waren. Sie wurde nicht streng bewacht. Aber andererseits wollte sie FitzRoger davon überzeugen, dass sie von nun an sehr pflichtbewusst und gehorsam sein würde.

Am nächsten Tag brachte der Bote die Nachricht, der König sei in Carrisford eingetroffen. Warbricks Burg sei zerstört worden, seine Männer hätten sich zerstreut, soweit man sie nicht wegen schlimmer Verbrechen gehängt habe. Der

Bote berichtete von wilden Gerüchten über Gräueltaten und Folter, die angeblich dort stattgefunden hatten; Imogen mutmaßte, dass der Großteil davon wohl der Wahrheit entsprach.

»Und was hört man über Lord Warbricks Tod?«, fragte sie den Boten. »Was sagen sie darüber?«

Die Miene des Mannes wurde besorgt. »Es heißt, der König sei darüber nicht erfreut, Lady. Ich habe gehört, er will keine Selbstjustiz in seinem Land dulden.«

An diesem Abend zog sich Imogen mit einer ganz neuen Befürchtung in ihr Gemach zurück. Sie hatte in dem Vertrauen gelebt, dass FitzRoger niemals wirklich hart mit ihr verfahren werde. Aber der König? Wie FitzRoger gesagt hatte, galt Henrys erste Sorge seinem Königreich, und er würde alle notwendigen Schritte – und seien sie noch so erbarmungslos – unternehmen, die Art von Ordnung zu etablieren, die er wollte.

Ein bußfertiges Leben in einem Kloster erschien ihr jetzt als sehr naheliegend. Wieder füllten sich ihre Augen mit Tränen. Wie konnte sie leben, ohne FitzRoger wiederzusehen?

Am nächsten Tag hatte der Bote wenig zu berichten, außer, dass der König und FitzRoger viel Zeit im Gespräch miteinander verbracht hatten und dass FitzRoger sich mit Sir William im Schwertkampf geübt hatte – es sei ein derart wilder Kampf geworden, dass alle sich zum Zuschauen versammelt und befürchtet hätten, es werde einen Toten geben.

Imogen musste nicht erst noch Renalds ernste Miene sehen, um zu wissen, dass das nichts Gutes bedeutete.

Früh am nächsten Morgen traf eine Eskorte unter dem königlichen Banner ein, um sie nach Carrisford zu geleiten. Der Trupp wurde von Sir Thomas Gillerton angeführt, einem älteren Ritter mit steinerner Miene. Er wollte nichts über Sinn und Zweck dieser Maßnahme verlauten lassen, deshalb konnte Imogen nur vermuten, dass die Gerechtigkeit des Königs sie erwartete.

Und FitzRoger hätte beinahe Sir William getötet.

Sie wandte sich in Panik an Renald, doch der fasste sie beruhigend an den Händen. »Ty wird nicht zulassen, dass Euch etwas allzu Schlimmes widerfährt, Imogen.«

»Aber genau davor habe ich Angst!«, erwiderte sie atemlos. »Wird er sich meinetwegen gegen den König stellen? Dann bin ich sein Ruin!«

Ein Anflug von Betroffenheit huschte über Renalds Gesicht, doch er hatte sich sofort wieder im Griff. »Es fällt mir schwer zu glauben, dass Henry Ty töten lassen würde, um Warbrick zu rächen.«

»Ich könnte fliehen ...«

Sein Griff wurde noch fester. »Nein, Imogen.« Er sagte es ebenso bestimmt, wie FitzRoger es gesagt hätte.

Sie fügte sich. Es war Zeit, den Konsequenzen ihres Tuns ins Auge zu sehen. Aber während sie sich reisefertig machte, ging ihr dieses »töten lassen« nicht aus dem Kopf.

Sie musste einen Ausweg finden, um dieses neue Desaster zu verhindern, um zu verhindern, dass FitzRoger sich ihretwegen ins Verderben stürzte.

Aber endlich, endlich würde sie ihn wiedersehen.

20

Trotz allem musste Imogen lächeln, als sie Carrisford Castle wiedersah, in seiner ganzen Pracht und mit den Wimpeln, die im Wind flatterten.

Von ihrer Eskorte umgeben, ritt sie in den inneren Burghof ein, und ihr Blick suchte schon jetzt ihren Gemahl. Bestimmt würde er hier sein, um sie zu empfangen. Bei all ihrer Begierde, ihn zu sehen, musste sie sich doch fragen, was er denken würde, wenn er sie sah. Ihr Bluterguss war fast verschwunden, und die Platzwunde sah nicht mehr so schlimm aus, seit der Schorf abgegangen war; nur ihre Haare waren noch immer widerspenstig, und das konnte auch der Schleier nicht ganz verbergen.

Die Atmosphäre in der Burg löste dann jedoch Bedenken bei ihr aus. Alle, Bedienstete ebenso wie Bewaffnete, blickten ernst und schweigend zu ihr auf. Sie konnte nicht erkennen, ob die Menschen ablehnend reagierten oder um sie besorgt waren, aber niemand lächelte.

Dann spuckte ein Mann vor ihr aus. Imogen hielt ängstlich den Atem an; was er dachte, war unverkennbar.

Ihr Herz begann zu pochen, und sie schaute sich noch einmal nach FitzRoger um. Sie hätte alles darum gegeben, bei ihm zu sein, selbst wenn er vorhatte, sie zu verprügeln. Aber er war nicht hier, und ebenso wenig seine Ritter und die des Königs, ausgenommen Sir Thomas.

Dieser war es auch, der ihr beim Absteigen half und sie missmutig die Treppe zum Saal hinaufgeleitete. Imogen schaute nach oben; sie hatte das Gefühl, dass etwas Schreckliches sie erwartete, aber sie hatte keine Wahl, und so schritt sie hoch erhobenen Hauptes ihrem Schicksal entgegen.

Am Ende der Treppe befand sich ein kurzer Flur zur großen Flügeltür des Saals. Sie war geschlossen und bewacht. Als Imogen sich näherte, öffnete der Wächter sie, und sie sah sich einem Saal voller Männer mit ernsten Mienen gegenüber.

Imogen schluckte, insofern ihr trockener Mund das überhaupt zuließ, und trat ein.

Der König saß zentral an der Hohen Tafel, doch sie hielt Ausschau nach FitzRoger. Er hatte an einer Seite der Tafel Platz genommen.

Sie nahm jedes Detail in sich auf. Er trug Schwarz – *Trauerkleidung?*, fragte sie sich sofort – und außer seinem Ring keinen Schmuck. Ihr gemeinsames Erlebnis schien bei ihm nichts hinterlassen zu haben; sein Blick war unergründbar, wenngleich sie meinte, er wirke ein wenig besorgt.

»Lady Imogen!« Die schneidende Stimme des Königs lenkte ihre Aufmerksamkeit von FitzRoger ab. »Tretet näher!«

Imogen versuchte, sich mit einem tiefen Atemzug zu beruhigen, trat vor die Tafel und machte vor Henry einen tiefen Knicks.

»Ha! Ihr wisst also doch, Euch zu benehmen«, stellte er fest. »Imogen von Carrisford, Ihr habt nur wegen Eures besonderen Status als oberste Herrin von Carrisford eine Anhörung vor dieser Versammlung bewilligt bekommen, und dieser Status kann sehr wohl aufgehoben werden.«

Es hätte wohl wenig Sinn, oberste Herrin von Carrisford zu sein, wenn sie in einem Kloster wäre; das leuchtete Imogen ein.

»Ihr seid hier«, fuhr Henry fort, »um Euch zu zwei Anklagen bezüglich Angriffen auf zwei meiner Vasallen zu äußern. Die eine betrifft Euren Lord und Gemahl, den Ihr zudem gefangen genommen habt; die andere Lord Warbrick, den Ihr kurzerhand getötet habt. Was sagt Ihr dazu?«

Imogen musste sich bemühen, nicht in Panik zu geraten. Sie hatte nie daran gedacht, dass ihr Tun als Angriff auf

Vasallen des Königs – und damit auf diesen selbst – betrachtet werden könnte.

Ihre Knie wurden weich, doch sie nahm sich zusammen. »Ich gestehe beides, mein Lehnsherr, aber keine dieser Taten war gegen Eure Majestät gerichtet.«

Ihr unumwundenes Geständnis löste ein Murren im Raum aus. Zu spät kam ihr der Gedanke, dass es klüger gewesen wäre, ohnmächtig zu Boden zu sinken, am besten in Tränen aufgelöst und um Gnade flehend. Auch Wahnsinn aufgrund ihres übergroßen Leides hätte sie anführen können …

Stattdessen warf sie einen Blick auf FitzRoger, doch dessen Miene war nach wie vor unergründlich. Allerdings drehte er an seinem Ring.

»Habt Ihr irgendeine Rechtfertigung für Euer Tun, Weib?«, forderte sie der König in zornigem Ton heraus. Sie fragte sich, ob auch er eine Haltung tränenreicher Bußfertigkeit vorgezogen hätte. Nun, falls das der Fall war, hätte man sie vorwarnen sollen.

Imogen bedachte ihre Worte sorgfältig, denn sie fürchtete, dass sie hier für FitzRogers Leben ebenso kämpfte wie für ihr eigenes. Trotz seiner scheinbaren Ungerührtheit wusste sie in ihrem Herzen, in ihrer Seele, dass ihr Gemahl niemals tatenlos ihrer brutalen Bestrafung zusehen würde.

»Mylord König«, begann sie schließlich. »Als oberste Herrin von Carrisford hatte ich das Recht und die Pflicht, an Lord Warbrick Rache zu üben. Er hat meine Burg überfallen, meine Verwandten und Untergebenen ermordet, meinen Besitz und mein Land geplündert und versucht, mich zu vergewaltigen und zu töten. Als schwache Frau konnte ich nicht auf eigene Faust gegen ihn bestehen, also setzte ich meine Truppen ein, was rechtens ist.«

»Nicht *Eure* Truppen, Lady Imogen. Die Eures Gemahls!«

Imogen versuchte gerade, sich eine Erwiderung zurechtzulegen, als FitzRoger das Wort ergriff. »Mit Eurer Erlaubnis, Sire, das ist nicht ganz korrekt. Durch den in diesem Saal abgeschlossenen Ehevertrag behält meine Gemahlin die Oberhoheit über Carrisford bei, und diese Männer waren von Carrisford.«

Wieder entstand Unruhe im Saal, aber wirkliche Empörung wurde nicht laut. Konnte es sein, fragte sich Imogen, dass FitzRoger für sie Partei ergriff? Sie wagte es nicht, ihn anzusehen.

»Also«, erklärte Henry und pochte mit der edelsteingeschmückten Faust auf den Tisch, »also ist die Frage, ob Imogen von Carrisford als Herrin dieser Burg das Recht zustand, Lord Warbrick im Schnellverfahren zu verurteilen, oder ob sie ihn hätte festsetzen und vor Gericht bringen sollen.«

Imogen hoffte, die beiden Männer würden diese Frage unter sich ausdiskutieren, doch dem war offenbar nicht so, denn Henry fuhr sie an: »Nun, Weib?«

»Mylord FitzRoger dachte, eine Verurteilung im Schnellverfahren sei sein Recht, Eure Majestät, und ich dachte das ebenfalls.«

Nun erhoben sich laute Stimmen und äußerten Unmut. Imogen glaubte allmählich, dass Father Wulfgan recht gehabt hatte: FitzRoger würde sie öffentlich züchtigen müssen, um diese Sache unbeschadet zu überstehen. Und in Anbetracht der Lage bedeutete das für sie dann wohl sogar, glimpflich davonzukommen.

»Euer Gemahl hätte Lord Warbrick einen fairen Kampf angeboten«, hielt Henry ihr entgegen. »Ihr hingegen gabt Eurem Feind keine Chance.«

»Wäre mein Gemahl nicht verwundet gewesen, Sire«, erklärte Imogen stolz, »dann hätte Lord Warbrick gegen ihn ebenso wenig eine Chance gehabt.« Zu spät erkannte sie, dass eine solch beherzte Erwiderung unklug war.

Henry blickte ihr aufgebracht ins Gesicht. »Seid Ihr Euch nicht darüber im Klaren, Weib, dass ein Zweikampf durch die Hand Gottes entschieden wird? Der Schwächste im Land kann gegen den Stärksten obsiegen, wenn Gott auf seiner Seite steht!«

Es war, als würde sich eine Tür zum Licht der Sonne öffnen; sie war so verlockend, dass Imogen fast zögerte, sie zu durchschreiten. Sie atmete tief durch. »Dann, Sire, war Gott gewiss auf meiner Seite.«

Wieder ging ein Raunen durch den Saal, doch es klang weniger feindselig. Imogen meinte sogar, ein Kichern zu hören, war sich jedoch nicht ganz sicher. Ihr kam der Gedanke, dass keiner der Barone ihr das Recht absprechen konnte, ihre Feinde zu bestrafen, ohne sein eigenes Recht diesbezüglich zu schwächen. In dieser Sache würden die Männer also wohl eher dazu neigen, ihre Partei zu ergreifen als die des Königs.

Imogen sah in Henrys Augen etwas blitzen – war es Zorn oder Bewunderung? Der Ernst der Situation machte sie fast schwindlig. Vielleicht würde sie doch noch vor versammeltem Saal ohnmächtig werden, und das auch noch ganz und gar unfreiwillig.

Wieder trommelte der König ungehalten mit den Fingern auf dem Tisch. »Eure Rede ist zu klug, Imogen von Carrisford; hütet Eure Zunge. Nun sagt mir, könnt Ihr Euch auch aus dem Vorwurf herausreden, dass Ihr Euren Gemahl angegriffen habt?«

Heißt das, ich habe mich, was den ersten Anklagepunkt angeht, herausgeredet?, dachte Imogen verwirrt.

»Nun?«, fragte der König.

Imogen versuchte es, doch sie fand keine klugen Worte. »Ich dachte, er würde sterben«, sagte sie nur.

Ein betretenes Schweigen entstand im Raum.

Henry lehnte sich zurück. »Ihr dachtet, Lord FitzRoger sei nicht in der Lage, Lord Warbrick zu besiegen? Eben habt Ihr noch etwas anderes gesagt.«

Sie warf einen raschen Blick auf FitzRoger, doch dessen Miene war unverändert, die Maske vollkommen. Sie senkte den Kopf. »Ich dachte, er hätte das Ausmaß seiner Verwundung falsch eingeschätzt, Sire.« Sie wusste, dass solche Worte nicht zu ihrer Verteidigung angetan waren, und wartete ihr Urteil ab.

Der König überraschte sie. Er wandte sich an ihren Gemahl. »Mylord FitzRoger, hat Eure Gemahlin recht? Glaubt Ihr, Warbrick hätte Euch in diesem Zweikampf getötet?«

»Ich legte mein Schicksal wie immer in Gottes Hand, Sire«, antwortete FitzRoger.

Imogen riskierte einen Blick auf ihn. Er wirkte nach wie vor hart wie Eisen.

»Rückblickend betrachtet«, beharrte der König gereizt, »glaubt Ihr, Eure Wunden hätten einen Sieg durch Eure Fertigkeit allein unwahrscheinlich gemacht?«

»Sehr unwahrscheinlich«, erklärte FitzRoger unumwunden. »Ich konnte beide Arme und ein Bein nicht effektiv einsetzen.«

Imogen wünschte, einen Blick in den Saal riskieren und sehen zu können, wie die Männer dies aufnahmen. Sie waren hier die ausschlaggebenden Personen. Doch sie wusste, sie würden niemals akzeptieren, dass eine Frau die Dinge so energisch in die eigenen Hände nahm, selbst wenn es darum ging, das Leben eines Mannes zu retten.

Der König wandte sich an die Versammlung. »Nun denn. Zum ersten Anklagepunkt erklärt Lady Imogen, sie habe als Oberherrin von Carrisford das Recht gehabt, sich an Lord Warbrick für dessen Verbrechen gegen sie und die Ihren zu rächen. Spricht jemand dagegen?«

Imogen wagte zu hoffen. Mit dieser Formulierung machte Henry es unwahrscheinlich, dass Einspruch erhoben würde. Vielmehr würden die Lords und Barone das Recht eines Adeligen, in solchen Fällen eigenmächtig zu handeln, unterstützen, selbst wenn es sich um eine Frau handelte.

Henry registrierte das Schweigen und erklärte dann: »So sei es also. Jedoch soll jedermann unsere Absicht erkennen, dass die Gerechtigkeit im ganzen Land ordentlich und gleich sei. Wenn Lord Warbrick anders gewesen wäre, als er sich gezeigt hat, wenn es irgendeinen Zweifel an seiner Schuld gegeben hätte, dann hätte ich heute klar und deutlich meine Stimme erhoben.«

Imogen spürte Erleichterung in sich aufsteigen, was gefährlich war, weil es sie schwächte. Doch damit war der Hauptanklagepunkt sicherlich ausgeräumt.

»Nun«, fuhr Henry fort, »müssen wir uns dem zweiten Vorwurf zuwenden. Lady Imogen leugnet nicht, ihren Gemahl, meinen Vasallen, attackiert und seine Gefangennahme veranlasst zu haben. Sie behauptet jedoch, dies sei zu seinem Besten geschehen. Ihre Rechtfertigung ist, dass sie glaubte, ihr Gemahl sei nicht imstande gewesen, seine Angelegenheiten ohne ihre Hilfe zu regeln. Trotzdem ist Lord FitzRoger geneigt, Gnade walten zu lassen und ihr nur eine leichte Strafe aufzuerlegen. In Ansehen seiner treuen Dienste für uns sind wir bereit, über jegliches Vergehen, das gegen uns verursacht worden wäre, hinwegzusehen.«

Imogen konnte kaum atmen.

»Aber«, fuhr der König fort, »möglicherweise geht diese Angelegenheit über seine und unsere persönliche Nachsicht hinaus? Will dazu irgendjemand etwas sagen?«

Ein Stimmengewirr wurde laut; Imogen zuckte zusammen.

Henry rief den Saal zur Ordnung, und die Männer traten einer nach dem anderen vor. Die Worte unterschieden sich, doch die Botschaft war immer dieselbe: Eine Frau dürfe sich nicht über ihren Gemahl hinwegsetzen, erst recht nicht über ihr und sein Leben bestimmen, nicht einmal, um den Mann zu schützen. Man könne einen Mann schließlich nicht wie ein Kleinkind von scharfen Klingen und Feuer fernhalten.

Und, sind Frauen etwa Kleinkinder?, dachte Imogen. *Aber trotzdem bewahrt ihr uns davor, unsere eigenen Fehler zu machen.* Doch sie war klug genug, solche Worte nicht über ihre Lippen kommen zu lassen.

Als alle im Saal gesprochen hatten, fragte Henry: »Spricht sich jemand in dieser Sache für Imogen von Carrisford aus?«

Imogen konnte nicht anders; sie schaute zu FitzRoger. Aber obwohl er ihrem Blick begegnete und sich zuvor nicht gegen sie ausgesprochen hatte, ergriff er nun nicht für sie Partei. Sie schlug die Augen nieder.

»Imogen von Carrisford«, erklärte nun der König, »Ihr seid jung und habt in letzter Zeit viel durchstehen müssen. Zuerst verlort Ihr Euren geliebten Vater, dann wurde Eure Burg geplündert. Zeugen haben uns berichtet, dass Ihr mutig und entschlossen für die Rettung Eures Zuhauses eintratet. Kurz vor Eurer Missetat wart Ihr in großer Gefahr um Leib und Leben und wart gezwungen, entgegen Eurer weiblichen Natur nicht zu fliehen, sondern zu handeln. Angesichts des Vertrauens, das Euer Gemahl in Euch setzt, gehen wir davon aus, dass die übergroße Anstrengung, zu solch unfraulichem Tun gezwungen gewesen zu sein, Euren Verstand vorübergehend beeinträchtigte. Wir erlegen Euch diese und nur diese Strafe auf: dass Ihr hier vor uns allen niederkniet und beim Heiligen Kreuz die Falschheit Eures Handelns bekennt und Euren Gemahl um Vergebung bittet.«

Ein ernst blickender Mönch trat vor und hielt ein mit Edelsteinen geschmücktes Kreuz vor Imogen.

Sie ergriff es und sah verstört um sich. Ihr Blick traf den FitzRogers, und sie bemerkte eine kurze Veränderung seiner ansonsten ausdruckslosen Miene. Wusste er, dass sie einen solchen Eid nicht leisten konnte?

Sie sank auf die Knie und drückte das Kreuz an die Brust. »Beim Heiligen Kreuz erkläre ich, dass ich wahrhaft bedaure, all diese Probleme verursacht zu haben, und bitte inbrünstig meinen Gemahl, meinen König und alle hier Anwesenden um Vergebung.«

So leicht sollte sie allerdings nicht davonkommen.

»Lady Imogen«, sagte der König, »dass es Euch leidtut, heute hier sein zu müssen, dessen bin ich sicher. Aber etwas genauer müsst Ihr schon werden.«

Imogen versuchte es noch einmal, allerdings ohne große Hoffnung auf Erfolg. »Ich erkläre beim Heiligen Kreuz aus tiefstem Herzen mein Bedauern, dass ich solche Schritte gegen meinen Gemahl unternehmen musste, und bitte ihn um Vergebung.«

Wieder entstand ein allgemeines Murren; diesmal wurde es beträchtlich lauter. Der König schüttelte den Kopf. »Ihr weigert Euch, diesen Schwur zu leisten, nicht wahr, Lady Imogen?«

Sie blickte mit tränenverschleierten Augen zu ihm auf. »Ich habe in meinem Leben einen falschen Eid geleistet, Sire, und das hat mir so sehr in der Seele wehgetan, dass ich nicht ertrage, es noch einmal zu tun. Ich liebe meinen Gemahl, Eure Majestät, und ich kann nicht glauben, dass es falsch war, sein Leben zu bewahren, selbst wenn ich dafür schwer zu leiden habe. Ich bitte ihn und Euch und alle hier Anwesenden jedoch aus tiefstem Herzen um Vergebung dafür, dass mein Tun so große Probleme bereitet hat und dass meine Weigerung nun zweifellos alles noch schlimmer machen wird.«

Auf Henrys Miene zeigte sich nun offen sein Zorn. Ungehalten trommelte er mit den Fingern auf die Tischplatte.

FitzRoger unterbrach das Schweigen; er stand auf und streckte eine Hand aus. »Die Peitsche«, forderte er.

Imogen zuckte zusammen; jetzt erst bemerkte sie, dass die ganze Zeit über eine Peitsche auf dem Tisch gelegen hatte. Sie starrte auf ihren Gemahl, der nun damit auf sie zukam. Und sie sah, dass er noch immer leicht hinkte.

»Legt Euren Umhang ab«, befahl er ihr.

Mit trockenem Mund kam sie der Aufforderung nach und schaute dann zu ihrem sie überragenden finsteren Lord auf. Als sie ihn das erste Mal sah, hatte er einen Übeltäter ausgepeitscht.

»Akzeptiert Ihr, dass es mein Recht ist, Euch zu bestrafen?«, fragte er. Sie nickte und fand endlich ihre Stimme wieder. »Jawohl, Mylord.«

»Ich nehme an, als Ihr mich mit dem Stein niederschlugt, habt Ihr erwartet, dafür bestraft zu werden.«

»Jawohl, Mylord.«

»Ich möchte Euch nicht enttäuschen.« Die Peitsche zischte durch die Luft, und Imogen stockte der Atem, als sie das Brennen auf ihrem Rücken spürte. Sie starrte vor sich hin, noch immer das Kreuz festhaltend, und betete um Kraft.

FitzRoger aber trat zurück und legte die Peitsche wieder auf den Tisch. Imogen beobachtete fassungslos, wie er sich an die im Saal Versammelten und an sie wandte. »Jede weitere Diskussion dieser Angelegenheit zwischen mir und meiner Gemahlin wird im Privaten stattfinden. Falls die Ereignisse hier zu Euren Gemahlinnen dringen sollten, Mylords, könnt Ihr ihnen zumindest sagen, dass Lady Imogen für ihre Sünden öffentlich ausgepeitscht wurde.«

Erneut kam ein Murren auf, und schließlich erhob sich ein Mann voller Zorn. »Ich sage, dies reicht nicht aus. Das hieße, ihre Handlungsweise zu billigen! Wenn Lord FitzRoger zu schwach ist, seine Gemahlin hier und jetzt auszupeitschen – ich übernehme es gern für ihn!«

»Jeder, der meiner Gemahlin auch nur ein Haar krümmt, wird sich mir gegenüber zu verantworten haben.«

Ein Schweigen entstand, und der Mann, der aufgestanden war, sank auf seinen Platz zurück.

FitzRoger blickte in die Runde. »Spricht sich jemand hier gegen meine Entscheidung in dieser Sache aus? Ich werde die Angelegenheit gern durch das Schwert entscheiden.«

Niemand ergriff das Wort. Doch das war nicht verwunderlich. Imogen konnte den tödlichen Zorn in seiner Stimme erkennen. Er brachte sie fast einer Ohnmacht nahe, denn sie befürchtete noch immer, dass er in erster Linie gegen sie gerichtet war.

FitzRoger half ihr mit einem groben Griff auf die Füße. »Damit ist die Ehre meiner Gemahlin vor der Welt wiederhergestellt, und ihr steht die dementsprechende Behandlung zu.« Er verneigte sich vor dem König. »Es geschehe gemäß Eurem Willen, mein Lehnsherr.«

Henry runzelte die Stirn, doch dann sagte er: »Nun denn, so sei es, aber nachdem ich selbst ein Ehemann bin, halte ich es für das Beste, wenn kein Wort über das hier Geschehene nach außen dringt. Sonst nehmen sich die Frauen Englands am Ende noch ein Beispiel daran.«

Imogen konnte nicht umhin zu denken, dass das gar nicht das Schlechteste wäre, doch sie senkte hastig den Blick und beschloss, den Mund zu halten.

Vielleicht hatte sie sich damit nicht genug beeilt. »Schaff mir deine Gemahlin aus den Augen, Ty«, forderte Henry unwirsch, »und bringe ihr Manieren bei. Nimm die Peitsche mit. Ich denke, du wirst sie brauchen.«

FitzRoger ging voraus, Imogen folgte ihm in unterwürfigem Schweigen und beobachtete nervös, wie beim Gehen die Peitsche an sein Bein schlug. Aber auch sein Hinken entging ihr nicht. Würde es bleiben?

Als sie ihr Gemach erreichten – den Schauplatz so viel alten Schmerzes und vergangener Schlachten –, blickte sich Imogen um und fragte sich, wie das Leben und sie selbst sich so sehr hatten verändern können, seit sie zum letzten Mal hier gewesen war.

Dann sah sie auf ihren ganz in Schwarz gewandeten verärgerten Gemahl, und ihre Knie gaben fast nach.

Er entfernte sich von ihr, drehte sich um, noch immer die Peitsche in der Hand, der Blick lodernd vor mühsam im Zaum gehaltenem Zorn.

»Du bist im Unrecht. Sag es.«

Sie schluckte. »Ich bin vor der Welt im Unrecht, das weiß ich.«

»Ich warne dich, Imogen. Es würde mir *Vergnügen* bereiten, dich auszupeitschen.« Plötzlich schien er die Peitsche in seiner Hand zu bemerken, und er warf sie auf den Boden. Imogen wäre vor Erleichterung beinahe in sich zusammengesunken.

»Ist dir klar, wie viel Ärger du verursacht hast? Du hast Henry an einem seiner empfindlichsten Punkte getroffen – bei der Justiz. Ich musste mein ganzes Geschick aufwenden und einigen Druck ausüben, um diese Sache in solch glimpfliche Bahnen lenken zu können. *Verstehst du das?*«

Imogen nickte und versuchte alles, um dem Zittern ihrer Lippen unter seinen verbalen Peitschenhieben Einhalt zu gebieten. »Es tut mir leid«, sagte sie.

»Was tut dir leid? Das frage ich mich.«

Sie sah ihn an. »Dass du zornig mit mir bist«, gab sie zu.

Er lachte unwirsch. »Immer offen und ehrlich. Dein Gewohnheitslaster.«

»Wäre es dir lieber, ich wäre unehrlich?«

»Es würde das Leben für alle einfacher machen.«

Zwei Tränen quollen aus ihren Augen; sie wischte sie schniefend weg.

Sein Zorn ließ nach. »Beim Heiligen Gral, Imogen, ich bin nicht deshalb zornig auf dich, weil du ehrlich bist. Obwohl, wenn du diesen Eid geleistet hättest, dann hätte das alles um einiges erleichtert.«

Sie hob den Kopf. »Ich werde nicht noch einmal einen Meineid schwören, FitzRoger«, erklärte sie düster. »Es schmerzt mich zu sehr.«

»Meine allzu ehrenhafte Amazone.« Er seufzte. »Weißt du noch immer nicht, Imogen, dass das Leben eine Sache von Zähnen und Klauen ist und kein hübsches Märchen von Paladinen und Prinzessinnen?«

Sie schüttelte den Kopf.

Er begann, im Raum auf und ab zu gehen. »Du machst mir Angst! Du bist, wie ich mit dreizehn war, als ich meine

Machtprobe mit Roger von Cleeve provozierte und ihm seine Sünden aufzählte. Tugendhaft und rechtschaffen, aber auf dem Weg, ein blutender Märtyrer zu werden.«

Sie begegnete seinem Blick. »Aber rechtschaffen.«

Er richtete einen Finger auf sie. »Du vergisst den blutenden Märtyrer!«

»Nein. Du hast mich gerettet, mein Paladin.«

Er schüttelte den Kopf. »Imogen, ich bin kein Paladin.«

»Für mich schon. Du versuchst schon, seit ich dich niedergeschlagen habe, mich vor meiner eigenen Dummheit zu retten, nicht wahr?«

Er ließ sich auf die Bank fallen. »Dann bin ich also jetzt durchschaubar, was?«

Sie blickte ihn unverwandt an.

»Ja«, erwiderte er gereizt, »sobald ich wieder bei Bewusstsein war, erkannte ich, dass wir ein Problem haben. Im Rückblick besehen, wäre es wohl besser gewesen, wenn Renald dich nicht nach Cleeve gebracht hätte. Politisch zumindest, wenn auch nicht für deine Haut.« Er blickte einen vielsagenden – fast sehnsuchtsvollen – Moment lang auf die Peitsche und dann wieder auf sie.

»Aber nachdem du schon in Cleeve warst«, fuhr er fort, »hielt ich es für besser, dich dort zu lassen, bis ich klarsehen konnte. Ich hoffte, dass die Monstrositäten, die man bei der Einnahme von Warbrick Castle finden würde, Henry umstimmen könnten, doch das war keineswegs sicher. Er ist entschlossen, in diesem Land absolute Gerechtigkeit walten zu lassen.«

»Ich gestehe, ich habe mir nicht viel dabei gedacht, als ich Warbrick töten ließ. Mich hat weit mehr beschäftigt, dass du mich für meinen Anschlag auf dich verstoßen könntest.«

Er wurde ernst. »Das würde ich nie tun, Imogen.«

In seinen Worten war keine Wärme, und dennoch erwärmten sie Imogen. Doch auch wenn er ihr sicherlich verziehen hatte, spürte sie noch etwas auf sich zukommen …

Imogen wurde mutig genug, sich auf das Bett zu setzen und das Kreuz beiseitezulegen, das sie wie einen Schutz gegen alles Böse an sich gedrückt hatte. »Vielen Dank dafür, dass du versucht hast, das Problem zu lösen, das ich verursacht habe.«

»Was hätte ich sonst tun können? Du bist meine Gemahlin.« Noch immer war keine Spur von Zärtlichkeit in ihm zu erkennen.

Sie hätte am liebsten geheult. War diese distanzierte Anteilnahme wirklich alles? Würden sie nie mehr wieder etwas erleben wie in der Höhle? Zwar waren es Stunden höchster Angst gewesen, aber doch die schönsten ihres Lebens. Auch sie blickte nun auf die Peitsche. Wenn es ihm über seinen Ärger hinweghalf, würde sie sie ihm auf Knien präsentieren.

»Jedenfalls«, sagte er, »hast du dich mit deinem scharfen Verstand vor der schwerwiegenden Anklage gerettet.« Er stöhnte. »Lieber Gott, aber mir schlug das Herz bis zum Hals, als du Henry seine eigenen Worte vorhieltst.«

»War das gefährlich? Ich war mir nicht sicher. Aber ich wusste nicht, was ich sonst tun sollte. Ich hatte solche Angst.«

»Imogen, wusstest du nicht, dass ich dich niemals wirklich leiden lassen würde?« Es klang beinahe, als sei er gekränkt.

»Natürlich wusste ich das«, versicherte sie ihm. »Das war es, wovor ich Angst hatte.«

Er sprang erregt auf. »Bei der Heiligen Hostie, Ginger! Hast du es denn noch immer nicht kapiert? Man erwartet von dir nicht, *mich* zu schützen, sondern *ich* habe *dich* zu beschützen!«

Dass er sie bei diesem speziellen Namen nannte, brachte ihr Herz zum Überlaufen. »Ich kann nichts dafür, FitzRoger. Ich liebe dich einfach.«

Er hielt abrupt inne, als habe sie ihn erneut mit einem Stein am Kopf getroffen.

»Sag mir eines«, bat sie ihn halblaut, und er blickte auf, die Augen verschleiert und unergründlich. »Wäre es dir lieber gewesen, ich hätte dich gegen Warbrick kämpfen lassen?«

»Mach keinen Fehler, Imogen. Wenn ich während meines ersten Zorns deiner habhaft geworden wäre, hättest du für dein Tun schwer gelitten.«

»Du hast mir geraten, mich während deines ersten Zorns stets von dir fernzuhalten.«

Er schüttelte wütend den Kopf. »Bist du dir im Klaren darüber, dass die meisten dieser Männer hoffen, dass ich dich grün und blau schlage?«

»Ja. Ich bin mir aber auch im Klaren darüber, dass du meiner Frage ausweichst.«

Wieder schüttelte er den Kopf, aber er antwortete. »Nein. In diesem Augenblick wäre es mir nicht lieber gewesen, wenn du mich gegen Warbrick hättest antreten lassen.«

Noch ehe sie dazu Stellung nehmen konnte, fügte er hinzu: »Aber tu so etwas nie wieder.«

»Das ergibt nicht viel Sinn.«

»Vielleicht nicht. Aber von jetzt an wirst du dich korrekt benehmen, deinem Geschlecht und deiner Stellung angemessen.«

Imogen seufzte. »Dann solltest du mich besser in ein Kloster schicken. Ich bin zu der Auffassung gelangt, dass ich keine duckmäuserische, gehorsame Frau mehr sein kann. Es ist, als sei etwas zerbrochen und könne nie mehr repariert werden.«

Er stieß ein hartes Lachen aus, und sie starrte ihn an. »Ich versuche, mich daran zu erinnern«, meinte er, »wann du eine duckmäuserische, gehorsame Frau warst, Imogen.«

»Das war ich, bevor alles anfing«, versicherte sie ihm ernst. »Bevor ich dich kennenlernte.« Es kam ihr beinahe erstaunlich vor, dass es einmal eine Zeit gegeben hatte, in der sie ihn nicht gekannt hatte.

»Warst du das? Dann hat dich dein Vater besser im Griff gehabt als ich.« Wieder begann er, im Zimmer auf und ab zu gehen, und er stieß die Peitsche mit dem Fuß beiseite. »Meinst du«, fragte er schließlich, »du könntest diese Rolle wenigstens *spielen* – ausgenommen in sehr bedrohlichen Situationen, in denen du meinst, mein Leben retten zu müssen?«

Die Schärfe in seinem Ton ließ sie zusammenzucken, doch sie nickte. »Ja. Ich verspreche es.«

»In der Öffentlichkeit«, fügte er hinzu.

»Natürlich«, sagte sie verwirrt.

Jetzt lächelte er, und endlich war es ein echtes Lächeln. »Denn privat gefällt mir meine allzu ehrliche Amazone ziemlich gut.«

Imogen spürte Tränen des Glücks in sich aufsteigen und verbarg sie nicht. Zögernd, hoffnungsvoll, streckte sie eine Hand nach ihm aus. Er trat zu ihr und drückte die Hand an seine Lippen. Doch dann schob er ihre Kopfbedeckung zurück, und Imogen dachte sofort daran, wie sie aussah. »Es tut mir leid«, sagte sie und wandte sich ab.

Er drehte sie wieder zu sich. »Du lieber Gott, Imogen! Warum sollte ich mir um Haare Gedanken machen?« Er zog sie in seine Arme, und seine Lippen senkten sich auf ihren Mund. Sie erwartete einen feurigen Kuss, doch er war weich und zärtlich. »Ich sorge mich nur darum, dass ich dich vor all dem nicht beschützen konnte.« Seine Lippen wanderten zu einem ihrer Lider, dann zum anderen. »Wenn ich dein Paladin bin, Ginger, dann bin ich ein kompletter Versager.«

»Nein, das bist du nicht.« Imogen schmolz unter seinem sinnlichen Ansturm dahin. »Aber, oh, ich liebe dich einfach zu sehr …«

Er trug sie zum Bett zurück. »Ich fürchte, das ist wahr.«

Sie blickte zu ihm auf, und die Maske war verschwunden; er hatte sich ihr wieder geöffnet. Sie lächelte ihm selig zu.

Er spielte mit einer Strähne ihres Haars. »Ich kann mir keine größere Geste der Liebe vorstellen, Ginger, als diesen Stein an meinen Kopf zu schlagen. Denn dir waren die Konsequenzen klar, nicht wahr?«

»Ja.«

Er begann, ihren Gürtel zu öffnen. Sie hielt seine Hände fest, unsicher, ob er sie wirklich verstand. »FitzRoger, ich wusste um die Konsequenzen. Und wenn es sein muss, werde ich es wieder tun.«

Er lachte. »Nein, das wirst du nicht, Ginger, denn ich zumindest lerne aus meinen Fehlern. Falls wir je wieder in eine ähnliche Situation geraten, werde ich dich festbinden, bevor du die Gelegenheit dazu bekommst.«

Nun endlich erlaubte sich Imogen, sich ihrem Glück hinzugeben. Er zog ihr alle drei Lagen ihrer Kleidung auf einmal aus, sodass sie nur mehr in Strümpfen dastand, und berührte dann zärtlich die letzten Spuren ihrer blauen Flecke. »Das war ja wahrhaftig ein Abenteuer, was wir durchgemacht haben, was?«

»Ja.« Imogen beobachtete seine Miene. »Was ist mit meinem Gesicht?«

Er küsste ihre Narbe. »Imogen, Kriegswunden machen mir nichts aus. Du hast uns beide gerettet; das werde ich dir nicht vergessen. Ich habe das im Saal nicht angesprochen, weil es alles eher schlimmer als besser gemacht hätte; aber wenn du dich in den Geheimgängen und danach nicht so tapfer und so klug verhalten hättest, wäre womöglich alles verloren gewesen.«

Sie begann vor Erleichterung und Glück zu weinen und streckte die Arme nach ihm aus. Er kam zu ihr und küsste sie; ein anfangs zärtlicher, mitfühlender Kuss, der sich zu heftiger Leidenschaft steigerte, bis sie sich auf dem Bett rollten und einander gierig verschlangen.

Sie riss an seinen Kleidern, und er half ihr. Irgendwie wurde er die Sachen los und war endlich nackt. Imogen sah ihm in die Augen und studierte dann sorgfältig seine Wunden, wie eine Mutter ihr Kind mustert. Alles sah gut aus, auch wenn er am Arm eine raue Narbe hatte und Schulter und Knie noch von Blutergüssen verfärbt waren.

»Du hinkst«, sagte sie. »Wird sich das bessern?«

»Ja.« Seine Finger wanderten begierig über ihren Körper. »Du wirst es nicht glauben, aber es war schon viel besser, bis ich gestern beim Trainieren auf einen Erdbuckel trat.«

Sie schnalzte mit der Zunge wie eine besorgte Mutter. »Es heißt, du hättest gestern mit Sir William auf Tod oder Leben gekämpft.«

»Wohl kaum, aber ich habe meine Wut an ihm ausgelassen. Es war mir nicht gelungen, Henry zu überreden, die Sache fallen zu lassen. In der Folge war ich zu sehr abgelenkt und habe eine unebene Stelle am Boden nicht bemerkt.«

»Was hat dich abgelenkt?«

»Die Sorge um dich.«

Imogen dankte ihm mit einem Kuss. Zum ersten Mal bemerkte sie jetzt eine Narbe auf seiner Lippe. Sie rührte von Warbricks Schlag her.

Imogen küsste sie.

Sie küsste jede Verletzung, und dann konnte sie nicht mehr aufhören, ihn zu küssen, alles an ihm, seinen ganzen Körper. »Ich kann nicht glauben, wie sehr du mir anfangs Angst gemacht hast«, murmelte sie. »Du bist mir so hart vorgekommen.«

»Damals war ich nicht so hart wie heute«, neckte er sie und rieb den härtesten Teil seines Körpers an ihr.

Imogen errötete und lachte wieder, erleichtert und befreit. Er strich ihr zärtlich die Haare aus dem Gesicht. »Ich hoffe, die Teufel sind nicht zurückgekommen, jetzt, wo wir wieder in diesem Raum sind.«

»Oh nein«, flüsterte sie, diesmal voller Aufregung. Solche Dinge waren ihr noch immer nicht vertraut, und es war jetzt taghell.

»Du bist herrlich rosafarben und appetitlich. Willst du wieder oben sein?«

Sie schüttelte den Kopf. »Kannst du ... können wir es so machen wie im Kloster?« Bestimmt war sie jetzt nicht mehr rosa, sondern hochrot. »Aber ... aber mit allem?«

Er schob sie sanft nach unten und lächelte. »Das würde mir sehr gefallen. Mein Geschenk an dich, meine liebe Amazone.«

Seine geschickten Hände erforschten sie und fanden jede Stelle, die Wonne versprach. Sein Mund ergänzte die Hände perfekt, entlockte ihr herrliche, neue Empfindungen und entführte sie nach und nach in die Ekstase.

Dieses Mal mussten sie sich nicht zurückhalten, nichts befürchten. Dieses Mal gab es keinen Schmerz, und dennoch – als er in sie eindrang, langsam, sehr langsam, spürte sie eine erstaunliche Fülle und spannte sich an.

Imogen hielt die Augen geschlossen, so konnte sie besser in den unerforschten Freuden versinken, die in ihr geweckt wurden, doch dann öffnete sie sie und sah, dass er sie eingehend beobachtete. »Lass dir einen Moment Zeit, Liebling. Es ist schließlich erst dein zweites Mal.«

Sie kostete ihre Empfindungen aus und legte die Schenkel um ihn. »Es ist sehr angenehm«, sagte sie. »Aber doch seltsam.« Sie bewegte sich erneut und bemerkte, wie er den Atem anhielt. Die Gefühle, die er in ihr wachrief, rissen sie mit sich; noch stärker aber erregte sie sein Mienenspiel. Sie begann, mit den Hüften zu kreisen.

»Beim Heiligen Grab«, murmelte er, machte jedoch keinen Einwand, sondern bewegte sich mit ihr.

»Oh, mein Gott«, stöhnte Imogen, »ich glaube, ich werde gleich ... mit dir in mir.«

»Gut.«

Sie konnte ihre Bewegungen nicht mehr steuern. »FitzRoger ... ich ...«, stammelte sie.

»Es ist gut so, Ginger«, beschwichtigte er sie. »Alles ist gut.« Seine Hände und sein Mund liebkosten sie weiter, aber es war ihre Vereinigung, die sie schier um den Verstand brachte.

Imogen war sich dessen bewusst, dass sie auf das Bett einschlug, als würde sie gegen ihn kämpfen, und dass sein mächtiger Körper sie geschickt bezähmte, was ihre Wildheit noch steigerte. »FitzRoger«, keuchte sie, »vergiss nicht, ich schreie!«

»Schrei, meine süße Amazone. Schrei die ganze Burg zusammen.«

Sie brüllte ihre Lust geradezu heraus, als sie zum Höhepunkt kam. »Ty, Ty!«, schrie sie aus vollem Hals.

Danach fühlte sie sich erschöpft und ausgezehrt und war schweißgebadet. Ihr Herz pochte noch immer heftig. »Ich komme mir vor wie ein Kelch, der zu Bruch gegangen ist«, flüsterte sie.

Seine Hände besänftigten sie, wenngleich auch sie zitterten. »Du bist nicht zu Bruch gegangen, meine Liebste, und ich bemerkenswerterweise auch nicht.«

Sie schloss die Augen, um der Ekstase und ihrem bebenden Körper nachzuspüren und all das in der Erinnerung noch einmal zu erleben. »Ich glaube, ich habe ziemlich laut geschrien. Warum hast du mich nicht gebremst?«

»Ich wollte, dass alle dich hören. Und wenn sie dabei dachten, ich hätte dich gepeinigt – umso besser.«

Sie blickte ihn stirnrunzelnd an, doch dann seufzte sie nur und schmiegte sich dichter an seinen wundervollen Körper. »Ich habe dich so vermisst. Wissen sie denn nicht, dass das eine weitaus schlimmere Bestrafung war als selbst eine Tracht Prügel?«

Er zupfte an ihren Haaren, damit sie ihn ansah. »Du dachtest, das war eine Bestrafung? Dann habe ich mich selbst bestraft. Selbst, als ich dich am liebsten erwürgt hätte, wollte ich dich hier haben.«

»Warum hast du dann die Trennung aufrechterhalten?«

Seine Hand erforschte die empfindlichen Stellen auf ihrem Rücken, berührte zart die Strieme, die er ihr mit der Peitsche hatte zufügen müssen. »Sobald du hier warst, wusste ich, dass ich damit fertig werden musste, und zudem bestand immer die Möglichkeit, dass es zum Kampf kommen könnte. Ich konnte nicht riskieren, für dich zu kämpfen, bevor ich wieder gesund war.«

»Ich dachte daran wegzulaufen, um dir das zu ersparen«, sagte sie. »Und um den König nicht zu beleidigen.«

Er schüttelte den Kopf. »Man erwartet von dir nicht, mich zu retten, schon vergessen?« Aber er lächelte. »Ich habe damit gerechnet. Deshalb stellte ich sicher, dass du kein Geld haben würdest und nichts, das du zu Geld machen konntest.«

»Oh, ich dachte …«

»Was dachtest du?«

»Meine Morgengabe«, sagte sie scheu.

Er stand auf und holte aus seiner Truhe den Gürtel hervor. »Du dachtest, es ginge um die symbolische Bedeutung? Nein.« Er legte ihr den Gürtel an. »Du bist auf immer und ewig mein, Imogen. Zweifle nie daran.«

Wort und Tat waren eins, und doch war da noch etwas … etwas, das sein ausweichender Blick anzudeuten schien.

Im Bestreben, alles perfekt zu machen, sprang Imogen nackt aus dem Bett und lief zu ihrer Truhe, wobei der Gürtel aus Amethyst und Elfenbein lustig klapperte, und holte den Lederbeutel heraus. »Das ist mein Geschenk für dich«, sagte sie beinahe schüchtern. »Ich hatte bisher keine Gelegenheit, es dir zu geben.«

Langsam zog er die Smaragdkette heraus. »Beim Heiligen Kreuz …!« Er freute sich, das war unverkennbar, und dennoch zogen in seiner Miene dunkle Schatten auf, die Imogen ängstigten. Was stimmte nicht?

Er legte die Kette an; die glatten grünen Steine glänzten auf seiner braunen, muskulösen Brust.

Schließlich blickte er Imogen sehr ernst an.

Sie saß mit überkreuzten Beinen vor ihm auf dem Bett. »Ty, was ist los?«

Er lächelte, seine Augen funkelten vor Freude wie die Steine. »Du nennst mich bei meinem Namen.«

»Ja.« Imogen ließ sich nicht ablenken. »Aber was bedrückt dich?«

Er berührte den großen Smaragd in der Mitte, dann sah er ihr in die Augen. »Ich habe dein Versprechen an die Männer zurückgenommen, die den Schatz trugen. Sie wurden alle angemessen belohnt, aber sie bekamen nicht alles, was sie getragen haben. Das wäre Wahnsinn gewesen, und sie waren im Grunde froh, dass ihnen diese Verantwortung abgenommen wurde.«

»Sehr gut«, meinte Imogen. »Aber für dein Wohlergehen hätte ich es alles hergegeben. Ich hoffe, du weißt das.«

»Ich weiß es, und es erstaunt mich noch immer.«

»Also«, sagte sie. »Was bekümmert dich noch?«

Er lächelte wehmütig. »Du kannst in mir lesen wie in einem Buch, nicht wahr? Ich habe Henry die Hälfte des Schatzes von Carrisford gegeben.«

»Oh.« Das erfreute Imogen nicht, doch es überraschte sie, wie gering ihr Missfallen war. »Na ja, ich vermute, nach unserer Finte wusste ohnehin die ganze Welt Bescheid.«

»Der König und ich wussten schon seit Monaten davon. Ich kam in diesen Teil des Landes mit dem Auftrag, deine Hand zu gewinnen, egal auf welche Weise. Die Abmachung war, dass die Hälfte des Schatzes schließlich dem König zugeführt würde. Das war der Preis, den ich für dich und deine Ländereien zu zahlen hatte.«

»Du solltest mich mit meinem eigenen Geld kaufen?«

»Ja.«

»Und als ich zu dir nach Cleeve kam, trafst du gerade Vorbereitungen, mich festzunehmen, nicht wahr?«

»Ja. Allerdings zu deinem Schutz. Aber am Ende hätte Henry dich mir gegeben.«

Imogen senkte den Blick und spielte mit dem elfenbeinernen Gürtel. »Vermutlich sollte ich das nicht fragen«, sagte sie und blickte dann auf. »Aber kannst du mir dein Wort geben, dass du nichts mit dem Tod von Gerald von Huntwich zu tun hast?«

Er war überrascht. »Deinem ersten Verlobten? Ich versichere dir, Imogen, ich hatte damit nichts zu tun, ebenso wenig wie mit dem Tod deines Vaters. Aber es war Huntwichs Tod, der Henry und mich auf den Gedanken brachte. Diese Gelegenheit war zu gut, um sie ungenutzt verstreichen zu lassen. Es ist möglich, dass Lancaster ihn vergiftete, vielleicht waren es sogar Warbrick und Belleme. Aber es hätte auch ein natürlicher Tod sein können.«

»Gibt es noch andere Geheimnisse?«, fragte sie argwöhnisch.

»Nicht auf meiner Seite«, antwortete er, und die Schatten verschwanden.

Imogen lächelte strahlend und ergriff seine starken, schwieligen Hände, seine Kriegerhände. »Auf meiner auch nicht. Also, was hält die Zukunft für uns bereit, mein mächtiger Held?«

Bei dieser Bezeichnung schüttelte er den Kopf. »So Gott will, Frieden in England«, sagte er. »Eine lange Herrschaft und starke Söhne für Henry, sodass wir und unsere Kinder unser Leben so genießen können wie in diesem Augenblick.«

Er beugte sich zu ihr und küsste sie. »Und ein Leben, das immer im Zeichen der Liebe stehen möge.«

Sie wagte es kaum zu hoffen: »Heißt das, du liebst mich?«

»Lieber Gott, Imogen! Warum sonst habe ich dich da unten nicht ordentlich ausgepeitscht?«

Imogen juchzte vor Freude und ging daran, ihren mächtigen Helden zu Tode zu kitzeln.

Nachbemerkung der Autorin

Ein historischer Roman wie dieser ist eine Mischung aus Fakten und Fantasie. Die historischen Ereignisse haben sich so zugetragen, doch die einzige historisch verbürgte Person in diesem Buch ist König Henry. Ich habe versucht, seinem vielschichtigen Charakter so weit zu entsprechen, wie es mir möglich war.

Auch Robert de Belleme hat wirklich gelebt und seinen Herrschaftsbereich in England terrorisiert. Er hatte mindestens zwei Brüder; einer hieß Arnulf, aber über ihn ist kaum etwas bekannt. Deshalb ist Arnulf von Warbrick größtenteils ein Produkt meiner Fantasie, wenngleich ich bezweifle, dass er im Buch wesentlich schlimmer ist, als es der Mann in der Realität war.

Lancaster wurde in späteren Jahrhunderten ein bedeutender Adelssitz, doch in jener Zeit war es das noch nicht. Zwischen meinem Grafen von Lancaster und den nachfolgenden Trägern dieses Titels gibt es keinen Zusammenhang.

Imogen spricht mehrfach von »Paladinen« und nennt FitzRoger einen solchen – was ihn etwas irritiert.

Das alte Wort »Paladin« bezeichnet jemanden, der im Palast wohnt – in anderen Worten: jemanden, der dem König nahesteht.

Eine besondere Bedeutung hat der Begriff »Paladine« in Bezug auf die zwölf Gefolgsmänner Karls des Großen, die diesem am nächsten standen. Sie gelten als Helden, in etwa vergleichbar mit den Rittern der Tafelrunde. Anders als beim englischen König Artus besteht jedoch bezüglich der Existenz Karls kein Zweifel. Er war ein herausragender Herrscher, doch die Geschichten, die sich um seine Paladine ranken, sind größtenteils Mythen.

Dennoch wurde das Wort »Paladin« in der Folgezeit für einen wahrhaft edlen Ritter benutzt, der für das Recht kämpfte und nicht für eigene Interessen. Daran lässt sich erkennen, weshalb es FitzRoger Unbehagen bereitete, als ein solcher bezeichnet zu werden.

FitzRoger und Imogen sollten eine mehr als dreißig Jahre währende stabile Herrschaft in England erleben. Henry – beziehungsweise Heinrich I. – war in vieler Hinsicht ein grausamer König, aber er war stark und verschaffte seinem Gesetz im ganzen Land Geltung.

Er zeugte viele uneheliche Kinder, unglücklicherweise jedoch nur einen legitimen Sohn, Henry, der starb, als sein Schiff auf dem Weg von England nach Frankreich sank. Der Vater versuchte daraufhin durchzusetzen, dass seine Vasallen die Regierung seiner Tochter Matilda akzeptierten, doch die Barone zogen seinen Neffen Stephen vor.

Damit begann ein Bürgerkrieg, der England fast zwanzig Jahre lang in Unruhe stürzen sollte.

Aber denken wir stattdessen lieber an die vierunddreißig Jahre währende Friedenszeit, die Cleeve und Carrisford bevorstand …

Herzlichst,
Ihre Jo Beverley

Deutsche Erstausgabe 2008
Weltbild Buchverlag –Originalausgaben–

Projektleitung: Almut Seikel
Übersetzung: Heinz Tophinke
Redaktion: Carmen Dollhäubl
Umschlaggestaltung: zeichenpool, München
Umschlagabbildung: © Pino Daeni via Agentur Schlück GmbH
Satz: Lydia Kühn
Gesetzt aus der Sabon 10,5/12,5 pt
Druck und Bindung: CPI Moravia Books s. r. o., Pohorelice

Gedruckt auf chlorfrei gebleichtem Papier

Printed in the EU

ISBN 978-3-89897-910-8